金色童年

Glimpses of a Golden Childhood

奧修
(OSHO)

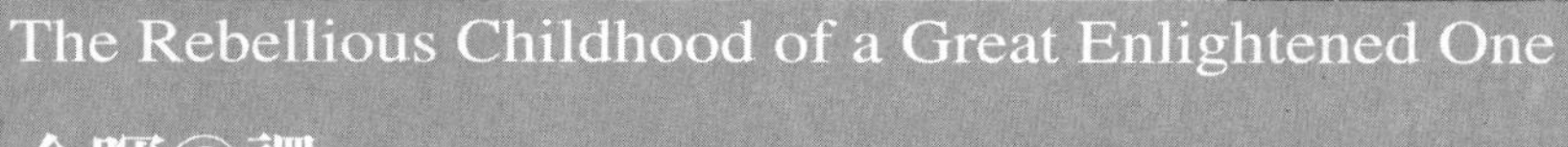

金暉◎譯

作者簡介

奧修（Osho）

印度開悟大師。二十一歲那年開悟。此後他一面在大學教授哲學，一面走遍印度本土進行演講。

六〇年代末，奧修創立了獨一無二的活力靜心術（dynamic meditation）。

一九七四年，在印度普那（Poona）建立了第一個公社，即普那國際靜心中心。

一九八一年進入美國，以巴關．拉希尼希（Bhagwan Shree Rajneesh）為名，短短四年間，不但聲名鵲起，且在奧勒崗的沙漠中創建了一座現代化的城市和生態綠洲。

後來由於對美國政府和現代基督教會直言不諱的評論，招致來自地方和政府當局的敵視。不久，奧修被捕入獄。隨後美國政府將他驅逐出境，公社也被臨時解散，他則於一九八七年初遷回普那。

奧修是世界性的傳奇人物。有成千上萬的弟子和追隨者遍佈全球各地。他著作豐富，被譯成十幾種語言風行世界。他強調自由，非常反對傳統的教學法，鼓勵弟子工作及賺取財富。講授內容包括禪、道、蘇菲、印度教等宗派。

譯者簡介

金暉

一九七一年生，安徽省滁州市人。一九九二年畢業於華東師範大學計算機科學系。天資穎悟，文理兼通，自幼承家傳而博覽群書。從大學時代起至今，潛心於佛學、哲學及心理學研究，長期進行深入的禪修，並師從斯里蘭卡Kelaniya大學Bhikkhu Dhammadinna學習巴利語、梵語及巴利三藏經典，對南、北傳佛教思想和歷史之比較研究具有獨到見地。主要學術研究成果有：《<雜阿含經>校釋》、《來果禪師年譜》等。其他著譯作品有：《奧祕心理學》、《生命的真意》、《正是那朵玫瑰》、《坦陀羅——無上的領悟》（待出）、《<學習的革命>導讀與實踐》等。一九九八年創建上海心原教育諮詢有限公司（http://www.xin-yuan.com），從事教育、心理諮詢和培訓工作。

序言 1
1 遭遇 7
2 金色童年 18
3 星象家的預言 30
4 那那的死 42
5 最意味深長的話 57
6 分離 70
7 上帝只是一個詞語 82
8 反對宗教扯淡 92
9 真正的問題沒被回答 104
10 我和我自己的馬 117

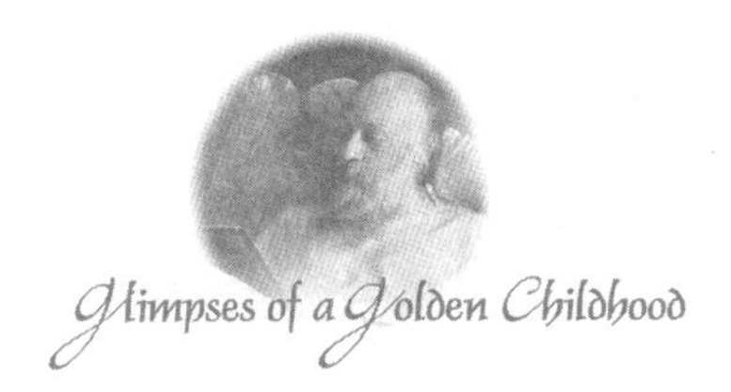

11 博帕爾女王 129
12 佛的私人牙醫 137
13 愛與自由 145
14 停住輪子 156
15 馬格・巴巴 165
16 我的第一個門徒 184
17 神的死亡 198
18 佛洛伊德的執著 208
19 嗡嗡響的家 222
20 上學的第一天 242
21 準佛商布・巴布 259

22 我的朋友 273
23 比友誼更崇高的東西 286
24 愛沒有翅膀 296
25 人需要被關注 306
26 不稱職的人 317
27 無聲之聲 333
28 明顯不公正 345
29 等待被占據 354
30 孟加拉巴布 368
31 馬司朵，馬司朵，馬司朵 384
32 出對了 397

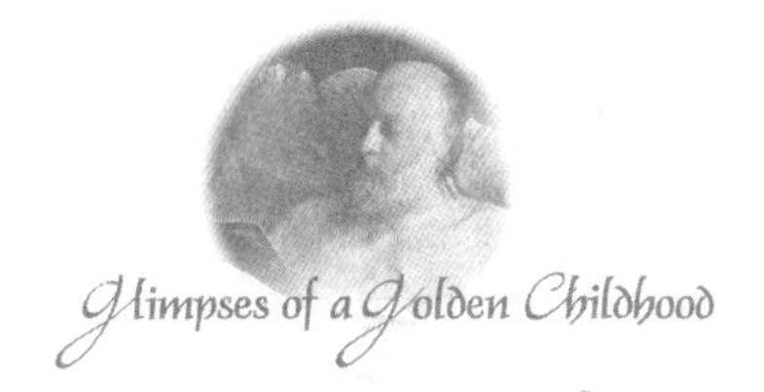

33 冰的故鄉 413
34 永不回頭 422
35 阿勞丁・康 437
36 上帝創造世界的故事 453
37 沒有指導的生活 466
38 失蹤的部落 480
39 會見總理 497
40 最後的神的降臨 507
41 關於數字二十四 514
42 毗缽舍那 524
43 好人是否應該搞政治 534

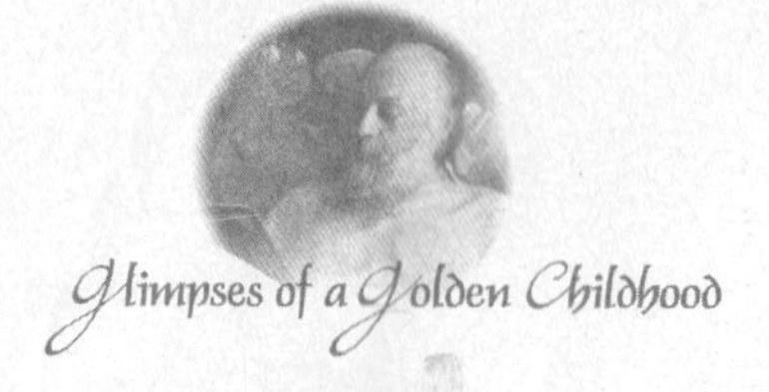

44 忘記並原諒上帝 542

45 最清潔的無知者 553

46 熱愛局外人 562

47 蛇怎麼做愛 573

48 玩戲法 584

49 我的「家庭教師」 599

50 褲子先生怕鬼 614

附錄 629

譯後記 710

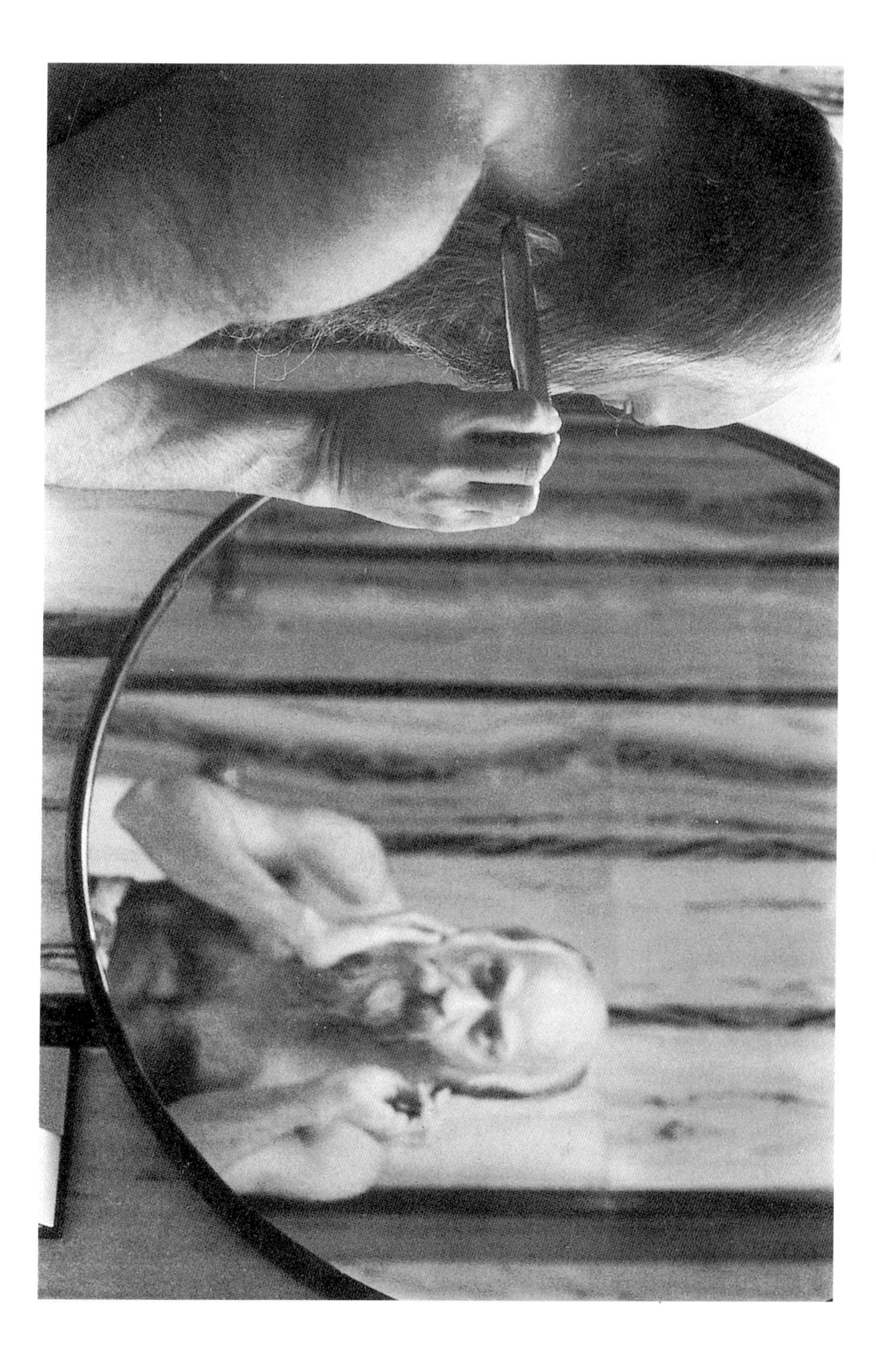

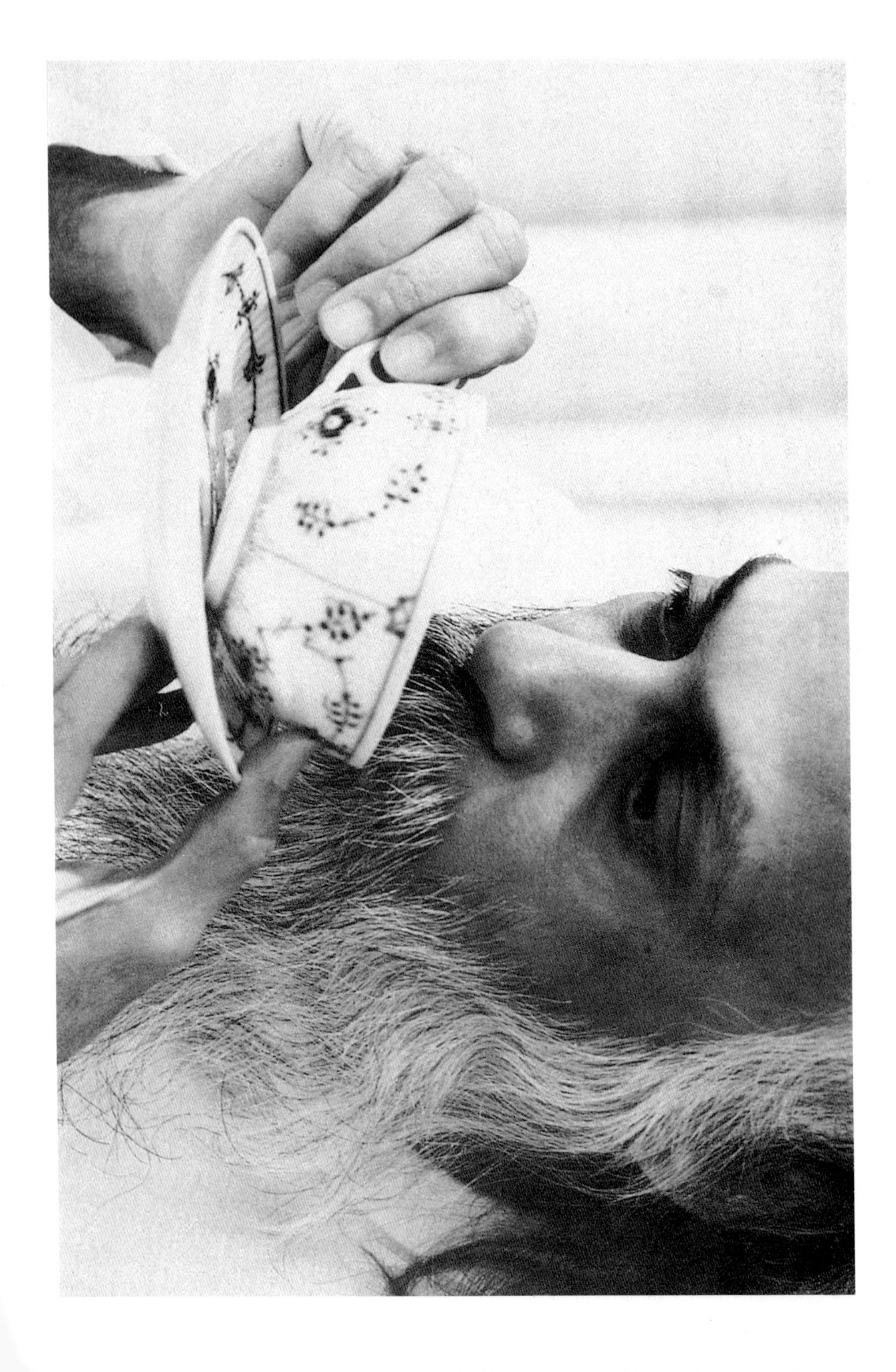

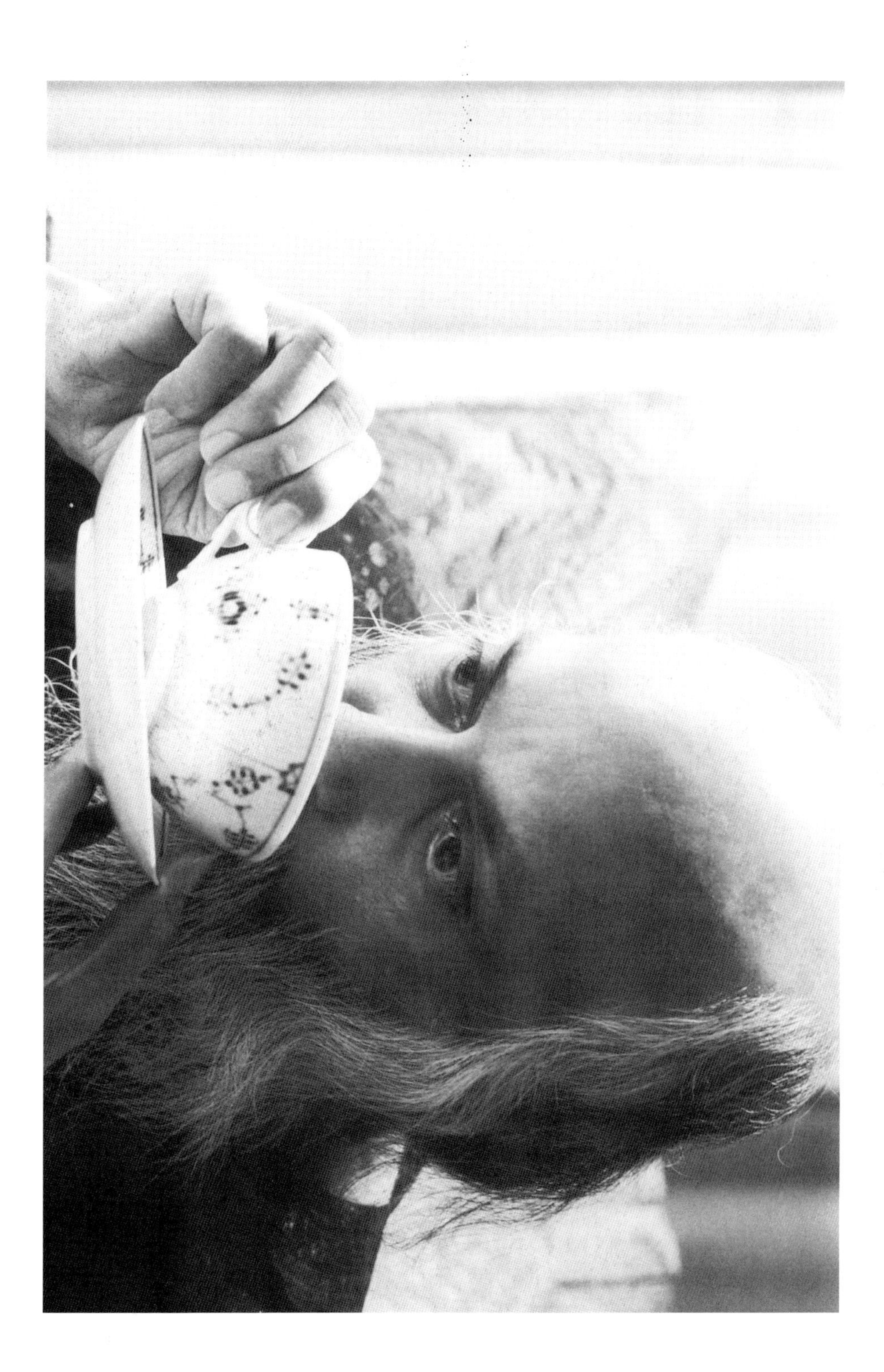

Get

Man in Estrangement
INDIAN BUDDHISM
THE INNER ATHLETE
ON KNOWING REALITY
LANDSCAPES OF FEAR
MARXISM AFTER MARX
New Age Politics
BUDDHISM FOR TODAY
THE GODDESS FAITH
Dialectic & Nihilism
CULTURE OF NARCISSISM
A SYNTHESIS
Dictionary of AMERICAN SLANG
PHILOSOPHY AND TRUTH
A ZEN WAVE
CHRIST DID NOT PERISH ON THE CROSS

SUNDAY STANDARD
Threat to kill hostages

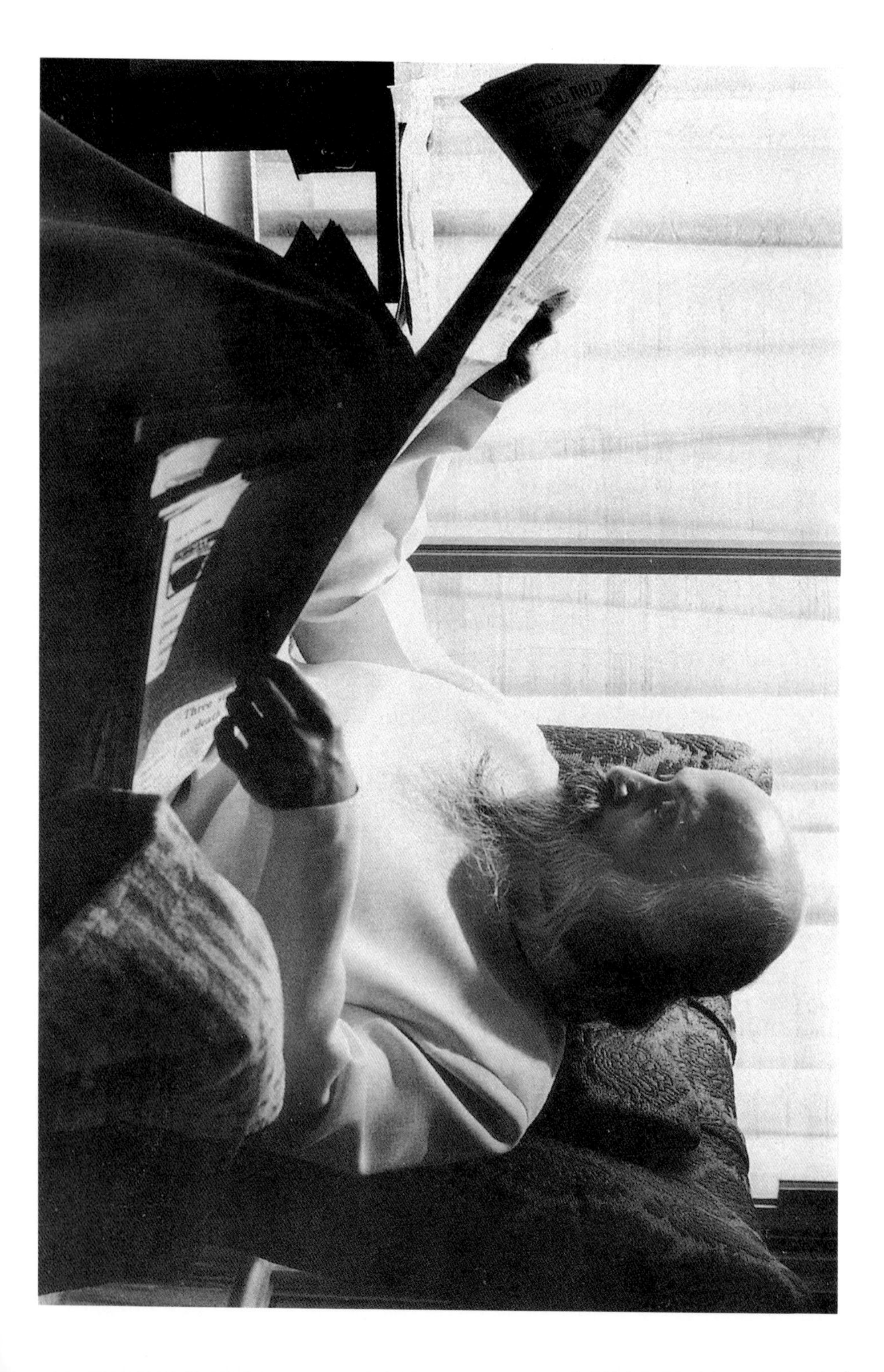

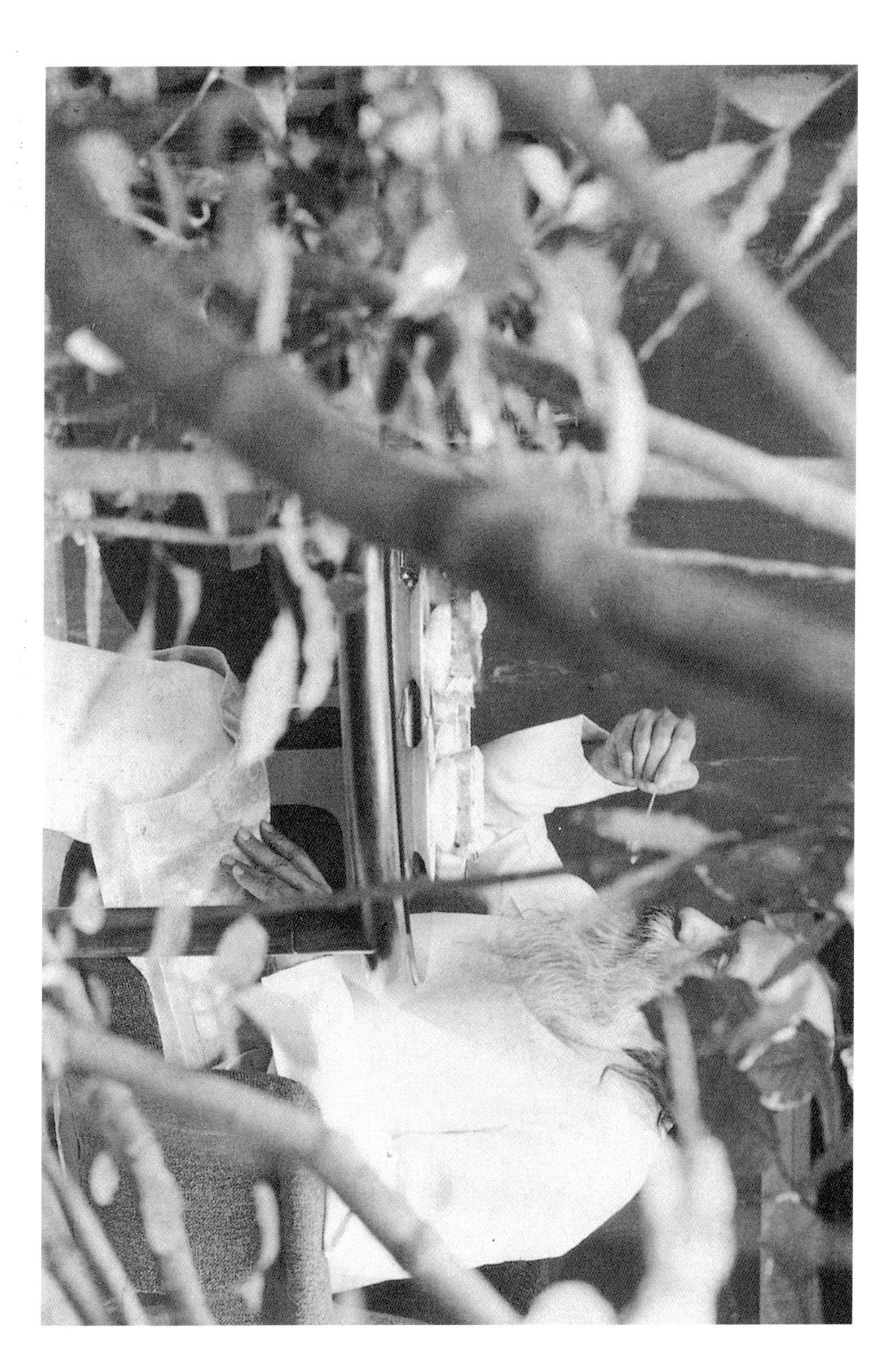

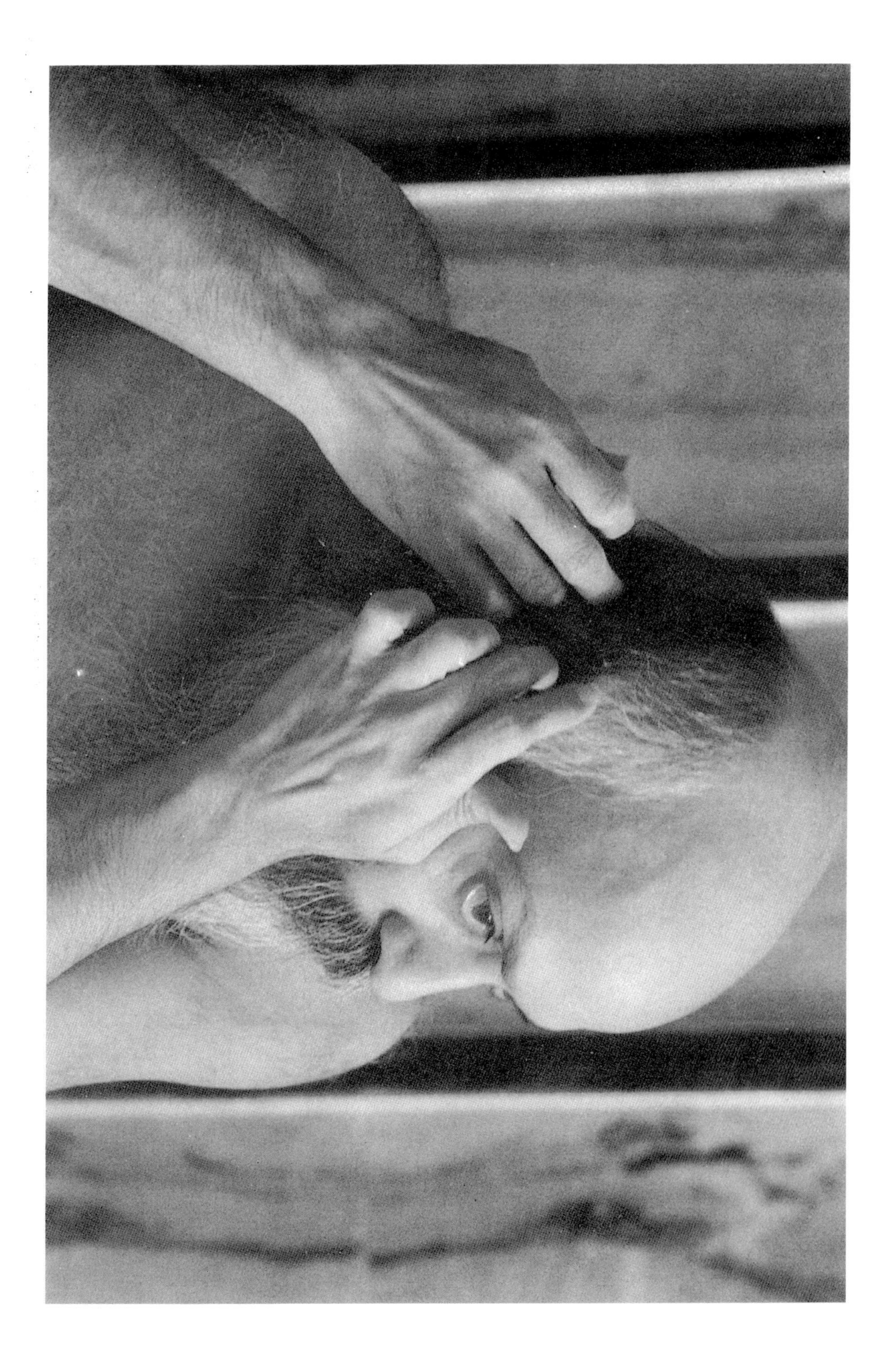

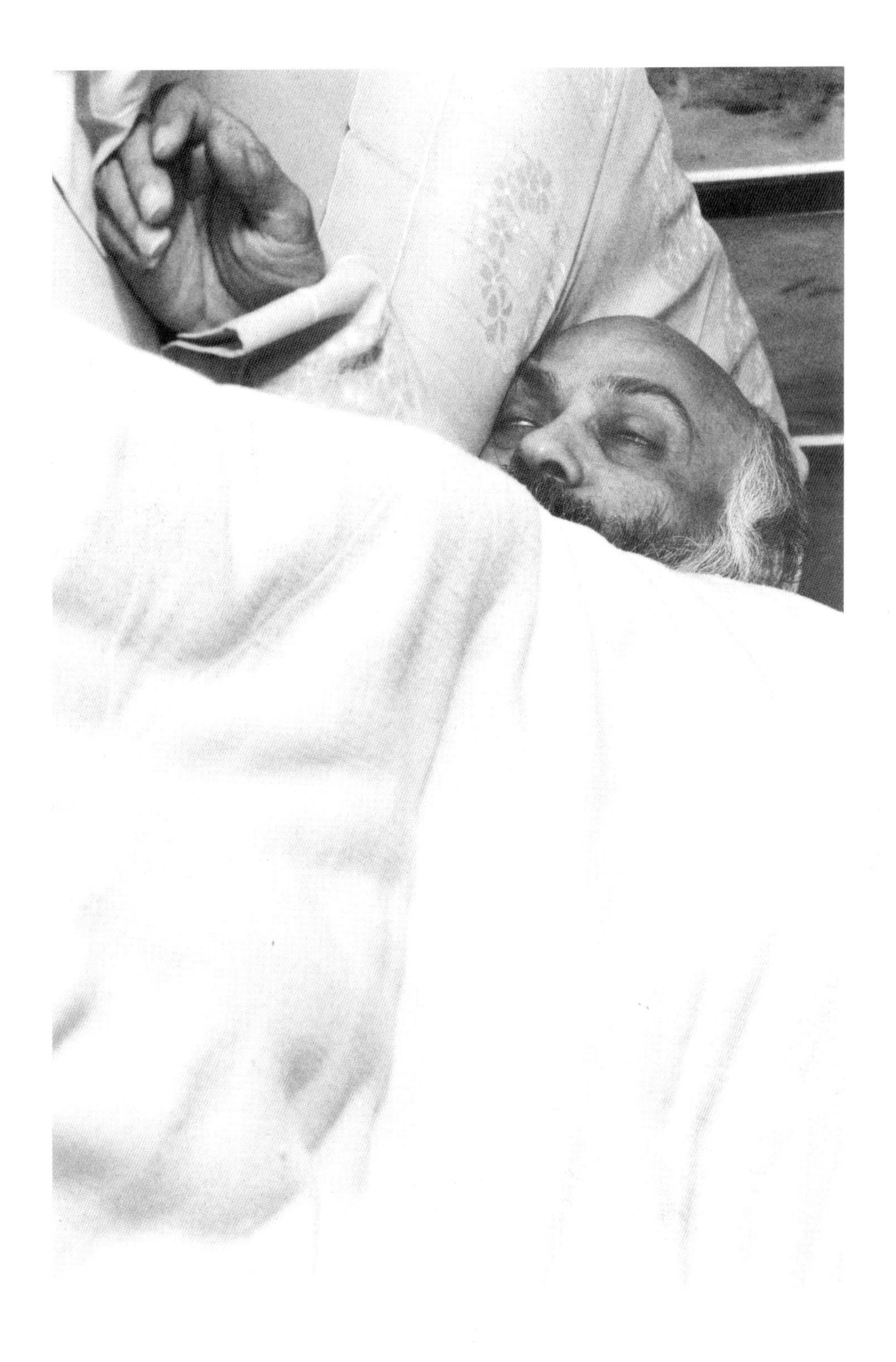

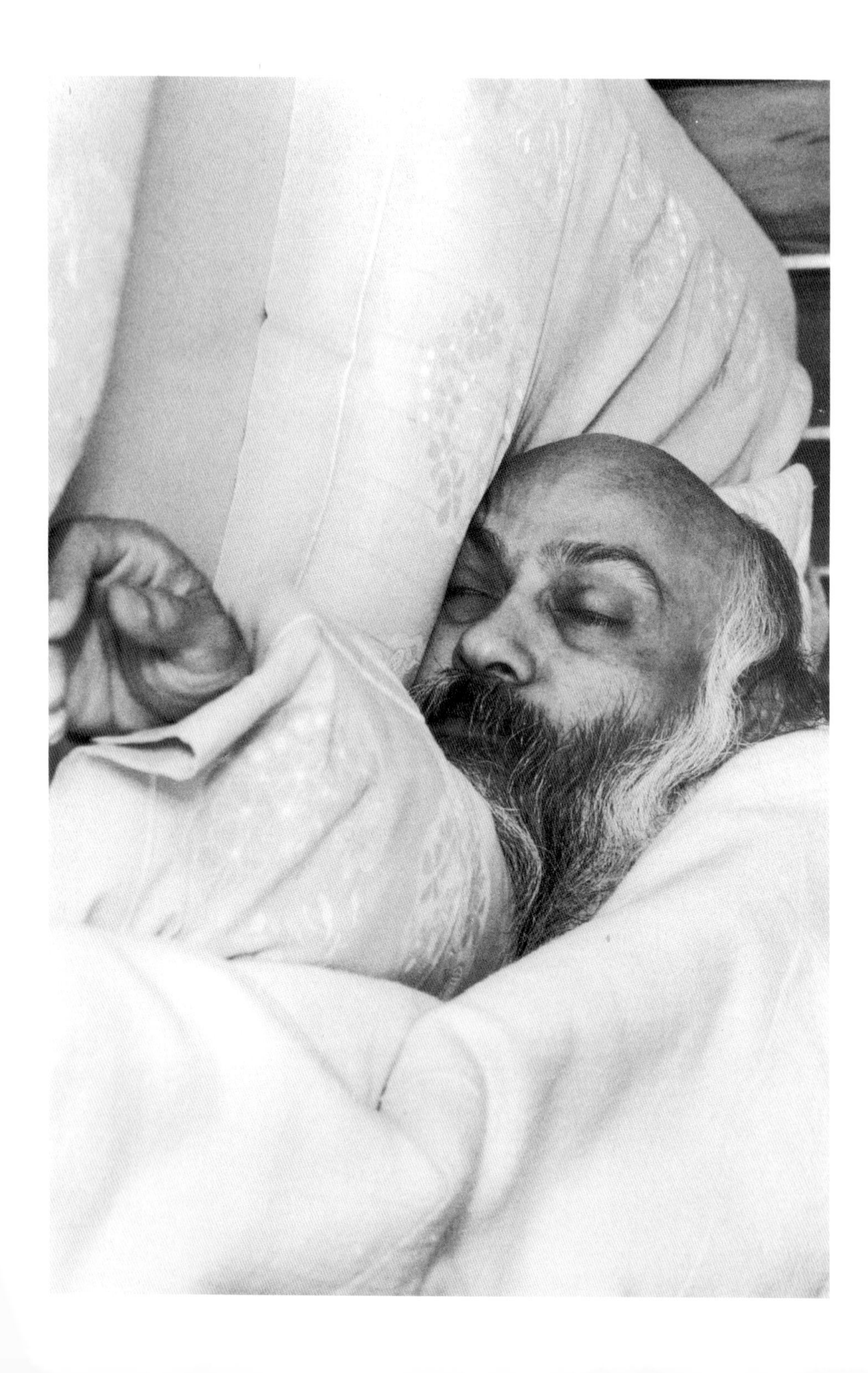

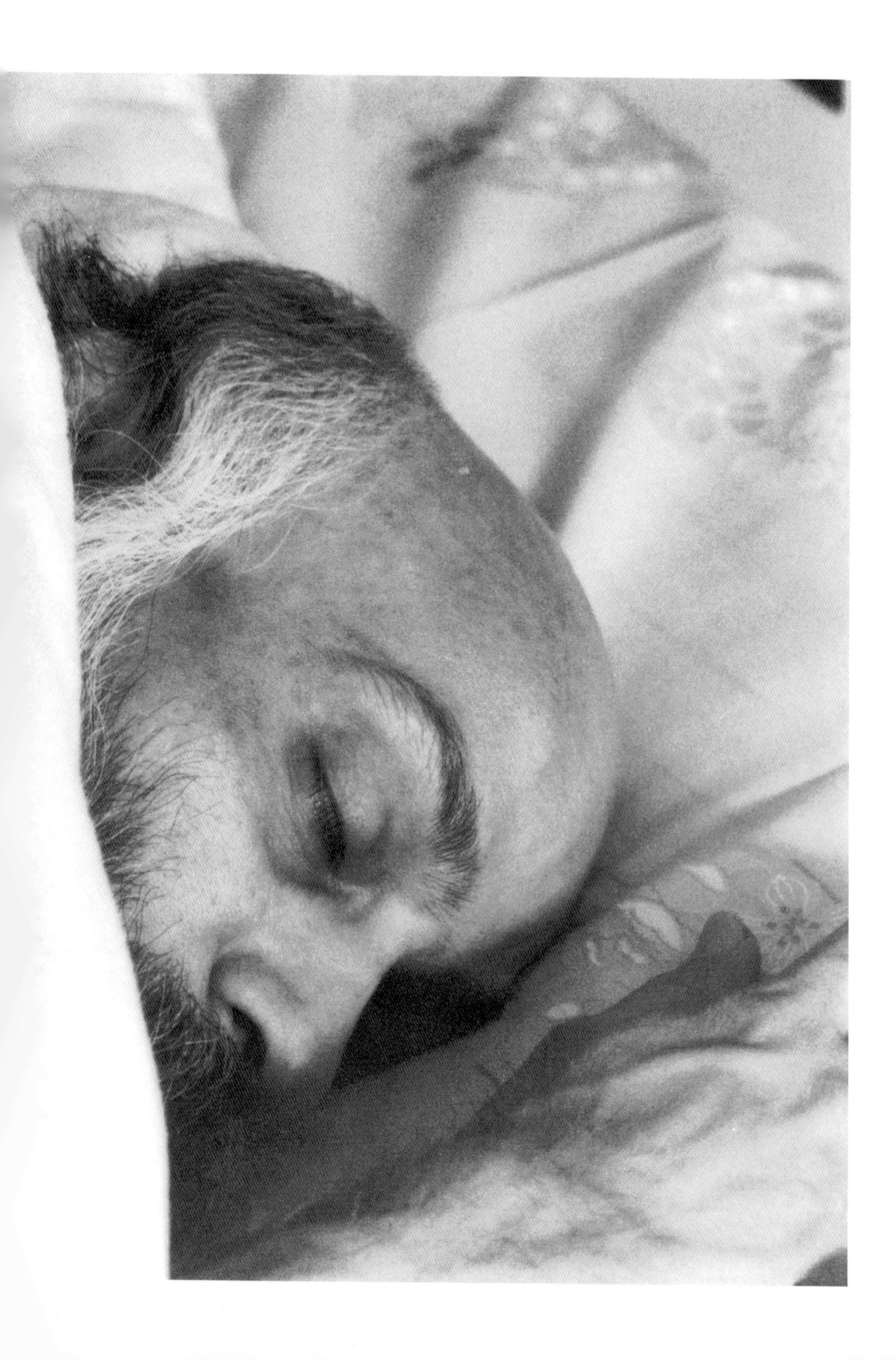

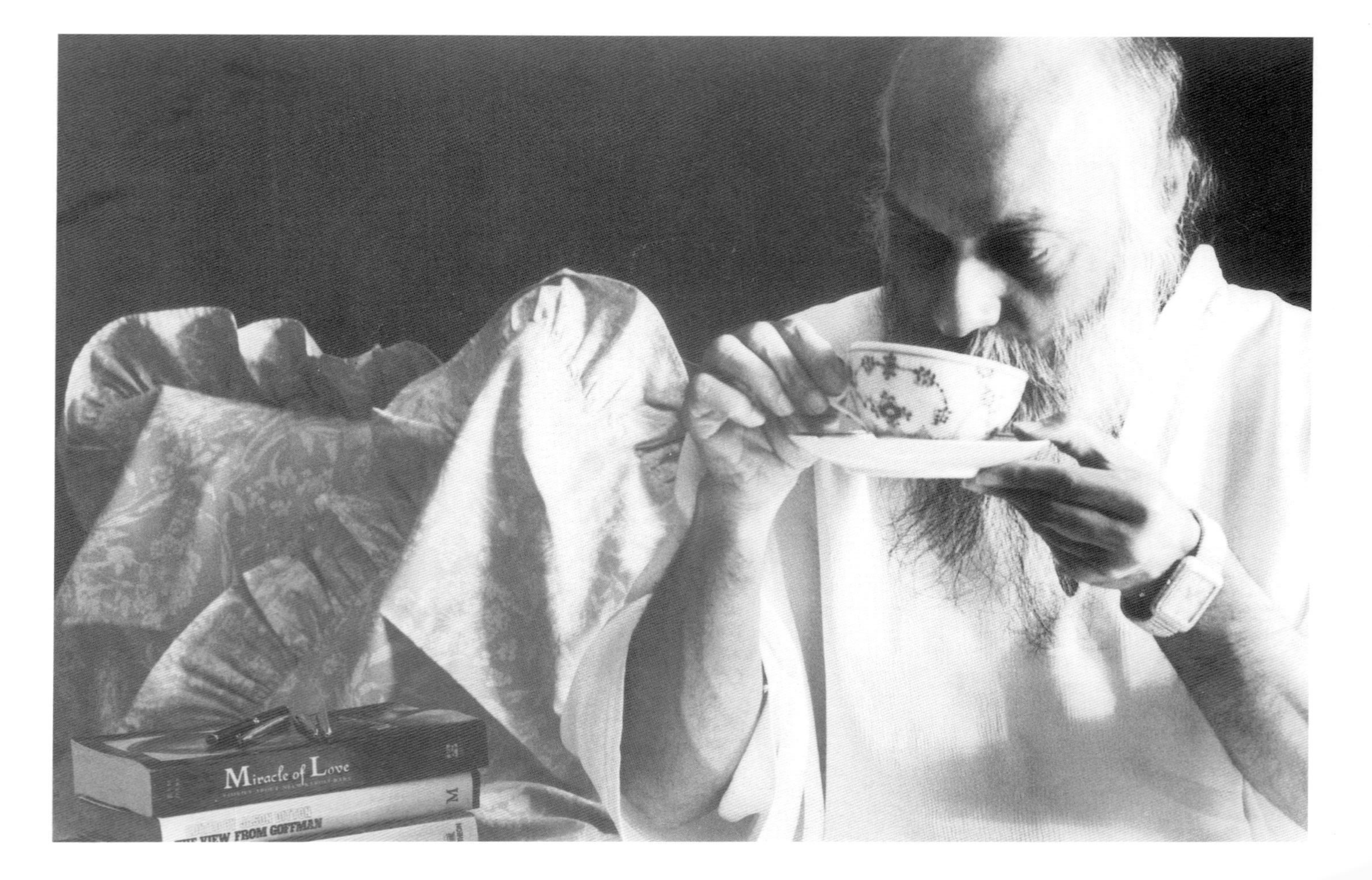
Miracle of Love
M

ROLLS-ROYCE
MZA 99
BEVERLY HILLS

THE BRAIN:
THE LAST FRONTIER
RICHARD M
RESTAK, M.D
THE BRAIN:
THE LAST FRONTIER
DOUBLEDAY

RICHARD M
RESTAK, M.D
THE BRAIN:
THE LAST FRONTIER
DOUBLEDAY

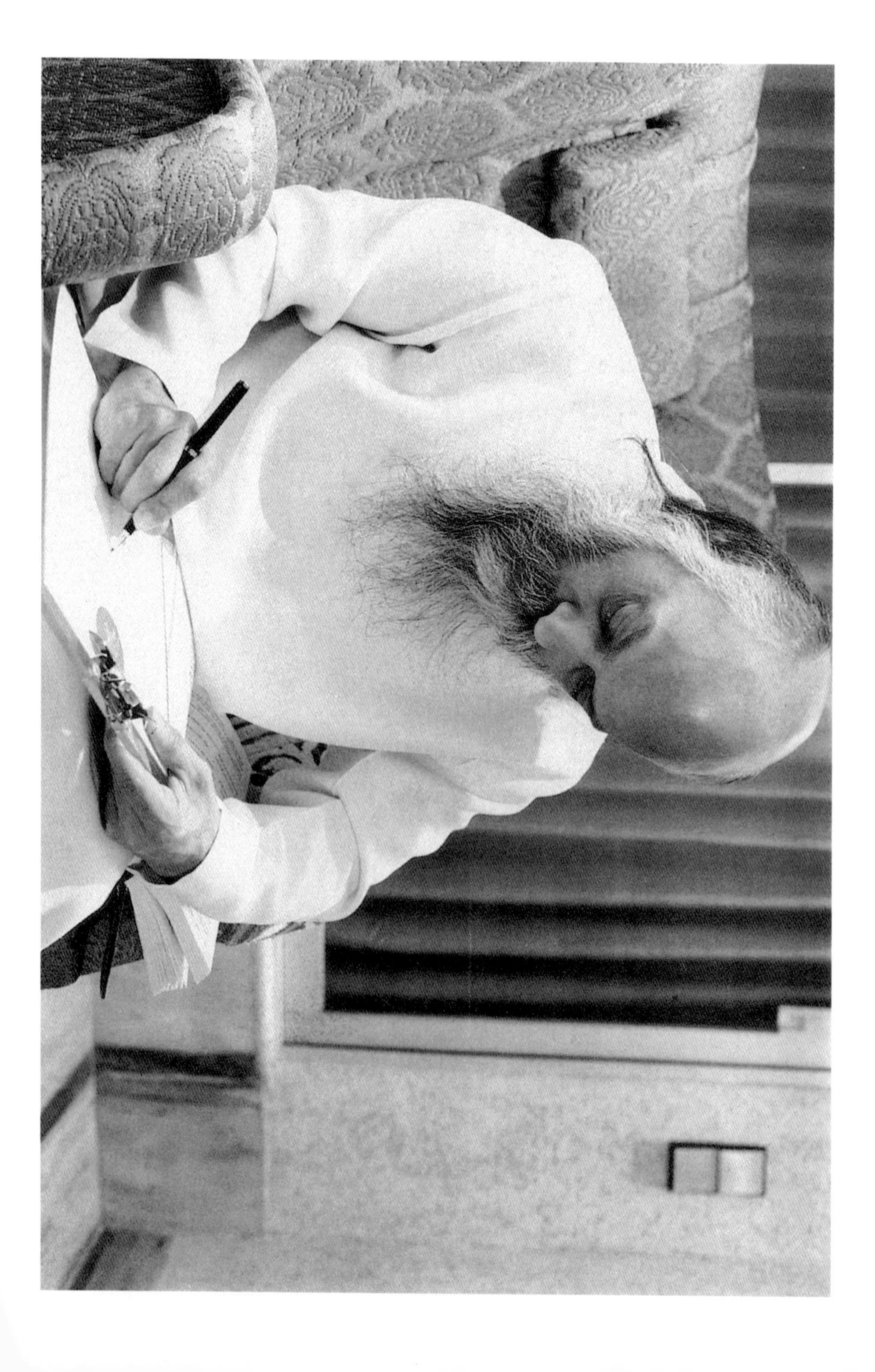

INDIAN BUDDHISM
CARNIVAL OF SOULS
KNOWING REALITY
New Age Politics
IRIS MURDOCH
Man in Estrangement
TEACHER AS SERVANT

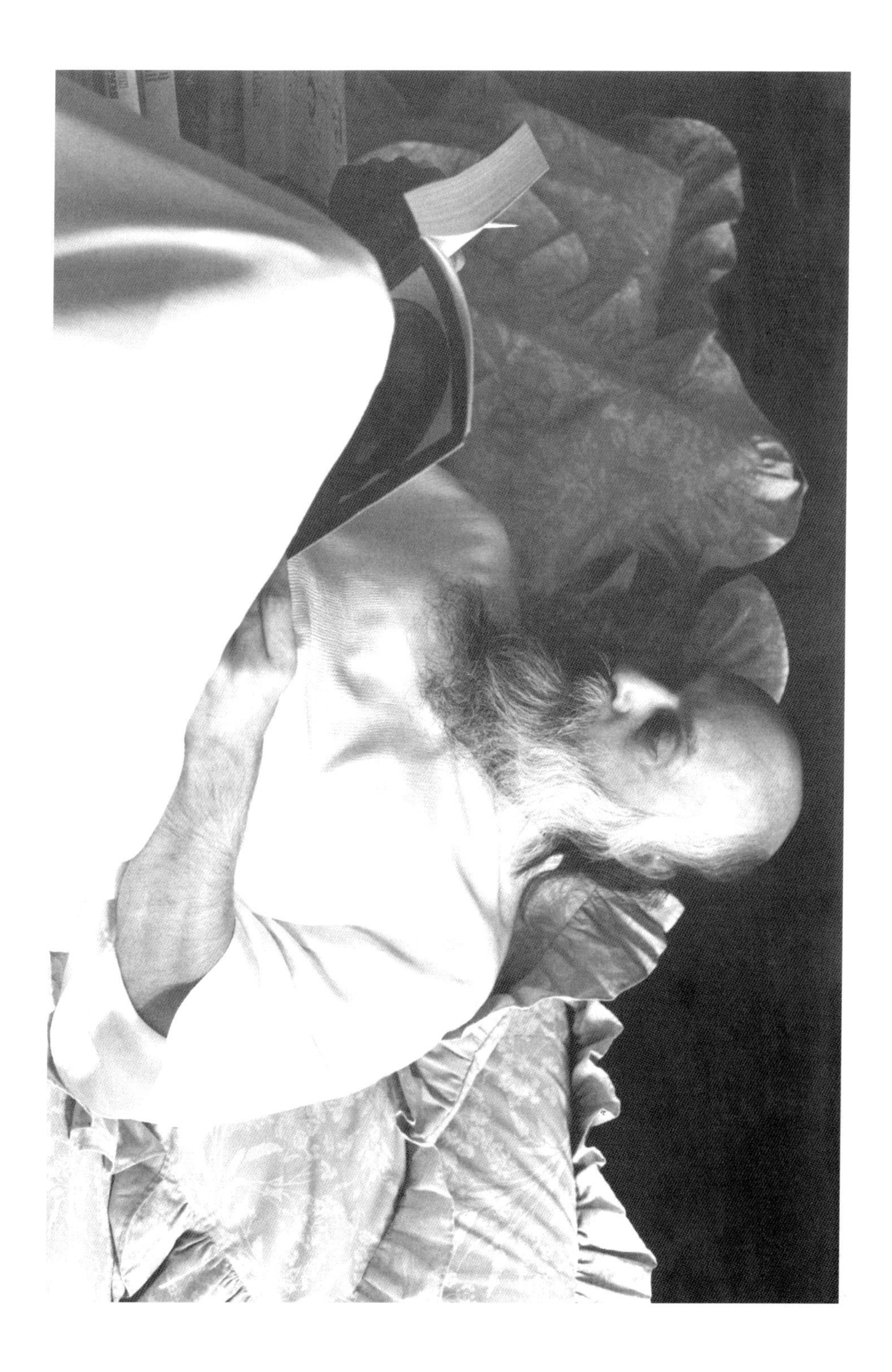

MARXISM
David McLellan

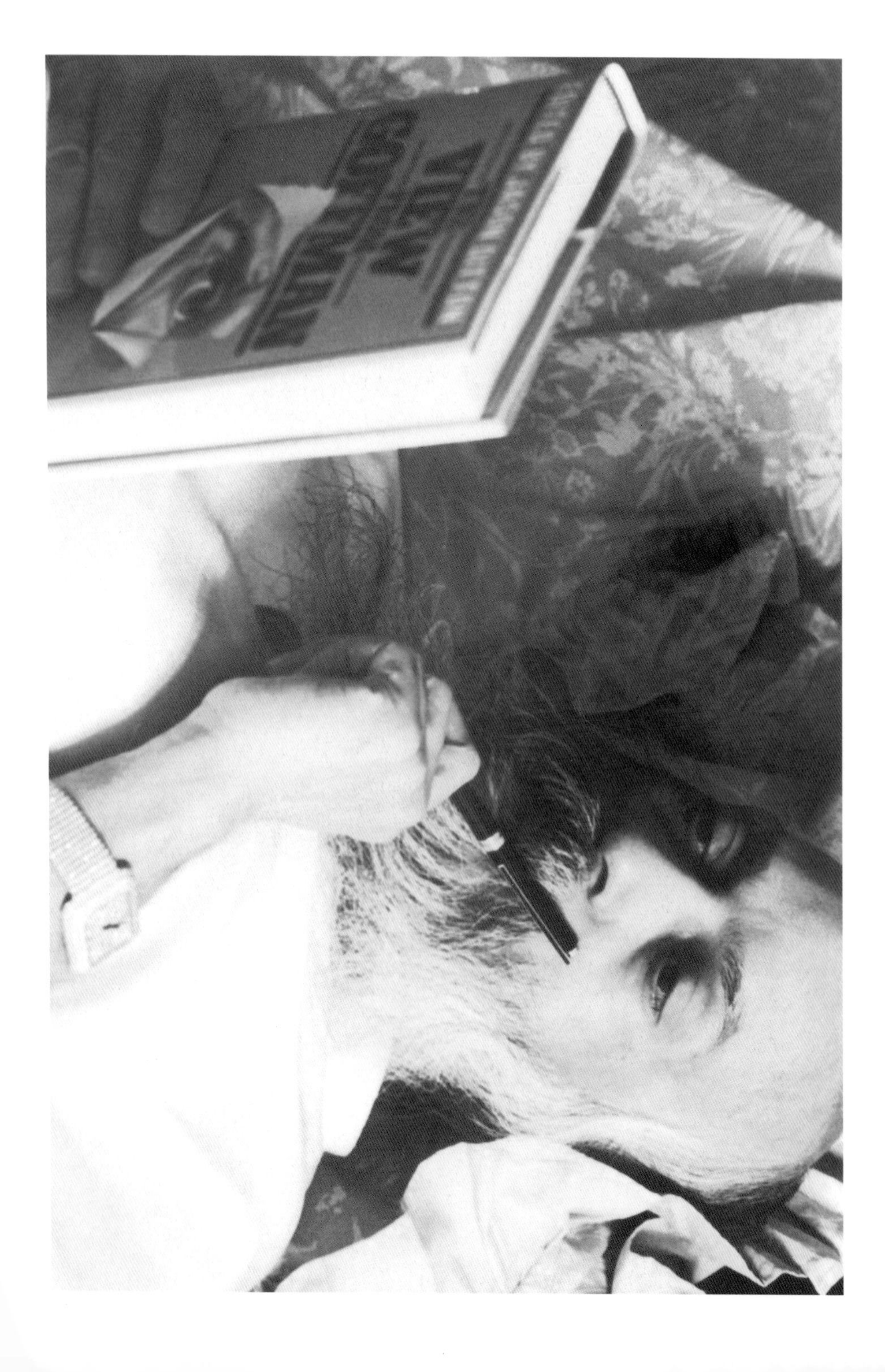

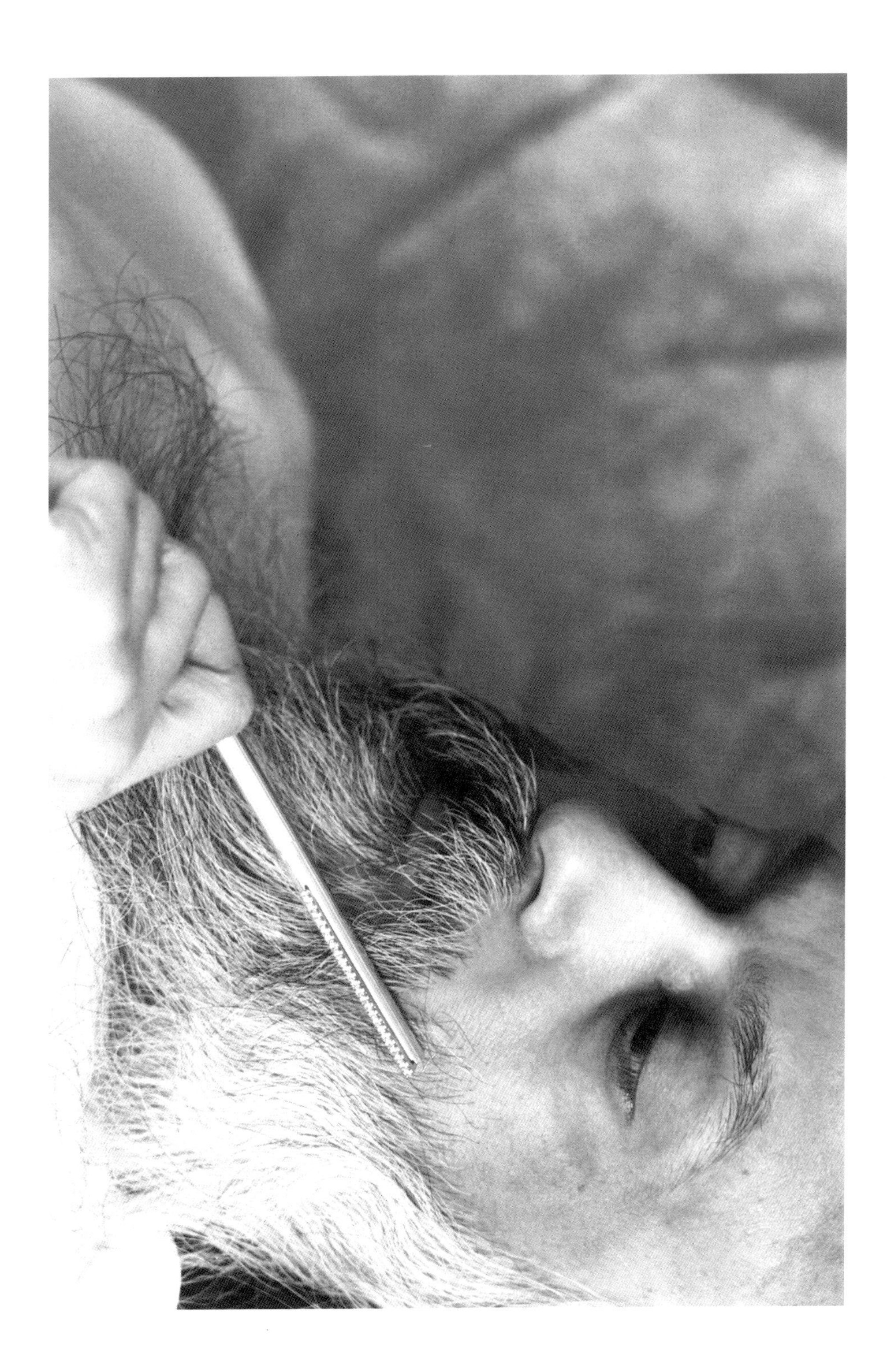

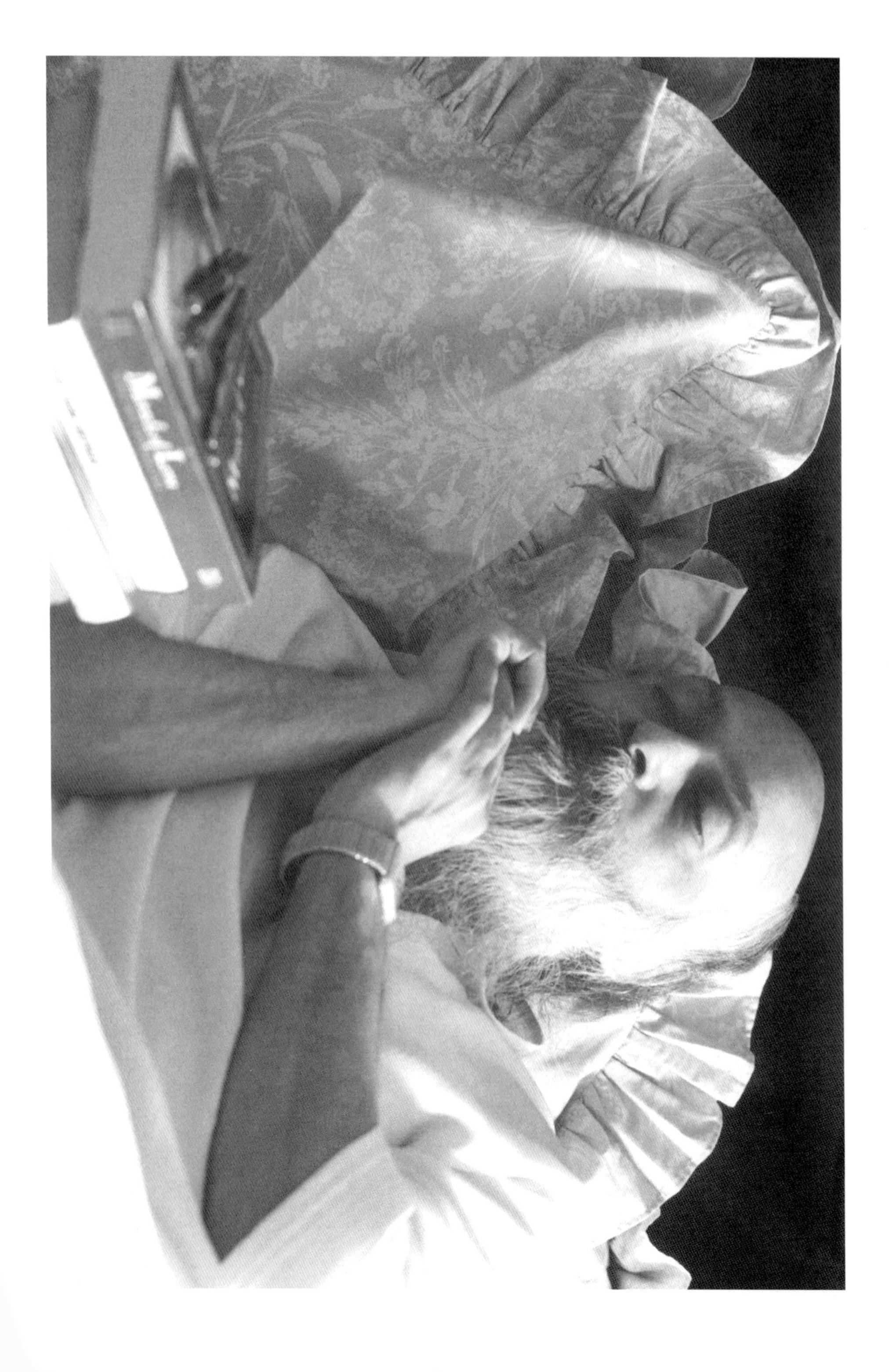

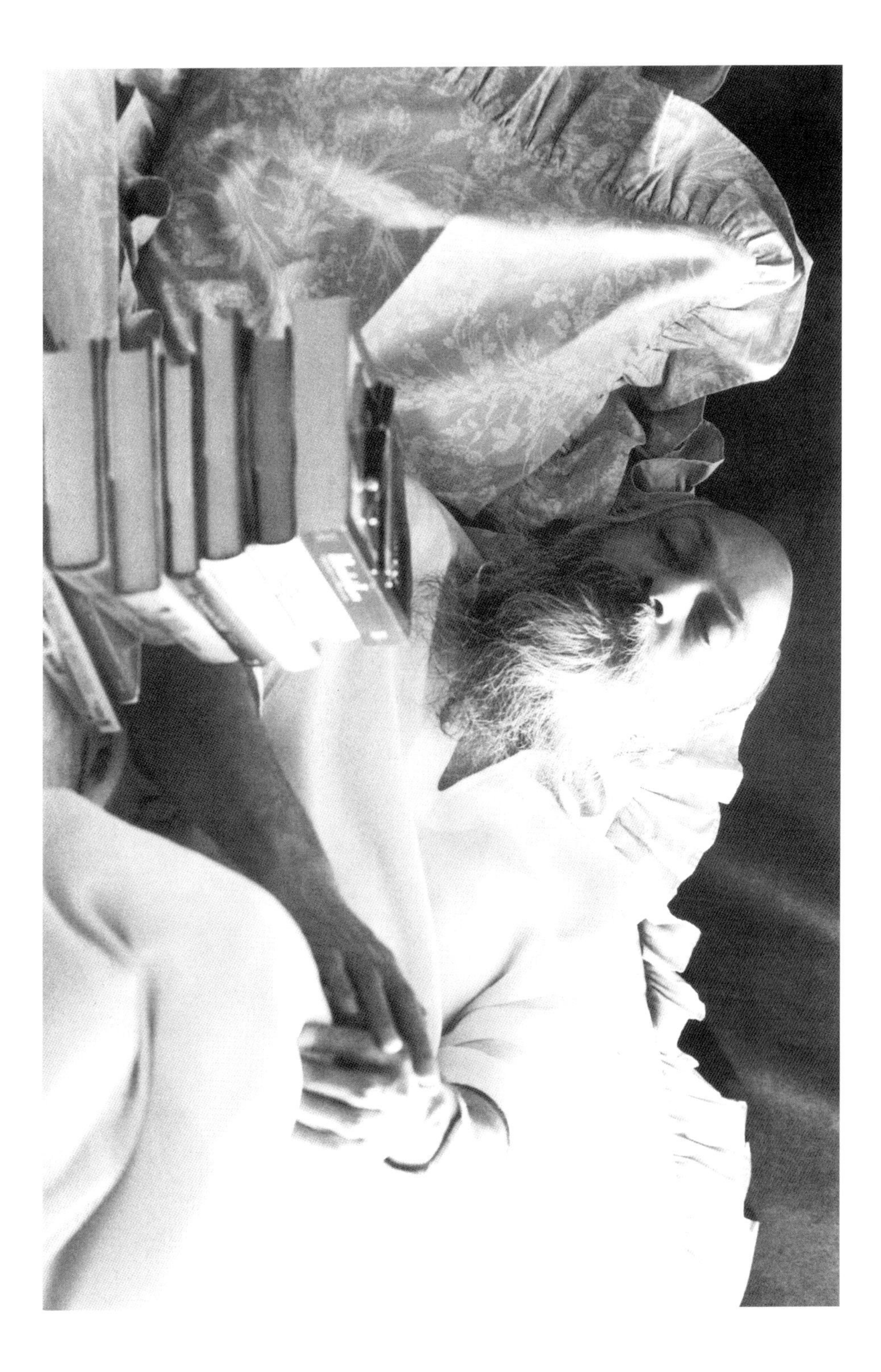

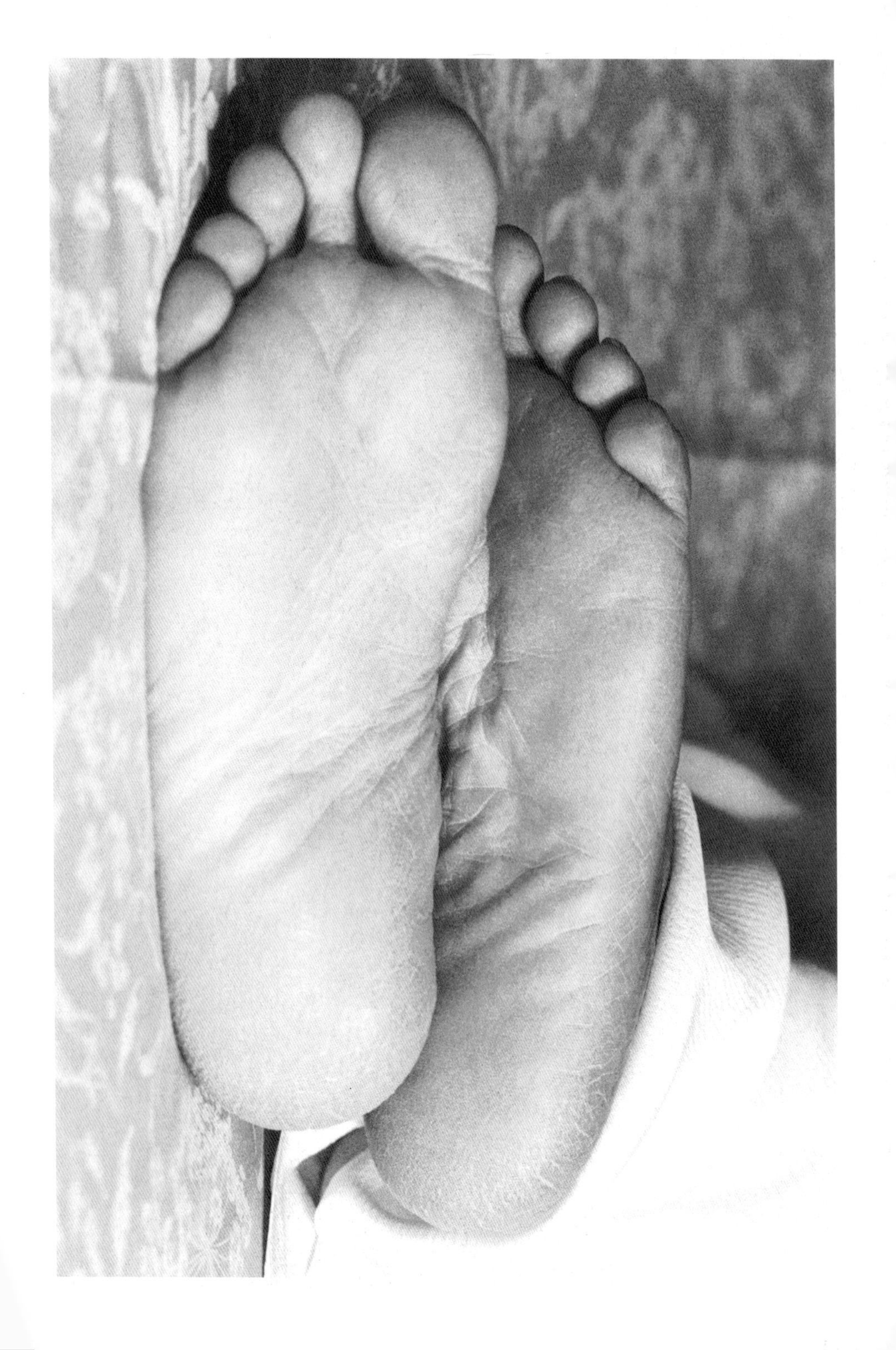

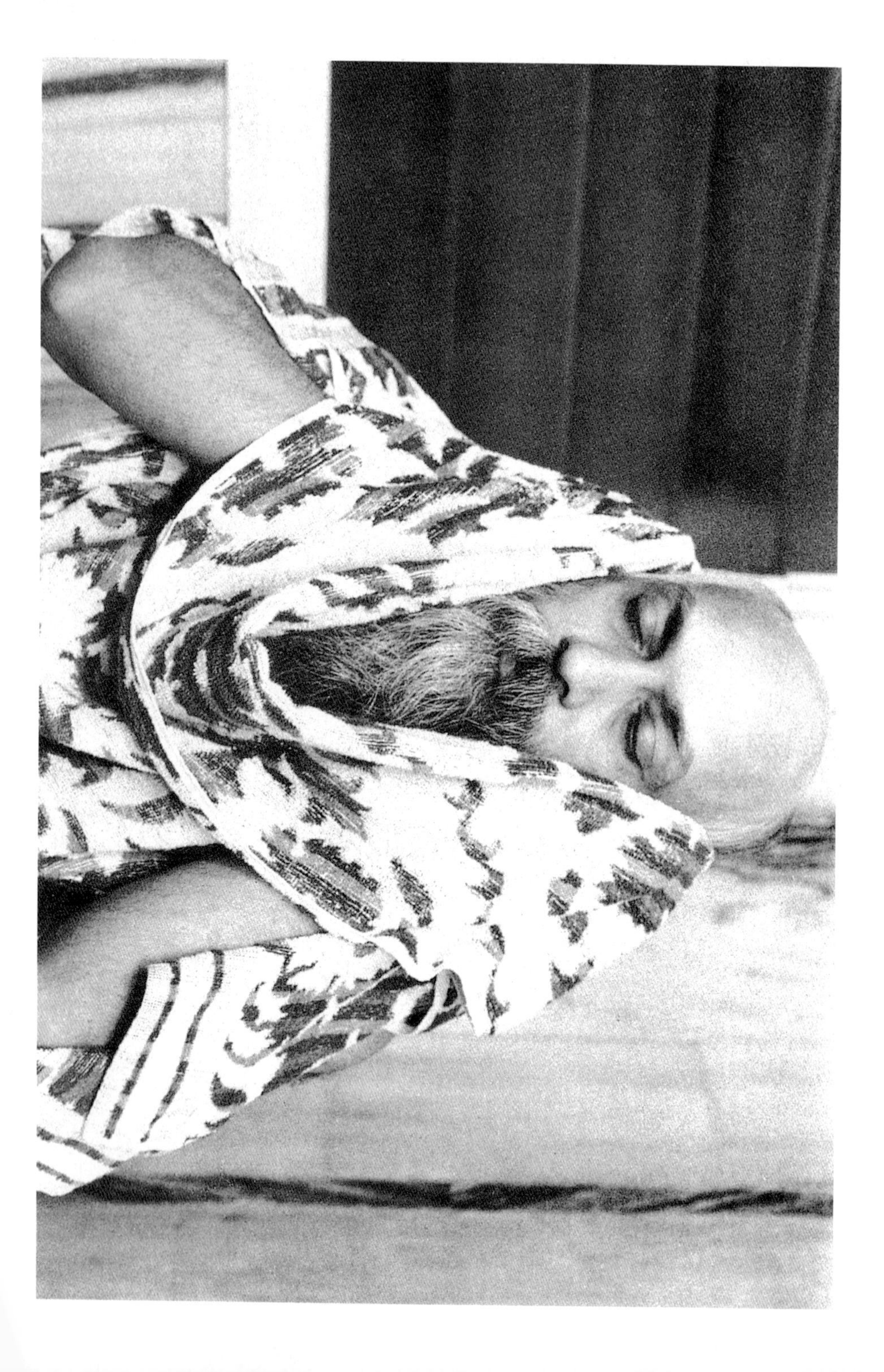

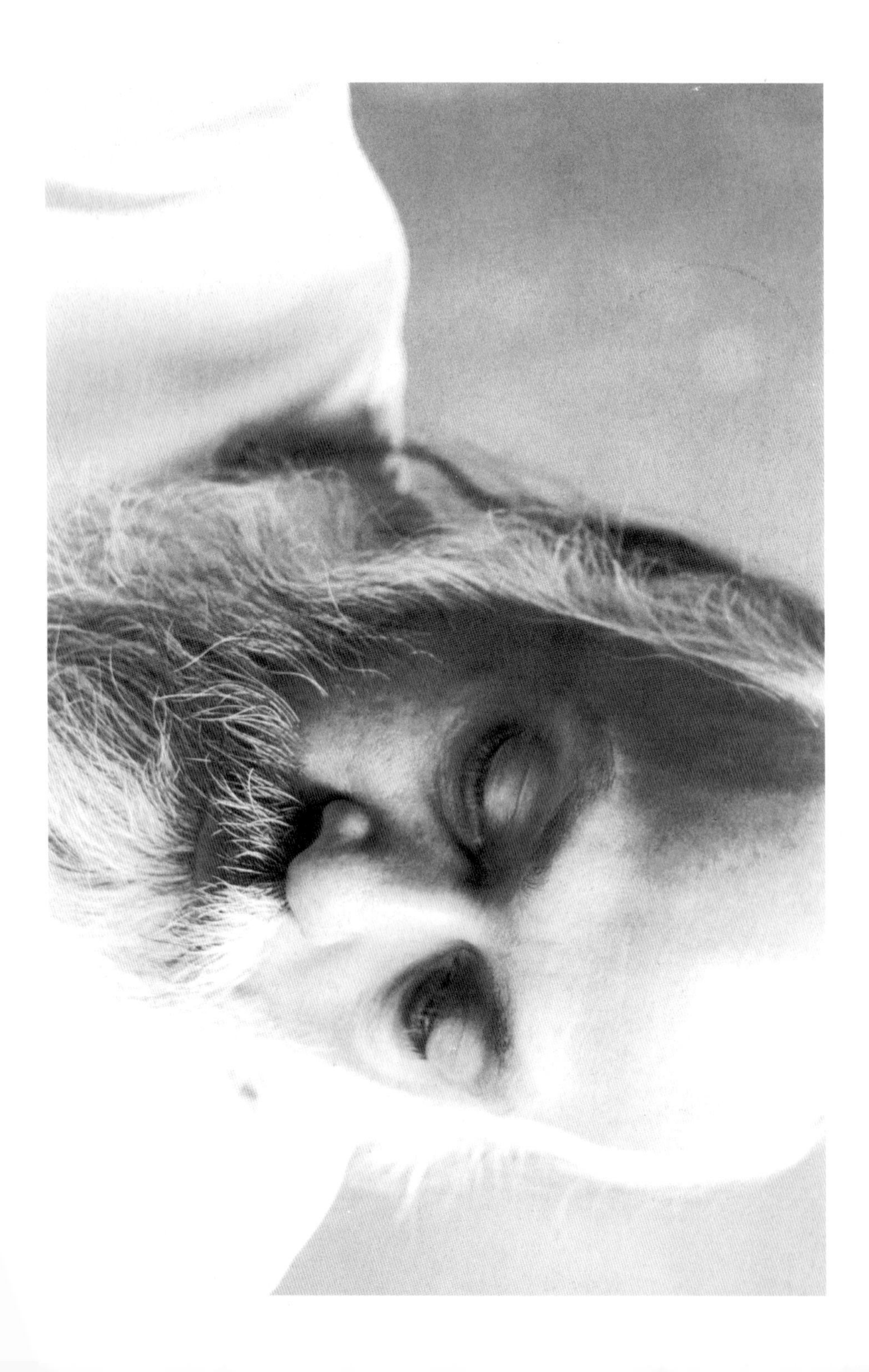

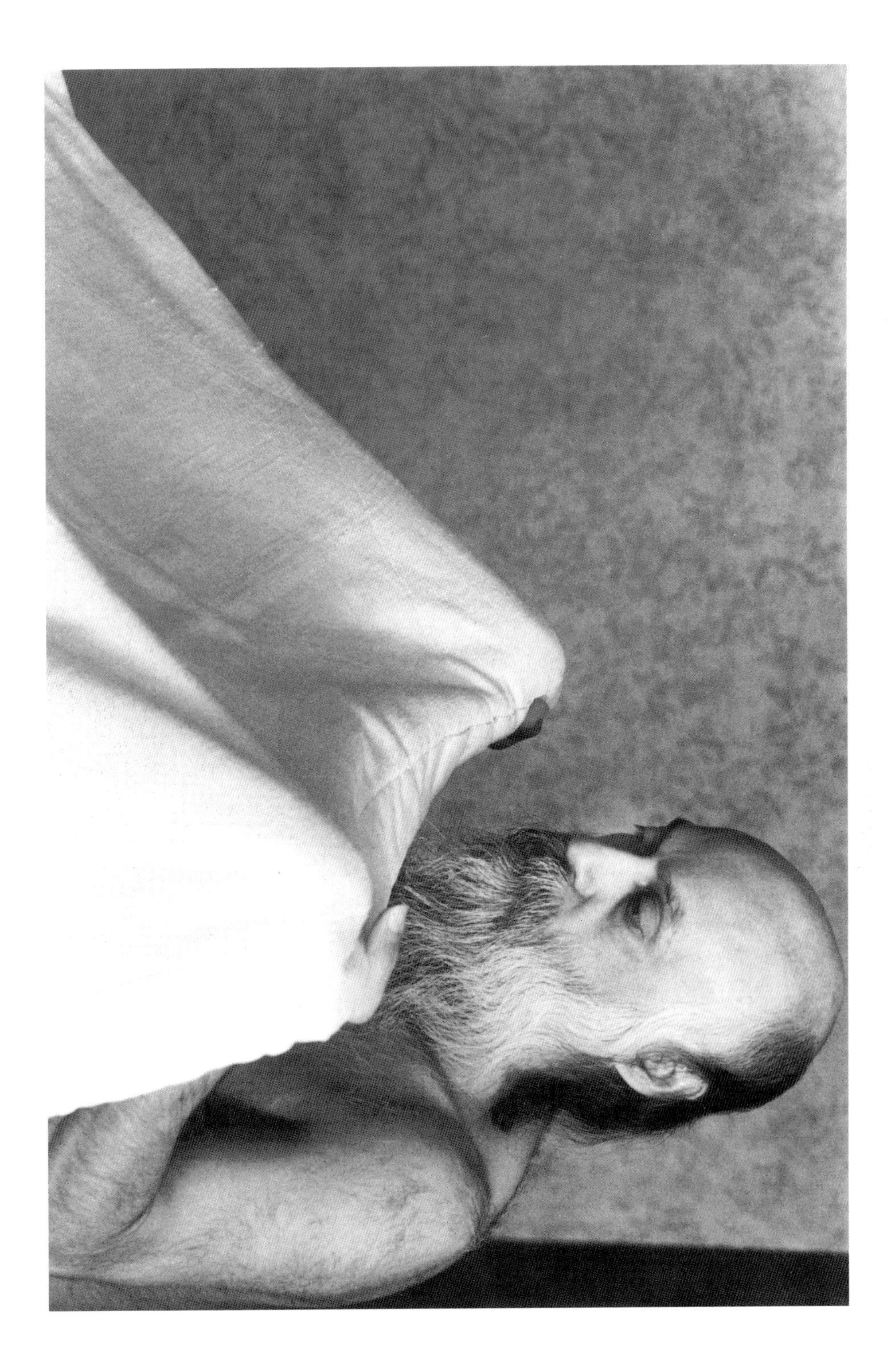

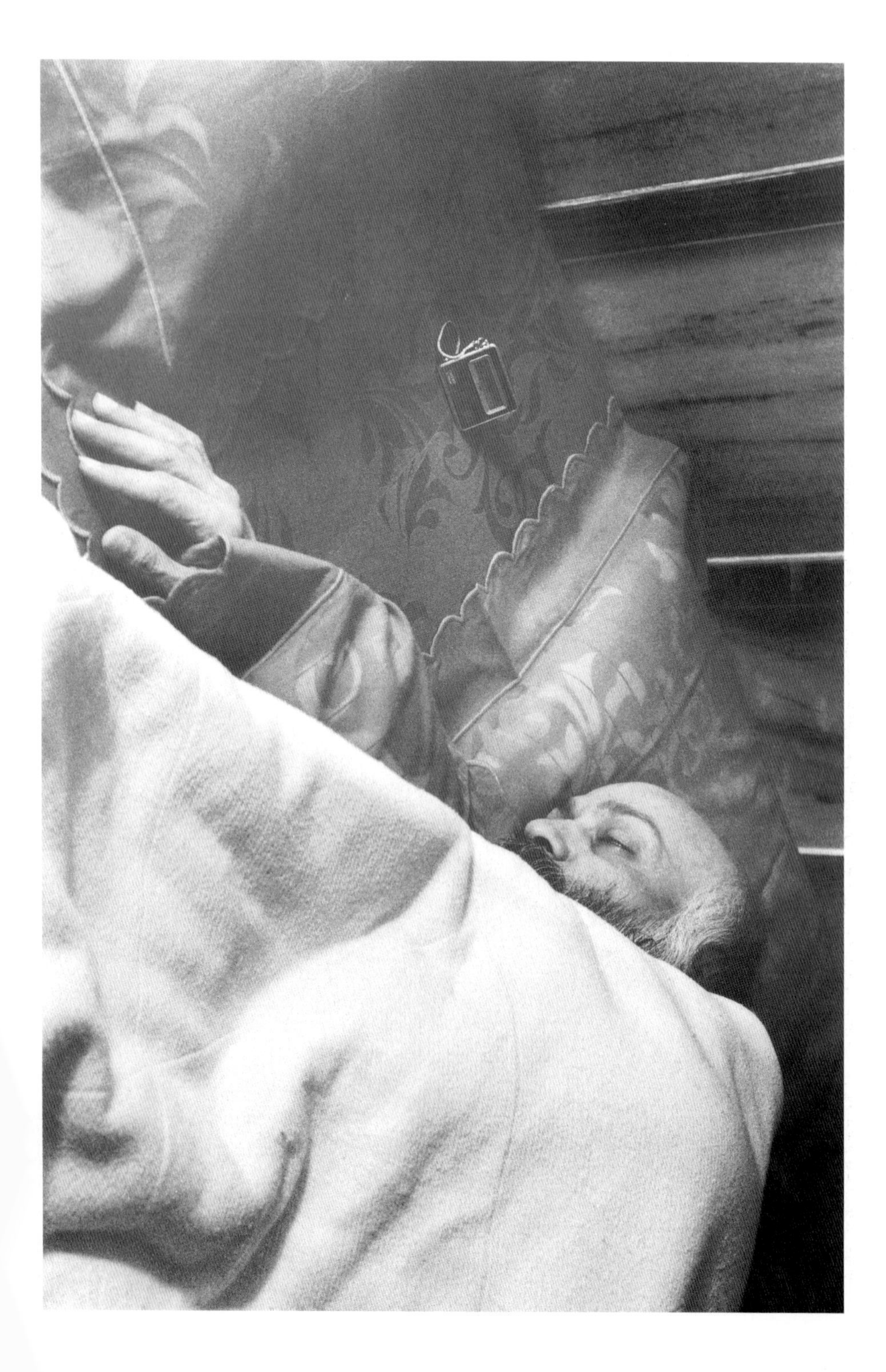

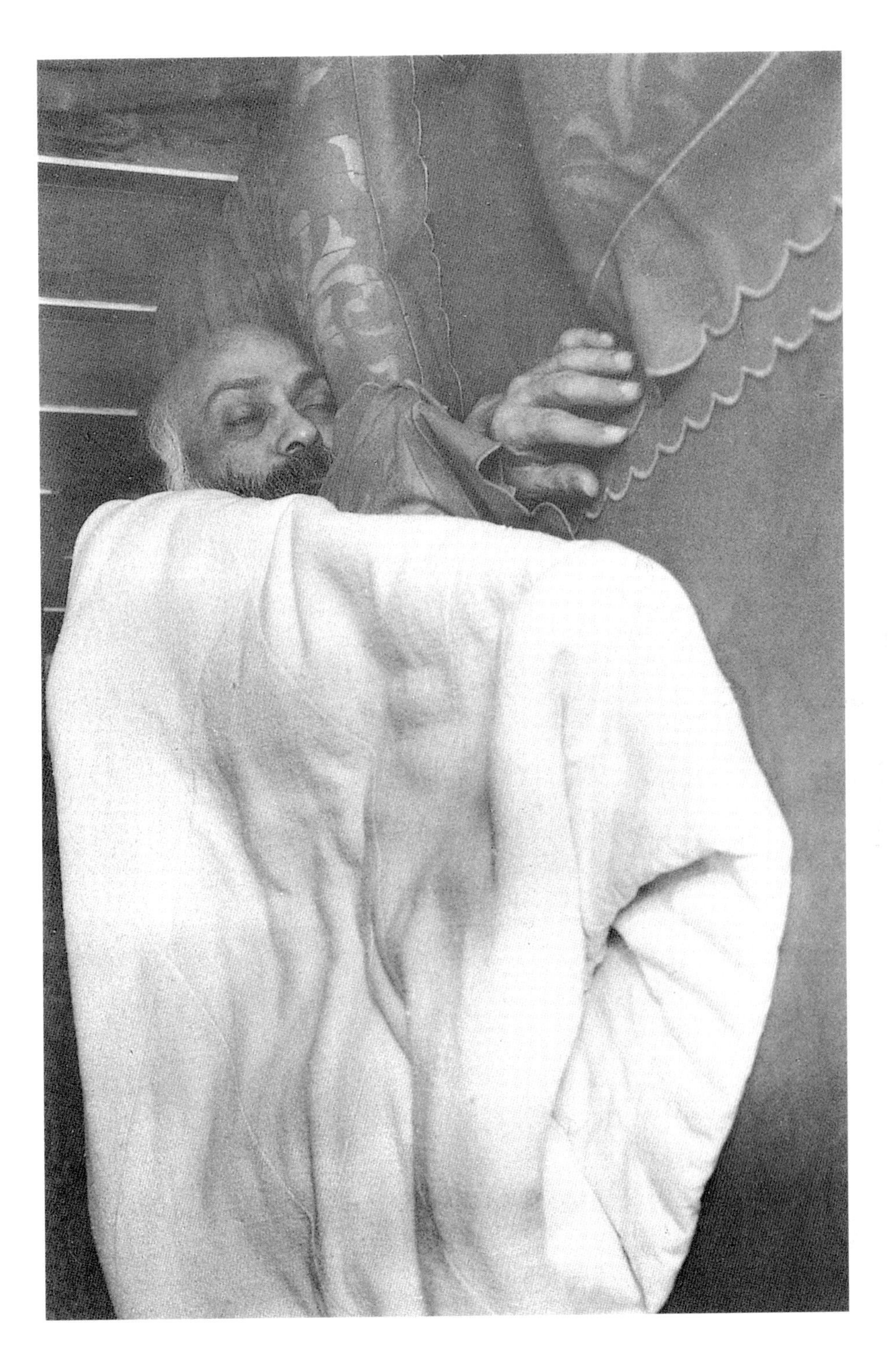

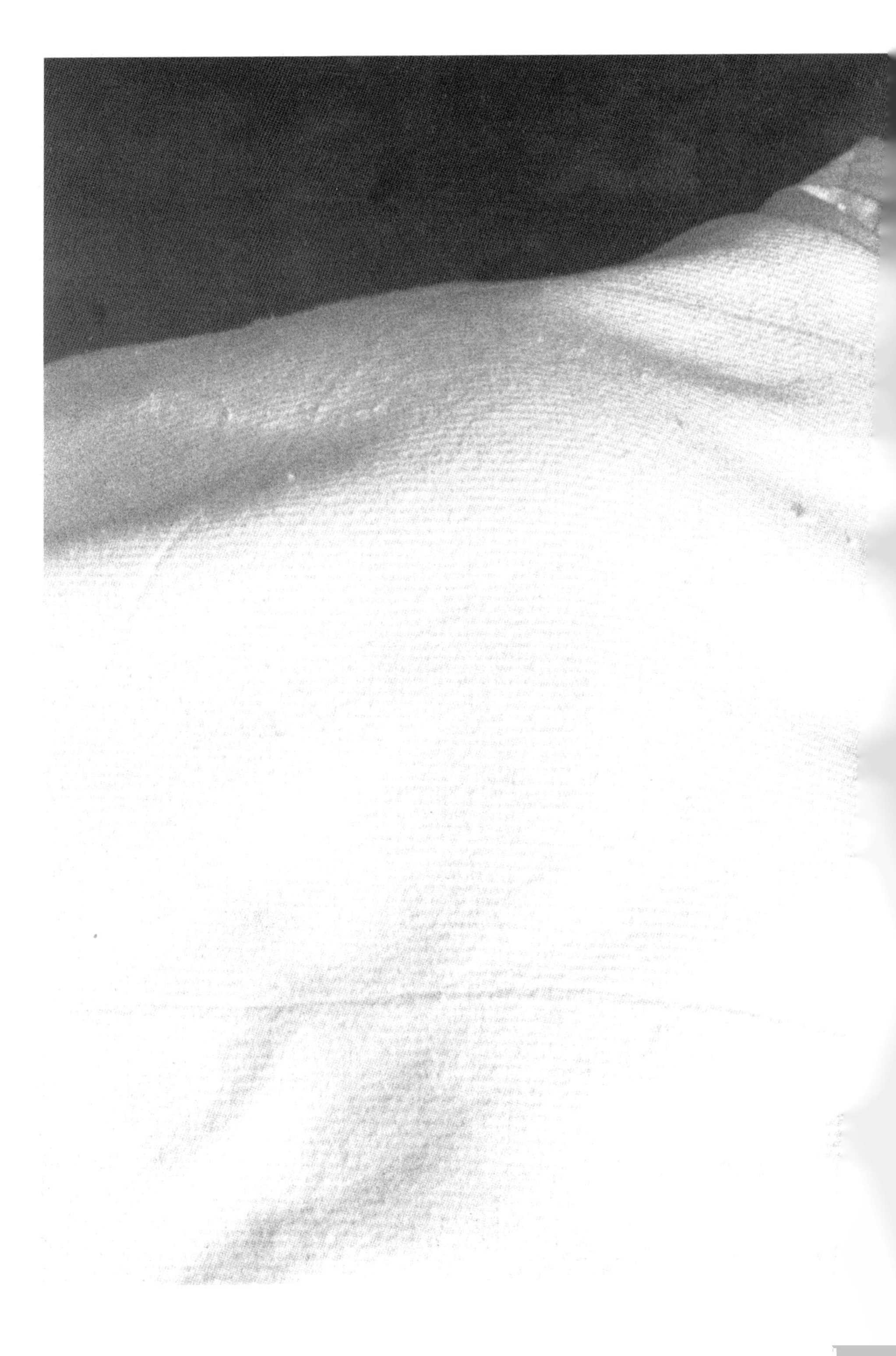

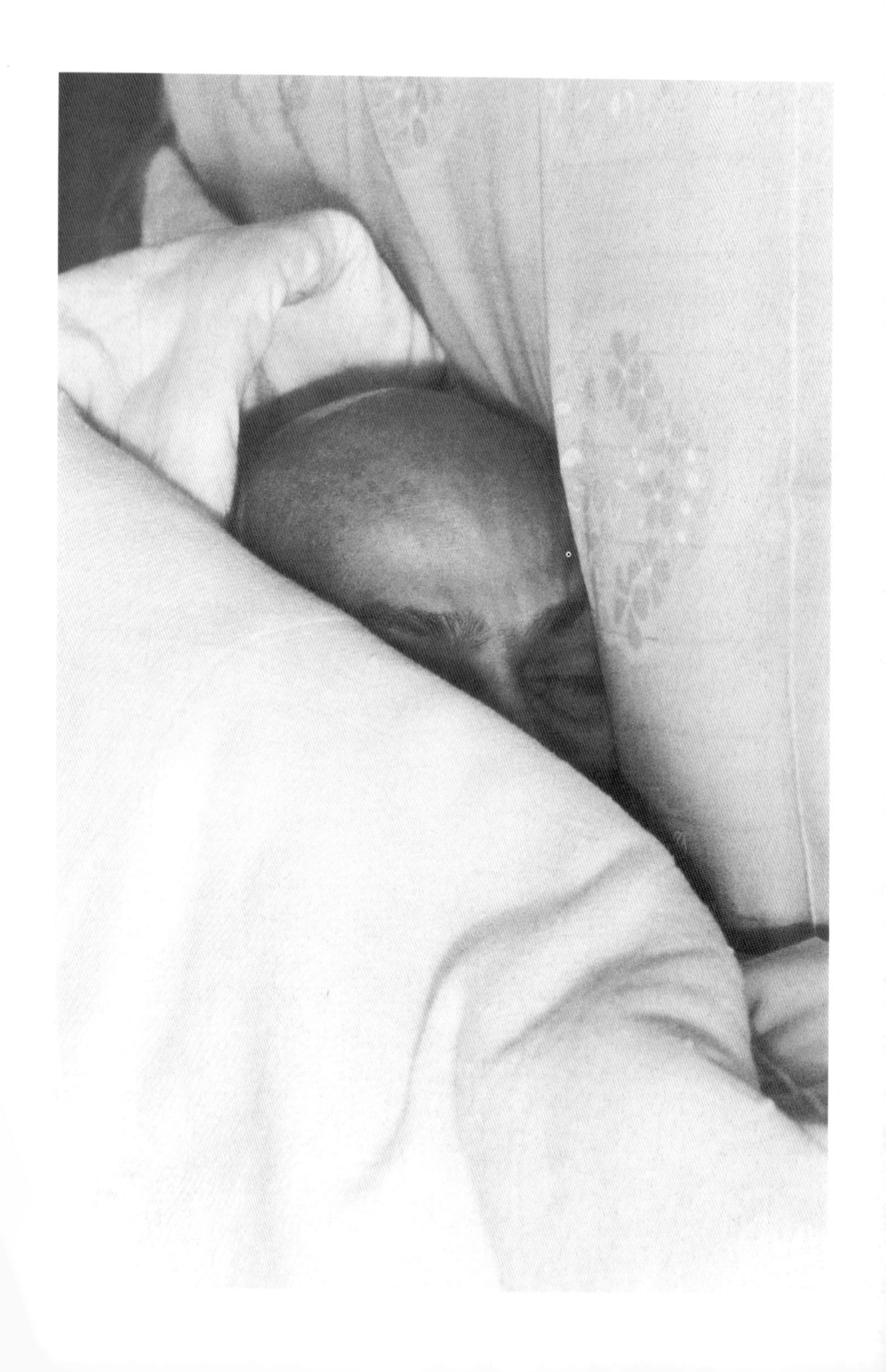

序言

斯瓦米・戴瓦・阿比南當（Swami Deva Abhinandan）

你手裏的這本書是一個獨特的眞實故事。

它是眞理的故事。

從前，在俄勒岡的拉吉奈西布朗（Rajneeshpuram）城——美國處於那種瘋狂的狀態——奧修去看他的牙醫。

這件事情本身就不同尋常（開悟的人居然也有牙齒）。它的獨特在於，大師把這看似尋常的活動變成了一個事件，變成了另一個機會，和我們一起分享他的存在。修補牙齒的工作基本上是常規性的，每次臨近結束的時候，奧修都會說幾句平靜的話，彷彿是在自言自語。戴瓦蓋德（Devageet）把它們都記下來了。

當時戴瓦蓋德並不知道自己在做什麼。他略微知道這些話是最初幾點火星，有可能點燃一把熊熊的烈火。但大師心裏清楚。他看過記錄下來的文字，接著那天早晨，他召開了一次會議。

有四個人參加這次神秘的會議：戴瓦蓋德，牙醫；戴瓦拉吉（Devaraj），奧修的私人醫生；阿淑（Ashu），牙科護士；維薇科（Vivek），奧修的護理員。

在約定的時間，他們被領入奧修的房間，那些還沒有看見過它的人微微吃了一驚。外面傳得沸沸揚揚，說奧修的房間有多麼奢華，這裏卻是另一番場景，房間幾乎清一色鋪著油地氈，他們的師傅就坐在裏面。沒有大理石，沒有黃金陳設，沒有任何類型的裝飾。除了他的椅子和三只塑膠桶以外，房間裏空無一物。

每到冬季，俄勒岡的雨水都會侵蝕周圍的表土，形成一條泥濘的溪谷，就是這種雨水穿透了屋頂，而這三個從市場買回來的塑膠桶被放在漏雨的地方，以接住從活動房屋的天花板不斷滴落下來的水。

奧修，當然，毫不在意，和著雨滴的節奏，提醒他們入座。他告訴他們，在修補牙齒期間他所說的話都要記錄下來，編輯成書。戴瓦蓋德記錄。戴瓦拉吉編輯，阿淑協助並列印，維薇科爲書拍幾張優美的新照片。

在所有記錄下來的奧修的文字中，這個產生於牙科診療椅上的小小的閒談系列，終將證明是迄今爲止最接近大師內心的文字。它是一種特殊的交流。因此，這些文字有一種特殊的味道。

據說，這位受人尊敬的記錄員一開始正式聽奧修說話的時候有一點困難。那些話幾乎是一種耳語。從寂靜中邁出一小步。它們好像來自很遠很遠的地方，彷彿他在那極高處呼喚，當初他就是從那兒降臨地面的。然而這些輕柔的話卻具備所有的力量、所有振聾發聵的力量，是獅子發出的美麗的、自由的吼聲。

在第一階段，奧修只是隨意講述，把優美寧靜的話語編織成一幅令人愉快的玩笑加淘氣的畫面。然後，他開始深入古老的西藏咒語唵嘛呢叭咪吽（Om Mani Padme Hum）的源頭。通常這是一個高深的主題，奧修卻把其中的嚴肅性統統去掉，這些章節奇蹟般地充滿了能量、光明和許多歡笑。這最初兩個系列輯成單獨一卷，名爲《一個瘋子的備忘錄》（*Notes of a Madman*）。

奧修這一生所讀過的書多得驚人，在第三系列中，他談到他的圖書館裏最珍貴的幾部書。這一系列就簡單地叫作《我喜愛的書》（*Books I Have loved*）。邀請我們也來體味這些書，爲它們的詩意和美所激勵和滋養。

第四系列他稱爲《金色童年》（*Glimpses of a Golden Childhood*）。突然奧修開始談論他的早年，這件事情他以前從未做過。現在他開始向他的門徒和世界揭示一個罕見而奇異的禮物。他講述他早年的時光，那時候他的解脫境界尚處萌芽狀態。

奧修是終極的不爲傳統規範所束縛的人。他不向任何信條、學說低頭。現在他作爲一個人是這樣的。過去他作爲一個孩子也是這樣的。

他不承認表面價值，反叛喪失活力的傳統、已經乾枯的宗教和價值，這團火焰早已燃燒得通明。他從來不害怕結果。他隨心所欲，不怕危險，跳進最深、最危險的河，在漆黑的夜晚獨處。

連他的父母、他的老師都開始尊敬這個淘氣孩子的無賴。據說當其他孩子都到外面去玩的時候，奧修到裏面——在最眞實的意義上——去尋找他的樂園。

奧修這一生沒有師傅，可是他遭遇許多偉大的人物，他們甚至當即就認出這個男孩是誰。他們看到他的潛力，這顆種子即將爆發，開成美麗的鮮花。這本書充滿了這些故事，關於這些人、他們對奧修的愛和深切的尊敬，以及作爲回饋，他對他們的愛和尊敬。

雖然這一系列講述的是大師早年的生活，它卻不是一本常規的自傳。奧修的成長不僅是長大，更是向上成長。他講述他的童年時，並不是給我們上一堂個人的歷史課。他沒有面具，沒有角色；沒有對他所「做」的事情誇大其辭，沒有悔恨。這本書裏的故事不是按照年代順序排列的，它們是純粹的、自發的意識流，直接源於沒有時間的海洋。你不可能把一位大師的生命置於時間的框架中。

奧修講故事不是出於懷舊。當他懷著深厚的愛講述他的父母、他的祖父母、他一路上所碰到的那些瘋狂的人物時，他使他們栩栩如生，充滿歡笑、能量。它就活在此時此地。你可以感覺它、分享它。

有時候眞難以想像，但奧修所做的每一件事情都是爲了我們。他很久以前就已經實現了自己的願望。他很久以前就已經找到了那個最深的寧靜之國。他不必說話，這全是爲了我們。

這本書，這些對他眞正的金色童年的回顧，只是另一次邀請，再給我們一點鼓勵，使我們也有勇氣去尋找那個開花的空間。這些書頁中所包含的純粹的愛只是給予我們一點滋味、一縷芬芳，它屬於這開悟的奇蹟、這開悟的奧祕。

這是此書的第二版。第一版有些地方被它的出版者做了明顯或不明顯的改動。但原先的鑽石依然完美無瑕，她做的改動已經沒有了，現在它恢復原貌。

這個版本內容更豐富。從一九八一年最初的談話系列開始，奧修多次講到他的童年。現在這些故事和軼事都被收集在這本書的附錄裏——爲這早已豐盛華美的宴會額外增加了一點調味。

假如讀者發覺附錄的風格有所改變，這歸因於這一事實：在正文中，奧修只是在講述童年記事。而附加的章節主要來自各次的演講，他用故事來闡明特殊的要義。

最後幾年，奧修和他的人發生了許多事情。路途不總是一帆風順的。他從沒有這麼說過。他被戴上鐐銬、關進監獄、下毒。這美麗的人被無意識的世界作爲罪犯對待，他的健康徹底毀了。他被連續下毒超過四年，隨後被美國驅逐出境，奧修想方設法保持他的身體不分散，以便繼續在他的人身上工作。他於一九九〇年一月在印度的普那離開他的身體。在那裏，圍繞著他成長起來的社區繼續拓展、繁榮。

發生了許多，又沒有發生什麼，因爲它還在發生，一刻接著一刻，刻刻如金。

奧修在這本書裏說：「好多次我都感到驚訝，怎麼身體變老了，可是就我而言，我並沒有感到老年或者年老的過程。我沒有一刻感到不同。我還和原來一樣，雖然發生了許多事情，但它們只發生在外圍。

「所以我可以告訴你們發生了什麼，但是要始終記住，我沒有發生什麼。我和降生以前一樣天眞而無知。」

在他離開身體前幾個月，他口述了這個碑銘，刻在安放骨灰的墓室上：

奧修

不生——不死

僅於一九三一年十二月十一日～一九九〇年一月十九日

訪問這顆星球

假如你期望這本書有邏輯，那麼你不會找到它。大師都不是講究邏輯的人。你將發現的是生命，帶著它所有的瘋狂、所有的愛、所有的歡笑！

假如你以一顆敞開的心看這本書，假如在某些片刻，你能放下你嚴肅的「成熟」，你也可能瞥見自己內在的孩子。你也可能開始在裏面玩。

1 遭遇

那是一個美好的早晨。太陽一次又一次地升起，它永遠都是新的。它從不會變老。科學家說它已經有好幾百萬歲了。胡說八道！我每天都看到它。它總是新的。一點兒也不老。不過科學家都是些掘墓人，所以我說他們看上去都那麼陰森、嚴肅。這天早晨，存在的奇蹟再次發生了。這樣的奇蹟時時刻刻都在發生，但只有極少數人，極少數、極少數人曾經遭遇它。

「遭遇」這個詞眞的很美。遭遇那一刻如其本來，看見那一刻如其本來，不增加，不刪減，不做任何編輯工作——只是如其本來地看見它，就像一面鏡子……鏡子不做編輯，感謝上帝，否則全世界沒有一張臉能滿足它的要求，哪怕克利奧佩特拉❶的臉也不行。根本沒有臉能滿足這種鏡子，原因很簡單，如果它開始對你進行雕刻、編輯，往你臉上加東西的話，它就會毀掉你。幸好鏡子不是毀滅性的。即使最醜陋的鏡子在它的非毀滅性方面也是那麼美好。它只是反映。

在坐進你們的諾亞方舟❷之前，我正站在那兒看日出……多美啊，至少是今天——誰管明天呢？明天永遠不會來。耶穌說：「不要想明天……」

今天的日出眞是太美了，讓我想起喜馬拉雅山的日出，那種驚心動魄的壯美。在那裏，積雪環繞著你，樹木都像盛裝的新娘，彷彿開出了潔白的冰雪之花，你絲毫不會去關心什麼達官顯貴，什麼這個世界的首相總統、國王王后之類的。實際上，國王王后們只在玩牌的時候才存在，他們屬於那兒。而總統首相們則要取代鬼牌❸的位置。除此之外，他們派不上更多用場。

那些披著冰雪之花的山林……每當我看見雪花從它們的樹葉上滑落的時候，都會想起我童年時代的一種樹。那種樹只在印度找得到；它叫馬杜瑪蒂（madhumalti），馬杜（madhu）的意思是甜美，瑪蒂（malti）的意思是王后。我從沒有聞過比它更美、更沁人心脾的香味了——你們知道我對香過敏，只要有一點點，我馬上聞得出。我對香是非常敏感的。

馬杜瑪蒂是你所能想像的最美麗的樹。上帝肯定是在第七天創造它的。從這個世界的所有煩惱辛苦中解脫出來以後，忙完了一切，連男人和女人也忙完了，他肯定是在他的休息日——一個假期，一個禮拜天……創造了馬杜瑪蒂，只因爲他有創造的老習慣。要改掉老習慣是很難的。

馬杜瑪蒂開花是一下子開出成千上萬朵花。不是星星點點地開幾朵，不是的，那不是馬杜瑪蒂的風格，也不是我的風格。馬杜瑪蒂的開花是富足的、奢華的、豐饒的——開出成千上萬朵花，多得讓你看不見葉子。整棵樹一下子被無數白花所覆蓋。

被冰雪覆蓋的樹木總叫我想起馬杜瑪蒂。當然它沒有香味，雪花沒有香味對我來說是好的。遺憾的是我的手再也無法擁有馬杜瑪蒂的花朵。它的香味之馥郁，足以遠飄數里，記住，我並沒有誇大其詞。一棵馬杜瑪蒂樹就足以讓整個鄰近地區充滿了濃濃無盡的花香。

我愛喜馬拉雅山。我曾經希望死在那兒。那裏是最美的死地——當然也是最美的生地，但就死亡而言，那裏是終極之地。它是老子死去的地方。喜馬拉雅山的山谷，佛陀死在那裏，耶穌死在那裏，摩西死在那裏。除了它，沒有哪座山能擁有摩西、耶穌、老子、佛陀、菩提達摩、密勒日巴❹、馬爾巴❺、諦洛巴❻、那洛巴❼，以及成千上萬的其他聖人。

瑞士雖然很美，卻比不上喜馬拉雅山。憑藉各項現代化設施，要在瑞士生活是很方便的。在喜馬拉雅山生活很不方便。它至今沒有任何技術可言——沒有公路，沒有電，沒有飛機，沒有鐵路，什麼也沒有。但是這樣一來，它才保有了某種單純。人們來到這裏，便被轉移到另一個時空、另一種存在。

我曾經希望死在那兒；然而今天早晨，當我在看日出的時候，我終於感到釋懷，心知如果我死在這裏，尤其是在一個美如今朝的日子，也未嘗不可。但是我要選擇死亡的時日，在那一天我必須感到自己已經是喜馬拉雅山的一部分。死亡對我來說，不僅是一個終點、一個句號。不，死亡對我來說是一次慶祝。

回想著白雪從樹葉上滑落，正如繁花從馬杜瑪蒂上飄落，一首俳句在心中閃現出來……

一群野鵝
無意倒映
水也無心
得它倩影

啊哈，太美了。野鵝既無意於倒映，水也無心於得影，而倒影畢竟在那裏。那就是美。沒有誰圖謀，而它卻在那裏——那就是我所謂的交流（communion）。我始終討厭交往（communication）。在我看來，交往是醜陋的。你可以看到它發生在夫妻之間、主僕之間，以及諸如此類的關係間。它絕不會眞的發生。交流是我的用詞。

我來到佛堂看望我所有的人……只在閃電般的一瞬間，就會發生許許多多的交流。這不是簡單的集會；這裏不是教堂。人們來這裏不是形式上的過場。人們來這裏是爲了我，而不是爲了它。每當有個師傅和一個門徒在——或許只有這個師傅和這個門徒，那沒有關係——交流就會發生。它此刻正在發生著，而這裏只有你們四個人。也許閉上眼睛，我連數都數不過來，這很好；只有這樣，人才可能停留在不可計數的世界……而且還免稅呢！如果你數得過來，就有稅收。我是不可數的，沒有人徵過我的稅。

我曾經在一所大學裏當教授。當他們想給我加薪的時候，我謝絕了。那位副校長怎麼都不能相信；他說：「爲什麼不要呢？」

我說：「我的收入一旦超出現有的水平，我就得繳稅，而我討厭這稅那稅的。與其因爲加薪而招來繳所得稅的麻煩，還不如就保持現在的收入水平吧。」我從未讓自己的收入超出免稅的限度。

我從未繳過任何所得稅，實際上我沒有所得。我一直都在給予這個世界，而且分毫不取。是支出，不是收入。我交出了我的心和我的存在。

幸虧花是免稅的，要不然它們就不會再開了。幸虧雪是免稅的，要不然它就不下雪了，相信我！

我必須告訴你們，在俄國革命之後，俄國的天才們肯定是出什麼問題了。托爾斯泰、杜思妥也夫斯基、屠格涅夫、高爾基——他們全都不見了，儘管在今天的俄國，作家、小說家、藝術家全都拿高薪，並享有尊榮。既然如此，那究竟發生了什麼？為什麼他們再也創作不出像《卡拉馬助夫兄弟們》、《安娜．卡列尼娜》、《父與子》、《母親》或者《地下室手記》這樣的作品來呢？為什麼？我要問上一千次，為什麼？俄國天才們在寫小說方面究竟出了什麼問題呢？

我並不認為有任何別的國家能與俄國相媲美。如果你要舉出這個世界的十本小說，僅僅出於必須，你就得把這五本俄國小說算在內，只留五本給剩餘的整個世界。這偉大的天才究竟出了什麼事？它死了！——因為花是不能被命令的，對它們來說，不存在十誡。花會開，但是你不能命令它們開。雪會下，但是你不能發布戒條，你不能規定日期。那是不可能的。這一點同樣適用於覺悟者。他們只說想說的，只在想說的時候說。有時候他們甚至會把全世界都想要聽的話只對一個人說。

現在，你們在這裏，也許只有四個。我說「四個」是因為我的數學很糟糕，而且還閉著眼睛……你們能理解……我的眼睛裏有淚，不僅因為只有四個在，也因為這個美麗的早晨，因為這早晨的日出。

感謝上帝。祂總是為我著想——儘管祂不存在，祂還是為我著想。我拒絕祂，祂也還是爲我著想。偉大的上帝。存在似乎總在照顧著，你卻不知道存在的方式；它們是不可預知的。我一向喜愛不可預知的事物。

我的淚是爲今天的日出而流的。存在照顧了我。

我沒有要求。

它也沒有回答。

但是照顧依然發生了。

那群野鵝並沒有打算投下自己的身影。

水也沒有打算倒映它們的形象……

那正是我說話的方式。我並不知道下一句會說什麼，或者究竟是否還會說。懸念是美麗的。

我又回想起我出生的那個小鄉村。爲什麼存在要選擇那個小鄉村來作爲我今生的起點呢？這是一個無法解釋的問題。大概本應如此吧。那個鄉村的確美麗。儘管我的遊歷廣闊，那樣的美我還未曾碰到第二次。一切都不會有第二次。物來物往，但絕不重複。

我甚至能看見那個寧靜的、小小的鄉村。池塘邊有幾座茅屋，還有幾棵大樹，過去我經常在那裏玩。鄉村裏沒有學校。那是至關重要的，因爲我幾乎一直到九歲都沒有受過教育，那正是一個孩子人格形成最關鍵的幾年。過了那幾年，即使你想努力，你都不可能再被教育了。所以從我這方面來說，我還沒有受過教育，儘管我有許多學位。任何一個沒有受過教育的人都能做到這一點，而且沒有一個學位不是甲等碩士學位——同樣地，隨便哪個傻瓜也都能做到這一點。每年都有那麼多傻瓜做這件事，它已經沒有意義了。有意義的恰恰是我在最初幾年沒有受過教育。那裏沒有學校，沒有公路，沒有鐵路，沒有郵局。眞幸運啊！那個小鄉村就是它自己的世界。甚至在我離開鄉村的日子裏，我依然在那個世界裏，沒有受過教育。

我讀過羅斯金[8]的名作《給這最後的》（*Unto This Last*），我讀這本書的時候想起了那個鄉村。《給這最後的》……那個鄉村依然沒有改變。甚至現在，差不多五十年過去了，它依然不通公路，不通鐵路，沒有郵局，沒有警署，沒有醫生——事實上在那個鄉村裏沒有人生病，它是那麼純淨、那麼無染。我熟悉那裏的村民，他們從未見過火車，很想知道它長得什麼樣子，他們連公共汽車或者轎車都沒見過。他們未曾離開鄉村半步。他們生活得那樣喜悅而寧靜。

我的出生地，庫齊瓦達（Kuchwada），是一個沒有鐵路、沒有郵局的鄉村。它有一些小山，或者說小丘更合適些，不過有一個美麗的湖和幾座茅屋，稻草搭成的茅屋。唯一的磚房便是我出生的地方，而且那也算不上什麼磚房，那只是一間小屋子。

我現在能看見它了，能細緻入微地把它描述出來……但是相對於房子和鄉村，我的記憶中更清晰的是人。我碰到過許許多多的人，但是那個鄉村的人比誰都要天眞，因爲他們非常原始。他們對這個世界一無所知，甚至連一張報紙都沒有進過那個鄉村。你們現在能明白爲什麼那裏沒有學校，甚至連小學都沒有了……。眞幸運啊！哪個現代兒童都買不起這樣的好運。

那些年，我一直沒有受過教育，那也是我一生中最美麗的時光。

是的，我必須承認我有一位家庭教師。第一位家庭教師自己也沒有受過教育。他不是在教我，而是在試圖通過教我而學習。或許他聽說過那句偉大的格言：「學之勝境在乎教。」不過他是一個好人、和善的人，不像學校裏卑鄙的教師。要做學校裏的教師就得卑鄙。這是整個生意世界的一部分。他是和善的——就像奶油一樣，非常溫柔。我坦白說吧，我過去經常打他，但是他不會還手，他只會笑著說：「你是小孩，你可以打我。我是大人，我不能打你。等你長大了，就會懂的。」那就是他對我說的話，是的，我現在懂了。

他是一個具有深刻洞察力、和善的鄉下人。鄉下人往往很有洞察力，而那正是文明人所缺乏的。現在我想起來……

有個美麗的女人來到海灘。看看四周沒有人，她便開始脫衣服。她剛要跨進大海的時候，被一個老頭子叫住說：「夫人，我是這個村的警察。這兒的海灘禁止游泳。」女人迷惑不解地說：「那你為什麼不阻止我脫衣服呢？」老人哈哈大笑，連眼淚都笑出來了。他說：「脫衣服是不禁止的，所以我在樹後面等著！」

美好的村民……村莊裏就住著這種類型的人——單純的人。低矮的群山環抱著它，其中還有一個不大的湖。那片湖的景色是難以言傳的，除非讓芭蕉❾來描寫。即使他也形容不出那片湖的景色來，他只能說：

幽古池塘
青蛙跳進

撲通！

這是形容嗎？只提到池塘，還有青蛙。沒有關於池塘和青蛙的描寫……接著就是撲通！村莊裏有一個古老的池塘，十分古老，岸邊還聳立著十分古老的樹——它們或許已經有好幾百歲了——還有隨處可見的美麗的岩石……當然還有跳入水中的青蛙。你天天都能聽見「撲通」，一聲又一聲的。青蛙跳入水中的聲音確實加深了瀰漫的寂靜。那種聲音使寂靜更濃厚、更有意味。

這正是芭蕉的美：他可以不直接描寫他所描寫的事物。他可以隻字不提地把事情說出來。「撲通！」現在，它還是一個詞嗎？沒有詞能恰當地形容青蛙跳進古池塘裏的聲音，而芭蕉卻用得很恰當。

我不是芭蕉，而那個村莊卻需要有個芭蕉。也許他會創作出優美的素描、彩畫和俳句……，我沒有爲那個鄉村做過任何事情——你們肯定想知道爲什麼——我甚至都沒有回去看過一眼。一次已經足夠了。我不會到一個地方去兩次。對我來說，不存在二這個數。我離開過許多鄉村、許多城鎮，都一去不復返。一旦走了，就永遠走了，那是我的方式，所以我沒有再回到那個村莊。那裏的村民曾經傳來消息，要我至少再回去一次。我叫信使回話說：「我已經到過那兒一次了，兩次不是我的方式。」

但是那古老池塘的寧靜始終和我在一起。我又想起喜馬拉雅山了——那裏的雪……多麼美麗，多麼純淨，多麼清白。你只有透過類似於菩提達摩的眼睛、耶穌的眼睛或者芭蕉的眼睛才看得見它。要形容那裏的雪別無它途，只有覺悟者的眼睛才能映照出它。白癡們只知道糟蹋它，只知道用它來滾雪球，只有覺悟者的眼睛才能把它映照出來。雖然……

一群野鵝
無意倒映
水也無心
得它倩影

而倒影畢竟出現了。

覺悟者並不想反映世上的美，世界也並不想被覺悟者所反映，但它還是被反映出來了。沒有意願，卻發生了，唯此發生，美不勝收。如果是做出來的，這就很普通；如果是做出來的，你就是一個技工。只有發生了，你才是大師。

交往屬於技工的領域；交流是從大師的天地中散發出來的芳香。

這就是交流。

我並沒有說什麼特別的東西……

一群野鵝和水……

譯註：

❶克利奥佩特拉：Cleopatra，69-30BC，埃及托勒密王朝末代女王。

❷諾亞方舟：Ark of Noah，《聖經》故事中諾亞爲避洪水而造的長方木櫃形大船。西方文學常以方舟作爲避難處所的象徵。

❸鬼牌：紙牌序列之外可充作任何點數，尤多作最大王牌。

❹密勒日巴：1038-1122，藏名 Mi-la-ras-pa。爲西藏高僧，迦爾居派創始者馬爾巴（藏名 Mar-pa）之嫡傳高徒。

❺馬爾巴：1012-1097，藏名 Mar-pa。迦爾居派創始者，爲那洛巴弟子。

❻諦洛巴：Tilopa，988-1096。生於東印度遮質伽保城。原爲婆羅門瑜伽師，後歸信佛教，博通經論，出家爲僧，得坦陀羅大手印密法傳承，爲印度佛教後期著名的瑜伽成就者。他曾於恆河畔向其弟子那洛巴傳授了大手印。此大手印即藏傳大手印中最著名者：恆河大手印。

❼那洛巴：?-1039，藏名 Na-ro-pa。爲印度佛教末期（十世紀末）學僧，亦爲密教之大成就師。

❽羅斯金：John Ruskin，1819-1900，英國藝術評論家、社會改革家，推崇哥德復興式建築和中世紀藝術，捍衛拉斐爾前派的藝術主張，反對經濟放任主義，著有《近代畫家》、《建築的七盞燈》和《時與潮》等。

❾芭蕉：Basho，松尾芭蕉，本名松尾宗房，1644-1694，日本江户時代的著名俳句詩人。

2 金色童年

我剛才有一陣輝煌的體驗，感覺自己是個門徒，無限深情地在他師傅的軀體上工作。直到現在，我依然幸福得不能呼吸。這也使我想起了我的金色童年。人人都會談論他的金色童年，但那些話極少是眞的。基本上可以說是一種謊言。不過就有這麼多人說同樣的謊言，卻沒有人發現。甚至詩人們都連連歌頌他們的金色童年──華滋華斯❶就是一個例子，這並不是說他本人一文不値，而是因爲金色童年是極其稀有的。原因很簡單：你上哪兒去找呢？

首先，一個人必須能選擇他的出生。那幾乎是不可能的。除非你是在禪定❷狀態中死去的，否則你就不可能選擇你的出生；那種選擇只向禪定者開放。他因清醒地死而掙得清醒出生的權利。

我以前就是清醒死亡的。事實上不是死亡，而是被殺。我本來要三天以後才死的，但他們等不及了，連三天也等不及。人眞是忙啊。如果你們知道那個當年殺死我的人現在是我的桑雅生❸，你們肯定會感到吃驚。他這次來還是爲了殺我，而不是爲了做桑雅生……但是如果他依然盯著他的遊戲不放，那我也會盯著我的不放。他後來自己坦白了，在做了七年桑雅生之後。他說：「親愛的師傅，我現在能毫無畏懼地向您坦白了：在阿默達巴德❹，我是來殺你的。」

我說：「天哪，又來了！」

他說：「您說『又來了』是什麼意思？」

我說：「那是另一回事，你繼續說……」

他說：「在阿默達巴德，七年前，我帶了一把左輪手槍來到您開會的地方。會堂裏擠得都是人，組織者不得不讓一部分人坐到講台上去。」

於是這個人，帶著左輪手槍想殺我的人，被允許坐在我身邊。多麼好的機會啊！我說：「你爲什麼錯失良機呢？」

他說：「我以前從來沒有聽你說過話，我只聽說過你。當我聽到你說話的時候，我寧可自殺也不願意殺你了。那就是我爲什麼會成爲一個桑雅生的原因——那正是我的自殺。」

七百年前，這個人眞的把我殺死了；他給我下了毒。那時候他也是我的門徒……但是如果沒有猶大，要發現耶穌是很困難的。我清醒地死了，因此我也獲得了清醒出生的重大機會。我選擇了我的父親和母親。

全世界時時刻刻都有數不盡的傻瓜在做愛。有數不盡的遊魂飢不擇食地準備投入任何一個可被投入的子宮。爲了選擇一個正確的時機，我等了七百年，感謝存在，我終於找到了它。七百年與此前無窮無盡的歲月相比，實在算不了什麼。只有七百年——是的，我是說只有——我選擇了一對非常貧窮而又非常親密的夫婦。

我認爲我父親從未用愛我母親那樣的眼神去看別的女人。無法想像——連我這樣一個想像力異常發達的人都無法想像——我的母親，哪怕在夢裏，會有另一個男人……不可能！我瞭解他們兩個；他們那麼貼近、那麼親密、那麼滿足，儘管一貧如洗……既窮且富的人。他們之所以在貧窮中富有，是因爲他們親密，富有是因爲他們彼此相愛。

我很幸運，我從未見過我的父母打架。我說「幸運」是因爲要找一對不打架的夫妻是難上加難的。當他們歡愛的時候，只有上帝知道，或許他也不知道。畢竟，他還得照顧他自己的妻子……尤其是印度教的上帝。起碼基督教上帝的狀況還要舒服一點：他根本沒有妻子，根本沒有女人，怎麼說一個妻子呢！因爲女人比妻子更危險。你可以折磨妻子，但是女人……你又變成一個傻瓜了！你不能折磨一個女人，她「吸引」（attracts）你；妻子則「打擾」（distracts）你。

瞧我的英語！把詞放在引號裏面，好讓人家不要誤解我——儘管你們每一個人無論如何都要誤解我。但試試看，把它放在引號裏面：妻子「打擾」，女人「吸引」。

我從未見過我的父母打架，連嘮叨也沒有。人們都會談論奇蹟——我倒確實看見了一個奇蹟：我的母親不對我的父親嘮叨。這是一個奇蹟，因爲千百年來，女人一直受男人的高度管制，以至於學會了祕密行動——嘮叨。嘮叨是僞裝起來的暴力、戴面具的暴力。我從未見過我的父母處於任何形式的鬥爭狀態。

我父親死的時候，我很爲母親擔憂。我無法相信她居然能活過來。他們相愛至深，幾乎融爲一體。她之所以活過來，只因爲她也愛我。

我一直爲她擔憂。我希望她在我身邊，好讓她能在徹底實現的狀態中死去。現在我知道了。我看過她，我看過她的內在，我可以告訴你們——而通過你們，終有一天，世上的人也會知道——她已經開悟了。我是她最後的牽掛。現在已經沒有東西要她牽掛了。她是一個開悟的女人——沒有受過教育，心地單純，甚至連什麼是開悟都不知道。那正是它的美！一個人可以在不知道什麼是開悟的情況下開悟，反之亦然——一個人可以知道有關開悟的一切細節而依然不能開悟。

我選擇了這對夫婦，一對單純的村民。我也可以選擇國王和王后的。這由我決定。有各式各樣的子宮可以讓我進入，但是我的口味很單一——我始終只滿足於最好的。這對夫婦很窮，一貧如洗。你們無法理解我的父親只有七百個盧比——相當於三十美金。儘管那是他的全部財產，我仍然選擇他做我的父親。他有一種肉眼看不到的財富，一種看不見的高貴。

你們很多人都見過他，肯定感受到這個人的美。他是單純的人，非常單純，你們甚至可以管他叫鄉下人，但是他無比富有——不是按這個世界的演算法，但是如果有另一個世界的演算法……

三十美金，那是他的唯一財產。我本來還不知道。我是後來在他的生意面臨破產的時候才知道的……而他卻很快活！我問他：「大大，」——我過去一直這麼叫他；大大的意思就是父親——「大大，你馬上就要破產了，你還這麼高興。怎麼了？是不是他們說錯了？」

他說：「不，他們說的千眞萬確。肯定要破產了，不過我高興是因爲我存了七百個盧比。當初我就是靠這個數開始的。來，我帶你看放錢的地方……」

然後他把收藏七百盧比的地方指給我看說：「別擔心。我當初就只用了七百盧比開始。

別的都不屬於我們，讓它們都見鬼去吧。屬於我們的都藏在這兒呢，在這個地方，我已經把它指給你看了。你是我的大兒子，要記住這個地方。」

這一點我知道，……關於那個地方，我沒有對任何人提起過，我也不打算提，因為儘管他慷慨地把他的祕密指給我看。我也不是他的兒子，他也不是我的父親。他是他自己，我是我自己。「父與子」只是形式上的。那七百盧比仍然埋在地下的某個地方，它們將繼續留在那兒，除非有人偶然發現了它們。我告訴他：「儘管你把那個地方指給我看了，我也沒看見。」

他說：「你這是什麼意思？」

我說：「很簡單。我不看，我也不想看。我不屬於任何遺產——大的還是小的，富的還是窮的。」

從他那一面來說，他是一個慈愛的父親。就我這一面來說，我不是一個孝順的兒子，原諒我。

他是一位慈愛的父親。當我離開我在大學的職位時，只有他為我擔心，別人都不擔心。我的朋友們一個也不擔心。誰管這個？事實上，有好多朋友都為我空出那把椅子❺而高興；現在他們可以得到它了。他們一擁而上。只有我的父親憂心忡忡。我告訴他：「不需要擔心。」

但是我這麼說，用處不大。他背著我買進一大筆房產，因為他十分清楚，一旦他告訴我，我肯定會打他的頭。他為我購置了一所美麗的小房子，完全就像我所喜歡的那樣。你們會很吃驚：它居然還有空調以及各種各樣的現代化設施。

它離我們村莊不遠，包括一個花園，坐落在河岸上，邊緣還有幾級台階，可以讓我走下去游泳……，還有古老的大樹以及絕對安寧的環境，方圓幾里都沒有人住。但是他從未告訴過我。

我可憐的父親死了是一件好事，否則我還會給他帶來麻煩。不過他有那麼多的愛、那麼多的慈悲給一個流浪的兒子。

我是一個流浪漢。我沒有爲家庭做過任何事。他們絲毫不會強迫我。他們爲我做了一切。我選擇這對夫婦並非沒有好的理由……因爲他們的愛，他們的親密，他們的幾近一體。我便是這樣，在七百年之後，再次進入肉體。

我的童年是金色的。我又這麼說，卻不是陳詞濫調。每個人都說他的童年是金色的，但事實並非如此。人們之所以說他們的童年是金色的，僅僅因爲他們的青年是腐爛的，接著他們的老年更加腐爛。自然，童年就變成金色的了。我的童年之所以是金色的，並不在那個意義上。我的青年像鑽石一樣，而如果我會變成一位老人的話，那麼它就會像白金。不過我的童年確實是金色的——不是象徵性的，而是絕對的；不是被詩化了的，而是精確的、眞實的。

我早年大部分時間都和外祖父母生活在一起。那幾年是令人難忘的。即使升到但丁的天堂裏去，我也依然會記得那些時光。一個小村莊的窮人，但是我的祖父——我指的是外祖父——卻是一個慷慨的人。他窮，卻富有慷慨。他會傾其所有，給他所遇到的每一個人。我從他的身上學到了給予的藝術；我不得不接受它。我從未看見他對任何乞丐或者任何人說過一個

「不」字。

我叫外祖父「那那」；印度人都是這麼叫外祖父的。外祖母叫「那昵」。我過去常問我的外祖父：「那那，你是從哪兒弄到這麼漂亮的太太的？」

我的外祖母跟印度人比起來，更像希臘人。每當我看見穆達（Mukta）微笑的時候，都會想起她。或許那就是我為什麼會對穆達心軟的原因吧。我無法對她說不。即使她的要求不正確，我也會說「好的」。我一看到她，立刻就會想起我的那昵。或許她身上有希臘血統吧。沒有哪個種族能說自己是純正的。印度人尤其不應該聲稱任何所謂的純正血統——匈奴人、蒙古人、希臘人以及其他眾多人種都攻擊過、征服過和統治過印度。他們混入印度人的血統，這一點在我外祖母身上顯而易見。她的膚色不像印度人，她看上去像希臘人，而且她還是一個強壯的女人，非常強壯。我那那死的時候還沒超過五十歲。我的外祖母一直活到八十歲，而且無比健康。即使到那個時候，也沒有人想到她會死。我曾答應過她一件事，就是她死的時候，我一定回來，而且那將是我對家族的最後一次訪問。她在一九七〇年去世。我必須實踐我的諾言。

早年我一直以為我的那昵就是我的母親，那幾年正是一個人長大成人的階段，這個時期❻給了我的那昵。我自己的母親隨後才到，那時我早已經長大成人，早已經養成了某種作風。我的外祖母對此貢獻極大。我的外祖父雖然愛我，但對我的幫助不大。他有拳拳愛心，而我卻需要更多的幫助——某種力量。他始終害怕外祖母。從某種意義上講，他是一個怕老婆的丈夫。既然講到眞相，我總是誠實的。他愛我，他幫助我⋯⋯如果他是一個怕老婆的丈夫，我有什麼辦法呢？百分之九十九點九的丈夫都怕老婆，所以他怕老婆就怕老婆吧。

我想起一件事，我以前從沒有說過。有一天夜裏，沒有光，天正下雨，一個小偷摸進我們家。外祖父自然感到害怕。誰都看得出他感到害怕，不過他假裝不害怕，他已經竭盡全力。那個小偷就躲在我們這間小屋子的角落裏，在幾個裝糖的袋子後面。

外祖父是一個不停嚼蔞葉吃的人。就像一個不停吸煙的人，他是一個不停嚼蔞葉的人。他總是在做蔞葉，然後嚼上一整天。他開始嚼蔞葉，然後向躲在角落裏那個可憐的小偷身上吐。這一幕我實在看不下去了，便對外祖母說——過去我通常跟她一起睡：「這樣不對。他都是一個小偷了，我們還得做得像個紳士。吐他？要嘛打一架，要嘛就別吐了！」

外祖母說：「你想怎麼樣呢？」

我說：「我過去打小偷一個耳光，把他扔出去。」我那時候還不到九歲。

外祖母笑了，說：「行，我跟你一起去，你可能需要我的幫助。」她是一個高大的女人。我的母親一點兒也不像她，無論是形體上的美麗，還是她精神上的大膽。我的母親很單純；我的外祖母則敢作敢爲。她跟我一起行動。

我被驚呆了！我無法相信我眼前的一切：小偷竟然是過去經常來教我的人，我的老師！我拚命地打他，打得很厲害，因爲他是我的老師。我告訴他：「如果你只是小偷，我就饒了你，但是你過去一直教我大道理，夜裏卻幹這些勾當！你現在快逃，別讓我外祖母逮住你，否則她非把你碾碎不可。」

她是一個健碩的女人，高大、強壯而美麗。外祖父則瘦小而平凡，但是他們兩個卻相處得很融洽。他從不打她，他也不可能打，這就沒問題了。

我記得那個老師，那個鄉村學者，曾經到我們家來教過我的人。他是村裏神廟的祭司。他說：「我的衣服怎麼辦？你外祖父吐了我一身。他把我的衣服糟蹋了。」

外祖母笑著說：「明天來，我給你幾件新衣服。」後來她眞的給了他幾件新衣服。他沒有來，他不敢，她卻去了小偷家，帶著我一起，把新衣服給他，告訴他：「是的，我的丈夫很壞，把你的衣服都糟蹋了。這不好。往後你需要衣服，隨時都可以來找我。」

那個老師再也沒來教過我……不是不叫他來，他不敢來。他不僅停止來教我，他也停止來我們住的那條街，他不再經過那條路。但是我卻打定主意每天去拜訪他，就爲了在他的房門前吐口水，以示提醒。我會朝他大聲喊：「你忘記那天夜裏了嗎？你過去總教我要眞實、忠實、誠實，全都是胡扯！」

直到現在，我還能看見他垂著眼睛，說不出話來。

我的外祖父一直想讓印度最好的星象家給我繪一張出生星象圖。儘管他不是很有錢——事實上跟有錢沾不上邊，爲什麼說「很有錢」，只因爲在那個村莊裏，他是最有錢的人——爲了那張星象圖，無論要多大價錢，他都肯出。他遠遠地跑到瓦臘納西❼去見那些著名人物。看著我外祖父拿來的關於出生的紀錄和日期，他們當中最好的星象家說：「我很抱歉，我只能七年以後再畫這張星象圖了。如果到時候這孩子還活著的話，我就免費給他畫，不過我認爲他活不到那一天。如果他活下來，那是一個奇蹟，因爲那時候他就有可能成爲一個佛❽。」

外祖父哭哭啼啼回到家裏。我從未見過他的眼睛裏有眼淚。我問：「怎麼了？」

他說：「我得等你長到七歲。誰知道我還能不能活那麼些年呢？誰知道星象家自己能不能活，因爲他都那麼老了。我只是有點擔心你。」

我說：「擔心什麼？」

他說：「我不是擔心你會死，我是擔心你會變成一個佛。」

我笑了，他也在滿眼的淚光中笑了。然後他自己說：「眞奇怪，我擔什麼心呢？的確，做佛有什麼不好？」

當父親得知星象家告訴外祖父的那些話，他便親自把我帶到瓦臘納西，不過已是隔了許久之後了。

在我七歲的時候，有位星象家來到外祖父所在的村子找我。當一匹漂亮的駿馬停在我們家門口的時候，我們一下子全都湧了出來。那匹馬的樣子高貴極了，而騎在馬上的不是別人，正是我以前碰到的一位有名的星象家。他對我說：「這麼說，你還活著囉？我已經畫好你的出生圖了，我一直擔心，因爲像你這樣的人一般活不長。」

外祖父變賣掉家中所有的裝飾品，就爲了宴請周圍所有的鄉親，來慶祝我即將成爲佛，而我依然認爲他其實連「佛」這個字的意思都不懂。

他是一個耆那教徒，也許以前連聽都沒有聽說過「佛」這個字。他卻感到高興，高興得不得了……高興得在那兒跳舞，因爲我即將成爲佛。那時候我簡直無法相信，就因爲「佛」這個字，他能高興成那樣。人們散去後，我問他：『佛』是什麼意思？」

他說：「我不知道，反正聽起來很好。而且我是一個耆那教徒。我們可以去找個佛教徒問問。」

那個小村莊並沒有佛教徒，不過他卻說：「總有一天，等有一個佛教比丘從這裏經過，我們就會知道它的意思了。」

不過他之所以那麼高興，僅僅因爲星象家說我會成爲佛。他後來對我說：「我猜『佛』的意思肯定是指特別聰明的人。」在印地語中，佛迪（buddhi）的意思是聰慧，因此他想佛陀（buddha）的意思就是聰慧的人。

他已經很接近了，差不多就猜中了。唉，可惜他不在了，否則他就會親眼看到做一個佛意味著什麼——不是字典裏的意思，而是遭遇一個活生生的、清醒的佛。而我就能看見他跳舞，因爲看見他的外孫已經成了一個佛，那足以讓他開悟啊！但是他死了。他的死是對我觸動最大、影響最深的人生經驗之一。關於那個，以後再說吧。

還有時間嗎？

「八點半了，奧修。」

好，再給我五分鐘……

是打住的時候了，不過已經很完美了，我很感激。謝謝你們。

譯註：

❶華滋華斯：William Wordsworth，1770-1850，英國詩人，作品歌頌大自然，開創了浪漫主義新詩風，被封爲「桂冠詩人」。

❷禪定：meditation，在奧修的中文譯著裏常被翻譯成靜心，此處取其原意。

❸桑雅生：sannyasin，印度教指遁世者、出家人，亦即苦行者（宗教遊方托缽僧）。奧修在他的書中對桑雅生的內涵做了本質的揭示——指的是那些放下自我執著、自覺臣服於自然之道的無爲的觀照者。在奧修書中，桑雅生經常指的是他的門徒。

❹阿默達巴德：Ahmedabad，印度西部城市。

❺那把椅子：此指職位。

❻周期：奧修有七年一個生命周期的說法。

❼瓦臘納西：Varanasi，印度東北部城市，舊稱貝拿勒斯（Benares）或巴納拉斯（Banaras），印度教聖地。

❽佛：此泛指覺悟者。

3 星象家的預言

早晨的奇蹟日復一日地發生……朝陽，古樹。世界彷彿一片雪花，接在手中便化爲烏有。什麼也不剩，除了一隻濕漉漉的手。但是如果你去看，只是去看，那麼一片雪花就跟世界上的任何花一樣美。這個奇蹟每天早晨、每天下午、每個黃昏、每個夜晚都在發生，二十四小時，日以繼夜……奇蹟啊。人們到寺院、教堂、清眞寺、猶太會堂去膜拜上帝。這個世界肯定充滿了傻瓜——抱歉，不是傻瓜，而是白癡——不可救藥的白癡，心智暗鈍而又不能自拔。人難道非得到寺廟裏去找上帝不可嗎？祂難道就不在此時此地嗎？

尋找這個想法本身就很白癡。人喜歡尋找遙遠的東西，而上帝卻離你很近，比你的心跳還近。當我看見無時無刻不在發生的奇蹟，我只能驚嘆，這怎麼可能？難以想像的創造力！之所以可能，僅僅因爲沒有創造者。如果有個創造者，你就會每個禮拜一過同樣的禮拜一，因爲創造者在六天之內創造出這個世界之後，工作就結束了。沒有創造者，唯有創造的能量——千變萬化的能量，融化、會合、顯現、消失、聚集、分散。

那就是爲什麼我說傳教士離眞理最遠，而詩人最近的原因。當然詩人也沒有達到。只有神祕家會達到……「達到」這個詞也不對；他是成爲，或者寧可說，他是發現他一直就是。

人們問我：「你相信占星術、宗教……這個、那個嗎？」我什麼也不相信，因爲我知道。這讓我想起以前跟你們講過的一個故事……

那個老星象家來到我們村子。我的外祖父簡直不能相信他自己的眼睛。那個星象家馳名天下，連國王都會爲他的造訪而感到驚訝，而他卻來到我的老外祖父家。我只能把它叫作房子，其實它算不上什麼，周圍是土牆，連單獨的浴室也沒有。他來訪問我們，我頃刻之間就成了老人的朋友。

凝望著他的眼睛——雖然我只有七歲，一個字也不識，我卻能讀懂他的眼睛：它們不需要你們的三個R（three R's）——我對星象家說：「眞奇怪，你走那麼遠就爲了給我畫出生圖。」

那時候，甚至現在，瓦臘納西離那個小村莊都算遠的。

老人說：「我答應過，答應了就要實現。」他說「答應了就要實現」的口氣讓我的心爲之一顫。這裏有一個眞正的活人！

我對他說：「如果你是來履行諾言的，那麼我就能說出你的未來。」

他說：「什麼！你能說出我的未來？」

我說：「是的。你當然不會變成一個佛，但是你會變成一個比丘，一個桑雅生。」那是對佛教出家人的稱呼。

他笑著說：「不可能！」

我說：「你可以打賭嘛。」

他問我：「行，賭多少？」

我說：「那不重要。你想賭多少就賭多少，因爲如果我贏了，就是我贏了；如果我輸了，我也不會輸掉什麼，因爲我什麼也沒有。你是在跟一個七歲的小孩打賭。難道你看不出來嗎？我什麼也沒有。」

如果你們知道當時我是光著身子站在那兒，你們肯定會感到吃驚。在那個貧窮的鄉村，這是允許的，至少對七歲大的孩子來說，他們可以光著身子到處亂跑。那兒可不是英國鄉村啊！

我現在依然能看見自己光著身子，站在星象家面前。旁邊圍滿了全村的人，他們都想聽聽我和他到底在密謀些什麼。

老人說：「行，如果我變成一個桑雅生，一個比丘，」——他一邊說一邊掏出他的金懷錶，上面鑲嵌著鑽石——「我就把這個給你。那你呢，如果你輸了呢？」

我說：「那我就輸了。我什麼也沒有——沒有金手錶給你。我只會謝謝你。」

他笑了，然後啓程離去。

我不相信占星術。百分之九十九點九都是胡說，但有百分之零點一的確是眞的。具有洞察力、直覺並且清淨的人當然能透視未來，因爲未來並非不存在，它只是躲過了我們的眼睛。或許隔開現在和未來的只是一層薄薄的觀念之紗而已。

在印度，新娘的臉上都會罩一層頁嘎。現在，這個詞很難翻譯，它就像一個面具。她把紗麗❶拉上去，蒙在臉上。那就是未來躲避我們的方式，用一層頁嘎，一層薄薄的面紗。

我說不相信占星術是對其中百分之九十九點九而言的。剩餘的百分之零點一，我也不需要去相信，它是眞的。我已經看到它的功能。那位老人就是第一例證據。不過奇怪的是，他看得見我的未來，當然是模糊的，包含著各種各樣的可能，而他卻看不見他自己的未來。不僅如此，當我說他會變成比丘的時候，他還願意跟我打賭。

我十四歲那年跟我的祖父旅行到瓦臘納西。他是去那裏做生意，而我執意非要跟他一起去不可。在從瓦臘納西到撒那斯的路上，我叫住一個老比丘說：「老人家，你還記得我嗎？」

他說：「我以前從未見過你——我爲什麼要記得你呢？」

我說：「不會吧，我可記得你呢。錶在哪兒？那塊鑲著鑽石的金手錶呢？我就是那個跟你打賭的小孩。現在是我來要東西的時候了。我曾經宣佈你會變成一個比丘的，現在你是了。把錶給我吧。」

他笑了，從口袋裏掏出那塊美麗的金錶，含著眼淚把它交給我，然後——你們能相信嗎——他竟然向我頂禮。我說：「不，不。你是比丘，是桑雅生，不能向我頂禮。」

他說：「別管這些了。事實證明你是比我高明的星象家，讓我給你行禮吧。」

後來我把那塊錶送給了我的第一個桑雅生。我的第一個桑雅生的名字叫瑪·阿難多·瑪度——當然是女人，因爲那正是我所希望的。沒有誰像我這樣給女人出家大開方便之門。不僅如此，爲了平衡有序，我還希望讓女人做我的第一個桑雅生。

佛陀在讓女人出家的問題上曾一度猶豫不決……甚至是佛陀啊！他一生中只有那件事刺痛了我，沒有別的。佛陀猶豫不決……爲什麼？他是害怕女性出家者會使他的信徒分心。荒唐！佛居然害怕麻煩事！讓那些傻瓜去分心好了，假如他們想分心的話。

摩訶毗羅❷說，任何人，只要他是女身，就達不到涅槃——終極解脫。我要爲所有這些男人懺悔。穆罕默德從不讓任何女人進入清眞寺。甚至到現在，女人也不許進入清眞寺，甚至現在女人也只能坐在猶太會堂的走廊裏，不能和男人平起平坐。

英迪拉．甘地❸曾經告訴我，她訪問以色列的時候，到了耶路撒冷❹，發現居然以色列首相和她本人都只能坐在樓座裏，而所有男人都坐在樓下的主會堂裏。她不明白爲什麼連以色列首相，只要她是女人，就不許堂堂正正地走進猶太會堂，她們只能在樓座上旁觀。這是不尊重人，這是侮辱。

我得替穆罕默德、摩西、摩訶毗羅、佛陀道歉，也替耶穌道歉，因爲他在挑選十二使徒的時候，連一個女人也沒有選。然而當他死在十字架上的時候，那十二個傻瓜卻連影子都找不到。只留下三個女人——馬格達雷那、馬利亞和馬格達雷那的姐妹。然而就連這三個女人也沒有被耶穌選上，她們不在入選之列。入選的都逃走了。太妙了！他們都試圖保全自己的性命。在危急關頭，只有女人出現。

我得替所有這些人向未來道歉，而我的第一步道歉就是讓女人出家。等你們聽到整個故事，你們肯定感到好笑……

阿難多．瑪度的丈夫，當然，想先做桑雅生。這件事發生在喜馬拉雅山，我在馬納裏有一個營地。我拒絕她的丈夫說：「你只能排第二，不能排第一。」他氣得要命，我一說完，他就離開了營地。不僅如此，他還成了我的敵人，並且加入莫拉吉．代塞（Morarji Desai）的黨派。

後來，當莫拉吉・代塞做首相的時候，這個人千方百計挑唆他把我關進監獄。當然莫拉吉・代塞沒有那個膽量；一個喝自己小便的人不可能有那個膽量。他是十足的傻瓜——我又要說抱歉了，是十足的白癡。「傻瓜」這個詞我只留給戴瓦蓋德，那是他的特權。

阿難多・瑪度仍然是桑雅生。她靜靜地生活在喜馬拉雅山，不說話。從那時候起，我一直努力把婦女的位置盡量往前拉。有時候我甚至看起來對男人不公平。不是的，我只是把混亂的事物重新理順。男人剝削女人已經有幾千年的歷史了，所以這項工作並不輕鬆啊。

我喜愛的第一個女人是我的岳母。你們肯定很吃驚，難道我結婚了？不，我沒有結婚。那個女人是古蒂亞（Gudia）的母親，不過我以前常常叫她岳母，是開玩笑的。過了這麼多年，我又想起來了。我叫她岳母是因爲我喜愛她的女兒。那是古蒂亞的前生。那個女人也是力大無窮，像我的外祖母。

我的「岳母」是一個少有的女人，特別是在印度。她離開她的丈夫，去了巴基斯坦，嫁給一個伊斯蘭教徒，儘管她自己是婆羅門。她懂得如何去冒險。我始終喜歡勇敢的品質，因爲你越勇敢，離家就越近。只有不顧一切的勇夫才能覺悟，記住！斤斤計較的人能擁有大筆銀行資產，但卻成不了佛。

我感謝那個在我年僅七歲時就說出我未來命運的人。多麼了不起的人！就爲了給我畫一張出生圖，他一直等我長到七歲——這是多大的耐心！不僅如此，他還那麼老遠地從瓦臘納西跑到我們鄉村。那裏沒有路，沒有火車，他只能在馬背上長途旅行。

當我在通往撒那斯的路上遇到他，並且告訴他我贏了那場打賭的時候，他立刻就把手錶給我，說：「我願意給你整個世界，但是我沒有別的東西了。實際上我連這塊錶也不應該有，只不過因爲你，我才保存至今。我知道你終有一天會來的。當我剃度做比丘的時候，我心裏想的不是佛陀，而是你——一個光著身子的鄉下孩子說出一個大星象家的未來。你是怎麼做到的？」

我說：「我不知道。我只是往你的眼睛裏面看，我看得出你不會滿足於這個世界所能給你的任何東西。我看見那種神聖的不滿足。當一個人感受到那種神聖的不滿足時，他只可能出家。」

我不知道老人現在是否還活著。他不可能還活著，否則他就會尋找我並且找到我。不過那時，在那個鄉村的生活中，這的確轟動一時。他們至今還談論那場宴會。前不久，村子裏還有人來到這裏，他說：「我們還在說你外祖父當年請全村人吃飯的事兒呢。這以前和這以後都沒有那樣的事兒了。」

我眞快樂——有那麼多人因此而快樂。我也爲那匹白馬而感到快樂。古蒂亞肯定也喜歡。當我們走在路上經過馬群的時候，她總是指給我看。「瞧，」她會說：「多漂亮的馬。」

我見過許多馬，但都不能跟老星象家的那匹馬相提並論。我見過最漂亮的馬，但是在我的記憶中，他的馬依然是最漂亮的一匹。這或許是因爲我的童年，或許我沒法比較它們。但是請相信我，無論我是不是一個小孩，那匹馬都是漂亮的。它力大無比，肯定有八匹馬的力氣！

那些日子是金色的。那些年發生的每一件事我都能像看電影一樣地回想起來，歷歷在目。難以置信我居然還愛好過……

不要……阿淑在看她的錶。現在看你的錶太早了吧。別像加拿大禁酒人似的——放鬆一點。別那麼滴酒不沾的。你在關鍵時刻看錶，你都不知道你攪亂了什麼。這不只是一聲撲通啊！

我剛才說到哪兒了……？那些日子是金色的。那九年裏發生的每一件事情，我都能像看電影似的把它們重現出來。

好了，電影倒片了，不去管阿淑和她的錶了。

是的，那的確是金色年華。實際上甚於金色，因爲我的外祖父不僅愛我，也愛我所做的每一件事。凡是你們可能認爲討厭的事，我都幹過。

我一直是個討厭鬼。他整天都得洗耳恭聽別人對我的各種抱怨，而他也總是樂意聽。那正是這個人精采優美之處。他從不懲罰我。他連一句「要做這」、「不要做那」之類的話，都沒有對我說過。他只是允許、絕對允許我做我自己。我正是這樣不知不覺地嘗到了道的滋味。

老子說：「道如水路。大地允許水流到哪兒，水就流到哪兒。」那正是我早年的寫照。我得到允許。我認爲每個孩子都需要那幾年。如果我們能讓世上的每個孩子都得到那幾年，我們就會創造出一個金色的世界。

那些日子是滿的，洋溢的！有那麼多故事，有那麼多意外，我從未告訴過任何人……

我過去常在湖裏游泳。我的外祖父自然感到害怕。他讓一個奇怪的傢伙來保護我，那個人坐在船裏。你們想像不出在那個原始的鄉村，「船」意味著什麼。人們管它叫東吉。它不是別的，就是一根被挖去芯子的樹幹。它不是通常所見的船。它是圓的，所以很危險，你除非特別在行，否則划不了。它隨時都可能翻過來。只要有一點不平衡，你就完了。它非常危險。

我是通過駕駛東吉學會平衡的。要學平衡，沒有比這個更好的了。我認識了「中道」，因爲你必須剛好在中間：靠這邊，你完了；靠那邊，你也完了。你甚至都不能呼吸，你得保持絕對安靜；只有那樣，你才能駕駛東吉。

那個被派來救我的人，我叫他怪人。爲什麼呢？因爲他的名字叫伯拉，意思是「白人」。他是我們村子裏唯一的白人。他不是歐洲人，他只是碰巧長得不像印度人。他長得更像歐洲人，但他不是。他的母親很可能在英國軍營裏工作過，並且在那裏懷了孕。所以沒有人知道他的名字，人人都叫他伯拉。伯拉的意思就是「白色的人」。這不是名字，卻成了他的名字。他的長相令人過目不忘。他從很小的時候就來幫我的外祖父工作，雖然他是僕人，我們卻把他當作自家人看待。

我還是叫他怪人，因爲儘管我認識世界上的許多人，但是要碰到像伯拉這樣的人並不容易。他是一個值得信賴的人。你什麼都可以對他講，他會永遠替你保密。這一事實直到我外祖父去世的時候，才爲家裏人所瞭解。我的外祖父把所有的鑰匙以及關於房子和土地的所有事務都委託給了伯拉。我們到嘎答瓦拉後不久，家裏人便詢問外祖父最忠誠的僕人：「鑰匙在哪兒呢？」

他說：「我的主人告訴我：『千萬別把鑰匙給別人，除了我。』對不起，除非他親口向我要，否則我不能把鑰匙給你們。」他一直沒有把鑰匙給他們，所以我們不知道那些鑰匙到底藏在哪兒了。

許多年以後，當我又住在孟買的時候，伯拉的兒子到我家來，把鑰匙給我說：「我們一直等你們來，可是怎麼也等不來。我們照顧那些地和莊稼，然後把錢都存起來了。」

我把鑰匙還給他說：「現在這些東西屬於你們了。房子、莊稼和錢都屬於你們，它們是你們的。我很抱歉我以前不知道，但是我們誰也不想回去，不想再次感受喪親之痛。」

多好的人啊！過去地球上常有那樣的人。他們正在慢慢消失，你會發現各種各樣狡猾的人取代了他們的位置。這些人恰恰是社會中堅。我叫伯拉怪人是因為在一個狡猾的世界裏，心地單純確實很奇怪。這樣的人將越來越成為陌生人，不是這個世界的。

一個人所能期望的土地有多大，我外祖父的土地就有多大，因為那時候，在印度的那塊地區，土地根本就是免費的：你只要到首都的政府部門去要，就可以了——你就能得到。我們有伯拉照看的一千四百畝莊稼。

我外祖父開始生病的時候，伯拉曾說，沒有他，他活不下去，他們已經密不可分了。當我外祖父快要不行的時候，我們把他從庫齊瓦達轉移到嘎答瓦拉，因為庫齊瓦達沒有照看病人的設備。我外祖父的房子純粹是鄉下房子。

我們離開庫齊瓦達的時候，伯拉把鑰匙交給了他的兒子。外祖父在去嘎答瓦拉的路上死了，因爲這個打擊，伯拉第二天早晨沒有醒過來，他在頭天晚上也死了。我的外祖母、父親和母親都不想回庫齊瓦達，因爲它會引發我們的喪親之痛，因爲外祖父是一個那麼美好的人。

伯拉的兒子跟我年齡相仿。前幾年，我的兄弟尼蘭卡（Niklanka）和柴坦亞．巴提（Chaitanya Bharti）才回去過，就爲了給那裏的房子和湖泊拍幾張照片。

我出生的那間屋子，他們現在出價一百萬盧比，聽說我的一個門徒要買。一百萬盧比！那相當於十萬美金啊。你們知道嗎？——我外祖父死的時候，它才值三十盧比。連那也太貴了。即使有人願意出這個錢，我們也會吃驚的。

那裏是非常原始的鄉村。正因爲它原始，所以它具有某種品質，其他地方的人正在失去它。人也需要原始一點，至少是偶爾。去接觸森林，最好是叢林、海洋、繁星閃爍的天空。人不能只惦記他的銀行資產。那是一切可能中最醜陋的東西。那意味著那個人已經死了！埋了他吧！慶祝吧！燒了他吧！爲他的葬禮起舞吧！銀行資產不是人。人，爲了做人，必須是自然的，像山、河、石頭、花草……

我的外祖父不僅幫助我知道天眞是什麼——那就是生命本身——他還幫助我知道死亡是什麼。他死在我的腿上。關於這個，以後再說。

譯註：

❶紗麗：sari，印度婦女用以裹身包頭或裹身披肩的整段布或綢。

❷摩訶毗羅：Mahavira。意譯「大雄」，耆那教徒對該教創始人筏馱摩那（Vardhamana）的尊稱。又，據英國查爾斯・埃利奧特所著的《印度教與佛教史綱》說，耆那教和佛教經典都認爲筏陀摩那是耆那教的復興者和改革者，不是創教者，而「耆那」及其教義在遠古時代即已產生並流傳，筏陀摩那是第二十四代耆那的稱號。

❸英迪拉・甘地：Indira Gandhi，1917-1984，J・尼赫魯的獨生女。國大黨主席，1966-1984年，任印度共和國總理，實施經濟計劃和社會改革，被錫克族衛兵刺殺。

❹耶路撒冷：Jerusalem，西南亞巴勒斯坦地區著名古城，伊斯蘭教、猶太教和基督教的聖地。

4 那那的死

上次我跟你們講到我碰上星象家的那一刻，當時他已經出家做桑雅生了……

那時候我大概十四歲吧，跟我的祖父，那是我父親的父親，在一起。我眞正的祖父只有一個，他在我年僅七歲的時候就死了。那個老比丘——超級星象家問我：「我是一個職業星象家，出於嗜好，我能看懂許多東西——掌紋、頭紋、腳紋。你是怎麼能告訴我，我會成爲桑雅生的呢？我以前從未想過。是你把這顆種子放到我心裏去的，從那以後我所思所想只有出家，沒有別的。你是怎麼做到的？」

我聳聳肩。即使今天有人問我，我是怎麼做到的，我也只能聳聳肩——因爲我什麼也沒有做，我只是讓事情自己呈現而已。人不得不學會怎麼跑到事情前面去，這樣別人就會認爲你在操縱它們；否則就沒有操縱，尤其在我參與的世界裏。

我告訴老人：「我只是往你的眼睛裏面看，看到一種異常的清淨，我都不能相信你居然還不是一個桑雅生。你早就該是了，早就已經太晚了。」

從某種意義上講，出家總是太晚了；而從另一種意義上說，又總是太早了……兩種說法都是眞實的。

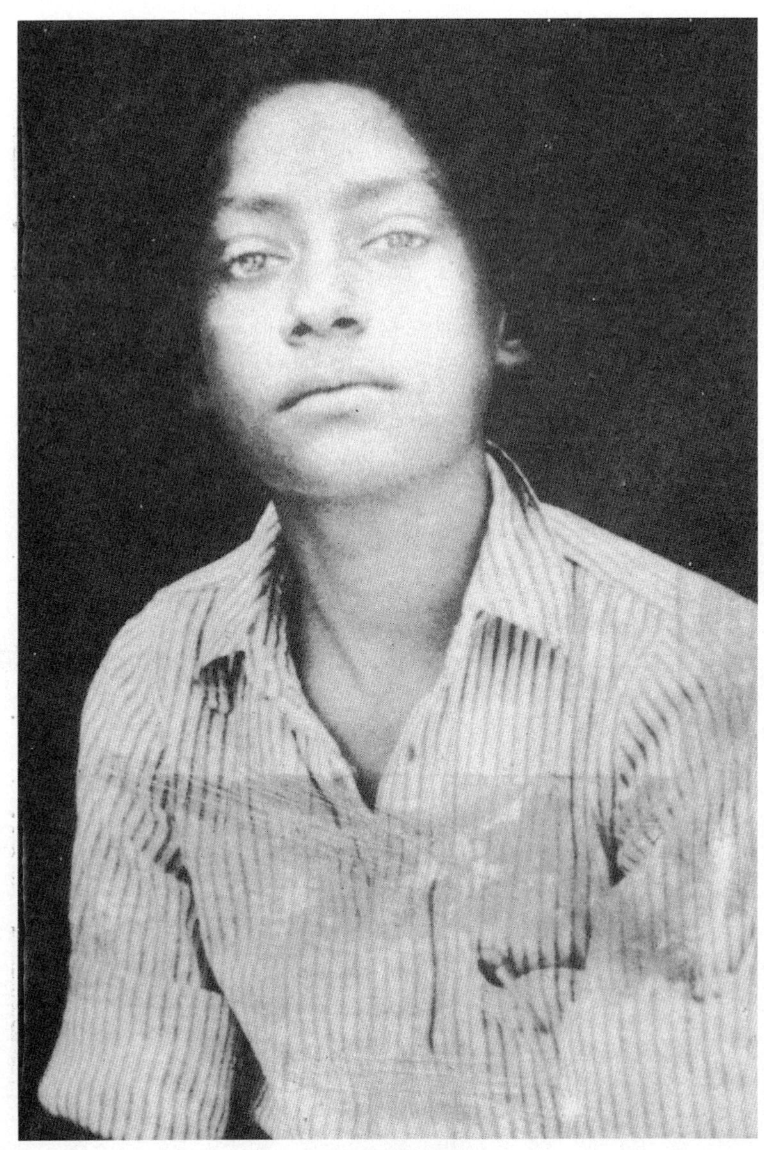

▲十四歲的奧修

現在輪到老人聳肩了。他說：「你在唬弄我。我的眼睛裏怎麼可能有線索？」

我說：「如果眼睛裏沒有線索，那就不可能有任何占星術了。」

「占星術」這個詞當然跟眼睛沒有關係，它跟星星有關。但是盲人看得見星星嗎？你需要眼睛去看星星。

我對那個老人說：「占星術不是關於星星的學問，而是看的學問——看星星，即使在白天，大白天。」

偶爾會發生……當師傅打徒弟頭的時候。就在今天早晨，阿淑，你還記得當你看錶的時候，我用加拿大禁酒人的蘇打水瓶敲你的頭嗎？想起來了嗎？那時候你錯過了。瞭解占星術也是那個意思。她今天早晨嘗到一點滋味——我想她再也不會看她的錶了。

不過請你，要反覆地看，這樣我才能反覆地敲你。那只是一個開始。否則你打算怎麼銷魂入勝❶呢？原諒我，但始終要允許我敲你。我始終樂意請你原諒，但絕不樂意說我不再敲打你了。事實上，第一次敲打只是爲第二次敲打、更深入的敲打做準備。

我們這裏是一個奇怪的團隊。我是一個古老的猶太人❷。有句諺語是這麼說的：一朝爲猶太人，永遠是猶太人。我曾經是一個猶太人❸，我知道那句諺語的眞實性。我還是一個猶太人，而坐在我右邊的是一個百分之百的猶太人，戴瓦蓋德；在我旁邊靠近我的腳坐著的，戴瓦拉吉，是部分猶太人。你們可以從他的鼻子看出來……，否則他能從哪兒得到那麼漂亮的鼻子？

古蒂亞，如果她還在這兒，她也不是英國人。她也曾是一個猶太人。今天，我第一次想讓你們知道，她不是別人，就是馬格達雷那！她愛耶穌，卻錯過了他。他過早被釘死在十字架上，女人需要時間和耐心——可他只活了三十三歲。那正是踢足球的年齡，或者要是你三十三歲已經有點成熟了，那就去看足球賽。

耶穌死得太早。人們對他也太心慈手軟了……，我的意思是對他太狠心了。我希望他們心慈手軟，所以會說出這個詞來。古蒂亞，這次你不能錯過了——無論你做什麼，也無論你試圖怎麼逃避。我不是三十三歲就能被人輕而易舉地釘死在十字架上的耶穌。我可以非常耐心，甚至對女人，她很難……我知道，困難，有時候非常、非常困難。女人的確可以叫你脖子疼[4]！

我的脖子從來沒有疼過，感謝上帝，但我知道脖子疼是什麼滋味。如果背疼是可怕的，那麼脖子疼就可想而知了！脖子是背的頂點。但是對我來說，不管你是脖子裏的疼還是背上的疼，都沒關係，這次你不能錯過了。如果你錯過這次，你就不可能再找到像我這樣的人了。

再次發現耶穌是很容易的——人們在一直不斷地開悟。但要找到像我這樣的人——在千萬次生命中，走過千萬條路，像蜜蜂一樣採集了無數鮮花的芳香——是困難的。

誰要是錯過我，或許他就永遠錯過了。但是我不會允許這種事情發生在我的人身上。我知道所有方法，可以克服他們的狡猾、他們的堅硬、他們的聰明。我並不關心整個世界，我只關心我的人，那些真正在尋找自己的人。

今天我剛收到一份譯稿，翻譯的是德國出版的一本新書。我不懂德文，所以有人把書中關於我的部分翻譯出來。我聽任何笑話都沒有笑得那麼厲害過，但它並不是笑話，而是非常嚴肅的書。

作者獻出五十五頁紙來，僅僅爲了證明我只是領悟（illuminated），而沒有開悟（enlightened）。妙！太妙了！——只是領悟，沒有開悟。如果你們知道就在前幾天我剛收到同一類白癡——一個荷蘭教授寫的另一本書，你們肯定會大吃一驚。荷蘭人跟德國人的差別不大，他們屬於同一類人。

順便插一句，葛吉夫❺常常把人按照一定的方法進行分類。其中有幾類白癡。現在這個德國人和那個荷蘭傢伙，他們的名字我幸好忘記了，都屬於第一類傻瓜……不，不是傻瓜——那是我留給我的猶太門徒戴瓦蓋德的——而是白癡。荷蘭白癡用一篇長長的論文來證明，或者說試圖證明，我只是開悟，而沒有領悟。現在，這兩個白癡應該見見面，比試比試，用他們的論據和書對打。

就我而言，讓我一勞永逸地向世界宣佈了吧：我既沒有領悟，也沒有開悟。我只是一個很普通、很簡單的人，沒有形容詞，也沒有學位。我已經把我所有的證書都燒掉了。

白癡總是問同樣的問題，毫無二致。這眞是奇蹟。印度、英國、加拿大、美國、德國，它們什麼都不一樣，就除了白癡。白癡是通用的，在哪兒都一樣。你隨便從哪兒嚐，它的味道都一樣。或許佛陀會同意我的說法；畢竟他說：隨便從哪兒品嘗佛陀的滋味，他就像大海，從哪兒嚐，味道都是鹹的。或許正像佛（buddhas）的滋味相同，布杜（buddhus）——印度人對白癡的稱呼——的滋味也相同。這很好，不過僅僅在印度的語言中，「佛」和「白癡」

來自相同的詞根，幾乎是同一個詞。

我根本不在乎你們是否相信我有沒有開悟。那有什麼關係？但是這個人很在乎，不惜在他的小書中貢獻五十頁紙來論證我有沒有開悟這個問題，因此他是第一流的白癡。

我並不只是我自己。我爲什麼應該是開悟的或者是領悟的呢？好大的學問！領悟不同於開悟？或許你在有電的時候開悟，而在只有蠟燭的時候只能領悟？我不知道區別何在。

我兩種都不是。我自己是光，既不是開悟也不是領悟。我早把那些詞丟得遠遠的了。我能看見它們像灰塵一樣，還在翻騰，遠遠的，在我曾經走過而永遠不會再走的路上，只是沙地上的腳印。

這些所謂的教授、哲學家、心理學家，他們爲什麼如此關心我這樣一個可憐人，儘管他絲毫不關心他們？我過我的日子，我想怎麼過就怎麼過，那是我的自由。他們爲什麼要在我身上浪費時間？求求他們了，那五十五頁紙用來生活會更好。這可憐的教授要浪費多少個小時、多少個夜晚啊！他本來可以在其間領悟或者至少開悟的。荷蘭那位本來會在其間開悟的，如果不是領悟的話。兩人都會明白：我是誰。

於是唯有寂靜
無可言說
或許唱一支歌
跳一圈舞

還是沏一杯茶
默默吮吸……
茶香遠比任何哲學都重要。

記住，阿淑，那就是爲什麼我說加拿大只有一件產品值得一提：那就是加拿大禁酒人，蘇打水。它的味道確實好極了——我喜歡它。在全世界所有的蘇打水中，那是最好的。現在你笑了。你可以看錶。你不需要把它藏在袖子底下，或者把它丟在一邊，生怕偶然看見它。我根本不爲時間操心。即使我問你們，我也不是眞的問；那只是爲了安慰你們。否則我就會照我自己的方式說個不停。我不是一個守時的人。你看，我得花多長時間才能續上剛才中斷的思路呢。

外祖父是突然病倒的。他不應該死，他還沒有超過五十歲，或者還不到五十歲，或許甚至比我現在還年輕。我的外祖母那時候剛好五十歲，正處於她青春和美麗的巔峰。你們會很吃驚，因爲她出生在喀久拉霍（Khajuraho），那兒是密宗的大本營，最古老的大本營。她總是對我說：「等你長大一點，千萬別忘了去看一看喀久拉霍。」我認爲天下任何父母都不會給孩子這樣的建議，但我的外祖母是少有的，居然會勸我到喀久拉霍去。

喀久拉霍由千百尊美麗的雕像組成，全是裸體的，在性交。那裏有幾百座寺廟，其中大部分都是廢墟，但是也有極少數倖存者，也許是因爲它們被遺忘了吧。甘地希望把這少數幾座寺廟埋到地下去，因爲那些雕像、那些雕塑太有誘惑力了。儘管如此，我的外祖母卻仍誘惑我到喀久拉霍去。我有一位多麼偉大的外祖母啊！她本人就美麗非凡，像一尊雕像，怎麼看都是標準的希臘人。

當穆達的女兒塞瑪來看我的時候，有一瞬間，我簡直不敢相信，因為我的外祖母有一張完全一樣的臉、一樣的膚色。她看上去不像歐洲人，她比較黑，而她的臉和身材跟我的外祖母一模一樣。唉，我想，我的外祖母已經死了，否則我就要讓塞瑪去見見她。你們知道嗎，甚至到了八十歲，她還是那麼美麗，儘管在別人已經完全不可能了。

我外祖母死的時候，我從孟買火速趕回去看她。她甚至在死的時候都是美麗的。我無法相信她已經死了。突然間，喀久拉霍的所有雕像都在我的眼前復活了。在她死去的身體中，我看到了喀久拉霍的全部哲學。我看望她之後所做的第一件事，就是再次前往喀久拉霍。這是對她表示敬意的唯一方式。現在喀久拉霍甚至比以前更美了，因為我到處都能看見她，在每一尊雕像裏。

喀久拉霍是無與倫比的。世界上有數不清的寺廟，但沒有一座像喀久拉霍。我正試圖在這個社區創建一座活的喀久拉霍。不是石頭的雕像，而是眞人，眞正能夠愛的活人，鮮活得能夠感染你，你只要一碰他們，就足以感到一陣電流通過你，一陣電擊！

外祖母給了我許多東西，其中她堅持要我到喀久拉霍去就是最重要的一個。那時候喀久拉霍完全不為世人所知，但是她非要我去不可。她很固執。也許我正是從她那裏獲得了這種品質，或者你們也許會稱之為非品質。

在她生命的最後二十年裏，我遊遍整個印度。每次我經過那個鄉村的時候，她都會對我說：「聽著，假如火車已經開了，千萬別上去，假如火車還沒有停，千萬別下來。第二，旅行的時候千萬別在車廂裏跟別人吵架。第三，要牢牢記住我還活著，我在等你回家。爲什麼我在這裏等著照顧你，而你卻滿世界亂跑？你需要照顧，沒人能像我一樣照顧你。」

二十年來，我得一直聽著這樣的建議。現在我可以對她說：「別再擔心了，至少在另一個世界裏。首先，我不再坐火車旅行了。事實上，我根本不旅行了，所以不存在火車不停，我就下來的問題。第二，古蒂亞正像您所希望的那樣無微不至地照顧我。第三，記得就像你在活著時等我一樣，繼續等著我。我很快就會回來，回家來。」

我第一次去喀久拉霍，我去僅僅是因爲我的外祖母一直嘮叨著叫我去，但是從那以後，我去了無數次。全世界任何地方我都沒有去過那麼多次。原因很簡單，它給你的體驗是無窮無盡的。那是不可窮盡的。你瞭解得越多，你越想瞭解。喀久拉霍寺廟的每個細節都是奧祕。那裏的每座寺廟肯定都是由千百位藝術家花費好幾個世紀才建成的。除了喀久拉霍，我還從來沒有遇到過任何東西堪稱完美的，泰姬陵也不行。泰姬陵有它的缺陷，但是喀久拉霍沒有。泰姬陵只是漂亮的建築；喀久拉霍卻是新人類的全部哲學和心理學。

當我看見那些裸體的（naked），……我不能說「光著身子的（nude）」——原諒我。光著身子是色情的說法；裸體則完全不同。它們在字典裏的意思可能一樣，但是字典並不代表一切，存在的內涵要比它大得多。那些雕像是裸體的，但不是光著身子的。不過那些裸體的美人……也許有一天人也能長成那樣。它是一個夢，喀久拉霍是一個夢。而甘地卻想把它埋到地下去，以便任何人都不會受到那些美麗雕像的誘惑！我們要感謝泰戈爾❻，是他阻止了甘地，不讓他那麼做。他說：「讓那些寺廟去吧……」他是一位詩人，他懂得它們的奧祕。

我究竟到那裏去過多少次，我也數不過來。我一有時間就會奔向喀久拉霍。如果其他地方找不到我，我們家人就會自動說，我肯定是去喀久拉霍了，然後就到那兒去找我。而他們總是對的。我不得不賄賂那些寺廟的看守，讓他們告訴別人我不在，當我在那裏的時候。我坦白說出來，因爲那是我唯一一次賄賂別人。不過這樣做很値得，我不後悔，我不爲此感到內疚。

事實上，你們會感到吃驚，你們知道我有多麼危險……我賄賂的那個看守後來成了我的桑雅生。現在，是誰賄賂了誰呢？首先是我賄賂他，讓他說我不在裏面，然後漸漸地他開始對我越來越感興趣。他把我給他的賄賂統統還給我。他恐怕是世界上唯一一把賄賂統統還給別人的人。成爲桑雅生之後，他不能再把它們留在身邊。

喀久拉霍——聽到這個名字就彷彿在我心中拉響了快樂的鈴聲，彷彿它是從天而降。在滿月的夜晚看喀久拉霍，等於是看到世上所有値得一看的東西。外祖母出生在那兒；她無疑是美麗的女人，勇敢而且危險。美總是這樣，勇敢而危險。她敢作敢爲。我的母親不像她，對此我感到遺憾。你從她身上找不出一點我外祖母的跡象。那眞是一個無比勇敢的女人，在她的幫助下，我任何事情都敢做——我的意思是說任何事情。

如果我想喝酒，她就會給我。她會說：「除非你把它統統喝完，否則你就擺脫不了它。」而我知道那根本就是擺脫任何事情的方式。無論我想要什麼，她都會替我準備。外祖父，她的丈夫，總是害怕——就像世界上其他每一位丈夫一樣，像隻耗子，一隻美麗的耗子，一個和藹可親的傢伙，仁慈，但是哪點也比不上她。當他在我的大腿上死去的時候，她甚至都沒有哭。

我問她：「他死了。你愛他。你爲什麼不哭呢？」

她說：「因爲你。我不想在小孩子面前哭。」——多麼少有的女人！——「我不想安慰你。如果我自己先哭了，那麼你自然也會哭，那麼誰來安慰誰呢？」

我得把那個場景描述一下……當時我們坐在一輛牛車裏，從我外祖父的村莊往我父親的村莊去，因爲那裏有唯一一家醫院。外祖父病得很嚴重，不僅嚴重，而且神智不清，差不多休克了。她和我是車裏僅有的人。我懂得她對我的慈悲。僅僅因爲我，她甚至在心愛的丈夫去世時都沒有哭，因爲只有我一個在那裏，所以除了她，沒有人安慰我。

我說：「別擔心。如果你不哭，我也不哭。」然而，不管你們是否相信，一個七歲的孩子始終都沒有哭。

連她也感到迷惑不解。她說：「你不哭？」

我說：「我不想安慰你。」

那輛牛車裏坐的是群奇怪的人。伯拉，早晨我跟你們說過他，在趕車。他知道主人死了，但是他絕不往牛車裏面看——即使是在那樣的時刻，因爲他只是一個僕人，他的身分不允許他干涉私事。那是他跟我說的話：「死是私事；我怎麼能看呢？我坐在前面，什麼都聽見了。我想哭，我那麼愛他。我感到自己像個孤兒，但是我不能回頭往車裏面看，否則他絕饒不了我。」

奇怪的一夥……那那躺在我的腿上。我是一個七歲的孩子，我跟死亡待在一起不是幾秒鐘，而是整整二十四個小時。那裏沒有路，要到我父親的鎮上去很難。牛車走得慢極了。我們和屍體待在一起整整二十四個小時。我不能哭，因爲我不想擾亂我外祖母的心。她也不能哭，因爲她不想擾亂一個七歲大的小孩子的心。她眞是一個剛強的女人。

當我們來到鎮上的時候，我的父親叫來了醫生。你們能想像嗎？外祖母竟然笑了！她說：「你們這些有文化的人都是傻子。他死了！不需要叫什麼醫生了。請你們把他燒了吧，越快越好。」

聽到這些話，在場的每個人都驚呆了，除了我，因爲我瞭解她。她希望身體化歸四大❼。時間早就到了……早就遲了；你們知道的。她說：「我不打算回那個村子了。」

當她說她不打算回那個村子住的時候，那當然意味著我也不能再回到那裏去看她了。但是她從不跟我父親一家住在一起；她跟常人不一樣。自從我開始住在我父親的鎮裏，我在那個鎮上的生活變得十分精確，白天我跟父親一家住，晚上則跟外祖母在一起。她通常一個人住在一座美麗的孟加拉式平房裏。房子雖小，卻十分美麗。

我的母親常問我說：「你晚上爲什麼不待在家裏？」

我說：「這不可能。我得上外祖母那兒去，特別是晚上，我的那那，我的外公，不在了，她會感到特別孤單。白天還好，她很忙，周圍有那麼多人——但是晚上如果我不在那兒的話，她一個人在屋子裏可能會哭的。我必須在那兒！」我一直留在那裏，每個晚上，都不例外。

白天我還要上學。我只在早晨和下午花幾個小時跟家人——母親、父親、叔叔們——在一起。那是一個大家庭，對我來說卻始終是陌生的，它從來就沒有成爲我的一部分。外祖母就是我的家，她瞭解我，因爲她是從小看著我長大的。沒有人比她更瞭解我，因爲她允許我做任何事情……任何事情。

在印度，每逢燈節，人們可以賭博。那是一種奇怪的儀式：有三天法定的賭博日；三天過後，你要是賭博的話，就會被抓起來受罰。

我告訴外祖母：「我想賭博。」

她問我：「你想要多少錢？」

連我也不能相信自己的耳朵。我以爲她會說：「不能賭博。」而她說的卻是：「這麼說你想賭博囉？」於是她給了我一張一百盧比的錢，告訴我想上哪兒賭博就上哪兒，因爲人只有通過經歷才能學習。

她的這種方式對我的幫助極大。有一次，我想去拜訪一個妓女。當時我只有十五歲，聽說村裏來了一個妓女。外祖母問我：「你知道妓女是什麼意思嗎？」

我說：「我一點也不知道。」

於是她說：「你得去看看，不過先只去看看她唱歌跳舞。」

在印度，妓女一上來都要唱歌跳舞，不過她的歌舞太低級了，那個女人太難看了，以至於我一下子嘔吐出來！我中途回到家裏，歌舞還沒有結束，賣淫還沒有開始。我的那昵問：

「你怎麼這麼早就回家了？」

我回答說：「我噁心。」

直到我後來讀了沙特❽的書《噁心》，我才明白那天晚上我發生了什麼。我的外祖母竟然允許我去找一個妓女。我不記得她對我說過不。我想抽菸，她說：「記住，抽菸可以，但只能在家裏抽。」

我說：「爲什麼？」

她說：「別人要反對的，所以你可以在家裏抽。我會給你菸的。」她不斷地給我香菸，直到我說：「夠了！我不要了。」

爲了幫助我體驗自己，那昵願意捨命陪君子。知道之路就是自己去體驗，不是被告知。那正是父母們變得令人噁心的地方：他們不停地告訴你這個那個。孩子是上帝的再生。他應該受到尊敬，他應該得到各種成長、存在的機會——不是根據你的意願，而是根據他自己的潛能。

如果我的時間到了，那很好。如果我的時間沒到，那更好。現在由你們決定，你們想延長多久。不只有你們是猶太人，記住。你們只是生爲猶太人，我是精神上的猶太人。完全由你們決定。

譯註：

❶銷魂入勝：freak in，指因全心全意地投入修道而進入的狂喜境界。奧修對世事的態度比較寬容，此處是藉吸毒等行爲導致的極度興奮狀態來做比喻。

❷我是一個古老的猶太人：old Jew，從整部書的內容來看，奧修此處指的是他過去世曾爲猶太人。

❸我曾經是一個猶太人：可能指過去世。

❹脖子疼：此處直譯，意譯爲討厭的人或事。

❺葛吉夫：George Ivanovitch Gurdjieff，1872-1949。亞美尼亞哲學家、蘇菲神祕家。

❻泰戈爾：Rabindranath Tagore，1861-1941，印度著名詩人。主要作品有：《新月集》、《園丁集》、《飛鳥集》、《吉檀迦利》等。他的作品抒發了對生命和自然的熱愛。

❼四大：爲四大種之略稱。又稱四界，即佛教元素說，謂物質（色法）係由地、水、火、風等四大要素所構成。

❽沙特：Jean Paul Sartre，1905-1980，法國哲學家、作家，存在主義代表人物，拒絕接受一九四六年諾貝爾文學獎，著有哲學著作《存在與虛無》、小說《噁心》和《自由之路》、劇作《群蠅》和《魔鬼與上帝》等。

5 最意味深長的話

上次說到那那、我外祖父的死。現在我想起來他從來不需要去看牙醫。多麼幸運的人！他死的時候，牙齒完好無損。你看我。你給我檢查牙齒的時候，我聽你說少了一顆。怪不得我那麼刻薄（hard）：三十二顆牙齒變成了三十一顆。怪不得我打人毫不留情。自然，即使少了一顆牙齒，我不想盡辦法恨恨地打人，我還能幹什麼呢？我還能把我的手放到哪兒去呢？

最初幾年跟外祖父一起生活的時候，我就是這樣，然而我絕對不會受到懲罰。他從不說「做這個」或者「不要做那個」。相反的，他安排他最忠誠的僕人伯拉爲我服務、保護我。伯拉經常帶著一把非常原始的槍。他通常都在一段距離之外跟著我，但那足以嚇走別的村民。那足以讓我爲所欲爲了。

凡是人能想像出來的事情……像倒騎在牛背上，後面跟著伯拉。直到後來，在大學博物館裏，我才看見老子倒騎水牛的塑像。我失聲大笑，弄得博物館負責人跑過來問我：「怎麼了？」因爲我正捧著肚子坐在地上，他說：「你有什麼不舒服嗎？」

我說：「沒有，別管我，別再惹我笑了，否則我就要開始哭了。讓我一個人待著就好了。我什麼事兒也沒有。我只是想起了小時候。我以前就是這麼騎牛的。」

特別是在我們那個村，以及整個印度，沒有人會騎牛。中國人都是些奇怪的人，而老子這個人是怪中之怪。不過上帝知道，只有上帝知道，我是怎麼想出這個主意的——連我自己都不知道——在集市上騎水牛，倒著。我猜那是因爲我一向喜歡荒唐事的緣故吧。

最初那幾年——如果他們能再給我的話，我願意再生一次。但是你們知道，我也知道，任何事情都一去不復返。所以我說我願意再生一次，否則誰願意再生，即使那些日子充滿美好。

我誕生在錯誤的星宿下。我後悔忘記問那位大星象家我爲什麼那麼淘氣了。我不淘氣就沒法兒活，那是我的養料。我能理解那個老人，我的外祖父，知道我的淘氣給他帶來多少麻煩。他會整天坐在他的伽迪上——伽迪是印度人所說的有錢人的坐椅——耳朵裏聽到的抱怨比顧客的聲音還要多。可是他總是對他們說：「他做了什麼壞事，我都願意賠給你們，但是記住，我不會懲罰他。」

或許他對我、一個淘氣包的極大耐心……連我都受不了。如果給我那麼樣一個孩子，而且幾年……我的上帝！就算幾分鐘，我也會把孩子扔到門外去，永遠別想再回來。或許那幾年也爲我外公創造了一個奇蹟，他付出巨大耐心。他變得越來越安靜。我看到它日高日長。偶爾我也會說：「那那，你可以懲罰我。你不需要那麼寬容。」然而，你能相信嗎，他竟然哭了！淚水湧上他的眼睛，他會說：「懲罰你？我不能那麼做。我可以懲罰我自己，但不是你。」

我從來沒有，哪怕一剎那，在他的眼睛裏看到對我的絲毫憤怒。然而相信我，一千個孩子所能幹的壞事，我都幹了。大清早，甚至還沒有吃早飯，我就已經開始淘氣了，直至深夜。有時候我回家很晚，比如凌晨三點鐘之類的。但他是怎樣一個人啊！他從來不說：「太晚了。這不是小孩子回家的時候。」不，一次也沒有。事實上，在我面前，他會盡量避免去看牆上的鐘。

我就是這樣認識到宗教的。他從來不帶我去他常去的那座寺廟。我也常去那座寺廟，但只在關門的時候去，爲了偷刻花玻璃，因爲那座寺廟裏有許多枝形吊燈，上面有美麗的刻花玻璃。我想，漸漸的，我幾乎把所有的刻花玻璃全偷走了。當有人把這件事告訴我外祖父的時候，他說：「那又怎麼樣呢！吊燈是我捐的，所以我還可以再捐。他不是偷，那是他那那的財產。那座廟是我造的。」祭司不再抱怨。抱怨幹嘛呢？對那那來說，他只是一個僕人。

以前那那每天早晨都要到那座寺廟去，但是他從來不說：「跟我一起去。」他從來不向我灌輸任何道理。那正是偉大之所在……不灌輸。強迫一個無助的孩子聽從你的信條眞是太人性了，但是他始終不爲誘惑所動——是的，我把它叫作最大的誘惑。一見有人依賴你，不管從哪個方面，你就開始灌輸。他甚至都沒有對我說過：「你是一個耆那教徒。」

我記得很清楚，那時候正趕上人口普查。普查員來到我們家。他就許多事情問了許多問題。他們問我外祖父的信仰，他說：「耆那教。」他們問我外祖母的信仰。我那那說：「你們可以問她自己。信仰是個人的私事。我自己還從來沒有問過她呢。」多棒的人！

我的外祖母回答說：「我什麼宗教都不信。我看所有的宗教都很幼稚。」普查員大吃一驚。連我也吃了一驚。她居然不相信任何宗教！在印度要找到一個不信任何宗教的女人是不可能的。但是她出生在喀久拉霍，或許是在一個密宗家庭裏，他們從不相信任何宗教。他們練習禪定，但是他們從不信仰任何宗教。

西方人的頭腦聽到這句話會覺得不合邏輯：有禪定卻沒有宗教？是的……事實上，只要你相信宗教，你就不能進入禪定。對禪定來說，宗教是一種干擾。禪定不需要上帝，不需要天堂，不需要地獄，不需要害怕懲罰，不需要用快樂來引誘。禪定跟頭腦沒有關係，禪定超越它，而宗教卻只是頭腦，它在頭腦的範圍內。

我知道那昵從來不去寺廟，但是她卻教給我一段咒語，我今天第一次把它公佈出來。它是耆那教的咒語，但是跟耆那教的關係並不大。它跟耆那教有關純屬偶然……

Namo arihantanam namo namo
Namo siddhanam namo namo
Namo uvajjhayanam namo namo
Namo loye savva sahunam namo namo
Aeso panch nammukaro
Om, shantih, shantih, shantih……

咒語美極了。它很難翻譯，不過我會盡量做到最好……或者最差也難說。先來聽聽用原文朗誦這段咒語是何等美妙吧：

Namo arihantanam namo namo
Namo siddhanam namo namo
Namo uvajjhayanam namo namo
Namo loye savva sahunam namo namo
Aeso panch nammukaro
Savva pavappanasano
Mangalam cha savvesam padhamam havai mangalam
Arihante saranam pavajjhami
Siddhe saranam pavajjhami
Sahu saranam pavajjhami
Namo arihantanam namo namo
Namo siddhanam namo namo
Namo uvajjhayanam namo namo
Om, shantih, shantih, shantih……

現在我來試試翻譯看看：「我來到阿利漢（arihantas）的腳下，向他鞠躬……」阿利漢是耆那教裏的稱呼，相當於佛教裏的菩提薩埵❶，用來稱呼已經達到終極同時又毫不關心他人之事的人。他已經回到家，並且拋棄了世界。他不會創立宗教，他甚至不會佈道，他甚至不會宣告什麼。當然他必須被首先想到。這第一個想念是留給所有那些已經知道並且保持沈默的人。首先應該尊敬的不是言語，而是沈默；不是爲他人服務，而是究竟達到本性(one's self)。是否爲他人服務並不重要；那是次要的，不是主要的。主要是達到本性，而要在這個世界上認識本性是難而又難的事情。

就在今天早晨，我剛給古蒂亞看過一張來自加利福尼亞的車貼，上面寫著：「警告！我有幻覺要剎車。」應該給每輛車都貼上一張——不僅貼在車上，而且要貼在每個人的屁股上。人都活在幻覺裏，那就是他們的生活——幻覺。他們爲那些不存在的幽靈而剎車——或許是某個聖靈吧？不過幽靈是神聖的，還是不神聖的有什麼關係呢？有關係的是它根本不存在。

多麼愚蠢！簡直愚蠢到了極點，把一個聖靈放到基督教的三位一體中去：聖父、聖子，還有聖靈！僅僅爲了迴避女人，他們就把一個聖靈放進去。這是多麼不神聖的行爲！你看穿這裏的把戲了嗎？他們不能把母親放進去，他們把母親粉飾一番，然後寫成聖靈。這個聖靈把整個基督教的精神都破壞了，因爲從一開始、從它的基礎開始，它就建立在謊言、幻覺的基礎上。

加利福尼亞人可以原諒——他們都是加利福尼亞人——但是基督徒不能原諒，因爲他們把這個醜陋的傢伙——聖靈——搞到三位一體裏面去了。這個聖靈幹出一件不神聖的事情，讓可憐的瑪利亞懷孕！你以爲是誰把那個可憐的木匠妻子瑪利亞弄懷孕的？爲什麼，是聖靈！好極了！偉大的神聖！那什麼是不神聖呢？

有一點是肯定的，那就是基督教一直想完全迴避女人，完全清除她。他們甚至還創造了一個家庭。如果小孩給家庭畫一幅畫——畫了父親、兒子和聖靈——你肯定會說：「這是什麼玩意兒？媽媽到哪兒去了？」

沒有母親，怎麼能有父親呢？沒有母親，怎麼能有兒子呢？連孩子也聽得懂你的邏輯，不過基督教的神學家不行。他不是孩子，他是精神發育遲緩的孩子。他的大腦有問題。尤其是大腦的左邊，不是空的，就是裝滿了垃圾——也許是神學垃圾吧，《聖經》——簡而言之，就是聖靈。

我反對這個傢伙。我乾脆把話說清楚：如果讓我碰到他的話……我想讓你們知道，雖然我是一個非暴力的人，但是如果讓我碰到這個叫聖靈的傢伙，我就會殺了他。我會跟自己說：「讓所有的非暴力都見鬼去吧，至少是現在，先殺了這個傢伙！然後我們再留點兒神。然後我們可以重新做非暴力的人。」我會在他的位置上放一個女人，於是基督教頓時清醒過來。

我交給古蒂亞保存的另一張加利福尼亞車貼說：這個工作的最佳人選或許是一個女人。不是或許，而是肯定……女人可以擔任這個神聖團隊的第三合夥人。沒有女人，它就毫無生機、一片荒涼：聖父、聖子和聖靈！

耆那教徒把已經達到自己的人叫作阿利漢，他因深深地沈溺於、陶醉於覺悟（realization）的美妙境界而忘懷整個世界。「阿利漢」的字面意思是「殺死敵人的人」——這裏講的敵人就是自我。咒語第一部分的意思是：「我向已經達到自己的人頂禮。」

第二部分是：Namo siddhanam namo namo。這段咒語用的是帕拉克裏語❷，不是梵語。帕拉克裏語是耆那教徒的語言，他比梵語還古老。「梵語」這個詞的意思是精練了的。通過「精練了的」這個詞，你們可以想見它前面肯定還有什麼東西，否則精練什麼呢？「帕拉克裏語」的意思是未精練的、自然的、原始的，耆那教徒說他們的語言是世界上最古老的語言，他們是對的。他們的宗教也是最古老的。

印度經典《梨俱吠陀》提到耆那教第一位祖師阿底納特（Adinatha）。那當然也意味著它比《梨俱吠陀》古老得多。《梨俱吠陀》是世界上最古老的書，它以異常尊敬的口吻提到耆那教徒的tirthankara❸，阿底納特，說明他和撰寫《梨俱吠陀》的人不屬於同一個時代。

要認識同時代的大師是非常困難的。他的命運肯定受人譴責，來自四面八方、各式各樣的譴責。他不受人尊敬，他不是值得尊敬的人。需要時間，人們需要花費上千年的時間才能原諒他，只有到了那時候，他們才開始尊敬他。當他們一旦從譴責他的罪行中解脫出來的時候，他們便開始尊敬他、膜拜他。

這段咒語用的是帕拉克裏語，原始而不精練。第二行是：Namo siddhanam namo namo——「我向已經成爲他的存在的人頂禮。」那麼，第一行和第二行有什麼差別呢？

阿利漢從不回頭，從不爲任何類型的服務操心，無論是基督教，還是其他什麼的。錫達（Siddha）偶爾會把手伸出來浸入人類的海洋，但只是偶爾，不是永遠。他不是必須這麼做，這不是義務，這是他的選擇；他可以做，也可以不做。

下面是第三行：Namo uvajjhayanam namo namo……「我向師傅、烏瓦迦亞（uvajjhaya）

頂禮。」他們有相同的成就，但是他們面向世界，他們為世界服務。他們既在世界中又不屬於它……但是仍然在它裏面。

第四行：Namo loye savva sahunam namo namo……「我向老師頂禮。」你們知道師傅和老師之間有微妙的差別。師傅已經知道了，並且把他所知道的告訴別人。老師從知道的人那裏獲得知識，再把它一字不漏地傳給世界，但是他本人並不知道。

這段咒語的作者眞的很美，他們甚至向那些自己不知道但至少將師傅的資訊傳給大眾的人頂禮。

第五行是我有生以來碰到的最意味深長的話之一。奇怪的是，它竟然是由我外祖母在我還是一個小孩子的時候教給我的。等我解釋給你們聽了以後，你們也會瞭解它的美。只有她有能力把它教給我。我不知道還有任何其他人眞的有膽量把它正式宣說出來，儘管所有的耆那教徒在寺廟裏都會反覆念頌它。不過反覆念頌是一回事，把它告訴你心愛的人就完全是另一回事了。

「我向所有已經知道自己的人頂禮。」……沒有任何區別，無論他們是印度教徒、耆那教徒、佛教徒、基督教徒，還是伊斯蘭教徒。咒語都說：「我向所有已經知道自己的人頂禮。」據我所知，這是唯一絕對無宗派差別的咒語。

其他四個部分和第五部分沒有什麼不同，它們都包含在它裏面，但是它有一種廣闊深邃的容量，那是其他部分所沒有的。第五行應該寫在所有的寺廟上、所有的教堂上，不管它們屬於什麼宗教，因為它說：「我向所有已經知道它的人頂禮。」它不說：「已經知道上帝的人」。連「它」也可以去掉，「它」是我爲了翻譯方便加進去的。原文的意思只是「向已經知道的人頂禮」——沒有「它」。我加了一個「它」字，只是爲了滿足你們的語言要求；不然的話，有人就會問：「知道？知道什麼？知道的對象是什麼？」沒有知道的對象，沒有什麼要知道，只有知道者。

這段咒語是唯一宗教性的東西——如果你們能把外祖母教給我的這段東西稱爲宗教性的，而且同樣地，那不是我外祖父教我的，而是我外祖母……因爲有一天晚上我問她。有一天晚上她說：「你好像醒著。你睡不著嗎？你是不是在想明天怎麼淘氣？」

我說：「不，我只是想起了一個問題。每個人都有一種宗教，可是人家問我：『你屬於什麼宗教？』我只能聳聳肩。可是，聳肩肯定不是一種宗教，所以我想問你，我應該怎麼說？」

她說：「我自己就不屬於任何宗教，但是我喜歡這段咒語，這是我所能給你的一切——不是因爲它是傳統的耆那教的東西，而只是因爲我懂得它的美。我已經念過無數遍了，每次念的時候，我都感到無比安寧……彷彿正在向所有已經知道的人頂禮。我可以把這段咒語教給你；除此之外，我就無能爲力了。」

現在我可以說那個女人確實偉大，因爲就宗教性而言，每個人都在撒謊：基督教徒、猶太教徒、耆那教徒、伊斯蘭教徒——每個人都在撒謊。他們一無所知，卻都在談論上帝、天堂，還有地獄、天使和各種各樣亂七八糟的東西。她之所以偉大，不是因爲她知道，而是因爲她不能對孩子撒謊。任何人都不應該撒謊——至少對孩子來說，這是不可原諒的行爲。

千百年來孩子們一直被人利用，僅僅因爲他們願意信任。你可以輕而易舉地對他們撒謊，他們會信任你。如果你是一個父親、一個母親，他們就會以爲你肯定是誠實的。整個人類就是這樣生活在墮落中，在泥潭中，狡猾不定的泥潭，千百年來孩子們聽到的是一泥潭的謊言。

如果我們能夠只做一件事情，一件簡單的事情：不要對孩子撒謊，向他們坦白承認我們的無知，那樣我們就會變得有宗教性，我們就會把他們放在宗教的道路上。孩子們天眞無邪，不要把你所謂的知識丟給他們。你自己首先必須是天眞的、不撒謊、誠實，即使它會傷害你的自我——它一定會傷害。它肯定會傷害。

我的外祖父從來不叫我跟他一起到寺廟去。好多次我都要跟他去，可是他會說：「走開。如果你想去寺廟，你一個人去。別跟著我。」

他不是一個強硬的人，但是在這一點上，他絕對強硬。我不知問過他多少次：「你能把你的體驗講一點給我聽嗎？」他總是迴避這個問題。

當他在我的大腿上奄奄一息的時候，在牛車裏，他睜開眼睛問：「幾點了？」

我說：「肯定快九點了。」

他沈默了一會兒，然後他說：

「Namo arihantanam namo namo

Namo siddhanam namo namo

Namo uvajjhayanam namo namo

Namo loye savva sahunam namo namo

Om, shantih, shantih, shantih……」

這是什麼意思？它的意思是「ＯＭ」——聲音裏的終極之音。然後他便像一滴露水在第一道陽光的照射下消失了。

只有安寧、安寧、安寧……現在我正在進入它……

Nano arihantanam namo namo……

我來到那些已經知道的人的腳下。

我來到那些已經達到的人的腳下。

我來到一切師傅的腳下。

我來到一切老師的腳下。

我來到所有曾經知道的人的腳下，

無條件地。

Om, shantih, shantih,shantih。

譯註：

❶菩提薩埵：佛教名詞。梵語bodhi-sattva，意譯作覺有情。意即求道求大覺之人、求道之大心人。菩提，覺、智、道之意；薩埵，眾生、有情之意。

❷帕拉克裏語：Prakrit，古代及中世紀印度中部及北部的方言。

❸tirthankara：參見第四十章——tirthankara是一個美麗的詞；它的意思是「此人為你的船開闢一個港灣，從那裏，它可以渡你到彼岸」。

6 分離

好。我的這個好字說得有一點傷心，因爲阿淑很傷心，這個諾亞方舟裏的成員很少，一個人傷心就足以改變整個氣氛。她之所以傷心，是因爲她的愛人走了，而且可能不回來了。你們還記得嗎？在前幾天，我剛問過她：「你的愛人呢，阿淑？」她回答得多麼高興啊：「他很快就會回來的。」

她那時候或許沒有想過我爲什麼問她。我不會沒有目的地問任何人任何問題。當時它對你們來說或許不明顯，但是它始終在那兒。我所有的荒唐言行中都有個道理在。我所有的瘋狂言行中都潛伏著完全的清醒。

我之所以問她，是因爲我知道她很快就會傷心。快活起來吧，別再煩惱了。我比你更瞭解你的愛人。

他會應付過去的。我也會應付過去。但是在這個小小的諾亞方舟裏，不要傷心。啊！你笑了，很好。情人小別總是好事，它會加深你和你的盼望。它會使你忘卻曾經發生的愚蠢、摩擦。突然間，你想起來的只有美。小別勝新婚嘛。所以你就等著度新婚蜜月吧。我的門徒總能找到通向我、來到我身邊的道路。他們想要這條路。他會找到通向我的道路的。

但不幸的是「傷心」這個詞又讓我想起那個德國人阿欽・塞德爾來了。我的上帝，我原本打算這輩子再也不提他了，可他現在卻在這裏，就因爲你的傷心……看看你都幹了些什麼！所以千萬別再傷心了，不然這些人又要進來了。

我曾經試圖從他的書上發現，他究竟在我身上找到了什麼問題，使他說我沒有開悟。不是說我開悟了——只是他爲什麼覺得我沒有開悟，還有他爲什麼覺得我只是領悟。出於好奇，我想瞭解他爲什麼這樣推斷。我所發現的絕對值得一笑。他認爲我領悟的理由是：當然我所說的話對全人類至關重要，但我並沒有開悟，因爲「我說話的方式」。

我眞的笑了。我很少笑，只有在我的浴室裏。只有浴室裏的鏡子知道。鏡子的美在於它沒有記憶。我笑是因爲聽上去這個人好像碰到過並且瞭解許多開悟的人，卻沒有發現我說話的方式跟他們的有什麼相似之處。我想用一句美國話來說他：狗娘養的絕對智力便祕。他需要活動一下；我的意思是說他需要吃幾個李子幹！

我這麼說是有權威的——當然是我自己的權威——那個菩提達摩，如果他知道有這麼個說法，他就會對梁武帝說：「你這個狗娘養的！見鬼去吧，讓我一個人待著！」但是那時候，這句美國話還不存在。連美洲也不存在——那又是一個歐洲神話。美洲是哥倫布發現的？胡扯！它不知道被發現過多少次了，只是一直被掩蓋著罷了。

我是否可以提醒你們，墨西哥這個詞來源於梵語makshika，而在墨西哥有成千上萬的證據證明，早在耶穌基督之前，那裏已經有印度教了——還說什麼哥倫布！事實上美洲，尤其是南美洲，過去曾是一塊巨型大陸的組成部分，非洲也包括在其中。印度正好在中間，非洲在下面，美洲在上面。它們中間只隔一道淺淺的海灣；你完全可以用腳走過去！印度的古代經典裏有這方面的資料，它們說人們常常從亞洲走到美洲去。甚至還有通婚的事情發生。阿周那（Arjuna），印度史詩《摩訶婆羅多》裏面的著名戰士和克里希那的著名門徒，就是跟一個墨西哥姑娘結的婚。當然他們把墨西哥叫作Makshika，但是對它的描述跟墨西哥毫無二致。

在墨西哥有許多伽奈西（Ganesh）的雕塑，伽奈西是印度教的象神。你不可能在英格蘭找到象神的雕塑！你不可能在任何地方找到，除非那個國家跟印度教有接觸。在峇里島，或者在蘇門答臘島和墨西哥找得到，但是其他地方沒有，除非那裏有印度教。在墨西哥的一些寺廟裏，甚至還有古代梵語的碑文。我順便說到這個……如果你們想知道更多的事情，你們就去仔細閱讀比丘查曼拉（Chamanlal）畢生的心血之作《印度的美洲》（*Hindu America*）。奇怪的是，沒有人注意他的書。基督教徒當然不可能注意他，但學術成就應該是沒有偏見的。

這個德國人，還有他的同行荷蘭心理學家，他寫書說我開悟了，但是沒有領悟，和那個說我領悟卻沒有開悟的，應該見見面，共同商討以後得出一個結論，然後再告訴我——因爲我兩者都不是。他們那麼關心詞語「領悟」或者「開悟」嗎？同樣的，這些人中的任何一個用相同的理由也可以得出完全相反的結論。那個荷蘭人寫書的時間早於德國人，看上去似乎是德國人偷了荷蘭人的題目。不過這正是教授們的行徑——他們一直互相抄襲相同的論點，完全相同的論點……比如，我說起話來不像一個開悟的人或者一個領悟的人。

但是他們有什麼資格決定開悟的人或者領悟的人應該怎麼說話呢？他們瞭解菩提達摩嗎？他們看過他的畫像嗎？他們立刻就會得出結論：開悟或者領悟的人不能長得那樣。他一臉凶相！他的眼睛像森林裏的獅子，他看你的樣子好像他馬上就會從畫像裏跳出來咬死你。他的確是這樣的！不過我們還是忘了菩提達摩吧，因爲現在已經過去一千四百年了……

我認識菩提達摩本人。我曾經跟這個人一起旅行了至少三個月。他愛我正如同我愛他一樣。你們肯定感到好奇，想知道他爲什麼愛我。他愛我是因爲我從來不問他任何問題。他對我說：「你是我碰到的第一個不問問題的人——我已經煩透所有的問題了。你是唯一不來煩我的人。」

我說：「這是有原因的。」

他說：「什麼原因？」

我說：「我只回答。我從來不問。如果你有任何問題，你可以問我。如果你沒有問題，那就閉著你的嘴好了。」

我們一齊放聲大笑，因爲我們兩個屬於同一級別的瘋狂。他要求我跟他繼續旅行，但是我說：「對不起，我得走我自己的路，從此刻開始，它要跟你的分開了。」

他不相信。他以前從未邀請過任何人。這就是那個連梁武帝也拒絕的人，好像他是一個乞丐似的，殊不知梁武帝是那個時代最大的皇帝，統治著最大的帝國。菩提達摩簡直不能相信他的眼睛，我居然能拒絕他。

我說：「現在你知道被人拒絕是什麼感覺了吧。我想讓你嚐嚐它的味道。再見。」不過那是一千四百年前的事了。

我可以提醒那個德國人，有幾個後期的翻版人物……葛吉夫，他幾年前還活著。他應該見過葛吉夫，那他就會知道開悟的或者領悟的人是如何行動和說話的了。沒有哪個詞葛吉夫不會說——當然那些詞不會寫到他的書裏去，因爲那樣一來，就沒有人出版它們了。

或者，如果他只關心印度人的開悟，好像它對這些人有支配作用……否則印度跟它有什麼關係？開悟到處都發生。如果他只關心印度人的開悟，那麼羅摩克里希那❶離我們很近。他的話並沒有得到正確的轉述，因爲他是一個鄉下人，他用的是鄉下人的語言。所有那些人們認爲不應該被任何開悟者使用的詞統統被編輯刪掉了。我曾經在孟加拉旅遊，問那些依然健在的人：羅摩克里希那通常是怎麼說話的。他們都說他很糟糕。一個男人應該怎麼說話，他就怎麼說——強烈，無所畏懼，絕不含糊其詞。

我一向愛怎麼說就怎麼說。我不是任何人的奴隸，我不在乎這些白癡怎麼看我。這取決於他們：他們可以認爲我開悟了；他們可以認爲我領悟了；他們也可以認爲我無知。他們想怎麼認爲就怎麼認爲——那是他們的腦子。他們可以寫；有紙，用墨水。我何必操心？

順便說一句，阿淑，因爲你剛才很傷心，你把這個白癡帶進來了。再也別傷心了——因爲你一傷心，我就會把這個白癡帶進來，而你知道，我可以從任何地方帶進來任何東西，甚至無中生有。

現在我們把這個德國人和傷心結束掉，好不好？至少笑兩聲……很好！是的，我懂了。即使你在傷心的時候笑，它會有一種不同的色彩，那也是自然的。我的桑雅生必須學會比自然高出一點。他們必須學會在通常的世界裏沒有人關心的事情。分離自有它的美，正如相會。我看不出分離有什麼不好。分離自有它的詩意；人必須學會它的語言，人必須活在它的深度裏。然後從憂傷自身產生出一種新的歡樂……看上去簡直不可能，但是它的確會發生。我知道。那正是我今天早晨所談的。我在談我那那的死。

那是完全的分離。我們再也見不著面了，然而這其中也有一種美，他通過念頌咒語更加深了這種美。他使它更具有虔誠的性質……它變得芬芳馥郁。他年老將亡，或許是因爲嚴重的心臟病。我們以前沒有發覺，因爲村裏沒有醫生，甚至沒有藥劑師，沒有藥品。所以我們不知道他死亡的原因，不過我認爲是嚴重的心臟病。

我曾經在他的耳邊問他：「那那，你走以前有什麼話要對我說嗎？最後的話？或者你想給我什麼東西，讓我永遠記住你？」

他脫下他的戒指給我戴上。現在那只戒指在一個桑雅生手上，我把它給了某個人。但是那個戒指始終是一個奧祕。他一輩子不讓任何人看它裏面有什麼，而他自己卻常常一遍又一遍地往裏面看。那只戒指兩邊各有一扇玻璃窗，可以透視。頂上是一顆鑽石，兩邊各有一扇玻璃窗。

他老是透過玻璃窗看，但是他不讓任何人看。裏面有一幅摩訶毗羅的畫像，他是耆那教的**tirthankara**。那的確是一幅美麗的肖像，而且很小很小。那裏面肯定是一小幅摩訶毗羅的畫像，而兩邊的玻璃窗是有放大作用的玻璃。它們把它放大，它看起來便巨大無比了。它對我來說沒有用，因爲，我很抱歉這樣說，儘管我盡了最大的努力，可我還是不能像愛佛陀那樣愛摩訶毗羅，雖然他們是同時代的人。

摩訶毗羅裏面少了點什麼，沒有它，我的心就無法爲他而跳動。他看上去完全像一座石像。佛陀看上去比他活，但是還沒有達到我的活的標準——那就是爲什麼我希望他同時變成一個左巴❷。如果他在另一個世界的什麼地方碰到我，那就有大麻煩了。他肯定會衝著我喊：「你居然希望我變成一個左巴！」

不過你們知道我知道怎麼喊得更好。他不可能讓我閉嘴，我會按照我的想法去做的。如果他不想變成一個左巴，那是他自己的事，但是那樣一來，他的世界就結束了，他沒有未來。如果他想有未來，那麼他就必須聽我的。他必須變成一個左巴。左巴不能單獨存在——他會在廣島走到盡頭——佛陀也不能單獨存在。未來他們不可分離。

未來人類的心理學應該是物質主義和精神主義之間的橋樑；東方和西方之間的橋樑。總有一天，世界會感激我的資訊傳到了西方；否則，探索者們一直在往東方跑。這次有一個活著的佛的資訊來到西方。

西方還不知道怎樣辨認一個佛。它從未認識過一個佛。他只認識過佛的部分——耶穌、畢達哥拉斯、戴奧眞尼斯❸——他從未認識過完全的佛。他們跟我爭論並不令人吃驚。

你們知道他們在印度報紙上發表什麼嗎？他們發表一個故事說我可能被什麼敵人誘拐了，我的生命危在旦夕。我現在就在這裏，他們並不是眞的關心我。印度這個國家已經爛掉了。它已經爛了幾乎兩千年了——臭氣熏天！沒有什麼東西比印度的靈性更臭的。那是一具屍體，很老的屍體，有兩千年那麼老！

人們編造的都是些什麼故事！我可能「被什麼敵人誘拐了，我現在的生命危在旦夕」。事實上二十五年來，我的生命一直危在旦夕。我能活下來是一個奇蹟。現在他們居然想保護我了！世界上到處都有奇怪的人，但是人類的未來不屬於這些怪人，而屬於全新的一類，那新的一類，我稱爲左巴佛陀。

前面我跟你們說到，我的外祖父在臨終時把他最心愛的東西給了我，那是一幅摩訶毗羅的畫像，藏在戒指的鑽石後面。他含著眼淚說：「我沒有別的東西給你，因爲我所有的一切也會從你身邊被奪走，正如從我身邊被奪走一樣。我只能把我對這個已經認識自己的人的愛給你。」

儘管我沒有保存它的戒指，但是我已經實現了他的願望。我已經認識了那個人，我已經在自己心中認識了它。在戒指裏面有什麼用？但可憐的老人，他愛他的師傅，摩訶毗羅，他把對他的愛給了我。我尊敬他對師傅的愛，以及對我的愛。他的嘴唇吐出的最後幾個字是：「別擔心，因爲我不會死。」

我們都等著看他是否還會說別的話，但是就這些了。他的眼睛合上，他便不在了。

我還記得當時鴉雀無聲。牛車正經過一道河床。每個細節都歷歷在目。我什麼話也沒有說，因爲我不想攪亂我外祖母的心。她也沒有說一個字。過了一會兒，我開始有點爲她擔心了，我說：「說話呀，別一聲不吭的，讓人受不了。」

你們能相信嗎，她居然唱了一首歌！我就是這麼瞭解到死亡應該被慶祝的。她唱的歌正是她初次愛上我外祖父時所唱的那首。這件事情也值得記錄下來：九十年前，在印度，她曾有勇氣墜入愛河。她直到二十四歲還不結婚。那是極其罕見的事。有一次我問她，爲什麼那麼長時間還不結婚。她是一個無比美麗的女人……我開玩笑地對她說，連查答布（Chhatarpur）

的國王也會愛上她的，查答布國就在喀久拉霍。

她說：「眞奇怪，你會提起這個，因爲他的確向我求過婚。我拒絕了他，不僅拒絕了他，還拒絕了其他許多人。」那時候在印度，女孩七歲就要結婚，或者最多到九歲。僅僅出於對愛的恐懼……如果他們再長大一點的話，他們就會墜入愛河。但是我外祖母的父親是個詩人，他的歌至今還在喀久拉霍一帶傳唱。他主張除非她同意，否則他不會把她嫁給任何人。命中注定，她愛上了我的外祖父。

我問她：「那更奇怪了，你既然拒絕了查答布的國王，你怎麼還會愛上這個窮人。爲了什麼？他當然不是一個很英俊的人，其他方面也不突出，你爲什麼會愛上他呢？」

她說：「你在問錯誤的問題。愛沒有『爲什麼』。我只是看見他，就這樣。我看見他的眼睛，心裏就產生一種信任，至今沒有動搖過。」

我也問過我的外祖父：「那昵說她愛上你。從她這一邊說是可以的，可是你爲什麼會讓婚姻發生呢？」

他說：「我不是詩人，也不是思想家，但是我看見美的時候，我也認得出呀。」

我從未見過比我那昵更美的女人。那時候我自己也愛她，而且在她整個一生中，我始終愛著她。當她在八十歲那年去世的時候，我火速趕回家裏，發現她躺在那兒，已經死了。他們都在等我，因爲她囑咐過，在我回來之前，他們不能火化她的屍體。她堅持要我點燃火葬的柴堆，所以他們只能等我回來。我走進房間，掀開她的面罩……她依然那麼美麗！實際上，是比任何時候都美麗，因爲一切都平靜了，連呼吸的騷動、生存的騷動也沒有了。她純然只是一個存在。

用火點燃她的身體是我一生中所完成的最困難的任務。就好像我在用火點燃達文西或者梵谷的最精美的畫作之一。當然對我來說，她比蒙娜麗莎更有價值；對我來說，她比克利奧佩特拉更美麗。我並沒有誇大其辭。

所有在我眼中美麗的事物都在某種程度上與她有關。她幫助我在各方面成爲我自己。沒有她，我可能就是一個商店老闆，或者也許是一個醫生或者一個工程師，因爲當我通過大學入學考試的時候，我的父親非常貧困，很難供我上大學。不過他甚至願意借錢來辦這件事。他在讓我上大學這件事上毫不動搖。我也想上大學，但不是上醫學院，我也不想上工學院。我坦率地拒絕做醫生或者工程師。我告訴他：「如果你想知道眞相的話，我想做一個桑雅生，一個流浪漢。」

他說：「什麼！一個流浪漢？」

我說：「是的。我想上大學去學哲學，這樣我就可以做一個哲學流浪漢了。」

他不答應，說：「要是那樣的話，我就不去借錢找麻煩了。」

我外祖母說：「別擔心，兒子；你去做你想做的事罷。我活著，我會把我所有的東西都賣掉來幫助你成爲你自己。我不會問你想去哪兒或者想學什麼。」

她從來不問，但是她一直寄錢給我，甚至到我做了教授時，還寄錢給我。我不得不告訴她，我現在已經能自己掙錢了，我還應該寄錢給她呢。

她說：「別擔心，這些錢對我沒有用，你肯定會把它們用到適當的地方去的。」

過去別人總想知道我哪來那麼多錢買書，因爲我有幾千本書。甚至在讀高中的時候，我的房子裏就有幾千本書了。我的房子裏堆滿了書，每個人都想知道我的錢是從哪來的。我的外祖母告訴我：「千萬別告訴任何人你從我這裏拿錢，因爲如果你的父母知道了，他們就會開始向我要錢，我很難拒絕他們的。」

她繼續寄錢給我。如果知道她甚至在去世當月還如數寄錢給我，你們肯定會感到吃驚。她在去世的當天早晨簽了這張支票。你們還會更吃驚，如果知道那是她在銀行裏的最後一筆錢。或許她以某種方式知道，不會再有任何明天了。

我在許多方面都是幸運的，但我最幸運的是擁有我的外祖父母……和早年的金色時光。

譯註：

❶羅摩克里希那：Ramakrsna,1836-1886，印度教改革家。主張：以「人類宗教」的思想來實現「普遍的愛」和「美好的生活」，並認爲通過個人心靈的自我修練可以導致普遍的「精神完善」。

❷左巴：zorba，希臘作家N・卡山札斯（Nikos Kazanzakis）代表作之一《希臘左巴》中的主人公。左巴的原型是希臘某礦井的傳奇性人物，他精力充沛、酗酒縱情、極盡享樂。在作

家的筆下，這一原型性格被提升到一種信仰的高度，它成爲自然界本性力量的代表。

❸戴奧眞尼斯：Diogenes，西元前412-323，希臘哲學家。

7 上帝只是一個詞語

戴瓦蓋德，有時候你對阿淑說「好」，我會誤解：我以爲你是對我說好呢。所以她會笑。不過我在內心深處依然會說，除了笑，什麼也沒有。你可以麻痹我的身體、一切，但是不能麻痹我。那是超越於你的。

你的情況也是這樣。你最內在的核心超越於所有的化學藥品和化學手段。我聽見戴瓦蓋德在咯咯地笑。聽見一個男人咯咯地笑是件好事。男人幾乎從來不會咯咯地笑。咯咯地笑已經成爲女人的唯一領土。男人要嘛大笑，要嘛不笑，但是他們不會咯咯地笑。咯咯地笑正好處於大笑和不笑中間。那是中庸之道。中庸之道就是道。大笑可能是暴力的，不笑是愚蠢的，但咯咯地笑是好的。

瞧我多麼能說出意味深長的話來，即使是關於咯咯地笑：「咯咯地笑是好的。」甚至不用擔心我是否能把話說對，那只是一個老習慣而已。我甚至在睡覺的時候都能說話，所以這麼說話沒有問題。

古蒂亞知道我睡覺的時候說話，但是她不知道我是跟誰說。只有我知道。可憐的古蒂亞！我是在跟她說話，她卻左思右想，擔心我爲什麼說話、跟誰說話。唉，她不知道我是在跟她說話，就像現在這樣。睡覺是一種自然的麻痹狀態。生命太艱難了，人們不得不在每天晚上失去知覺，至少幾個小時。她想知道我是不是眞的在睡覺。我能理解她的困惑。

我已經超過四分之一個世紀沒有睡覺了。戴瓦拉吉，別擔心。普通的睡覺……我比全世界任何人睡得都多：白天三個小時，晚上七、八、九個小時——相當於任何人所能承擔的。加起來，我每天總共睡十二個小時，但是在表層的睡眠之下，我是醒著的。我在睡覺的時候看著自己，有時候夜裏太孤單了，我就開始跟古蒂亞說話。但是她有許多困難。首先，我睡覺的時候講的是北印度語。我睡覺的時候不能講英語。我不願意講，雖然我可以講，要是我想講的話。我曾經試過，而且成功了，但是那種快樂沒有了。

你們肯定注意到我每天聽挪迦罕（Noorjahan）的一首歌，她是著名的烏爾都語❶歌手。我每天進來之前，都會反覆聽她的歌。那簡直會讓你發瘋。你們知道什麼是打鑽嗎？我知道打鑽的意思。我每天都把那首歌鑽到古蒂亞裏面去。她不得不聽，沒有辦法迴避。我的工作一結束，我就放同一首歌。我熱愛我自己的語言……不是因爲它是我的語言，而是因爲它太美了，哪怕不是我的語言，我也會學。

她每天都會聽到而且不得不反覆聽的那首歌唱的是：「無論你是否記得，我們之間曾有過信任。你曾經告訴我：『你是世上最美的女人。』我不知你是否認得出我。或許你已忘卻，但我記憶猶新。我忘不了那信任，和你對我說過的話語。你曾說，你的愛完美無缺。你還記得嗎？或許你已忘卻，但我記憶猶新。當然不是字字清晰，歲月已將我侵蝕。

「我是一座荒廢的宮殿，但是如果你來察看，仔細察看，我依然如故。我依然記得那信任和你的話語。那信任曾在你我心間，如今你是否依然記得？我不知道，但我記憶猶新。」

我爲什麼不斷地放挪迦罕的歌？那就是一種打鑽。不是鑽你的牙齒——儘管如果你鑽的時間足夠長，也會鑽到牙齒的——而是把一種語言的美鑽到她裏面去。我知道她很難理解或者欣賞它。

我在睡覺的時候，跟古蒂亞說話，我又說北印度語，因爲我知道她的無意識裏依然不是英語。她在英國只待了幾年。在此之前，她在印度，現在她又在印度了。我一直試圖把橫在這兩點之間的所有東西統統抹掉。此後，等時機成熟了……

今天我打算談談耆那教。瞧這個瘋狂的人！是的，我可以從一個山頂跳到另一個，中間不需要橋樑。但是你們必須忍受一個瘋子。你們已經愛上他了，這是你們的責任，我對此沒有責任。

耆那教是世界上最講究苦行的宗教，或者換句話說，是最自虐和虐他的。耆那教的僧侶拼命地折磨自己，你會懷疑他們是不是發瘋了。他們沒有發瘋。他們是商人，而且耆那教僧侶的追隨者也都是商人。這是件奇怪的事情，整個耆那教團由清一色的商人組成，但並非眞的奇怪，因爲這個宗教本身就是以另一個世界的利益爲其根本驅動力。耆那教徒之所以折磨自己，是爲了在另一個世界獲得某些東西，這些東西他知道不可能在這個世界獲得。

大概在我四、五歲的時候，我第一次看見裸體的耆那教僧侶被邀請到我外祖父家裏。我忍不住笑出來。我的外祖父對我說：「別出聲！我知道你是個討厭鬼。你讓鄰居們討厭，我可以原諒你，但是如果你想跟我的古魯❷淘氣的話，我可就不能原諒你了。他是我的師傅，他點化我進入宗教內在的祕密。」

我說：「我才不管什麼內在的祕密呢，我關心的是外在的祕密，他已經清清楚楚地展示給我們了。他爲什麼不穿衣服呢？難道他不能至少穿一條短褲嗎？」

我外祖父也笑了。他說：「你不懂。」

我說：「好，那我就自己去問他。」我於是問外祖母：「我能問這個瘋子幾個問題嗎？他居然不穿衣服就來到淑女和紳士面前。」

我的外祖母笑著說：「去吧，別管你外祖父說什麼。我允許你去。要是他說什麼，就來告訴我，我會擺平他的。」

她眞是一個美麗的女人，勇敢、無條件地給我自由。她甚至不問我打算問什麼問題。她只是說：「去吧……」

所有的村民都聚集到我外祖父家裏，參加耆那教僧侶的達聖❸。當所謂的傳教講到一半的時候，我站起來。那大概是四十年以前事了，從那時起，我便開始不斷地跟這些白癡鬥爭。一場戰爭在那天打響了，直到我不在的時候，它才會結束。或許到那個時候也不會結束，我的人會繼續戰鬥。

我問了幾個簡單的問題，而他卻答不上來。我被弄糊塗了。我的外祖父很難爲情。我的外祖母則拍拍我的背說：「太棒了！你成功了！我知道你行的。」

我問了什麼問題呢？很簡單的問題。我問：「你爲什麼不想再次出生呢？」在耆那教裏，那是非常簡單的問題，因爲耆那教不是別的，就是爲了不再生而做出的努力。它是一整套防止再生的科學。所以我問他的是耆那教的基本問題：「你從來沒有想過再生嗎？」

他說：「不，從來沒有。」

於是我問：「你爲什麼不自殺？你爲什麼還在呼吸？爲什麼吃東西？爲什麼喝水？直接消失好了，自殺好了。幹嘛把簡單的事情弄得那麼大？」他當時的年齡不超過四十歲……我對他說：「如果你繼續這麼做，你可能還要再活四十年，甚至更長。」

少食的人活得長，這是一個科學事實。戴瓦拉吉當然也會同意我的說法。實驗一再證明，如果你餵養某種生物超過它們的需求量，它們就會發胖，當然也會覺得舒服，當然也會長得漂亮，但是它們會很快死亡。如果你按照需求量的一半餵養他們，奇怪的事情發生了：它們看起來不漂亮，它們也不舒服，但是它們的壽命差不多是平均數的兩倍。一半食物導致兩倍壽命——兩倍食物導致一半壽命。

所以我對僧侶說——那時候我還不知道這些事實——「如果你不想再生，那你爲什麼還活著？不去死？那你爲什麼不自殺？」我想沒有人問過他那樣的問題。在講禮貌的社會中，沒有人問眞正的問題，而自殺的問題是所有問題中最眞實的問題。

馬賽爾❹說：自殺是唯一眞正的哲學問題。我那時候完全不知道馬賽爾。或許那時候還沒有馬賽爾，他的書還沒有寫出來。但我對耆那教僧侶說的是：「如果你不想再生，你所說的是你的願望，那你爲什麼還活著？爲了什麼？自殺吧！我可以告訴你怎麼做。雖然我對世界上的事情知道得不多，但是就自殺來說，我可以給你一些建議。你可以從村子旁邊的山上往下跳，或者你也可以跳河。」

河離村子三英里遠，又深又寬，從水裏游過去對我來說是件極大的開心事。好多次我在渡河的時候都認爲這下可完了，我游不到對岸了。它很寬，特別是在雨季，有好幾英里寬。看起來幾乎像一片汪洋大海。雨季的時候甚至看不到對岸。它漲滿洪水的時候就是我想跳下去的時候，要嘛淹死，要嘛游到對岸。更大的可能性是，我將再也游不到對岸了。

我告訴耆那教僧侶：「你可以在雨季的時候跟我一起跳到河裏去。我們可以相伴一會兒，然後你就可以死了，我再游到對岸去。我的泳技夠好。」

他惡狠狠地看著我，怒氣沖天，我不得不告訴他：「記住，你會不得不再生的，因爲你還有那麼大火氣。這不是擺脫煩惱世界的方法。你那麼生氣地看著我幹什麼？心平氣和地回答我的問題。要快樂地回答！如果你答不上來，就說：『我不知道。』但是別生氣。」

那個人說：「自殺是罪惡。我不能自殺。但是我不想再生。我會通過慢慢放棄我所擁有的一切來達到那個狀態。」

我說：「請你給我看看你所擁有的東西，因爲，我只看見你不穿衣服，你什麼也沒有。你有什麼呢？」

我的外祖父試圖阻攔我。我指著外祖母對他說：「記住，我是得到那昵許可的，現在誰也不能阻攔我，你也不能。我跟她說過你了，因爲我擔心要是我打斷你的古魯和他所謂的破爛傳教，你就會生我的氣。她對我說：『你就指我好了。不用擔心，我看他一眼，他就會不吭聲了。』」奇怪……眞是這樣！他不吭聲了，甚至都不需要那昵看他一眼。

後來我的那昵和我一起開懷大笑。我對她說：「他甚至都沒有看你。」

她說：「他不能看，因爲他肯定怕我說：『閉嘴！別干涉孩子。』所以他就迴避我。迴避我的唯一方式就是不干涉你。」

事實上，他是把眼睛閉了起來，好像在練禪定似的。我對他說：「那那，眞行！你雖然生氣了，氣得冒煙兒，怒火中燒，你卻坐在那裏閉著眼睛，好像在練禪定似的。你的古魯也在生氣，因爲我的問題惹惱了他。你生氣是因爲你的古魯答不上來。但是依我說，在這裏傳教的這個人完全是個笨蛋。」那時我不過四、五歲那麼大。

從那時起，那就成了我的語言。我一眼就能把白癡認出來，不管他在哪兒，不管他是誰。誰也逃不過我的X射線的眼睛。任何智力遲鈍或者諸如此類的東西，我一眼就能看出來。

前幾天，我把一支鋼筆給了我的一個桑雅生，我是用那支筆給他寫新名字的，爲了讓他記住這支筆，我曾把它用在他的新生命、他的出家的開始。但是他的妻子在那兒。我甚至邀請他的妻子也成爲桑雅生。她表示願意，而又不願意——你們知道女人的方式：躊躇不定；你永遠不可能知道她到底想幹什麼。甚至當她們把右手伸出車外，你也不知道她們會不會眞的向右轉。她們或許是在感覺風向，或者誰也不知道她們在幹什麼——什麼都有可能。那個女人猶猶豫豫、舉棋不定……從某種意義上說，是個完美的女人。她想說「是」，但又不能說「是」。她想說「不」，但又不能說「不」——就是那種女人。要記住，那是地球上百分之九十九點九的女人，只有百分之零點一除外。否則那個女人就十分典型。

我仍然試圖引誘她——出家，我是眞的！我稍微玩了一點技巧，在她眼看就要答應的時候，我停止了。我也並不像外面看起來的那麼簡單。我的意思並不是說我複雜，我的意思是說我能明察秋毫，有時候我不得不收回我的簡單和它的邀請。

當她快要答應的時候，她一把抓住丈夫的手，他現在已經是一個桑雅生了。我看著他，看得出他想擺脫這個女人。她已經把他折磨得夠受了。事實上，他希望通過成爲桑雅生，這個女人會發慈悲主動離開他。當我試著勸他妻子成爲桑雅生的時候，我看得出他的窘迫。他在心裏說：「我的上帝。如果她成爲桑雅生，那麼即使在拉吉奈西布朗❺，我也不得安寧了。」

他希望成爲這個社區的一部分。他是個有錢人，有幾百萬美元的實業，他想統統捐贈給社區。他害怕……我能清清楚楚地看到這個桑雅生和他妻子的內心世界。

他們之間沒有橋樑，從來沒有。他們純粹是一對英國式的夫妻，你們知道的……上帝知道他們爲什麼結婚，而上帝並不存在。我反覆說明，因爲我總感覺你們會以爲上帝眞的知道！上帝不知道，因爲他不存在。

上帝只是一個詞語，正如「耶穌」。它沒有什麼意思，只是一個感嘆詞。下面有一個故事，講的是耶穌的名字是怎麼來的……

約瑟夫和瑪利亞把孩子從伯利恆❻抱回家。瑪利亞抱著孩子坐在驢背上。約瑟夫牽著驢走在前面。突然他絆了一下，腳踝撞在石頭上。「耶穌！」他喊道。你們知道女人的習慣……

瑪利亞說：「約瑟夫！我正在想給我們的孩子取個什麼名字，你剛才正好把它說出來了可憐的孩子就這麼被取了名字。當你用錘子誤傷自己的手時，你會喊：「耶穌！」這不是什麼巧合。別以爲你想起了耶穌，你只不過想起了約瑟夫的腳踝撞在了石頭上。

當我停止呼吸的時候，戴瓦拉吉會知道怎麼做。雖然他是部分猶太人……但他仍然是値得信賴的人。我知道他不相信自己是部分猶太人。他認爲他的親屬可能曾經是猶太人，但他不是！所有的猶太人都是這種態度，甚至是部分猶太人。他看起來是完全的猶太人。跟你說實話吧，猶太人永遠是完全猶太人。只要有一滴猶太人的血在你身上流，就足以讓你成爲完全猶太人。

但是我愛猶太人，我信任猶太人。只要看看這個諾亞方舟裏面有二點五個猶太人就行了。我是沒有遺傳的完全猶太人。戴瓦蓋德不是完全猶太人，只是猶太人。戴瓦拉吉有一部分是猶太人，而他竭力隱藏──他那麼做只會加重他的猶太味兒。你不可能隱藏你的猶太特徵。你能把你的鼻子藏到哪兒去呢？你的整個身體只有這一部分沒有被隱藏起來。除了鼻子，你什麼都可以藏起來，因爲你得呼吸。

我剛才說的是耶穌，甚至耶穌，都不是一個名字，只是約瑟夫在腳踝撞到石頭上的時候發出的一聲感嘆。上帝也是這樣。當一個人說：「我的上帝！」他的意思並不是說他相信上帝。他只是說他在抱怨，如果天上有誰在聽的話。當他說：「上帝！」他的意思僅僅相當於許多政府公文上寫的一句話：「轉交有關人員。」「我的上帝！」意思就是「轉交有關人員」，或者如果沒有人的話，那就是「對不起，這跟誰都無關。這只是一句感嘆，我忍不住就

──耶穌！」

說出來了。」

現在幾點鐘了？……因爲我晚了一個半小時，我不想讓你們也晚了。我偶爾也可以做個好人。只爲了提醒你們……最好你們聽到現在。很好。即使在很好的時候，我也知道怎麼說「足夠了」……

這眞是美極了……

太美了。

停止。

譯註：

❶烏爾都語：Urdu，巴基斯坦官方書面語言的印度語。用阿拉伯字母書寫，在印度被廣泛使用，其主要使用者爲穆斯林。

❷古魯：guru。印度教和錫克教的宗教領袖。此爲靈性導師、上師之意。

❸達聖：darshan。印度教名詞。意爲：能見偉人一面而有福德。

❹馬賽爾：Gabriel Marcel，1889-1973，法國哲學家，文藝評論家。

❺拉吉奈西布朗：Rajneeshpuram，奧修在美國的社區。拉吉奈西（Rajneesh）是奧修早期的名字。

❻伯利恆：Bethlehem，耶路撒冷南方六英里一市鎮，耶穌誕生地。

8 反對宗教扯淡

上次我談到一個至關重要的事件，爲了讓你們瞭解我的生命和它的工作……它至今依然歷歷在目。

順便插一句，我說我依然記得，但是「記得」這個詞並不恰當。我依然能直觀整個事件的發生。當然我那時只是一個小孩子，但那並不意味著我所說的話不應該被嚴肅對待。事實上，那是我所談論的唯一嚴肅的事情：自殺。

在西方人看來，問僧侶那樣的問題：「你爲什麼不去自殺？」似乎顯得有點莽撞，特別是那個人差不多就像當地耆那教徒的主教一樣。不過請你們對我寬容些。在你們得出結論或者停止聽我講話之前，先讓我做出解釋。

耆那教是世界上唯一尊敬自殺的宗教。現在輪到你們吃驚了。當然他們不把它叫作自殺，他們給它取了一個美麗的、形而上學的名稱：桑塔拉（santhara）。我反對這個，尤其是它的做法。那可以說是十分殘暴的。奇怪的是，一個信仰非暴力的宗教會宣揚桑塔拉，自殺。叫什麼名稱不重要，重要的是那個人不再是活人了。

我爲什麼反對它呢？我並不反對人有自殺的權利。不，那應該是人的基本權利之一。如果我不想活，誰有權利強迫我活呢？如果我自己想消失，那麼其他人所能做的就只是盡可能讓我舒舒服服地消失。注意，有一天我也會消失的。我不可能永遠活下去。

前幾天有人給我看了一張車貼。上面說：「我爲自己是個美國人而自豪。」我看著它，不禁搖頭哀嘆。我不是美國人，而我爲自己不是美國人而自豪。我也不是印度人。那麼我是誰？我爲自己誰也不是而自豪。我的整個旅程把我帶到這裏——無人（nobodiness）、無家（homelessness）、無物（nothingness）。我甚至把開悟也拋棄了，在我之前沒有人這麼做過。我把領悟也拋棄了，就那個德國白癡所講的領悟而言！我沒有宗教，沒有國，沒有家。整個世界都是我的。

我是第一個宇宙公民。你們知道我是瘋狂的。我還要簽發宇宙公民護照。我一直在考慮這件事情。我考慮用一種橘黃色的卡片，由我簽發給我的桑雅生，作爲宇宙兄弟會的護照，來對抗國家、種族和教派。

我不反對耆那教對自殺的態度，但是它的手段……他們的手段就是不吃任何東西。可憐的人要花九十天左右的時間才會死。那是折磨。你不可能再改進它了。連希特勒也想不出那麼絕的主意來。據戴瓦蓋德所知，希特勒曾經想出鑽人牙齒的主意——當然是在不麻醉的情況下。世界各地仍然有許多猶太人曾經被無緣無故地鑽牙齒，僅僅是爲了給他們製造痛苦。不過希特勒可能沒有聽說過耆那教僧侶和他們的自虐訓練。那才叫高級呢！他們從來不剪頭髮，他們用手拔。瞧這主意有多絕！

耆那教僧侶每年都要赤手空拳地拔掉自己的頭髮、鬍鬚以及身上所有的毛！他們反對一切技術——他們把這叫作邏輯，就是把一件事情推到邏輯的極端。如果你使用剃刀，那就是技術。你知道嗎？你曾想過剃刀是一件技術產品嗎？連所謂的生態學家也一直刮鬍子，不知道自己正在犯違反自然的罪。

耆那教僧侶拔頭髮——不是私底下幹，因爲他們根本沒有「私」這回事兒。他們自虐的一部分就是完全沒有「私」，徹底公開。他們赤裸裸地站在集市上拔頭髮。周圍的人群，當然歡呼喝彩。而耆那教徒呢？雖然他們感到莫大的同情——你甚至能看見他們眼中的淚水——但是他們也在無意識地享受這個場面，而且不需要買票。我對此深惡痛絕。我反對所有這樣的訓練。

以不吃不喝來實施桑塔拉，即自殺的想法，純粹只是漫長的自我折磨罷了。我不可能支持它。但是我絕對支持自由死亡的想法。我認爲那是與生俱來的權利，遲早世界上每個國家的憲法都會加入這一條，都得把它作爲基本的天賦人權——死亡權。它不是犯罪。

但折磨人，包括你自己，都是犯罪。知道這些情況，你們就能理解我那時候並不莽撞，我問的問題非常關鍵。從那天起，我開始了畢生的奮鬥，反對各種形式的愚蠢、謬論、迷信——簡而言之，宗教扯淡。扯淡眞是個妙不可言的詞。言簡意豐。

從那天起，我開始了我的反叛生涯，我將繼續反叛，直至最後一息——甚至還不止於此，誰知道呢。即使我沒有身體，我也會有無數愛我的人的身體。我可以煽動他們——你們知道我是一個善於引誘的人，我能把想法放在他們的腦子裏，直到幾百年之後再表現出來。那正是我現在打算要做的事情。我的反叛不會隨著這個身體的死亡而死亡。我的革命將更強烈地繼續下去，因爲那時候將有比現在多得多的身體、多得多的聲音、多得多的手將它繼續下去。

那一天是有意義的，有歷史意義的。我始終記得那一天，連同耶穌在寺廟裏跟拉比❶們發生爭論的那一天。他比我當時的年紀大一點，可能八、九歲左右吧。他爭論的方式決定了他的整個生命歷程。

我不記得那個耆那教僧侶的名字了，可能他的名字叫商帝・薩嘎（Shanti Sagar），意思是「歡喜的海洋」。他當然不是的。所以我連他的名字都忘記了。他只是一個髒水坑，而不是什麼歡喜或者和平或者寂靜的海洋。他當然不是一個寂靜的人，因爲他大爲光火。

商帝（Shanti）有許多含意。可以是和平，可以是寂靜，那是兩個基本含意。在他身上兩個都缺乏。他既不和平，也不寂靜，一點兒也不。你也不能說他心裏一點騷亂都沒有，因爲他氣得衝著我大叫「坐下」。

我說：「誰也不能在我家裏叫我坐下。我能叫你出去，但是你不能叫我坐下。但是我不會叫你出去，因爲我還有幾個問題要問。請別生氣。記住你的名字，商帝・薩嘎——和平和寂靜的海洋。你至少可以是一個小池塘吧。不要被一個小孩子打擾了。」

我不管他寂靜不寂靜，就問我的外祖母，她現在已經笑得說不出話來了：「你怎麼說，那呢？我應該再問他幾個問題呢，還是叫他離開我們家出去？」

我當然不問我的外祖父，因爲這個人是他的古魯。我的那昵說：「你想問什麼，如果他答不上來，門開著，他自己可以出去。」

那就是我熱愛的女人。那就是把我造就成叛逆的女人。連我的外祖父都大吃一驚，她居然支持我到這種地步。那所謂的商帝·薩嘎一看到我的外祖母支持我，立刻不吭聲了。不僅她，村民也都立刻站到我這一邊來。可憐的耆那教僧侶只剩下孤零零的一個人。

我又問了他幾個問題。我問：「你說過：『除非你自己體驗到了，否則什麼也不要相信。』我明白這句話是眞的，因此這個問題……」

耆那教徒相信有七層地獄。直到第六層都有可能回來，但第七層是永恆的。可能這第七層就是基督教的地獄，因爲那兒也一樣，你一旦進去，就永遠在裏面了。我繼續說：「你提到七層地獄，所以問題就來了，你去過第七層地獄嗎？如果你去過，那麼你就不可能在這裏。如果你沒有去過，你有什麼權利說它存在？你應該說只有六層地獄，沒有七層。現在請更正：說只有六層地獄，或者如果你想堅持說有七層，那麼向我證明至少有一個人，商帝·薩嘎，從第七層地獄回來了。」

他啞口無言。他無法相信一個孩子居然能問出那樣的問題。今天，我也無法相信！我怎麼能問出那樣的問題來呢？我能給出的唯一答案就是，我那時候沒有受過教育，完全沒有任何知識。知識讓你非常狡猾。我不狡猾。我只問了任何沒有受過教育的孩子都能問的問題。教育是人對可憐的孩子們所犯下的最大罪行。或許世界最終的解放將是孩子的解放。

我那時候天眞無邪，什麼知識也沒有。我既不會讀，也不會寫，甚至連扳著手指數數也不會。甚至今天，當我必須數數的時候，我都會用手指，要是我少一根手指的話，我就數不清楚了。

他答不上來。我的外祖母站起來說：「你得回答問題。別以爲那只是孩子在問，我也在問，我是你的女主人。」

現在我又得向你們介紹一個耆那教的習俗。每次耆那教僧侶來到一家人家，接受他的食物，吃過飯以後，作爲對這個家庭的祝福，他都要傳教。傳教是以女主人爲對象。我的外祖母說：「我是你今天的女主人，我也問同樣的問題。你去過第七層地獄嗎？如果沒有，就老實說你沒有，但是你以後不能再說有七層地獄了。」

那個僧侶窘迫不堪——特別是面對一個美麗的女人，他就更難堪了——只能起身離去。我的那昵喊道：「停下！別走！誰來回答我孩子的問題呀？他還有幾個問題要問呢。你是什麼人呀，居然逃避一個孩子的問題！」

那個人停下來。我對他說：「我放棄第二個問題，因爲僧侶答不上來。他也沒有回答第一個問題，所以我要問他第三個問題，或許他能回答。」

他看著我。我說：「如果你想看我，就往我的眼睛裏面看。」當時鴉雀無聲，就像這裏一樣。沒有人說話。僧侶垂下他的眼睛，我於是說：「那我不想問了。我前面兩個問題沒有得到回答，第三個問題我不問了，因爲我不想讓家裏的客人難爲情。我收回。」我眞的從人群中退出去，當我的外祖母跟著我出來的時候，我高興極了。

僧侶由我的外祖父送走，可是他一走，我的外祖父立刻衝回家問我的外祖母：「你瘋了嗎？你先是支持這個天生的淘氣包，然後又跟他一起走，連句再見也沒有對我的師傅說。」

我的外祖母說：「他又不是我的師傅，我才不管那麼多呢。何況你認爲天生是淘氣包的才是眞正的種子。誰也不知道它會長出什麼來。」

我現在知道它長出什麼來了。一個人除非是天生的淘氣包，否則他就不可能變成一個佛。而我不只是一個佛，像喬達摩·佛陀那樣，那太傳統了。我是左巴佛陀。我是東西方的會合。事實上，我不分東西、高低、男女、好壞、神魔。不！一千個不！我不分。我把所有被分割到現在的東西統統併起來。那就是我的工作。

那一天對於理解我的整個人生具有重大意義，因爲除非你理解種子，否則你就會錯過樹和開花，可能還會錯過樹梢上的月亮。

就是從那天開始，我反對一切自虐。當然我是很久以後才知道這個詞的，但是詞並不重要。我反對所有苦行；當時我連這個詞也不知道，但是我聞得出惡劣的氣味。你們知道我對所有形式的自我折磨過敏。我希望每個人都活到最充分，最小化不是我的方式。要活到最大限度，或者如果你能超越最大限度，那就太好了。去吧！別等了！別浪費時間去等什麼果陀。

所以我一遍又一遍地對阿淑說：「去吧，去吧，快把戴瓦蓋德變成傻瓜！」當然我無法把阿淑變成傻瓜；女人不會變成傻瓜，那是不可能的。她只會把男人變成傻瓜，那是她的才幹，而且她是高效率的。她即使坐在後座上，也能駕馭司機。你們知道那種不斷告訴司機如何開車的乘客，她們是最糟糕的！當沒有人駕馭司機的時候，是多麼自由啊！女人不會變成傻瓜，連我也無法把女人變成傻瓜。

所以這很困難。儘管我總是說：「去吧，去吧。」她還是沒聽見。女人是天生的聾子，她們繼續做她們想做的事。但戴瓦蓋德卻聽見了。我沒有對他說什麼，但他還是聽見了，然後便魂不守舍❷。那就是膽小鬼的模式。我稱之爲最小化模式、速度極限。如果你超出那個極限，就會得到一張傳票。

最小化是膽小鬼的模式。如果我來決定，那麼他們的最高限度就會變成最低限度；誰要是低於它，立刻就會得到一張傳票。我們都在爲登上其他星球而努力，他們卻牢牢地抓住牛車不放。我們都在努力，最終達到光速是物理學的全部目標。除非我們達到那個速度，否則我們在劫難逃。如果我們能達到光速，我們就能逃離任何行將死亡的地球或者行星。每個地球、每個行星、每個恆星都會在某一天死亡。你打算怎麼逃離它呢？你將需要超高速的技術。這個地球四千年之內就會死掉。你無論做什麼都救不了它。它正一天天地靠近它的死亡……而你卻在努力達到每小時三十英里的速度！要努力達到每秒鐘十八萬六千英里的速度。那就是光速。

神祕主義者已經達到了，剎那間他的內在只有光，沒有別的。那是令人警醒的。我贊成最大限度。盡一切可能活到最大限度。即使你決定去死，也要以最快速度去死。別死得像個膽小鬼，要一下子縱身跳入未知。

我不反對結束生命的想法。如果一個人決定結束它，那麼這當然是他的權利。但是我當然反對把它變成一種長期的折磨。當這個商帝・薩嘎死的時候，他已經一百一十天沒有吃東西了。人有能力堅持九十天不吃東西，這並不困難，如果他在通常意義上是健康的。如果他特別健康，那麼他還可以活得更久。

所以記住，我不是對那個人莽撞。在那種情況下，我的問題完全是正確的，甚至還不只如此，因爲他答不上來。而且，奇怪的是，我今天告訴你們，那不僅是我提問的開始，也是人們不回答的開始。這以後四十五年裏，沒有人回答過我一個問題。我碰到過許多所謂有靈性修持的人，但是誰也沒有回答過我的任何問題。從某種意義上說，那一天決定了我的整個味道、我的整個人生。

商帝．薩嘎離開時非常惱火，我卻無比高興，而且我沒有對外祖父掩飾這一點。我告訴他：「那那，他走的時候可能很惱火，但是我覺得我一點兒也沒有錯。你的古魯太平庸了。你應該選一個好一點兒的。」

連他也笑了，說：「你或許是對的，但是到我這個歲數，再換古魯不大實際。」他問我的那呢：「妳認爲呢？」

我的那呢，以她對自己靈魂的一貫誠實，說：「要換永遠不晚。如果你看到自己的選擇不對，就換。事實上，要快，因爲你越來越老了。別說：『我老了，所以我不能換。』年輕人禁得起不換，但是老年人不行，你已經夠老了。」

沒過幾年他就死了，但是他無法鼓足勇氣換古魯。他繼續按過去的老模式做。我的外祖母經常激勵他說：「你打算什麼時候換古魯和你的方法呢？」

他會說：「是的，我會換的，我會換的。」

有一天外祖母說：「別再說這些廢話了！一個人除非馬上換，否則永遠不會換。不要說：『我會換的，我會換的。』要嘛換，要嘛不換，但是要明確。」

那個女人可以變成一股無比強大的力量。她不應該只是一個家庭主婦。她不應該生活在那個小村莊裏。她應該被全世界人所知道。或許我就是她的媒介，或許她已經把她自己全部傾注到我裏面去了。她愛我至深，我從不認爲我眞正的母親是我眞正的母親。我始終認爲我的那昵才是我眞正的母親。

每當我不得不坦白些什麼，比如我對別人做了錯事，我只能向她坦白，不會向別人坦白。她是我信任的人。我可以向她傾訴一切，因爲我已經認識到一點，那就是：她有能力理解。我肯定什麼事情都幹過，只要是人所能幹的，而我會在夜裏告訴她。這是在我跟她住一塊兒的時候，在我進大學之前。

我從不在我母親家裏睡覺。儘管在我外祖父去世以後，外祖母作爲遺孀，搬到同一個村子住，我還是睡在那裏。原因很簡單：我可以把白天那麼多惡作劇都告訴她。她會笑著說：「幹得好！太棒了！很好！那個人該著報應。他眞像你說的，掉到井裏去了？」

我會說：「是的，但他沒有死。」

她說：「那就好，可眞是你把他推到井裏去的？」

那是我們附近一口沒有保護牆的井。晚上誰都可能掉進去。我經常把人領到井邊去，那天掉下去的不是別人，正是村子裏做糖果的。我的母親——我的外祖母……我老是忘記，因爲我認爲她是我的母親。還是叫她那昵比較好，不會產生誤解。我告訴我的那昵：「今天我想辦法讓那個做糖果的掉到井裏去了。」現在我依然能聽見她的笑聲。她笑得眼淚都出來了。

她說：「太好了，不過他還活著嗎？」

我說：「他什麼事兒也沒有。」

「那麼，」她說：「沒問題。別擔心，那個人該著報應。他往糖果裏面摻了那麼多髒東西，是該有人教訓教訓他。」後來她還告訴他：「除非你改變做法，否則你還會一次又一次地掉到井裏去的。」但是她對我卻隻字不提。

我問她：「你對這事兒不想說點什麼嗎？」

她說：「不，因爲我是從小看著你長大的。你即使做一件錯事，也做得非常正確，而且時機剛剛好，所以連錯的也變成對的了。」是她，第一次告訴我，在錯的人手裏，對的也變成錯的；而在對的人手裏，錯的也變成對的。

所以不用擔心你在做什麼，只要記住一點：你是（being）什麼。這是一個大問題，關於做和是。所有宗教都關心做，我關心是。如果你所是的是對的，我說「對」的意思是歡喜、寧靜、和平、慈愛，那麼你做什麼都是對的。那麼你就不需要別的戒律，除了一條：是。要充分地是，有了這個充分，就不可能有陰影。那麼你就不可能做任何錯事。可能全世界都說你做錯了，那不重要，重要的是你自己的是。

我不擔心基督被釘上十字架，因爲我知道，即使在十字架上，他的心也純然自在。他的心純然自在，以至於他能夠這樣祈禱：「父啊」——那是他對上帝的稱呼。確切地說，他甚至不是喊「父啊」，而是「阿爸❸呀」，後者要比前者美得多。「阿爸呀，赦免這些人，因爲他們不知道他們所做的。」這裏又一次強調「做」——「他們所做的。」唉，他們看不見十字架上的人是什麼啊。是是重要的，唯一重要的。

我生命中的那一刻，問耆那教僧侶奇怪的、惱人的、討厭的問題，我並不認爲我做錯了什麼。或許我幫助了他。或許有一天他會明白過來。如果那時候他有勇氣的話，他甚至當天就能明白過來，可惜他是一個膽小鬼——他逃走了。從那時候起，我的經驗始終是：所謂的大人物和聖人全是些膽小鬼。我從未碰到過一個大人物——印度教的、伊斯蘭教的、基督教的、佛教的——堪稱眞正的反叛之士。人除非具有反叛精神，否則就沒有宗教精神。反叛正是宗教的基礎。

譯註：

❶拉比：rabbi，猶太的法學博士，在猶太法律、儀式及傳統方面受過訓練的人，並被任命主持猶太教集會，尤指在猶太教堂中作爲主要神職的人員。

❷魂不守舍：freak out。與freak in對應，核心詞都是freak，同樣是藉用比喻，意義則完全相反。奧修注重in（表徵向內，褒義）和out（表徵向外，貶義），所以在英文字面上常有微妙顯示。

❸阿爸：Abba，耶穌對上帝的尊稱，意爲父親。這恰與漢語「阿爸」諧音，並且所表達的情感也相近。

9 眞正的問題沒被回答

時光不能倒流，但是頭腦可以。多麼浪費——有人不僅自己已經變得無心（no-mind），而且還鼓動他人放下頭腦，你卻給他那麼一個頭腦，讓他什麼也忘不掉。就我的頭腦而言——記住，是我的頭腦，不是我——它是一個機械裝置，跟這裏使用的這台一樣。我的「頭腦」只意味著機器，但是把一台完美的機器給一個會放棄它的人！所以我說多麼浪費。

但是我知道其中的原因：除非你有完美的頭腦，否則你不可能有放棄它的智慧。生命充滿矛盾。這沒什麼壞處，這使生命更有味道。

本來沒有理由把人分成男人和女人兩種，他們本來可以像變形蟲一樣。你們可以問戴瓦拉吉：變形蟲既不是雄的，也不是雌的，它是一體的。它也像穆戈特阿難陀（Muktananda）和所有其他白癡阿難陀（idiotananda）——是獨身的，但它有自己的繁殖方式。它讓全世界的醫生傷透了腦筋！它只是吃啊吃啊，越來越胖，到了某一刻就分裂成兩個。那就是它的繁殖方式。它是眞正的brahmacharya——獨身。

男人和女人本來可以是一體的，如變形蟲，但是那樣一來就沒有詩意了，只有繁殖——當然，也沒有衝突，沒有嘮叨，沒有鬥爭——但是因此而產生的詩意卻異常寶貴，相比之下，所有的衝突和所有的嘮叨和所有的口角都是值得的。

剛才我又聽挪迦罕的歌……「那信任曾在你我心間，或許你已忘卻，但是我沒有。我依稀記得，你對我說過的話語，你或許遺忘殆盡，記憶卻讓我希望不滅。那愛曾在你我心間……」

wo karar，「那愛」……karar遠比「愛」這個詞所能翻譯的強烈得多；它要熱情得多。把它翻譯成「那熱情」或者「那火熱的愛」比較好。而wo rahmujh mein our tujh mein thee——「我們心有靈犀……」

「心有靈犀……」只是偶爾，當心都打開了，才有靈犀一點通；否則人與人只是交往，沒有交流。雖然他們彼此交談，但是並沒有人傾聽。他們做生意，但是他們之間空無一物，沒有洋溢的喜悅。wo rah——「心有靈犀」；wo karar——「那火熱的愛」。

「或許你已忘卻，但我記憶猶新。忘不了你曾說過的話語：『你是世上的女王，最美的女人。』如今卻難相認……」

風物變遷，愛情變遷，肉體變遷；變遷才是存在的天性，遷流不息。就在進入你們的方舟之前，我聽了這首歌，因爲我從小就喜歡它。我想它或許會觸發我心中的某些記憶……它確實觸發了。

昨天，我跟你們講到發生在我和耆那教僧侶之間的事情。那個故事還沒有結束，因爲他第二天還得到我外祖母家來乞食。

你們會很難理解，他那麼生氣地離開我們家，爲什麼還得再來。我必須把背景解釋給你們聽。耆那教僧侶只能從耆那教徒那裏獲取食物，而對他來說不幸的是，我們是那個小村莊裏唯一信仰耆那教的家庭。他不能到別的地方乞食，儘管他想這麼做，但是這違反他的戒律。所以，他只能不顧自己，又來了。

我和我的那昵一起在樓上等著，從窗戶朝外面看，因爲我們知道他不得不來。我的那昵對我說：「看，他來了。那麼，你今天打算問他什麼呢？」

我說：「我不知道。起碼先讓他把飯吃完了，然後他肯定會照例向施主家裏的人和一塊兒聚過來的其他人演說。」每次吃完飯，耆那教僧侶都要佈道，以示感謝。「那時候就不用擔心了。」我告訴她：「我會找到東西問他的。先讓他說。」

他說得十分謹愼，而且十分簡短，不比平常。但是無論你說還是不說，如果有人想問你問題，他都能問。他可以就你的沈默提問。僧侶說到存在的美麗，以爲這個話題不會引來麻煩，但是它引來了。

我站起來。我的那昵在房間後面笑——我至今依然聽得見她的笑聲。我問他：「誰創造了這個美麗的宇宙？」

耆那教徒不信仰上帝。對西方基督教徒的頭腦來說，即使讓它理解一個不信仰上帝的宗教都是困難的。耆那教遠比基督教高級；它至少不信仰上帝，還有聖靈，以及隨之而來的整個謬論。耆那教是，無論你們信不信，一種無神論的宗教——因爲既是無神論者，又信仰宗教，這看起來似乎很矛盾，詞語上矛盾。耆那教是純粹的倫理規範、純粹的道德規範，沒有上帝。所以，我一問耆那教僧侶：「誰創造了這個美？」顯然，據我所知他會——他回答說：

「沒有人。」

那正是我等待的回答。我於是說：「那樣的美能被沒有人創造嗎？」

他說：「請不要誤解我……」這次他是有備而來，他看起來比上一次沈著。「請不要誤解我。」他說：「我並不是說沒有人是某個人。」

還記得《鏡中奇緣》（*Alice Through the Looking Glass*）裏面的故事嗎？女王問愛麗絲：「在這條路上，你碰到什麼人來看我嗎？」

愛麗絲說：「我看見沒有人。」

女王看起來很困惑，接著說：「眞奇怪；那麼說沒有人應該比你先到這裏囉，可是他還沒有到。」

愛麗絲，就像一個英國淑女，當然，咯咯地笑起來了，只是精神上的笑。她的臉依舊莊重。她說：「夫人，沒有人就是沒有人。」

女王說：「那當然，我知道沒有人一定是沒有人，但是他爲什麼這麼晚呢？看起來沒有人走得比你還慢。」

愛麗絲一時疏忽，說：「沒有人比我走得更快。」

女王於是說：「那就更奇怪了。如果沒有人走得比你更快，那麼他爲什麼還沒有到呢？」

愛麗絲這才明白自己犯了個錯誤，但爲時已晚。她又重複說一遍：「夫人，請您記住，沒有人就是沒有人。」

女王說：「我已經知道了，沒有人就是沒有人。但問題是，他爲什麼還沒有來呢？」

我對耆那教僧侶說：「我知道沒有人就是沒有人，但是你把存在說得那麼美、那麼值得頌揚，我感到很吃驚，因爲耆那教徒不應該這麼說話。看起來你是因爲昨天的經驗才改變戰術的。你可以改變你的戰術，但是你改變不了我。我還是要問，如果沒有人創造宇宙，它是怎麼產生出來的呢？」

他左顧右盼；周圍靜悄悄的，除了我的那呢，她大笑不已。僧侶問我：「你知道它是怎麼產生出來的？」

我說：「它一直在那兒，它不需要產生出來。」四十五年以後，在開悟而又沒有開悟以後，在讀了許多書又全部忘記以後，在知道那存在的又——這裏要大寫——忽視它以後，我可以肯定那句話。我仍然要說一句跟那個小孩子一模一樣的話：宇宙一直在那兒，它不需要被創造或者從什麼地方產生出來——它只是在。

第三天耆那教僧侶沒有出現。他離開我們村子逃跑了，到另一個村子去了，那裏有另一個信仰耆那教的家庭。但是我必須向他致敬：他在不知不覺中把一個孩子引上了通向眞理的旅程。

從那以後，我問過多少人同樣的問題，卻發現面對我的是同樣的無知——大學者、知識淵博的人、被成千上萬人膜拜的大人物，卻回答不了一個孩子提出的簡單問題。

事實上，眞正的問題都沒有被回答過，而且我可以預言，眞正的問題永遠也不會被回答，因爲當你來到一個眞正的問題面前，唯一的回答就是沈默。不是學者、僧侶或者大人物的愚蠢的沈默，而是你自己的沈默。不是他人的沈默，而是你內在升起的沈默。除此以外，別無回答。而且那內在升起的沈默是給你的回答，也給那些懷著摯愛一起沒入你的沈默的人；否則的話，那就只是給你一個人的回答。

世界上有過許多沈默的人，他們對別人沒有任何幫助。耆那教徒稱之爲阿利漢，佛教徒稱之爲阿羅漢❶；兩個詞的意思是一樣的。差別只是語言上的微小差別。一個是帕拉克裏語，另一個是巴利語❷。它們是鄰近語言，或者說姊妹語言更恰當些。阿利漢，阿羅漢（arhata）——你們自己也看得出這兩個詞是一樣的。

世界上曾經有阿利漢和阿羅漢，他們雖然已經找到了答案，卻不能把它宣說出來，然而除非你能夠把它宣說出來，能夠站在屋頂上把它宣說出來，否則你的答案就沒有什麼價值。在人人充滿問題的人群中，它僅僅是一個人的答案。過不了多久阿利漢死了，他的沈默便隨他而去。它消失如同寫在水面上的字跡。你可以寫，你可以在水上簽名，但是你一寫完，你的簽名也不在了。

眞正的師傅不僅知道，而且會幫助無數的人知道。他的知識不是個人的，而是向著所有準備接收的人打開的。我已經知道了答案。我攜帶了千萬年的問題，在一個身體裏，又在另一個身體裏，從一個身體到另一個身體，而答案卻第一次發生。它之所以發生，只因爲我不顧一切後果，堅持不懈地問。

我之所以回憶這些事情，就爲了讓你們覺知到，一個人除非去問，全心全意地向每一個人詢問，否則是很難問自己的。他只有被人從每一扇門裏扔出來——所有的門都鎖著或者當面砰地關上——一個人這才終於只能轉向內在……答案就在那裏。它不是用筆寫下來的；你不會找到一本《聖經》、一本《律法書》❸，或者一本《古蘭經》、一本《吉踏經》❹、一本《道德經》或者《法句經》❺……不，你找不到任何用筆寫下來的東西。

你在那裏也找不到任何人——沒有上帝，沒有父親的形象，微笑著拍拍你的背，說：「哦！很好，我的兒子，你回家來了。我寬恕你的所有罪行。」不，你不會在那裏找到任何人。你所找到的將是一種無邊無際的、壓倒一切的沈默，濃厚得讓你覺得能觸摸到它……就像一個美麗的女人。你會感覺到它像一個美麗的女人，而它純粹是沈默，不過非常實在。

當那個僧侶從村子裏消失以後，我們連續笑了好多天，尤其是我的那昵和我。我簡直不能相信，她多麼像個孩子！那時候她肯定快有五十歲了，但是她的心靈卻像一個從未長大的孩子。她跟我一起開懷大笑，說：「你做得好。」

我至今依然能看見那個逃走的僧侶的背影。耆那教的僧侶都不是優美的人；他們不可能是，他們的整個方法就是醜陋的，完全醜陋的，甚至他的背影都是醜陋的。我始終熱愛美，無論在何處發現它——星星、人體、鮮花、小鳥的飛翔……無論在何處。我是一個公開的美的崇拜者，因爲我看不出一個人如果不能熱愛美，他又怎麼能知道眞理。美是通向眞理的道路，而道路和目標並沒有區別，最終是道路自身變成了目標。第一步也是最後一步。

那次遭遇——是的，就是這個詞——那次遭遇耆那教神祕主義者引出以後無數次別的遭遇；耆那教的、印度教的、伊斯蘭教的、基督教的，爲了能進行一場痛快的辯論，我什麼都願意做。

你們肯定不相信，但是在我開悟以後，爲了進入一個伊斯蘭教蘇菲派團體，我在二十七歲那年經受了割禮，因爲那個團體不允許任何未行割禮的人參加。我說：「好，那就做吧！這個身體本來就打算好任由毀壞的，而你們只不過是要割掉一小片皮而已。割吧，但是我想加入你們宗派。」

連他們都無法相信我。我說：「相信我，我準備好了。」當我開始辯論的時候，他們說：「你那麼願意行割禮，卻又那麼不願意接受我們說的任何話！」

我說：「我就是這樣的。對於無關緊要的事，我隨時準備說是。對於實質性的問題，我的態度十分堅決，誰也別想強迫我說是。」

當然他們不得不把我從他們所謂的蘇菲派團體中開除出去，不過我告訴他們：「開除我，你們就等於向世界宣佈，你們是僞蘇菲教徒。唯一的眞蘇菲教徒正在被開除。事實上，我已經把你們統統開除掉了。」

他們面面相覷。但那是眞相。我到他們的團體去不是爲了瞭解眞相，眞相我早已經知道了。那我爲什麼還要進入他們的團體呢？只是爲了找個棋逢對手的人辯論一場罷了。

我從小就以辯論爲樂。爲了能進行一場痛快的辯論，我什麼都願意做。但要找一個眞正適合辯論的好環境又何等困難！我之所以進入那個蘇菲派團體——我這是第一次坦白承認——甚至還允許那幫傻瓜給我行割禮。他們的手段原始之極，我起碼受了六個月的罪。但是我不在乎，我在乎的只是從內部瞭解蘇菲派教義。唉，我一輩子都找不到一個眞正的蘇菲教徒。但是這種現象絕不僅限於蘇菲派，我同樣也找不到一個眞正的基督教徒，或者一個眞正的哈西德派教徒❻。

J．克里希那穆提❼曾經邀請我到孟買去跟他會面。給我帶口信的是一個普通朋友，名字叫巴瑪阿難陀（Parmananda）。我告訴他：「巴瑪阿難陀，你回去告訴克里希那穆提，如果他想見我，他應該來——這才合乎禮儀——而不應該叫我到他那裏去。」

巴瑪阿難陀說：「但是他比你年紀大呀。」

我說：「你只管去跟他說。別替他回答。如果他說他比我年紀大，那就不值得去了，因爲覺醒不分老幼；它永遠都一樣——是嶄新的，亙古常新的。」

他回去之後再也沒有回來，因爲克里希那穆提，一個老人，怎麼可能來見我呢？儘管他想見我。這是很有意思的事情，不是嗎？我從來不想見他，否則我早就去找他了。他想見我，卻仍然希望我去找他。你們肯定也承認這有點過分吧。巴瑪阿難陀再也沒有給過我回音。後來有一天他來的時候，我問：「怎麼樣？」

他說：「克里希那穆提聽了我說的話以後非常生氣，因爲他那麼生氣，所以我就不再問他了。」

喏，是他想見我；我也很高興見他，但是我從來沒有想見他，原因很簡單，我不喜歡去找別人，即使那個人是J．克里希那穆提。我喜歡他所說的，我喜歡他所是的，但是我從來不期望——至少我從來沒跟任何人說過——我想見他，因爲那樣一來，剩下的事情就簡單了：我得去找他。他期望、他想見我，卻想叫我去找他。我不喜歡那樣，也不會那樣。

那件事情最終造成，至少他這一方，對我的敵意。從那以後，他一直說反對我的話。他一看到我的桑雅生，就表現得活像一頭公牛。如果你向一頭公牛揮舞紅旗的話，你知道接下來會發生什麼。那就是當他看到我穿紅衣服的桑雅生時所發生的：他頓時暴跳如雷。我說他前世肯定做過公牛，他還沒有忘記對紅顏色的敵意。

這種情況是在我拒絕去見他以後才發生的。以前他從來不說反對我的話。就我而言，我是一個自由人。我可以說話支持某個人，同時也可以反對這個人，在我這方面毫無問題。我喜歡各種各樣的矛盾和前後不一致。

J．克里希那穆提反對我，但是我說我不反對他。我仍然愛他。他是二十世紀最優美的人之一。我認爲我舉不出任何現存的人能跟他相比。但是他有個局限，那個局限就是他的廢除行爲。那個局限就是他試圖成爲絕對理智的人，而如果你想要提高，如果你想要超越文字和數字，那就是不可能的。

克里希那穆提應該是超越的，完全超越的，但是他被維多利亞式的理智捆住了。他的理智甚至不是現代的，而是維多利亞時代的，差不多有一個世紀那麼陳舊了。他說他很幸運沒有讀過《奧義書》、《吉踏經》或者《古蘭經》。那他打算看什麼呢？我來告訴你們：他看三流的偵探小說！你們千萬別把這事兒告訴任何人，否則他就要用頭撞南牆了。我倒不擔心他的頭，我擔心的是牆。就他的頭而言，在他生命的最後五十多年裏，他一直偏頭痛，這段時間比我至今的一生還長，他的偏頭痛非常厲害，他在日記裏說，他好多次都想撞南牆了。是的，我替牆擔心。

他爲什麼會偏頭痛呢？——因爲理智太多的原故，不因爲別的。他的情況跟可憐的阿歇西（Asheesh）不一樣，阿歇西是給我做椅子的。他也偏頭痛，但他的偏頭痛是生理的。J．

克里希那穆提的偏頭痛是精神的。他太理智了；只要聽他說話，就足以讓你也偏頭痛。如果你聽了J．克里希那穆提的演講之後，居然沒有偏頭痛，那說明你已經開悟了——或者你根本就沒有頭。第二種的可能性更大。第一種要困難一點。

阿歇西的偏頭痛可以治好，但克里希那穆提的偏頭痛是無法終止的。他是治不好的。不過現在也不需要了，因爲他已經很老了，而且也習慣跟他的偏頭痛生活在一起了。它差不多已經變得像一個妻子。如果你把他的偏頭痛去掉，他就會剩下孤身一人，變成鰥夫。別那麼做。他已經和他的偏頭痛結婚了，他們也會一起死掉。

我前面說到，我第一次遭遇裸體的耆那教僧侶引發了後來長長的一連串遭遇，遭遇許多所謂的僧侶——吹牛大王。他們全都蒙受理智之苦，而我生來就是爲了把他們拉回到地面上的。但是要讓他們清醒過來幾乎不可能。也許他們不想清醒，因爲他們害怕。也許沒有感性或者智慧，對他們來說十分有利。

他們被尊爲聖人；對我來說，他們只是神聖的牛糞罷了。牛糞有一個優點：它沒有氣味。我提醒你們這個，是因爲我對氣味過敏。牛糞有這麼個優點，它不使人過敏（nonallergic）。這個詞應該怎麼說來著，戴瓦拉吉？」

「過敏（nonallergenic），奧修。」

對，過敏（nonallergenic）。

我的那昵並不是眞正的印度婦女。跟印度人比起來，她甚至更接近西方人一點。要記住的是，她完全沒有受過教育——也許那就是她之所以格外敏銳的原因吧。也許她從我的內在看到了什麼，而我那時候對此卻渾然不覺。也許那就是她愛我至深的原因吧……我說不準。她現在不在了。有一點我很清楚，她的丈夫去世以後，她再也沒有回到那個村子去，她留在我父親的村子裏。在那兒，我不得不離開她，但是當我回去的時候，我不只一次地問她：「那呢，我們能回到村裏去嗎？」

她總是說：「爲了什麼？你在這裏呀。」那幾個簡單的詞像音樂一般在我的心中迴盪：「你在這裏呀。」我也對你們說同樣的話。她愛我——你們也知道沒有人能愛你們勝過我。

那眞美。

你們從來不在這裏。

唉，要是我能邀請你們也到這喜馬拉雅的空間裏來就好了！「現在」是一個無比美好的空間。可憐的戴瓦蓋德——我依然聽得見他在傻笑。我的上帝！難道就沒有什麼化學手段至少能防止我聽見這種傻笑嗎？

別以爲我發瘋了，我早就瘋了。你們看得出來嗎？——你們的瘋狂和我的瘋狂，它們完全不同。把這句話記錄下來。甚至拉斯普廷❽，假如他還活著的話，也會成爲一個桑雅生……我的意思是，他會是一個桑雅生。沒有人，不存在例外，能騙得了我。

我是那種人，即使臨死前也會說：「夠了，今天足夠了……」

譯註：

❶阿羅漢：aratas，梵語 arhat，巴利語 arahant。佛教名詞。爲聲聞四果之一，如來十號之一。意爲：應供（應該接受大眾供養）、殺賊（斷盡煩惱）、無生（了脫生死而得涅槃）等。

❷巴利語：古代印度的一種語言，現成爲佛教徒的宗教語言，在泰國、緬甸和斯里蘭卡仍作爲書面語言使用。

❸《律法書》：*Torah*，《舊約》的首五卷，即《摩西五經》。

❹《吉踏經》：*Gita*，即《薄伽梵歌》（*Bhagauatgita*）。Gita是歌的意思。印度教經典。

❺《法句經》：*Dhammapada*，佛教經典。

❻哈西德派教徒：Hassid，猶太教。

❼J·克里希那穆提：Krishnamurti，1895-1986。印度最卓越的靈性導師之一。他主張，要從根本改變社會，必須先改變個人的意識，並強調自我覺知和了悟。他一生有四十部演講集傳世。

❽拉斯普廷：Grigory Yefimovich Rasputin，1872?-1916，俄國西伯利亞農民「神醫」，因醫治了王子的病，而成爲沙皇尼古拉二世和皇后亞力山德拉的寵臣，行爲淫蕩，因干預朝政被保皇黨謀殺。

10 我和我自己的馬

我剛才在看戴安娜王妃婚禮的電影片段，奇怪的是，這整場荒唐的鬧劇中，唯一給我留下印象的是那幾匹漂亮的馬，它們歡快的舞蹈。看到那幾匹，我想起了我自己的馬。我從來沒有跟任何人提起過這匹馬，連古蒂亞也沒有，雖然她愛馬。但是現在我不保守任何祕密，連這個也可以說出來。

我不只擁有一匹馬；事實上，我曾擁有四匹馬。一匹是我自己的——你們知道我這個人有多麼講究……甚至今天也沒有人可以開那些勞斯萊斯❶。這純粹是因爲講究。我那時候也是這樣。我不允許任何人，甚至包括我的外祖父，騎我的馬。當然，別人的馬都允許我騎。我的外祖父和外祖母各有一匹。在印度村莊裏，女人騎馬是件奇怪的事情——但她就是一個奇怪的女人，有什麼辦法！第四匹是給伯拉騎的，他是僕人，始終拿著槍跟在我後面，當然離我有一段距離。

命運眞奇怪。我一生從未傷害過任何人，即使在夢裏面也沒有。我完全吃素。然而命中注定，我從小就有一個警衛跟著我。我也不知道爲什麼，但是從伯拉起，我就從不缺乏警衛。甚至今天，我的警衛們也總是要嘛在前、要嘛在後的，總之在那裏。整個遊戲是伯拉開的頭。

我已經告訴過你們，他長得像歐洲人，那就是爲什麼他叫伯拉的原因。這不是他的眞名。伯拉的意思只是「白人」。連我也不知道他的眞名叫什麼。他看上去像歐洲人，非常像歐洲人，這看起來的確奇怪，尤其是在那個村莊，我想從來沒有任何歐洲人來過那裏。而仍然有警衛……

即使在小時候，我也看得出伯拉騎馬在遠處跟著我的目的何在，因爲曾經有兩次，我差點兒被人綁架。我不知道爲什麼任何人都對我感興趣。不過至少現在我明白了。我的外祖父，儘管以西方人的標準來衡量不算很富裕，但在那個村子裏，卻相當富裕。dakaits——這下戴瓦蓋德可眞遇到麻煩了，他不知道如何拼寫「dakait」這個詞呢……

它不是英語單詞；它是從印地語單詞daku發展而來的。但是就從那個意義上說，英語的確是世界上最通用的語言之一。它每年都要從其他語言中吸收八千個詞彙進來，所以它的體系越來越大。它必定會成爲世界性的語言——這一趨勢誰也阻止不了。另一方面，其他所有的語言都相形見絀，它們都在不斷地萎縮。它們信仰語言的純度，認爲不應該讓其他任何語言進入。自然它們會維持狹小、原始的狀態。dakait是daku的音譯；它的意思是小偷——不僅是普通的小偷，而是一個團夥，有武裝、有組織，按計劃行竊，那就是一個dakaitry。

甚至在我還小的時候，印度就有一個普遍的行當，就是偷有錢人家的孩子，然後威脅父母說，如果父母不付錢，就砍掉孩子的雙手。如果他們付錢，就保留孩子的雙手。有時候威脅要弄瞎孩子的眼睛，或者如果父母確實有錢的話，就直截了當地威脅——要殺死孩子。爲了救孩子，可憐父母什麼都願意做。

有兩次他們企圖要偷我。有兩樣東西救了我：一樣是我的馬，它是強壯的阿拉伯純種馬；第二樣就是伯拉，我們家的僕人。我的外祖父命令他朝天空開槍——不是朝企圖綁架我的人開槍，因爲那樣做違反耆那教的教義，但是你可以朝天空開槍來嚇唬他們。當然外祖母曾在伯拉的耳邊小聲說：「你別管我丈夫說什麼。你可以先朝天上開槍，但是如果這樣做不管用的話，記住：如果你不朝那些人開槍，我就會朝你開槍。」而且她眞是一個好射手。我看過她射擊，她總能準確地擊中最小的目標。她很像古蒂亞——她的誤差很小。

那昵有許多方面都像古蒂亞，在許多細節上十分精確。她總是直入主題，從不繞彎。有些人喜歡繞啊、繞啊、繞啊；你得動腦筋去領會他們的眞實意圖。她不是這樣的；她很精確，像數學那樣精確。她對伯拉說：「記住，要是你回家的時候沒帶著他，只說他被人偷走了，我馬上就開槍打你。」我知道，伯拉知道，外祖父也知道，因爲儘管她是對著伯拉的耳朵這樣說的，但那並不是什麼悄悄話，那聲音響得足以讓全村的人聽見。她說到做到。她總是當眞的。

外祖父故意朝另一邊看。我實在忍不住；我開懷大笑，說：「你幹嘛朝旁邊看？你聽見她說的話了。如果你是一個眞正的耆那教徒，就去告訴伯拉不要朝任何人開槍。」

不等外祖父開口，那昵就說：「我也是替你關照伯拉，所以你不用再說了。」她是異常堅決的女人，她甚至會朝我外祖父開槍。我瞭解她——這句話的意思並不在字面上，而是一個比喻，但比喻比字面含意更危險。所以他不再說了。

有兩次，我差點兒被人綁架。一次是我的馬把我馱回家，另一次是伯拉被迫開槍，當然是朝天開的。也許在必要的情況下，他會朝企圖綁架我的人開槍。不過當時沒有這個必要，所以他救了自己，也救了我外祖父的宗教。

從那以後，奇怪的是……對我來說，那眞是非常、非常奇怪的事，因爲我對每個人都絕對沒有傷害性，可我還是屢屢遇險。屢屢有人企圖傷害我的生命。我一直想知道，既然生命它自己遲早會結束的，爲什麼還有人喜歡讓它中途結束呢？這麼做能達到什麼目的呢？如果他們的目的能令我信服的話，我此刻就可以停止呼吸。

有一次，我問一個企圖殺我的人。我之所以有機會問他，是因爲他最後成了桑雅生。我問：「現在只有我們兩個人，告訴我你爲什麼想殺我。」

那段時間，在孟買的林地，我常常單獨在房間裏爲人舉行出家的儀式。我說：「現在只有我們兩個人。我可以給你出家，這沒有問題。先成爲一個桑雅生，然後說你的目的，爲什麼你想要殺我。如果你能說服我的話，我此時此地就在你面前停止呼吸。」

他開始啜泣，繼而抱住我的腳大哭。我說：「這不行，你必須說服我相信你的目的。」

他說：「我完全是個白癡。我沒什麼可對你說的。我只是在發脾氣而已。」也許那就是原因了——爲什麼一個像我這樣絕對無害的人會受到各種可能的攻擊。還有人給我下毒……

古蒂亞偶爾也發脾氣，可即使在那個時候，她也沒有傷害過我。她不會，她不可能那麼做。任何人偶爾都會發脾氣，尤其是女人；假如她還得一天活上二十四個小時的話，就更可能發脾氣了，或者跟我這樣的人在一起，也許可能性就更大了，我一點也不和善，態度永遠強硬，永遠試圖把你推向邊緣，而且不許你回頭。他繼續不斷地推你、對你說：「在想之前先跳下去！」

我的那昵當然像古蒂亞，尤其在發脾氣的時候。我見過她發脾氣，但是我從來不擔心。我見過她一把拎起她的槍直衝入我外祖父的房間——但是我繼續幹我自己的事情。她問我：「你不害怕嗎？」

我說：「你去做你的事情，讓我做我的。」

她笑了，說：「你是個奇怪的男孩。我都要殺你的外祖父了，你居然還在玩紙牌造房子。你瘋了還是怎麼的？」

我說：「你去殺那個老頭好了。我還老夢見自己這麼幹呢，我爲什麼要擔心？別來煩我。」

她在我身邊坐下，開始幫我造宮殿，那是我用紙牌搭出來的。但是當她對伯拉說：「如果有人碰我的孩子，你別因爲我們信仰耆那教就只管朝天上開槍……那個信仰是好的，但只限於寺廟裏面。在市場上，我們就得按世俗的方式去做，而世俗不是耆那教徒。我們怎麼可能按我們的哲學去做呢？」

她的邏輯像水晶一般清澈明瞭，我一聽就懂。如果你跟一個不懂英語的人談話，你就不能對他講英語。如果你用他自己的語言講，那麼溝通的可能性就比較大。哲學也是語言；你們要把這句話記錄清楚了。哲學根本不是別的什麼——它們就是語言。我一聽到我外祖母對伯拉說：「要是有一個dakait想偷走我的孩子，你就要跟他講他聽得懂的話，完全不要管耆那教說什麼。」──我當時就聽懂了。雖然不像以後理解得那麼清楚，但是伯拉肯定清楚了。我的外祖父當然也理解這種局面，因爲他開始閉上眼睛念他的咒語：「Namo arihantanam namo......namo siddhanam namo......」

我開懷大笑，我的外祖母咯咯地笑；伯拉呢，當然，只是默然微笑。但是每個人都理解這種局面──她是對的，一貫如此。

我再告訴你們古蒂亞和我外祖母之間另一個相似之處：她幾乎總是對的，甚至跟我在一起也一樣。如果她說什麼，我可能不同意，但我知道最後肯定證明她是對的。我不會同意，那也是眞的。我是一個固執的人，我跟你們反覆說過。無論我是對是錯，我都堅持。我的錯是我的錯，我愛它，因爲它是我的。但是就問題本身是對是錯而言......無論何時發生衝突，我都知道，最後肯定古蒂亞是對的。在我即將做出決定的那一刻──而我是個固執的人。

我的外祖母有同樣的品質，她總是對的。她對伯拉說：「你認爲這些dakait信仰耆那教嗎？那個老傻瓜......」她指著外祖父，他正在念他的咒語。她接下去說：「那個老傻瓜只告訴你朝天上開槍，因爲我們不應該殺生。讓他念他的咒語好了。誰叫他去殺了？你不是耆那教徒，是吧？」

那一刻我本能地知道，如果伯拉是耆那教徒的話，他就會失去他的工作。我以前從來不管伯拉是不是耆那教徒。我生平第一次關心起這個可憐的人來，開始爲他祈禱。我並不知道向誰祈禱，因爲耆那教徒不相信任何神。我從來沒有被灌輸過任何信仰，但我還是開始在心裏說：「上帝啊，如果你在那兒的話，就保留這個可憐人的工作吧。」你們看出這句話的要點了沒有？甚至在那會兒，我都說：「如果你在那兒的話……」我即使在那種情況下都不會撒謊。

不過幸好伯拉不是耆那教徒。他說：「我不是耆那教徒，所以我不在乎。」

那昵說：「那麼你就記住我跟你說的話，而不是那個老傻瓜說的。」

事實上，她過去總是用這個詞說外祖父：「那個老傻瓜」——我把它保留下來給戴瓦蓋德。但是「那個老傻瓜」死了。我的母親……我的外祖母也死了。抱歉，我又說「我的母親」了。我的確不能相信她不是我的母親，而只是我的外祖母。

順便說一句，你們會感到吃驚，我的所有兄弟姐妹——除我之外，大約有一打——他們都叫我的母親：「媽」，也就是母親，除了我；我叫她「芭比（Bhabhi）」。每個印度人都想知道我爲什麼叫我的母親芭比，因爲它的意思是「兄嫂」。在印地語中，稱呼哥哥的詞是巴亞（bhaiya）；稱呼他妻子的詞是芭比。我的叔叔們叫我的母親芭比，那完全正確。我爲什麼至今仍然叫她芭比呢？原因是，我已經認另一個女人作我的母親了——那就是我母親的母親。

我早年把那昵認作我的母親之後，我不可能再叫任何別的女人媽——母親。我一直叫她，我的那昵，我知道她不是我眞正的母親，但是她像母親一樣把我撫養長大。我眞正的母親離我要遠一點、陌生一點。即使我的那昵死了，她也離我比較近。即使我的母親現在開悟了，我也仍然會叫她芭比，我不可能叫她媽。用那個詞幾乎是對亡者的背叛。不，我不能這麼做。

外祖母本人也對我說過好多次：「你爲什麼還叫你的母親芭比？叫她母親。」我只是迴避這個問題。我這是第一次說起或者討論這個問題——跟你們。

我的那昵在某種程度上已經成爲我生命存在的一部分。她對我的愛無限廣大。有一次，一個小偷溜進我們家，她赤手空拳地跟他搏鬥，我終於看見一個女人能有多麼兇猛……危險極了！如果我不去干涉的話，她會殺了那個可憐人。我說：「那昵！你幹什麼呀？就看在我的面子上，離開他。讓他走吧！」因爲我當時放聲大哭，叫她看在我的面子上趕快住手，她才讓那個人走了。那個可憐人簡直無法相信她竟然坐在他身上，一雙手卡住他的脖子。要不是我，她肯定會殺了他。只要再用一點力氣在他的咽喉上，那個人就死了。

當她對伯拉說話的時候，我知道她說到做到。伯拉也知道她說到做到。當我的外祖父開始念咒語的時候，我知道他也明白她是當眞的。

我兩次被人襲擊——對我來說，那是一件樂事，是一種冒險。事實上，我在內心深處想知道，到底綁架意味著什麼。那始終是我的特點，你們可以稱爲我的性格。我爲這個品質而高興。我常常騎上我的馬到屬於我們家的樹林裏去。我的外祖父許諾所有屬於他的將來都會留給我，他沒有食言。除了我，他沒有給任何人一個派❷。

他有幾千英畝土地。當然，在那時候，這毫無價值。但價值不是我關心的問題——那片土地美極了：那些大樹，還有一個大湖，夏天芒果成熟的時候濃香襲人。我常常騎著馬到那兒去，馬都習慣我的路線了。

我仍然沒有變……如果我不喜歡一個地方，我絕對不會回去。

我到馬德拉斯❸去過一次，就一次，因爲我從來沒有喜歡過那個地方，尤其是當地的語言，聽起來好像人和人都在互相打架似的。我討厭那個，我討厭那種語言，所以我對主人說：「這是我第一次也是最後一次拜訪你。」

他說：「爲什麼是最後一次？」

我說：「我討厭這種語言。每個人都好像在打架似的。我知道他們並沒有打架——那只是他們說話的方式。」我討厭馬德拉斯，我一點兒也不喜歡它。

克里希那穆提喜歡馬德拉斯，不過那是他的事。他每年都到那兒去。他是泰米爾人。事實上他就出生在馬德拉斯附近。他是一個馬德拉斯人，所以對他來說，到那裏去完全合乎情理。我爲什麼要到那裏去呢？

我以前去過許多地方。爲什麼？沒有爲什麼。我就是喜歡去。我喜歡處於活動狀態。你們聽懂了嗎？……處於活動狀態。我這個人在哪兒都沒有事情，這兒，那兒，隨便哪兒。我只是處於活動狀態。讓我換句話說吧：我坐在旋轉木馬上。現在我想你們聽懂了。

我以前常騎我的馬出去，當我看到戴安娜王妃婚禮上的那幾匹馬時，我眞不能相信英國也會有這麼漂亮的馬。女王相貌平平——出於禮貌，我不想說醜陋。查爾斯王子當然也不是王子：瞧他那張臉！你們能說他的臉是王子型的？也許在英國是的……還有那些客人！那些大人物！特別是那位高個子神父——你們在英國叫他什麼？

「坎特伯雷❹大主教，奧修。」

太棒了！大主教！把一個響亮的名稱給了那麼個喪氣鬼（dash-dash-dash）；要不然他們就會說，因爲我用這種詞，所以我不可能是開悟的！但是我相信全世界每個人聽得懂我說喪氣鬼（dash-dash-dash）的意思——連大主教也聽得懂！

所有那些人，我只能喜愛那幾匹馬！它們才是眞正的人。多麼快活！多帥的步伐！多優雅的舞蹈！那才是地道的慶祝。我立刻想起我自己的馬和那些日子……它們芳香猶在。我依然能看見那個湖，和兒時的我騎著馬在樹林裏。眞奇怪，雖然我的鼻子在你們的小房間裏，可我卻能聞到芒果樹、楝樹、松樹的味道，我也能聞到我的馬的味道。

幸虧我的嗅覺在那時候不過敏，或者，誰知道呢，我可能已經過敏了，只是自己不覺得罷了。我開悟那年正好是開始過敏的一年，這是個奇怪的巧合。也許我以前就過敏，只是不覺得罷了，等我開悟了，覺知也來了。我現在已經把開悟放下了。

「請求你，」我對存在說：「丟掉這個過敏吧，好讓我重新騎馬。」那將是一個重大的日子，不僅對於我，也對於我所有的桑雅生。

有一張照片，拍著我騎在一匹克什米爾馬上，他們把這張照片滿世界到處刊登。那只是一張照片；我並沒有眞的騎。只是因爲拍照的人想給我拍一張騎在馬上的照片，我又喜歡這個人——我指的是拍照的人——我不能拒絕他。他已經把馬牽來了，又搬出他的所有設備，所以我只好答應。我只是坐在馬背上，而且你們甚至可以從照片上看出來，我的笑容不是眞的。那是當拍照的人說「請笑一笑」的時候出來的笑容。但是如果我能超越開悟的話，誰知道呢，我至少就可以超越對馬的過敏了。那時候我就能再次擁有同樣的世界：

▲奧修騎在克什米爾馬上

湖水……
群山，
大河……

只是我會想念我的外祖母。

戴瓦蓋德，你不是這裏唯一的猶太人。記住，你不用著急，我急著呢！我的膀胱在痛！所以請你……我總想說出最後一句話。戴瓦蓋德，你本來可以做個非常好的嘮叨妻子。眞的，我說的是實話！找個好男孩度蜜月去吧。瞧，你已經在想我放棄你了。別那麼著急。你的膀胱還沒爆炸呢！喏……

那很好。

這眞是難以置信！我生平第一次用這個詞……難以置信！我不知道它是什麼意思，但是當你的膀胱快要爆炸的時候，誰管那麼多！

譯註：

❶那些勞斯萊斯：奧修門徒贈送給他的勞斯萊斯汽車。

❷派：pai，可能是派沙（paisa）的簡稱，印度輔幣名，一百派沙約等於一盧比。

❸馬德拉斯：Madras，印度東南部港市，泰米爾納德邦首府。

❹坎特伯雷：Canterbury，英格蘭東部一城市，有著名教堂，爲中世紀英國宗教聖地。

11 博帕爾女王

戴瓦蓋德……很好，挨打以後，你看見星星了。我也能看見那些星星圍著你。

好。

我出生的那個村莊不屬於英帝國。它是一個小國家，由一位伊斯蘭教女王統治。我現在能看見她。奇怪……她跟英國女王一樣美麗，完全一樣。不過有一個好處：她是伊斯蘭教徒，而英國女王卻不是。那種女人應該永遠做伊斯蘭教徒，因爲她們不得不一直躲在面紗後面，面紗叫作布噶（burqa）。她偶爾也會訪問我們村子；當然，在那個村子裏，我們家是她唯一能待的地方，而且她還很喜歡我的外祖母。

我第一次看見女王摘下面紗的時候，我的那昵正在和她談話。我簡直不能相信：一個女王，長得這麼普通！於是我明白了布噶——面紗的作用，它在印地語中叫巴德（parda）。它很適合醜陋的女人；在比較好的世界裏，它也會適合醜陋的男人。至少那時候，你就不能用你的醜陋襲擊任何人了。那是一種侵略，一種襲擊，而且任何人對此都沒有保護措施，沒有法律保護。

我當著女王的面笑出聲來。她說：「你笑什麼？」

我說：「我笑是因爲我老想知道巴德和布噶是幹什麼用的。今天我知道了。」

我認爲她沒有聽懂我的話，因爲她在微笑。雖然她是一個醜陋的女人，但我必須承認，她的微笑是美麗的。

這個世界充滿奇怪的事情。我碰到許多人長相美麗，但是當他們微笑的時候，他們的臉就會變形，很難看。我見過聖雄甘地，也是在我小時候。他是醜到家了。事實上，我會說他是獨一無二的醜人，但是他的美在於他的微笑。他知道如何微笑，這一點我不能反對他。其餘的我都能反對他，因爲除了他的微笑以外，其餘的全是垃圾，腐爛的垃圾！他眞是一個偉大的菩提垃圾。我們自己的菩提垃圾跟他沒法兒比。

我聽說有人叫斯瓦米．菩提嘎巴（Bodhigarbha），菩提垃圾（Bodhigarbage）。我喜歡這個名字！他們在名字後面加了點兒東西。其實他們是把他放在他所在的位置上。我給他取的名字是菩提嘎巴，那只可能是他的未來。不過人只看得到他們腳下的地方；他們叫他菩提垃圾。也許這個名字倒適合給聖雄甘地使用。

那個女王……（戴瓦蓋德忍住一個噴嚏。）喏，這可眞讓我分心了。你知道嗎，戴瓦蓋德，在印度，人們相信，當你打噴嚏的時候，魔鬼會鑽到你的身體裏面去？所以當他們打噴嚏的時候，爲了阻止魔鬼來，他們會「嗒」地一聲說（奧修打了一個響指）：「Om shantih, shantih, shantih, shantih……Om shantih, shantih, shantih……Om shantih, shantih, shantih……」你必須打三次響指。我不知道你們管打響指叫什麼；無論叫什麼，印度人就是這麼做的。

我不知道魔鬼是否被阻止住了，但是你剛才的所作所爲並沒有被打亂。那，你是一個猶太人，不是印度人，所以你起碼可以直截了當地打噴嚏，不用執行印度人的整套程式；否則我眞的要恢復理智了，而我非常害怕理智。但是我並沒有說錯話——我的意思是理智；我非常害怕理智。

我感覺得出你們不知所措。你們不需要不知所措。我是一個失去理智的人，害怕恢復理智，而那套程式可以讓任何人恢復理智。但你是個猶太人，感謝上帝！就像一個英國人，你努力阻止打噴嚏；即使那樣，我也能理解。英國人什麼都阻止，連一個噴嚏也要阻止，尤其是在某個假裝神聖的人面前。

但是請放鬆，我並不假裝神聖。你可以快快活活地打噴嚏，那樣你就不會讓我分心了。那甚至可能就我正在對你們講的故事給我一些提示呢。回到正題上來。這個噴嚏讓我們分心的時間已經夠長了。

就像我前面說的，我們村莊屬於一個小國家，非常小，叫博帕爾（Bhopal）。它不受英國統治。當然博帕爾的女王偶爾也來訪問我們。我剛才說到我出場的時候，嘲笑那個女人的醜陋和她面具的美麗。她的布噶眞的很美，上面綴滿了藍寶石。她對我的外祖母印象極深，甚至邀請她到首都去參加每年一度的慶典。我的外祖母說：「我不可能去，因爲我不能留下我的孩子那麼多天沒人照顧。」

印地語中「我的孩子」是一個極其優美的措辭，mera beta，它的意思是：「我的孩子，我的男孩。」

女王說：「沒有問題，你可以把他一起帶來。我也喜愛他。」

我不懂她爲什麼會喜愛我。我並沒有做錯什麼事。我爲什麼要受罰？一想到被這個女人喜愛，就好像有個怪物在你身上爬似的。那一瞬間她看起來的確像個怪物，渾身上下全都粘乎乎的。也許她喜歡嚼口香糖——她根本就是塊口香糖。我一輩子從沒有害怕過任何東西，就除了那個女人。但是冒險作爲女王的客人到首都去，坐在她華麗的宮殿裏——我不知聽說過多少關於它的故事，這簡直令人喜出望外。儘管我再也不想看見這個女人了，我還是跟著我的外祖母去參加了那每年一度的慶典。

我還記得那座宮殿。它是印度最華麗的宮殿之一。它擁有五百英畝的林地和一個五百英畝的湖泊，總共一千英畝。女王待我們很好，把我們當作她的客人，但是我得承認，我盡量避免看她的臉。也許她現在還活著，因爲她那時候並不很老。

曾經發生過一件怪事，跟那座宮殿有關——我應該稱之爲巧合。那天我說：「好，我願意搬到喜馬拉雅山去。」就在同一天，博帕爾女王的兒子打電話來說，如果我們有興趣的話，他們願意奉獻出他們的宮殿——就是剛才我跟你們說的那座宮殿。那座宮殿……我有一瞬間簡直不能相信他們居然會把它奉獻出來。他們已經失去了一切；整個國家都沒有了，全部併入印度。剩下來的只有一千英畝土地，還有那座宮殿。但它依然是個美麗的王國——五百英畝的古老森林，還有一個五百英畝的湖泊，它是博帕爾大湖的一部分。

在印度，博帕爾湖是最大的湖。我認爲世界上沒有任何別的湖能跟它相比，它廣闊無垠。我記不清它有多少英里寬了，反正是一眼望不到頭，無論你站在哪兒看。在宮殿領地之內的那五百英畝是這個湖的一部分，但是它們屬於那座宮殿。

我說：「太晚了。告訴王子和他的母親，如果她還健在的話，我們感謝他們的提議，但是我已經決定去喜馬拉雅山了。」爲了尋找幾千英畝土地，我已經花了七年時間，可是那幫政客老是不停地從中作梗。告訴他：「我記得拜訪過你的宮殿和你的母親——也許她還健在，我不知道。」但是告訴他：「我過去喜愛那座宮殿，現在依然如故，甚至更加喜愛了，因爲你把它奉獻給了我。可是我已經決定去喜馬拉雅山了。」

我的祕書大吃一驚，她說：「他把宮殿奉獻給你，一分錢也不要。它至少值兩百萬美元呢。」

我說：「是兩百萬美元還是兩千萬美元，根本不重要。我的感謝比那值錢多了。你認爲它值多少個一百萬美元？你就對他說：『他向你表示感謝，但是你的奉獻來得晚了幾個小時。如果你早幾個小時把宮殿奉獻出來的話，他也許就接受了。現在已經沒辦法了。』」

當王子聽到這個答覆時，他大吃一驚。他無法相信有人能把那麼一座宮殿奉獻出來，而且不要任何回報，得到的答覆卻只是：「對不起，不要，謝謝你。」

我瞭解那座宮殿。我小時候曾到那裏做過一次客，後來又去過一次。我用孩子的眼睛看過它，也用青年的眼睛看過它。不，作爲一個孩子，我看到它，我並沒有上當，但是它的實際情況要比我那時候所能理解的美得多。一個孩子，儘管天眞無邪，總有許多局限，他的眼光不可能包羅萬象。他只能看見表面的東西。我年輕的時候也訪問過那座宮殿，也是作客，那時候我確信它必定是世界上最美麗的建築之一，尤其是它的地理位置。但是我不得不拒絕它。

有時候拒絕的感覺眞好，因爲我早就知道，如果我接受的話，必定會惹來沒完沒了的麻煩。那座宮殿不可能成爲我的宮殿。那幫政客，他們無所不能——無知、腐敗、無能而且荒淫，他們必定會跳進來。儘管我拒絕了，他們還是跳了進來，認爲王子撒謊，因爲怎麼可能有任何人拒絕這種奉獻呢？

我已經得知他們正在千方百計地折磨他，想搞清楚他爲什麼把宮殿奉獻給我。我並沒有接受。事實上，什麼也沒有發生，只打了一個電話——可是那已經足夠了。

印度的政客肯定是世界上最壞的。每個地方都有政客，但是他們不像印度政客。原因是再明白不過的了：印度被奴役了兩千年。一九四七年，印度僥倖走運，獲得自由。我之所以說走運，是因爲印度依然不配獲得自由；整個榮譽全歸艾德禮[1]所有，他是當時的英國首相。他是一個社會主義者、某種類型的夢想家。他思考平等和自由以及各種各樣偉大的事情。他才是眞正的印度自由之父。這個自由不是印度掙來的，甚至不是印度應該獲得的。只是碰巧走運，遇到艾德禮做英國首相。

兩千年的奴役使印度人變得極端狡猾。爲了求生，奴隸不得不狡猾。奴役雖然結束了，但是狡猾繼續存在。任哪個艾德禮都打不破它。它不由任何人掌握，它已經蔓延到整個印度。到本世紀末，印度將成爲世界第一人口大國。一想到這件事情，就足以讓我睡不著覺。

每當我不想睡覺的時候，我就想本世紀末的印度。那足夠了！接下來，即使給我吃安眠藥，它們也不起作用了。一想到印度將成爲人口密度最高的國家，還有那些侏儒政客，我就夠了！你們還能想像出比這更可怕的噩夢嗎？

我拒絕了那座美麗的宮殿。我至今依然感到歉疚，爲了我不得不拒絕唯一的一個帶著奉獻而來卻分文不取的人。可是我不得不這麼做。我當然對他感到歉疚……我不得不拒絕，因爲我已經做出決定，而我一旦決定了，無論對與錯，不可能再回頭。我不可能把它取消，我的血液裏沒有這種習慣。這純粹是一種固執。

「現在幾點了，戴瓦蓋德？」

「十點三十一分，奧修。」

很好！再給我十分鐘時間。想起那件事情，我一整夜沒有睡。

如果我不堅持，你們現在會在哪兒？你們早就止步不前了。繼續——別做一個猶太妻子。猶太人和妻子，兩個人一起！連上帝也處理不好那樣的事情，所以他設法靠一個聖靈來應付。

可憐的戴瓦蓋德，不管我給他多大的打擊，他從來不報復。眞是太好了。任何人——當我說任何的時候，我指的是摩西、耶穌、佛陀，他們都會嫉妒我。喬達摩．佛陀有自己的私人醫生，但是哪個佛也沒有自己的私人牙醫。他們當然沒這麼幸運。至少誰也沒有一個戴瓦蓋德跟在身邊，那至少是絕對肯定的。

好，現在結束。

譯註：

❶艾德禮：Clement Richard Attlee，1883-1967，英國首相（1945-1951）、工黨領袖（1935-1955），他的政府對英國大工業實行國有化並創辦國民保健事業。

12 佛的私人牙醫

我工作了一整夜，因爲我做了一個小小的評論，可能傷害到戴瓦拉吉的感情。他可能還沒有注意到，但是它卻在我的心上沈沈地壓了一整夜。我睡不著覺。我說：「沒有哪個佛有私人牙醫，但是喬達摩・佛陀有一個私人醫生。」那麼說不完全正確，所以我去查閱紀錄，阿喀西（Akashic）的紀錄。

我必須再說明幾點，這幾點沒有人會關心，尤其是那些愚蠢的歷史學家。我並沒有查閱歷史資料。我不得不進入H・G威爾斯❶所說的時間機器，回溯時間。這是最困難的工作，你們知道我是一個懶人。我到現在還氣喘吁吁呢。

佛陀的醫生，吉婆伽（Jivaka），是一個國王送給佛陀的。國王的名字叫頻婆娑羅❷。關於頻婆娑羅還有一件事情，那就是他不是佛陀的桑雅生之一，他只是一個同情者、支持者。他爲什麼把吉婆伽送給佛陀呢？——吉婆伽是頻婆娑羅自己的私人醫生，是當時最有名望的醫生——因爲他正在和另一個國王競爭，那個國王叫作波斯匿王❸。波斯匿王把他自己的醫生獻給佛陀。他剛說過：「無論你什麼時候需要，我的私人醫生都會爲你服務。」

這對頻婆娑羅無疑是巨大的挑戰。如果波斯匿王能這麼做，頻婆娑羅表示，他可以把他最心愛的醫生作為禮物送給佛陀。所以儘管吉婆伽亦步亦趨跟隨佛陀，但他並不是佛陀的追隨者，記住。他還是印度教徒，一個婆羅門。

這的確很奇怪——佛陀的醫生，始終不離左右，即使是在最私密的時刻，居然還是一個婆羅門？眞相就在這裏顯露出來。吉婆伽依然從國王那裏拿薪水。他是為國王服務。如果國王希望他跟佛陀在一起，沒問題，僕人必須聽從主人的命令。即便如此，他也極少跟佛陀在一起，因為頻婆娑羅老了，他一次又一次需要他的醫生，所以只能把他叫回首都。

戴瓦拉吉，你可能沒有想過這個問題，但是我感到很難過，我有一點兒殘酷。我不應該那麼說。你要多獨特有多獨特。就作為一個佛的醫生而言，沒有人能和你相比的，無論是過去還是未來……因為不會再有人如此簡單、如此瘋狂，稱自己是左巴佛陀了。

這使我想起以前跟你們講過的一個故事。一副重擔從我心上卸下來了。你們甚至可以從我的呼吸狀態上看出來。我的確解脫了。那只是一個簡單的評論，但是我太敏感，也許超出了一個佛所應有的敏感度。但是我能怎麼辦呢？我不能按照別人的想像去成佛，我只能成為我自己。我擺脫了一副重擔，儘管你們可能完全沒有感覺到，或者可能你們在意識深處覺知到了，然後咯咯地發笑，把它隱藏起來。你們不可以對我隱藏任何東西。

但奇怪的是，任何有助於這個身體消失的事情不但不會弱化覺知，甚至會使覺知變得更加清晰無礙。我抓住這把椅子，只是為了提醒自己這個身體還在。不是我希望它在，而是只有這樣，你們才不會魂不守舍（freak out）。這裏沒有足夠的空間讓四個人魂不守舍。是的，如果你們銷魂入勝（freak in），任何地方都有足夠的空間。

現在我們來講故事。我把它叫作故事——並非因爲它是一個故事，而是因爲生命中充滿了太多故事般的情節。如果你懂得如何閱讀生命，你就不需要小說了。我想知道爲什麼J・克里希那穆提會看小說，而且還是三流的偵探小說。他的內在肯定缺乏什麼。唉，他看不出來，那麼有智慧的一個人，或者他也許看出來了，只是努力用偵探小說來欺騙自己吧。

他說他幸虧沒有讀過《薄伽梵歌》，沒有讀過《古蘭經》，也沒有讀過《梨俱吠陀》……可是他卻讀偵探小說。他應該同時說：不幸的是他讀偵探小說；他從來沒有這麼說過。但是我知道，因爲他過去住在孟買，而我也曾是那戶人家的客人。房東太太問我：「我想問您一個問題：我沒看見您讀偵探小說——這是怎麼回事？」她說：「我以爲每個開悟的人肯定都會看偵探小說呢。」

我說：「你哪兒來這麼荒唐的想法？」

她說：「從克里希那穆提那兒來的。他也在這裏住，我的丈夫是他的追隨者。我也熱愛他，支持他。我曾經看見他讀三流的偵探小說，我想那裏面肯定有什麼寶貴的東西。請原諒我對某些個人私事感到好奇，不過我剛才看了您的箱子。我以爲您把偵探小說藏在那兒了。」

我通常不只帶一個箱子，而是帶三個大箱子。她肯定以爲我帶了差不多一圖書館的偵探小說呢，可是她卻連一本也找不到。她感到迷惑不解。

其他從瓦臘納西來的朋友也問同樣的問題，因爲J・克里希那穆提住在瓦臘納西。還有其他從新德里來的朋友也問同樣的問題。這就不可能搞錯了——這麼多來自不同地方的人反覆詢問同一個問題。還有許多人看見他在乘飛機旅行的時候看偵探小說。其實，跟你們講實話吧，有一次我碰巧看見他，在從孟買飛往德里的航班上。他那時候就在讀一本偵探小說。命中注定我們兩個人乘同一架飛機，所以我可以肯定地說，他的確讀偵探小說。我不需要任何證人，我自己就是一個證人。

但是我也能以任何一件小事情爲藍本編出一個故事來，只要把它放到合適的背景裏去就行了。今天早晨我講到博帕爾女王訪問我們村莊，那個村莊屬於她的國家，她邀請我們作爲客人去參加她每年一度的慶典。當她在我們村裏的時候，她問我的那呢：「你爲什麼叫這個男孩拉迦（Raja）？」

「拉迦」的意思是「國王」，而在那個國家，拉迦的稱號當然歸國家的主人所有。連女王的丈夫都不叫「拉迦」，而只能叫「親王」——拉吉古瑪（Rajkumar），就像英國那個可憐的菲利普，叫菲利普「親王」一樣——連「國王」都不能叫。然而奇怪的是，他是那裏唯一長得像國王的人。不僅英國女王長得不像女王，而且可憐的查爾斯王子長得也不像諺語中的白馬王子。唯一長得像國王的人卻不叫國王，只叫菲利普「親王」。

我爲他感到難過。其原因就在於他不屬於同一個血統，血統決定一切，至少是在他們的白癡世界裏。否則血就是血。在實驗室裏，即便是國王或者女王的血也不會顯示出有任何不同。

這裏，你們兩個都是醫生，還有一個是護士，第四個是，雖然不是醫生也不是護士，但差不多兩個都是了，當然是沒有證書的。你們都懂得血不是決定因素。伊麗莎白女王是正統的——正統的，不是根據科學家，而是根據白癡。查爾斯是她的兒子，至少百分之五十是；他有皇家的遺傳。菲利普是一個外國人，爲了安慰他，他們就稱他爲「親王」。

同樣地，在那個時代的那個小國家裏，那個女人是首領，她叫女王——拉尼（rani），但是沒有拉迦。她的丈夫只是一個親王——拉吉古瑪。她自然要問我的外祖母：「你爲什麼叫這個男孩你的拉迦？」你們會很吃驚，要知道在那個國家裏，給任何人取名叫拉迦都是犯法的。我的外祖母笑著說：「他是我心中的國王，至於法律嘛，我們很快就會離開這個國家的，但是我不可能給他改名字。」

當她說我們會很快離開這個國家的時候，連我也吃了一驚……就爲了保留我的名字？那天晚上我對她說：「那呢，你瘋了嗎？就爲了保留這個傻名字……？叫什麼名字都行，你可以私底下叫我拉迦嘛。我們不需要離開。」

她說：「我打心眼裏覺得，我們很快就得離開這個國家。所以我才敢這麼說。」

後來果然如此。這件事情發生在我八歲那年，僅僅一年以後，我們便永遠離開了那個國家……但是她從未停止過叫我拉迦。我自己把名字改了，因爲拉迦——「國王」聽上去似乎格外地自命不凡，我不喜歡在學校裏被每個人嘲笑，況且我不希望任何人叫我拉迦，除了我的外祖母。那是我們之間的私事。

不過這個名字眞的冒犯了女王。這些人有多麼可憐，國王和女王，總統、首相……這麼多名目！然而他們有權有勢呀。他們白癡到了極點，而又強權到了極點。這是一個奇怪的世界。

我對我的外祖母說：「按照我的理解，她不僅是被我的名字冒犯了，她還嫉妒你。」我看得清清楚楚，所以這是毫無疑問的。「而且，」我告訴她：「我並沒有問你，我是對還是錯。」事實上那種性格決定了我的整個人生道路。

我從來不問任何人我是對還是錯。無論錯或者對，如果我想做，我就會把它變成對的。如果它是錯的，那我也會把它變成對的，但是我從來不讓任何人干涉我。那種性格給予了我現在所擁有的一切——跟這個世界沒有多大關係，沒有銀行存款，但卻是眞正重要的東西：對美、愛、眞理、永恆……的品味。簡而言之，對自己的品味。

「現在幾點了，戴瓦蓋德？」

「八點差三分，奧修。」

非常好。我今天早晨對你也很嚴厲。關於這個，我不會多說什麼，只說一句：跟我所愛的人在一起，我會忘乎所以。那時候我開始隨心所欲地做事、講話，這在我一個人的時候是沒有問題的，可愛就是這樣——跟某個人在一起，好像你是一個人似的。但有時候它可能會讓另一個人難以承受。

我可以一直說「對不起」，但是這句話太正式了。當我打擊你們的時候，我經常打擊，它充滿慈愛，一句正式的「對不起」不管用。但是你們看得見我的眼淚，它們說的超過我所能……許多倍還不止。我提醒你們，未來我還會嚴厲，或許對你更嚴厲。那就是我的愛的方式。我希望你們能理解——如果不是今天，那就是明天，或者也許是後天。再往後，我說不準，因爲至少這兩天我有記錄。我打算在這裏。這裏依然敞開大門，但是接下來兩天，我肯定會在這裏。

我剛才說到，一年以後，我們離開了那個國家和那個村莊。我以前告訴過你們，我的外祖父在途中去世了。那是我第一次遭遇死亡，並且是一次美麗的遭遇。無論從哪方面看都不醜陋，正如它或多或少地發生在全世界幾乎每一個孩子的眼前。幸運的是，我在我奄奄一息的外祖父身邊待了好幾個小時，他慢慢地死去。漸漸地，我能感覺到死亡降臨了，我能看到它廣漠的靜寂。

還有一點幸運的是，我的那昵在場。或許沒有她，我可能會錯過死亡的美麗，因爲愛與死緊密相連，或許就是一回事。她愛我。她以愛的雨露澆灌我，而死亡在那裏，慢慢地發生。一輛牛車……我依然能聽到它發出的聲音……它的輪子軋在石頭上嘎吱作響……伯拉不停地吆喝趕牛……他的鞭子打在牛背上……我全都聽得見。它深深地紮根在我的經驗裏，我想即使我死了，也抹不掉。即使在臨終之際，我也有可能再次聽到那輛牛車的聲響。

我的那昵握著我的手，我一片茫然，不知道正在發生什麼，那一刻全然不知。我的外祖父枕在我的腿上。我把手放在他的胸前，慢慢地，慢慢地，他的呼吸消失了。當我感覺到他不再呼吸的時候，我對我的外祖母說：「對不起，那昵，不過他好像不再呼吸了。」

她說：「那最好了。你不需要擔心。他已經活夠了，再也不需要什麼了。」她還告訴我：「記住，因爲這些都是不應該被遺忘的時刻：不會再要求什麼。這一切，足夠了。」

足夠了嗎？再給我十分鐘。要停止的時候，我會告訴你們。我比你們更著急。我最後還要引誘你們一下。

現在我高高興興地可以說，停止。

譯註：

❶H・G威爾斯：Herbert George Wells，1866-1946，英國作家，主要作品有科幻小說《時間機器》和《星際戰爭》等。

❷頻婆娑羅：Bimbisara，古印度摩揭陀國國王，皈依佛教，把王舍城的竹林精舍贈與釋迦牟尼佛。

❸波斯匿王：Prasenjita，拘薩羅國國王，與釋迦牟尼佛同歲，皈依佛陀。

13 愛與自由

好，把毛巾拿走吧。阿淑，請原諒，因爲我現在得開始幹正事了，你能理解一副身子骨要同時穿兩種襯衫，這對可憐的身子骨來說，尤其是對藏在它後面的可憐的心來說，是非常困難的。這顆心無法像政治家或者外交家那樣處世。它不是外交家，它單純得像個孩子。

我忘不了耶穌，我比世界上任何一個基督教徒都更惦記耶穌。耶穌說：「那些像小孩一樣的人有福了，爲著（for）他們的世界就是神的王國。」這裏面要牢記的最重要的東西就是「爲著」這個詞。在耶穌所有以「那些……有福了」開頭、接著又以「……神的王國」結尾的格言中，這是最爲獨特的一句，因爲其他所有的陳述都說：「虛心的人有福了，因爲（because）他們必將繼承神的王國。」它們有邏輯關係，它們是對未來的許諾——對並不存在的未來。這是僅有的一句陳述，說：「……爲著他們的世界就是神的王國。」沒有未來，沒有推理，沒有理由，沒有利益上的許諾，完全只是對事實的陳述，或者說得更恰當一點，是對事實的單純陳述。

我總是被這句陳述深深打動，總是被它震驚。眞是難以置信，一個人居然會被同一句陳述反覆震驚了三十年……是的，三十年來，這句陳述始終伴隨著我，每每在我心中激起歡樂的潮湧：「爲著他們的世界就是神的王國……」多麼缺乏邏輯，又多麼眞實。

阿淑，我剛才不得不叫你把毛巾拿走，因爲兩件事情不能並行，尤其在只有一顆心的情況下。自從我認識你以來，你每天都對我這麼好，當我想要回憶起它是從何時開始的，就會覺得似乎我無始以來就認識你。我沒有開玩笑。確實當我想到阿淑的時候，我回憶不出她是何時跨入我的親密世界的。看上去似乎她始終都在那裏，坐在我身邊，是不是做牙科護士姑且不論。現在她成爲戴瓦拉吉的一個副主編，那可是一大提升。現在你有兩位醫生屬下。難道不是一大提升嗎？你可以讓他們打作一團，自己在一旁坐山觀虎鬥呀！

好，現在來講我的故事……在講故事之前，一般最好有一小段開場白，盡可能不合章法，因爲那種導言才正適合我這樣的人。有時候我嘲笑自己，無緣無故……因爲一有緣故，就笑不起來了。

沒有緣故，人才笑得起來。笑跟合理性沒有關係，所以我偶爾把我的合理性放在一邊，也把不合理性放在一邊——記住它們是同一事物的兩面——那樣我才能眞正由衷地笑起來。

當然誰也聽不見我在笑。那不是生理的，否則戴瓦拉吉和戴瓦蓋德就能用他們的儀器檢測到。他們檢測不到。它超越一切儀器性能（instrumentality）。瞧我創造了一個多美妙的詞：儀器性能。要按部就班地把它寫下來，instru-mental-ity。這樣你們就能理解我在說什麼——至少理解我所說的文字，或許有一天也能理解沒有文字。那是我對你們全體的希望、夢想。

你們會擔心，因爲我今天的開場白確實太長了。你們瞭解我，我也瞭解你們。我將盡可能地放慢腳步。那會幫助你們傾空自己。那是我的全部職責，傾空，你們可以稱之爲「無限傾空」。

前幾天，我跟你們講到我外祖父的死是我第一次遭遇死亡。是的，是一次遭遇，還有更多；不只是遭遇，否則我就會錯過它眞正的意義。我的確看見死亡，此外還有某種不死的東西，漂浮在它上面，從身體溢出……是那些元素。那次遭遇決定了我的整個人生道路。它給我指明了方向，或者毋寧說維度更好，那是我以前所不知道的。

我也聽說過別人的死亡，但只是聽說。我沒有親眼目睹，而且即使我親眼目睹，對我來說，也沒有任何意義。

除非你愛某個人，然後他死了，否則你無法眞正遭遇死亡。這句話應該加一道劃線：只有當所愛的人死去，才能遭遇死亡。

當愛與死相加在一起圍繞著你，你就會發生轉化。一種巨大的轉變，彷彿新生命的誕生。你再也不是以前的你了。但是人們的心中沒有愛，因爲他們沒有愛，所以無法像我一樣體驗到死亡。沒有愛，死亡就不會把存在的鑰匙給你。有了愛，它就會把打開一切存在的鑰匙遞給你。

我對死亡的首度體驗不只是一次簡單的遭遇。從很多方面來看，都是複雜的。我所愛的人正在死亡。我把他認作我的父親。他以絕對的自由養育我長大，沒有禁止，沒有壓制，沒有命令。他從未對我說過「不要做這」或者「要做那」。只有到現在，我才能認識到這個人的美。一個老人很難不對小孩說：「不要做那，要做這。」或者：「坐著，別亂動。」或者：「去幹點兒什麼。你怎麼老坐著，什麼也不幹？」但是他從來不這麼說。在我的記憶中，一次也找不到，就連試圖干涉我的存在也找不到。他只會收回自己的看法。如果他認爲我所做的是錯的，他就收回他的想法，閉上眼睛。

有一次我問他：「那那，爲什麼有時候我坐在你旁邊，你會把眼睛閉起來？」

他說：「你現在還不懂，但是或許有一天你會懂。我閉上眼睛，就不會阻止你做你的事情，不管那件事情是對是錯。我沒有職責去阻止你。我已經把你從你的爸爸媽媽身邊帶走了。如果我連自由都不能給你的話，那我還把你從你的父母身邊帶走幹什麼呢？我帶走你就是爲了不讓他們干涉你。我怎麼可能干涉呢？」

「但是你要知道，」他繼續說：「有時候這眞是一種很強的誘惑。你是一個那麼大的誘惑。我絕對想不到，否則我就不冒這個險了。不知怎麼搞的，你就是有天分專門找錯誤的事情幹。我眞想知道，」他說：「你怎麼找到那麼多事情把它們做錯呢。要嘛我徹底發瘋了，要嘛是你。」

我說：「那那，你不需要擔心。如果有人發瘋的話，那就是我。」從那天起，我一直告訴別人：「別管我，我是一個瘋子。」

我那麼說是爲了安慰他，我現在依然那麼說，是爲了安慰那些眞正發瘋的人。但是，假如你身處一所瘋人院，而你又是唯一正常的人，你除了對每個人說：「放鬆，我是一個瘋子，對我別太認眞。」之外，還能做什麼呢？我一輩子都在做這個。

他經常把眼睛閉起來，但有時候誘惑太大，比如，有一天我騎在伯拉身上，他是我們的僕人。我命令他像馬一樣做動作。剛開始他的臉上顯出困惑的表情，而我的外祖母卻說：

「有什麼不對嗎?你就不能稍微地表演一下?伯拉，做馬的動作。」於是他開始做馬應該做的各種動作，而我騎在他的身上。

那在我外祖父面前是太過分了。他閉上眼睛開始念他的咒語：「Namo arihantanam namo...namo siddhanam namo。」

當然我只好停下來，因爲只要他一念咒語，那就意味著對他來說太過分了。該停止了。我搖搖他說：「那那，回來，你不需要念咒語。我已經停止玩遊戲了。你看不出來這只是一個遊戲嗎?」

他盯住我的眼睛，我也盯住他的眼睛。有片刻，誰也不出聲。他等我先說話。後來他只能投降，他說：「好吧，我先說。」

我說：「那就對了，因爲如果你再不說話，我就一輩子不說話了。現在你說話了，那就好，這樣我現在才可以回答你。你想問什麼?」

他說：「我一直想問你，你爲什麼這麼淘氣?」

我說：「那個問題你應該留給上帝。當你見到他的時候，就問他：『你爲什麼把這個孩子造得那麼淘氣?』那個問題你不能問我。那幾乎等於是問：『你爲什麼是你啊?』喏，那怎麼可能回答?就我來說，我才不管呢。我只管做我自己。在這個家裏，這是否被允許呢?」

他又看著我，問：「你什麼意思?」

我說：「你很清楚我是什麼意思。如果不允許我做我自己，那我就再也不進這個家門了。所以請對我明說：要嘛我帶著做我自己的執照進這個家門，要嘛我就忘記這個家，去做流浪漢。對我明說，別猶豫，快！」

他笑著說：「你可以進這個家門。它是你的家。如果我忍不住要干涉你的話，那我就會離開這個家。你不需要離開。」

他眞是那麼做的。在這段對話之後僅兩個月，他就不在人世了。他不僅離開了這個家，他也離開了所有的家，直至離開身體——那才是他眞正的家。

我愛這個人，因爲他愛我的自由。只有我的自由受到尊重，我才能夠愛。要是我不得不討價還價，以我的自由換取愛，那麼那種愛就不是給我的。那麼它就是給弱者的，它不是給那些知道者的。

在這個世界上，幾乎人人都以爲他心中有愛，但是如果你環顧左右情深愛重的人們，就會發現他們都是彼此的囚徒。這是一種多麼奇怪的愛啊！這種愛創造的竟然是束縛！難道愛能夠變成束縛嗎？可是百分之九十九點九的情況確實如此，因爲從一開始就沒有愛。

通常人們確實只認爲他們心中有愛。他們並沒有愛——因爲當愛來臨的時候，哪裡有「我」和「你」呢？當愛來臨的時候，它立刻帶來一種巨大的自由感、非占有感。但不幸的是，那種愛極其稀有。

愛與自由同在——如果你擁有它，你就是一個國王或者女王。那是眞正的神的王國——愛與自由同在。愛給你以泥土中的根莖，自由給你以飛翔的翅膀。

我的外祖父把兩者都給了我。他把他的愛給了我，超過他給我母親的，甚至也超過他給我外祖母的；他也把自由給了我，那才是最可貴的禮物。他在臨終的時候，把他的戒指給了我，眼睛裏含著淚告訴我：「我沒有別的東西給你。」

我說：「那那，你已經給了我最寶貴的禮物。」

他睜開眼睛說：「什麼禮物？」

我笑著說：「你忘記了嗎？你把你的愛給了我，又給了我自由。我想哪個孩子都不曾得到你給我的這種自由。我還需要什麼呢？你還能給什麼呢？我感激你。你可以安安心心地走了。」那以後我見過許多人的死，但是要死得安心的確很難。我只見過五個人死得安心：第一個是我的外祖父；第二個是我的僕人伯拉；第三個是我的那呢；第四個，我的父親；第五個是維馬吉帝（Vimalkirti）。

伯拉之所以死，完全是因爲他無法想像如何在一個沒有他主人的世界裏生活。他就這麼死了。他的心一鬆，便進入死亡。他本來是跟我們一起到我父親的村子來的，因爲他趕牛車。他只要有一會兒聽不見動靜，車篷裏面沒有人說話，他就問我：「Beta」——意思是兒子——「沒什麼事兒吧？」

伯拉反覆不斷地問：「怎麼這麼安靜？怎麼沒有人說話？」但他是那種不會朝簾子裏面看的人，那道簾子掛在他和我們之間。我外祖母在那兒，他怎麼能朝裏面看呢？麻煩就在於此，他看不見。但是他一遍又一遍地問：「怎麼了，爲什麼每個人都不說話？」

我說：「沒有事兒。我們喜歡安靜。那那希望我們安靜。」那是撒謊，因爲那那已經死了——但從某種意義上說，也是眞話。他寂靜無聲，那就是叫我們安靜。

我最後終於說：「伯拉，一切正常，只是那那走了。」

他不相信。他說：「那怎麼可能一切正常？沒有他，我活不了。」接著，不出二十四小時，他便死了。彷彿一朵花收攏了花瓣……決意不在日月的光輝下繼續綻放。我們竭盡全力挽救他，因爲那時候我們已經在比較大的城鎮裏，我父親的城鎮裏。

我父親的城鎮，在印度，當然是個小城鎮。人口只有兩萬。有一所醫院和一所學校。我們盡一切可能挽救伯拉。醫院裏的醫生很是吃驚，因爲他無法相信這個人是印度人。他看起來太像歐洲人了。他肯定是生物學上的特例，我不知道。肯定有什麼搞對了。就像他們說：「肯定有什麼搞錯了。」我也造出一句：「肯定有什麼搞對了。」——幹嘛總是錯？

伯拉休克是因爲他主人的死。我們不得不對他撒謊，直到我們抵達父親的城鎮。只有在我們抵達城鎮的時候，屍體從牛車裏搬出來，伯拉才看到一切。他眼睛一閉，便再也沒有睜開。他說：「我不能看我的主人死了。」而那只是一種主僕關係。可他們之間卻產生了某種親密，某種無法定義的親密。他再也沒有睜開眼睛，這是我可以擔保的。他只比我外祖父多活了幾個小時，死前他一直昏迷不醒。

我外祖父去世以前，他曾對外祖母說：「照顧好伯拉。我知道你會照顧好拉迦——這個我不需要告訴你——但是要照顧好伯拉。沒有人能像他那樣服侍我。」

我告訴醫生：「你理解——你能理解這兩個人之間肯定存在的是哪種赤誠呢？」

醫生問我：「他是歐洲人嗎？」

我說：「他長得像歐洲人。」

醫生說：「別唬弄我。你雖然是個小孩子，只有七、八歲，但是很會耍花招。當我問你，你外祖父死了沒有，你說沒有，那就不是實話。」

我說：「不，那是實話：他沒有死。那麼有愛心的人不可能死。如果愛能死，那麼這個世界就沒有指望了。我不相信一個那麼尊重我的自由——一個小孩子的自由的人會死，就因爲他不能呼吸了。我不可能把這兩件事情等同起來——不呼吸和死。」

那個歐洲醫生一臉狐疑地看著我，對我的叔叔說：「這個男孩要嘛是哲學家，要嘛就是發瘋了。」他說錯了：我兩個都是。不存在非此即彼的問題。我不是齊克果❶，不存在非此即彼的問題。不過我想知道他爲什麼不能相信我……那麼簡單的事情。

不過簡單的事情最難以相信；困難的事情，倒最容易相信。你爲什麼要相信？你的頭腦說：「這太簡單了，一點兒也不複雜。沒有理由相信。」除非你是一個德爾圖良❷，他的話是我最喜愛的之一……

如果我只能從全世界以各種文字寫成的著作中選擇一句話，那麼很抱歉，我不會選擇耶穌的；抱歉，我也不會選擇喬達摩．佛陀的；抱歉，我既不會選擇摩西的，也不會選擇穆罕默德的，甚至於老子或者莊子的。

我會選擇這個奇怪的傢伙，他沒有什麼名氣——德爾圖良。我不知道他的名字的確切發音，所以我最好還是把它拼出來：T-e-r-t-u-l-l-i-a-n。在眾說紛紜裏，我單會引用這句話：「Credo qua absurdum」——就三個詞——「我相信，因爲它荒唐。」

看上去似乎有人問他，他相信什麼，又爲什麼相信，德爾圖良就回答說：「Credo qua absurdum——它荒唐，所以我相信。」德爾圖良給出的信仰原因是absurdum——「因爲它荒唐。」

我們暫時把德爾圖良忘掉。在他面前掛下一幅簾子。你們看那些玫瑰花。你們為什麼愛它們？不荒唐嗎？沒有理由愛它們。假如有人堅持要再問一句，你為什麼愛玫瑰花，你最後只能聳肩了之。那就是「Credo qua absurdum」，聳聳肩。那就是德爾圖良哲學的全部內涵。

我搞不懂為什麼醫生不相信我的外祖父沒有死。我知道，他也知道，就身體而言，它結束了，在這個問題上沒有爭議。但是除身體之外，還有別的——在身體裏面，而又不屬於身體。讓我重覆一遍來強調它：在身體裏面而又不屬於身體。愛顯示它；自由給它以翅膀翱翔於長空。

還有時間嗎？

「有，奧修。」

有多少？我們進展得非常緩慢，就像一個可憐人的慶祝。要走極端。不應該這樣，不應該慢——那不是我的方式。要嘛燒起來，要嘛乾脆別燒。要嘛兩頭一起燒，要嘛讓黑暗擁有它自己的美。

譯註：

❶齊克果：Søren Kierkegaard，1813-1855，丹麥哲學家、神學家，存在主義先驅，反對黑格爾的泛理論，認爲「眞理即主觀性」，哲學以上帝爲歸宿，研究的是個人的「存在」，著有《非此即彼》、《人生道路的階段》等。

❷德爾圖良：Tertullian，160?-220?，迦太基基督教神學家，用拉丁語而非希臘語寫作，使拉丁語成爲教會語言，著有《護教篇》、《論基督教的肉體復活》等。

14 停住輪子

瞧，我是個多麼標準的英國紳士！雖然我想干涉，但是我沒有。我已經張開嘴巴想說話了，我還是克制自己沒有說。這就叫作自控。即使我能笑。當你們竊竊私語的時候，那種感覺眞好。雖然我知道你們不是在說廢話，但它還是很動聽——儘管是技術上的，你們所說的完全是科學的。但是在你們兩個人中間，你們知道，這個無賴❶正躺在椅子上呢。

我還沒有說「好」。先要走到我能說「好」的地方。當這個「好」字離我還遠的時候，它是有意義的❷。一個「好」字離我那麼遙遠……我是個妄自尊大到極點的傢伙！我不知道還有誰會這麼飄飄然的。現在，言歸正傳……

Tvadiyam vastu Govinda, tubhyam eva samarpayet：「我的主啊，你給我的這個生命，我帶著感激把它交還給你。」那是我外祖父的臨終遺言，儘管他從來不相信上帝，他不是印度教徒。這句話，這句經文，是印度教的經文——在印度許多東西都混在一起，尤其是好東西。在彌留之際，夾雜在其他禱告之中，有一句話他反覆說了好多遍：「停住輪子。」

我那時候還聽不懂。如果我們停住牛車的輪子，那是當時僅有的輪子，那我們還怎麼趕到醫院去呢？當他不斷重複「停住輪子——查克拉❸。」的時候，我問外祖母：「他發瘋了嗎？」

她笑了。

我就愛她這一點。即使她知道，就像我也知道，死亡迫在眉睫……如果連我都知道，她怎麼可能不知道呢？他隨時隨地都會停止呼吸，這是顯而易見的，然而他還堅持要停住輪子。她依然在笑。我現在還看得見她在笑。

她那時最多不超過五十歲。但是我始終在觀察女人的一種奇怪的現象：那些本來其貌不揚卻又假扮美麗的人，到了四十五歲都成了最醜陋的人。你們可以走遍世界，看看我所說的話對不對。塗著各式各樣的口紅和化妝品，還有假眉毛和說不清楚的玩意兒……我的上帝！

連上帝在創造世界的時候都沒有想到這些東西。至少《聖經》裏沒有提到他在第五天創造口紅，在第六天創造假眉毛等等。在四十五歲，如果這個女人的確美麗的話，她就會達到她的巔峰。我的觀察是：男人在三十五歲達到他的巔峰，女人則在四十五歲。她有能力比男人多活十年——這並非不公平。生孩子的時候她要吃那麼大的苦，額外增加一丁點兒壽命，聊作補償吧，完全沒有問題。

我的那昵那時候五十歲，仍然處於她的美麗和青春的巔峰。我永遠忘不了那一瞬間——刻骨銘心的一瞬間！外祖父奄奄一息，要求我們停住輪子。簡直荒唐！我怎麼能停住輪子呢？我們必須趕到醫院，沒有輪子，我們就會在森林裏面迷路。而外祖母笑得那麼響，連伯拉，僕人，我們的車夫，都禁不住問，當然是從外面：「情況怎麼樣？你們爲什麼笑？」因爲我一直叫她那昵，伯拉也叫她那昵，這是出於對我的尊重。他那時候說：「那昵，我的主人在生病，你笑得那麼響，怎麼了？拉迦又爲什麼沒有聲音？」

死亡，以及我外祖母的笑聲，兩者加起來使我徹底說不出話來，因爲我想要理解正在發生的一切。正在發生的事情，我以前從未瞭解，我不想因分心而失去哪怕一刹那的時間。

外祖父說：「停住輪子。拉迦，你聽不見我說的話嗎？如果我能聽見你外祖母的笑聲，你肯定能聽見我說的話。我知道她是個怪女人，我從來都弄不懂她。」

我對他說：「那那，據我所知，她是我所見過最簡單的女人，雖然我沒有見過多少女人。」

但是我現在可以對你們說，我不認爲世界上有任何人，活的或者死的，見過的女人有我多。但是爲了安慰我奄奄一息的外祖父，我只好對他說：「別爲她的笑擔心。我知道她，她不是在笑你說的話。她是在笑另一件事，是我和她之間的，我跟她說的一個笑話。」

他說：「好。如果那是你跟她說的一個笑話，那麼她笑就完全沒有問題。但是查克拉——輪子怎麼辦呢？」

現在我知道怎麼辦，可那時候我根本不熟悉那種術語。輪子代表整個印度文化爲之執著不放的生死輪迴。千百年來，無數人都做著同一件事情：試圖停住輪子。他不是在談論牛車的輪子——那很容易停住。事實上，要它不停地跑，倒是很困難的。

那裏沒有路——不僅在當時，甚至現在也沒有！去年我的一個遠房兄弟來訪問社區，他說：「我希望把我的全部生命都帶到你的腳下來，可是眞正的困難在於路。」

我說：「還沒有路嗎？」

差不多五十年都過去了，但是印度就是那麼個國家，在那裏，時間是靜止的。天曉得鐘是什麼時候停的？但是它不前不後正好停在十二點鐘，兩個指針並在一起。眞是妙不可言，鐘確定了正確的時間。無論是什麼時候確定的——肯定在幾千年以前，無論是什麼時候確定的——那個鐘，不是碰巧，就是被哪個計算機化的智慧，停在十二點鐘，兩個指針並在一起。你不能把它們看作兩個，你只能把它們看作一個。或許那是夜裏十二點鐘吧……因爲這個國家暗無天日，漆黑一片。

「我的上帝，」那個人對我說：「就因爲路的問題，我不能把全家人都帶來見你。」

或許就因爲路的問題，他們將永遠見不到我。那時候沒有路，甚至今天也沒有鐵路通過那個村莊。它是眞正貧窮的村莊，當我還是孩子的時候，它更加貧窮。

我當時無法理解爲什麼我的那那一定要堅持。或許是牛車——因爲沒有路，它發出的聲音太吵了。它的每個關節都在嘎吱作響，而他正在忍受痛苦，所以他自然希望停住輪子。可我的外祖母卻在笑。現在我知道她爲什麼笑了。他在談論印度人所執著的生死問題，象徵性地稱之爲生死輪迴——簡而言之，就是輪子——不停地轉啊轉啊。

在西方世界，只有尼采有足夠的膽量和瘋狂提出永恆循環的想法。這是他從東方人所執著的想法中借來的。他對兩本書印象極爲深刻：一本是《摩奴法典》（*Manu Smriti*），現在叫《摩奴詩選》（*The Collection of Manu's Verses*），它是印度教最重要的經典。我恨它！你們能理解它的重要性。我不可能恨任何尋常的東西。它異乎尋常地醜惡。有些人我一看見他就會徹底忘記非暴力，摩奴就是其中之一；我會一槍把他幹掉！他罪有應得。

《摩奴法典》，爲什麼我說它是世界上最醜惡的書呢？因爲它把男人和女人劃分爲二。不僅是男人和女人，它還把人類劃分成四個階級，而且沒有人能跨越階級。它創造了一套等級制度。

你們肯定會感到吃驚，要知道希特勒的桌子上也總放著一本《摩奴法典》，桌子就在他的床邊。他對那本書的尊敬甚於《聖經》。現在我能知道我爲什麼恨它了。我在我的圖書館裏連一本《摩奴法典》都沒有放，雖然別人至少送過我一打，但是我全燒了。對它只能這樣。當然，我是以尊敬的態度把它燒掉的。

尼采愛這兩本書，而且立刻借用它們的思想。第一本是《摩奴法典》，另一本是《摩訶婆羅多》。就卷數而言，這本書或許是最偉大的書了；它簡直巨大無比！就卷數而言，我認爲《聖經》、《古蘭經》、《法句經》、《道德經》根本不能相比。如果你們把它放在《大不列顚百科全書》旁邊，你們就能理解我的話了。跟《摩訶婆羅多》相比，《大不列顚百科全書》只算小書而已。它的確是一部巨著，但是很醜惡。

科學家們十分清楚地知道，過去在地球上曾經有過許多體型碩大無朋的動物——差不多像山似的，但是非常醜陋。《摩訶婆羅多》就屬於那一類動物。你不僅在其中找不出任何美，而且如果你深入挖掘的話，你肯定會不時地從這座山裏發現老鼠。

那兩本書對尼采的影響極大。或許對尼采的工作責任最大的莫過於那兩本書了。一本出自摩奴，《摩訶婆羅多》是廣博❹寫的。我必須承認兩本書都做了大量工作，骯髒的工作！最好這兩本書當初壓根兒就沒有被寫出來。

尼采以極大的尊敬將這兩本書銘記在心，你們肯定會感到吃驚——吃驚是因爲這就是那個自稱「反基督」的人。但是不要吃驚。那兩本書就是反基督的，事實上它們反一切美好的事物：反眞理，反愛。尼采愛上它們並非巧合。雖然他從不喜歡老子或者佛陀，他卻喜歡摩奴和克里希那。爲什麼？

這個問題很有意義。他喜歡摩奴是因爲他愛等級制度的思想。他反對民主、自由、平等；簡而言之，他反對一切眞正的價值。他也愛廣博的書《摩訶婆羅多》，因爲它包含只有戰爭才是美麗的概念。他有一次在給妹妹的信中寫到：「此刻我被無盡的美所包圍。我從未見過那種美。」別人會以爲他進入伊甸園了，其實不然，他在觀看閱兵式呢。陽光在他們的刺刀上閃耀，被他稱之爲「我聽見過的最美好的聲音」的聲音既不是貝多芬，也不是莫札特，甚至也不是華格納，而是德國軍人列隊前進的皮靴聲。

華格納是尼采的朋友，不僅如此，還有更多故事：尼采一度愛上朋友的妻子。他至少應該想起那個可憐的人……但是沒有，他想到的既不是貝多芬，也不是莫札特，也不是華格納，誰也比不上從德國軍人的皮靴下傳來的美妙音樂。對他來說，陽光下的刺刀和行軍的聲音才是美的終極體現。

偉大的美學！不過要記住，我並不是一個這麼反對尼采的人。每當他接近眞理時，我都欣賞他，但眞理是我的價值標準和尺度。「陽光下的刺刀」以及「行軍的皮靴聲」——當他偏離眞理的時候，那麼無論他是什麼，我都會用刺刀砍他的頭。那將大有可觀：刺刀、尼采的頭被砍掉的聲音，以及美麗的血遍地流淌……這就是他的門徒——希特勒所做的。

希特勒從尼采那裏得到摩奴的思想。希特勒不是一個自己能找到摩奴的人，他是一個侏儒。尼采當然是個天才，只不過是個誤入歧途的天才。他是一個原本可以成佛的人，但可惜的是，他死的時候僅僅是個瘋子。

我剛才跟你們談到印度人所執著的問題，提到那個問題，便想起了尼采。他在西方首次承認「永恆循環」的觀念。但是他不誠實，他不說那個觀念是借來的。他假裝是原創者。要假裝是原創者太容易了，非常容易，不需要有多少智慧。然而他是一個天才式的人物。他從未把他的天才用於發現什麼，他把它用於借取，從普遍不爲世人所知的原始資料中借取。誰知道《摩奴法典》呀？誰關心這個？摩奴五千年以前寫的書。誰又管《摩訶婆羅多》？那麼大一部書，除非有人眞的想發瘋，否則誰去讀它。

不過眞有人連《大不列顚百科全書》也讀。我就認識那麼一個人；他是我的私人朋友。此時此刻我的確應該至少想起他的名字。他可能還活著——那是我唯一恐懼的——不過那也沒有理由害怕，就因爲他只讀《大不列顚百科全書》。他絕對不會讀我所說的東西——絕對不會，絕對不會。他沒有時間。他不僅讀《大不列顚百科全書》，還要記憶——那就是他的瘋狂所在。不然的話，他看起來十分平常。當你一提起什麼是他百科全書裏的內容，他立刻就變得不同尋常了，開始一頁又一頁、一頁又一頁、一頁又一頁地引證。他才不管你是不是想聽呢。

只有那種人才會讀《摩訶婆羅多》。它是印度教的百科全書，讓我們管它叫「印度百科全書」吧。自然，它肯定比《大不列顚百科全書》更大。英國只不過是英國，還不如印度的一個小邦大呢。印度至少有三打那麼大的邦，而且那也不是印度的全部，因爲印度的一半現在是巴基斯坦。如果你們眞想要印度的整幅圖畫，那你們就得再添一點東西上去。

緬甸一度也是印度的一部分。直到本世紀初，它才和印度分離。阿富汗一度也是印度的一部分；它幾乎是一塊大陸。所以《摩訶婆羅多》，「印度百科全書」，必然千倍於《大不列顚百科全書》。《大不列顚百科全書》只有三十二卷。那算不了什麼。如果你們把我所說的話匯集起來，比那還要多呢。

有人計算過。我不能肯定，因爲我從來不做那種爛事兒，不過他們估計我迄今爲止已經寫了三百三十三本書了。太棒了！——不是說那些書，而是說計算它們的人。他應該等著，因爲還有許多仍然是手稿，還有許多別的尚未從印地語原文翻譯過來。把所有那些都收集起來，眞會成爲一部「拉吉奈西百科全書」。但是《摩訶婆羅多》比它更大，而且將永遠是世界上最大的書——我指的是卷數、重量。

我之所以提到它，是因爲我剛才談到印度人所執著的問題。整部《摩訶婆羅多》不是別的，就是把印度人所執著的問題以長篇大論、鴻篇巨帙寫出來，說的就是人不斷地再生、再生、再生，永無休止。

那就是爲什麼我的外祖父說「停住輪子」的原因。要是我能停住輪子的話，我就會把它停住，不僅爲他，也爲世界上其他每一個人。我不僅會停住它，我還會把它徹底摧毀，這樣就永遠沒有人能夠再去轉動它了。但是它不在我的掌握之中。

但是爲什麼會有這個困擾人的問題呢？

在他去世的那一刻，我覺知到許多東西。我將把我在那一刻所覺知到的東西一一講給你們聽，因爲那決定了我的整個人生。

譯註：

❶這個無賴：奧修自喻。

❷它是有意義的：okay——好，在英語中常作爲插入語，並沒有實義。奧修這麼說，含有諷刺的意味。

❸查克拉：chakra，瑜伽理論中指人的能量中心。

❹廣博：Vyasa，古印度聖人。

15 馬格·巴巴

我始終喜歡那個關於亨利·福特❶的故事。他剛造出一輛最漂亮的汽車，把它介紹給一個興旺發達——十分興旺發達而且前程似錦的顧客。那是他最新的汽車模型，他帶顧客一起開車去兜風。開到三十英里時，汽車突然停止不動了。

顧客說：「什麼！一輛新車，剛開過三十英里就停了？」

福特說：「對不起，先生。我忘記給它灌石油了。」

那時候，即使在美國，都叫它石油，而不叫汽油。

顧客大吃一驚。他說：「你是什麼意思？你是說這輛車沒有石油跑了三十英里？」

福特說：「是的，先生。跑三、四十英里，只要有我的名字就夠了，不需要石油。」

我一旦不工作，有我一個人就夠了——其他什麼也不需要。昨天我一整夜沒有睡。這對我來說倒並不是麻煩——從某種意義上講，那是一個美麗的夜晚。月亮那麼明亮……或許是月亮的美麗和明亮不讓我入睡吧。但不是，那不可能是原因。我想原因是我對戴瓦蓋德有一點過於嚴厲。是的，我可以是非常嚴厲的。我並不嚴厲，但我可以是非常嚴厲的，尤其是在某些特定的時刻，當我看到你們內在有少許打開的可能性。那我就眞打了！——不是用小錘子，而是用大錘子。既然必須打，幹嘛選擇小錘子呢？要一錘定音！有時候我非常嚴厲，那就是爲什麼有時候我不得不非常柔和的原因——爲了補償，爲了平衡。

當我離開房間的時候，雖然你們面帶笑容，但是笑容裏有一點兒悲傷。我忘不了它。我是很容易遺忘的人，但是如果我曾經對別人嚴厲，那麼要我遺忘就不容易了。我能原諒世界上任何人，除了我自己。或許那才是我睡不著的眞正原因吧。無論如何，我的睡眠都是很淺的。在表層的睡眠之下，我始終醒著。薄薄的表層很容易被打擾，但只可能被我，不可能被其他任何人。

我離開房間的一剎那，看見你的表情有一點悲傷……也許有許多原因吧，不僅是因爲我打擊你。但是無論你的悲傷有什麼原因，我都在某種程度上加深了你內在的黑暗。而我在這裏是爲了照亮你（enlighten），不是爲了蒙翳你（endarken）——如果允許使用這個詞的話。實際上，我們應該把它變成一個詞，「endarken」，因爲有那麼多人一直都在相互蒙翳。奇怪，儘管事實擺在那裏，這個詞居然不存在。照亮——開悟難得發生，我們卻有一個詞表示它。我們還沒有表示超越開悟的詞，不過或許凡事都有一個限度。有些東西始終在超越、遠離，因爲超越，所以不在詞語之列。

但是「endarken」應該成爲廣泛使用的詞語。每個人都在蒙翳別人。丈夫蒙翳妻子，否則他在黑暗中幹什麼呢？就是在蒙翳他的妻子。他的妻子又在幹什麼呢？假如他以爲只有他在蒙翳她，他就是一個傻瓜。在黑暗中，她對他的蒙翳超過他一向所能。無論如何，他都需要眼鏡，而她卻不需要。他只不過是一個可憐的首席辦事員，所以他當然需要眼鏡囉。她是什麼？她只是一個母親，一個妻子。她才不需要眼鏡呢。

在黑暗中，要覺知你所愛的女人——尤其是在黑暗中。也許那就是爲什麼男人會用燈光的原因。男人在他們歡愛的時候喜歡有燈光；當他們做愛的時候，他們始終睜著眼睛。女人始終閉著眼睛。正在進行的整個事情的醜態，她們看了不能不笑——那隻狒狒❷坐在她們身上，還有所有那些……等等，等等，等等。

我感到有一點抱歉。我之所以說有一點，是因爲就我而言，感到有一點抱歉就太多了。我流一滴眼淚就足夠了。我不需要哭幾個小時，並且撕扯我的頭髮……頭髮已經沒有了❸。從來沒有人聽說過有撕扯自己鬍子的。我認爲任何語言，甚至希伯來語，都沒有這種表達：「撕扯他的鬍子。」你們知道希伯來人和他們的《聖經》裏面的先知——他們都留著鬍子。按照自然規律，如果你留鬍子，就會變成禿頭，因爲自然總是保持平衡。

現在我又想起我的外祖母了……

儘管我那時還小，她卻經常對我說：「聽著，拉迦，千萬別留鬍子。」

我說：「你爲什麼提這個？我只有十歲，還沒有開始長鬍子呢。爲什麼提這個？」

她說：「在房子著火以前，就得挖好井。」

我的上帝！她的確是在房子著火以前挖井。她眞是一個美麗的女人。我沒聽懂她的回答，就說：「好，繼續，把你想說的說出來。」

她說：「千萬、千萬別留鬍子……雖然我知道你會留的。」

我說：「這就奇怪了。要是你已經知道了，那你爲什麼還要阻止呢？」

她說：「我是盡力而爲，但是我知道你會留鬍子。像你這樣的人總留鬍子。我認識你十一年了，我這麼說肯定有原因。」接著她便陷入了沈思。

這其實沒有什麼，只是因爲一個人不想浪費時間，每天傻瓜似的對著鏡子刮鬍子。想想看，要是一個女人長鬍子，從鏡子裏面看會是什麼樣子？一個沒有鬍子的男人看上去就跟那一樣。這很簡單；節省時間，而且免得讓你看起來像個傻瓜，至少在你自己的鏡子裏面。

但是有一點是肯定的：你一開始留鬍子，就開始禿頭。自然總記著保持平衡。它只能給你這麼多毛髮。如果你開始留鬍子，那麼當然就得從預算裏的其他什麼地方扣除。這是簡單的經濟學，隨便問哪個會計都知道。

我有點兒掛念戴瓦蓋德，感覺我似乎刺痛了他。或許我確實這麼做了……或許這麼做是需要的。所以別再爲我的睡眠擔心了。如果有什麼是需要的，我隨時準備失去生命——不是爲了任何國家的原因，不是爲了任何政府，不是爲了任何種族，而是爲了任何個人，爲了任何心在跳、有感覺、能做各種孩子氣的事的人。記住，我說的是「孩子氣的事」。我指的是仍然是孩子的人。如果他能成長、成熟，成爲整合的（integrated）人。每當我用「整合」這個詞的時候，我的意思始終都是智慧加愛，那就等於整合。

喏，這已經成了冗長的註腳。如果蕭伯納可以被原諒，不僅被原諒，而且被授予諾貝爾獎，那你們也可以原諒我。而且我不要諾貝爾獎。即使他們給我這個獎，我也會拒絕。它不適合我，它的血腥味太濃了。

諾貝爾獎的錢都浸泡在鮮血裏，因爲那個人，諾貝爾，是炸彈的製造者。他在第一次世界大戰中向兩大陣營出售武器，賺了數不清的錢。他的錢我碰都不想碰一下。事實上，我有好多年沒有碰過錢了，因爲不需要碰。總有人替我管錢——而且錢總是骯髒的，不僅是諾貝爾獎的錢。

那個建立諾貝爾獎的人確實感到內疚，爲了擺脫他的內疚，他建立了諾貝爾獎。這是一個良好的姿態，不過就像殺了人，然後又對他說：「對不起，先生，請原諒我。」我不會接受那種沾滿血污的錢。

蕭伯納不僅受到尊敬，而且獲得諾貝爾獎，他在那些小書前面放了那麼長的序論，你眞想知道到底書是爲了序論而寫的呢，還是序論爲了書而寫的。據我所見，書是爲了序論寫的，而且我欣賞的正是這一點。

好，這已經是一篇長長的導言了。別爲我的睡眠擔心，但是要記住，別爲我的嚴厲而心煩意亂。雖然你們知道，每個人都知道，任何事情都不可能改變我的內在，但是畢竟有許多事情可能改變我的身體，甚至於我的頭腦。當然我既不是我的身體，也不是我的頭腦，但是我必須通過它們才能運轉。

現在我能看到自己的嘴唇乾了。喏，隨便依靠外在的什麼手段都能做到這些。我在說話，可是乾燥的嘴唇使我感到很不方便。我會盡力而爲，但它們的確是個障礙。戴瓦蓋德，你可以幫助我——把你的小把戲使出來。它會恰如其分地中斷這篇導言，然後我才能開始。謝謝你……

現在開始講故事。

死亡不是終點，而是人的整個生命的頂點。你並沒有結束，而是被轉移到另一個身體裏面。那就是東方人所說的「輪子」。它不停地轉啊轉啊。是的，它可以被停住，但是停住它的方法不在你死的時候。

那是我從外祖父去世這件事情上得到的教訓之一，也是最大的教訓。他哭喊著，眼睛裏充滿淚水，要我們停住輪子。我們當時茫然失措：怎麼停住輪子呢？

他的輪子是他的輪子，我們連看也看不見。那是他自己的意識，只有他能做那件事。由於他要求我們去停住它，所以顯然他自己做不了，於是便淚流滿面，拚命堅持要我們去停住輪子，一遍又一遍，好像我們都聾了似的。我們對他說：「我們聽見你說的話了，那那，我們懂。請你安靜下來。」

就在那一刹那，奇蹟發生了。我從來沒有把這件事情透露給任何人，或許此前還不到時候。我對他說：「請安靜下來」——牛車在坎坷崎嶇的道路上嘎吱作響。那簡直不是路，只是一條痕跡，而他堅持說：「停住輪子，拉迦，你聽見了嗎？停住輪子。」

我反覆對他說：「是的，我聽見你說的話了。我懂你的意思。你知道除了你，沒有人能停住那個輪子，所以請安靜下來。我會盡量幫助你的。」

我的外祖母大吃一驚。她的眼睛瞪得那麼大，吃驚地看著我：我在說什麼？我怎麼能幫助他？

我說：「是的。別那麼吃驚地看著我。我突然想起來我的過去世了。看見他的死亡，我想起來我自己的一次死亡。」那一次的生與死發生在西藏。它是唯一知道如何停住輪子的國家，而且十分科學。於是我開始念頌什麼。

不懂外祖母聽不懂，我奄奄一息的外祖父也聽不懂，我的僕人伯拉也聽不懂，他在外面專心致意地聽。而且，我對我念頌的東西也一個字都聽不懂。直到十二或者十三年之後，我才瞭解到它是什麼。花了那麼長時間才發現謎底。它就是*Bardo Thodal*，《西藏度亡經》。

在西藏，每當有人臨終，他們都會念頌一種咒語。那種咒語就叫巴朵（bardo）。咒語對他說：「放鬆，安靜。來到你的中心，停在那裏，無論身體發生什麼，都不要離開它。只是觀照。讓它發生，不要去干涉。切記，切記，切記，你只是一個觀照者，那是你眞正的本性。如果你能記著這一點而死去，輪子就會停止轉動。」

我爲我臨終的外祖父念頌《西藏度亡經》，而我連自己正在幹什麼都不知道。奇怪，不懂我念頌它，他也安靜下來，一聲不響地聽我念頌。或許因爲藏語聽上去很奇怪吧。他以前可能連一個藏語單詞都沒有聽說過，他可能連有一個國家叫西藏都不知道。他卻在死亡的時候變得全神貫注，而且絕對安靜。儘管他聽不懂，巴朵卻照樣起作用。有時候你不懂的東西反而起作用；它們之所以起作用，就因爲你不懂。

再偉大的外科醫生也無法給自己的孩子動手術。爲什麼？再偉大的外科醫生也無法給自己心愛的人動手術。我指的不是他的妻子——任何人都能給他的妻子動手術——我指的是他心愛的人，那當然不是他的妻子，也永遠不可能是。把你心愛的人降格爲你的妻子是一種犯罪。當然它不會受到法律懲罰，但是自然本身會懲罰它，所以不需要任何法律。

沒有哪個愛人可以被降格爲丈夫。擁有丈夫是無比醜惡的事情。這個詞就是醜惡的。它和「耕種」出於同一個詞根；丈夫就是用女人作土地、農場來撒播他的種子的人。全世界每一種語言都必須把「丈夫」這個詞徹底刪除掉。它是非人性的。愛人可以被理解，但不是丈夫！

我在念頌巴朵，雖然我不知道它的意思，我也不知道它是從哪兒來的，因爲那時候我還沒有讀過。但是當我念頌它的時候，那些奇怪的語言所引起的震動讓我的外祖父安靜下來。他便在那種安靜的狀態下死了。

安靜地活是美麗的，但安靜地死更加美麗，美麗得多，因爲死就像是珠穆朗瑪峰——喜馬拉雅山的最高點。雖然沒有人教過我，但是我從他死亡的那一刻學到了許多。我看見自己在念頌絕對奇怪的東西。它把我震動到一個新的平面，把我推入一個新的維度。我開始新的探索——朝聖。

在這段朝聖的旅途上，我遇見過許多更加非凡的人，超過葛吉夫在他的《與奇人相遇》（*Meeting with Remarkable Men*，中文版方智出版）一書中所列舉到的。我會逐步地，當說起他們的時候，講述他們。今天我可以講述那些非凡人物中的一個。

他的眞實姓名無人知曉，他的眞實年齡也一樣，但是人們叫他「馬格·巴巴（Magga Baba）」。馬格（Magga）的意思只是「大茶杯」。他總是習慣於把他的馬格——他的茶杯拿在手裏。什麼東西他都用它來裝——他的茶、他的奶、他的食物，別人給他的錢，或者其他什麼需要裝的。他所擁有的一切就是他的馬格，那就是爲什麼他被譽爲馬格·巴巴的原因。巴巴是尊稱。意思是祖父，你父親的父親。在印地語中，你母親的父親叫那那，你父親的父親叫

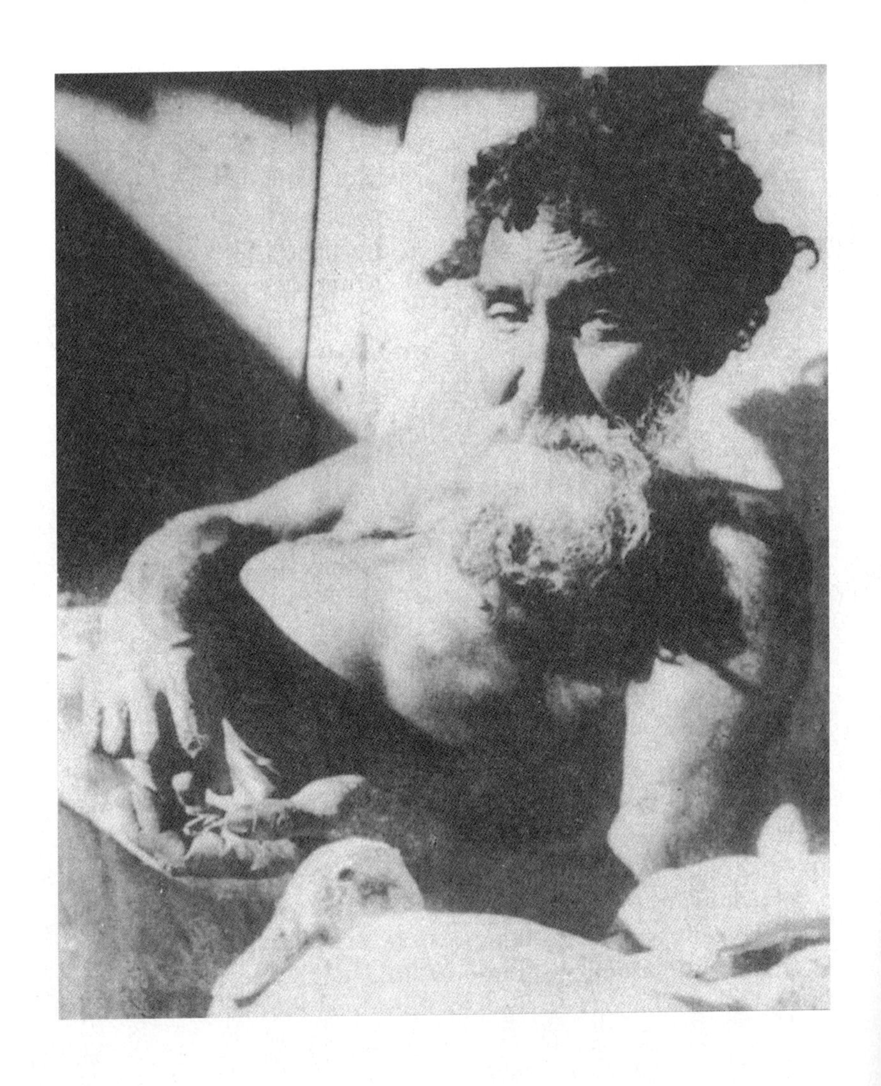

▲馬格・巴巴

巴巴。

馬格・巴巴當然是曾經生活在這個星球上最非凡的人物之一。他眞是上帝的選民之一。你可以把他和耶穌、佛陀、老子算在一起。我不太瞭解他的童年或者他的父母。沒有人知道他是從哪兒來的——他就那麼某一天突然出現在鎭上。

他不說話。人們不厭其煩地問他各種問題。他要嘛保持沈默，要嘛如果他們嘮叨個沒完，他就開始大聲地胡言亂語，都是些根本沒有意義的聲音。那些可憐的人就以爲他在說一種語言，或許他們聽不懂。他根本沒有使用語言。他只是在發聲音而已。例如：「Higgalal hoo hoo guloo higga hee hee。」然後他就會等著，又問：「Hee hee hee?」聽上去似乎他在問：「你們明白了嗎?」

那些可憐的人就會說：「是的，巴巴，是的。」

然後他就會伸出他的馬格做個示意。這個示意在印度指的是錢。它來源於古代，那時候有眞正的金幣和銀幣。爲了檢驗它是不是眞金做的，人們通常把硬幣扔到地上，然後聽它的聲音。眞金有它自己的聲音，誰也假冒不了。所以馬格・巴巴會一隻手伸出他的馬格，另一隻手做出要錢的示意，意思是：「如果你們聽懂了，那就給我點兒什麼。」人們就會給他。

如果我在場的話，我會把眼淚都笑出來了，因爲他什麼也沒有說。但是他並不貪財。他會從一個人的手裏拿，再把它給另一個人。他的馬格始終是空的。裏面偶爾也有東西，但是這種情況極少。它是一個通道：錢在裏面來來去去，食物在裏面來來去去，而它始終是空的。他一直在清潔它。我曾看見他早晨、傍晚和下午，一直都在清潔它。

我想對你們坦白——「你們」是指這個世界——我是他唯一經常開口說話的對象，但只在沒有別人在場的時候，私下交談。我會在深夜裏到他那裏去，大概是早晨兩點鐘吧，因爲那時候最有可能發現他獨自一人。他會裹在他的舊毯子裏面，在冬天的夜裏，睡在一堆火旁邊。我會在他身旁坐一會兒。我從來不打攪他，那是他喜愛我的原因。偶爾他也會轉過身來，睜開眼睛，看見我坐在那裏，便開始自言自語。

他不是講印地語的人，所以人們以爲很難和他溝通，但那不是事實。他當然不是一個以印地語爲母語的人，但是他不僅懂印地語，而且懂其他多種語言。當然他最懂的語言是沈默；他幾乎沈默了一輩子。白天他不會同任何人說話，但是夜裏他會同我說，只在我獨自一人的時候。聽到他的隻言片語眞是幸福之至。

馬格．巴巴從來不說他自己生命中的事情，但是他說許多關於生命的事情。他第一個對我說：「生命比它看上去的更廣大。不要憑表象判斷，要深入到谷底，生命的根就在那裏。」他往往突然開口說話，然後又突然沈默不語。那是他的方式。沒有辦法勸他說話；他要嘛說，要嘛不說。他不回答任何問題，而我們之間的談話是個絕對的祕密。沒有人知道。這是我第一次把它說出來。

我聽說過許多大演說家，跟他們相比，他只是一個可憐人，但他的話是純蜜，香甜醉人又富於營養，而且意味深長。「但是，」他告訴我：「你不能告訴任何人我跟你說過話，直到我死了，因爲有許多人都以爲我是聾子。他們這麼以爲對我倒是有好處。許多人以爲我是瘋子——就我而言，那更好。許多非常聰敏的人試圖領會我所說的話，其實那都是胡言亂語。

我想知道，當我聽見他們從其中推究出來的意思時，我對自己說：「我的上帝！如果這些人都是聰明人、教授、博學家、學者，那麼可憐的大眾又怎麼樣呢？我什麼都沒說，他們卻無中生有，搞出那麼多名堂來，就像肥皂泡似的。」

因爲某種原因，或者也許根本沒有原因，他喜愛我。

我有幸被許多奇怪的人所喜愛。馬格．巴巴是名單中的第一個。

他的身邊整天圍滿了人。他的確是一個自由的人，然而還沒有自由到挪動一寸的程度，因爲人們對他很執著。他們會把他放進一輛人力車，想拉到哪兒，就拉到哪兒。當然他不會說不。因爲他假裝要嘛是聾子，要嘛是啞巴，要嘛是瘋子。而且他從未說過一個能在任何字典裏查到的詞。顯然他不能說是或者不，他只好走。

他有一次或者兩次被人偷走。他失蹤了幾個月，因爲另一個城鎮來人把他偷走了。當警察找到他的時候，問他想回哪兒去，他當然又拿出那一套。他胡亂說了些：「Yuddle fuddle shuddle……」

警察說：「這個人瘋了。我們的報告上怎麼寫呢？寫『Yuddle fuddle shuddle』？這算什麼意思？誰能搞明白這句話呀？」所以他只好留在那兒，直到再被先前那個鎮上的一群人偷回去爲止。那就是我住的城鎮，在我外祖父去世後不久，我便住在那裏。

我幾乎每天夜裏必去拜訪他，在他的楝樹下面，那是他通常睡覺和起居的地方。甚至當我生病的時候，我的外祖母不讓我出門，甚至在那種時候，等她夜裏睡著了，我還是會溜出去。但是我不得不去，我每天至少要拜訪馬格．巴巴一次。他是一種精神營養。

他對我的幫助極大，雖然他從未給過我任何指導，除了以他自身的存在之外。僅僅以自身的存在，他觸發了我內在的未知源泉——對我來說是未知的。我深深感激馬格・巴巴這個人，而最大的福祉莫過於我，一個小孩子，是他唯一開口說話的對象。我們單獨在一起的那些時刻，只要想到他不對世界上任何其他人說話，就會憑添無窮的力量和生氣。

如果有時候我去找他，剛好旁邊有人，他就會做些可怕的事情把別人嚇跑。比如他會扔東西，或者又蹦又跳，或者像瘋子似的翩翩起舞，在深更半夜。任何人看到了都會害怕——畢竟，你有妻子、孩子，還有工作，而這個人看上去簡直就是瘋子，他什麼事兒都幹得出來。然後，當那個人走了，我們便異口同聲地笑起來。

除了他，我從來沒有和任何人一起那麼笑過，而且我覺得這一生都不可能再那麼笑了……我又沒有來世的生命。輪子已經停止了。是的，它還會繼續跑一點點路，但那只是過去的動量，並沒有新的能量注入進去。

馬格・巴巴如此優美，我從未見過任何人可以跟他比肩。他就像一尊羅馬雕塑，完美無瑕——甚至比任何雕塑都完美，因爲他是活的，我的意思是指他充滿生命力。我不知道是否還有可能遇見像馬格・巴巴這樣的人，我也不希望再遇見，因爲一個馬格・巴巴就足夠了，綽綽有餘了。他令你徹底心滿意足——誰還想要複製品呢？我清楚地知道，人不可能比他更高了。

我自己已經達到了至高點，你不可能再上去了。無論你升得多高，你都依然在同一個高度上。換句話說，在靈性成長的道路上出現了不可再超越的一刻。矛盾的是，那一刻就叫作超越。

他動身前往喜馬拉雅山的那一天，他第一次叫我。那天夜裏，有人來到我家敲門。我父親打開門，來人說馬格．巴巴要我去。

我的父親說：「馬格．巴巴？他跟我兒子有什麼關係？而且他從來不說話，所以他怎麼可能叫他去呢？」

來人說：「我不管別的。我就把這個口信帶到。請告訴相關的人。如果他碰巧是你的兒子，那不關我的事。」說完，那個人就消失了。

我父親深更半夜把我叫醒，說：「聽著，有件事情：馬格．巴巴要你去。可是首先，他不說話呀……」

我笑了，因爲我知道他跟我說話，但是我沒有告訴我父親。

他繼續說：「他要你馬上就去，深更半夜的。你打算怎麼辦？你想到這個瘋子那裏去嗎？」

我說：「我必須去。」

他說：「有時候我想你也是個小瘋子。好吧，去，從外面把門鎖上，別在回來的時候再打擾我睡覺。」

我衝出家門，一路飛奔。那是他第一次叫我。當我跑到他面前的時候，我說：「什麼事？」

他說：「這是我最後一夜在這裏。我也許會永遠離開了。你是我唯一曾經說過話的人。

原諒我，我不得不跟那個被我打發來叫你的人說話，但是他什麼也不知道。他沒有把我認作有靈性修持的人。他是一個陌生人，我只用了一個盧比賄賂他，告訴他把口信帶到你家去。」

那時候，一個金盧比很値錢。四十年前在印度，一個金盧比差不多夠你舒舒服服過上一個月的。你們是否知道英語單詞「盧比」來源於印地語單詞rupaiya，它的意思是「金的」？實際上，紙幣不應該叫盧比，它不是金的。那些傻瓜起碼可以把它塗成金色，但是他們連這個也不做。那時候一個盧比幾乎相當於今天的七百盧比。僅僅四十年就發生這麼大的變化，東西已經比以前貴了七百倍。

他說：「我只給了他一個盧比，叫他遞這個口信。他拿著盧比不知所措，連看都沒有看我一眼。他是一個陌生人——我以前從來沒有見過他。」

我說：「我也可以肯定這一點。我也從來沒有在這個鎭上見過他，或許他是一個過路人吧。但是不需要爲那個擔心。你爲什麼一定要叫我來呢？」

馬格・巴巴說：「我要走了，沒有人我可以叫來道別的。你是唯一的一個。」他抱住我，親了親我的前額，對我說再見，然後轉身離去，就這樣。

馬格・巴巴一生失蹤過許多次——人們把他帶走，又把他帶回來——所以當他最後失蹤的時候，沒有人很在意。直到幾個月以後，人們才發覺他眞的失蹤了，因爲他連續好幾個月都沒有回來。他們開始到他以前去過的地方尋找，但是沒有人知道他的下落。

那天夜裏，在他失蹤以前，他告訴我：「我也許看不到你開成一朵花了，但是我的祝福將伴隨著你。我也許不可能再回來。我要去喜馬拉雅山。不要向任何人說起我的行蹤。」他非常快樂，當他對我說這番話的時候，非常歡喜，因爲他就要去喜馬拉雅山了。喜馬拉雅山始終是所有那些探索並且找到的人的歸宿。

我不知道他究竟去了什麼地方，因爲喜馬拉雅山是世界上最大的山脈，但是有一次我在喜馬拉雅山旅行的時候，來到一個地方，那裏似乎是他的墓地。說起來很奇怪，它在摩西和耶穌的墓地旁邊。那兩個人也深埋在喜馬拉雅山裏。我到那兒去是爲了看耶穌墓的，我同時又發現了摩西和馬格・巴巴，這純屬巧合。當然也是一個驚喜。我絕對無法想像馬格・巴巴跟摩西或者耶穌有什麼關係，但是看到他的墓地在那裏，我恍然大悟爲什麼他的臉美不可言，爲什麼他看起來不像任何印度人，卻更像摩西。或許他就屬於那個丟失的部落。摩西在前往以色列的途中曾經丟失一個部落。那個部落最後定居在喜馬拉雅山的克什米爾地區。我有權威說，那個部落在尋找以色列這件事情上，比摩西本人更準確。摩西在以色列所找到的完全是一片荒漠，毫無用處。他們在克什米爾所找到的才是眞正的花園。

摩西到那兒去是爲了尋找他丟失的部落。耶穌在他所謂的被釘死在十字架上以後也去了那兒。我之所以把它叫作「所謂的」，是因爲那件事情並沒有眞正發生，他還活著。耶穌在十字架上釘了六個小時以後並沒有死。猶太人把人釘死在十字架上的方式極端殘忍，一個人差不多要忍受三十六個小時才會死掉。

耶穌的一個非常富有的門徒從中斡旋，特意把耶穌的刑期安排在一個禮拜五。那是特意安排好的……因爲猶太人不允許在禮拜六繼續任何工作，那是他們的聖日。耶穌必須從十字架上放下來，暫時運進一個洞穴，直到禮拜一再運出來。就在這個間隙，他被人從洞穴裏偷走了。

那是基督教徒們講的故事。眞實情況是，當他被人從十字架上放下來以後，當天晚上他在洞穴裏被人帶走，離開了以色列。雖然他失血過多，但是他還活著。花了幾天時間才使他康復，但是他康復了，而且在喜馬拉雅山克什米爾一個名叫巴哈崗（Pahalgam）的小村莊活到一百一十二歲。

他之所以選擇那個地方——巴哈崗，是因爲他在那裏發現了摩西的墓地。摩西在他之前到那裏去尋找他丟失的部落。他不僅找到了，而且發現以色列根本不能和克什米爾相比。沒有別的地方能和克什米爾相比。他在那裏生活、死亡——我指的是摩西。當耶穌和托馬斯——他心愛的門徒一起走到克什米爾，他派托馬斯到印度去傳他的道。他本人則住在克什米爾，靠近摩西的墓地，度過他的餘生。

馬格·巴巴葬在同一個小村莊裏，就是巴哈崗。當我在巴哈崗的時候，我發現一條奇怪的關係鏈，從摩西連到耶穌，再連到馬格·巴巴，再連到我。

馬格·巴巴離開我們村莊以前，把他的毯子給我說：「這是我僅有的財產，我只想把它給你一個人。」

我說：「那好，但是我的父親不會允許我把這條毯子帶回家去的。」

他笑了，我笑了……我們都很快活。他十分清楚，我的父親不會允許這麼骯髒的毯子放在他的家裏。但是我很難過、很遺憾沒有保存那條毯子。它不值什麼——一條又髒又舊的毯子——但是它屬於一個在佛陀和耶穌這種級別上的人。我不能把它帶回家，因爲我的父親是做衣服買賣的，對衣服非常小心。我十分清楚他不會允許我這麼做。我也不能把它拿到我外祖母家裏去。她也不允許，因爲她對清潔非常講究。

我講究清潔也是從她那裏繼承來的。那是她的缺點，我完全沒有責任。我無法忍受任何用過的或者髒的東西，不可能。我過去常對她說，當然是笑著：「你把我慣壞了。」

不過那倒是眞的。她把我徹底慣壞了，但是我感激她。她嬌慣我喜愛純淨、清潔和美麗。

馬格・巴巴對我很重要，但是假如我不得不在我的那昵和他之間做出選擇的話，我還是會選擇我的那昵。雖然她那時侯並沒有開悟，而馬格・巴巴開悟了，但是有時候一個不開悟的人特別美麗，以至於你會選擇他們，即使你有機會選擇一個開悟的人。

當然，如果可以的話，我兩個都選。或者，如果我有一次機會在整個世界的云云眾生裏面選擇兩個，那麼我會選擇他們兩個。馬格・巴巴在外面……他不能進我外祖母的家；他會待在外面，在他的楝樹底下。當然我的外祖母也不能坐在馬格・巴巴身邊。「那個傢伙！」她常這麼叫他。「那個傢伙！趕快把他忘掉，千萬別靠近他。就算你只是從他身邊經過，也得洗個澡。」她一直害怕他有蝨子，因爲誰也沒有見他洗過澡。

或許她是對的：我認識他那麼長時間，他從來沒有洗過澡。他們兩個人無法並存，那也是眞的。在這種情況下，共生是不可能的——不過我們總能做出安排。馬格・巴巴可以一直在外面，待在院子裏的楝樹底下，那昵可以在房子裏當女王。而我可以得到他們兩個人的愛，不用選擇這個或者那個。我恨「非此即彼」。

幾點鐘了？

「十點十六分，奧修。」

再給我五分鐘。請對一個可憐人行行好，五分鐘以後，你們就可以結束了。

譯註：

❶亨利・福特：Henry Ford，1863-1947，美國汽車製造商，創辦福特汽車公司。

❷那隻狒狒：指男人。

❸頭髮已經沒有了：奧修是光頭。

16 我的第一個門徒

世界上有六大宗教。它們可以分成兩類：一類由猶太教、基督教和伊斯蘭教組成。它們相信只有一次生命。你就處在誕生和死亡之間，越過誕生和死亡，便什麼也沒有——生命就是一切。雖然它們相信天堂、地獄和上帝，但是這些都是一次生命、單獨一次生命掙來的結果。另一類由印度教、耆那教和佛教組成。它們相信再生的理論。人一次又一次地再生，永無休止——除非一個人開悟了，那時候輪子才會停止。

那就是我外祖父臨終前的要求，但是我不覺知它的整個意義所在……雖然我像機器似的念頌巴朵，連我正在說什麼或者做什麼都不明白。現在我能理解那個可憐人的心事了。你們可以稱之為「終極關懷」。要是它出毛病的話，正如它在東方的現狀，那它就會成為一種執著，那我就譴責它。那它就比疾病還不如，它就不是被讚揚的東西，而是應該被譴責的東西。

執著是一種心理譴責方式，所以我用這個詞。就東方的無數大眾而言，它已經成為幾千年的痼疾了。它阻止他們富裕、發達和豐饒，因為他們把全部精神都集中在如何停住輪子上。那麼是誰去給它加潤滑油，是誰在順暢地轉動它呢？

當然我需要我的桑雅生保證那些勞斯萊斯的輪子運轉順暢。只要有一點噪音，他們就有麻煩了……即使是一點甜美的噪音。有一部勞斯萊斯連續兩天發出輕微的噪音——偶爾發出——十分甜美，就像一隻小鳥在樹林裏歌唱。但是它不應該歌唱；勞斯萊斯不應該是小鳥。噪音是從哪兒發出來的呢？是從方向盤。我無法忍受。正如你們所知，我不是一個沒有承受力的人——但是一部新的勞斯萊斯開始唱歌，那也在方向盤裏面嗎？

事實上，我對引擎頂蓋下面有什麼一無所知。我從來沒有看過，我從來沒有想看。那不是我的事。但是我必須說那種噪音是甜美的，就像一隻非常幼小的鳥兒在鳴叫。但是它必須被制止。勞斯萊斯並不意味著鳴叫，無論甜美與否。那些傢伙在幹什麼？他們的整個職能就是——也包括他們的靜心——保證那些勞斯萊斯準確無誤地正常工作。即使那兩個傢伙，勞斯和萊斯，再生出來，也要嫉妒，因爲我們一直在努力改進他們的作品。當然勞斯萊斯是世界上最好的汽車，但它也不是不能改進的。它可以改進，而且應該改進……我不希望它的輪子停止轉動。

印度人很執著。停止生死輪迴已經成爲一種靈魂上的疾病。當然對他們來說，輪迴總是讓他們想起牛車。如果他們想停止它，我完全同意。但是有更好的輪子，不需要把它們全都停止。實際上不想再生的念頭本身就說明你沒有生活過。這句話對你們來說或許顯得有矛盾，但是讓我把它說出來：一個人只有全然生活過，才能停止生死輪迴。然而那些想要停止它的人根本就沒有生活過，他們會死得像一條狗。

我並不反對狗——請注上一筆——我只是打個比方。而且它肯定有意義，因爲在印地語裏面也有同樣的比方。這是唯一在印地語和英語裏有相似含意的比方。實際上，不是相似，而是相同：kutte ke maut——「一條狗的死亡」。完全一樣。這裏面肯定有某種意義。爲了發現它，我得給你們講一個故事。

據說當上帝創造世界的時候——記住，這只是一個故事——當上帝創造世界的時候，男人和女人，動物和植物，以及其他種種事物，他賦予每樣東西同一個年齡限度——二十年。

我想知道爲什麼是二十年？或許上帝也數手指，不僅數手指，而且數腳趾，二十就是這麼來的。

這是我自己的研究。有時候你坐在浴缸裏，當你洗到手指和腳趾的時候，肯定也會偶爾數數它們。或許有一天，他就數了他自己的，於是可能靈機一動：給每樣東西二十年壽命。他看起來似乎是一個詩人。他看起來也似乎是一個共產主義者。這下美國人可要大爲光火了。讓他們去吧，我才不管呢。如果我沒有擔心過世界上任何其他人的態度，我爲什麼要擔心美國佬的態度呢？我打算在我生命的這一階段裏繼續放肆下去，或者甚至比我從前更加放肆。

我當然知道，假如耶穌蒙准教化群眾的時間再長一點兒的話，他就不會那麼放肆了，他會恢復理智。畢竟，他是一個猶太人。他會明白過來的，然後他就不會說那些廢話了——什麼「神的王國」，以及他認爲或者他們自認爲是使徒的那十二個傻瓜！他肯定給過他們某種暗示，否則他們那麼傻，單憑他們自己是無論如何也想不到這一層的。

耶穌極端放肆，就連當時最偉大的革命者，施洗約翰，他也是耶穌的師傅，被關在監獄裏，連他都從他的單人牢房叫人傳話給耶穌。他說：「聽到你的宣言，我想知道，你眞的是他們所盼望的彌賽亞❶嗎？——因爲你的宣言非常放肆。」

現在我把這個叫作證明（來做一個證明）。施洗約翰是世界上最偉大的革命者之一；耶穌只是他的門徒之一。施洗約翰最終被人遺忘而耶穌被人記住，這是歷史的偶然。

施洗約翰是眞正的火。他的頭被砍掉了。女王命令手下把他的頭盛在盤子裏，當面呈交給她；只有那樣，她才會感到這個國家平安無事。而她的吩咐被一一照辦。施洗約翰的頭被砍下來，放在一個華麗的金盤子裏，呈到女王面前。就是這個人，施洗約翰，當他聽到耶穌放肆的言論時，也變得有些擔憂起來。照我說，它們偶爾也需要被剪輯一下——是的，連我都這麼說——不是因爲它們放肆，而是因爲它們開始變傻了。放肆不要緊，但是傻？不行。

只要想一想耶穌詛咒那棵大樹好了，就因爲他和他的門徒飢餓難當，而樹上卻沒有果實。那不是結果實的季節。那不是樹的錯，然而他卻怒氣沖沖，詛咒那棵大樹永遠難看。

喏，這我就把它叫作傻。我不管它是耶穌說的，還是任何其他人說的。放肆是虔誠的組成部分，但傻不是。也許耶穌教化的時間再長一點的話——他被釘上十字架的時候只有三十三歲——我想，作爲一個眞正的猶太人，等他到七十歲的時候，他就會平靜下來。根本不需要把他釘上十字架。猶太人太性急了。

我想不僅是猶太人性急——因爲猶太人比較有頭腦——或許把耶穌釘死在十字架上的想法出自羅馬人，他們一向幼稚愚蠢。我不知道有任何像耶穌或者佛陀或者老子這樣的人，曾經出現在他們的種族裏或者歷史上。

只有一個人出現在我腦海裏，他就是奧勒利烏斯皇帝❷。他寫了一本著名的書《自省錄》（*Meditations*）。當然它不是我所說的靜心，而是自省。我的靜心總是單數的，它不可能有複數形式。他的自省其實是沈思；它不可能有單數形式。奧勒利烏斯是我唯一能記起來的在羅馬歷史上值得一提的人物——但是那也沒什麼大不了的。隨便找一個可憐的芭蕉就能打敗奧勒利烏斯。隨便找一個卡比爾❸就能當頭棒喝那個皇帝，使他超越他的心智。

我不知道這句話在你們的語言裏面是否可行——「使他超越他的心智（bring somebody beyond their senses）」。使他恢復理智（bring him to his senses）可行——但那不是我的工作，任何人都能做那個。就連狠狠地打一巴掌也能奏效，被馬路上的石頭絆一跤也能奏效。那種事情不需要找個佛去做；當你需要超越你的心智時，你才需要一個佛。芭蕉、卡比爾，甚至一個拉勒❹，或者拉比婭❺式的女人就能實實在在地讓這個可憐的皇帝達到那種超越。

然而這已經是羅馬所能出產的一切了——沒什麼大不了的，但也還是個人物。人不應該全盤否定任何人。僅僅爲了禮貌的關係，我接受奧勒利烏斯，不是把他當作開悟的人，而是當作一個優秀的人。假如他有機會碰到一個類似菩提達摩的人，他也能開悟。只要菩提達摩給奧勒利烏斯的眼睛來一個注視就夠了。那他就會知道，生平第一次知道，靜心是什麼。

他就會回到家裏，把他迄今爲止所寫的東西統統付之一炬。那時候他可能就會留下一批草圖——一隻飛翔的小鳥、一朵凋謝的玫瑰，或者僅僅是一片雲彩漂浮在天空上——隨手寫下的隻言片語，話雖不多，卻足以激起、足以觸發讀者的內心產生一連串的感想。那將是眞正的靜心筆記，而不是自省錄……不可能有複數形式。

東方，尤其是印度，可以被那些心理學家稱之爲不僅執著於死亡，而且的確受自殺觀念控制。從某種意義上說，那些心理學家的話並沒有錯。一個人活著的時候就應該活，不需要考慮死。當死亡來臨的時候，人就應該死，徹底地死，那時候不需要頻頻回首。每時每刻都全然地活、全然地愛、全然地死——那才是一個人去知道的方式。知道什麼？沒有什麼。人只是知道——不是什麼，而是那個：知道者。「什麼」是客體，「那個」才是一個人的主體。

我那那去世的那一刻，我的外祖母還在發出最後一個笑聲。然後她便控制住自己。她當然是一個能夠控制自己的女人。但是給我印象深刻的並不是她的控制，而是她在與死亡面對面時發出的笑聲。

我好幾次問她：「那呢，你能不能告訴我，爲什麼在死亡馬上就要臨頭的時候，你會放聲大笑呢？如果連我這樣的小孩都能感覺到它的話，你不可能感覺不到。」

她說：「我感覺到了，那就是我爲什麼笑的原因。我笑那個可憐的人多此一舉，他試圖停住輪子，因爲說到頭，生和死都不意味著什麼。」

我不得不等待時機成熟，再去質問她，和她辯論。當我自己開悟的時候，我想，那時候我就會質問她。我的確這麼做了。

我開悟以後所做的第一件事情，就是趕回我外祖母所住的村莊，我父親的村莊，那時候我二十一歲。她從未離開過她丈夫被火葬的那個地方。她就在那個地方築起了她的家。她忘掉了她業已習慣的所有膏腴生活。她忘掉了她所有的花園、田地和湖泊。她再也沒有回去過，連回去安排事務都沒有過。

她說：「回去幹嘛？一切都停當了。我的丈夫死了，我心愛的孩子也不在那裏，一切都停當了。」

我一開悟，立刻趕回村莊去見兩個人：第一個，馬格．巴巴，我以前講過的那個人。你們肯定想知道爲什麼……因爲我希望有人對我說：「你開悟了。」我自己知道，但是我也希望聽到這句話從別人的嘴裏說出來。那時馬格．巴巴是我唯一能夠詢問的人。我聽說他最近剛剛返回那個村莊。

我趕到他那裏。村莊離車站兩英里遠。你們無法相信，我是如何趕著去見他的。我來到那棵楝樹下面……

「楝樹」這個詞無法翻譯，因爲我認爲西方根本沒有任何類似楝樹的東西存在。楝樹是種奇怪的東西；如果你嚐它的葉子，它的味道苦極了。你難以想像還會有哪種毒藥的味道比它更毒的。事實恰恰相反，它沒有毒。如果你每天吃幾片楝樹葉……那是一件困難的事情。我吃過幾年；早晨五十片，晚上五十片。喏，要吃五十片楝樹葉的確需要此人有自殺的決心！

它的味道苦極了，但是它能夠淨化血液，保證你不受任何感染——即使是在印度，這簡直是個奇蹟！人們甚至認爲吹過楝樹枝葉的風比其他任何風都要純淨。人們在房子周圍種滿楝樹，以保持空氣純淨，不受污染。科學證明，楝樹的確能形成一道保護牆，阻止各種各樣的感染發生。

我趕到那棵楝樹下面，馬格．巴巴就坐在那裏，他一看見我，你們知道他做了什麼？我自己也無法相信——他向我頂禮，並開始哭泣。我感到非常尷尬，因爲有一大群人圍在旁邊，他們都以爲馬格・巴巴這回可眞的發瘋了。他在此以前只有一點兒瘋，但是這回他完全沒有指望了，永遠沒有指望了……gate,gate❻——沒有指望，永遠沒有指望了。但是馬格・巴巴卻破涕爲笑，而且第一次，當著眾人的面，對我說：「我的孩子，你做到了！但是我早就知道你總有一天會做到的。」

我向他頂禮。他第一次阻攔我，不讓我那麼做，說：「不，不，再也不要向我頂禮了。」但是我依然向他頂禮，即使他堅辭不受。我不管他，說：「閉嘴！你做好你的事情，讓我做我的。如果我像你說的那樣是開悟的，就請不要阻止一個開悟的人向你頂禮吧。」

他又笑了，說：「你這個無賴！你是開悟了，可還是個無賴。」

我接著又趕回家——那是，我那昵的家，不是我父親的家——因爲她才是我想要具以情告的女人。但是存在的方式很奇怪：她正好站在門口，看著我，有一點吃驚的樣子。她說：「你出什麼事兒了？你跟以前不一樣了。」她雖然沒有開悟，卻有足夠的智慧看出我的變化。

我說：「是的，我跟以前不一樣了，我回來就是要和你分享在我身上發生的這個經驗。」

她說：「求求你，爲了我，永遠做我的拉迦，我的小孩。」

於是我什麼也沒有對她說。過了一天，接著到了半夜，她把我叫醒。她含著眼淚說：「原諒我。你是跟以前不一樣了。雖然你可以假裝，但是我能看穿你在假裝。不需要假裝了。你可以把你發生的事情告訴我。我以前所認識的孩子已經死了，但是有一個更好、更光輝的人取代了他的位置。我再也不能把你叫作我自己的了，但是那沒有關係。現在你能夠被無數人叫作他們的，而且每個人都能夠感覺你是他的或者她的。我收回我的要求——但是把你悟的道也教給我。」

這是我第一次告訴別人。我的那呢是我的第一個門徒。我把所悟的道教給她。我的道很簡單：安靜，去體驗你的本性（self）中那個永遠的觀照者，而不是被觀照者；去知道知道者，而忘掉所知道的。

我的道很簡單，跟老子的、莊子的、克里希那的、基督的、摩西的、查拉圖斯特拉❼的……一樣。因爲差別只在於名字，道是一樣的。差別只在於朝聖者；朝聖是一樣的。而眞理、過程都非常簡單。

我很幸運有我自己的外祖母做我的第一個門徒，因爲我再也沒有找到過一個像她這麼單純的人。我找到過許多非常單純的人，非常接近於她的單純，但是她的單純所具有的深刻性是沒有人能夠超越的，連我的父親也不能。他很單純，單純到了極點，而且非常深刻，但是跟她不能相比。我抱歉地說一句，他還差得遠呢，而我的母親就差得更遠了，她甚至還沒有接近我父親的單純。

你會感到吃驚，要知道——我這是第一次宣佈——我的那呢不僅是我的第一個門徒，她也是我的第一個開悟的門徒，她遠在我點化別人出家之前就開悟了。她一輩子不是桑雅生。

她在一九七〇年去世，那一年我剛開始點化別人出家。當她聽說我的行動時，她正躺在臨終的床上。雖然我不是親耳所聞，但是我的一個兄弟向我轉述了她的臨終遺言……「她好像是在對你說話。」我的兄弟告訴我：「她說：『拉迦，你現在開始行動，給別人出家了，但是太晚了。我不能做你的桑雅生了，因爲等你到這兒的時候，我已經不在這個身體裏面

▲老年時的奧修那昵

了，但是讓他們轉告你，我想做你的桑雅生。』」

在我到達之前，她去世了，正好早於我十二個小時。從孟買到那個小村莊的路程很長，但是她堅持不許任何人碰她的遺體，直到我回來為止，然後一切按照我的決定辦理。如果我希望把她的遺體土葬，那就土葬。如果我希望把她的遺體火葬，那就火葬。如果我有別的想法，那按照別的想法做。

當我回到家的時候，我簡直不能相信自己的眼睛：她已經八十歲了，看上去還那麼年輕。她十二個小時之前就去世了，但是依然沒有衰敗的跡象。我對她說：「那呢，我來了。我知道你這一次不能回答我了。我只是告訴你一聲，好讓你聽見。不需要回答。」突然間，幾乎是一個奇蹟！不僅我在場，我的父親也在場，全家人都在那裏。事實上，是所有的鄉鄰都聚在那裏。他們都看見一件事情：一滴眼淚從她的左眼滾落下來——十二個小時以後啊！

醫生——請記錄，戴瓦拉吉——已經宣佈過她的死亡了。那，死人是不會哭的；連眞正的人都難得一哭，何況死去的人！但是卻有一滴眼淚從她的眼睛裏滾落下來。我把它看作是一種回答，而你還能希求什麼更多的呢？我親自給她的葬禮點火，如她所願。我甚至都沒有給我父親的遺體點火。

在印度，最年長的兒子應該給父親葬禮的柴堆點火，這幾乎是一條定律。我沒有那麼做。就我父親的遺體而言，我甚至都沒有去參加他的葬禮。我參加的最後一次葬禮就是我那呢的葬禮。

那天我對我的父親說：「聽著，大大，我以後不能參加你的葬禮了。」

他說：「你胡說些什麼？我還活著呢。」

我說：「我知道你還活著，但是活多久呢？前幾天那昵還活著，明天你也許就不在了。我不想碰運氣。我想現在就說，我已經決定在我那昵的葬禮以後，我不再參加任何其他人的葬禮了。所以請原諒我，我不會參加你的葬禮。當然你也不會在那裏，所以我今天請求你的原諒。」

他能理解，當然也有一點兒震驚，不過他說：「行，如果這是你的決定，但是那樣一來，誰給我的葬禮點火呢？」

這在印度是一個意義非同尋常的問題。在那個背景中，通常都是由最年長的兒子來做。我對他說：「你早就知道我是一個流浪漢，我不占有任何東西。」

馬格．巴巴，儘管一貧如洗，也擁有兩樣東西：他的毯子和他的馬格——茶杯。我什麼也沒有。雖然我生活得像一個國王，但是我不占有任何東西。沒有東西是我的。如果某一天有人來對我說：「馬上離開這個地方。」我就會立刻動身。我甚至都不需要打理背包。沒有一樣東西是我的。有一天我就是這麼離開孟買的。沒有人能相信我會如此輕鬆地離開，連頭也不回一下。

我不能去參加我父親的葬禮，但是我事先已經徵得他的同意，那是很早以前，在我那昵的葬禮上。我的那昵雖然不是桑雅生，但她是其他意義上的桑雅生，在其他每一種意義上都是，就除了我沒有給她取一個名字。她死時穿著橘黃色的袍子。雖然我沒有要求她穿橘黃色的袍子，但是從她開悟的那一天起，她就停止穿她的白色衣服了。

在印度，寡婦必須穿白色的衣服。爲什麼只有寡婦才穿呢？這樣她就不會顯得美麗了——那是一個自然的邏輯。而且她還得剃頭！瞧……該怎麼叫這幫雜種才好呢！就爲了把一個女人變醜，他們剪掉她的頭髮。除了白色，不許她用其他任何顏色。他們把所有色彩都從她的生活中奪去了。她不能參加任何慶祝活動，甚至都不能參加她兒子或者女兒的婚禮！那種慶祝是禁止她參加的。

我的那昵開悟的那一天，我記得——我把它記下來了，它肯定放在什麼地方——那是一九六七年一月十六日。我會毫不猶豫地說，她是我的第一位桑雅生；不僅如此，她還是第一位開悟的桑雅生。

你們兩個都是醫生，你們很瞭解阿吉德·薩拉斯瓦帝（Ajit Saraswati）醫生。他差不多跟了我二十年，我不知道還有誰對我如此眞誠。你們會感到吃驚，要知道他就等在外面……有各種各樣的可能性，他差不多已經準備好開悟了。他是到這裏來生活的，在社區裏；這對他來說肯定很艱難，特別是作爲一個印度人，離開他的妻子、他的孩子，還有他的職業。但是他沒有我，就不能生活。他已經準備好放棄一切。他就等在外面。這將是他的首次接見，而且我能感覺到這也將是他的開悟。那是他掙來的，以極大的艱難掙來的。作爲一個印度人，要全然地跟我在一起不是一件容易的工作。

幾點了？

「九點差一刻，奧修。」

再給我五分鐘。眞是美極了……不，是太棒了。不，一個人不應該有貪心。不，我是一個始終如一的人……始終如一地，不……記住，我並沒有把「不」當作一個否定詞來說。對我而言，「不」是你們語言中最美的單詞。我愛它。我不知道有沒有別人愛它，但是我愛它。

你們兩個都是病人……我是醫生。時間到了。一切都該畫上句號了。

譯註：

❶彌賽亞：Messiah，猶太人盼望的復國救主。

❷奧勒利烏斯皇帝：Marcus Aurelius，121-180，羅馬皇帝（161-180），新斯多噶學派哲學的主要代表，宣揚禁欲主義和宿命論，對外經年用兵，對內迫害基督教徒，著有《自省錄》十二篇，死於軍中。

❸卡比爾：Kabir，1440-1518，詩聖，宗教改革家。

❹拉勒：Lalla。依文義，此當指拉爾・代德（Lal Ded），十四世紀克什米爾女詩人，濕婆教神祕主義者。

❺拉比婭：Rabiya，蘇菲派女神祕主義者，成道者。

❻gate：這裏應該是印地語，不是英語，它的意思就是指沒有希望。

❼查拉圖斯特拉：Zarathustra，即瑣羅亞斯德，628?-551? BC，古代波斯瑣羅亞斯德教創始人。

17 神的死亡

好。昨天晚上，阿吉德．薩拉斯瓦帝對我說的第一句話就是：「奧修，我以前絕對不敢想像有一天我眞的會成功。」當然，昨天晚上在場的人都以爲他說的是住到社區來的事。從某種意義上說，那也是實情，的確有關係，因爲我還記得他第一天來看我的時候，那是二十年以前。就爲了來看我幾分鐘，他不得不徵求妻子的同意。所以在場的人肯定都理解，自然，他以前絕對不敢想像自己會搬到社區裏來，離開他的妻子和孩子和一個生意興隆的實業。放棄一切，單爲了在這裏跟我在一起……是眞正意義上的放棄。但那還不是他的意思，他的意思我懂。

我對他說：「阿吉德，我也感到吃驚。並非我以前絕對不敢想像；我一直在期待、希望、盼望這一刻到來，我很高興，你終於來了。」

同樣的，其他人也肯定以爲我說的是他搬到這裏來住的事。我說的是別的事——但他聽得懂。我可以在他的眼睛裏看到它，那雙眼睛正變得越來越天眞。我看出他已經領會來到師傅面前究竟意味著什麼。那意味著來到自己面前。那不可能意味著別的，除了領悟本性（self-realization）之外。他的微笑是全新的。

我一度很為他擔心，他變得一天比一天嚴肅。我真的很憂慮，因為對我來說，嚴肅始終是一個骯髒的詞，是一種疾病，是遠比癌症更癌的東西，當然也遠比任何疾病更容易感染。但是我終於大大鬆了一口氣，壓在我心上的一副重擔消失了。

他屬於那為數極少的幾個人，如果他們還沒有開悟，而我又不得不離開人世，那麼我將不得不重新轉動生死之輪，我將不得不再生。雖然生死之輪不可能被轉動……我平時就對轉動輪子的技巧一竅不通，尤其是時間之輪。我不是機械工，我不是技師，所以對我來說，要重新轉動生死之輪是非常困難的……從我二十一歲開始，它就再也沒有轉動過。

我的生死之輪在三十一年前就停止轉動了。現在它的零件肯定全都生鏽了。即使我把油澆上去，也沒有用。連我的桑雅生都拿它沒有辦法——它可不是勞斯萊斯的輪子。它是業❶的輪子、行為的輪子，以及每種行為所暗含的意識。我跟它的關係已經結束了。但是為了阿吉德這樣的人，我會設法再回來，無論付出什麼代價。

我已經做出決定，必須等我的門徒至少有一千零一個開悟以後，我才離開這個身體，在此以前絕不離開。戴瓦拉吉，記住它！不會很困難——基礎工作已經完成了——剩下的只是一點兒耐心的問題。

古蒂亞剛才還說，在我進門的時候，因為聽到阿吉德開悟了，她說：「真奇怪，到處都有開悟劈哩啪啦地爆出來。」必須到處都有開悟劈哩啪啦地爆出來，那是我的工作。那一千零一個人幾乎隨時準備爆出來。只要一陣微風吹過，花朵就會開放……或者第一道陽光射來，蓓蕾就會向它敞開心扉——隨便什麼，一觸即發。

那，是什麼幫助了阿吉德呢？在我認識他的這二十年裏，我始終以慈愛之心對他。我從不打擊他——從不需要打擊。甚至在我對他說話以前，他已經接收到了。不等我開口，他已經聽見了。在這二十年裏，他盡可能緊密地跟隨我。他是我的摩訶迦葉❷。

昨天晚上，是什麼導致這件事情發生呢？僅僅因爲他每時每刻都在想著我。等到他一看見我，想立刻消失殆盡——而那是唯一縈繞他在心中的念頭，像一層雲霧。我認爲他並不知道自己的話究竟是什麼含意！那還需要時間，話來得太突然。他只是說，好像跟他自己無關似的：「我以前絕對不敢想像有一天我眞的能成功。」

我說：「別擔心。我一直肯定它早晚都會發生，但是它一定會發生。」

他有一點兒困惑。他說的是來的事情，而我說的是發生。於是，像打開一扇窗戶，你看見了——正是那樣——一扇窗戶打開，他看見了。他向我頂禮，眼裏含著淚水，臉上帶著微笑。看到淚水和微笑交融互映是很美的。它本身就是一種經驗。

有一次因爲阿吉德・薩拉斯瓦帝的緣故，我不能講完開頭的故事。他以某種方式，就待在不遠處，很長時間，我都習慣他了。你們還記得那天嗎？當我談到阿吉德・穆科日傑（Ajit Mukherjee）的時候，那是著名的坦陀羅❸作家，是《坦陀羅藝術和坦陀羅繪畫》（*Tantra Art and Tantra Paintings*）一書的作者。我說，你們可以查看你們的紀錄……當我說「阿吉德」的時候，我說不出下面的「穆科日傑」。對我來說，「阿吉德」始終是意味著「阿吉德・薩拉斯瓦帝」。所以，當我談起阿吉德・穆科日傑的時候，我先說的是「阿吉德・薩拉斯烏……」，然後我才把自己糾正過來。我開始是說「薩拉斯瓦帝」，說到「薩拉斯烏……」，然後才說「穆科日傑」。

他一直都在場，從來不打攪我們，就待在不遠處，等著，只是等著。那種信任是稀有的，雖然有成千上萬的桑雅生以同一種敬意跟我在一起。知道還是不知道，那不要緊，要緊的是有敬意。

阿吉德．薩拉斯瓦帝有印度文化的背景，所以他自然比別人容易產生那種敬意、信任。但他是在西方受的教育，或許那就是爲什麼他能夠接近我的緣故。一個印度文化的背景和一個西方科學的頭腦——同時具有這兩樣東西是少有的現象，而且他是一個獨特的人。

而且，古蒂亞，還有更多的人會跟上來。是的，他們將劈哩啪啦地爆出來！這裏，那裏，到處。他們必須快點兒爆出來，因爲我的時間不多了。但是一個人「啪」的一聲爆入存在的聲音並不是流行音樂的聲音，甚至也不是古典音樂；它是純音樂，無法歸類……甚至不是給人聽的，而只是給人感受的。

喏，你們看出這句話的荒唐了嗎？我談到一種音樂，它必須被感覺，而不是被聽。是的，那正是我所討論的；那就是開悟。一切都安靜下來，彷彿芭蕉的青蛙從來沒有跳進古老的池塘……從來沒有，從來沒有……彷彿池塘始終沒有一絲漣漪，永遠映照著天空，紋絲不動。

芭蕉的這首俳句很美。我不知念過多少次，因爲它常念常新，總是孕育著新的意義。我這是第一次說青蛙沒有跳，也沒有「撲通」一聲。古老的池塘既不老也不新；它不知道時間。它的表面沒有漣漪。在它裏面，你可以看見所有的星星，比上面在天空裏的星星更加燦爛、更加莊嚴。池塘的深度大大豐富了它們的美。它們變得更像是用夢幻的材料編織而成的。

當一個人「啪」的一聲爆成開悟的時候，那時候他就知道青蛙沒有跳……古老的池塘也不古老。那時候他就知道存在是什麼。

這只是順便說一句。不過在我再次忘記……我昨天開頭的那個可憐的故事以前。你們也許以爲我不記得它了，其實我什麼都能忘記，唯獨不能忘記美麗的故事。即使在我臨終的時候，如果你們希望我說話，問我關於某個故事的問題——或許就是一則《伊索寓言》、《五卷書》❹、《本生故事》❺，或者耶穌的寓言故事。

我昨天說到……都是從「狗的死亡」的比喻開始的。我說那條可憐的狗跟它沒有關係。但是那個比喻後面有一個故事，而且因爲無數的人會死得像一條狗，所以它值得瞭解。或許你們已經聽過這個故事了。我想每個孩子都聽過，它十分簡單。

上帝創造了世界：男人、女人、動物、植物、鳥雀、山脈——所有東西。或許他是一個共產主義者吧。喏，這不好，至少上帝不應該是一個共產主義者。被人叫「上帝同志」總不好吧，「上帝同志，你好嗎？」這多不好聽。但故事說他給每樣東西二十年壽命。每樣東西得到的壽命都相等。可以想像，男人立刻站起來說：「只有二十年？那不夠。」

那體現出男人的某種特點：什麼都不夠。永遠不夠。女人沒有站起來。那也體現出女人的某種特點。她滿足於小事物。她的願望非常人性化，她不要求得到星星。其實她們在咯咯地笑男人，爲了登上珠穆朗瑪峰，或者月球或者火星，他們付出那麼大的努力。她無法理解幹這些荒唐事都是爲了什麼。我們爲什麼不去看看電視裏正在放什麼節目？據我所知，看電視……

阿淑的眼睛垂著。別不好意思。我這麼說並不是反對女人看電視。我是說我自己。我認爲女人看電視不是爲了別的，就是爲了看廣告；一種新肥皂，或者香波，或者新款汽車……新的，任何新的東西。

在廣告世界裏，每樣東西永遠都是新的。其實，它是反覆不斷地用新瓶裝舊酒。是的，包裝是新的，標簽是新的，名稱也是新的。但女人就是對新的洗衣機、冰箱或者自行車感興趣。女人的興趣是直接的。

在這個故事裏，她沒有站起來對上帝說：「什麼！只有二十年？」實際上，當男人站起來的時候，女人肯定在下面拽他，說：「坐下來，男人。你爲什麼發牢騷，總是發牢騷？你這壞脾氣的老傢伙，坐下來。」

但是男人一動不動地說：「不能強迫我們接受二十年的壽命，我要抵抗到底。壽命要增加。」

上帝不知如何是好。作爲一個共產主義的上帝，他能怎麼辦呢？他已經把壽命平均分配給每樣東西了。但是動物比這個信仰共產主義的傢伙更能體諒別人的心情。

大象笑著說：「不用擔心。你可以從我的壽命中去掉十年，因爲二十年太長了。我用二十年來幹什麼呢？——十年就行了。」於是人從大象的壽命中獲得十年。這十年就是人從二十歲到三十歲的年齡階段，在此期間，人的言行舉止都像大象。這也是嬉皮、雅皮和其他類似的群體紛紛誕生的十年。他們在世界各地都應該被叫作「大象」……自視過高。

然後獅子站起來說：「請接受我壽命中的十年。對我來說，十年已經足足有餘了。」在三十歲到四十歲之間，人吼起來像一頭獅子，好像他是亞歷山大大帝❻似的。連亞歷山大都不是一頭眞正的獅子，何況其他人呢？在三十歲到四十歲之間，每個人都以他自己的方式表現得像一頭獅子。

然後老虎站起來說：「既然大家都把壽命貢獻給人，那我也從我的壽命裏貢獻十年吧。」在四十歲到五十歲之間，人的言行舉止像一隻老虎——跟老虎比起來差多了，差遠了，並不比一隻大貓強，但自我吹噓的老習慣還在。

然後是馬站起來，也貢獻出十年。在五十歲到六十歲之間，人背了各種各樣的負擔。他就是一匹馬。還不是一匹普通的馬，是一匹極不尋常的馬，馱著一座煩惱的大山，但不知怎麼地，他的願望就這樣，把它們全都拉扯上，再一步一步地向前走。

在六十歲的時候，狗貢獻出他的十年，所以把它叫作「狗的死亡」。這個故事是最美麗的寓言之一。在六十歲到七十歲之間，人活得像一條狗，向每個移動的物體咆哮。他只是在尋找一切藉口咆哮。

故事沒有講到七十歲以後的事，因爲在最初講故事的時候，人無法期望活到七十歲以後。七十歲是傳統壽命。如果你是一個傳統的人，那就可以參照日曆，不多不少正好死在七十歲上。超過一點兒，就有一點兒現代化。活到八十歲、九十歲，甚至一百歲，那就是過度現代化，那是造反行爲。那是誤入歧途。

你們知道嗎？在美國，有人被冷凍在冰櫃裏，因爲他們得了不治之症。至少如今治不好，或許在二十年以內，我們能找到治療的方法。所以，即使他們還能帶病繼續活上幾年，他們也決定接受冷凍——自己掏錢，記住。在美國永遠都是自己掏錢。即使他們被冷凍起來，跟死了差不多，他們也得付款。他們得事先付款，提前付款，爲了接下來的二十年，以便他們的身體可以被持續冷凍。這，當然，是一件價格昂貴的事情。只有腰纏萬貫的人才支付得起。我想一具冷凍人體的保養費在一天一千美元左右。他們期望著，或者毋寧說他們曾經期望，一旦找到治療方法，他們就能被解凍，以健康之軀，重新回到生命中來。

他們等待著——可憐的、有錢的傢伙們；至少有幾百個人遍佈全美，他們等待著。這給「等待」增加了新的含意。這是一種新型的等待——不呼吸，卻等待著。這是眞正的等待果陀[7]，而且還要付款。

這個故事很老，因此用了諺語式的七十年。「狗的死亡」只是表示曾經活得像一條狗的人的死亡。同樣的，不要動怒，如果你是一個愛狗人士的話。這跟狗沒有關係。狗都是好人。但是「活得像一條狗」卻意味著活著就爲了咆哮、享受咆哮，一逮著機會就叫喊。活得像一條狗的意思就是不過人的生活，而去過某個低於人、次於人的物種的生活。活得像一條狗的人必定死得像一條狗。

顯然，你不可能獲得生前沒有掙到的那種死亡。我重複一遍：你不可能獲得生前沒有掙到的死亡。死亡要嘛是一種懲罰，要嘛是一種獎賞；它完全取決於你。如果你活得膚淺，那麼你的死亡將只是狗的死亡。狗都是些精明的人，非常理智。如果你熱情地、直覺地、發自內心地、智慧而非理智地生活；如果你允許你的整個生命存在捲入你所做的每一件事情中去，那麼你就能死得像個神。

讓我創造另一個短語，對應「狗的死亡」：「神的死亡」。正如你們所能看見的那樣，「狗（dog）」和「神（god）」是由相同的字母組成，只是寫法不同而已。相同的材料反過來放就變成「狗」；正過來放，就變成「神」。存在的實質和你的生命的本質是一樣的；你倒立還是正立都沒有關係。有個方面有關係：如果你倒立，你就會難受。如果你開始倒立行走，那麼可想而知，自己是在第七層地獄裏。但是你可以跳起來正立啊——又沒有誰不讓你正立！

這就是我的整個教導：跳起來！不要倒立，要正立。要自然！那時你就會活得像個神。然後，當然，神死得像個神。他活得像個神，死得像個神。我說神的意思就是指本性的主人（a master of one's self）。

譯註：

❶業：karmas，佛教名詞。造作之意，指一切由「思」引發的身心活動，並因此活動而集爲一種「力」，故又稱爲「業力」。它從身心所發，又能引發身心，雖刹那即滅，但其種子含藏於第八識中，其「勢用」相續不斷，引發善、惡、無記三業當生之果報。「業」又可分爲三類：定業與不定業、共業與不共業、引業與滿業。

❷摩訶迦葉：Mahakassapa，釋迦牟尼佛十大弟子之一。付法藏第一祖。生於王舍城近郊之婆羅門家。於佛成道後第三年爲佛弟子，八日後即證入阿羅漢境地。佛陀入滅後，成爲教團統率，於王舍城召集第一次經典結集。

❸坦陀羅：*Tantra*，印度教和佛教的密教經典、密教哲學。

❹五卷書：*Panchtantra*，寓言集，講述青年王子歸向正道的故事。

❺本生故事：指釋迦牟尼佛過去世的故事。

❻亞歷山大大帝：Alexander the Great，356-323 BC，馬其頓國王（336-323 BC），即位後，先後征服希臘、埃及和波斯，並侵入印度，建立亞歷山大帝國。

❼等待果陀：法國荒誕派戲劇家貝克特（獲一九六九年度諾貝爾文學獎）的代表作。

18 佛洛伊德的執著

佛洛伊德❶接見他的一個病人。他問躺在睡椅上的人：「你透過窗戶往外面看，你能看見街對面警察局大樓上面的旗杆嗎？」

老人說：「當然看得見。你以爲我瞎了嗎？我可能老了，但是我看得見杆子、旗子以及每一樣東西。這算什麼問題？我付錢是爲了讓你問那麼愚蠢的問題嗎？」

佛洛伊德說：「且慢，這正是精神分析的工作過程。告訴我那根杆子讓你想起了什麼？」

老人開始咯咯地傻笑。佛洛伊德高興極了。老人十分害羞地說：「它讓我想起了性。」

佛洛伊德希望每個人都來證明他的新理論，而這又是一次確認。他說：「我理解。那根杆子不是別的，就是陰莖的象徵。你不需要擔心，這是千眞萬確的。」

老人還在傻笑，於是佛洛伊德問他：「這張睡椅讓你想起了什麼？」

老人大笑說：「這眞是精神分析！我來就是爲了這個？我事先付錢給你就爲了這個？」記住，佛洛伊德通常都是預先收費的，因爲你既然是在對付各種各樣的瘋子，就不能依靠他們事後付錢給你。必須在治療開始以前先把錢收掉。

實際上，全世界沒有人，包括佛洛伊德自己，接受過徹底的精神分析，原因很簡單——

不可能做到。爲什麼？因爲那不是別的，就是念頭，沒有實體。一個念頭通向另一個念頭，如此繼續下去，沒完沒了。歷史上沒有一個精神分析學家能夠聲稱自己接受過徹底的精神分析。有某些東西始終沒有被碰觸過，而那些東西遠遠大於你以精神分析學家的名義所玩弄的小碎片。

不僅如此，老人還變得有一點兒生氣了。佛洛伊德說：「就問這最後一個問題，所以不要生氣。當然睡椅讓你想起了性；它讓每個人都想起性，所以這沒有問題——別生氣。就問這最後一個問題：當你看見駱駝的時候，你想到了什麼？」

這下老人眞的發作了，他哈哈大笑，不得不用手捧住肚子。他說：「我的上帝！我從未想到精神分析學家還跟駱駝有關係。不過有一個奇怪的巧合，我前幾天剛剛去過動物園，生平第一次看見駱駝，而這個老傢伙居然就在這兒，問我駱駝讓我想起了什麼！駱駝當然讓我想起了性，你這狗娘養的。」

這回輪到佛洛伊德吃驚了。駱駝？——他想不通怎麼駱駝也能讓人想起性！駱駝？就連他，佛洛伊德，也從來沒有因爲一頭駱駝而想起那個。這純粹只是一個問題而已。他本來希望那個男人會說：「它沒讓我想起什麼特別的東西。它就是一頭駱駝。它應該讓我想起什麼嗎？」

佛洛伊德說：「你我的全部樂趣都毀了。我本來以爲你是在證實我心愛的理論——但是我怎麼也想不通，駱駝怎麼能讓你想到性的？」

那個人笑得更厲害了，他說：「你這傻瓜！你什麼都不懂嗎？別爲那頭蠢駱駝擔心。每樣東西都讓我想到性，包括你！所以我能怎麼辦呢？那就是我的問題。那就是爲什麼我到這裏來的原因。那是我的執著。」

我之所以跟你們講這個故事，就是爲瞭解釋我所說的「執著」一詞的含意。整個世界可以被分爲兩大類：一類人執著於性，另一類人執著於死。那才是東方和西方的眞正分界線。它雖然不是地理上的劃分，但是遠比地理更重要。

我以前跟你們說過，英語一直在吸收其他語言中的詞彙。「地理」一詞，像其他許多詞彙一樣，是從阿拉伯語借來的。它在阿拉伯語裏十分優美，是jugrafia，不是「地理」。但不管它是地理，還是jugrafia，都不能作爲東西方的眞正分界線。我們必須瞭解某些心理特徵。

東方執著於死，西方執著於性。一個唯物論者必然執著於性，而唯靈論者必然執著於死——兩者都是執著。而以任何執著去生活，西方人或者東方人，幾乎等於沒有生活……它錯過了全部機會。東方和西方是同一塊硬幣的兩面，死亡和性也是這樣。性是能量，是生命的開始；死亡則是生命的頂點。

有許許多多人從來不知道眞正的性高潮是什麼，這並不是巧合。原因很簡單：除非你願意進入某一種死亡，否則你無法知道性高潮是什麼。可是沒有人想死，每個人都想活，都想一次又一次地獲得新生。

在東方，科學找不到任何立足點，因爲當人人都在努力停住生死之輪的時候，誰還願意學習科學呢？或者願意聽呢？誰管那個？爲了什麼？必須停住輪子。然而那是任何傻瓜都能辦得到的，只要在路上放塊石頭就行了。你不需要很多技術，就可以停住輪子，但是要轉動它，你就需要科學。

在科學中，一個幾乎不變的問題就是要找出存在運動的原因，或者換句話說，就是要找出永恆自動的機制，它不需要任何燃料，不需要任何汽油——不靠任何能量支撐的永恆的、穩定的運動，因爲每一種能量源遲早都會枯竭，那時候輪子就會停止轉動。科學就是要尋求讓輪子永遠轉動下去的方法，要找出不依靠任何能量源的運動。

在東方，科學永遠無法啓動；那輛汽車永遠不會啓動。也沒有人有興趣去啓動它；他們太擔心如何停止它的問題了，因爲它正在向山下面滾去。在東方發生的是完全不同的另一回事，它當然從未在西方發生過——坦陀羅。東方可以毫無禁制、毫無恐懼地探究性能量的最深處的核心。它根本不爲性擔心。事實上，我認爲我前面跟你們講的故事不是眞的。

我自己的感覺是，佛洛伊德肯定是在他自己的浴室裏，對著鏡子，跟自己談話。那個躺在睡椅上的老人不是別人，就是佛洛伊德自己。如果你們仔細觀察他的書，就會確信我所說的話。佛洛伊德的整個精神都關注在性上；每件事情都必須被降格到性上。他是人類歷史上最執著於性的人，然而不幸的是，他統治著所謂的心理學、精神分析學以及其他許多門類的治療。在這些領域裏，他已經具有父親的形象了。

奇怪的是，像佛洛伊德這樣的人，他患有各種各樣的恐怖症，居然能成爲這整個世紀的關鍵人物。他是那麼害怕。這很自然，記住，如果你執著於任何事物，無論它是性還是死亡——那是兩個主要類別……世界上有成千上萬種事物，但是它們都可以歸到這些類別中去。你只要執著於這兩樣事物中的任何一樣，你就是完全無知的人，你就會一直擔驚受怕——實際上，是怕光，因爲你已經在你的黑暗中，用理論、教條以及所有諸如此類的東西，創造出你自己的虛構世界。你會怕光，怕帶來燈光的人……像戴奧眞尼斯這樣的人，甚至在光天化日之下，他都會赤身裸體地拎著一盞燈闖進來。

我有的時候會想，假如戴奧眞尼斯闖進佛洛伊德所謂的心理治療室就好了，對佛洛伊德好，他手裏的燈依然光明奪目——當然是赤身裸體的，因爲他始終赤身裸體。那種會面將產生出極有價值的東西來。像佛洛伊德這樣的人害怕光明；所以戴奧眞尼斯總是拎著他的燈。每次有人問他，爲什麼大白天拎著燈，他就會回答說：「我在找一個人，我還沒有找到他。」

在他臨終前一刻，有人問他：「戴奧眞尼斯，在你離開身體之前，請告訴我們：你找到那個人了嗎？」

戴奧眞尼斯笑著說：「我很抱歉地說，我找不到他。但是我必須說明一點：我的燈還在我身邊，沒有人把它偷走——眞是太好了。」

佛洛伊德雖然執著，卻始終代表整個西方的態度。那就是爲什麼榮格❷不能跟他長期相處的原因。原因很簡單：榮格的執著不是性，而是死亡。他需要一位東方的師傅，而不是西方的。然而事情總是非常複雜，他特別以西方爲榮，以至於當他訪問印度的時候，有人暗示他應該去見見馬哈西・拉芒（Maharshi Raman），他那時候還活著，但是榮格沒有去。乘飛機只要一個小時就到了……他其他地方都去了。他在印度待了幾個月，卻沒有時間去見見馬哈西・拉芒。同樣的，原因也很簡單：要面對拉芒這樣的人需要有膽量。他是一面鏡子。他會把你的眞實面目顯現給你。他會揭掉你的所有面具。

我眞的痛恨榮格這個人。我也許會譴責佛洛伊德，但是我不恨他。他也許錯了，但他是個天才。他是個天才，即使他做的事情我不支持，因爲我知道那不對。但榮格這個人純粹是個侏儒；跟佛洛伊德相比，他連站的地方都沒有。而且他也是一個猶大：他背叛了他的師傅。

師傅本身就是錯的，但那是另一回事。無論對錯，佛洛伊德畢竟選擇了榮格做他的首席門徒，然而事實依然證明他只是一個猶大。他沒有佛洛伊德那樣的才幹。他們爲什麼不得不分道揚鑣的眞正原因——我從未在佛洛伊德或者榮格的任何文字中看到他們提起過，我這是第一次說出來——就是榮格的執著是死亡，而佛洛伊德的是性。他們不可能長期相處，他們不得不分道揚鑣。

東方，幾千年來，一直病態地以某種方式忙於擺脫生命。是的，我稱之爲病態。我喜歡按照事實稱呼一樣東西。鐵鍬就是鐵鍬，既不多也不少。我希望僅僅陳述事實。東方之所以苦難深重，就因爲這種病態，從出生那一刻起就不斷地思考如何擺脫生命。我認爲這是世界上最古老的執著。成千上萬跟佛洛伊德一樣有才幹的人生活在它下面，還要強化它、滋養它。

我不記得有哪個人曾經站起來反對它。他們都同意，即使他們不同意其他每一件事情：摩訶毗羅、摩奴、卡納德（Kanad）、喬達摩、商羯羅❸、龍樹❹——名單幾乎列不完。他們都遠遠超過佛洛伊德、榮格或者阿德勒❺，以及他們留下來的許多雜種。

但僅僅是一個天才，甚至是一個大天才，這並不一定意味著你就是對的。有時候一個單純的農夫可能比一個大學者更正確。一個園丁可能比一個教授正確。生命的確很奇怪；它總是造訪最單純的、慈愛的人。東方錯過了，西方也在錯過。兩者各有所偏。

我不得不談論這個問題，因爲這是我的基本貢獻之一，人不應該爲性或者死亡煩惱。他應該從兩種執著裏解放出來；只有那樣，他才會知道，他會知道，眞夠奇怪的，它們沒有差別。每一剎那深刻的愛都是一剎那深刻的死亡。每一次性高潮也都是一個終結、一個句號。有些什麼達到了一種高度，觸摸到一顆星星，它將永遠不同於從前，無論你做什麼。實際上，你做得越多，它離得越遠。

但是人幾乎生活得像一隻耗子，躲在他的洞裏面。你可以稱之爲東方的、西方的、基督教的、印度教的；有成千上萬的洞可以讓各種各樣的耗子藏身。但是在一個洞裏面，無論怎麼裝飾、油漆，弄得幾乎像一個大教堂、一座精美的寺廟或者一個清眞寺，它也還是一個洞。住在裏面就等於繼續慢性自殺——因爲你並無意做一隻耗子。要做一個男人。要做一個女人。

迄今爲止，一切都在無意識地、自然地發生，但是現在自然再也做不了什麼了。你們難道無法直接看到這一點嗎？達爾文❻說人是猴子生的。他或許是對的。我不這麼認爲，所以我說他或許是對的。可是接下來又發生了什麼呢？猴子不會變成人……你不會突然看見一隻猴子變成一個人，從而證明達爾文的理論。

沒有哪隻猴子對達爾文感興趣。我認爲他們從來沒有讀過他那些絕對缺乏詩意的書。實際上他們——他們肯定，我猜想——很生氣，因爲達爾文認爲人是進化了的。沒有哪隻猴子能相信人比他還要進化。所有的猴子——相信我，我接觸過各種各樣的人，包括猴子在內——都相信人是墮落的猴子……從樹上墮落的。他們不可能認爲這是進化。你們將不得不同意我用一個新的詞來說：退化。達爾文或許是對的——可是接下來又發生了什麼呢？忘記那些猴子吧，我們跟它們毫無關係。

人又發生了什麼呢？幾百萬年都過去了，人卻依然如故。進化的過程停止了嗎？是什麼原因使它停止的？我想任何達爾文主義者都無法回答這個問題，你們要清楚，我已經盡可能深地研究過達爾文和他的追隨者了。我之所以說「盡可能」，是因爲沒有多少深度可究。我能怎麼辦呢？但是沒有一個達爾文主義者回答這個基本的問題：如果進化是存在的法則，那麼爲什麼人沒有進化成超人呢？或者至少進化成比人再好一點的東西呢？別稱之爲「超」，這個詞跟人連在一塊兒聽上去太大了一點兒。爲什麼人不再好一點兒呢？

然而過了那麼多世紀，根本沒有變化。就歷史學家所知，人一直是老樣子，跟現在一樣醜陋。其實，如果談得上有什麼變化的話，那就是他變得更醜陋了。是的，我說的是沒有人願意說的話。政客們不可能說，因爲選舉權歸猴子們所有。所謂的哲學家不可能說，因爲他們都期待著他們的諾貝爾獎，而評委會是由猴子組成的。如果你講眞話，你就會陷入和我一樣的困境。自從我變得覺知了，我還沒有度過一天沒有麻煩的日子呢。內在是沒有麻煩的，所有的麻煩都已經停止了，但是外在每時每刻都有麻煩。就連你們跟我交往，也會遇到麻煩。

前幾天我剛得到消息，說我們的一個中心[7]遭到攻擊。在一哄而上的攻擊下，所有的窗戶都被打碎了。他們想拿走什麼，就拿走什麼。隨後整個中心都付之一炬。

喏，我的人沒有傷害過任何人；他們只是在那裏見面，在那裏靜心。連警察都做出聲明：「眞奇怪，因爲我們觀察這些人已經有兩年了，他們完全是清白的。他們既沒有政治傾向，也不處於任何意識形態中——他們只是自娛自樂。爲什麼他們的房子會被燒掉，這無法解釋。」警察也許沒有找到解釋，因爲解釋在這裏，躺在這張牙科診療椅上。

我沒有一天不遇到這樣或者那樣的麻煩，而那是最令人費解的怪事，因爲我們沒有做過任何傷害他人的事。我沒有傷害過任何人；我的人沒有傷害過任何人……不過，那或許就是他們的罪過吧。黑手黨可以容忍；我不行，你們不行。這個世界，不是執著於性，就是執著於死亡，將繼續它的病態。如果我們想擁有一個健康的、健全的人類，那麼我們將不得不徹底改變我們的思維方式。

首先我要說的是：接受已經存在的事物。性不是你創造出來的，感謝上帝；不然的話，每個人都會用一種不同的機制，那將帶來巨大的挫折，因爲那些機制完全不配套。它們即使一模一樣，也不相稱，即使有意要和諧，也不和諧。如果每個人都發明一套自己的性行爲，那眞的要天下大亂了。你無法想像那是一種什麼局面。幸虧你來的時候已經裝備好了，已經成爲潛在中將要成爲的你了。

死亡也是一件非常自然的事情。只要稍微想一想：如果你會永遠活下去，你怎麼辦？記住，你不能自殺。我一直喜歡亞歷山大大帝尋找永生祕訣的故事……最後他終於在阿拉伯沙漠中找到它了。高興啊！狂喜啊！他肯定樂得手舞足蹈。然而正當此時，那隻烏鴉說：「且慢，且慢，在你喝下這種水之前。這種水不是普通的水。我喝過，唉！現在我死不了了。我什麼方法都試過，但是全沒有用。毒藥毒不死我。我用頭撞石頭，倒是石頭碎了，我完好無損。在你決定喝這種水以前，你要三思。」故事結尾說，亞歷山大大帝最後逃出洞穴，爲了不受誘惑去喝水。

亞歷山大大帝的老師不是別人，正是偉大的亞里斯多德，歐洲哲學和邏輯學之父。實際上，亞里斯多德是整個西方思維之父。一個偉大的父親！沒有他，就不會有科學，當然也不會有廣島和長崎。沒有亞里斯多德，你就無法想像西方。亞里斯多德是亞歷山大大帝的老師，而我總是發現，老師都很可憐。

我記得小時候看一本書——我不記得是哪一本了，也可能是一部電影——裏面有亞里斯多德教亞歷山大的情節，男孩說：「我現在什麼也不想學，我想騎馬。你給我變成一匹馬好了。」於是可憐的亞里斯多德只好變成一匹馬。他四肢著地趴下來，亞歷山大大帝則坐在他的背上騎他。這就是成爲西方哲學之父的人！這算哪種父親……？

蘇格拉底從來沒有被稱爲西方哲學之父。蘇格拉底，當然嘍，是柏拉圖的師傅，柏拉圖又是亞里斯多德的師傅。但是蘇格拉底最後被人毒死了，因爲他不好吃——不容易消化。西方想要徹底忘掉他。他可能已經創造出我所談論的綜合（synthesis）。假如他沒有被毒死，他的話人們願意聽從；假如他對眞理的探究成爲後人的基礎，我們現在就會生活在一個完全不同的世界裏。柏拉圖也不能被認爲是西方哲學之父，因爲他跟危險的蘇格拉底關係過於密切。其實，除了柏拉圖寫到的那些關於蘇格拉底的事情以外，我們對他一無所知。

就像戴瓦蓋德正在做紀錄，柏拉圖肯定也是這樣不斷地從他師傅那裏做紀錄。柏拉圖之所以不被接受，是因為他只是蘇格拉底的影子。亞里斯多德雖然是柏拉圖的弟子，卻是一個猶大。他起初是一個弟子，學習他師傅所教的東西，後來他憑自己的能力變成一位師傅。可他是一個多麼可憐的師傅啊，從國王手裏拿薪水，做他兒子的家庭教師。知道他願意變成亞歷山大的一匹馬眞叫人噁心！誰在教誰啊？誰是眞正的師傅？

我過去在大學裏當老師。我知道，既然亞歷山大能騎在亞里斯多德頭上，這就證明他不是西方哲學之父。如果他是西方哲學之父，那麼整個西方哲學就只是一個孤兒，一個被基督教傳教士收養的孩子，或許是被加爾各答❽的德蕾莎修女❾收養的。那個偉大的女士什麼事情都做得到！我可憐亞里斯多德。我找不出別的詞來說他。我感到羞愧，因為我也曾經是一個教授。

我每天上課時所說的第一段話就是：「記住，在這裏我是主人。如果你們不想聽我講課，就從這裏消失。如果你們想聽我講課，那就好好聽著。我願意回答你們的所有問題，但是我不會容忍任何噪音，哪怕小聲交談也不行。如果你有女朋友在這裏，那你馬上出去，我允許你跟你的女朋友一起走。當我說話的時候，只有我說話，你們聽。如果你們想說什麼，就舉手，一直舉著，因為那並不意味著你們一想提問，我就得立刻回答。我在這裏不是做你們的僕人。我不是亞里斯多德。就算亞歷山大大帝也不可能把我變成一匹馬。」

這是我每天的開場白，我很高興他們聽得懂。他們必須聽得懂。所以我有時候對你，戴瓦蓋德，很嚴厲，雖然我很清楚你不得不使用你的按鈕❿，而且它們肯定會發出噪音。你能怎麼辦呢？我很清楚這一點。那只是我的一個老習慣罷了。

除非在絕對安靜的環境裏，否則我絕不講話。你知道的，你聽我講話已經有好幾年了。你瞭解佛堂裏的那種安靜。只有在那種安靜的氛圍裏……你說的英語成語很有意義：安靜得連針掉到地上，你都聽得見。所以我知道，但我就是習慣於安靜。

前幾天，當我離開房間的時候，你看上去不怎麼高興。那天後來我感到很不舒服，它的確刺痛了我。我從來不想以任何方式傷害你，那只是我的老習慣，而且你已經不可能再教我什麼新招了。

我來到美國的時候，又開始開車，跟我一同坐在車裏的人偶爾也會感到不高興。我本來就不是一個駕駛員，更別說是優秀的駕駛員了——所以我自然會做錯每一件事。雖然他們盡量不干涉我，我能體會他們的難處。他們始終在克制著自己。我在開車，他們在克制自己——那種場面實在可觀。但是仍然，他們偶爾會忘記我的習慣，開始對我說些什麼，那些話往往都是對的。關於那些，我無話可說。但是對錯並不重要——當我開車的時候，是我在開車。如果我開錯車了，那我就開錯車。他們能克制自己多長時間呢？情況很危險，他們並非關心自己的生命。他們是關心我的生命，但是我能怎麼辦呢？我只能重申這個事實，如果我開錯車了，我會繼續這麼開下去。在那種時刻，我特別不願意別人來教我。這絕對不是自我主義。

我就是那樣的。你們可以不斷地告訴我，我哪兒做錯了，我會敞開心扉認眞傾聽。但是當我在做事情的時候，我討厭有人干涉我。即使意圖是好的，就算是爲我自己好，我也不要。我寧可開錯車死掉，也不要別人的建議來保全我的性命。我就是這樣的，要改爲時已晚。

你們會感到吃驚，要知道它總是爲時已晚。甚至當我還是一個孩子的時候，它就爲時已晚了。我只能按照我希望的方式做事情；對與錯都沒有關係。如果碰巧做對了，很好；如果碰巧沒有做對，那不關我的事。

有時候，我可能對你很嚴厲，但是我並不想那樣。那只是一個習慣，在漫長的歲月中養成的。三十多年，我一直在絕對安靜的環境下教學。我無法忘掉它。

前面我是在樹立一個觀點，並且打算明天討論它。這個觀點就是：我並不反對擺脫輪迴，但是我反對執著於停住它。它是自己停住的，不靠你去停住它。你只有去做另外某件事情，它才能停住。另外某件事情，我稱之爲靜心。

譯註：

❶佛洛伊德：Sigmund Freud，1856-1939，奥地利精神病學家、精神分析學派心理學創始人，提出潛意識理論，認爲性本能衝動是行爲的基本原因，主要著作有《釋夢》、《精神分析引論》等。

❷榮格：Carl Gustav Jung，1875-1961，瑞士心理學家、精神病學家，首創分析心理學。

❸商羯羅：Shankara，788-820，印度中世紀經院哲學家、吠檀多不二理論家，認爲最高眞實

的梵是宇宙萬有的始基，著有《梵經注》、《廣森林奧義注》、《我之覺知》等。

❹龍樹：Nagarjuna，印度佛教大乘中觀學派創始人。

❺阿德勒：Alfred Adler，1870-1937，奧地利精神病學家和心理學家，創立個體心理學體系，設計了支持性心理治療方法，著有《個體心理學實踐與理論》、《神經症體質》、《理解人性》等。

❻達爾文：Charles Robert Darwin，1809-1882，英國博物學家，演化論的創立者。

❼我們的一個中心：此指奧修的一個靜心中心。

❽加爾各答：Calcutta，印度東北部的港市。

❾德蕾莎修女：Mother Teresa，1910-1997，印度天主教仁愛傳教會創建者（1948），在加爾各答設立許多服務所，救濟貧民、殘疾人和重病患者，被印度政府授予「蓮花主」勛章，獲一九七九年諾貝爾和平獎。奧修在其他著作中曾對她另有評論。

❿按鈕：此指錄音器材上的開關。

19

嗡嗡響的家

好。我這個「好」說得早了一點，就因爲我關心起你們的憂慮來了。至少一開始不要憂慮呀，一開始先讓我把要說的話說出來。如果你們憂慮，顯然我就會說「好」，可那樣就一點兒也不好了。

我的外祖父去世以後，我再次離開我的那呢，但是沒隔多久，又回到我父親的村莊。不是因爲我想回去——就像我一開始所說的這個「好」……不是因爲我想說「好」，而是因爲我也不能無視於他人的關心，我的父母不會允許我到死去的外祖父家去。我的外祖母本人也不願意跟我一塊兒去，作爲一個年僅七歲的孩子，我看不出其中有任何未來可言。

我一遍又一遍地想像著自己回老家的畫面，獨自一人坐在牛車裏……伯拉吆喝著牛。他起碼還有個伴兒。我則獨自一人坐在牛車裏面，思考未來。我在那裏幹什麼呢？是的，我的馬會在那裏，但是誰來餵它們呢？實際上，是誰來餵我呢？我連怎麼泡一杯茶都沒有學過。

有一天古蒂亞去度假，切達娜替她履行職責，服侍我。早晨當我醒來的時候，我按電鈕要茶。切達娜端茶來，放在我的床邊，然後到浴室去準備我的毛巾和牙刷，以及我所需要的各種東西。就在這個時候，十年來頭一回，你們知道嗎——人必須學會做小事情——我試圖把茶從地板上端起來，它一下子就打翻了！

切達娜跑過來，自然感到害怕。我說：「別擔心——這是我的責任。我不應該這麼做。我從來不需要把我的茶從地板上端起來。這十年當中，古蒂亞一直寵著我。事到如今，你也不可能一朝一夕就把我挽救過來。」

那麼多年了，我一直被人寵著。是的，我稱之爲「寵」，是因爲他們從來不讓我自己做任何事情。我的外祖母比古蒂亞所能想像的還要厲害：她甚至都不讓我自己刷牙！我會對她說：「那呢，我可以自己刷牙。」

她會說：「住嘴，拉迦！別說話。我做事情的時候別來煩我。」

我會搖著頭說：「我是有道理的！你在對我做事情；我都不能告訴你我可以自己做。」

在我的記憶當中，我沒有一次被人要求過做事情，除了完全讓我自由自在以外——那意味著一切淘氣的根源。因爲你一旦絲毫不要求孩子做任何事情，他的能量太充沛了，就得把它投入到什麼地方去——是對是錯並不重要。重要的是投入，而淘氣是一切可能中最好的投入。所以我對周圍的每個人都做過各種各樣淘氣的事。

我身邊常常帶著一只小手提箱，就像醫生用的那種。有一次我看見一個醫生從我們村莊經過，就對我的那昵說：「除非我得到那只手提箱，否則我就不吃飯！」我是從哪兒獲得不吃飯的想法的？我曾經看見我的外祖父連續幾天不吃飯，特別是在雨季，耆那教徒過節的時候；最正統的耆那教徒是連續十天什麼也不吃。所以我說：「除非我得到那只手提箱，否則我就不吃飯。」

你們知道她是怎麼做的？那就是爲什麼我依然愛著她的緣故。她對伯拉說：「拿上你的槍去追那個醫生，把他的包包搶過來。哪怕你非得朝他開槍不可，也要弄到他的包包。別擔心，我們會在法庭上照顧你的。」

伯拉拿起槍就跑，我跟在他後面跑，想去看看到底會發生什麼。看見伯拉拿著槍——那時候在印度，人們最不想看見的莫過於一個歐洲人拿著一把槍了——醫生開始渾身發抖，像被狂風吹動的樹葉。伯拉對他說：「不必發抖，只要把你的手提箱遞過來，然後滾到地獄裏去，或者其他什麼你想去的地方。」那個醫生，依然渾身發抖，把他的手提箱遞了過來。我不知道你們如何稱呼這種醫生用的手提箱，戴瓦拉吉。是叫手提箱還是什麼？叫醫生的箱子嗎？戴瓦蓋德，你怎麼稱呼它？

「可能叫出診包吧？」

出診包？它的樣子不像包包。戴瓦拉吉，你能提供一個名稱嗎？出診包？好吧……你能找到更好的詞嗎？

「最早的包包叫作格萊斯頓包❶。那是最早的黑色提包。」

什麼？格萊斯頓包？對，我剛才想的正是這個，但是想不起來了——當然，格萊斯頓包。很好，可我還是不喜歡給那只包取這個名字。我還是繼續叫它醫生的手提箱吧，雖然我知道它不是手提箱。那沒關係，反正現在大家都知道我說的是什麼了。

看見醫生發抖，我才生平第一次明白，所有的教育都是無用的。如果教育不能使你無所畏懼，那麼教育是幹什麼的？僅僅爲了掙麵包和黃油，你就會發抖嗎？你將是一隻裝滿麵包和黃油的包，而且是發抖的。眞精彩。這突然讓我想起了艾科林醫生。

我聽說——只是傳言，不過我愛傳言甚於福音……說到底，那些福音也無非是傳言罷了，只是說的方式不地道，不那麼繪聲繪影。我聽說❷——這是佛教福音的開講方式，我的意思是說佛教傳言的開講方式。我聽說——多美的一句話！——艾科林醫生就愛這句話，我寧可順便叫他因科林❸算了，但我聽說他的名字不是因科林，而是艾科林……

我不認識這個人。我想他已經死了吧，因爲我給他出家的時候是叫他舜堯❹的。我不知道舜堯出了什麼事，或者艾科林醫生是怎麼復活的，但是假如耶穌能辦得到，爲什麼艾科林就辦不到呢？總而言之，他還在——要嘛倖存，要嘛是復活，到底是其中哪一個，意義並不大。傳言說他所愛的人跟另一個桑雅生跑了，她愛上了這個新來的傢伙。

當他們回來的時候，艾科林醫生感到一陣「愛的發作」。我很驚訝他是怎麼做到的，因爲要感受到愛的發作，你首先要有一顆心。心臟病發作不一定就是愛的發作。心臟病發作是生理現像，愛的發作是心理現象，來源於心的更深處。但是首先你得有一顆心才行。

喏，艾科林醫生心臟病發作，或者愛情發作，是不可能的。他們應該來找我諮詢。我當然不是醫生，但我肯定是佛陀那個意義上的醫生。佛陀過去稱自己爲醫生，而不是哲學家。

可憐的艾科林醫生……沒有毛病。如果什麼東西也沒有，怎麼可能有毛病呢？生理檢查下來，一切正常。心理檢查下來，問題依然存在：他的愛人現在是別人的愛人了。那件事情刺傷了他——但是在哪裏呢？

沒有人知道它刺傷了哪裏。在肺裏？在胸腔裏？艾科林醫生就是指著那兒說痛的，在胸腔裏。艾科林醫生，它不在你的胸腔裏，它在你的頭腦裏，在你的嫉妒裏。嫉妒的中心當然不在胸腔裏；實際上，每一種感受的中心都在頭腦裏。

如果你是B．F．斯金納❺或者巴伐洛夫❻的追隨者，巴伐洛夫是斯金納的祖父，或者也許是曾祖父吧，他和佛洛伊德屬於同一個時代，也是他的最大的對手——那麼「頭腦」這個詞就用得不對；你可以換過來，把它讀作「大腦」。但大腦只是頭腦的身體而已，是頭腦運作的機械裝置。你稱之爲頭腦或大腦並不重要，重要的是每一種感受的中心都在那裏。

艾科林醫生，我不能叫他舜堯，因爲在馬德拉斯，他的事務所門前，他在招牌上寫著「艾科林醫生事務所」。如果你打電話給他，他的助手會說：「艾科林醫生嗎？他沒有空。他正在開會。」什麼時候他把那塊板撤走了，並且他那愚蠢助手會問：「艾科林這個傢伙是誰？我們從來沒有聽說過他。是的，他曾經在這裏，後來他去了印度，死在那裏。有一個叫舜堯的同事回來接替他的位置。」我還會再次叫他舜堯的。只有當他在內心深處把他的板燒掉，跳上去踩它，直至它消失無形，我才會叫他舜堯。

但是這個故事，或者恰當地說是傳言，只是告訴你們，每一種感受首先存在於頭腦，然後才存在於身體。身體是頭腦的延伸，以物質形式。大腦是那個延伸的開端，身體則是它的充分展現，但種子始終在頭腦裏。頭腦不僅攜帶這個身體的種子，而且還具有幾乎可以成爲任何事物的潛力。它的潛力是無窮的。人類的整個過去都包含在它裏面——不僅是人類的過去，甚至還有前人類的過去。

在母親子宮裏的九個月，孩子差不多要經歷三百萬年的演化過程……當然速度非常快，彷彿在看一部快速放映的電影，幾乎看不清影片上的內容——只是一閃而過。但是孩子在九個月期間，的確是從頭經歷了整個生命過程。起初——我並不是引用《聖經》，我只是開始講述每個孩子的生命眞相——起初每個孩子都是一條魚，正如整個生命一度起源於海洋。人的身體裏面依然攜帶一定數量的鹽分，像海水那樣。人的頭腦一遍又一遍地上演這齣戲劇：整部創世的戲劇，從魚一直到吐出最後一口氣的老人。

我曾經想回到外祖父的村莊去，但是要重新獲得已經失去的東西幾乎是不可能的。我從此學會了最好不回頭的道理。從那以後，我去過許多地方，但是我絕不做故地重遊。我一旦離開一個地方，就永遠離開它了。那一段童年的情節永遠決定了一種模式、一種結構、一種系統。儘管我想去，也得不到支援。我的外祖母只是說：「不，我不能回那個村子。如果我的丈夫不在那裏，那我爲什麼還要回去呢？我到那裏去全是爲了他的緣故，不是爲了那個村子。如果我非得去哪兒不可的話，我願意去喀久拉霍。」

但那也是不可能的，因爲她的父母都死了。我後來去過她的家，她就出生在那兒。那兒已是一片廢墟，不可能再回去了。而伯拉呢，他是唯一願意回去的人，卻死在他主人亡故之後，僅僅相隔二十四小時。

誰也沒有準備，一下子看到兩起死亡的發生，特別是我，他們兩個對我來說意味著太多太多。對我的外祖父而言，伯拉也許只是一個忠順的僕人，但是對我而言，他卻是一個朋友。我們大部分時間都在一起——在農田裏，在森林裏，在湖上，在每一個地方。伯拉像影子似的跟著我，從來不打攪我，卻始終準備幫助我，以一顆赤誠的心……如此貧困而又如此富有，二者兼備。

他從來不邀請我到他們家去。有一次我問他：「伯拉，你爲什麼從來不邀請我到你們家去呢？」

他說：「我太窮了，雖然我想邀請你，但是我的貧困不允許我這麼做。我不希望你看見那間醜陋的房子，它髒得要命。我看這輩子是沒機會邀請你了。我眞的已經打消這個念頭了。」

他的確非常貧困。那個村莊有兩個部分：一部分給高種姓❼的人住，另一部分給較爲貧困的人住，在湖的另一邊。伯拉就住在那裏。雖然我試過很多次，想到他們家去，但是都辦不到，因爲他始終像影子似的跟著我。甚至不等我起步朝那個方向走呢，他就已經把我攔住了。

甚至我的馬都聽他的話。什麼時候它開始朝他們家走，伯拉就會說：「不！別去。」當然那匹馬是他從小養大的，他們心心相印，馬一聽到他的話，就會停下來。根本沒有辦法讓馬朝伯拉家走，連朝村莊的窮人區走都不行。我只能從另一邊——富人區看它，富人區是婆羅門❽和耆那教徒居住的，以及所有天生潔淨的人。伯拉是首陀羅❾。「首陀羅」的意思是「天生不潔淨」，而且首陀羅也沒有辦法淨化自己。

這就是摩奴的傑作。那就是爲什麼我譴責他、痛恨他的緣故。我公開聲討他，而且希望全世界都知道這個人，摩奴。因爲除非我們瞭解這種人，否則我們永遠也無法從他們的桎梏中解放出來。他們將繼續以這樣那樣的形式影響我們。要嘛是種族——甚至在美國，如果你是一個黑人，你就是首陀羅，一個「黑鬼」，不可碰觸[10]。

無論你是黑人還是白人，兩種人都需要瞭解摩奴的瘋狂哲學。正是摩奴這個人以極微妙的方式影響了兩次世界大戰。或許他還會引發第三次世界大戰，最後……眞是一個有影響力的人啊！

甚至在卡內基[11]寫出《如何贏得朋友及影響他人》（*How to Win Friends and Influence People*）之前，摩奴就已經掌握了所有祕訣。實際上，別人很想知道卡內基到底贏得了多少朋友、影響過多少人。他肯定不如馬克思、佛洛伊德、聖雄甘地。而所有這些人對影響他人的科學都一無所知。他們不需要知道，他們自己肚子裏有的是。

我想任何人對人類的影響都比不過摩奴。甚至今天，無論你是否知道他的名字，他都在影響你。如果你自認爲高人一等，就因爲你是白人或者黑人，或者就因爲你是男人或者女人，摩奴都在幕後操縱你。必須徹底拋棄摩奴。

我本來想說別的事情，但我開始一步走錯了。我的那昵堅持不懈地告誡我：「起床的時候一定要先出右腳。」你們會很吃驚地知道，我今天沒有聽從她的告誡，所有的事情都亂套了。我開始說錯了一個「好」字；喏，如果你一開始就不好，自然接下來的每件事情都不好。

我還有時間說點正確的話嗎？很好。讓我們重新開始。

我想到我外祖父的村莊去，但是沒有人願意支援我。我無法想像自己怎麼可能獨自一人在那裏，沒有我的外祖父、我的外祖母或者伯拉在身邊。不，那不可能，所以我只能勉強說：「好吧，我會待在我父親的村裏。」但是我母親自然希望我跟她住在一起，而不是跟我的外祖母住在一起。我的外祖母一開始就明確表示，她會住在同一個村莊裏，但是要分開住。他們在河邊一處風景優美的地方替她物色了一座小房子。

我的母親堅持要我跟她住在一起。我七年多沒有跟家裏人住在一起了。但我們家可不是一個小單位，它完全是一個龐然大物——那麼多人，形形色色，什麼都有：我的叔叔們、我的嬸嬸們、他們的孩子們以及叔叔們的親戚，等等，等等。

在印度，家庭跟西方不同。在西方，它是獨門獨戶的：丈夫，妻子，一、二或者三個孩子。一個家庭最多可能有五個人。在印度就要被人笑話了——五個人？只有五個人？在印度，家庭成員多得數不過來，可以有好幾百個人。客人來拜訪，從來不走，也不會有人對他們說：「請你，你該走了。」因爲實際上沒有人知道他們是誰的客人。

父親會想：「他們或許是我妻子的親戚，所以還是別吭聲爲好……」母親想：「他們或許是我丈夫的親戚……」在印度，不可能走進一戶人家你跟他們什麼關係也沒有，如果你能閉緊嘴巴不說話，你就能永遠住在那兒。沒有人會叫你出去，每個人都以爲你是別人請來的。你只要別吭聲，而且面帶笑容就行了。

那是一個大家庭。我的祖父——我指的是我父親的父親——起碼可以說，我一向不大喜歡這個人。他跟我的另一個祖父大不相同，簡直完全相反；非常不安寧，隨時準備撲向任何人，撿起一個藉口就準備戰鬥。他是一個眞正的鬥士，無論事出有因，還是無因。鬥爭本身就是他的演習，他一直不停地鬥爭。難得見到他不跟別人鬥爭，然而，說也奇怪，居然也有人愛他。

我的父親有一家小型的服裝商店。我偶爾也坐在那裏觀察別人，看看都發生些什麼，有時候這的確很有趣。最有趣的是有少數幾個人會問我父親：「巴巴在哪裏？」——那是指我的祖父。「我們只想跟他做生意，不想跟其他任何人做。」

我被搞糊塗了，因爲我的父親那麼單純、那麼誠實，又那麼正直。他會直接告訴別人東西的價格，就像這樣：「這是我的成本價。現在就看你願意給我們多少利了。我把它交給你了。我當然不可能降低成本價，但是你可以決定你願意付多少。」他會告訴他的顧客：「成本價是二十盧比，你可以再給我一個或者兩個盧比。兩個盧比等於百分之十的利，對我來說夠了。」

但人們卻會打聽：「巴巴在哪裏啊？——因爲除非他在這兒，否則生意做起來沒勁。」我起先難以置信，但是後來我的確看穿他們目的所在了。那是討價還價的樂趣，做買賣的樂趣，或者——你們怎麼說——議價嗎？

「爭價，奧修。」

爭價？很好。這對顧客來說肯定是一大樂趣，因爲如果東西値二十盧比，我的巴巴就會先開價五十盧比，然後經過一段漫長的爭價過程，他們雙方都很享受這個過程，最後價格會停在三十盧比左右。

我常常笑出聲來。等顧客走了，我的巴巴往往會對我說：「你不應該在那種時候笑。你應該嚴肅，好像我們正在損失錢財。當然，我們不可能損失。」他會告訴我：「無論是西瓜落在刀上，還是刀落在西瓜上，在任何情況下，被砍的都是西瓜，而不是刀。所以，當你看到別人從你父親的手裏用二十盧比就能買下來的東西，我要價三十盧比，你不要笑。你的父親是個傻瓜。」

當然了，看起來我父親是個傻瓜，和戴瓦蓋德是同一類型的傻瓜。現在輪到他去達到我父親所達到的傻瓜的終極境界了。對傻瓜來說，什麼事情都可能發生，包括開悟。是的，我父親是個傻瓜，我的巴巴是個非常狡猾的人，一個狡猾的老人。我一想起他，就彷彿想起了一隻狐狸。他肯定一度生爲狐狸，他是一隻狐狸。

巴巴做每件事情都精打細算。他本來可以是個象棋高手，因爲他至少能預先設想五步。他眞的是我碰到過的最狡猾的人。我見過許多狡猾的人，但是誰也比不上我的巴巴。我以前一直想知道，我父親是從哪兒獲得他那種單純的。或許自然不允許事物失去平衡吧，所以給一個複雜的人送來一個非常簡單的孩子。

巴巴在狡猾上是個天才。整個村莊都會發抖。沒有人猜得出他的計劃是什麼。實際上，他是那種人——這是我自己的觀察——我們一起到河邊去，我的巴巴和我，有人問：「你們上哪兒去啊，巴巴？」全鎭的人都叫他巴巴；它的意思就是祖父。我們到河邊去，每個人都清楚我們要去哪兒，但是這個人會以他的品質說：「到車站去。」我會看著他，他則看著我眨眼。

我被弄糊塗了。這有什麼意義？又不是在做生意，你不應該無緣無故地撒謊呀。等那個人走過去了，我問他：「你爲什麼眨眼，巴巴？你爲什麼無緣無故地對那個人撒謊呢？如果我們是到河邊去，你為什麼不能說『到河邊去』呢？他知道的，每個人都知道，這條路是通向河邊的，不是通向車站。你知道還說：『到車站去。』」

他說：「你不懂——人要經常練習。」

「練習什麼？」我問他。

他說：「人必須經常練習他的本行。我不能直接就把實話說出來，因為那樣的話，有一天，做生意的時候，我就會直接說出正確的價格。這跟你毫無關係，所以我向你眨眼，這樣你就不會亂說話了。至於我嘛，我們是到車站去；這條路通不通向那兒不關別人的事。哪怕那個人說這條路不通向車站，我也會說我們過了河再去車站。怎麼說全在於我。人可以從任何地方到任何地方去。也許路會遠一點，如此而已。」

巴巴就是那種人。他跟他所有的孩子住在一起，我的父親和他的兄弟姐妹們，還有她們的丈夫……誰也無法全部認識聚在那裏的所有人。我只看見人們進來以後不再離開。雖然我們並不富裕，但是還有足夠的糧食給大家吃。

我不想進這個家，我對母親說：「要嘛，我一個人回外祖父的村莊——牛車已經準備好了，我認識回去的路，我總能想辦法回到那裏的。我還認識那裏的村民，他們會幫著支援一個孩子的。而且這只是沒幾年的問題，以後我會盡力償還他們。但是我不能住在這個家裏。這不是一個家，這是個市集。」

那眞是一個市集，一天到晚嗡嗡嗡地擠滿了人，沒有一點空間，沒有安靜的時候。哪怕有一頭大象跳進那個古老的池塘，也不會有人聽得見「撲通」一聲；那兒的事情太多了，永遠忙個不停。我直截了當地拒絕說：「如果我非得留下來不可的話，那只有一個變通的辦法，就是讓我跟我的那昵一塊兒住。」

我的母親聽了，當然，很傷心。我很抱歉，因爲從那以後，我不斷地、一次又一次地傷她的心。我實在忍不住。實際上，那並不是我的責任，當時的局面是，過了那麼多年絕對自由、安寧、海闊天空的生活以後，我不可能再進入那種家庭生活。事實上，在我那那的家裏，只聽得見我一個人的聲音。我的那那大部分時間都在靜悄悄地念頌他的咒語，當然我的外祖母也就沒有別的談話對象了。

那裏只聽得見我一個人的聲音，要是我不響的話，就剩下一片寂靜。度過多年美好的時光，再到那個所謂的家庭裏去生活，到處可見一張張陌生的面孔，叔叔們，還有他們的岳父、表兄弟姐妹——多得要命！你根本搞不清楚誰是誰！後來我經常想，得有人爲我們家出版一本小名冊，上面寫清楚誰是誰。

我當教授那會兒，經常有人走到我面前來，對我說諸如：「你不認識我了嗎？我是你母親的兄弟」之類的話。

我會盯著他的臉仔細瞧，然後說：「勞駕您還是找別人吧，因爲我母親沒有兄弟——我對我的家庭就瞭解這麼多。」

這個特別的人會接著說：「是的，你說得對。我的意思是說，我的確是她的表兄弟。」

我說：「那好了。那你想要什麼呢？我的意思是，你想要多少？你肯定是來借錢的。」

他說：「太對了！不過眞奇怪，你怎麼能看出我的心思呢？」

我說：「這很容易。你直接說你想要多少吧。」他拿了二十盧比，我則會說：「感謝上帝。我起碼少了一個親戚。這下他再也不會露面了。」

事實果然如此，我再也沒有見過他的臉，在任何地方都沒有。向我借過錢的人有好幾百個，但沒有一個人還過錢。我很高興他們沒有來，因爲如果他們來還錢的話，只會向你要更多的錢。

我想回我外祖父的村莊去，但是去不成。爲了不傷害我母親的感情，我只能採取折衷的方式。但是我知道，我已經傷害了她的感情，的確傷害了。無論她希望什麼，我都沒有做到；實際上，恰恰相反。慢慢地，慢慢地，她自然也就接受了這個事實，她已經失去了我。

以前常常會發生這種事情，我在她前面坐著，她會問：「你看看周圍有人沒有？因爲我想找人到市場去買些蔬菜回來。」市場離我們家不遠——村莊很小，兩分鐘就能走到——她問：「你看看有人沒有？」

我會說：「沒有，我一個人也沒看見。家裏好像空蕩蕩的。奇怪，所有的親戚都跑哪兒去了？一有事情要做，他們全都沒影兒了。」但是她不會叫我替她買菜去。她試過一兩次，隨後便徹底打消了這種念頭。

有一次她叫我去買香蕉，我帶回來的卻是番茄，因爲我在路上給忘記了。我拼命要記住，麻煩就在這兒。我在心裏反覆念叨：「香蕉……香蕉……香蕉……香蕉……」然後突然聽到一聲狗叫，或者有人問我上哪兒去，我繼續說：「香蕉……香蕉……香蕉……」

他們說：「嘿！你瘋了嗎？」

我說：「住嘴！我沒有瘋。你才瘋了呢。人家安安靜靜地做自己的事情，你倒來打攪，胡鬧什麼？」但是說話的同時，我也忘記了我要買的東西是什麼，所以我只能想辦法弄到什麼是什麼。但番茄是最不應該買的東西，因爲耆那教家庭不允許吃番茄。我母親直拍腦門子說：「這是香蕉嗎？你什麼時候才能懂事呢？」

我說：「我的上帝！你要的是香蕉嗎？我忘記了，對不起。」

她說：「就算忘記了，你就不能買點別的東西，非要買番茄不可嗎？你知道我們家是不允許吃番茄的。」因爲番茄的顏色很紅，像肉，在耆那教家庭裏，連類似肉的東西……紅顏色就會讓你聯想到血或者肉。一只番茄就足以讓耆那教徒感到噁心。

可憐的番茄！它們都是些老實的傢伙，而且非常地靜心。如果你看它們坐在那裏的樣子，簡直就像剃了光頭的佛教和尚坐在那裏，而且看上去非常歸於中心，彷彿它們已經凝神集中了一輩子，根基深厚……但耆那教徒卻不喜歡它們。

所以我只好收回那些番茄，把它們分給乞丐吃。他們見到我總是很高興。只有乞丐高興見到我，因爲每次我從家裏被打發出來，往外面扔東西，那都是一次機會。我從來不扔，我會把它分給乞丐。

我實在無法按照他們的意思住在家裏。每個人都臨近分娩；每個女人差不多永遠都在懷孕。每當我回想起我的家庭，我就會突然想到魂不守舍——儘管我不可能魂不守舍，我只是喜歡魂不守舍這個概念。所有的女人永遠都挺著大肚子。一次懷孕剛結束，另一次馬上開始——

滿地都是孩子……

「不，」我對我母親說：「我知道這會使你傷心，對不起，但是我要跟我的外祖母一塊兒住。她是唯一能理解我的人，不僅讓我得到愛，而且讓我得到自由。」

有一次我問我的那昵：「你爲什麼只生我母親一個孩子？」

她說：「這叫什麼問題！」

我說：「……因爲在這個家裏，每個女人的肚子永遠都裝著負擔。你爲什麼只生我母親一個孩子，沒有別的孩子——至少給她生個兄弟什麼的？」

她後來說的一番話，我不會忘記：「那也是因爲你的那那。他想要一個孩子，所以我們就採取折衷的辦法。我告訴他：『只生一個孩子，至於是男孩還是女孩，那就看你的命運了。』因爲他想要一個男孩。」她笑了：「幸虧生了一個女孩，否則我們從哪兒得到你呢？是的，幸虧。」她說：「我沒有再生別的孩子，否則你也不會喜歡這個地方了。這裏會擠滿了人。」

我在我父親的村莊裏住了十一年，而且幾乎是在暴力的逼迫下，我上了學。那可不是一朝一夕的事情，天天都要上學。每天早晨我都得被迫去上學。我的一個叔叔，或者不管他是誰吧，會把我領到那裏，然後等在外面，直到我歸校長所有——好像我是一個所有物，被人轉手交易，或者是一個囚犯，被人轉手看管。可是今天的教育依然如故：是一種強迫的、暴力的現象。

每一代人都努力敗壞新一代人。那的確是一種強姦，一種精神強姦——更有力、更強壯、更高大的父親和母親自然能強迫一個小孩子。從第一天被領到學校開始，我就是個叛逆。我一看見學校大門，就問我的父親：「這是監獄，還是學校？」

我父親說：「這算什麼問題！這是一所學校。別害怕。」

我說：「我不害怕，我只是在問我應該採取哪種態度。幹嘛造這麼大的門？」

當時大門關著，所有的孩子，囚犯，都在裏面。直到傍晚，孩子們被放回家過夜時，它才會再次打開。我現在依然看得見那扇大門。我依然看得見自己站在父親身邊，準備在那所醜陋的學校登記。

那所學校的確醜陋，不過它的大門更加醜陋。它又高又大，我們都叫它「象門」——Hathi Dwar。它通得過一頭大象，非常高大。它或許適合從馬戲團來的大象——那裏就是個馬戲團——但是對小孩子來說，它太大了。

我還得告訴你們在這九年期間發生的許多事情……

▲小學學校的象門

譯註：

❶格萊斯頓包：Gladstone，一種由中間對開的旅行提包。

❷我聽說：指佛經開首的「如是我聞」。

❸因科林（Inkling）：意爲「暗示」，與艾科林（Eichling）諧音。

❹舜堯：Shunyo，艾科林博士的出家法名。

❺B．F．斯金納：Burrhus Frederic Skinner，1904-1990，美國心理學家，新行爲主義代表人物之一，認爲操作性條件反射是心理學研究的主要對象，著有《科學與人類行爲》、《超越自由與尊嚴》、《關於行爲主義》等。

❻巴伐洛夫：Ivan Petrovich Pavlov，1849-1936，蘇聯生理學家，創立高級神經活動學說，提出條件反射的概念，因對消化生理的研究獲一九〇四年諾貝爾醫學獎。

❼高種姓：此指婆羅門、耆那教出身者和富有與潔淨者。

❽婆羅門：Brahmana，意譯爲「淨行」或「承習」。印度古代僧侶貴族，居於四種姓的首位。世代以祭祀、誦經（吠陀經典）、傳教（婆羅門教）爲業，稱爲人間之神，掌握宗教、教育等權力，並享有種種特權。

❾首陀羅：sudra，印度四種姓中地位最低之奴隸階級。從事擔死人、除糞、養雞豬、捕獵、屠殺、沽酒、兵伍等卑賤職務。爲亞利安人所征服之土著，隨著婆羅門文化之隆盛而備受壓迫，亦無任何宗教特權，並受傳統婆羅門教輕蔑爲無來生之賤民，故稱爲一生族。

❿不可碰觸：即不可接觸者，古代印度等級制度中最下層的階級（賤民），其最低下者即爲旃

茶羅（搬運無親人的屍體和行刑者）。

⑪卡內基：Dale Carnegie，美國著名成人教育家，當代成功學先驅。他的演講和著作幫助了成千上萬的職業男女克服自身的弱點、開發蘊藏的才能。他所倡導的成人教育運動在全世界獲得空前的回響，並被譽爲在美國成人教育中「最有影響的運動」，這種運動亦稱「卡內基運動」。他的代表作《人性的弱點》成爲「人類出版史上第二暢銷書」。

20 上學的第一天

等我說：「好……。」

我站在我們小學的象門前面……那扇大門啓動了我一生中的許多事情。我當然不是一個人站在那裏，我的父親跟我站在一塊兒。他來是幫我登記入學的。我望著兩扇高大的門，對他說：「不。」

我依然聽得見那個字。一個孩子失去了一切……我看得見那孩子的臉上寫著一個問號，彷彿想知道接下來會發生什麼。

我站在那裏望著學校大門，我的父親問我：「你是不是對這扇大門印象很深？」

現在故事掌握在我自己手中：

我對我的父親說：「不。」那是我進小學之前說的第一個字，你們會感到吃驚，那也是我離開大學時說的最後一個字。在前面的情境中，我自己的父親跟我站在一起。他當時並不怎麼老，但是對我——一個孩子來說，他很老。在後面的情境中，一個眞正的老人站在我身邊，我們又一起站在另一扇更高大的門前……

舊的大學校門現在已經被永遠拆除了，但是它留在我的記憶中。我依然能看見它——是舊大門，不是新大門；我跟新大門沒有關係——看見它，我流淚了，因爲舊大門眞的很宏偉，簡單而宏偉。新大門醜得要命。它或許有現代感，但是整個現代藝術已經吸納了醜，僅僅因爲它被拒絕了好幾個世紀。吸納醜或許是邁向革命的一步。然而革命，如果是醜陋的，就根本不是革命，它只是反應。我只看過新大門一眼。從那以後，我雖然多次經過那條路，但是都閉著眼睛。閉著眼睛，我還能再次看見舊大門。

舊大門很破敗，的確很破敗。它是在大學創立之初建造的，那時候他們還沒有能力建造紀念碑式的房子。我們全住在軍用兵營裏，因爲大學創立得太突然，來不及蓋宿舍或者圖書館。那是一片廢棄的軍用兵營。但是地方本身風景優美，坐落在小山頭上。

軍方之所以遺棄它，是因爲只有在二次世界大戰期間，它才有意義。他們正好需要它的高度，可以安裝雷達，搜索周圍的敵情。現在不需要了，所以他們就把它遺棄在那裏。那眞是上天的恩賜，起碼對我來說是的，因爲除了在那裏，我沒有能力在任何別的大學裏讀書學習。

它的名稱是薩伽（Sagar）大學。薩伽的意思是「海洋」。薩伽有一個無比美麗的湖泊，非常遼闊，所以它不叫湖，而叫薩伽，海洋。它看起來的確像海洋，波濤起伏。你無法相信它只是一個湖。我只見過兩個湖有那麼大的波濤。不是我只見過兩個湖，我見過許多湖。我見過最美麗的湖，克什米爾的、喜馬拉雅山的、大吉嶺❶的，奈尼答（Nainital），還有印度南部的其他許多湖，在南迪山區（Nandi Hills），但是我只見過兩個湖有類似海洋的波濤：薩伽湖和博帕爾湖。

跟博帕爾湖相比，薩伽湖當然算小的。博帕爾湖或許是世界上最大的湖。我曾經在那個湖裏看見過巨大的波濤，只能用潮汐來形容，掀起來大概有十二、三英尺高吧。其他湖泊都不可能聲稱有那麼大的波濤。它浩淼無邊。有一次我試圖划船繞航一周，花了十七天時間。我的速度跟你們所能想像的一樣快，甚至更快，因爲那裏沒有警察，沒有速度限制。等到我結束這趟旅行的時候，我只能對自己說：「我的上帝，多美的湖啊！」它有幾百英尺深呢。

面積稍小的薩伽湖也是這樣。但是從另一個角度說，它有一種美是博帕爾湖所缺乏的。它四面環山，雖不及博帕爾湖大，卻美麗無比……特別是在早晨日出的時候，和黃昏日落的時候。如果適逢月圓之夜，你眞的會經驗到美是什麼。泛一葉輕舟於湖中，在月圓之夜，你只感到別無他求。

那是一個美麗的地方……但是我的感覺還是很糟糕，因爲舊大門不在了。它必然要被拆除。這一點我絕對能意識到，不僅是現在，甚至那會兒，每個人都意識到它需要被拆除。它是臨時建造的，爲了學校舉行落成典禮。

這是我記憶中的第二道大門。當我離開大學的時候，我和我的老教授斯利・克里希那・撒科塞那（Sri Krishna Saxena）一起站在大門旁。可憐的老人前幾年剛去世，他曾經叫人帶信給我，說他想見我。我本來很樂意去看他，但是現在做什麼都沒有用了，除非他趕快再生，而且要生在一個桑雅生的懷裏，這樣他才能最終來到我身邊。我一眼就會把他認出來，這我可以保證。

他是一個具有非凡品質的人。我碰到過一大堆教師、講師、讀者、教授以及說不上來是什麼名堂的人，其中只有他這一個教授、這一個人能夠認識到，他有一個學生本來更應該做他的導師。

他站在大門口，勸我不要離開大學。他說：「你不應該走，特別是學校已經批准給你哲學博士獎學金了。你不應該失去這次機會。」他千方百計地告訴，我是他最喜愛的學生。他說：「我在全世界有許多學生，特別是美國。」——因爲他大部分時間都在美國講學——「但是我可以說，」他對我說：「我才不會費心去勸他們其中任何一個人留下來呢。我幹嘛要管這種事？跟我毫無關係，那是他們的前途。但是就你而言，」——我想起他的話，就要流淚——他說：「就你而言，那是我的前途。」我忘不了那番話。讓我重複說一遍。他說：「其他學生的前途是他們自己去關心的事，你的前途就是我的前途。」

我對他說：「爲什麼？爲什麼我的前途會是你的前途？」

他說：「這個我還是不跟你談爲好。」他說著就哭了。

我說：「我明白。請你別哭。可是誰也不能勸我去做任何違心的事情，它現在進入一個完全不同的維度了。對不起，讓您失望了。我十分清楚您對我抱著多大希望，看到我在全校排名第一，您有多麼高興。我看見您像個孩子似的欣喜若狂，爲了他們授予我的那塊金質獎章，他們甚至都沒有授予您。」

我一點也不在乎那塊金質獎章。我把它扔到一口很深的井裏去了，那口井非常深，我想任何人都不可能再找到它了，而且我是當著斯利・克里希那・撒科塞那博士的面扔的。

他說：「你在幹什麼？你幹了什麼？」因爲我已經把它扔到井裏去了。他是多麼高興我被選中獲得獎學金啊。獎學金的期限不定，從兩年到五年。

他說：「請你再考慮一下。」

第一道大門是象門，我跟我父親站在一起，不想進去。最後一道大門也是一道象門，我和我的老教授站在一起，我又不想進去。一次足矣，兩次就太多了。

那場爭論始於第一道大門，延續到第二道大門。我對我父親說的「不」，也是我對我的教授說的「不」，他的確是我的一個父親。父親的性質我感覺得出。他跟我的親生父親一樣關心我，或許甚至有過之而無不及。我一生病，他就睡不著覺，他會整夜坐在我的床邊。我會對他說：「你老了，博士」──我一直叫他博士──「求你快去睡覺吧。」

他總是說：「我不睡，除非你保證，明天你就會徹底康復。」

我只能保證──好像生不生病取決於我的保證似的。但是不知怎麼地，我一旦作出保證，它就會奏效。所以我說世界上存在魔術般的事情。

那個「不」成了我的格調、我的整個存在的材料。我對我父親說：「不，我不想進這道門。這不是一所學校，它是一座監獄。」那道大門，以及建築物的色彩……奇怪，特別是在印度，監獄和學校被漆成同一種顏色，而且它們都是用紅磚建造的。很難分辨一座建築物是監獄還是學校。一次，大概有一個很會開玩笑的人編過一個笑話，講得實在是入木三分。

我說：「瞧這個學校──你管它叫學校嗎？瞧這個大門！你還在這裏強迫我進去，進去起碼要待四年。」這是一段對話的開始，以後它又持續了好多年，你們還會碰到它好多次，因爲它貫穿於整個故事當中。

我的父親說：「我一直害怕……」我們站在大門口，當然是在外面，因爲我還沒有答應他帶我進去。他繼續說：「……我一直害怕你的外祖父，尤其是這個女人，你的外祖母，會把你寵壞了。」

我說：「你的懷疑，或者恐懼，是對的，但是木已成舟，誰也沒有辦法讓它恢復原樣兒，所以你行行好，讓我們回家去吧。」

他說：「什麼！你必須接受教育。」

我說：「這開的是什麼頭？我連說聲是或者不的自由都沒有。你管這叫教育嗎？但是如果你想要它，請你別來問我。我的手在這裏，把我拖進去好了。起碼有一點讓我感到滿意，我沒有自己走進這個醜陋的校園。勞駕，至少幫我這個忙吧。」

當然，我的父親感到十分沮喪，所以他把我拖進學校。儘管他是一個非常單純的人，他也隨即領悟到這樣做是不對的。他對我說：「雖然我是你的父親，但是把你拖進學校似乎也不對頭。」

我說：「你根本不用感到內疚。你做的完全正確，因爲除非有人把我拖進去，否則按照我自己的決定，我是不會進去的。我的決定是『不』。你可以把你的決定強加在我頭上，因爲我吃、穿、住都得靠你，還有其他一切。你自然享有特權。」

那是什麼樣的入學啊！——被強拖進校。爲此我的父親一直不能原諒自己。他出家那天，你們知道他對我說的第一句話是什麼嗎？「原諒我，因爲我對你做了那麼多錯事。多得我都數不過來，肯定還有別的我自己不知道。請你原諒。」

入學是一種新生活的開始。多年來，我一直生活得像頭野生動物。是的，我不能說野生人類，因爲沒有野生人類。人只有在某些時候會變成野生人類。我現在就是的；佛陀是的，查拉圖斯特拉是的，耶穌是的。可是在那個時候，說我多年來一直生活得像頭野生動物，這一點兒也不假。然而那已經遠在希特勒、墨索里尼、拿破崙或者亞歷山大大帝之上了。我只是名義上最差的人——在他們自稱是文明人之最的意義上，我是最差的。

亞歷山大大帝認爲自己是最文明的人，當然是他那個時代的。希特勒在他的自傳《我的奮鬥》裏……我不知道德語書名是怎麼念的——我能記得的就是Mein Kampf。肯定錯了，非錯不可。首先它是德語：M-e-i-n K-a-m-p-f。

無論怎麼念，對我來說都不重要。對我來說重要的是，他在他的書裏試圖證明，他已經達到「超人」❷的境界，人類爲此已經準備了好幾千年。而希特勒的政黨，德國納粹，以及他的種族，日爾曼民族的亞利安人，將成爲「世界的統治者」，而且這個統治將持續一千年！簡直是瘋子在講話——不過他是一個威力強大的瘋子。他說話的時候，你就得聽，哪怕是胡說八道。他認爲他是唯一眞正的亞利安人，日爾曼民族僅僅是血統純淨的種族而已。但他是在做夢。

歷史上成爲超人的人沒有幾個，「超」這個字與「高」毫無關係。眞正的超人對自己的所有行爲、念頭和感受，對所有組成他的材料——愛、生命、死亡，都是自覺的。

那天我和我父親開始了一段重要的對話，它斷斷續續，一直到他成爲桑雅生的時候才結束。從此再也沒有任何爭論的可能性，他已經臣服了。他出家那天，他抱著我的腿失聲痛哭。我站在那裏，你們能相信嗎？……像一道閃光，過去的學校、象門、那個堅決不願意進去的小孩以及我的父親在拖他拽他——全都一閃而過。我不覺莞爾。

我的父親問：「你爲什麼笑？」

我說：「我只是高興，一場衝突終於結束了。」

不過當初的情況確實如此。我的父親拖著我；我從來都不願意去學校。

戴瓦蓋德，把我的嘴唇濕潤一下……

我很高興我是被拖進去的，從來不是我自己情願去的。那個學校實在醜惡——實際上，所有的學校都是醜惡的。開闢一個場所供孩子們學習是好的，但教育他們卻不好。教育必定是醜惡的。

我在學校裏第一眼看見的是什麼呢？是遭遇我第一堂課的教師。我見過漂亮的人和難看的人，但是我再也沒有見過那樣的東西！——在「東西」旁邊要劃一道線——我不能把那樣的東西叫作人。他看上去不像是人。我望著我的父親說：「這就是你拖我進來的地方？」

我的父親說：「閉嘴！」聲音很輕，所以那個「東西」沒有聽見。他是那個班級的導師，將由他來教我。我甚至都不能看那個人。上帝給他造臉的時候肯定急得要命。或許是因爲他的膀胱漲滿了，只等結束他手頭的工作——造好這個人以後，趕緊衝向浴室。他造的這是什麼人啊！他只有一個眼睛和一個鷹鉤鼻子。那一個眼睛已經讓人夠受了！再添上鷹鉤鼻子，他的臉就更加難看了。而且他長得人高馬大！——有七英尺高——他的體重起碼得有四百磅，不會低於這個數。

戴瓦拉吉，這些人是如何叫醫學研究為難的？四百磅了，他還始終健康。他沒有缺過一天課，他沒有看過醫生。鎮上的人都說此人是鋼澆鐵打的。他或許是鋼澆鐵打的，但鋼筋的質量卻不太好——更像是帶刺的鐵絲網！他難看得要命，我都不想談論和他有關的事情，雖然我不得不講幾件事情，但起碼不直接關係到他。

他是我的第一任導師，我的意思是指教師。因為在印度，稱學校教師為「導師」（master），所以我說他是我的第一任導師。即使現在讓我看到那個人，我都肯定會發抖。他根本不是一個人，他是一匹馬！

我對我父親說：「你簽字以前，先看看這個人再說。」

他說：「他怎麼了？他教過我，他教過我父親——他在這裏教過好幾代人了。」是的，那是眞話。所以沒有人能抱怨他。假如你抱怨，你的父親就會說：「我無能為力，他也是我的老師。假如我去找他抱怨，他會連我一塊兒懲罰。」

所以我的父親說：「他沒有問題，他不錯。」於是他在紙上簽了名。

我接著告訴我父親：「你這是自己簽名找麻煩，你可別來怪我。」

他說：「你這孩子眞離奇。」

我說：「當然嘍，我們彼此都離奇。那麼多年，我都不住在你身邊，我和芒果樹、松樹、山、海洋、江河為友。我不是生意人，而你是。錢對你來說意味著一切，我卻連數都不會數。」

甚至今天……我好多年沒有碰過錢了。沒有機會碰。這可幫了我的大忙，因為我不懂經濟領域裏的事情是如何運轉的。我自行其事，他們必須跟我走。我不會跟他們走，我做不到。

我告訴我父親：「你瞭解錢，而我不瞭解。我們的語言不一樣，而且要記住，是你不讓我回外祖父的村裏去的，所以現在如果發生什麼衝突，別來怪我。我瞭解的東西你不瞭解，你瞭解的東西我不瞭解，也不想瞭解。我們互不相容。大大，我們彼此都不是爲對方打造的。」

他幾乎花了一輩子的時間才走完我們之間的那段距離，但是當然，要走的是他。當我說我很固執的時候，我的意思就是這樣。我絕不會讓步，哪怕一英寸，所有的事情都始於那道象門。

第一任教師——我不知道他的眞名叫什麼，學校裏誰也不知道，特別是孩子們；他們都叫他岡達（Kantar）導師。岡達的意思是「獨眼的」，那個名字對孩子們來說足夠用了，而且它也是對冠名者的一種責罵。在印地語中，岡達的意思不僅是「獨眼的」，它也是一個罵人的詞。它不能直接翻譯，因爲經過翻譯，原有的神韻就喪失了。所以他在的時候，我們都叫他岡達導師，他不在的時候，我們就叫他岡達——獨眼人。

他不僅長得邪惡，他做得每件事情都邪惡。當然我上學的第一天必定會發生點兒事情。他常常冷酷無情地懲罰孩子。我知道有好多人最終離開學校都是因爲這個傢伙，他們後來再也沒有受過教育。他太厲害了。你們無法相信他所做的事情，或者說，有誰能做出那樣的事情。我會向你們說明我頭一天上學的遭遇——後面還多著呢。

那天他教算術。我懂一點兒算術，因爲我的外祖母在家裏教過我一點兒——特別是教過一點兒語言和一些算術。所以我就望著窗外美麗的菩提樹，它的枝葉在陽光下曳曳閃耀。其他樹木在陽光下都不可能那麼美麗地閃耀，因爲它的每一片葉子都在各自飛舞，整棵樹幾乎成了一個歌舞團——成千上萬閃閃發光的舞蹈家和歌唱家聚在一處，卻又互不相干。

菩提樹是一種非常奇特的樹，因爲其他樹木都是白天吸入二氧化碳，呼出氧氣……無論它是什麼，你們都能把它放在正確的地方，因爲你們知道我不是一棵樹，我也不是一個化學家或者科學家。但是菩提樹一天二十四小時都呼出氧氣。你可以睡在菩提樹下，其他任何樹下都不能睡，因爲它們危害健康。我望著那棵樹，它的葉子在和風中飛舞，陽光在每一片樹葉上閃耀，其間還有幾百隻鸚鵡往來穿梭跳躍，盡情享受，並不爲了什麼。唉，它們不必上學。

我正望著窗外時，岡達導師向我撲來。

他說：「最好從一開始就按規矩辦事。」

我說：「我完全贊成。我也想從一開始就讓所有事情各就各位。」

他說：「我上算術課的時候，你爲什麼朝窗戶外面看？」

我說：「算術課是給人聽的，又不是給人看的。我不必非看您那張漂亮的臉不可。爲了不看它，我只能朝窗戶外面看。至於算術，您可以問我；我聽過，我懂。」

他就問我，於是便引出一長串的麻煩——不是我的，而是他的。麻煩就在於我回答得正確。他不相信眼前的事實，說：「不管你是對是錯，我仍然要懲罰你，因爲在老師上課的時候，朝窗戶外面看是不對的。」

我被叫到他面前。我聽說過他的懲罰技術——他是一個類似薩德❸的人。他從桌子裏拿出一盒鉛筆。我聽說過這些著名的鉛筆。他往你的每個手指中間各插一支鉛筆，然後緊緊地握住你的雙手，問：「還想不想再緊一點兒？你還需要再緊一點兒嗎？」——對幼小的孩子！他無疑是個法西斯主義者。我做出這樣的聲明，起碼可以讓它記錄在案：選擇當老師的人心理都有問題。它可能是支配欲，或者是一種權力欲，他們可能都和法西斯主義沾點兒邊。

我看著那些鉛筆說：「我聽說過這些鉛筆，但是在你把它們放到我的手指中間以前，記住，你將爲此付出慘痛的代價，可能連你的工作一塊兒賠進去。」

他放聲大笑。我可以告訴你們，那簡直像噩夢裏的怪物在對你大笑。他說：「誰能阻止我？」

我說：「那不重要。我想問一句：上算術課的時候，朝窗戶外面看，是不是犯法？如果我能就上課的內容回答問題，而且隨時都能一字不漏地覆述出來，那麼朝窗戶外面看究竟有什麼錯？那麼這間教室爲什麼要造出窗戶來呢？爲了什麼目的？這裏一整天都在上課，晚上又不需要窗戶，那時候沒有人會朝外面看。」

他說：「你是個搗亂的傢伙。」

我說：「千眞萬確，我還要去找校長查明眞相，如果我能正確回答你的問題，你懲罰我還是不是合法的。」

他的表情又緩和了一點兒。我很驚訝，因爲我聽說他是一個軟硬不吃的人。

我接著說：「然後我還要去找管理這個學校的市政委員會的會長。明天我會跟警長一塊兒來，讓他親眼看看這裏正在進行一種什麼訓練。」

他發抖了。別人看不見，但是我往往能看見別人忽略的東西。我可能看不見牆壁，但是我不可能忽略細節，差不多跟顯微鏡一樣。我告訴他：「你在發抖，儘管你不能接受這個事實。但是我們都會看到。你先讓我去找校長。」

我去找了校長，校長說：「我知道這個人會折磨孩子。這是不合法的，但是關於這件事情，我什麼話也不能說，因爲他是鎮上最老的教師，差不多每個人的父親和祖父都當過他的學生，至少當過一次。所以誰都不能碰他。」

我說：「我不在乎。我的父親是他的學生，我的祖父也是。我不管我的父親或者我的祖父會怎麼樣。實際上，我並不眞正屬於那個家。我一直住在外面。我在這裏是外鄉人。」

校長說：「我一眼就看出來你肯定是個陌生人，但是，我的孩子，別捲入不必要的麻煩了。他會折磨你的。」

我說：「這可不容易。就算這是我反抗一切折磨的開始吧。我會鬥爭的。」

我用我的拳頭——當然只是一個孩子的拳頭——敲在他的桌子上，告訴他：「我不關心教育或者任何東西，但是我必須關心我的自由。誰也不能無緣無故地折磨我。你得把教育法規拿出來給我看。我讀不懂，你得指給我看，即使我能正確回答所有的問題，朝窗戶外面看是否也是非法的。」

他說：「如果你回答得正確，那麼你看哪兒都毫無問題。」

我說：「你跟我來。」

他拿起他的教育法規跟我一起出來，那是一本古舊的書，他一直帶在身邊。我想沒有人讀過那本書。校長告訴岡達導師：「最好別去折磨這孩子，因爲看樣子你可能會搬了石頭砸自己的腳。他不會輕易罷休的。」

但岡達導師不是那種人。他越是害怕，越是變得好鬥、暴虐。他說：「我會讓這個孩子知道厲害的——你不需要擔心。誰管那個法規？我在這裏當了一輩子的教師，還要這個孩子來教我法規？」

我說：「明天，要嘛是我在這座房子裏，要嘛是你，但是我們不可能兩個人都在這兒。你只要等到明天。」

我一路奔回家告訴我父親。他說：「我就擔心把你送進學校是給別人找麻煩、給你自己找麻煩，而且還要把我也拖進去。」

我說：「不會的，我只是向你彙報一下，省得你以後說你被蒙在鼓裏。」

我去找了警長。他是一個可愛的人；我沒料到一個警察會那麼和善。他說：「我聽說過這個人。實際上，我自己的孩子也被他折磨。但是沒有人抱怨。折磨是違法的，但是除非你抱怨，否則什麼事情也做不了，我本人不能抱怨，因爲我擔心他會讓我的孩子不及格。所以只好由他繼續折磨。只是幾個月的問題，以後我的孩子就會進入另一個年級。」

我說：「我就在這兒抱怨，我根本不關心進入另一個年級的事情。我準備在這個年級裏面待一輩子。」

他看著我，拍拍我的背說：「我欣賞你的作爲。我明天來。」

我接著又奔向鎮委會，去見鎮長，事實證明他只是一堆牛糞。是的，牛糞，甚至還沒有乾——令人作嘔！他對我說：「我知道。這件事情只能如此。你必須忍受，你必須學會如何忍受。」

我對他說，而且我記得我所說的每一個字：「我不會忍受任何違背我良心的事情。」

他說：「如果眞是這樣，我就管不了了。去找副鎭長吧，他或許更有幫助。」

那件事情我得感謝那堆牛糞，因爲事實證明，那個鄉鎮的副鎮長，商布·杜拜（Shambhu Dube），在我的經驗中是整個鄉鎮唯一有價値的人。當我敲門的時候——我只有八、九歲那麼大，而他是副鎮長——他大聲說：「哦，進來。」他正等著見一位紳士，看見我，他顯得有點兒尷尬。

我說：「對不起，我的年紀沒有再大一點——請原諒。而且，我也沒有文化，但是我必須抱怨這個人，岡達導師。」

他一聽到我的故事——這個人折磨小學一年級的孩子，把鉛筆放在他們的手指中間，然後用力擠壓，他還有大頭針，他把它們塞到他們的指甲底下，而他是一個七英尺高的男人，有四百磅重——他簡直無法相信。

他說：「我聽說過一些傳聞，但是爲什麼沒有人抱怨呢？」

我說：「因爲他們害怕自己的孩子會受到更大的折磨。」

他說：「你不害怕嗎？」

我說：「不害怕，因爲我已經準備好不及格了。他所能做的只有這些。」我說我已經準備好不及格了，而且我也不一定非要成功不可，但是我會鬥爭到底。「要嘛是這個人，要嘛是我——我們兩個人不能同在一座房子裏。」

商布・杜拜叫我走到他身邊。他握住我的手說：「我一直喜歡有反抗精神的人，但是我從來沒有想到，像你這樣大的孩子居然也能做個叛逆。我祝賀你。」

我們變成了朋友，這種友誼一直延續到他去世。那個村莊有兩萬人口，但在印度，它仍然是個村莊。在印度，除非有十萬人，否則不會被視爲城鎮。當人口超過一百五十萬的時候，才算是個城市。在那個村莊裏，我一輩子再也沒碰到和商布・杜拜具有相同才幹、品質或者天賦的人。如果你們問我，說起來好像是吹牛，但事實上，我在全印度都找不出第二個商布・杜拜。他的確很稀有。

在我遊歷全印度的時候，就爲了我來村莊逗留一天，他會等上好幾個月。當我的火車經過村莊的時候，他是唯一到火車站來看過我的人。當然我沒有把我的父親和我的母親包括進去，他們不得不來。但商布・杜拜又不是我的親戚，他只是愛我，這種愛從那次會面時就開始了，我去抗議岡達導師的那天。

商布・杜拜是鎮委會的副鎮長，他對我說：「別擔心。那個傢伙會受到懲罰的。實際上，他的服務已經到期了。他申請延長，但是我們不會給他。明天你去上學就不會再見到他了。」

我說：「您保證？」

我們互相凝視對方的眼睛。他笑了，說：「是的，保證。」

第二天，岡達導師果然走了。從那以後，他再也沒臉見我。我試圖跟他接觸，爲了說聲再見，我去他家敲了好多次門，但他實在是一個膽小鬼，是披著狼皮的羊。不過後來證明，那上學的第一天是以後許許多多事情的開端。

譯註：

❶大吉嶺：Darjeeling，印度東北部城市，避暑勝地，製茶中心。

❷超人：尼采（Nietzsche，1844-1900，德國哲學家，唯意志論者）的超人哲學中的概念。這種哲學主張：人生的目的在於發揮強力、擴張自我。參見他的主要著作《強力意志》。

❸薩德：Marquis de Sade，1740-1814，法國作家，軍人出身，著有長篇小說《美德的厄運》、《朱莉埃特》等，以性倒錯色情描寫著稱，曾因變態性虐待行爲多次遭監禁，sadism，施虐狂一詞，即源於其姓氏。

21 準佛商布・巴布

好……我上次談論的人，他的全名叫邦迪德・商布拉當・杜拜（Pandit Shambhuratan Dube）。我們大家都叫他商布・巴布（Shambhu Babu）。他是一個詩人，而且難得的是，他並不熱中於發表他的詩。那在一個詩人身上是稀有難得的品質。這類人我不知碰到過多少，他們都熱中於發表自己的詩歌，以至於詩歌本身倒排在第二位。我把一切野心勃勃的人都叫作政客，而商布・杜拜沒有野心。

他的副鎮長一職也不是由他人選舉出來的，因爲要被人選舉出來，你起碼得贊成選舉。他是由鎮長任命的，我上次說他像一堆神聖的牛糞，他希望找一些有智慧的人來做他的工作。鎮長是一堆不折不扣的牛糞，他已經執政多年。他一而再、再而三地被其他的牛糞們選中。

在印度，成爲一堆神聖的牛糞可是件了不得的事情——你就變成一個聖雄啦。這個鎮長差不多已經變成一個聖雄了，而且跟其他所有的聖雄一樣，都是冒牌貨，不然的話，他們首先就不會去做聖雄。一個有創造力、有智慧的人爲什麼會選擇去做牛糞呢？他究竟爲什麼希望被人崇拜呢？那堆神聖的牛糞的名字我連提都不會提，它是污穢的。他任命商布・巴布做他的副鎮長，我認爲那是他此生所做的唯一一件好事。或許他當時並不知道自己正在做什麼——牛糞們都不是自覺的人。

商布．巴布和我彼此一看見對方，心裏都產生一種不可名狀的感受：榮格稱之爲「相應」（synchronicity）。我只是一個孩子，不僅如此，還野得很。我剛從樹林裏出來，既沒有文化，又不懂規矩。我們沒有任何共同之處。他是有權有勢的人，非常受人尊敬，不是因爲他是牛糞，而是因爲他是一個堅強有力的人，如果你不尊敬他，總有一天自食其果。他的記憶力非常、非常地好。每個人都打心眼兒裏害怕他，所以他們全都必恭必敬，而我只是一個孩子。

我們之間顯然沒有共同之處。他是整個鄉鎮的副鎮長、律師協會的會長、旋轉俱樂部（Rotary Club）的董事長，等等，等等。他是眾多委員會的會長或者副會長。哪兒都有他，他是一個受過良好教育的人。他有法學的最高學位，但是他在那個村莊不從事法律工作。

別爲外面工作的那幫魔鬼發愁了，雖然他們吵得厲害——他們畢竟是我的門徒。如果我點化魔鬼出家，你們還能指望什麼呢？我一直從別西蔔❶那兒收門徒，把他的門徒全收過來了。葛吉夫用「別西蔔」這個名字稱呼魔鬼。但是我想告訴葛吉夫，別西蔔現在每天都要損失好幾百個門徒呢。但是他們和別西蔔相處的時間很長，已經把他的技術學會了。我不反對技術，我喜歡它。所以別西蔔的門徒發現，要變成我的門徒很容易，非常容易，因爲他們以前替邪惡的別西蔔所做的那些工作，如今在我的手下可以繼續做。

所以如果我不發愁，你們也不要發愁。實際上他們發出的噪音正好給我的講話提供了美妙的背景……當然嘍，是畢加索畫的那種背景，有一點兒噩夢的味道。但有時候噩夢也可以是美妙的，它們結束的時候，你還會感到難過呢。他們工作的聲音聽上去可能不入耳，但是他們都在爲我工作。別西蔔自然十分惱火……他們是他的門徒，卻用他的全部技術爲我工作。

科學是有一點兒魔里魔氣的。你們受過醫學訓練，所以在某種程度上，你們也是別西蔔技術的一部分。原諒那些可憐的傢伙吧——他們正在全力以赴，就我而言，我說話的時候，什麼都無所畏。

我前面說——看著背景，還有其中所包含的寧靜。人若知道，就能用別西蔔做僕人。

我前面跟你們講到商布·杜拜，商布·巴布。他雖然是個詩人，他活著的時候卻從來不發表他的詩歌。他還是一個傑出的小說家，有個著名的電影導演偶然結識了他和他的小說。現在商布·巴布去世了，他的一部小說被拍成一部巨片Jhansi ki rani——《姜茜王后》。它在國內和國外同時獲得多項大獎。唉，他不在了。在那個地方，他是我唯一的朋友。

家裏人一度決定讓我住在那裏……計劃本來只訂七年，但實際上我在那裏住了十一年。或許他們說只住七年是爲了勸我留下來，或許那是他們一開始的打算。

那時候在印度，人的教育結構始於四年制小學教育——它是一種獨立現象，由地方政府控制——後面還有三年，如果你想沿著同一方向繼續深造的話，那就是七年，結束以後，你會拿到一個證書。

那或許就是他們的打算，他們沒有騙我。但是還有另一條路，那是後來真正所走的路。四年以後，你既可以沿著同一方向繼續深造，也可以轉向，你可以進中學。如果你沿著同一方向繼續深造，你就不會學到英語。小學教育七年以後結束，你受到完整的教育，但是它只使用當地的語言——而印度有三十種公認的語言。但是四年以後有一個開口，你可以換檔❷。你可以上英語學校，你可以加入大家所說的中學。

那又是四年的過程，如果你在那條路上繼續深造，那麼再過另一個三年以後，你就成為一個被大學錄取的人。我的上帝！如此浪費生命！所有那些美麗的時光都被無情地浪費了、碾碎了！到那時，你就是一個被大學錄取的人，那時你就可以上大學。那又是一個六年的過程！加在一塊兒，我得浪費四年讀小學，四年讀中學，三年讀高中，六年讀大學——十七年的生命！

我想，如果我對這種現象能夠有什麼理解的話，在我心中只出現一個詞，不管別西蔔和他那些正在幹大事兒的門徒——以前的門徒，我的意思是說——在我心中只出現一個詞，那就是「胡鬧」。十七年啊！我是八歲或者九歲開始這一整場胡鬧的，所以我離開大學那天是二十六歲，高興極了——不是因為我是金質獎章的獲得者，而是因為我終於自由了。又自由了。

我心急如焚，只好對我的教授說：「別浪費我的時間了。誰也不可能說服我再進這些大門了。我九歲的時候都是我父親拖進學校的，何況現在，誰也別想拖得動我。假如誰想試一試的話，我就會把他拖出去。」我當然拖得動那個可憐的老人，他竭力勸我不要離開。

他說：「你聽我說：一個哲學博士是很難獲得獎學金的。去攻讀你的哲學博士學位吧，而且我保證，你將來總有一天能夠拿到文學博士學位。」

我說：「別浪費我的時間了，因為我的公共汽車就要開了。」那輛公共汽車就停在大門口。我不得不衝過去才趕上它，我很抱歉，我連一聲謝謝都來不及說。我沒有時間說，汽車已經開了，而我的行李還在上面，那個司機——像所有司機一樣——發瘋似的按喇叭。我是唯一不在車內的乘客，而這裏爲了勸我不要離開，我的老教授差不多就要下跪了。

商布・巴布受過良好的教育，我沒有受過教育，而友誼卻開始了。他有輝煌的過去，我一無所有。我們的友誼震驚全鎮，而他甚至都不覺得尷尬。我尊敬那種品質。我們常常手拉著手走路。他和父親年齡相仿，他的孩子都比我大。他比我父親早十年去世。我想他那時候肯定五十歲左右。這本該是我們做朋友的好時候。但在那會兒，他是唯一賞識我的人。他是那個村莊裏有權有勢的人，他的賞識對我的幫助極大。

岡達導師再也沒有在學校出現過。他即刻被打發走人，因爲他還差一個月就退休了，他的延長申請已經被取消。這使得村裏一片歡騰。岡達導師本來已是村裏的大人物，我卻在一夜之間就把他扔出校園。那可是件了不起的事情。人們開始尊敬我。我會說：「這叫什麼話？我什麼也沒有做——我只是把那個人和他幹的壞事曝光罷了。」

想到他這一生是如何不斷地折磨小孩子，我眞感到吃驚。可那正是人們心目中的教育。人們當時這麼認爲，現在還有許多印度人這麼認爲，即教育孩子非折磨不可——儘管他們可能不明說。

所以我說：「不存在尊敬我的問題呀，至於我和商布・巴布的友誼，這跟年齡沒有關係。他其實是我父親的朋友。連我父親也感到驚訝。」

我父親常常問商布・巴布：「您爲什麼對那個討厭小子這麼友好？」

商布・巴布聽了，便會笑著說：「你有一天會明白爲什麼的。我現在不能告訴你。」我一直驚嘆這個人的美。他居然能回答：「我不能告訴你。有一天你會明白的。」這也是他的美的一部分。

有一天他對我父親說：「或許我對他不應該是友好，而應該是尊敬。」這也讓我大吃一驚。我們單獨在一起的時候，我對他說：「商布・巴布，您跟我父親胡說些什麼？您說您應該尊敬我是什麼意思？」

他說：「我的確尊敬你，因爲我看得出，但不是很明顯，好像隔著一層煙霧，你有一天會成爲什麼。」

連我聽了也只能聳聳肩而已。我說：「您在胡說八道。我能成爲什麼？我已經是了。」

他說：「怎麼樣！那就是你身上讓我感到驚訝的東西。你雖然是一個孩子，全村人都嘲笑我們的友誼，他們想知道我們在一起都談些什麼，但是他們不知道自己正在錯過。我知道。」——他加重了語氣——「我知道我正在錯過什麼。我能感覺到一點兒，但是看不清楚。或許有一天等你眞正長大了，我可能就看得出你是誰了。」

我必須承認，他是繼馬格・巴巴之後，第二個認識到我身上具有某種不可估量的潛力的人。當然他本人並不是一個神祕主義者，但詩人偶爾也會有成爲神祕主義者的能力，而他恰恰是一個偉大的詩人。他的偉大還在於他從來不費心發表自己的作品。他從來不在任何詩人的聚會上費心朗讀自己的作品。看起來很奇怪，他會把他的詩歌讀給一個九歲的孩子聽，然後他會問我：「你覺得它有價値嗎，還是毫無價値？」

▲商布・巴布

現在他的詩集出版了，但是他已經不在了。出版詩集是為了表達對他的紀念。詩集並沒有把最好的作品收錄進去，因為揀選作品的人，他們當中甚至沒有一個人是詩人，而商布・巴布的詩歌需要有個神祕主義者來揀選。我瞭解他的全部作品。數量不多——幾篇論文，詩歌不多，還有幾篇小說，但奇怪的是，它們都關係到一個主題。

那個主題就是生命，不是哲學概念上的生命，而是一刻接著一刻被經驗到的生命。用一個小寫字母「l」開頭就可以了，如果你們用大寫的「L」開頭寫生命（life）這個詞，他絕對不會原諒我。他反對用大寫字母。他從來不用大寫字母寫字。甚至一句話的開頭他也用小寫字母來寫。他甚至寫自己的名字也用小寫字母。我問他：「大寫字母有什麼不好嗎？你為什麼這麼反對它們，商布・巴布？」

他說：「我不是反對它們，我是喜歡直接，不喜歡走遠路。我喜歡小事物：一杯茶、在河裏游趟泳、一次日光浴……我喜歡小事物，它們不能用大寫字母來寫。」

我理解他，所以儘管我說他不是一個開悟大師，也不是任何意義上的師傅，我仍然把他算作繼馬格・巴巴之後的第二人，因為他在不可能的情況下、在完全不可能的情況下認出了我。我自己可能都還沒有認識到，他卻已經認出了我。

我第一次走進他的副鎮長辦公室，我們彼此看著對方的眼睛，一瞬間除了寂靜以外，什麼也沒有。然後他便站起來對我說：「請坐。」

我說：「您不需要站起來。」

他說：「那不是需要的問題，我為你起身讓我感到非常快樂。我以前從來沒有那種感覺

——我在地方長官和那些所謂的有權有勢的人面前站過。我在新德里見過總督，卻不像見到你，我得承認，有那種不可思議的感覺。請你不要告訴別人。」

我這是第一次把這些話告訴別人。這些年來，四十年來，我一直把它當作祕密守在心裏。今天可算解放了。

今天早晨古蒂亞說：「你一直睡到那麼晚。」

是的，昨天晚上我睡得很香，那是許多年來第一次，我希望每天晚上都能睡得那麼香。整整一夜，我沒有受到片刻打擾。通常我都得看幾次手錶，看看是否到起床的時間了。但是那麼多年以後，昨天晚上，我一次手錶也沒有看。我甚至都誤了戴瓦拉吉的調製飯（concoction）。那是我對他所做的特殊早餐混合物的稱呼。它的確是一種很好的調製品。吃起來很困難，因為咀嚼它需要花上半個小時，不過它的確既健康又滋補。我們應該讓每個人都嚐嚐——戴瓦拉吉的早餐調製品。當然它不快，它很慢，非常非常慢。我們是不是可以叫它「慢速間歇❸」？不過那樣聽起來就不對頭了。

我之所以誤了今天的早餐，有兩個原因：第一，我必須遵守戴瓦蓋德的時間，我不喜歡遲到。第二，我若開始吃那個調製飯，就得花很長時間，等到吃完以後，又該吃午飯了。兩頓飯之間沒有空隙，而空隙是需要的。所以我想我只好錯過了。可是我真的喜歡他做的早餐，我一邊錯過，一邊還真的想它。

昨天晚上之所以是稀有難得的一晚，原因很簡單，那就是我昨天跟你們講了商布·巴布，這讓我如釋重負。我又講了我的父親和我之間長年不斷的鬥爭，以及它最終是怎麼了結的。我感到輕鬆極了。

商布・巴布本來可以成爲一個明白人（realized one），卻錯過了。他錯過，是因爲太有智慧。他是一個理智上的巨人。他甚至都不能安安靜靜地坐一片刻。他去世的時候，我在場。這眞是一個奇怪的命運，凡是我所愛的人，我都得一一看著他們死去。

他即將離開人世，那會兒我離他所在的地方不是很遠。他在臨終前不久打電話給我說：「如果可以的話，你趕快來，因爲我想我的時間不長了。我的意思是，」他說：「我支持不了幾天了。」

我立刻奔向那個村莊。那兒離賈巴爾普爾❹只有八十英里，我兩個小時之內就趕到了。他非常高興。他再次看著我，以我們最初見面時的那種眼神——那會兒我還是個九歲大的孩子。接下來是一段意味深長的靜默。什麼也沒有說，但是什麼都已被聽到。

我握著他的雙手，叮囑他：「請把眼睛閉上，不要硬撐著。」

他說：「不。眼睛很快就會自動閉上的，那時候我再也睜不開了。所以別要求我把眼睛閉起來。我想看看你。也許我以後再也看不見你了。有一點是肯定的，」他說：「你不是衝著生命回來的。唉，我要是早聽你的話就好了！你始終堅持要我安靜，我卻一再拖延。現在連拖延的時間都沒有了。」

淚水湧入他的眼睛。我依然沒有說話，只是跟他在一起。他閉上眼睛，就死了。

他有一雙非常美麗的眼睛和一張充滿智慧的臉。我認識許多漂亮的人，但是極少有人擁有那個人的美麗。那不是人造的，肯定不是印度製造的。他曾經是，現在仍是，我最喜愛的人之一。雖然他還沒有投胎，我卻在等著他。

這個社區是爲多種目的而建立的。有些目的你們知道，有些目的只有我知道。這就是其中之一，社區組織者並不知道，我在等待幾個靈魂。爲了接收他們，我甚至已經在準備情侶。不用多長時間，商布·巴布就會在這裏。有那麼多記憶都和這個人有關，我不得不一而再、再而三地提到他。但是今天，只提到他的死。

奇怪，我會先談他的死，以後再談別的事情。不，就我而言，這並不奇怪，因爲對我來說，死亡的瞬間之能打開一個人，那是其他任何事情都比不上的。連愛也不能導致那樣的奇蹟。它試圖導致，但是相愛的人阻止了它，因爲相愛需要兩個人，死亡只要一個人就夠了。那是因爲沒有來自他人的打擾。我親眼目睹商布·巴布在那麼一種放鬆而喜悅的狀態下死去，我忘不了他的臉。

你們會感到吃驚，要知道他有一張誰的臉——猜猜看是誰？——幾乎一模一樣，那就是美國前總統，尼克森！但是沒有那種醜惡的東西，它們隱藏在尼克森的每一個細胞和神經裏面……！不然的話，商布·巴布就會變成印度總統了。他的智慧遠遠超過那個所謂的印度總統，桑吉瓦（Sanjiva）。但我的意思是說，以照相的眼光來看，他長得酷似尼克森年輕的時候。當然嘍，如果靈魂不同，即使同一張臉也會顯出不同的氣質、不同的——怎麼說來著——不同的，總而言之就是不同的意思。所以請不要誤解我，因爲你們都認識尼克森，但只有我認識商布·巴布，所以誤解必然會發生的。

請忘記我說他們長得相像吧，趕快忘記。要是你們開始把他想像成尼克森的話，那還不如乾脆對商布·巴布的臉一無所知更好。但是我必須承認，我對尼克森有點兒心軟，就因爲他長得像商布·巴布。這個你們可得原諒我；我知道他不值得，但是我也沒辦法呀，我忍不住。每當我看到他的照片，我看到的全是商布·巴布，根本不是尼克森。

尼克森當上美國總統的時候，我對自己說：「啊哈！這麼說至少有一個長得像商布·巴布的人當上美國總統了。」我倒希望商布·巴布去做美國總統，當然那不可能，不過他們長得相像這一點已經安慰了我。當尼克森幹他所幹的那些事情的時候，我感到羞恥，這又是因爲他長得像商布·巴布。當他被迫辭去總統職務的時候，我感到難過，這不是因爲他──我跟他毫無關係──而是因爲我再也看不到商布·巴布的臉被登在報紙上了。

現在沒有這個問題，因爲我再也不讀報紙了。我已經幾年不讀報紙了。我以前往往是一分鐘之內讀完四張報紙，但是兩年多來，我一張也沒有看過。而且我也不讀書──我完全不讀。我又變成沒有受過教育的人了，那是我心心念念所盼望的事情，假如我的父親沒有把我拖進學校……但是他的確把我拖進去了。所有這些學校、學院、大學，它們對我所做的一切，我得花費巨大的能量才能把它清除掉，但是我已經成功地把它清除乾淨了。

我已經把社會對我所做的一切都清除掉了。我再次成爲沒有受過教育的、鄉下來的野孩子──你們在英語裏不用這個詞……在印地語裏，從村莊來的人叫作gamar。村莊叫gam，村民叫gamar，但是gamar還有「傻瓜」的意思，它們雜糅在一起，幾乎不能區分，所以現在誰也無法認爲「gamar」的意思是村民，每個人都認爲它的意思是傻瓜。

我剛從村莊裏出來的時候一清二白，上面沒有寫過任何東西。甚至在我離開那個村莊的時候，我都還是個野孩子。我從來不許任何人在我上面寫東西。人們時刻準備……不僅準備，而且堅決要求在你上面寫點兒東西。我從村莊裏出來的時候一片空白，現在我也可以說，我已經把後面這段時間寫入我意識的一切東西都擦掉了，擦得乾乾淨淨。實際上，我是把牆壁本身推倒了，所以你再也不可能往上面寫任何東西。

本來商布・巴布也可以做到。我知道他有這個能力，成佛的能力，但是這件事情沒有發生。或許是他的職業——他是一個律師——阻礙了他。我聽說過各種各樣的人成佛，但是我從來沒有聽說過律師成佛。我想任何來自那個行業的人都不可能成佛，除非他眞的拋棄一切所學。商布・巴布還沒有鼓足那樣的勇氣，我替他感到惋惜。我不替任何人感到惋惜，因爲我從來沒有碰到過任何人有如此能力卻又不曾起跳的。

我常常問他：「商布・巴布，是什麼拉住你了呢？」

而他總是說同樣的話：「我怎麼解釋得清楚？我根本不知道是什麼拉住了我，但是肯定有東西把我障住了。」

我知道那是什麼，但是他也知道，儘管他從來不承認自己知道。而且他知道我知道他知道。每當我問起這個問題的時候，他總是把眼睛閉上——而我是個固執的人，我會一遍又一遍地問他：「是什麼拉住你了呢？」

他會閉上眼睛，免得我們四目相視，因爲只有這種情況下，他才無法說謊。我的意思是說他無法做律師……說謊者❺了。但是現在他死了，我可以說即使他不是一個佛，他也差不了多少，這句話我以後再也不會用在其他任何人身上。我將把這一特殊的類別——準佛

(almost-a-buddha)——留給商布・巴布。

譯註：

❶別西蔔：Beelzebub，基督教《聖經》中的鬼王，彌爾頓長詩《失樂園》中指地位次於撒旦的墮落天使。

❷換檔：機械用語，指調速。

❸慢速間歇：早餐——breakfast，可以分成兩個部分：break——間歇；fast——快速。戴瓦拉吉爲奧修訂製的早餐很費時，所以奧修在原詞的基礎上重新結構，以slow——慢速，替換fast，即成break-slow，譯爲「慢速間歇」。

❹賈巴爾普爾：Jabalpur，印度中部城市。

❺律師……説謊者：律師——lawyer；説謊者——liar，兩個詞既諧音又近義。

22 我的朋友

我剛要說「好」，但是沒說。有一天出於禮貌，我說得很輕，後來為此吃了大苦頭。事情統統亂套。所以現在我打算，只有當一切都好的時候，才說好，否則還不如一言不發……好。

我又想起來可憐的佛洛伊德了。他有一次在辦公室裏等一個有錢的病人，當然是猶太人啦。你怎麼可能既有錢而又不是猶太人呢？精神分析是猶太人迄今為止所發現的最大一筆生意。他們可以錯過耶穌，他們絕不能忍受錯過佛洛伊德。當然他是無可匹敵的。

佛洛伊德等啊等啊，在他的房間裏踱來踱去。那個病人的確很有錢，而精神分析這種治療一做就是幾年——除非病人另外找到一個更加能說善道的猶太人，但這種惡性循環他是絕對跳不出去的。

佛洛伊德反覆看他的金錶，直到最後，當他真的想放棄的時候，病人出現了。他的大汽車出現在地平線上，此時的佛洛伊德，當然，憤怒到了極點。汽車終於開到他的門廊前，猶太人走出來，當他走進辦公室的時候，佛洛伊德真的生氣了，因為他晚到了五十秒鐘。

佛洛伊德說：「我聽見你的車準時開到門廊，這很好，否則我就打算一個人開始治療了。」

這是一個職業笑話。只有幹精神分析這一行的人才聽得懂。我得把它解釋給你們聽，因爲你們當中沒有一個人是精神分析專家。

笑話講的是佛洛伊德說：「即使沒有你，我也要開始。」——沒有病人。你們看出其中的要點了嗎？讓我把話說得再清楚一點——笑話暫且放在一邊。我得從某個點開始。

不到說「好」的時候，我不會說——不是因爲我像佛洛伊德，而是因爲我對這個笑話有充分的認識。儘管如此，我也不能叫你們失望。這只是一個開場白，現在我們來講那個沒完沒了的故事。

是的，它是沒完沒了。它怎麼可能在我之前了結呢？以後得由其他人把它寫出來。我不能寫——這一點請原諒我——但是我在預備我的人：戴瓦蓋德、戴瓦拉吉、阿淑……這三位一體❶可以把它完成。記住，在我的三位一體裏面有一個女人，她將使得兩個傢伙永遠鬥爭下去。不過儘管如此，他們以後還是要設法將它寫出來。如果他們做不到，那麼阿淑就可以讓他們鬥爭，然後她可以自己去寫。

今天早晨，順便說一句，我提到榮格的詞「相應」。我不喜歡這個人，但是我喜歡他推薦的這個詞。爲此應該授予他一切可能的榮譽。其他語言裏面都沒有「相應」這樣的詞，因爲它是一個生造詞，由榮格創造的。

不過所有的詞都是由這個或者那個人創造出來的，所以造詞並沒有錯，特別是當它的確指明某種經驗的時候，那種經驗千百年來始終沒有得到標誌。僅僅爲了這一個詞，「相應」，榮格就應該獲得諾貝爾獎，儘管他是個庸才。但是有那麼多庸才都獲得諾貝爾獎，再多一個獲得，有什麼錯？而且他們也會把諾貝爾獎追贈給亡靈，所以請他們，給這個可憐的榮格頒一個諾貝爾獎吧。我不是在開玩笑。我眞的感激這個詞，因爲這種感覺一直在躲避人類理智的把握。

我前面跟你們說到我和商布．巴布之間的奇特友誼。它在許多方面都是奇特的。首先，他比我父親年紀大，也可能是一樣大——不過根據我的記憶，他看起來比我父親大——而我只有九歲。喏，我們之間可能發生什麼友誼呢？他是一個成功的法律專家，不僅在那個小地方，他還在高級法院和最高法院執業。他是最高的法律權威之一。與此同時，他又是一個野蠻的、不守規矩的、自由散漫的、文盲孩子的朋友。當他說：「請坐」，在我們第一次見面的時候，我大吃一驚。

我沒料到副鎮長會站起來接待我，會說：「請坐。」

我對他說：「您先坐。您不坐，我坐，我覺得有點兒不安。您年紀大，可能比我父親還大。」

他說：「別擔心。我是你父親的朋友。放心好了，只管告訴我你來幹什麼。」

我說：「我等會兒告訴你我爲什麼來這兒。先……」他看著我，我看著他，那短短的一瞬間裏所流露的情緒成爲我的第一個問題。我問他：「先告訴我剛才發生了什麼，在你的眼睛和我的眼睛中間。」

他閉上眼睛。我想大概過了十分鐘吧，他才睜開眼睛。他說：「原諒我，我形容不出來

——不過的確發生了什麼。」

我們成爲朋友，那是一九四〇年的某個時候。直到後來，許多年過去了，就在他去世前一年——他於一九六〇年去世，在經過二十年的友誼、奇特的友誼之後——我才能告訴他，他一直以來所搜尋的那個詞已經被榮格發明出來了。那個詞就是「相應」，那就是當時發生在我們之間的東西。他知道，我知道，而詞卻不見蹤影。

相應可以同時表達多種含意，它是多維度的。它可以表達某種有節奏的情感；它可以表達人們一向稱之爲愛的東西；它可以表達友誼；它也可以僅僅表達兩顆心一起跳動，沒有節奏或者原因……那是一個奧祕。人只能偶爾發現有誰跟自己相契合；七巧板一下子消失了。所有本來怎麼都拼不到一塊兒去的碎片突然間自己拼好了。

後來我告訴我的外祖母：「我成爲這個鎭的副鎭長的朋友了。」她說：「你說的是邦迪德．商布拉當．杜拜？」

我說：「你看起來有一點兒吃驚。你怎麼了，那呢？」眼淚從她的臉上流下來。她說：「那麼你在世上就不會找到很多朋友，所以我才擔心。如果商布．巴布變成你的朋友了，那麼你在世上就不會找到很多朋友。不僅這樣，或許你還能找到朋友，因爲你還年輕，但是商布．巴布在世上肯定找不到別的朋友了，因爲他已經太老了。」

我的外祖母一次又一次地以她驚人的洞察力闖進我的故事。是的，我現在看出來了。概括地說，我看出她看出什麼來了、爲什麼哭泣。我現在知道，從那以後，商布．巴布再也沒有別的朋友；除了我以外，他沒有朋友。

我過去難得造訪我們村莊，也許一年一次，或者兩次，不超過那個數。隨著我越來越捲入我自己的活動——或者你們可以稱之爲非活動（inactivity）……隨著我越來越和桑雅生、靜心運動牽扯在一起，我造訪那個村莊的次數就更少了。事實上，在他去世的前幾年，我的造訪僅限於乘火車路過當地。

當地的站長是我的桑雅生，所以當然火車會照我的意願，想停多久就停多久。他們——我說「他們」的意思是指我的父親、我的母親、商布·巴布以及其他許多愛我的人——會到車站來看我。我的造訪僅限於此：十、二十，頂多三十分鐘。火車不能再延遲了，因爲其他火車必須進站。它們都在車站外面等著。

但是我能理解他的孤獨。他沒有別的朋友。他幾乎每天給我寫一封信——那是非常罕見的事情——又沒有話可寫。有時候他乾脆把一張白紙裝在信封裏寄來。我連那種信都能看懂。他寫信的時候感到非常孤獨，希望我能和他做伴。只要實際條件許可，我盡可能多在那裏停留，因爲在那個村莊停留對我來說實在是一個累贅。我之所以忍受那個村莊，全是爲了他。

在他死後，我很少、極少到那兒去。我現在有個藉口了——我之所以不能來，是因爲它讓我想起商布·巴布。但是到那兒去沒有意義。當他還在的時候，有意義。他簡直就是沙漠裏的一小片綠洲。

他絲毫不怕因爲我而遭受各種各樣的譴責。跟我結交，即使在那些日子裏，都不是一件好事兒。那很危險。他們告訴他：「你會失去鄉鎮群眾的尊敬，是鄉鎮群眾把你從副鎮長提升為鎮長的。」

我對他說：「你可以選擇，商布．巴布，是做這個愚蠢鄉鎮的鎮長，還是做我的朋友。」

他辭去了市長❷職位，還有他的鎮長職位。他沒有對我說一個字，他只是把辭職信寫好放在那兒，放在我面前。他說：「我喜歡你身上的某種東西，那種東西我無法給它下定義。在這個愚蠢的鄉鎮裏當鎮長對我來說毫無意義。我準備好失去一切，假如事情到那一步的話。是的，我準備好失去一切。」

他們竭力勸他不要辭職，但是他不肯收回前言。

我告訴他：「商布．巴布，你非常清楚，我痛恨所有這些總長啊、副總長的，無論是地方的總長，還是國家的總長。我不能對你說：『收回辭職信吧。』因為我不能犯那種罪。如果你想收回的話，你完全可以想怎麼做就怎麼做。」

他說：「信已經封好了。現在沒有理由打退堂鼓，我很高興你不來勸我。」

他繼續做一個孤獨的人。他有足夠的錢可以過得像個富人，所以他在辭去鎮長職務的同時，也從律師界引退。他說：「我的錢足夠用，幹嘛還要費那個心？幹嘛還要在司法界裏混？成天以眞理的名義跟各種各樣的法律義務和謊言做伴。」

他歇業不幹了。我就喜歡他身上的這些品質。他辭職的時候毫不遲疑，第二天就退出了律師協會。為了他，我偶爾也得去一趟那個鄉鎮，或者打電話叫他到我這裏來，跟我待上幾天。他偶爾也會過來。

他是一個眞正的人，不害怕任何結果。他有一次問我：「你今後打算做什麼？因為我想你不可能長期待在大學裏當教授。」

我說：「商布・巴布，我從來不做計劃。如果我退出這個工作，就會希望另一個工作在那兒等著我。假如上帝……」記住這個「假如」，因爲他不是一個有神論者，那是他讓我喜歡的另一個品質，他常說：「除非我知道，否則我怎麼能相信？」

我對他說：「假如上帝能爲各種各樣的人、動物、植物找到工作，我想他也能爲我找到一個工作。假如他找不到的話，那是他的問題，不是我的。」

他聽了大笑，說：「對，完全正確。對，這是他的問題，假如他在那兒的話——但是關鍵在於：假如他不在那兒，怎麼辦？」

我說：「我看對我來說，那也不成問題。要是沒有工作的話，我可以來一個深呼吸，然後跟存在告別。那足以證明存在不需要我。假如存在不需要我，我就不會把自己硬塞給可憐的存在。」

我們的談話，假如它們都能被概括出來，我們的爭論，假如它們都能再現，甚至會成爲比柏拉圖還要好的對話錄。他是一個非常有邏輯的人，他的邏輯性之強，恰如我的沒有邏輯。而最大的阻礙還在於：在那個鎮上，我們是彼此唯一的朋友。

人人都問：「他是一個邏輯學家，你完全不講邏輯，你們兩個人怎麼溝通呢？」

我說：「你很難理解，因爲你兩種人都不是。正是他的邏輯把他帶到了邏輯的邊緣。我不講邏輯，不是因爲我天生沒有邏輯——誰也不會天生沒有邏輯；我之所以不講邏輯，是因爲我認識到邏輯的徒勞無益。所以我能沿著他的邏輯跟他一起走，但是到了某一點，我就會走到他前面去，他因爲害怕而停止。那就是維持我們友誼的紐帶，因爲他知道他必須超越那個點，他也知道其他任何人都幫不了他。你們所有人，」——我指鎮上的人——「都以爲是他在幫助我。你們錯了。你們可以去問他。是我在幫助他。」

你們會感到吃驚，不過有一天眞有幾個人到他家裏去詢問：「這個小男孩對你來說眞的是某種嚮導或者幫助嗎？」

他說：「確實如此。這是毫無疑問的。你們爲什麼來問我？你們爲什麼不去問他？他就住在你們隔壁。」

那種品質非常稀有，我的外祖母說得對，她說：「我怕商布．巴布將來會一個朋友也沒有。」她說：「至於你，我的擔心已經都在那兒了……但是你還年輕，你或許還能找到幾個朋友。」

她的眼光確實了了分明。假如你們知道，我一輩子除了商布．巴布之外，沒有任何朋友，你們肯定會感到吃驚。要不是有他存在，我永遠也不會知道什麼是有個朋友。是的，我有很多熟人——在中學、在大學預科、在大學，有好幾百個。你們可能以爲他們都是我的朋友，甚至他們也可能有同樣的想法——但是除了這個人以外，我還不知道有哪個人我能稱之爲朋友的。

要熟識很容易；熟識很尋常。但友誼不是尋常世界的一部分。你們肯定會感到吃驚，要知道，每當我生病的時候——我距離那個鄉鎮八十英里——我都會立刻接到商布．巴布的電話，充滿關切。

他會問：「你好嗎？」

我會說：「怎麼了？你爲什麼這麼焦慮？聽聲音你好像生病了。」

他說：「我沒病，但是我感到你生病了，現在我知道你的確生病了。你瞞不過我。」

這種情況發生過許多次。你們可能不相信，但就是爲了他，我才不得不申請一個私人號碼。當然我的祕書有一個電話，可以照顧我在全國各地的日程安排。但我還有一個祕密的、私人的電話，是專門給商布・巴布用的，以便他在感到掛念的時候，可以隨時詢問，哪怕深更半夜都可以。我甚至打定主意，每當我不在住所的時候，或許到印度的什麼地方旅行去了，只要我生病，我就會自己打電話說：「請別擔心，因爲我生病了。」這就是相應。

不知什麼緣故，我們之間有一種很深、很深的連結。他去世當天，我毫不猶豫，立刻趕到他身邊。我連問都沒問一下。我直接把車開到鎮上。我一向不喜歡那條路，而我喜歡開車，但從賈巴爾普爾到嘎達瓦拉的路眞是狗娘養的！你們在哪兒也找不到比它更差的路了。相比之下，我們這裏連接農場和安提洛浦（Antelope）的路就算是超級高速公路了。他們在德語裏叫它們什麼來著？超級公路（autobahn）？

「是的，奧修。」

好，假如戴瓦蓋德說它是對的，那麼它肯定是對的。我們的路和從大學到商布・巴布家的路相比，就是一條超級公路。我直接衝向……一種發自內心的感覺。

我是一個高速駕駛員。我喜歡高速，但是在那條路上，你的速度超不過每小時二十英里，那是你所能開到的最高時速了，可想而知，那是一條什麼樣的路。等你開到目的地的時候，即使你沒死掉，也差不多了！路上只有一樣好東西：在你進城之前，你會開過一條河。那是它補償你的地方，你可以好好地洗個澡，你可以游上半個小時的泳來恢復精神，同時把車好好地洗一洗。那樣，等你開到城裏的時候，就不會有人把你當聖靈看了。

我直接衝向那裏。我一輩子都沒有那麼急過，甚至現在也沒有那麼急，儘管現在我應該急，因爲時間正從我的手裏流逝，日子不遠了，到時候我將不得不對你們大家說再見，儘管我可能還想拖延一點時間。什麼都不在我的掌握之中，除了這張椅子的扶手，而你們看得出，我是怎樣緊緊抓住它們、感覺它們的，爲了檢驗我是否還在這個身體裏面。不需要擔心……還有一點時間。

那天我不得不急，事實證明，假如我晚到幾分鐘的話，我將再也看不到商布·巴布的眼神了。活的，我的意思是說——我的意思是說，以他初次看我的眼神看我。我希望最後再看一次那最初的凝視……那相應。在他去世前的半個小時當中，除了純粹的交流之外，別無紛擾。我告訴他，他可以暢所欲言。

他把除我之外的每個人都打發出去。他們當然不高興。他的妻子、兒子和他的兄弟都不喜歡他那麼做。但是他明確地說：「無論你們喜不喜歡，我都希望你們馬上離開，因爲我沒有多少時間可以浪費了。」

出於自然而然的恐懼，他們全部離開。我們同時笑出聲來。我說：「你想對我說什麼，儘管說。」

他說：「我沒什麼要對你說的。握住我的手。讓我感覺你。讓你的存在充滿我，我請求你。」他繼續說：「我不能跪下來向你頂禮。不是我願意，而是我的身體不能下床。我連動都不能動。我只有幾分鐘時間了。」

我看得出死亡迫在眉睫。我握住他的手，對他講了幾句話，他聽得非常專注。在我的童年，只有兩個人眞正讓我覺知到什麼是眞正的專注。第一個，當然，是我的那呢。把她跟商布．巴布放在一塊兒，我甚至感到有點兒難過，因爲她的專注，雖然和他的相似，卻具有更多的維度。實際上我不應該說兩個人，但是我已經說出口了，現在就讓我盡可能把它解釋清楚吧。

和我那呢在一起，每天晚上，這幾乎已經成爲一個慣例，就像你們每天晚上和每天早晨都在等著……

你們知道嗎？每天早晨我醒來以後，趕緊先到浴室去洗個澡，然後做好各項準備工作，因爲我知道大家都在等著。今天，我之所以沒有吃早飯，就因爲我知道那會耽誤你們大家的時間。我比平時睡得晚了一點。每天傍晚，我知道你們肯定都準備好了，洗過澡，我一看見你們的小房間亮了燈，就知道這班魔鬼已經到了，我得趕快。

你們一整天都很忙。你們一整天時間都排得滿滿的。你們可以說我是一個完全退休的人——不是勞累的，是退休的……而且不是任何別人讓我退休的。那就是我的生活方式——悠閒地生活，從早到晚、從晚到早不做任何事情。雖然什麼事也沒有，卻讓每個人都忙得團團轉，那就是我的整個工作。我想世界上沒有任何人——以前不曾有任何人，以後不會有任何人——清閒到隨便哪種事務都沒有的程度，像我這樣。可是仍然，就爲了讓我繼續呼吸，我需要成千上萬的桑雅生一刻不停地工作。你們還能想出比這更大的笑話嗎？

今天我剛和切達娜說維薇科出去度假了。過了十年，可憐的姑娘當然應該得到這個假期。十年中要求一個假期不算多。換成數字也就是每兩年一天吧。

我對她說：「你可以，高高興興地去。」

她去了加利福尼亞。我對她說：「如果你這幾天過得快活，我會很高興。」

我告訴切達娜：「明年或許我也可以出去度幾天假。」但問題是，我不能一個人去。我需要帶上我的全班人馬，而且一個也不能少。我的工作班子比美國總統的還要大。它是一個可憐人的工作班子，它只能比他的大。不是隨便哪個國家的總統，而是最有錢的國家的總統。爲什麼？因爲我的工作班子不是由僕人組成的，它是由愛我的人組成的，我不能缺少他們當中的任何一個。

那是唯一的問題，我告訴切達娜。但是她聽了很高興。她高興得不得了，我想她甚至把我的問題都拋在腦後了。她當然高興，因爲我的工作班子假如要跟我一塊兒去度假，那麼她肯定也在其中。而切達娜……曾經有一段時期，我自己洗衣服，但是肯定不如你們洗得好。我給不出比那更好的建議了，因爲雖然我盡了最大的努力，那件工作還是在盡可能短的時間內做完結束。對你們來說，那是一次祈禱、一次戀愛，不僅僅是要完成的工作。我想全世界沒有人像我那樣，有洗得那麼好的衣服。

所以切達娜很高興，心想：「太棒了，我們都要去度假了。」可我得帶上那麼多人，維薇科說得對。當我們要離開普那❸的時候，有大量的準備工作要做——特別是對於她，因爲她必須關心我的身體、我的飲食，以及諸如此類的細節問題。我想她在整個度假期間都睡不好覺，她太關心我了，所以一樣東西也不能落下，旅途上必須要什麼有什麼。維薇科說得對，她對我說：「奧修，你就像一大座金山，得從這裏搬到那裏。」

我對她說：「確實如此，千眞萬確。只有一點需要記住：那座山，雖然是金的，但也是活的、有意識的。所以要非常小心。」

你看出我的困難了嗎，切達娜？喏，即使我外出度假一個禮拜，或者一個周末，你得做多少準備工作？我們得把方方面面都安排得跟住在老子屋❹裏一樣——那是一項艱鉅的工作。不過因爲你非常高興，所以我想値得嘗試。在這個世界上，只要能讓一個人高興，我做什麼都可以。那已是我的整個人生的內容。

譯註：

❶三位一體：基督教教義之一。指「聖父」、「聖子」、「聖靈」三位爲一體，即同是一個上帝。

❷這裏沒有說明是哪個城市的市長，或許該鎭隸屬某個城市，他兼任市長一職。

❸普那：Poona，印度西部城市，奧修國際靜心中心所在地。

❹奧修住所的名稱。

23 比友誼更崇高的東西

現在，我在你們身上的工作……

上次我跟你們講述一種關係，它發生在一個大約九歲的孩子和一個差不多五十歲的老人之間。他們的年齡差異雖然巨大，但是愛可以超越一切障礙。如果它可以發生在一個男人和一個女人之間，那麼還會有什麼更大的障礙呢？然而它並不是發生在一個男人和一個女人之間，而且它也不能僅僅被描述成愛。他可以像愛一個兒子、或者像愛他的孫子一般愛我，但那不是。

我們之間發生的是友情（friendliness）——請記錄下來：我認為友情的價值高於愛。沒有東西高於友情。我知道你們肯定注意到我沒有用友誼（friendship）這個詞。到昨天為止，我都在用它，但是現在時候到了，可以跟你們談談比友誼更崇高的東西——友情。

友誼也能成為束縛，以它自己的方式，和愛一樣。它也能嫉妒、占有、害怕失去，而且因為那種恐懼，會產生許許多多的痛苦和許許多多的鬥爭。事實上，人一直在和他們所愛的人鬥爭——奇怪，真奇怪……奇怪得令人難以置信。

與人所知道和感受到的一切相比，友情上升得更高。說它是存在（being）的一種芬芳會更合適，或者你也可以說它是存在的開花。兩個靈魂之間散發出什麼，隨後一轉眼，雖有兩個身體，卻是一個生命存在——那就是我所說的開花。友情是對所有小氣平庸的情感的解脫，是對我們所熟悉的——實際上，是太熟悉的——一切情感的解脫。

我能理解爲什麼我的那昵爲我和商布・巴布交朋友而流淚。她說得對，她說：「我不管商布・巴布怎麼樣——他已經夠老的了，死亡很快就會趕上他。」眞奇怪，但是他的確死在我外祖母之前，不多不少，正好十年，可是我的外祖母比他的年紀大。

我至今都爲那個女人的直覺感到吃驚。她曾經說：「他很快就會死的，那時候你怎麼辦？我是爲你流眼淚啊。你還得活好長一輩子呢。你找不到多少人有商布・巴布那樣的品質了。求你別用他的友誼做你的標準吧，否則你這一輩子會活得非常孤獨。」

我說：「那昵，連商布・巴布也夠不上我的標準呢，所以你不需要擔心。我會根據我自己的眼光生活的，無論它把我引向哪裏，或許也不把我引向哪裏。但有一點是肯定的，」我告訴她：「我絕對同意你的話，我不會找到很多朋友。」

事實的確如此。我在中學的時候沒有朋友。在高中的時候，大家都認爲我是個怪人。在大學的時候，不錯，人們都很尊敬我，但那不是友誼，何況友情呢。眞是一個奇怪的命運，我從小到大一直受人尊敬。但是假如我的那昵現在還活著的話，她就能看到我的朋友了——我的桑雅生。她會看到成千上萬的人和我相應。可是她已經死了；商布・巴布也死了。花季來臨，那些曾經眞正關心我的人卻已經蕩然無存。

她說得對，我這一輩子都會活得很孤獨，可她說得也不對，因爲和其他所有人一樣，她認為孤獨（loneliness）和單獨（aloneness）是同一個含意。無論你有沒有人做伴，結果毫無差異，你依然是孤獨的。走遍世界，在每一所房子裏，你都能看到我所說的事實。我不能說在每一個家裏，我說在每一所房子裏。家是極其罕見的現象。家是把孤獨轉化為單獨的地方，而不是轉化為共處（togetherness）。

人都以為只要兩個人在一起，孤獨就結束了。不那麼容易啊。要記住，不那麼容易；實際上，它只會變得更困難。當兩個孤獨的人相遇的時候，孤獨就會成倍地增加，不僅增加一倍，記住，是成倍地增加，而且非常醜陋。像一隻章魚，不停地以各種名義、為各種理由而鬥爭。但是，假如你把所有這些掩飾都拿掉的話，下面除了赤裸裸的孤獨以外，你看不到任何東西。那不是單獨。單獨是對一個人本性（self）的發現。

我跟我的外祖母說過好多次，單獨是一個人所能夢想的最美麗的狀態。她笑了，說：「閉嘴！胡說八道。我知道那是什麼——我就在過孤獨的生活。你的那那死了。他騙了我，他死的時候都沒有告訴我一聲。他死的時候都沒有給我報個信兒，說他去哪兒了，到誰那兒去了。他背叛了我。」她對此耿耿於懷。她接著對我說：「你也離開我。你去上大學，一年只回來一、兩次。為了你回家來一天，我得等上好幾個月。而那一、兩天眨眼就過去了。你不知道孤獨是什麼，我知道。」

雖然她在哭，我卻在笑。我也想跟她一起哭，但是做不到。我沒有哭，反而笑出聲來。

她說：「瞧！你一點兒也不理解我。」

我說：「我才理解呢，所以我笑。你一再堅持說孤獨和單獨是一回事，而我明確肯定地說，它們不是一回事。你必須理解單獨，假如你想擺脫孤獨的話。僅僅靠同情自己，你是不可能擺脫它的。而且不要生我外祖父的氣……」

這是我唯一一次在她面前替我的外祖父辯護：「他能怎麼辦？他沒有背叛你——儘管你可能感到被人背叛了。那是另一回事。生和死都不在人的掌握中。他死的時候和生的時候一樣無助……你不記得他當時有多麼無助了？他一遍又一遍地喊：『停住輪子，拉迦，你不能停住輪子嗎？』他那麼不斷地要我們停住輪子幹什麼？他在要求得到他的自由。

「他說：『我不想要違心地生，我不想要違心地死。』他想要存在（be）。他或許不能準確地表達，但我把他的話翻譯出來就是這樣的。他只想要存在——沒有任何干涉，沒有被迫的生或者被迫的死。那就是他所說的違心。他只想要自由。」

你們知道嗎？表達「終極」的印地語單詞是moksha[1]。Moksha的意思是「絕對自由」。任何語言當中，都沒有和moksha完全對應的詞——特別是英語，因爲英語受基督教的影響太深。

前兩天我剛收到一本影集，是從德國的一個中心寄來的。所有關於那個風景優美的地方和它的開張典禮的照片都包含在影集當中。連附近教堂裏的基督教牧師也參加了這次典禮。我喜歡他的致辭：「這些人都很美好。我一直在觀察他們，發現他們工作起來比當今社會的任何人都勤奮，而且個個歡天喜地，看到他們眞是一種快樂……但是他們有一點點狂熱。」

他說的對，但是他爲什麼說：「他們有一點點狂熱。」這不對。是的，他們的確狂熱——遠遠超乎他的想像。然而他爲什麼這麼說的原因卻是醜惡的；「爲什麼」不是「什麼」

❷。他之所以稱他們狂熱，是因爲他們相信有多生多世、生生復世世。那就是他之所以稱他們狂熱的原因。

實際上，假如有誰是狂熱的話，那麼他肯定不是我的人，而是那些認爲我的人狂熱的人。那項權利我保留給我自己。我可以稱他們狂熱，因爲我說這個詞的時候，我是出於愛和理解才說的。對我來說，它不是貶義詞；對我來說，它是褒義詞。所有的詩人都狂熱，所有的畫家都狂熱，所有的音樂家都狂熱，否則他們就不是詩人、音樂家或者畫家了。如果畫家、音樂家和舞蹈家都是這樣的，那麼神祕主義者還會是什麼樣呢？他們肯定是最狂熱的。我的桑雅生都在通向最狂熱的路上，因爲我知道在這個瘋狂的世界上，要想眞正地清醒，別無他途。

我的外祖母說得對，我不會有朋友，她說商布・巴布不會有朋友，也說得對。她說商布・巴布的話完全正確；說我的話，只在我開始點化別人出家之前是對的。我在喜馬拉雅山點化第一批人出家後，她只活了幾天。我特地選擇喜馬拉雅山最美麗的地方，庫路・馬那利（kulu Manali）——「神谷」，如其所稱。它的確是一個神谷。即使你親自站在山谷裏，它都美麗得讓人難以置信。它的美麗眞實得讓人難以置信。我選擇庫路・馬那利爲第一批二十一位桑雅生點化。

那就發生在我的母親……我的外祖母去世前幾天。抱歉，因爲我老是一遍又一遍地叫她「母親」，然後再更正過來。我有什麼辦法呢？我已經把她認作我的母親了。我努力了一輩子，想把它更正過來，但是做不到。我依然不叫我的母親「母親」，我依然叫她「芭比」，而不是母親，芭比的意思只是「嫂子」。我所有的兄弟都嘲笑我。他們說：「你幹嘛總是叫母親『芭比』？因爲芭比的意思是哥哥的妻子。你的父親肯定不是你的哥哥。」但是我有什麼辦法？我從小就把我的外祖母認作是我的母親，而那些年又是人生最重要的幾年。我想那就是科學家們所說的一種「印記」吧。

小鳥剛從蛋殼兒裏孵化出來，看著它的母親，那第一眼就給它打上了印記。但是，如果小鳥孵化出來的時候，你把母親移走，換成另一樣東西，就會打上不同的印記。

「印記」這個詞的確就是這樣被啓用的。當時，有個科學家在研究，小鳥從蛋殼兒裏孵化出來以後，它發生的第一件事情是什麼。他把周圍所有的東西都移走了，惟獨忘了他自己也在那兒。小鳥出來以後，東張張、西望望，只看見科學家的一雙靴子，他正站在那兒觀察呢。

小鳥走到靴子跟前，非常親熱地開始和它們玩。科學家吃了一驚，但是他的麻煩接踵而至，因爲小鳥不斷地敲他的門，不是爲了他，而是爲了他的靴子。他只好把靴子放在鳥巢附近。接下來發生了你最意想不到的怪事：小鳥發育成熟的時候，他第一次是和靴子做愛。他無法愛上一隻雌鳥——周圍有很多雌鳥——但是關於他所愛的對象應該是什麼樣子，他有一種印記。他只可能愛一雙漂亮的靴子。

我和我的外祖母共同生活了許多年，我認爲她就是我的母親。那並不是一種失落。我本來就願意她做我的母親。假如我還有一線再生的機會，儘管事實上沒有，我就會選擇她做我的母親。我只是在強調我的觀點。我不可能再生了；輪子很久以前就停住了。但是她說得對，她說我不會有朋友。我在中學、高中、大學預科或者大學裏都沒有朋友。儘管許多人以爲他們是我的朋友，他們只是讚賞者，最多是熟人，或者說到頂是追隨者，但不是朋友。

在我開始點化那天，我唯一擔心的是：「我是否有一天能把我的追隨者變成我的朋友呢？」前一天夜裏，我無法入睡。我反覆考慮：「我怎麼做呢？很難期望追隨者變成朋友。」那天夜裏，在喜馬拉雅山的庫路・馬那利，我對自己說：「別太認眞了。你什麼都辦得到，雖然你對管理科學一竅不通。」

我想起伯恩（Bern）寫的一本書，《管理革命》（*The Managerial Revolution*）。我讀過，不是因爲書名當中有「革命」這個詞，而是因爲書名當中有「管理」這個詞。我雖然喜歡這本書，還是自然而然地感到失望，因爲它不是我要找的書。我一向不能管理任何事情。所以那天夜裏，在庫路・馬那利，我不禁啞然失笑。

有個人——我不告訴你們他的名字叫什麼，因爲他背叛了我，對於背叛我並且還活著的人，最好不要提他們的名字——當時睡在我房間裏。他被我的笑聲吵醒了，我就對他說：「別擔心。我已經不可能變得更瘋狂了。你睡吧。」

「可是，」他說：「就一個問題，否則我睡不著，你爲什麼笑？」

我說：「我跟自己講了一個笑話。」

他一聽也笑了，然後翻身入睡，也不問一聲是什麼笑話。

那一刻我便知道他是哪種類型的探求者。實際上，像打了一道閃電，我看清他不會跟我太久，所以我沒有點化他出家，儘管他堅決要求。每個人都想知道爲什麼，因爲我一再堅持讓其他人「起跳」，而那個人怎麼說我都不答應。他想起跳，我卻說：「請等一等。」

不到兩個月，眞相大白，人人都清楚我爲什麼不給他出家了。他不到兩個月就離開了。離開不是個問題，但是他卻成了我的敵人。做我的敵人對我來說是不可思議的——是的，連我都覺得不可思議。我難以相信，怎麼可能有人做我的敵人呢。我一輩子沒有傷害過任何人。你們找不出比我更加無害的生物了。爲什麼有人要做我的敵人呢？肯定和那個人自身有關。他肯定是把我當成一塊銀幕用了❸。

我本想點化我的外祖母出家，但是她遠在嘎答瓦拉的村莊裏。我甚至試圖和她取得聯係，但是庫路．馬那利距嘎答瓦拉差不多有兩千英里路。

「嘎答瓦拉」是個奇怪的名字。我不想提到它，可是它怎麼都要出現，這樣或者那樣，所以最好還是跟它了結清楚。它的意思是「牧師的村莊」；這更奇怪了，因爲在克什米爾耶穌被埋葬的地方叫巴哈崗，它的意思也是牧師的村莊。在巴哈崗，這個名字尚可理解，但是我們村莊爲什麼叫「牧師的村莊」呢？我在那兒從來沒見過一頭羊，也沒見過一個牧師❹。它爲什麼叫牧師的村莊呢？那兒也沒有多少基督教徒，事實上，只有一個。你們會感到吃驚，他是一個小教堂的神父，我過去是他唯一的聽眾。

他有一次問我：「奇怪，你又不是基督教徒，爲什麼每個禮拜天都準時到教堂來，一次不漏？」他接著說：「無論下雨還是下大冰雹，我都得來，因爲我想你肯定在等我——果然不錯。爲什麼？」

我說：「你不瞭解我。我只是喜歡折磨人，聽你自我折磨一個小時，說那些言不由衷的話，而不說由衷之言，對我來說是一大快樂。即使全村都著火了，我也會來。你可以信賴我，我還會準時坐在這裏的。」

所以基督教徒肯定和那個村莊沒有關係。只有一個基督教徒住在那裏，他的教堂也不算什麼教堂——只是一間小房子。上面當然插了一個十字架，十字架下面寫著：「這裏是基督教教堂。」我一直想知道，爲什麼那個村莊叫牧師的村莊，我到克什米爾的巴哈崗去參觀耶穌的墓地之後，這個問題就更是問題了。

奇怪，巴哈崗的結構幾乎和我們村莊一模一樣。那也許只是一種巧合。每當你百思不得其解的時候，你都會說：「也許是巧合吧。」但我不是那麼容易善罷甘休的人。我當時盡可能深遠地朝這件事情的源頭看去❺，不過現在我想看多遠就能看多遠。

耶穌也來過嘎答瓦拉，他就住在村外。遺址仍然享有尊榮。誰也不記得它爲什麼享有尊榮。那裏有一塊石碑，上面寫著一個叫Isu的人曾經訪問過這個地區，並且住在那裏。他使村莊及周圍地區的居民改變了信仰，然後便回巴哈崗去了。那塊石碑是印度考古部門豎在那裏的，所以時間不太長。

爲了把那塊石碑清理乾淨，我眞下了大工夫。難就難在以前沒有人照顧它。石碑放在一個小小的堡壘裏面。堡壘已經不能住人了，進去都危險。我的外祖母總想攔著我，不讓我進去，因爲它隨時都可能倒塌。她是對的。即使吹來一陣微風，牆壁都會搖晃。我最後一次看到它的時候，它已經倒塌了。那次我是去嘎答瓦拉參加我外祖母的葬禮。那個地方我也去探望了一下，它曾經住過一個名叫伊穌（Isu）的人。

伊穌無疑是阿拉伯語耶穌的另一種形式，源自《希伯來約書亞書》（*Hebrew Joshua*）。在印地語中，耶穌叫伊薩（Isa），暱稱伊穌（Isu）。或許我最愛的人之一曾經住在那裏，在那個村莊裏。一想到耶穌也曾經在那些街道上走過，就令人興奮不已，令人狂喜之極。這只是順便說一說。我不能在任何歷史學的意義上證明它，是否如此。但是如果你以信任的心來問我，我可以在你的耳邊輕聲說：「是的，這是眞的。但是請不要問我更多……」

譯註：

❶ moksha，意即「解脫」。

❷「爲什麼」指說話的原因，「什麼」指說話的內容。

❸「銀幕」是奧修常用的比喻，意爲將自己的意識投射在「銀幕」上，卻以爲「銀幕」本來如此。

❹ 牧師：也即牧羊人。牧師和牧羊人是同一個詞。

❺ 此處當指通過一定的神通力量回溯歷史。

24 愛沒有翅膀

我對你們說友誼的價值高於愛。以前沒有人這麼說過。我還說友情甚至高於友誼。這句話連提都沒有人提過，我當然得作出解釋。

愛，無論怎麼美，依然是附著在地上的。它有點像樹的根。愛試圖上升，脫離地面以及它所依賴的一切——肉體——卻又不斷地墜落下來。人們總說某人「墜入愛河」，這並不奇怪。這句話在所有的語言裏面都有，據我所知。

我曾經試著研究過這一現象，詢問許多來自不同國家的人。我給所有的大使寫信，問他們，在他們的語言裏是否有完全相當於「墜入愛河」的成語。他們都說「當然有」。

我又問：「你們是否有類似於我所說的『升入愛空』的成語，或者別的什麼？」他們要嘛哈哈大笑，要嘛咯咯地笑，要嘛開始顧左右而言他。我若寫信詢問，他們就不回信。當然誰也不會答覆一個瘋子的問題，他問：「在你們的語言裏面有沒有表達『升入愛空』的詞？」

任何語言裏面都沒有這種詞，這不可能僅僅是一種巧合。可能一種語言裏面沒有，也可能兩種，但是不可能巧合到三千種語言裏面都沒有吧。所有的語言合謀以三千種方式共造一個成語，它的意思說來說去都是「墜入愛河」，這絕不是偶然。不，其原因在於，從根本上說，愛就是土地的。它可以稍微跳起來一點，或者更確切地說，你們可以稱之爲慢跑……

我聽說現在流行慢跑，特別是美國。流行得不得了，以至於前幾天晚上，我剛收到一份禮物，是一位女士寄來的，她喜歡看我的書。她寄給我一套慢跑服。好主意！我很喜歡它。我告訴切達娜：「把它洗了，我要用。」

她說：「你要慢跑嗎？」

我說：「在我睡覺的時候跑！我要用它作睡衣。」現在，順便說一句，你們可能知道，我所有的睡衣早就換成慢跑服了。我喜歡它們，因爲在我做夢的時候，我依然可以慢跑、鍛練身體，或者跟著名的穆罕默德·阿里摔角，以及幹各種各樣的事情——但只限於做夢的時候，在毯子下面，絕對私密。

我剛才跟你們說，愛偶爾也會跳一跳，感覺自己好像脫離了土地，但是土地更清楚那是怎麼回事兒。他很快就「砰」地一聲回到了地面上，假如沒有摔斷骨頭的話。愛飛不起來。它是一隻孔雀，長滿漂亮的羽毛——但是要記住，它們飛不起來。是的，孔雀可以慢跑。

愛的塵土性太強了。友誼要比它高一點，它有翅膀，不光有羽毛，但它的翅膀是鸚鵡的翅膀。你們知道鸚鵡怎麼飛嗎？從一棵樹飛到另一棵樹，或者也有可能從一個花園飛到另一個花園，從一片樹林飛到另一片樹林，但是它們不會飛向星空。它們是可憐的飛行物。友情的價值最高，因爲友情完全沒有重力。它就是飄浮力（levitation），假如你們允許我用那個詞的話。我不知道英語專家是否允許我用「飄浮力」。它只是用來表達「反重力」的意思。重力往下拉，飄浮力往上拉。但是誰在乎那些專家呢？他們陰森森的，他們早就在他們的墳墓裏了。

友情是一隻海鷗——是的，就像喬納森❶，高高飛出雲外。這樣比喻只是爲了聯繫上我剛才跟你們說的……

我的外祖母之所以哭，是因爲她覺得我不會有朋友了。從某種意義上說，她是對的，從另一種意義上說，她是錯的。就我在中學、大學預科和大學的那些日子而言，她是對的，但是就我而言，她是錯的。因爲即使在我上學那會兒，我雖然沒有尋常意義上的朋友，但是我有非常特別的朋友。我跟你們講過商布．巴布。我跟你們講過那呢她自己。實際上，這兩個人把我寵壞了，一直寵到我無法回頭的地步。他們的策略是什麼呢？

首先是我的那呢，按時間順序排也是她在先；她對我專心致意。對我所有的胡言亂語、我的閒談，她都抱著極大的熱情，專心致意地聆聽，以至於連我都相信自己說的肯定就是眞理。

其次就是商布．巴布。他又是眼睛一眨也不眨地聽我說話。我從來沒有見過有誰在聽講的時候，眼睛一眨也不眨的，實際上，我只知道還有一個人，那就是我。我不能看電影的原因很簡單，那就是當我看電影的時候，我會忘記眨眼睛。我不能同時做兩件事情，尤其是當它們背道而馳的時候，比如看電影和眨眼睛。即使現在我也辦不到。我不看電影，因爲兩小時不眨眼睛，我會頭疼，眼睛也會疲勞，疲勞得睡不著覺。是的，疲勞過度，連睡覺也會變得十分吃力。但商布．巴布以前就是眼睛一眨也不眨地聽我講話的。我偶爾也會問他：「商布．巴布，你眨一下眼睛吧。除非你眨眼睛，否則我以後什麼也不說了。」

然後他便迅速眨兩三下眼睛，說：「好了，現在繼續說，別打擾我了。」

羅素❷有一次在文章中寫到，在未來某個時期裏，精神分析將成爲最重要的職業。爲什麼？因爲只有他們會專心地聽講，而每個人都需要別人聽講，起碼偶爾聽幾回。但是花錢請精神分析專家聽你講話——想想看，這有多麼荒唐，花錢請人聽你講話。他當然不是眞的在聽，他只是假裝在聽。所以我是印度第一個叫人花錢聽我講話的人。那正好和精神分析專家相反，那才有意義。假如你想理解我，那麼請爲此花錢。而在西方，人們花錢只爲找人聽他們講話。

佛洛伊德，作爲一個完美的猶太人，創造了世界上最偉大的發明之一——精神分析專家的躺椅。這眞是一大發明。可憐的病人躺在躺椅上，就像我躺在這裏一樣——但我不是病人，難就難在這裏。

病人在記筆記，他叫戴瓦蓋德醫生。他雖然叫醫生，卻不像佛洛伊德。他在這裏不做醫生。奇怪，什麼事情一碰到我都變奇怪了——醫生躺在睡椅上，病人坐在醫生的座位裏。我的私人醫生坐在這裏，就在我的腳邊。你們見過有哪個醫生會坐在病人腳邊嗎？這裏，那是一個完全不同的世界。什麼事情一碰到我都左右顚倒（rightside up）了——我不能說上下顚倒。

我不是病人，儘管非常耐心❸；我的醫生不是醫生，儘管作爲醫生，他們的資格完全不成問題——他們是我的桑雅生，我的朋友。那正是我在討論的，友情能夠創造奇蹟。這就是煉金術。病人變成醫生，醫生變成病人——這就是煉金術。

愛無法創造這樣的奇蹟。愛，雖然好，但還不夠。好東西吃得太多也有害——它讓你腹瀉或者肚子疼，此外還帶來這樣那樣說不清楚的痛苦。愛什麼事情都辦得到，就除了超越自己。它只會越走越低。它變成鬥嘴、嘮叨、打架。每一場戀愛，假如自然沿著它的邏輯發展到頭，必定以離婚告終。假如你不沿著它的邏輯發展，那是另一回事，那樣你就陷進去了。看見任何陷入泥潭的人都很可怕，你應該爲此做點什麼。但是這些陷入泥潭的人，一旦你爲此做點什麼，他們就會一齊撲上來打你，爪牙並用。

我記得前幾個星期，安東尼的一個朋友從英國來，想要出家，你們知道一個英國紳士，他陷得那麼深，用你們的話來說，已經沒到脖子了。你什麼也看不到，他深陷泥潭。你只能看到幾縷頭髮，只有幾縷，因爲他是一個禿頂的人，跟我一樣。他要是徹底禿光就再好不過了，起碼誰也不會注意到他。我試圖把他拉出來，但是你怎麼可能只靠露在泥潭外面的幾縷頭髮就把一個人拉出來呢？我自有辦法。

我要安東尼和烏答瑪一起來幫助這個可憐的人。他們對我說：「他想離開他的妻子。」我也見過他的妻子，因爲她堅決要求在他出家的時候，她必須在場。她想看看他是如何被催眠的。我允許她在場，因爲這裏不實施催眠。實際上連她自己也發生興趣了。她說：「我要考慮考慮。」

我對她說：「我自己的原則是『想之前先跳』，但是我不能幫你這麼做，所以你先考慮吧。等你考慮好了，假如我還活著的話，我願意幫助你。」

但是我告訴安東尼和烏答瑪——他們都是我的桑雅生，並且屬於那幾個眞正接近我的人——幫助他們的朋友。我告訴他們，要爲他的妻子和她的孩子們做好各項安排，不讓她感到失落，而她的丈夫則在精神上不再受苦。即使他不得不把一切都留給他的妻子，那就留給她好了。他有我一個人就足夠了。

我看過那個人，也看到他的美。他有一種非常單純、童眞的品質，那種芬芳如同第一場雨灑落在泥土上所散發出來的氣息——芬芳而快樂。他很高興成爲一個桑雅生。

前幾天我剛得到消息，說他一直在睡覺，就因爲害怕他的妻子。他不想醒過來。他只要一醒，馬上就吃安眠藥。我叫他的朋友告訴他：「這麼睡覺沒有用。這甚至會要了他的命，結果既無益於他，又無益於他的妻子。他必須面對現實。」

極少有人面對這個現實，那就是他們所說的愛只是生物現象，而百分之九十九的愛的確是生物現象。百分之九十九的友誼是心理現象；百分之九十九的友情是精神現象。餘下的百分之一的愛是給友誼的，餘下的百分之一的友誼是給友情的，而餘下的百分之一的友情是給那無名的。實際上《奧義書》已經明確稱爲：「Tattvamasi——你就是那個。」Tat……我叫它什麼呢？我，我不打算給它任何名稱。所有的名稱都背叛了人。事實證明所有的名稱，無一例外，都是人的敵人，所以我不想給它任何名稱。

我只用我的手指指向那個，無論我是否給它名稱，它都沒有名稱。它就是無名。所有的名稱都是我們的創造。我們什麼時候才會理解簡單的事物呢？一朵玫瑰花就是一朵玫瑰花。無論你怎麼稱呼它，都毫無差別，因爲連「玫瑰花」這個詞都不是它的名稱。它只是在那兒。你什麼時候放掉你和存在之間的語言，頓時——爆發！——狂喜！

愛可以幫助我們，因此我不反對愛。否則那就等於我反對用階梯。不，階梯是好的，但走的時候要小心，特別是在古老的階梯上。記住：愛是最古老的階梯。亞當和夏娃就是上面摔下來的，但是不需要摔下來，沒有必要。我的意思是。如果他們選擇過——人偶爾也會想摔下來，那只是你的選擇而已。但自由地摔下來是一回事，作爲懲罰摔下來則完全是另一回事了。

假如我重寫《聖經》……我絕不會幹那種蠢事，相信我。我是說假如我重寫的話，那我就會讓亞當和夏娃的墮落，不是作爲懲罰，而是作爲選擇，是出於他們本身的自由。

幾點了？

「八點零五分，奧修。」

很好，因爲我還沒有開始呢。引言花了很長時間。

愛是好的，很好，但還不夠，不足以給你翅膀。要得到翅膀，友誼是需要的，但愛不允許友誼發生。所謂的愛，我的意思是說，非常反對友誼。它非常害怕友誼，因爲任何高於它的東西都是一種危險，而友誼是高於它的。

你什麼時候能享受一個男人或者一個女人的友誼了，那時你就會生平第一次知道，愛是一種欺騙，是一場騙局。唉，那時候你才明白浪費了多少時間。但友誼也只是一座橋樑，應該走過去，不應該在上面安家落戶。橋樑不是給人居住的。這座橋樑通向友情。友情純粹是芳香。如果愛是根，友誼是花，那麼友情就是芳香，眼睛看不到它，你甚至都觸摸不到它，你無法把它抓在手裏，特別是當你想用拳頭捏緊它的時候。是的，你鬆開的手掌可以擁有它，但不是在你關閉的手掌裏。

友情幾乎就是，在過去，神祕主義者們稱為祈禱的東西。我之所以不想稱之為祈禱，原因很簡單，這個詞跟錯誤的人群有關。它是個美麗的詞，但是在錯誤的夥伴關係中會受到污染，你開始發出夥伴們的臭氣。你一說「祈禱」，每個人都變得警覺、害怕、注意，彷彿將軍喝令士兵立正，他們頓時變成一個個雕塑。

一旦有人提到諸如「祈禱」、「神」或者「天堂」之類的詞，會發生什麼情況呢？你為什麼封閉起來了呢？我不是在譴責你們，我只是在說——或者說得更確切一點，是要引起你們注意，這些美麗的詞已經被所謂的「聖某某」們弄得骯髒不堪了。他們做了如此不神聖的工作，我不能饒恕他們。

耶穌說「饒恕你的敵人」——這我做得到——但是他沒有說「饒恕你的神父」。而且即使他眞的這麼說了，我也會對他說：「閉嘴！我不能饒恕這些神父。我既不能饒恕他們，也不能忘記他們，因為我若忘記他們，那麼誰來推翻他們呢？我若饒恕他們，那麼誰來清除他們對人類的所做所為呢？不，耶穌，不！敵人我可以理解——是的，他們應該被饒恕，他們不清楚自己在幹什麼——但是神父呢？千萬別說他們不清楚自己在幹什麼吧。他們完全清楚自己在幹什麼。所以我不能饒恕他們，我也不能忘記他們。我必須戰鬥到最後一息。」

愛帶領你，它是一級台階，不過它只有把你帶向友誼，才是愛。如果它不把你帶向友誼，那麼它就是欲望，不是愛。如果它把你帶向友誼，你就要感激它，但是不要讓它蠶食你的自由。是的，它幫助過你，那並不意味著現在它也得妨礙你。別因為船載你到彼岸，就把船扛在肩上。

別做傻瓜！我的意思是說——對不起，戴瓦蓋德，那個詞我是留給你的——我的意思是說，別做白癡。不過我老是忘記。我一遍又一遍地把「傻瓜」錯用在其他人身上，可它對戴瓦蓋德來講是個特殊的詞。尤其在這個諾亞方舟裏——那是我給這間屋子取的名稱。

愛是好的——要超越它，因爲它可以帶你到達更好的地方：友誼。兩個愛人變成朋友，這是少有的現象。他想大聲歡呼，或者慶祝，或者假如他是音樂家，就會彈吉他，或者假如他是詩人，那麼就會寫一首俳句、一首魯拜體四行詩❹。但假如他既不是音樂家，又不是詩人，他也可以跳舞，他也可以畫畫，他也可以靜靜地坐著，仰望天空。除此之外，還能做什麼呢？存在早已經做了。

阿淑，現在看看時間……

「八點二十五分，奧修。」

看看你的錶。

「八點二十七分，奧修。」

八點二十七分？瞧，我是個猶太人——我還節省了幾分鐘。我相信你們的錶，但是我還要講幾分鐘。

愛朝向另一個東西，友誼也一樣。友情只是把你的心向存在打開。突然，在某個特殊的瞬間，你的心可能開向一個男人、一個女人、一棵樹、一顆星辰……剛開始你不可能向整個存在打開。當然最終你必須把你的心向整個存在打開——同時地，不指向任何個人。那就是那一刻。讓我們把它叫作那一刻吧。讓我們忘記開悟、佛境、基督意識這些詞吧，就叫它那一刻——用大寫字母寫。

今天很好。我知道還有時間，但是已經非常美麗了，一切美麗的事物都被感受到了——不應該有更多的要求。更多只會破壞。

譯註：

❶喬納森：Jonathan，可能是某種海鷗的名稱。

❷羅素：Arthur William Bertrand Russell，1872-1970，英國哲學家、數學家、邏輯學家，分析哲學主要創始人，世界和平運動倡導者，獲一九五〇年諾貝爾文學獎，主要著作有《數學原理》、《哲學問題》、《數理哲學導論》等。

❸耐心：在英語中，「病人」和「耐心」是同一個詞。

❹魯拜體四行詩：古波斯詩人Omar Khayyam所創四行詩體。

25 人需要被關注

上次我引用了羅素的話——這段話的作用好像是一根釘子。他說：「早晚每個人都需要精神分析，因爲很難找到人傾聽你、關注你。」

人太需要被關注了，假如找不到更好的辦法，人也願意掏錢去買它。但是人起碼可以獲得被人關注、被人傾聽的快樂。聽眾也許會用棉花塞住耳朵，那是另一回事。哪個精神分析專家都不能日復一日地聽人胡說八道。而且他自己也需要被人傾聽。你們肯定會感到吃驚，要知道所有的精神分析專家都會相互治療。當然出於職業禮貌，他們不會相互收費，但是他們特別需要舒展、減壓，把灌進頭腦的東西一吐爲快，免得它們繼續堆積，因爲那一堆堆的東西若不即時清理，就會不斷地折磨你。

我引用羅素的話作爲一個連結。我把它叫作釘子，這樣我就能繼續講我的故事。羅素本人，他的壽命很長，卻不知道生命是什麼。但有時候那些不知道的人所說的話一經那些有眼光的人使用，會變得意味深遠。他們可以把那些話放在適當的背景上。

你們可能沒有碰到過這段引文，因爲它在一本絕對沒有人讀過的書裏。你們不會相信羅素居然還寫過這麼一本書。它是一本短篇小說集。他寫過幾百本書，其中大部分都享有盛名、學識淵博，並且得到一致公認，但這本書在某種程度上卻很稀罕，因爲它完全是由短篇小說組成的，他極不情願把它拿去出版。

他不是一個短篇小說作家，他的小說，當然，是三流的，但是在那些三流的小說裏面，你不時地會碰到一兩句話，它們只有羅素寫得出。這段引文就是從那本書裏摘出來的。

我喜歡故事，這種愛好完全始於我的那昵。她也是個故事愛好者。不是她喜歡講故事給我聽，恰恰相反，她喜歡引我講故事給她聽，講各種各樣的故事和街頭巷尾的新聞。她聽得全神貫注，久而久之把我變成了一個講故事的人。就爲了她，我會去找些有趣的事情，因爲她會等上一整天，就爲了聽我的故事。如果我找不到什麼有趣的事，那麼我就會自己編。這都是她的責任。一切榮辱，無論你們怎麼看，全歸她所有。我編故事給她聽，她就不至於失望，而我可以向你們保證，單爲了她，我那時已經變成一個成功的講故事的人了。

當我還是個孩子的時候，我已經開始在小學裏贏得各種比賽，那種情況一直持續到最後，我離開大學的時候。我收集了那麼多獎品、獎章，還有獎杯和徽章以及其他說不出名堂的東西，我的外祖母看到這些，再度變成了一個小姑娘。每當她把什麼人領來，給他們看我的獎品和獎金的時候，她都不再是一個老太太，她幾乎又回到了青春時代。

她的整個房子幾乎變成了一個博物館，因爲我不斷地把我的獎品寄給她。一直到高中，當然，我幾乎是她家裏的住戶。僅僅爲了禮貌起見，我才在白天看望我的父母，但晚上是她的，因爲那是講故事的時間。

我依然看得見自己在她的床邊，她正聚精會神地聽我講話。我說出的每一個字都被她吸收進去，好像它有無窮的價值。它之所以變得有價值，完全是因爲她用了深厚的愛和尊敬來接受它。當它敲響我的房門時，它只是一個乞丐，但是它一旦走進她的屋子，它就和原先不同了。等到她叫我，說：「拉迦！現在告訴我你今天都發生了什麼——從頭到尾——要向我保證，你不會漏掉任何事情。」乞丐立即拋下所有的乞丐裝束，現在他是一個國王了。

我每天都得向她保證，而即使我把發生的每件事情都告訴她，她還會堅持說：「再跟我講點兒別的」或者「把那件事情再講一遍」。

我跟她說過好多次：「你會把我寵壞的；你和商布．巴布兩個人都在寵我，要把我永遠寵壞。」而他們的確把工作幹得很出色。我收集了幾百件獎品。在整個邦裏，沒有哪所高中我沒有去發表過演說並且贏得比賽的，只有一次例外。只有一次我沒有獲勝，原因很簡單。所有的人都大吃一驚，甚至包括那個獲勝的姑娘本人，因爲她對我說：「不可想像我居然能贏你。」

整個禮堂——那兒肯定至少有兩千個學生——一片嘩然，每個人都說不公平，甚至包括主持比賽的負責人在內。失去那個獎杯對我有十分重大的意義，實際上，假如我不失去那個獎杯的話，我就會遇到大麻煩。關於那個，我到時候再告訴你們。

負責人把我叫過去說：「對不起，你當然是勝利者，」然後他把自己的手錶給我說：「這個比發給那個姑娘的獎杯貴重得多。」這毫無疑問。那是一塊金錶。我收到過數不清的錶，但是我再也沒有收到過那麼漂亮的錶了，它的確是一件極品。那個負責人對珍稀的東西特別感興趣，他的手錶就是一件珍品。

我依然能看見它。我收到過那麼多錶，但是我全把它們忘記了。其中有一塊錶很奇怪。每當我需要它的時候，它總停。它一直走得很準，只在夜裏三點至五點的時候停。那不奇怪嗎？——因爲我只在那個時候會醒——是一種老習慣。我年輕的時候往往在早晨三點鐘的時候醒過來。這樣持續了好多年，現在即使我不起床，我也得在床上翻來覆去，然後再睡。我需要在那個時候看看我是否眞的應該起床了，或者我還可以繼續睡一會兒。奇怪，那只錶就在那個時候停止不動了。

今天它剛好停在四點鐘。我看看它，然後繼續睡覺，四點鐘太早了。差不多睡了一個小時以後，我又看看那只手錶：它還指在四點鐘上。我對自己說：「太棒了，看來今夜永遠不會結束了。」我又繼續睡覺，什麼也不想——你們知道我，我不是一個思想家——沒有想那只錶可能停了。我想：「這一夜好像是最後一夜。我可以永遠睡下去。太棒了！簡直好極了！」我感到異常安適，因爲它永遠不會結束，於是我又睡著了。兩個小時以後，我又看那只錶，它還是四點鐘！我說：「太棒了！不僅長夜漫漫，連時間也停止了。」

比賽的負責人把他的手錶給我，說：「原諒我，因爲你當然是勝利者，我必須告訴你，那個裁判愛上了那個得獎的姑娘。他是個傻瓜。我要這麼說，即使他是我的教授，又是同僚。這是最沒意思的事情。我馬上就會把他扔出去。他在本院的工作結束了。這太過分了。我做負責人，卻不得不看著全場哄堂大笑。似乎每個人都知道那個姑娘根本不能演說，我想除了她的愛慕者，那個教授之外，甚至沒有人聽得懂她在說什麼。但是你知道，愛是盲目的。」

我說：「完全正確，愛是盲目的，但是你們爲什麼會選一個盲目的人來做裁判呢，尤其他的女朋友也是一個參賽者？我要讓整個事件曝光。」隨後我在報紙上揭露這起事件，把整個故事講給他們聽。那個可憐的教授眞遇到麻煩了，以至於他的戀愛也因此告吹。他失去了一切，他的工作、他的名譽，還有那個姑娘。爲了她的愛，他把一切都押上去了——都失去了。他還活著。有一次，作爲一個老人，他來看我，承認了那件事：「對不起，我確實做錯了，但是我絕對想不到事情最後會變成那樣。」

我對他說：「誰也不知道一個普通的行爲會給世界帶來什麼。你不必感到對不起我。你失去了你的工作和你的愛人。我失去什麼了？什麼也沒有失去，少拿一個徽章而已，我已經有那麼多了，我不在乎。」

實際上，我外祖母的房子已經逐漸變成收藏我的徽章、獎杯和獎章的博物館了，但是她非常高興，無比高興。那座小房子亂七八糟地堆滿了這些垃圾，但是她很高興，我就不斷地把我的獎品都寄給她，從大學預科到大學。我源源不斷地寄，每年我都會贏得幾打獎杯，要嘛是辯論賽的，要嘛是口才比賽的，要嘛是講故事比賽的。

但是我要告訴你們一點：她和商布．巴布兩個人用他們的專心致意把我寵壞了。他們以不教之教，教會我演說的藝術。一旦有人專心致意地傾聽，你馬上就會說出計劃之外的話，甚至意想不到的話；口若懸河。彷彿專注有了磁力，在吸引你心中潛藏的東西。

我個人的經驗是，除非每個人都學會如何專注，否則這個世界就不會成爲一個美好的生活場所。目前，沒有人專注。即使人們表示他們在傾聽，他們也沒有聽，他們都忙著做別的各種各樣的事情。僞善者只會假裝……但不像一個專注的聽眾所應該的那樣——全神貫注，除了專注，沒有別的動作，只是打開。專注是一種女性化的品質，每一個懂得專注藝術的人，懂得處於專注狀態的人，從某種意義上說，都變得非常女性化，非常脆弱、柔嫩——柔嫩得用指甲就能刮傷他。

爲了等我到時間回家講故事，我的那昵會等上一整天。你們肯定會感到吃驚，要知道爲了我將來要做的工作，她是如何在不知不覺中訓練我的。我跟你們講的許多故事，她都是最先聽到。只有對她，我才能毫無顧忌什麼荒唐話都能說。

另一個人，商布．巴布，和我的那昵完全不同。我的那昵直覺很強，但並不理智。商布．巴布也富於直覺，但也理智。他是第一流的知識分子。我碰到過許多知識分子，有些是著名的，有些非常著名，但是他們誰也不接近商布．巴布。他的確是一個傑出的綜合。阿薩吉奧里（Assagioli）肯定會喜歡這個人。他具有直覺和理智雙重才能，而且水平都不低，而是高峰水平。他也常常聽我講話，也會等我一整天，直到我放學爲止。每天放學後的時間都是他的。

我一旦從監獄——我的學校裏放出來，第一個就到商布．巴布那兒去。他會準備好茶和一些糖果，他知道我愛吃糖。我之所以提到這個細節，是因爲人很少替他人著想。他安排事情的時候心裏總是裝著別人。我從未見過任何人像他那樣爲別人操心的。大多數人，雖然他們也爲別人做準備，但他們其實是按照自己的意願做準備，強迫別人喜歡他們喜歡的東西。

那不是商布・巴布的作風。他爲別人著想的品質是我愛他、尊敬他的原因之一。他總是先詢問售貨員我的那昵通常都買些什麼，然後才買東西。這一點在他去世以後，我才知道。那些售貨員才告訴我，糖果商也一樣，他們都說：「商布・巴布老是問一個奇怪的問題：『那個老太太，就是一個人住在河邊的那個——她向你買什麼？』我們從來不管他爲什麼問，但是現在我們知道了，他是在問你喜歡什麼。」

我也感到驚訝，他怎麼總能分毫不差地準備好我所喜歡的東西。他是一個搞法律的人，所以他自然找得到辦法。我從學校一路奔到他家裏，吃過他爲我準備的茶和糖果以後，他已經準備好了。甚至不等我吃完，他就準備聽我對他講些什麼。他會說：「隨便跟我講點什麼你喜歡的。問題不在於你講什麼，而在於你要講。」

他的重點十分明確。他完全任我自由發揮，連一個談話的主題也沒有，我想說什麼就說什麼。他還不時地補充道：「如果你想保持沈默，也可以。我會聽你的沈默。」偶爾我也會一言不發。沒有什麼可說。

當我閉上眼睛的時候，他也會閉上眼睛，我們像貴格會❶教徒那樣，默默地坐著。多少次，日復一日，不是我講話，就是我們默默相守。有一次我對他說：「商布・巴布，你聽一個小孩子講話，這看起來有點怪怪的。還是你講話、我聽更合適。」

他笑了，說：「那不可能。我對你說不出什麼來，也不會說，永遠不會，理由很簡單，因爲我不知道。感謝你讓我覺知到自己的無知。」

那兩個人在我的童年時代給予我那麼多關注，我因此覺知到一個事實，現在精神分析專家們才開始討論它，那就是關注是一種食物、一種營養。一個孩子可以被照顧得很周到，但是假如他得不到任何關注的話，那麼他極有可能活不下去。關注似乎是人的營養配方裏最重要的成分。

從那個意義上說，我是幸運的。我的那昵和商布·巴布首先推動那只球，以後它一邊滾，一邊粘上越來越多的苔蘚。從未學過如何演說，我卻成了一個演說家。我至今還不知道如何演說，而我卻影響了成千上萬的人——甚至都不知道如何開頭。你們能看出其中有趣的成分嗎?在整個人類歷史上，我肯定比任何人演說得都多，儘管我還只有四十九歲。

我很早就開始演說，然而無論從任何意義上講，我都不是你們西方世界所說的演說家。不是開口「女士們、先生們」，然後亂扯一通的演說家——都是從別人那兒借來的東西，沒有自己的經驗。我不是那種意義上的演說家，我演說的時候，整顆心都在燃燒。我演說，不是把它當作一門藝術，而是把它當作我的生命本身。從我早年上學的時候起，就不只有一個人，而是有許多人都承認我的演說似乎是發自內心的，我並非像隻鸚鵡似的，努力重複事先準備好的內容。某些東西在自發地產生，當時、當場。

那個把手錶給我、繼而把這整個麻煩帶給你們的負責人，他的名字叫B·S·奧朵利亞（**Audholia**）。我希望他還健在。據我所知是的，而我知道就已經足夠了。我不是抱著一線希望；只要我希望，那就意味著的確如此。

那天晚上他說：「對不起。」他是眞的感到對不起，他把那個教授趕下了台。B·S·奧朵利亞還告訴我，任何時候，無論我需要什麼，只管通知他，凡是在他的能力範圍之內的，他絕對替我辦到。後來，每逢我有什麼需要，我就寫封短信給他，願望總能實現。他從來不問爲什麼。

有一次我當面問他：「你爲什麼從來不問我爲什麼需要這個？」

他說：「我瞭解你，你一旦提出要求了，我再問爲什麼就很傻。你即使不需要，也能提供無數條理由。況且，」他說：「你一旦提出要求了，誰也不可能相信，沒有眞正的需要，你會開口。我瞭解你，而瞭解你就足以爲我提供我所需要的理由了。」

我注視著眼前的人。我沒想到一所著名院校的負責人竟然如此通情達理。他笑著說：「我當校長純屬巧合；實際上，不應該是我。那完全是政府方面的失誤造成的。」我並沒有問這麼多，但是他肯定從我的表情中看出了這一點。從那天起，我開始留鬍子。隔著鬍子，你所能看到的就有限了。如果什麼都能被人一眼看清的話，那也太危險了。你得弄出點什麼花樣，才不至於變成一張報紙。

六個月以後，他又遇到我，他說：「你怎麼開始留鬍子了？」

我說：「因爲你呀。你說你一看我的臉，就知道我在想什麼，現在我的臉可不那麼容易被人看了。」

他哈哈大笑，說：「你藏不住的——它在你的眼睛裏。如果你眞想藏起來的話，爲什麼不戴副太陽眼鏡呢？」

我說：「我不能戴太陽眼鏡，原因很簡單，我不能在我的眼睛和存在中間設置任何障礙。那是我們相會的唯一橋樑，沒有別的通道。」

所以，在所有地方的所有人都同情盲人。他是沒有橋樑的人，他失去了他和存在的聯繫。研究人員目前說，我們和存在的聯繫百分之八十是通過眼睛來完成的。他們或許說得不錯——或許比他們想像得還要多，但百分之八十肯定有。最終可能證明不止這麼多，或許百分之九十，甚至百分之九十九。人的眼睛就是人。

佛陀不可能有一雙希特勒的眼睛……換句話說，你們認爲他可能有嗎？他們兩個我們暫且不論，他們不是同時代的人。耶穌和猶大是同時代的人，不僅是同時代的人，而且是師傅和徒弟。我仍然可以說，他們不可能有相同的眼睛、相同的品質。猶大該有一雙非常狡猾的眼睛，那是地道的猶太貨。耶穌該有一雙孩子的眼睛，雖然生理上不再是一個孩子，但在心理上他是的。甚至到他死在十字架上的那一刻，他都彷彿是在子宮裏，依然在子宮裏——清新純潔，彷彿這朵花從未開放，依然是個蓓蕾。它從不知世間在在處處皆是醜惡。耶穌和猶大同住同行，但是我認爲猶大從未注視過耶穌的眼睛。否則事情就會不一樣了。

假如猶大能鼓足勇氣注視耶穌的眼睛，哪怕只有一回，都不會發生耶穌被釘上十字架的事件和十字架信仰（Crossianity）——我指的是基督教信仰，那是我對基督教信仰的稱呼。猶大是個狡猾的人。耶穌非常單純，你簡直都可以稱他爲「傻瓜」。那就是杜思妥也夫斯基❷在他極富創造性的小說之一《白癡》中所說的話。

雖然小說既不是爲耶穌而寫，也不是描寫耶穌，但杜思妥也夫斯基充滿了耶穌的精神，以至於不知不覺耶穌就進來了。小說《白癡》的主人公不是別人，正是耶穌。小說沒有提到他，你也找不出任何情節涉及到他，或者有什麼相似之處，但是你只要讀，你的內心就會產生某種迴響，你會同意我的說法的。那個同意並非來自你的頭腦，那個同意比想像力所能穿透的更深，就在你的心跳裏——是眞正的同意。

譯註：

❶貴格會：Quaker，基督教教派之一。

❷杜思妥也夫斯基：Fyodor Dostoevsky，1821-1881，俄國作家。主要作品有：《白癡》、《罪與罰》、《窮人》等。

26 不稱職的人

我將不得不一輪輪地繞行，一輪復一輪再復一輪，因爲生活就是這樣。我的情況更是這樣。在將近五十年的時間裏，我肯定起碼活了五十輩子。實際上，除了生活，我什麼事情也沒有做。別人都有好多事情要忙，但我從小就是一個流浪漢，什麼事情也不做，只是生活。你一旦除了生活，什麼事情也不做，那生活當然會取向完全不同的維度。它不再是水平的，它有了深度。

戴瓦蓋德，你幸好不是我的學生，否則你絕不會成爲一名牙醫的。我是最不可能允許你拿任何證書的人。但是在這裏，你儘管呵呵、哈哈地笑好了，以爲我的態度很隨便，肯定沒問題。但是你要記住，哪怕我死了，我也能從墳墓裏爬出來對你大喊大叫。那就是我的整個工作、我的整個人生。

在掙錢、擁有大筆銀行存款，或者成爲政壇大人物的意義上，我什麼事情也沒幹過。我按我自己的方式生活，在那種生活裏，教導世人是它的基本內容。所以，即使在這裏，請原諒，我也忘不了這一點：我永遠是師傅。你知道，我知道，這間屋子裏的每個人都知道，你在我之下，我在牙科診療椅上——你不在。要是我呵呵地笑，那還可以原諒：「啊哈！老人家在自得其樂呢！」連阿淑也在享受這個主意，否則她就是一個嚴肅的女人，非常嚴肅。女人，一旦做了老師、打字員、護士，她們的系統配置就要出問題。她們突然變得那麼嚴肅。

然而當初不嚴肅的是伊芙❶，亞當是嚴肅的。蛇怎麼也說不動他。實際上，他已經試過好多次了。這是埃及傳說裏的內容，它的版本要比《聖經》可靠得多，也古老得多。傳說上講，蛇試圖引誘亞當，但是他不上鉤。最後，他只好孤注一擲，去找伊芙。還是叫她伊娃比較好，埃及人就是這麼叫的，聽起來比較女性化——伊娃。蛇首戰告捷。從那以後，所有的推銷員和廣告商一律瞄準伊娃。他們毫不在意那個可憐的男人，他不得不替伊娃所買的每一件商品付錢。那是他的問題，所以他們何必多管閒事呢？

伊芙，或者伊娃，我喜歡叫她這個名字——我向來喜歡美麗的東西，無論它是什麼。伊芙聽上去音樂感不強，好像被截斷了、剪斷了，看起來不像禪宗花園，更像是英國花園。「伊娃」則有無窮無盡的潛能，就它的發音來說，所以我們還是叫她伊娃吧。魔鬼引誘伊娃爲何能首戰告捷呢？原因很簡單，她沒有生意頭腦。

她不嚴肅，肯定是魔鬼講幾個笑話，她就笑得不行，她肯定和魔鬼談得很開心，我指的是閒聊，而你一旦和魔鬼閒聊，他就會占上風。如果他講幾個笑話，你就笑得不行，他就知道他有門兒，他可以接近你本人。他就是這麼說服可憐的伊娃的。

從那以後，我想女人就失去了她們開心的品質。她們即使笑，也是遮遮掩掩地笑。她們即使笑，也會用手擋住她們的臉，好像生怕別人看見她們的牙醫所完成的傑作。但是在這裏，在這間屋子裏，不需要嚴肅。今天很好，阿淑第一次笑得這麼清晰，連我都聽得見。她爲什麼笑呢？她笑是因爲可憐的戴瓦蓋德挨打了。她自然會笑，還對我說——我能聽見她在想什麼——「使勁兒打他一耳光，再來一次！」不，這已經足夠了，再打下去，我就會迷失方向了。

那就是我前面所說的：生活是一輪復一輪，再復一輪——在我的生活中更是這樣。我沒有按大家認爲應該的方式去生活。我沒有做過其他事情。是的，我只是生活，其他什麼也沒做，但是那已經太厲害了：一個瞬間幾乎就是一個永恆！想想看吧……

所以我得以將從前的生活方式繼續生活下去。你們得應付我，沒有別的辦法。我從未應付過任何人，所以我也不知道該怎麼應付，即使我現在試著學習，也太晚了。但是你們一輩子都在應付各種各樣的人。

我不應付我的父親、我的母親、我的叔叔們，他們都是愛我和幫助我的人；也不應付我的老師，他們不是我的敵人；也不應付我的教授，他們總想不顧我的意願幫助我。但是我不能應付任何人，他們全得應付我。現在太晚了。現在木已成舟。它曾經是，現在依然是，一次單程旅行。

你們可以應付我，我是現成的（available）。但是我不能應付你們，有兩個原因：一個，你們不是現成的、不是現在的❷。我即使敲你們的門，裏面也沒有人——鄰居告訴我，他們從來沒見過這個傢伙；門是鎖著的。誰鎖的呢？沒有人知道。鑰匙在哪裏？——可能丟了。即使我能找到鑰匙，或者破門而入——那要容易得多——又有什麼意義呢？人不在房子裏。我在那兒找不到你，你總是在別的地方。喏，怎麼找到你和應付你呢？不可能。

第二個，即使有可能，單爲了避免爭論不清，我也不能這麼做。我從來不這麼做。我不瞭解它的機制。我仍然只是一個鄉下來的野孩子。

前幾天，我的祕書哭哭啼啼地對我說：「你爲什麼信任我，奧修？我不値得你信任。我甚至不値得在你眼前露面。」

我說：「誰管什麼値得不値得的？誰在決定？至少我不打算決定。你哭什麼？」

她說：「因爲想到你選擇我做你的工作。這個任務太大了。」

我說：「別把大放在心上，只管聽我吩咐就是了。」

我自己從來沒有做過任何事情，所以我自然不管她能不能做。我只是對她說「聽著」，當然，我說什麼她都得聽。喏，至於她怎麼做，那不是我的問題，也不是她的問題。她之所以要處理，是因爲我這麼說。我之所以這麼說，是因爲我對處理一竅不通。你們看出來我選擇她有多麼完美嗎？她稱職。我是一個不稱職的人。

我的外祖母一直擔心。她反覆對我說：「拉迦，你將來是個不稱職的人。我告訴你，你會永遠是個不稱職的人。」

我總是哈哈大笑地告訴她：「『不稱職的人』，這個詞本身就很美，我已經愛上它了。喏，假如我稱職的話，記住，我就會敲你的頭──你知道，我說到做到。我眞的會敲你的頭，假如你還活著的話。假如你沒活著，那我也會到你的墓地來，但是我肯定會幹點什麼惡劣的事情。你可以相信我。」

她笑得比我更厲害，說：「我接受挑戰。我還要說，你會永遠是個不稱職的人，無論我活著還是死了。你永遠都不能敲我的頭，因爲你永遠都不能稱職。」

那時候她無疑是正確的。我到哪兒都是個不稱職的人。在我任教的大學裏，我從來不參加一年一度的教職員合影。有一回副校長問我：「我注意到只有你一個職員從不參加我們每年一度的教職員合影。除你之外，每個人都來，因爲照片要拿去刊印，誰不想自己的照片被刊印出來呢？」

我說：「我當然不想讓自己的照片拿去刊印──不要和這麼多蠢驢印在一起。那張照片永遠是我臉上的污點，一看就知道我曾經和這夥人有關係。」

他大爲震驚，說：「所有這些人，你都叫他們蠢驢？包括我？」

我說：「當然包括你。我就是那麼想的，」我告訴他：「如果你想聽好話，你就找錯人了。找一個蠢驢來吧。」

在我任職期間，沒有一張合影裏有我參與。我就是那麼一個不稱職的人，我認爲最好還是別跟那些人有關係，我和他們毫無共同之處。在大學裏，我只和一棵樹有關係，一棵橡膠樹。

我不知道這種樹在西方有沒有，但它是東方最美麗的樹之一。它的樹蔭非常涼爽。它長得不高，它的枝幹向四面八方伸展。有時候一棵老橡膠樹的枝幹所覆蓋的面積，可以輕鬆容納五百個人坐在下面。它在夏季開花的時候，成千上萬朵鮮花同時綻放。它不是一種小氣的樹，先開一朵花，再開一朵花。不，是忽然，一夜之間，所有的蓓蕾全部綻放，到了早晨，你簡直不能相信你的眼睛──成千上萬朵盛開的鮮花！它們的顏色和桑雅生一樣❸。我只有那棵樹做我的朋友。

我常常把車停在那棵樹下，這個習慣持續了好多年，漸漸地，每個人都意識到不要在那裏停車，那是我的位置。我不必告訴他們，然而漸漸地，慢慢地，大家都接受了這一事實。當我沒有人會打擾那棵樹。要是我沒來，那棵樹就會等著我。我在那棵樹下停車停了幾年。當我離開大學的時候，我跟副校長告別，接著我說：「我現在得走了，天快黑了，我的樹在日落以前可能就會睡著。我得跟橡膠樹告別。」

副校長看著我，好像我瘋了似的，不過人人都會這麼看。看一個不稱職的人就得用那種眼光。但是他仍然不相信我會來眞的。所以，當我跟橡膠樹告別的時候，他就從窗戶後面看。

我擁抱那棵樹，我們一起待了片刻。副校長衝出來，奔向我說：「原諒我，請原諒我。我從未見過有人擁抱一棵樹，但是現在我知道大家都在錯過，我知道大家錯過了多少。我從未見過有人向一棵樹告別或者問早安，但是你不僅給我上了一課，我也確實領會到了。」

兩個月之後，他打電話給我，通知我說：「眞令人傷心，而且非常奇怪，但是你走那天，你的樹出事兒了。」——它已經變成我的樹了。

我說：「出什麼事兒了？」

他說：「它開始死了。你現在來的話，只能看見一棵死樹，沒有花，也沒有葉子。怎麼回事兒呢？我因此打電話給你。」

我說：「你應該給那棵樹打電話。我怎麼能替那棵樹回答呢？」

接下來是片刻沈寂，然後他說：「和我以前認爲的一樣，你瘋了！」我說：「你還是不能確信，否則誰會給一個瘋子打電話呢？你原本應該給那棵樹打電話的。那棵樹就在你窗戶外面——不需要電話。」

他乾脆掛斷了。我大笑不已，但是第二天一清早，不等學校那幫白癡到那兒，我先去看望那棵樹。是的，所有的花都離去了，而那是開花的季節。都離去了——不僅花，還有樹葉。只留下光禿禿的枝幹矗立在空中。我再次擁抱那棵樹，便知道它已經死了。第一次擁抱有響應，第二次擁抱沒有人響應。那棵樹已經走了，只有它的軀體還矗立在那兒，可能會矗立幾年。或許它依然矗立著，但只是一堆死木頭而已。

我到哪兒都沒有辦法稱職。做學生，我是一個討厭鬼。每一個給我上課的教授都把我看作是上帝賜給他的懲罰。我則享受作爲上帝的使者的樂趣。我把這種樂趣享受到極致。誰會不享受這種樂趣呢？如果他們認爲我是一個懲罰，事實證明我的確是的，或者說，還不只是他們所料想的。

以後只有少數幾個教授遇到我。他們的第一個問題都是：「我們不相信你居然能開悟。你是個專門搗亂的人。你的同學我們都忘記了，可直到現在我們還偶爾看見你，在做噩夢的時候。」

這一點我能理解。我和什麼都格格不入。他們教我的東西平庸之極，我不得不和它對抗。我不得不告訴他們：「這非常平庸……」喏，你們可以想像，一個教授本以爲你會欣賞他的講課，他爲此一連準備了好幾天，你卻對他說出這樣的話——課講到最後，一個學生站起來……至少可以說，我是一個古怪的學生。

首先記得那會兒我留著長髮。我留長髮的歷史還可以往前追溯。某一天，我會在某一輪上走到這一點。那就是一輪輪繞行的美。你可以反覆經歷相同的點，在不同的水平上——如同朝山頂一輪一輪地繞行而上。你多次看到相同的景色，在不同的水平上。每次都有些許不同，因爲你不是站在同一個地方，但景色還是以前的景色，或許比以前更美，或許比以前美得多，因爲你能夠看到更多……

什麼時候我還會走到這一點，但不是現在……

幾點了？

「八點零一分，奧修。」

很好。把我的嘴唇濕潤一下。

今天我想特別講一講，關注是一把雙刃刀——之所以是雙刃的，因爲它會傷害聽者和說者雙方。它也把雙方結合起來。它是一個意味深長的過程。葛吉夫有個恰當的詞形容它：「結晶。」

一個人如果確實關注，這和關注的對象——XYZ，或者任何東西——毫無關係，就在那個關注的過程中，他會整合、結晶。通過對某一事物的集中，他的內在也會集中起來。

但是那只講了故事的一半，專心傾聽的人當然會達到結晶的狀態。在東方的各大禪定流派裏，大家都知道這個事實。只要關注於某一事物，哪怕它毫無意義，都會有效果；一瓶可口可樂也能大有作爲，尤其是對美國人。只要凝神關注一瓶可口可樂，你就掌握了瑪哈禮希・瑪赫西・優濟❹超覺靜坐瑜伽（Yogi's transcendental meditation）的祕訣。但這只是眞相的一半，一半的眞相其危險可以大於完整的謊言。

只有當你不只是讀書、念咒或者觀象的時候，另一半才可能顯露；只有當你與一個活著的人深入相應的時候，另一半才可能顯露。我不把它叫作愛，因爲那會誤導你們，甚至也不把它叫作友誼，因爲你們會以爲自己早就知道它了。我要叫它「相應」，只有這樣，你們才會思考它，才會稍微用心對待它。

當你眞正感到關注的時候，相應就發生了。也許你只是在觀看一次日落，或者一朵花，或者一群孩子在草地上玩耍，你享受著他們的快樂……但是這需要一種和諧。如果發生這種情況，就說明有關注在。如果它發生在一位師傅和一個門徒之間，那麼你無疑是握有了世上最珍貴的鑽石。

我告訴過你們，我這一生很幸運，雖然我不知道爲什麼。有些事情你只能陳述；它們存在著，至於它們爲什麼存在，沒有理由。星星存在，玫瑰花存在，宇宙存在——或者換句話說，宇宙們存在，這樣說可能好得多。稱存在爲多元宇宙比一個宇宙要好。必須引進多維度的觀念。

人被「一」這個觀念支配得太久了。而我是一個異教徒。我不相信上帝，我相信諸神。對我來說，一棵樹就是一個神，一座山是一個神，一個男人也是一個神，但並非一直都是，他有這種潛力。一個女人是一個神，但並非一直是，在更多的情況下，她是一個壞女人，但那是她的選擇。她不需要那麼選擇，沒有人逼她。

通常，男人只是一個丈夫，每種語言裏邊都有這個醜陋的字眼。「丈夫」這個詞源於「務農」。那正是我們桑雅生所做的——園藝、農業……來源於「農田」，意思是「產業」……那就是務農。當你介紹某人是你的丈夫時，你知道你在說什麼嗎？那個可憐的傢伙知道他正在被降格爲農夫嗎？但整個觀念就是如此：男人是農夫，女人則是土地！絕妙的觀念！

男人通常很難擺脫世俗的纏繞，而女人甚至更難。她在各個可能的方面都擊敗了男人。當然她是後座駕駛員❺，但她是駕駛員。

有個男人因超速駕駛被巡警截住，巡警非常生氣，因爲他不僅超速駕駛，而且沒有執照，他出示的所謂執照只是一張門票，上面印有目的地的照片。這太過分了！

巡警說：「現在我要給你開一張眞正的門票❻！」

妻子叫嚷著對丈夫說：「我從一開始就不停地告誡你，可你偏不聽！」她又叫又嚷，聲音響得不得了，連巡警也忍不住停下來，聽聽到底發生了什麼事。她說：「我先問你一句，你的眼鏡在哪兒呢？你看不見，還要開車！而且你喝得爛醉如泥，我不停地踢你，可是我看什麼效果也沒有！你的視覺好像全丟了！」接著她扭頭對巡警說：「長官，把他送進監獄吧！他至少該服六個月個苦役，少了就不能給他點兒顏色瞧瞧！」

連巡警也無法理解，怎麼稍微超速一點就得受那麼大的懲罰。他對男人說：「先生，你可以走了。上帝賜給你這個女人當老婆，已經把你懲罰得夠嗆了。夠嗆了。連我都替你感到難過。我知道你爲什麼喪失視力了。誰願意看這麼個女人呀？我也知道你爲什麼超速了，因爲她不停地踢你。我眞替你難過。」他說：「你繼續超速吧，不過她永遠都在那兒。你得開快，把她甩到後面去，眞正甩到後面去。」

男人和女人都過著世俗而醜陋的生活，眞的很醜陋。有一次，我的一位教授的妻子從我們村莊經過，我指給我的外祖母看。我曾經告訴她：「我的外祖母和我們全家都住在那兒，他們會很高興見到你。」

我把她介紹給我的外祖母，等到她離開以後，我們倆放聲大笑，一時都說不出話來。我笑是因爲我的外祖母不得不忍受那個女人。她一邊笑，一邊說：「沒什麼——你得忍受她的丈夫。如果她可怕，他肯定更可怕。」

我說：「我只能說，他長得確實比任何護照上的照片都醜。」

我一輩子都在教導別人。在學校的時候，我也很少上課。爲了除掉我，他們不得不給我記一個百分之七十五的出勤率。連那都是徹頭徹尾的謊言。我百分之九十九的時間都不在。在校期間我一貫如此，在高中和大學預科都一樣。

在大學預科，我甚至得到校長B．S．奧朵利亞的同意。他是一個美好的人。他是賈巴爾浦爾一所學院的校長，那兒位於印度的中心。賈巴爾浦爾有許多學院，他那所是最著名的。我已經被一所學院開除了，因爲假如不開除我的話，有一位教授就不準備留下來繼續任教了。那是他的地位，他是一個受人尊敬的教授……這個故事的細節部分，我以後再說。

我被開除了，自然而然。誰在乎一個可憐的學生呢？而且那個教授是哲學博士、文學博士……等等，等等，他在那所學院幾乎當了一輩子教授。現在，因爲我的關係，要把他扔出去——問題不在於我是對是錯。那就是校長在開除我之前講的話。他必須給我一個解釋，所以他叫我去。他肯定以為我像別的學生一樣，害怕得發抖，因為我要被開除了。他沒想到我走進他的辦公室就像發生了一次地震。

不等他有機會開口，我就衝他大喊。我說：「你已經證明自己只是一堆神聖的牛糞而已。」我用的是印地語單詞gobarganesh，它的實際意義是：「牛糞做的塑像。」我用拳頭狠狠捶他的桌子，他慌忙站起來。我說：「你的桌子裏面有彈簧嗎？我一敲，你就站起來！坐下！」我的聲音那麼大，他只好一聲不響地坐下來。他害怕給其他人聽見，可能衝近來，特別是門口站崗的人。

他說：「好，我坐下。你有什麼要說的？」

我說：「你叫我來，卻問我有什麼要說的？我說你應該開除這另一個傢伙，S．N．L．施里瓦斯多瓦（Shrivastava）博士。他太愚蠢了，即使他有哲學博士和文學博士的頭銜——那只能使他更愚蠢。我又沒有傷害他，我只是問了幾個問題，它們完全合理。他教我們邏輯學，如果不許我在他的課上用邏輯，我到哪兒去用邏輯呢？你告訴我。」

他說：「聽起來有道理。顯然，如果他教你邏輯學，你就得用邏輯。」

我說：「那就把他叫來，看看誰有邏輯。」

施里瓦斯多瓦博士聽說我在校長辦公室，而校長叫他去，他立刻逃回家。他三天沒有露面。我在那裏坐了三天，辦公室一開門，我就坐在那裏，直到關門。他最後寫了一封信給校長，說：「不能再這樣下去了，而且，」他寫到：「我不想面對那個男孩。你要嘛開除他，要嘛必須給我解職。」

校長把他的信給我看。我說：「現在行了。他甚至不能當著你的面見我，就一次，你應該看得出誰有邏輯了。嚐嚐邏輯的滋味至少對你沒有壞處。但是假如他不能面對我——這封信足以證明他是個膽小鬼——我也不希望他被扔出去。我不能那麼沒有良心，因爲我知道他的妻子和孩子和他的責任。請馬上開除我，把開除我的文書寫好給我。」

他看著我說：「假如我開除你，你可能很難再進其他學院了。」

我說：「那是我的問題。我是個不稱職的人——我得面對這些事情。」

這件事情發生以後，我敲遍了當地所有校長的門——那是一座大學城❼——他們都說：「如果你是被開除的，那我們不能冒這個險。我們聽傳言說，你和施里瓦斯多瓦博士爭論了八個月，你根本不讓他上課。」

當我把整個故事講給B・S・奧朵利亞聽後，他說：「我來冒這個險，但是有個條件。」他是一個好人，慷慨，但是有限。我從不期望任何人無限慷慨，但是除非你無限慷慨，否則你就錯過了最美好的生命經驗。是的，能允許我這樣的人入學，他的確很慷慨，但那個條件抵消了許多。那個條件對我來說是好的，但不是對他。對他來說，那是一項罪過；對我來說，那是一個獲得自由的機會。

他讓我簽字同意不上哲學課。我說：「這太好了；實際上，我還能再要求什麼呢？這正是我喜歡的，不上這些白癡的課。我願意簽字，但是要記住，你也得簽字同意，說你會給我百分之七十五的出勤率。」

他說：「我保證。我不能寫下來，因爲那會把事情複雜化，但是我保證。」

我說：「我接受你說的話，我信任你。」

他的確信守諾言。他給我百分之九十的出勤率，雖然我在他的學院裏從來不上哲學課，一次也沒有。

我在小學的時候確實不怎麼上課，因爲我們那兒的河太有吸引力了，它的召喚是無法抗拒的。所以我總是在河邊——當然不是一個人，而是和其他許多學生。當時河的上方是一片森林，有許許多多天然的地形可以勘探。誰管學校裏那幅骯髒的地圖上畫點兒什麼？我不關心君士坦丁堡❽在哪兒，我照我自己的方式勘探叢林、河流——還有許多別的事情可做。比如，隨著我外祖母一點點地教我認字，我開始讀書。我想此前或者此後，都不會有任何人像我那樣成天泡在鎮上的圖書館裏。現在他們把我從前坐的地方指給每一個人看，我在那裏看書、做筆記。但實際上，他們應該指給人們看，那就是他們想把我扔出去的地方。他們一次又一次地威脅我。

但是自從我開始讀書，一個新的維度就打開了。我呑下了整個圖書館，並且開始在晚上把我最喜愛的書讀給我的外祖母聽。你們不會相信，但我讀給她聽的第一本書就是《米達德書》（*The Book of Mirdad*）。那以後便開始了一個長長的序列。

當然她偶爾也會詢問，在讀到一半的時候，某一句，或者某一段，或者一整章是什麼意思，就是問它的中心思想是什麼。我會對她說：「那呢，我一直在讀給你聽，你沒有聽到嗎？」

她說：「你知道，你讀書的時候，我會對你的聲音特別感興趣，你讀什麼我完全忘記了。對我來說，你就是我的米達德。除非你給我解釋，否則我對米達德永遠一無所知。」

所以我只好給她講解，但對於我，那可是一項重大的訓練。講解，幫助他人超過自身所能，走得更深入一點，只要他有這個願望，就用手攙著他，慢慢地，慢慢地，那逐漸成爲我整個人生的內容。這並不是我的選擇，不像J・克里希那穆提那樣，是選擇出來的。那是別人強加給他的。一開始連他的講稿都是安尼・貝贊特[9]或者李比特（Leadbeater）寫的，他只是覆述一遍。他沒有自己的意志。所有事情預先都計劃好了，然後按部就班地完成。

我是一個沒有計劃的人，所以我終究還是野生的。有時候，我也好奇，我到底在這裏幹什麼，教別人開悟；一旦他們開悟了，我馬上又開始教他們重新不開悟——我到底在幹什麼？

我知道時機越來越成熟，我的許多桑雅生都將爆成開悟。而我已經著手準備，研究如何讓這麼多開悟的靈魂重新變得不開悟的科學。我一直在做這個工作。一種奇怪的工作，但是我已經把它的樂趣享受到了極致，而且我還在享受。我打算一直享受到最後一口氣，甚至超過那一刻。我有點兒瘋狂，你們是知道的，所以我能那麼做，儘管還沒有哪個瘋子做過。但是總有人要做，總有一天。總有人要打破冰層。

譯註：

❶伊芙：Eve，即夏娃。

❷現在的：present，「此刻即在」的意思。

❸它們的顏色和桑雅生一樣：指服裝。

❹瑪哈禮希・瑪赫西・優濟：Maharishi Mahesh Yogi，印度現代瑜伽超覺靜坐大師。

❺後座駕駛員：back seat driver，謂坐在汽車後座，對駕駛員比手畫腳的人。

❻門票：即罰單。

❼一座大學城：city of colleges，城市由各大院校組成。

❽君士坦丁堡：Constantinople，土耳其西北部港市伊斯坦布爾的舊稱。

❾安妮・貝贊特：Annie Besant，1847-1993，英國社會改革家、費邊社會主義者、神智學者，主張節制生育，曾在印度從事教育和慈善事業，並參加印度獨立運動。

27 無聲之聲

好。你們看到相應了嗎？我和戴瓦蓋德同時說：「好。」當然他說的是一回事，我說的是另一回事，但是兩條線索交叉了。

我進來之前，正在聽最優秀的笛子演奏家哈里·布拉撒德（Hari Prasad）的作品。它在我心中引起許多回憶。

世界上有許多種笛子。最重要的是阿拉伯的；最動聽的，是日本的；還有其他許多。但是哪種都比不上小巧的印度短笛甜美。就這種笛子而言，哈里·布拉撒德無疑是一位大師。他曾經在我面前演奏過，不止一次，而是好多次。每當他感到自己非得演奏到極致不可了，他就會衝到我這兒來，無論我在什麼地方，有時候甚至遠隔千里，就爲了單獨和我在一起，吹一小時笛子。

我曾經問他：「哈里·布拉撒德，你在哪兒都能演奏，幹嘛大老遠地跑到這裏來？」

在印度，一千英里差不多相當於西方的兩萬英里。印度的火車——它們還是在走路，不是在跑。在日本，火車每小時跑四百英里；而在印度呢，每小時四十英里就了不得了；別說公共汽車，別說人力車了。就爲了單獨在我的臥室中吹一小時笛子……我問他：「爲什麼？」

他說：「因爲我雖然有成千上萬的崇拜者，但是並沒有一個人特別理解無聲之聲。人除非理解無聲之聲，否則他不可能眞正欣賞……所以我來找你。只那一個小時，就足以使我能在各種各樣的白癡──邦長、部長以及所謂的『大人物』面前吹上好幾個月了。什麼時候我感到被這些白癡弄得疲憊、乾枯、厭倦到了極點，我就跑來找你。請不要拒絕給我這一個小時。」

我說：「聽你演奏──你的笛聲、你的歌聲，是一種享受。它們本身就很好，而且因爲它們讓我想起了介紹我們認識的人，就更好了。你還記得那個人嗎？」

他完全忘記是誰把他介紹給我的了，我能理解……那一定是四十年以前的事了。我是個小孩，他是個青年。他拼命回憶，卻想不起來，只好說：「對不起，看來我的腦筋好像不太好使。我連把我介紹給你的人都想不起來了。就算我把其他事情都忘了，起碼也該記得他。」

經我提醒，他想起那個人了，立時淚流滿面。那個人就是我今天想要跟你們講的巴格．巴巴（Pagal Baba）是我打算講述的非凡人物之一。他和馬格．巴巴屬於同一個類別。人們只知道他叫巴格．巴巴。巴格（Pagal）的意思是「瘋子」。他來的時候像一陣風，總是很突然，然後突然消失，跟來的時候一樣……

我沒有發現他，是他發現了我。我這麼說的意思是，我在河裏游泳，他剛好從那兒經過；他看著我，我看著他，然後他跳進河裏，我們一塊兒游泳。我不知道我們游了多長時間，但是我肯定沒有說「夠了」。他早就是一個毫無爭議的聖人。我以前見過他，但沒靠得這麼近，是在一次集會上，做bhajan──唱讚美上帝的歌。我見過他，而且對他有一種感覺，但是我把它留在心裏。關於這一點，我隻字未提。有些事情最好還是留在心裏；它們在那兒生長得更快，那兒有最合適的土壤。

這回他已經是一位老人，我還不滿十二歲。顯然是他說：「我們停下來吧。我覺得累了。」

我說：「你隨時都可以跟我說，我會停下來的。至於我嘛，我可是河裏的一條魚呢。」

確實如此，我就是這樣在我們鎭上出名的。除了我，還有誰每天游六個小時的泳，從早晨四點游到十點呢？當每個人都在睡覺、呼呼大睡的時候，我已經在河裏了。當每個人都去上班的時候，我還在河裏。當然每天十點鐘我的那昵會來，然後我只好從水裏出來，因爲上學的時間到了，我得去上學。但是一放學，我立刻回到河裏。

我第一次看到赫曼．赫塞❶的小說《悉達流浪記》（*Siddhartha*）的時候，我簡直不能相信他對河流的描寫竟然就是我經驗了無數次的。而我非常清楚，赫塞只是在想像……絕妙的想像，因爲他死的時候還不是一個佛。他雖然能創作出悉達多，卻不能變成一個悉達多。但是我一看到他對河流的描寫，河流的情緒、變化、感覺，我就服了。給我印象最深的就是他對河流的描寫。我不記得我愛那條河愛了多久，好像我就是在它的水裏出生的。

在我那昵的村裏，我一天到晚不是在湖裏，就是在河裏。河離我們家太遠了一點，大概有兩英里路吧，所以我只能多選擇湖。但是我偶爾也到河裏去，因爲河和湖的品質完全不一樣。湖，在某種意義上，是死的、封閉的，不流動，不到任何地方去，是靜止的。那正是死亡的意義。它不是動態的。

河總是在行進，奔向某個未知的目標，也許根本不知道那個目標是什麼，可它總能達到，知道或者不知道，它總能達到目標。湖從來不動。它留在原地，休眠，只是死去，一天天地死去，沒有復活。河流雖小，卻大如海洋，因爲它遲早會變成海洋。

我向來喜歡流動的感覺，只管行進，那種奔流，那種不歇的運動……活。所以，即使河遠在兩英里之外，我也不時地前往，就爲了嚐一嚐那種滋味。

但是在我父親的鎮上，河離我們非常近。從我那昵家到河邊只有兩分鐘的路。站在頂樓上就能看到它；它在那裏，莊嚴和魅力盡顯無遺……無法抗拒。

我常常從學校後門一逕奔到河邊。是的，我只停一會兒，把課本往我那昵的房裏一扔。她總勸我至少喝杯茶再去，說：「別火急火燎的。河又不會跑掉，它又不是火車。」她眞是那麼說的，反反覆覆：「記住，它不是火車。你誤不了的。所以你行行好，把茶喝了再去。別那樣扔你的課本。」

我一聲不吭，因爲那意味著繼續耽擱。她總是很吃驚，說：「其他時候你動不動就要爭個明白；可輪到你要去河邊了，任我說什麼——胡說八道也好，不合情理也好，荒唐透頂也好——你只管聽，好像你是多麼順從的孩子似的。你要去河邊怎麼啦？」

我說：「那昵，你是知道我的。你非常清楚我不想浪費時間。河在叫我呢。我喝茶的時候都能聽見它的水浪聲。」

我好多次都把嘴唇燙破了，就爲了喝滾燙的茶。可是我很著急，而茶又得喝完。我的那昵在那兒，我不喝完茶，她不會讓我去的。

她不像古蒂亞。古蒂亞在那方面很特別；她總是告訴我：「等等。茶太燙了。」那也許是我的老習慣。我又開始端茶杯，她便說：「等等！它太燙了。」我知道她是對的，所以我只能等到她不反對了，那時候我才喝茶。也許老習慣還在那兒，趕緊把茶喝完，衝向河邊。

雖然我的外祖母知道，我想盡快碰到河水，但她還是好說歹說，一定要我再吃點什麼東西——這個或者那個。我對她說：「把每樣東西都給我吧。我裝在口袋裏，路上吃。」我向來喜歡吃腰果，特別是加過鹽的，好多年我的口袋裏都裝滿了腰果。所謂我的口袋指的是我褲子上的兩個口袋，當然是短褲，因爲我從來不喜歡長褲——也許是因爲我的老師都穿長褲吧，而我恨老師，肯定就產生了某種聯想，所以我只穿短褲。

從氣候的角度來看，在印度穿短褲比穿長褲好得多。我的兩個褲子口袋都裝滿了腰果。你們肯定會感到吃驚，就因爲那些腰果，我不得不讓裁縫給我的襯衫縫兩個口袋。我的襯衫上總有兩個口袋。我始終不理解，爲什麼襯衫只有一個口袋。爲什麼長褲不也只有一個口袋？或者換句話說，爲什麼短褲不只有一個口袋？爲什麼襯衫只有一個口袋？原因不明顯，但是我知道爲什麼。襯衫上那一個口袋總是在左邊，這樣右手就能把東西放進去或者拿出來，而可憐的左手自然不需要口袋。可憐的人要口袋幹嘛？

左手是人體受壓制的部分之一。你只要努力，就會明白我所說的話是什麼意思。你用右手能做的事情，用左手都能做，甚至寫字都行，可能比右手寫得還好些。

有三十年或者四十年的習慣，你一開始肯定會發現很難使用左手，因爲左手長期被忽視，處於無知的狀態。左手其實是你身體最重要的部分，因爲它代表你的右腦。你的左手和右腦相連，你的右手和左腦相連，正好交叉。右其實是左，左其實是右。忽視左手就是忽視你的右腦，而你的右腦包含所有珍貴的東西，所有的鑽石、翡翠、藍寶石、紅寶石……所有珍貴的東西……所有的彩虹和鮮花，還有星星。

右腦包含直覺、本能；簡而言之，包含女性化的素質。右手是一個男性沙文主義者。

你們肯定會感到吃驚，要知道我開始寫字的時候，作爲一個討厭鬼，我開始用左手寫字。當然每個人都反對我；當然，我的那呢又除外。只有她一個人說：「假如他想用左手寫字，有什麼錯呢？」她繼續說：「問題是要寫字。你們爲什麼都那麼關心他用哪隻手寫呢？他可以用左手拿筆，你們可以用右手拿筆。有什麼問題呢？」

但是沒有人允許我用左手，而她又不能到處跟著我。在學校裏，老師和同學個個都反對我用左手。右是對的，左是錯的；我直到現在還弄不明白爲什麼。爲什麼要拒絕身體的左邊，把它監禁起來？你們知道嗎？有百分之十的人本來喜歡用左手寫字的；其實他們開始就是那麼寫的，但後來被制止了。

那是人所碰到的最古老的災難之一，他的一半存在連他自己都無法使用。我們創造了一種多麼奇怪的人！如同牛車只有一個輪子，另一個輪子雖然在那兒，卻看不見，被使用，但僅限於祕密的方式。眞叫人厭惡。我從一開始就抵抗。

我問老師和校長：「說出理由，爲什麼我要用右手寫字。」

他們只是聳聳肩。我便說：「你們聳肩沒有用，你們必須回答我。假如我聳肩，你們就不會接受；那我爲什麼要接受你們呢？我根本不注意你們的動作。請給出正當的解釋。」

他們把我打發到地方教育委員會，因爲老師不能理解我的意思，或者說不能給我解釋。其實他們完全理解我的意思。我的話簡單明瞭：「用左手寫字有什麼錯？假如我用左手寫出正確答案，那個答案可能錯嗎——就因爲它是用左手寫出來的？」

他們說：「你發瘋了，你還要逼得每個人都發瘋。你最好還是去教育委員會吧。」

教育委員會就是鎮委會，它監管所有的學校。鎮上有四所小學和兩所中學，一所是女子中學，一所是男子中學。那是個什麼鎮——男孩和女孩如此地完全分離。就是這個教育委員會，幾乎樣樣事情都由它來決定，所以他們自然打發我去那兒。

教育委員會的委員們非常嚴肅地聽取了我的陳述，好像我是一個謀殺犯，他們則像法官似的坐著，準備絞死我。我對他們說：「別這麼嚴肅，放鬆點兒。只要告訴我，我用左手寫字錯在哪裏？」

他們你看看我，我看看你。我便說：「那不管用。你們得回答我，我可不容易對付。你們得給我書面答覆，因爲我不信任你們。你們互相看來看去的眼光顯得很狡猾，是那種搞政治的眼光，所以最好還是把你們的回答寫下來。把用左手寫出正確答案錯在哪裏寫下來。」

他們坐在那裏，幾乎像一尊尊雕塑。甚至沒有人試圖跟我說點什麼。也沒有人願意寫，他們只是說：「我們要考慮考慮。」

我說：「考慮。我就站在這裏。誰不讓你們在我面前考慮了？它是什麼私事，像談戀愛那樣嗎？你們都是受人尊敬的公民，起碼不應該六個人談戀愛吧，那會像集體淫亂的。」

他們衝我大喊：「住口！別用那種字眼！」

我說：「我只能用那種字眼來刺激你們，不然你們只會像雕塑似的坐在那裏。起碼現在你們動了一動，說了幾個字。現在，考慮吧，我會幫助你們的，一點兒也不會妨礙你們。」

他們說：「請你出去。我們不能在你面前考慮，你一定會上來干涉。我們知道你，鎮上的每個人都知道你。如果你不走，那我們走。」

我說：「你們可以先走，那才有紳士風度。」

他們只能在我之前離開他們自己的委員會辦公室。第二天決定出來了。決定只有一句話：「老師是對的，每個人都應該用右手寫字。」

這種欺騙到處占上風。我眞無法理解這是一種什麼愚蠢。而恰恰又是這些人在掌權！這些右派！他們有權有勢，男性沙文主義者有權有勢。詩人沒有權勢，音樂家也沒有……

喏，你們看哈里・布拉撒德・查烏拉西亞這個人——那麼優美的笛子演奏家，但是他一輩子都赤貧如洗。他不記得巴格・巴巴了，他把他介紹給我——或者最好換句話說：「把我介紹給他」——因為我只是一個小孩，哈里・布拉撒德卻是全世界公認的竹笛演奏權威。

巴格・巴巴也給我介紹過其他笛子演奏家，特別是邦那拉・果詩。但是我聽過他的演奏，他和哈里・布拉撒德不能比。巴格・巴巴為什麼要把這些人介紹給我呢？他本人就是最偉大的笛子演奏家，但是他不會在大眾面前演奏。是的，他在我——一個孩子面前吹過，在哈里・布拉撒德面前吹過，在邦那拉・果詩面前吹過，但是他決意不讓我們向任何人提及此事。他把笛子藏在他的包包裏。

我最後一次看見他的時候，他把他的笛子給我說：「我們不會再見面了。不是我不想見你，而是因爲這個身體再也撐不住它自己了。」他那時候肯定有九十歲左右了。「但是我把這支笛子送給你作爲紀念，我跟你說，你要是練習吹笛子的話，就能成爲最偉大的笛子演奏家之一。」

我說：「但是我連最偉大的笛子演奏家也不想當。當笛子演奏家還不能滿足我。它是一維的。」

他理解我的意思，說：「那就由你處置吧。」

我問過他好多次，爲什麼他每次到村裏來，都試圖跟我碰面，因爲那是他首先要做的事情。

他說：「爲什麼？你應該反過來問——我爲什麼到村裏來？就爲了跟你碰面……我不爲任何其他原因到這個村裏來。」

我一時無言以對，連聲「謝謝你」都說不出。實際上在印地語裏邊，沒有眞正相當於「謝謝你」的詞。不錯，有一個詞，大家在用，但是它的味道完全不一樣，**dhanyavad**，它的意思是「上帝保佑你」。喏，一個孩子是不能對一個九十歲的老人說：「上帝保佑你」的。我說：「巴巴，別給我出難題了。我連謝謝你都不能說。」爲了表達那個意思，我只能用一個烏爾都語單詞來說，**shukriya**，它比較接近英語單詞的味道，但是還不完全一樣。**shukriya**的意思是「感激」，不過它已經很接近了。

我對他說：「你把這支笛子給我。我會保存它，紀念你的，我也會嘗試練習吹笛子。誰知道呢？你，你比我知道，那也許就是我的未來，但是我沒看出這裏面有什麼未來。」

他哈哈大笑，說：「很難對你說。把笛子帶在身邊，吹吹看吧。要是發生什麼，那很好；要是沒發生什麼，那就保存它，紀念我吧。」

我開始吹這支笛子，很快就愛上了它。我吹了幾年，成爲眞正的行家。我經常吹笛子，我的一個朋友——不是眞朋友，而是一個熟人——常敲塔布拉手鼓❷。我們同時認識了對方，因爲我們都喜歡游泳。

有一年河水暴漲，我們兩個都試圖游到對岸去——那是我的樂趣，在雨季，水面眞正漲開的時候渡河。水流的力量之大，常常把我們沖向下游至少兩三英里。渡到對岸去，意味著我們得做好準備，要往回走三英里，從對岸渡回來意味著再加三英里，所以那是六英里的路程！而且是在雨季……！但那是我的樂趣之一。

這個男孩，他的名字也叫哈里。哈里在印度是一個非常普遍的名字，它的意思是「上帝」，不過它是一個非常奇怪的名字。我想在哪種語言裏，上帝都不會有哈里這樣的名字，因爲哈裏眞正的意思是「賊」——上帝是賊！爲什麼稱上帝爲賊呢？因爲他遲早會偷去你的心……而且越早越好。那個男孩的名字叫哈里。

我們兩個都試圖在洪水漲滿的時候渡河。水面肯定幾乎有一英里寬。他沒有活著回來，他在渡河的途中沈沒了。我到處搜尋，但是不可能找到他，水流太急。一旦他沈沒，就不可能再找到他。假如有誰在河裏潛得更深一點，或許會找到他的屍體。

我拼命地喊，但是河水轟響。我每天都到河邊去，做了一個孩子所能做的一切。警察試過，漁民協會試過，但是一點痕跡都沒有找到。他肯定早在他們聽說這件事情以前就被河水沖走了。爲了紀念他，我把巴格‧巴巴送給我的竹笛扔進河裏。

我說：「我願意把自己扔進去，但是我還有別的工作要做。這是我所有的最珍貴的東西，我自己接下來就是它了，所以我把它扔了。沒有哈里敲塔不拉鼓，我絕不再吹這支笛子。我無法想像自己還會再吹。收下吧，求你了！」

那是一支美麗的笛子，可能是由一個手藝高強的製笛師削出來的。可能是巴格‧巴巴的一個皈依者爲他特製的。關於巴格‧巴巴我會談得比較多，因爲有許多事情都要說到他……

幾點了？

「十點二十三分，奧修。」

很好。今天的時間不夠，所以我們只能把巴格‧巴巴放到以後再談。但是有一件事情，我以後可能會忘記，那是關於男孩哈里的，死去的那個……沒有人知道他是死了，還是離家逃走了，因爲從來沒有找到過他的屍體。但是我肯定認爲他是死了，因爲我跟他一起游泳，突然在河中央的某個地方，我看見他消失了。我大叫：「哈裏！怎麼了？」但是沒有人回答。

對我來說，印度本身已經死了。我不認爲印度是人類活著的一部分。它是一片死土，死了好多世紀了，以至於連死者都忘記他們已經死了。他們死了那麼久，得有人提醒他們一聲。那正是我努力在做的，不過這是一件吃力不討好的差事，提醒別人，說：「先生，你已經死了。別相信你還活著。」

這二十五年來，我日日夜夜都在幹這件差事。一個誕生了佛陀、摩訶毗羅和龍樹的國家死了，著實令人心痛。

可憐的戴瓦蓋德——爲了掩飾他的笑，他只好咳嗽。有時候我眞想知道誰在做紀錄。咳嗽沒問題，笑兩聲也可以原諒，但是記錄怎麼辦呢？我以前爲了騙老師，常常在紙上亂塗亂抹，假裝正在做筆記，而且速度很快。假如瞞過他們，我總忍不住偷笑。但是誰也瞞不了我，你們幸虧瞞不了我。我盯著你們呢，即使你們以爲我的眼睛閉上了。的確，它們是閉上了，但也睜得夠大，足以看見你們在寫些什麼。

這很美。我重重地打擊你們，而你們……

……現在結束。

譯註：

❶赫曼・赫塞：Herman Hesse，1877-1962德國新浪漫主義文學的倡導者。代表作有：《玻璃珠遊戲》、《悉達流浪記》等。

❷塔布拉手鼓：tabla，印度的一種成套的小手鼓，低音左鼓較大，中音右鼓較小。

28 明顯不公正

好。你們的聲音這麼吵，任何人不說好都不行了。謝謝你們。現在我眞的可以說好了。我前面又在聽，不是哈里・布拉撒德・查烏拉西亞（Hari Prasad Charasia），而是另一位笛子演奏家。在印度，笛子演奏有兩個維度：一個，是南方的；另一個，是北方的。哈里・布拉撒德・查烏拉西亞是北方笛子演奏家；我前面聽的是相反的一極，南方的。

這個人也是由同一個人——巴格・巴巴介紹給我的。他給我介紹時，對音樂家說：「你也許不理解我爲什麼介紹你認識這個男孩，至少現在你不會馬上理解，但可能有一天，上帝保佑，你會理解的。」

這個人吹的是同一種笛子，但是風格完全不同。南方笛子的穿透力遠遠超過北方，確切地說是刺透力。它一直鑽到你的骨髓裏去攪動。北方笛子極其優美，但是略顯單調，就像印度北方一樣單調。

那個人看著我，滿臉困惑。他想了一會兒，然後說：「巴巴，假如你把我介紹給他，那裏邊肯定有某種我理解不了的意義。那是我的平庸造成的，我萬分感激你這麼愛護我，不僅把我介紹給現在的，甚至還把我介紹給未來的。」

我只聽他演奏過幾次，因爲我們從未建立過直接的關係——仍然要通過巴格・巴巴。那位笛子演奏家常去拜訪他。假如我碰巧也在那兒，那麼他當然會和我打招呼。巴巴總是哈哈大笑，說：「給他頂禮，你這傻瓜！打聲招呼可不是迎接這個男孩的方式啊。」

他勉強給我頂了個禮，我看得出他的勉強，所以我這裏不提他的名字。他還活著，可能會感到生氣，因爲他當時給我頂禮的時候不是出於愛，而是因爲巴格・巴巴命令他這麼做。他不得不給我頂禮。

我大聲笑著說：「巴巴，我能打這個人嗎？」

他說：「當然可以。」

你們能想像嗎——他正在給我頂禮的時候，我搧了他一個耳光！

這讓我想起了戴瓦蓋德寫給我的信。我知道他會痛哭流涕的。我瞭解我的人。我知道。他還沒有寫信給我，我怎麼知道的呢？即使他不寫信給我，我也會知道。我瞭解我的人。我瞭解那些愛我的人，無論他們是否說出來。眞正觸動我的是他的話——「你可以想怎麼打我就怎麼打我，那不會讓我傷心；讓我傷心的是，我沒有笑，你卻說：「戴瓦蓋德，別想瞞我……」這讓我傷心。這句話明顯不公正，讓我傷心。」他用的是這個詞。古蒂亞，我想是這幾個詞——「明顯不公正」。我說的對嗎，古蒂亞？

「對的，奥修。」

好，因爲古蒂亞必須把信讀給我聽。

我好多年沒有讀過任何東西了，因爲醫生說假如我再讀，我就得戴眼鏡了，而我恨眼鏡。我無法想像自己戴眼鏡。我寧可把眼睛閉起來。我不希望在我和周圍的環境之間，設置任何障礙，即使是用透明的眼鏡做障礙。所以我只能依靠別人替我讀。

「明顯不公正」幾個詞一語道破他的心地。他只知道顯而易見，不過這看起來當然不公正，你沒有笑，我卻突然說：「戴瓦蓋德，別笑！」他自然大吃一驚，而可憐的戴瓦蓋德正做著筆記呢。

我又想起來巴格・巴巴了，因爲我今天早晨談過他，我打算繼續往下談。他常常對人們講一些明顯沒有意思的話。不僅如此，實際上有時候還要打他們呢！不像我，是眞正地、實際地打。我不眞打，不是因爲我不想，只是因爲我太懶惰了。我試過一兩次，結果我的手打疼了。我不知道挨打的人是否接受教訓，但是我的手卻說：「請你別再玩這把戲了。」

不過巴格・巴巴常常毫無緣故地打人。有人可能只是默默地坐在他身邊，他卻會狠狠地打他一個耳光。那個人什麼事情也沒做，他甚至什麼話也沒說。有時候人們會提出抗議，認爲這不公正，對巴格・巴巴說：「巴巴，你剛才爲什麼打他？」

他放聲大笑，說：「你們知道我是巴格，瘋子。」就他而言，那個解釋足夠了。那個解釋對我不管用……太瘋狂了，連最有智慧的人也破譯不出這是一種什麼瘋狂。巴格・巴巴是一個單純的瘋子，我是一個多維度的瘋子。

所以，假如你們有時候覺得我的做法明顯不公正，那麼就要記住「明顯」這個詞。我不可能做任何不公正的事情，特別是對那些愛我的人。愛怎麼可能不公正呢？但是「明顯」，也許它得出現好多次。人從來不知道我這類人的作風。我也許在打阿淑，而眞正的目標卻在於戴瓦蓋德。這是非常複雜的現象，電腦也算不過來。

這非常複雜，所以我想任何電腦都不會成爲師傅。別的東西它都可以成爲——工程師、醫生、牙醫，一切可能的東西——而且比任何人類的效率都要高。但是只有兩件事情電腦做不了：一件是，他不可能變成活的。它可以嗡嗡地發出機器的噪音，但是他不可能變成活的。它不可能知道生命是什麼。

第二件是第一件的引申：它不可能成爲師傅。知道生命就是成爲師傅。活著是一回事，每個人都活著。但是要能翻身越於自己之上，對著自己的存在，看見看見者，或者說知道知道者——這就是我說翻身越於自己之上的意思——那麼一個人就成爲師傅了。電腦不可能翻身越於自己之上，那是不可能的。

戴瓦蓋德，你的信很美，而且你哭了。我爲此感到很高興。任何眞情都有助於道上的長進，而任何眞情都眞不過眼淚。當然，有些人以哭爲職業，但那時候他們得使用手段。

在印度，遇到什麼人死了，也許是一個沒人要的老人，大家其實都很高興，但是誰也不能顯露他們的高興。那時候以哭爲職業的人就被召來了。尤其是在孟買、加爾各答、馬德拉斯和新德里這樣的大城市裏。他們甚至有自己的協會。你只要給他們打個電話，告訴他們你想要多少個職業哭泣者，他們立刻就到，而且他們眞的會哭。他們可以擊敗任何眞哭的人，因爲他們都是訓練有素的人，而且效率極高，他們掌握所有的手段。他們用一種藥物，把它們放在眼睛底下，那就足以讓眼淚流出來了。而且這也是一種非常奇怪的現象：眼淚一旦流出來，人頓時感到悲傷。

心理學界有一段曠日持久的爭論，至今沒有結論：「哪一個先發生……人是因恐懼而逃跑呢，還是因逃跑而感到恐懼呢？」兩個立場各有人爭論不休。「恐懼造成逃跑」是一個立場，「逃跑造成恐懼」是另一個立場，但實際上它們是同一個立場，它們同時是兩者。

你一感到悲傷，眼淚就會湧上來。眼淚一湧上來，不論是什麼起因，哪怕是化學眼淚，我們叫它人造眼淚吧——那也一樣，就因爲一種本能的遺傳，你就會感到悲傷。我見過這些哭泣者確實哭得撕心裂肺，你不能說他們是在騙人；他們只可能是在騙自己。

爲愛流淚是最珍貴的經驗。你哭了，我很高興……因爲你可以發火，但是你沒有。你可以生氣、惱怒，但是你沒有。你哭了，本該如此。但是要記住，我會繼續做同樣的事情，反覆做，我必須做我的工作。

作爲一名牙醫，你非常清楚那有多麼疼，但是你還得做。不是你希望弄疼別人。不過你有麻醉劑，你有某種氣體麻醉劑，你可以讓局部幾乎失去感覺，或者你可以讓整個人不省人事。

但是我什麼也沒有。我得在沒有任何麻醉劑的情況下，做各種手術。沒有把人弄得不省人事，就打開他的肚子或者大腦，那會發生什麼呢？會疼得要命，那種疼會殺了他，或者至少把他逼瘋。他會跳出手術台，可能還會棄他的頭骨於不顧，拼命往家跑，或者他可能把醫生全都殺了。但我的工作就是這樣的。從不可能有別的方式做我的工作。

它不得不「明顯不公正」。但是你提到了「明顯」這個詞，那足以讓我滿意了，儘管它讓我傷心，你理解我的愛。讓我反覆重申，這樣你就不會忘記，我會反覆做這樣的事情！

你肯定真的感到害怕了，因為你寫了一段附言，又寫了一段再附言，說：「我做夢也沒有想到，我會離你這麼近，或者說這個工作會交給我來做。我喜歡做筆記。」再附言說：「請不要終止這項工作，永遠不要。」

你肯定害怕我會終止，認為這項工作傷害了他。它也傷害了阿淑，雖然她一個字也沒有寫——到目前為止。但是她總有一天要寫，我先把話說在這裏，可能就是明天。

我只管繼續打，這邊那邊。因為你們兩個人碰巧各占一邊，你自然要承受大多數的打擊。我的方式一向如此，那些最靠近我的人承受的打擊最多，但是他們也成長。他們每吸收一次打擊，就變得更整合。他們要嘛逃跑，要嘛只能成長。要嘛上，要嘛死。如果你們上——那就是我說整合或者結晶的意思——只有那樣，你們才能活。或者選擇另一條路——記住狗的死亡——那就死定了，人每時每刻都在死。

那封信在許多意義上都很美。古蒂亞，過會兒把信還給他，這樣它可以成為他筆記裏的一個注腳，或者以後要添加的許多附錄裏面的一部分。

巴格．巴巴再次……這就是我所說的一輪輪地繞行。他不僅把我介紹給這些笛子演奏家，還把我介紹給許多別的音樂家。他是音樂家的音樂家。大多數人通常對此一無所知，只有大音樂家才知道他用什麼東西都能演奏音樂。

我見過他拿一切可能的東西演奏音樂——就一塊石頭，他便開始用它敲擊他的卡芒達路（kamandalu）。卡芒達路是印度教出家人裝水和食物等用品的罐子。他隨便拿什麼都能敲擊卡芒達路，但是他的樂感好極了，連他的卡芒達路都會變成一把錫塔爾琴❶。

他會在市場上買笛子，那只是給孩子們當玩具用的——你花一盧比就能買上一打——而他居然也吹那個。粗糙的笛子裏面飄出美妙的音符，連音樂家都看得目瞪口呆，驚訝不已，心想：「這怎麼可能？」

我必須把開頭提到的那個南派笛子演奏家的名字告訴你們……否則它老是堵在我的胸口，我想在走之前把所有的包袱都卸掉，這樣我走的時候就能和來的時候一樣——一無所有，連記憶也沒有。這些自傳的目的全在於此。那位笛子演奏家的名字叫薩齊代瓦（Sachdeva），是最著名的南派笛子演奏家之一。我提到過三位笛子演奏家，他們都是由巴格．巴巴介紹的。一個是哈里．布拉撒德．查烏拉西亞，他來自北方，在那兒他們用笛子吹出的音樂完全不同；另一個來自孟加拉，名叫邦那拉．果詩（Pannalal Ghosh）——他吹的又是一種笛子，非常男性化，非常響亮，氣壯山河。薩齊代瓦的笛子幾乎聽不到聲音，很女性化，和邦那拉．果詩正好相反。我終於提到他的名字，我感覺很好——現在隨他怎麼理解吧。

戴瓦蓋德在信中說：「奧修，我信任你……」我知道——這毫無疑問——否則我幹嘛老是打擊你呢？而且要記住，我一旦信任某個人，就絕不會不信任他。那個人對我做什麼不重要。無論那個人做什麼，我的信任始終如一。

信任總是無條件的。我知道你的愛，我信任你的一切，否則就不會把這項工作交給你做了。但是要記住，那並不意味著我會有絲毫改變。有信還是沒有信，有附言還是沒有再附言，我都始終如一。有時候我會突然說：「戴瓦蓋德，你笑什麼？」你現在正在咯咯地笑，而我並沒有打擊你。有時候我會把你弄哭。那是我的工作。

你知道你的工作，我知道我的工作——它要困難得多。它不僅要打鑽，它打鑽的時候還沒有麻醉劑，連一片止痛藥都沒有。它不僅在牙齒裏面打鑽，它還要鑽到你的存在中去。那很疼，的確很疼。原諒我，但是千萬別要求我改變策略……你在信裏也沒有要求過。我這麼說只是爲了在座的其他人好。

阿淑，明天我等你的信。讓我們看看會發生什麼。那時候戴瓦蓋德眞的要咯咯咯地笑了！

親愛的師傅：

我坐在這裏，在諾亞方舟裏哭泣，不知道該怎麼辦。

你在這裏的時候，我的心空空如也，只有你的話和存在流過我，這是我經歷過的最大的滿足。

然後你一棒打過來❷——不知從哪兒打過來的！你說我在咯咯地笑……什麼時候，比如今天早晨，我克制了一個噴嚏。另外有幾天嘆過幾口氣……怎麼辦呢？你閉上……我才嘆氣。你又說我在笑。你責備我爲了不寫筆記，裝模作樣地欺騙你，這太離譜了。

我喜歡寫這些筆記，甚於做我生命中的其他任何事情。寫它們是一種快樂，是一件禮物，超出我的頭腦所能想像的一切。

你叫我傻瓜——顯然是的——可能從來沒有現在這麼傻。但我完完全全是你的傻瓜。我從來沒有欺騙過你，背叛過你，從來沒有用笑聲或者耳語來欺騙你，而且總是把我的最大極限給你……打擊帶來的疼痛不是來自打擊本身，而是在於明顯的不公正。

親愛的師傅，我是你的傻瓜，而且從未甚於這一刻。

我愛你，

戴瓦蓋德

親愛的師傅，附言：謝謝你摧毀我，這似乎讓我愛你更深了。

戴瓦蓋德

再附言：千萬、千萬繼續這項好工作……永遠。

譯註：

❶錫塔爾琴：sitar，印度的一種大弦彈撥樂器。

❷你一棒打過來：hit，此處用意類似禪宗的棒喝。

29 等待被占據

昨天風在樹林裏呼呼地吹了一整夜。那種聲音美極了，我忍不住放了一盤邦那拉・果詩的音樂，他是巴格・巴巴介紹給我的笛子演奏家之一。剛才我也在放他的音樂，不過他有他自己的作風。他的開場白很長，所以在古蒂亞叫我之前，還只是在放開場白。我的意思是說，他還沒有開始吹笛子。錫塔爾琴和塔布拉鼓正在爲他的笛子演奏鋪設背景。事隔約莫兩年，昨天夜裏我又一次聽到他的音樂。

要談論巴格・巴巴只能用一種迂迴的方式，那個人的品質就是那樣。他總是在括號裏，很難看見。他把我介紹給許多音樂家，而我總是問他爲什麼。他說：「有一天你會成爲音樂家的。」

我說：「巴格・巴巴，有時候別人好像說得對：你是瘋了。我不會成爲音樂家的。」

他哈哈大笑，說：「這我知道。我還是要說，你會成爲音樂家的。」

現在，這句話怎麼解釋呢？我並沒有成爲音樂家，但從某種意義上來說，他是對的。我沒有演奏樂器，可是我在演奏千萬顆心。我創造一段深沈的音樂，遠遠超出任何樂器所能表現的範圍——那是一段沒有樂器、沒有技巧的音樂。

我喜歡那三位笛子演奏家——至少是他們的音樂——但是他們並不都喜歡我。哈里・布拉撒德一直喜歡我。他從來不在乎我是一個孩子，而他是一個老人，又是聞名世界的音樂家。他不僅愛我，而且尊敬我。有一次我問他：「哈裏・巴巴，你爲什麼尊敬我呢？」

他回答說：「既然巴巴尊敬你，那就沒有問題。我信任巴格・巴巴，既然他給你頂禮，而你又是個孩子，我就知道他知道些什麼，而我一下子還不能知道。但是那沒關係。他知道就行了，對我來說足夠了。」他是一個皈依者。

我昨天夜裏聽的那位音樂家，剛才我進來之前又試圖聽的，邦那拉・果詩，既不喜歡我，也不不喜歡我。他不是一個愛憎分明的人——是一個非常平坦的人，沒有山，沒有谷，只是一展平疇。不過他有自己吹笛子的方式，以前從來沒有人那麼吹過，以後也沒有人能夠那麼吹。他把笛子吹得像獅子吼。

我有一次問他：「你在生活中更像一隻綿羊，一個孟加拉巴布[1]。」他來自孟加拉，而在印度，孟加拉人最沒有侵略性，所以凡是膽小鬼，大家都叫他孟加拉巴布。我對他說：「你是一位眞正的孟加拉巴布。你吹笛子的時候怎麼了？你變成一頭獅子了。」

他說：「肯定發生什麼情況了。我不再是我自己，否則我還是這個孟加拉巴布，和我現在一樣膽小。但是有情況發生，我被占據了。」

他的確是這麼說的：「我被它接管了，我不知道是什麼。也許你知道。否則巴格・巴巴爲什麼那樣尊敬你呢？我從沒見過他給別人頂禮，除你以外。所有的大音樂家都來找他，就爲了得到他的祝福，都給他頂禮。」

巴格·巴巴把我介紹給許多人，不只是笛子演奏家。也許等我的故事講到某一輪了，他們就會進來。但邦那拉·果詩說的話非常有意義。他說：「我被占據了。我一開始演奏，我就不在了，另一樣東西在。它不是邦那拉·果詩。」我在引用他的話。他接著說：「所以我在演奏之前需要那麼長一段開場白。因爲我的開場白那麼長，我到處受到譴責……因爲沒見過哪個笛子演奏家有那麼長的開場白的。」

他是笛子演奏領域裏的蕭伯納。關於蕭伯納……他的書可以只有九十頁，而序言卻有三百頁。邦那拉·果詩說：「人們無法理解，但是我可以告訴你，我得等待被它占據，因此才有那麼長的開場白。直到它來了，我才能演奏。」

這是一位眞正藝術家的肺腑之言，然而只有眞正的藝術家，不是新聞記者型的、三流的藝術家——這種類型的人還是乾脆別叫他藝術家爲好。他寫音樂，卻毫無音樂的體驗；他寫詩歌，卻連一首詩歌也沒有創作過；他寫政界風雲，卻從未置身於重重複雜的政治鬥爭中。政界有的只是爪子和牙齒。新聞記者型的人只要坐在辦公室裏，就能設法寫出各種各樣的東西來。其實就是這種人一個禮拜寫音樂，再一個禮拜寫詩歌，再一個禮拜寫政治，用不同的名字。

我曾經當過新聞記者，出於十分的必要，否則我才不會受那份罪呢。我沒有錢，而我的父親希望我去上理工學院。我對理工不感興趣，當時是這樣，現在還是這樣。而他那麼窮，我能理解，他會冒太大的風險。我們家族從來沒有人受過良好的教育。我的一位叔叔，我父親的兄弟，曾經被我的父親送去讀大學，但是後來又不得不把他叫回家，因爲沒有足夠的錢供他繼續讀大學。

我的父親準備送我去讀大學。對他而言，這自然是一次犧牲，他想用做生意的辦法來處理這件事情。它必須是一次投資。

我對他說：「聽著，這是我的教育還是你的投資？你想把我變成一個工程師或者醫生，我自然就會掙到更多的錢。但是我計劃要做的事情一分錢也不掙，只是去學習，絕不去掙錢。」我接著告訴他：「我打算繼續做流浪漢。」

他說：「什麼！流浪漢？」

我說：「用文雅的詞來說——就是出家人。」

他還沒有緩過神來：「出家人！那你爲什麼想去讀大學？」

我說：「我恨那班教授，但是我自然得首先瞭解他們的職業，然後我這一輩子才能恰到好處地譴責他們。」

他說：「這就怪了，讀大學只爲了譴責它。爲了你，我得去借錢，爲了你，我得把房子押出去，爲了你，我得拿我的生意去冒險——而你只是去譴責那班教授？你爲什麼不能不去讀大學就譴責他們呢？」

我離家出走，只寫了一張紙條給我的父親說：「我能理解你的感受，我也能理解你的經濟狀況。我們屬於不同的世界，而且沒有橋樑，至少現在如此。我看不出你能理解我，或者我能理解你，而且也沒有必要。謝謝你表示想要支援我，但那是一項投資，而我不想成爲你生意上的合夥人。我要走了，不等見你一面了。可能直到我安排好自己的學費以後，我才會見你。」那就是我當新聞記者的原因。

一個人被迫要做的事情沒有比這更糟糕的了，不錯，我被迫做了，也沒有別的工作可做。新聞業在印度是三流行業中的三級。它不僅是三流行業，也是世界上最糟糕的行業。我雖然做了，卻做不太好。我什麼事情都做不太好，所以那完全不是抱怨我自己，只是接受事實，我什麼事情都做不來，何況做得很好。

那個工作很快就結束了，因爲報社的主人，主編，進來的時候，我正在睡大覺，兩條腿蹺在桌子上。他看見我，搖搖我，我睜開眼睛望著他說：「這不是紳士風度。我睡得正香，你卻攪了我的好夢。爲了再續上那個夢，我願意出大把鈔票呢。我準備好付錢了，現在告訴我怎麼續上它吧。」

他說：「我管你夢不夢的？我不關心那個。但這是我的時間，我爲此付錢給你。我完全有權利把你叫醒。」

我說：「行，那我完全有權利走出去。」我就走出去了。不是他有什麼錯，而是那不是我待的地方。我進錯門了。新聞記者是最糟糕的人群，我瞭解他們。我跟他們待了三年。那是地獄。

我剛才說什麼了？我正要時時檢查你們呢。

「你說你如何被迫從事新聞業，因爲你的父親沒有錢供你讀書。」

那以前呢？

「你若的確是一位眞正的藝術家，你就會被占據。」

對。

「不是新聞記者型的。」

繼續一絲不苟地記錄。你已經成爲一個優秀的文書了。

每當巴格・巴巴來給我頂禮的時候，我的父親總是驚詫不已。他本人還要給巴格・巴巴頂禮。那才滑稽呢。爲了把這一輪畫完整了，我就給我的父親頂禮。巴格・巴巴放聲大笑，弄得每個人都不敢吭聲，好像眞的發生什麼重大事件了——我的父親則一臉尷尬。

巴格・巴巴反覆勸我相信，我未來要當音樂家。我說：「不」。我說「不」的時候，就是「不」。

從小我的「不」就很明確，我很少用「是」。「是」那個詞太珍貴了，幾乎是神聖的，只能在神聖的事物面前用，無論它是愛還是美，或者是此刻……橡膠樹上橘黃色的花，密密層層，彷彿整棵樹都在燃燒。假如有什麼讓你想起了莊嚴的事物，那時候你就能用「是」這個詞——它充滿了祈禱。「不」僅僅意味著我把自己和被建議的行爲徹底斷開；我是一個慣常說「不」的人，要讓我說出一個「是」字非常困難。

看到巴格・巴巴，人人都知道他開悟了，我那時候就認爲他是獨一無二的。我不知道開悟是什麼。我那時候所站的位置和我現在一樣，現在又是徹底的無知。但是他的存在熠熠生輝。在云云眾生裏，你一眼就能把他認出來。

他是第一個帶我去參加貢跋・麥拉（Kumbha Mela）的人。它在缽羅耶伽（Prayag），每十二年舉行一次，是全世界規模最大的集會。對印度教徒來說，貢跋・麥拉是他們一生所懷抱的夢想之一。印度教徒認爲，假如你一次也沒有去參加貢跋·麥拉，你就白過了一輩子。印度教徒就是那麼認爲的。每次參加貢跋·麥拉的人數至少一千萬，至多三千萬。

伊斯蘭教徒也一樣。除非你是一個哈吉（haji），除非你曾經哈吉❷，去過麥加❸，否則你這輩子也白過了。哈吉的意思是「去麥加的旅途」，麥加是穆罕默德誕生並死亡的地方。它是世界各地每個伊斯蘭教徒最珍貴的夢想，他至少得去一次麥加。印度教徒得去缽羅耶伽。這些地方都是他們的以色列。

各個宗教表面上看起來可能大相逕庭，但是你一旦刮破一點點，就會發現同樣的垃圾。是印度教、猶太教、伊斯蘭教，還是基督教，這沒有關係。

不過貢跋·麥拉有個特點。光是匯聚三千萬人，這本身就是一個難得的經驗。所有的印度教僧侶全都來到那裏，他們可不是一個小小的少數民族。他們的人數有五十萬，而且極其豐富多彩。你難以想像這麼多形態各異的流派。你難以相信居然還存在那樣的人，而他們都匯聚到那裏。

我一生中第一次參加貢跋·麥拉就是巴格·巴巴帶我去的。我之後還會再去一次，但是這次和巴格·巴巴一起去參加貢跋·麥拉的經驗發人深省，因爲他把我帶到所有的大聖人以及所謂的大聖人跟前，當著他們的面，旁邊還圍著成千上萬的人，他問我：「這個人是眞正的聖人嗎？」

我說：「不。」

但是巴格·巴巴和我一樣固執，他還不死心。他一個接一個地問，把我帶到各種可能的聖人跟前，直到我對一個人說：「是。」

巴格・巴巴大笑說：「我就知道你會把眞的認出來。這個人，」他指著我說「是」的那個人說：「他是一個明白人，誰也不知道。」

那個人正坐在一棵百波（peepal）樹下，沒有戴任何花。他也許是三千萬的人海中最孤獨的一個。巴巴先給我頂了禮，又給他頂禮。

那個人說：「不過你是從哪兒找到這個孩子的？我萬萬沒料到一個孩子能認出我來。我把自己隱藏得這麼好。你能認出我來，不錯，但他是怎麼認出來的呢？」

巴巴說：「問題就在這兒呀。所以我給他頂禮。你也趕快給他頂禮吧。」

誰能不服從那個九十歲的老人呢？他是那麼威嚴。那個人立刻給我頂禮。

巴格・巴巴就是這樣把我介紹給各種各樣的人的。這一輪我談的多是音樂家，因爲他們都是他特別愛好的。他希望我成爲音樂家，但是我無法實現他的願望，因爲對我來說，音樂最多只能是一種娛樂。我就是這麼對他說的，我說：「巴格・巴巴，音樂層次是很低的靜心。我對它不感興趣。」

他說：「我知道，它是層次很低。我只是想聽你演奏。不過音樂是一級很好的台階，可以幫助人走得更高，不需要執著它，或者換句話說，不需要在它上面停留。一級台階就是通向其他事物的一級台階。」

就這樣，我在我的所有靜心中都使用音樂，作爲一級通向別處的台階——那才是眞正的「音樂」——無聲的。那納克❹說，**Ek omkar sat nam**：上帝，或者眞理，只有一個名字，那就是OM的無聲之聲。可能靜心來自於音樂，或者音樂是另一種靜心。但音樂本身並不是靜心，它只能指示，或者提供一條線索……

幽古池塘，
青蛙跳進，
無聲之聲……

它有多種版本的翻譯。這也是其中之一——「無聲之聲」，比「撲通」還要好。但是印地語單詞的意義更加雋永。青蛙跳進池塘的時候發出一個聲響——你可以稱之爲「撲通」，但是在印地語裏，這個單詞的發音十分逼眞：chhapak。作一隻青蛙，跳進池塘，你就會知道什麼是chhapak了。

它很難用英語寫出來。最好還是我告訴你們，否則你們難免要寫錯。Chhapak得寫成C-H-H-A-P-A-K。英語裏面沒有相當於「chh」的字母，所以我們只能那麼寫。

英語的字母表只有二十六個字母。假如你們知道印地語或者梵語的字母有兩倍之多：五十二個字母，你們肯定會感到吃驚。有很多時候單詞很難翻譯，甚至用羅馬字體書寫都很困難。英語裏面根本沒有「chh」，但是沒有「chh」就不會有青蛙，也就不會有chhapak，還會遺漏其他成千上萬種東西。

Ek omkar sat nam，眞理的眞正名字，是無聲之聲。

用梵語寫，我們創造了一個字母表之外的符號；它就是ＯＭ。它不在梵語字母表之列——A-B-C-X-Y-Z。ＯＭ純粹是一個聲音，十分有意義的聲音。它由Ａ-Ｕ-Ｍ組成，它們是三個基本的音符。整個音樂全依靠這三個聲音。如果它們合而爲一，就寂靜無聲。如果它們一分爲三，就有聲音。如果它們聚合起來，就寂靜無聲。ＯＭ就是寂靜。

你們肯定看見印度各個寺廟裏都有鈴鐺，但是有一種眞正藝術的，你們可能沒有見過。那種你們得到某個博物館的西藏地區陳列室去看。藏鈴是最精美的鈴。它是一種奇特的鈴，形狀像一個茶杯，由多種金屬製成，還有一個木製的柄。你用手握住柄，然後旋轉茶杯的內部，如此旋轉到一定的數量，比如十七轉，你就可以在一個標有記號的點上敲一下鈴的內部。開始和結束都是這樣。

你再從那裏開始旋轉，結束的時候再敲一下。奇特的是，那種鈴會反覆念頌整段西藏咒語！你初次聽的時候，簡直不能相信那只鈴居然在反覆念頌西藏的咒語，而且一字不差。不過那種鈴就是爲那個目的而打造的。

有一個西藏喇嘛給我看過那種鈴。聽到鈴鐺反覆念頌出整段的咒語眞叫人驚喜之極。你們知道那段咒語，我跟你們講過。那段咒語沒有什麼含義，它沒有意義，但是有音樂感，很有音樂感，所以鈴鐺能發出這樣的聲音。假如它有意義的話，鈴鐺就很難完成這項工作了。鈴鐺就只是一個啞鈴了。

唵嘛呢叭咪吽❺——鈴鐺念得那麼清楚，你簡直要懷疑是不是聖靈躲在哪個地方作怪呢。但是什麼也沒有，沒有聖靈，什麼也沒有，只有鈴鐺。你得拿著那根棒子旋轉，然後在某個點上敲一下，鈴鐺就迴響出咒語的聲音。

那種鈴在印度、西藏、中國或者緬甸的各大寺廟裏面都有，它的意義在於提醒你，假如你能像鈴鐺那樣，在你敲過它以後，漸漸變得寂靜無聲——開始全是聲音，然後聲音漸漸消逝——無聲便進來了。人們只聽聲音，那樣他們就聽不到鈴。另一半你也應該聽一聽。隨著聲音漸漸消逝、消失，無聲之聲出現、進來。聲音徹底消失之際，便呈現出完全的無聲，那就是靜心。

我不打算成爲一個音樂家。巴格·巴巴雖然知道這一點，但是因爲他喜愛音樂，他便希望我至少要結識最好的音樂家，或許我能被他們吸引過去。他介紹我認識那麼多音樂家，要把他們的名字全都想起來還挺困難呢。但是有幾個名字特別響亮，蜚聲全世界，比如這三個。

邦那拉·果詩被認爲是古往今來最偉大的笛子演奏家，這當然不錯，不過他不是我的選擇。他演奏起來像獅子吼，但本人卻只是個耗子，那是我不喜歡的地方。耗子吼得像獅子，那就是虛僞。不過我仍然必須說他幹得很出色。那是件困難的事情，他卻把它幹得幾乎完美無缺。我之所以說「幾乎」，是因爲他騙不過我的眼睛。我跟他說過，他說：「我知道。」他不是我的選擇。

第二個人來自南印度。我從一開始就不喜歡他。當然我喜愛他演奏的笛子。也許誰也沒有他的深度，但是私下裏，我們彼此都看不慣對方。這個人，他的名字我告訴過你們了，我不想再提——我既不喜歡這個人，也不喜歡他的名字……——提一次就夠多了。不過他演奏的笛子的確是幾個世紀以來最好的。他仍然不是我的選擇，因爲這個人。如果我不喜歡這個人，他演奏得再美妙，也不可能是我的首選。

我的選擇是哈里・布拉撒德。他非常謙遜，既不像耗子，也不像獅子。他完全像那個詞，majjhim，中庸，所形容的，「中庸之道」。他引入了平衡，邦那拉・果詩和那個南印度人的演奏都失落了這一點，那個南印度人的名字我不會再提了。而哈里・布拉撒德卻引入了一種平衡，一種高難度的平衡，就好像走繩索的人一樣。

我以後還會多次提到巴格・巴巴這個人，原因很簡單，他把這麼多人介紹給我。我只要提到他們，就必然會提到巴格・巴巴。通過他打開了一個世界。他對我的價值遠遠超過任何大學，因爲他盡力把我介紹給各個領域最優秀的人。

他常常像一陣旋風似的趕到我們村，然後拉住我的手就走。我的父母不能阻攔他，連我的那呢都不能阻攔他。實際上，我只要一提巴格・巴巴，他們都說：「那可以。」因爲他們知道假如他們不讓我去，巴格・巴巴就會到家裏來惹麻煩。他能摔東西，他能打人，而他又德高望重，誰也不會不讓他破壞。所以大家最好都說：「行……假如巴格・巴巴想帶你去，你可以去。我們知道，」他們說：「和巴格・巴巴在一起，你會平安無事的。」

鎮上的其他親戚常常告訴我的父親：「你打發兒子跟那個瘋子在一起，這樣做可不對頭啊。」

我的父親回答：「我的兒子那麼淘氣，相比之下，我倒是更擔心那個老瘋子呢。你們不必操心了。」

我跟巴格·巴巴遊歷了許多地方。他不僅帶我去結識大藝術家和音樂家，而且帶我參觀名勝古蹟。我第一次看到泰姬陵、埃洛拉（Ellora）和阿旃陀（Ajanta）洞穴就是跟他一起去的。我也是跟著他第一次看到喜馬拉雅山。我欠他的太多，甚至都沒有謝過他。我不能謝，因爲他老是給我頂禮。假如我要對他說幾句感謝的話，他立刻把手放到嘴唇邊，說：「別吱聲。千萬別提什麼謝不謝的。是我要謝你，不是你要謝我。」

有一天夜裏，我們單獨在一塊兒，我問他：「你爲什麼要謝我呢？我又沒有爲你做過什麼，你爲我做過好多事情，卻連一句感謝的話都不讓我對你說。」

他說：「有一天你會明白的，不過現在你得去睡覺，再也別提這件事兒了，千萬，千萬。時候一到，你就會知道的。」等我知道的時候，已經太晚了，他不在了。我終於知道了，但是太晚了。

假如他還活著的話，他將很難體會，我碰巧知道有一回，在過去的某一世，他給我下過毒。儘管我倖免於難，他今生還是在努力償還，他在努力抹掉這段痕跡。他盡其所能，做一切有利於我的事情——他一直對我很好，超出我以往應該得到的——不過現在我知道爲什麼了：他想恢復平衡。

在東方，他們稱之爲「羯摩」❻，「行爲的原理」：無論你做什麼，記住，被你的行爲所擾亂的事物，你得重新使它恢復平衡。現在我知道他爲什麼對一個孩子那麼好了。他在努力，而且取得成功，恢復了平衡。只有當你的行爲完全平衡了，你才能消失。只有那時，你才能停止輪迴。實際上，輪子是自動停止的。你甚至不需要去停止它。

譯註：

❶巴布：Babu，稱謂，相當於先生。

❷去麥加朝覲。

❸麥加：Mecca，沙烏地阿拉伯西部城市，伊斯蘭教創始人穆罕默德的誕生地，伊斯蘭教第一聖地，是全世界穆斯林的朝拜中心。

❹那納克：Nanak，1469-1539，印度錫克教第一代古魯。他主張通過反覆默念神名而得救的學說。

❺唵嘛呢叭咪吽：Om mani padme hum。六字大明咒，或六字眞言，佛教咒語。

❻羯摩：karma，業，或業力。往世或今生的行爲對今生或來世的影響。

30 孟加拉巴布

我上次講了巴格·巴巴和他介紹給我的三個笛子演奏家。那仍然是一段美好的回憶，他向別人介紹我的方式——特別是向那些習慣於被人接受、被人尊敬和被人崇拜的人。他對他們說的第一句話就是：「給這個男孩頂禮。」

我記得人們的反應有多麼不同，後來我們又笑得多麼厲害。邦那拉·果詩是在加爾各答他自己的家裏被介紹給我的。巴格·巴巴是他的客人，我是巴格·巴巴的客人。邦那拉·果詩的名氣真的很大，巴巴對他說：「先給這個男孩頂禮，然後我才能讓你給我頂禮。」他遲疑了片刻，然後給我頂禮，但沒有真正頂到。

你可以碰一樣東西，但沒有真正碰到。這種事情你每時每刻都在做——跟別人握手，卻沒有感覺，沒有溫度，沒有敬意，沒有快樂可分享。你們握手幹嘛？這是不必要的演練。你們的手做錯什麼了？幹嘛要震顫❶它們呢？

而且，你們知道嗎？有個基督教教派，名叫「震顫派❷」，他們震顫整個身體。他們是在和上帝握手呢。當你和上帝握手的時候，你當然得震顫整個身體囉。你們知道貴格會教徒❸，他們走得更遠：他們不僅震顫，他們還得哆嗦！這些都是他們的名稱的真實由來。貴格會教徒常常滿地打滾，上竄下跳，做各式各樣的動作，那些動作你到任何一家瘋人院都看得到。我並不反對他們的所作所爲，我只是在描述他們。同樣，邦那拉·果詩就是這麼給我頂禮的。

我對巴巴說：「他沒有頂到。」

巴巴說：「我知道。邦那拉，再做一遍。」

這對一位名人來說太過分了，在他自己的家裏，當著那麼多人的面。實際上，加爾各答的社會名流全都在那裏，總理的兒子在那裏，首席大臣在那裏，等等。「再做一遍？」不過那一問恰恰顯示了此人的品質。他又給我頂了一個禮，這次比上次還要麻木。

我哈哈大笑。巴巴咆哮如雷。我說：「他需要訓練。」

巴巴說：「的確。爲了獲得那種訓練，他得再生好多次。這輩子他已經趕不上這趟車了。我現在給他最後一次機會，可是他也錯過了。」

假如你們知道七天之後，邦那拉·果詩便與世長辭，你們肯定感到吃驚。可能巴巴是對的，他給了他最後一次機會，而邦那拉·果詩錯過了。他不是一個壞人，記住，把它記下來。我不是說他是一個好人，我只是說他不是一個壞人。他很普通。好和壞都需要某種特別的素質。

他把他的才能、智慧和他的靈魂全部傾注到他的笛子裏去了，剩下的只是一片不毛之地，像沙漠一樣。他的笛子優美動聽，但是最好不要認識他本人。喏，我每次聽他的錄音都力圖先把他解決掉。我告訴他：「邦那拉·果詩，請不要進來，讓我聽笛子。」

但巴巴希望把他介紹給我，而不是把我介紹給他。這不是爲了我，因爲我沒有名氣。我還沒有做過任何事情，無論對的還是錯的，不過，我也從來不打算做任何事情。

即使現在，我也能這麼說：我沒有做過任何事情，無論對的還是錯的。我是一個無爲者（non-doer），而且向來如此，只是一個無爲者。但邦那拉・果詩卻是一個大音樂家。叫他當著那麼多人的面給我頂禮，這是很令人丟臉的事。本來是給他的鍛練，但兩次是太過分了；不過他眞是一個孟加拉巴布。

這個說法，「孟加拉巴布」是英國人發明的，因爲他們最初在印度的首府是加爾各答，而不是新德里，那麼顯然，他們最初的僕人是孟加拉人。孟加拉人都是吃魚的人，渾身散發著魚腥味兒。切達娜肯定瞭解，她是一個漁夫的女兒。幸虧她能瞭解得一清二楚。她也有一隻敏感的鼻子，因爲每當我聞出什麼氣味而別人聞不出的時候，我只能依靠她。我就問她，她當然聞得出。

孟加拉人都是吃魚的人，他們當然散發魚腥味兒了。孟加拉人家家戶戶都有一個池塘。印度的其他地方沒有這種情況，這是孟加拉的特色。一種美麗的村莊風貌。家家戶戶都有，視能力而定，一個或大或小的池塘，放養自家的魚。

你們肯定會感到吃驚，要知道英語單詞「平房」（bungalow）本來是對孟加拉民居的稱呼。孟加拉是bangla的英語轉型，英國人叫孟加拉民居「平房」。每一座平房——那是孟加拉民居——都有一個池塘，你在裏面放養自己的食物。整個地方除了散發魚腥味兒，沒有別的味兒了。要和一個孟加拉人交談，尤其對我這樣的人來說，是非常困難的。即使在遊覽孟加拉的時候，我都不和孟加拉人說話，因爲那股味兒，我只和住在當地的非孟加拉人說話，那股味兒眞的很腥。

在我見過邦那拉．果詩之後七天，他就死了，巴巴那時候還對他說：「這是你最後一次機會了。」我認爲他沒有聽懂——他看起來有一點愚蠢。原諒我這麼用詞，可是假如有人看起來愚蠢的話，我能怎麼辦呢？無論我說還是不說，他看起來都是愚蠢的。但是就他演奏的笛子而言，他是一個天才。可能那就是他在其他方面都變得很愚蠢的原因吧——被笛子吸乾了，那可是一種危險的樂器啊。不過他至少給我頂過禮了，雖然沒有眞正頂到。所以巴巴對他說：「再給他頂一次禮，要眞正頂到。」

邦那拉．果詩說：「我已經頂過兩次禮了。怎麼才叫眞正頂到呢？」

你們能相信巴巴怎麼做的嗎？爲了演示給他看什麼才叫眞正頂到，他給我頂了一個禮——含著眼淚——而巴巴是九十高齡的人啊！

巴巴從來不讓我和別人一塊兒坐。我只能坐在他的枕墊上，坐在他的後上方。你們知道印度有一種特殊的圓形枕墊，只有非常富貴或者非常受人尊敬的人才用。巴巴通常只帶很少幾樣東西，不過枕墊始終放在他的身邊。他曾經告訴我：「你知道嗎，我並不需要它，但是睡在別人的枕頭上太髒了。即使我沒有別的東西，起碼也得有我自己的私人枕頭。所以我走到哪兒都帶著這個枕頭。」

你們知道嗎？我以前旅行的時候——切達娜肯定瞭解——因爲一只枕頭不夠我用，我用三只枕頭，兩邊各一只，頭底下一只。那意味著單枕頭就需要一只大箱子來裝，另一只大箱子單裝毯子，因爲我在別人的毯子底下睡不著，它們有特殊的氣味兒。我睡覺的方式很像孩子——你們眞要笑我了——我通通鑽到毯子底下去，從頭到腳。所以假如它有什麼氣味的話，我就不能呼吸了，我沒有辦法把頭放在外面，因爲那樣會干擾我的睡眠。

我只有把自己全部蓋起來，忘掉整個世界，才能睡覺。假如有什麼氣味，那就不可能睡覺了。所以我得帶上自己的毯子，還有一只箱子放衣服。所以二十五年來，我始終帶著三只大箱子。

巴巴很幸運，他把他的圓枕墊往胳膊下面一夾，就走了。那是他僅有的東西。他告訴我：「我特地爲你帶著它，因爲你跟我出來，我叫你坐哪兒好呢？我會坐在比別人高的平台上，可你得坐得比我再高點兒。」

我說：「你瘋了，巴格．巴巴。」

他說：「你知道，其他人也都知道，我瘋了。這還用說嗎？但這是我的決定，你得坐得比我高。」

那個枕墊是爲我帶的。我只能坐在上面，當然並不情願，很尷尬，有時候甚至還要生氣，因爲它使我看起來極不協調。但他是個什麼都不顧的人。他只會拍拍我的頭或者背說：「高興點兒，我的兒子。別這麼氣呼呼的，就因爲我讓你坐在枕墊上。高興點兒。」

這個人，邦那拉．果詩，我既不喜歡他，也不不喜歡他。我對他幾乎漠不關心。他沒有味道，可以說，他是個無味的人。不過他的笛子……他讓印度的笛子引起全世界的注意，讓它升級爲最高尙的樂器之一。因爲他，本來更優美的笛子，日本笛子，徹底淡出。阿拉伯笛子沒人關心。但是印度笛子全虧這位異常單調的孟加拉巴布，這位渾身魚腥味兒的政府僕人。

你們肯定會感到驚訝，要知道巴布這個詞在印度已經變成一個大大的尊稱了。你若想對某個人表示尊敬，你就叫他巴布。但它的意思只是「有氣味的人」——ba的意思是「有」，bu的意思是「氣味」。這個詞是英國人爲孟加拉人而創造的。漸漸地，漸漸地，它傳遍了整個印度。自然，他們是英國人最初的僕人，後來升遷到最高的職位。所以巴布這個詞，雖然沒一點値得尊敬的地方，卻變成了尊稱。這是個奇怪的命運，不過詞語都有奇怪的命運。現在誰也不認爲它應該被認爲是醜陋的，它被認爲是非常美好的。

邦那拉·果詩眞是一個巴布，我的意思是說，散發魚腥味兒的，所以我只能屏住呼吸。他問：「巴巴，你的這個男孩，我得一次次給他頂禮的，他屏住呼吸幹嘛？」巴巴說：「他在練一種瑜伽。這和你或者你的魚腥味兒沒有關係。」他眞是一個美妙的人，這個巴格·巴巴。

第二個音樂家，我一直避免提他的名字——雖然我提過一回，可是還得提一回，爲了結束這一章——他的名字叫薩齊代瓦。他的笛子演奏和邦那拉·果詩迥然不同，儘管他們用的是同一種笛子。你可以給他們同一支笛子，他們演奏出來的音樂天差地別，會讓你大吃一驚。重要的是從笛子裏吹出來的聲音，而不是笛子本身。薩齊代瓦的觸擊有一種魔力，而邦那拉·果詩的技巧完美無缺，不過他不是一個魔術師。薩齊代瓦的技巧也完美無缺，同時又有將音樂和魔術合而爲一的本事。聽他吹笛子會把你帶到另一個世界去。但是我從來不喜歡這個人，意義和邦那拉．果詩不一樣，對他我是漠不關心，對這個人我是恨。是純粹的不喜歡，完全不喜歡，所以無論如何，我也看不出有任何可能性，我們連熟人也成不了。巴巴知道，薩齊代瓦也知道，但是他還得給我頂禮。

我告訴巴巴：「我不能再允許他給我頂禮了。第一次我沒發覺他的意念這麼醜惡，現在我知道了。」

他的意念不僅醜惡，而且令人作嘔，他的臉也一樣，一看就噁心。我以前之所以避免談論，就爲了不要想起來。爲什麼？爲了描述給你們聽，我不得不再次看到它。但是我決定要徹底卸掉心中的負擔，就隨它去吧。他眞比他護照上的照片還要難看。

我總以爲護照上的照片是天底下最難看的東西了，不會有人長得那麼難看。薩齊代瓦就長成那樣。多麼好的名字：「薩齊代瓦」，「眞理之神」。他卻長得那麼難看。我的上帝！耶穌！

可他一旦開始演奏竹笛，他的醜惡全都消失了。他把你帶到另一個世界。他的音樂很有穿透力，鋒利如刀刃。他左削右切，技藝嫻熟得驚人，你甚至都知道手術已經開始了。

但是這個人非常醜惡。我並不關心生理上的醜惡。我跟他的體格有什麼關係？可是他在心理上也醜惡。他第一次給我頂禮的時候，非常勉強，讓人覺得好像有一條爬蟲在腳上蠕動，那種感覺好像有一條蛇在你的腳上蠕動，而我甚至都不能在彼時彼地跳起來殺死那條蛇——他不是蛇，他是人。

我望著巴巴，說：「我該怎麼對付這條蛇？」

巴巴說：「我知道你會認出它的。請耐心一點。先聽他吹笛子，然後我們再考慮他是蛇的問題。」他繼續說：「我就擔心你會發覺這一點。我知道他騙不了你，但是我們以後再談那個。先聽他吹笛子。」

於是我就聽他吹笛子，他的確是一個魔術師，能夠觸到你那麼深的地方，像遠山上的一隻布穀鳥在鳴叫。這句話只有放在印度文化的背景上，你才能理解。

在印度，布穀鳥不是你們所理解的。在西方做布穀鳥就是進瘋人院。在東方，布穀鳥一詞只用來嘉譽最高級的歌唱家和詩人。薩齊代瓦就被譽爲「笛子世界的布穀鳥」。而任何布穀鳥都會感到嫉妒，因爲此人的笛子比它們動聽得多——不要忘記，我指的是他的音樂。

邦那拉．果詩走的是一條完美的平坦大道，對他的領域胸有成竹，每一步都走得很仔細，都經過漫長的練習。你找不出一點瑕疵。對薩齊代瓦，你也找不出一點瑕疵，但是他不在平面上走。他是山間的小鳥，上下翻飛。這隻鳥還是野生的，沒有馴養過，但是非常完美。邦那拉．果詩似乎差得遠了，還是頭腦的產物，實際上是一名技術員。但薩齊代瓦是個天才、一個眞正的藝術家。歷來少有推陳出新的人物，而他就是其中之一。尤其是在笛子演奏這樣狹窄的領域，他有那麼多創舉，幾代人都不會戰勝他、打破他的紀錄。

你們也看得出，雖然我從不喜歡這個人，但是就他的笛子而言，我還是非常公平、公正的。況且這個人和他的笛子有什麼關係？他不喜歡我，我也不喜歡他。我太不喜歡他了，每次他要來看望巴巴，巴巴總難免叫他給我頂禮，我就結蓮花坐[4]，用袍子蓋住我的腳。

巴巴說：「你以前在哪兒練的蓮花坐？你今天表現得像個大瑜伽行者。」他接著又問：

「你在哪兒學的瑜伽？」

我說：「我是跟所有這些爬行動物學的，蛇啊、爬蟲啊等等。比如，這個人……我喜歡他的笛子，但是他的笛子跟他整個人完全不同。我不想被他碰，我知道你會重複你說過的話。請叫我給他頂禮吧，那可容易多了。」

現在我可以給你們做點解釋，沒有這點解釋，你們聽不懂我前面說的話。當你給某個人頂禮的時候，你是把你自己，以能量的方式，傾注在他的腳上。你是什麼，貢獻的就是什麼。除非你眞有價値，否則還是別幹這種事爲好。我給他頂禮沒有任何問題。我可以把我所有的東西傾注在他腳上。你可以把一朵花扔在石頭上，但是不要把一塊石頭扔在花上。

巴巴說：「我明白，但是他也得被改變呀。」

他沒有再叫他給我頂禮。我們又碰到過幾次，薩齊代瓦不看我，我也不看他。我害怕巴巴，薩齊代瓦害怕我。他一來，我就一個勁兒地推巴巴，提醒他別叫薩齊代瓦給我頂禮。巴巴總是說：「我知道，我知道。」

我說：「『我知道，我知道』沒有用。除非他離開，否則我會繼續提醒你。要嘛他吹笛子，要嘛叫他走，因爲不僅他給我頂禮的方式醜惡，而且他的臉、他的存在也像一種精神癌症。」

我們終於達成協議，只要薩齊代瓦想和巴巴談話，巴巴就把我放了，叫我到什麼地方去做什麼事情，權當藉口，這樣我就不用待在那兒了。或者就叫他吹笛子。那時候他就可以把星星帶到地面上來，那時候他就可以變頑石爲佈道。他是一個魔術師，但只限於吹笛子的時候。我喜歡他的笛子，但我不喜歡這個人。

第三個人，哈里·布拉撒德，兼具前兩個人的優點。他的人和他的音樂一樣優美。他不像邦那拉·果詩那麼出名，可能永遠都不會，因為他不關心這個。他吹笛子不是為了安排……他不會跟在政治家後面轉。他的笛子有它自己的味道。它的味道只能稱之為平衡，絕對平衡，彷彿你走在一條非常湍急的溪流中。

我給你們打的比方是從老子那兒來的。你正在涉渡一條非常湍急、猛烈的溪流，你自然得萬分小心，否則溪流就會把你沖走。老子還說你得走得飛快，因為溪流很冷，在零度以下，可能還要冷。快，而又平衡，那就是對哈里·布拉撒德·查烏拉西亞的笛子演奏的形容。他突然開始，突然結束，你們絕對想不到他開始得有多麼突然。

邦那拉·果詩的序言、前言要用半個多小時。在印度，那是古典音樂開場的方式。塔布拉鼓手會準備他的塔布拉鼓。他會用他的小錘子這裏敲敲、那裏敲敲，把鼓轉來轉去，尋找正確的音調。錫塔爾琴師會調整弦的鬆緊，反覆測試，看看是不是所有的弦都協調一致了。

這個過程差不多要持續半小時，但是印度人都很有耐心。這叫作準備。他們為什麼不能在觀眾到場以前準備呢？或者在幕後，就像準備每一場戲劇那樣？但奇怪的是，印度的古典音樂就得在觀眾面前準備自己和他的樂器。為什麼？

肯定有某種原因。我的感覺是古典音樂，特別是東方的古典音樂，非常深邃，假如你連半個小時的耐心都沒有，你就根本不配來聽。

我想起一個很有名的故事：葛吉夫常常在特別奇怪的時間召集他的門徒。他的集會不像我的集會，時間是固定的。你們得比我先到，假如我晚了五分鐘，記住那絕對不是我的錯。

我的司機總想讓我晚到一點，好讓那些剛進門的人趕緊坐定，因爲我一旦到了，就不喜歡有人走來走去、進進出出的。我希望一切活動完全停止。只有在那種完全停止的狀況下，我才能開始我的工作，或者說開始我的談話。稍微有一點干擾，就足以改變我談話的內容。無論如何我總要說點什麼，但內容會不一樣，而且那樣的內容我以後可能再也不會說了，永遠。

你們知道我的方式，葛吉夫的方式正好相反。他的門徒的電話鈴會響起來。他會在某個地方召集一次會議，可能在三十英里之外，而且叫他們準時趕到。喏，在毫無準備的情況下，跋涉三十英里，還要準時趕到，事實上是提前趕到，你至少得有個交通工具吧。你得取消其他約會。等你辦完所有這些事情以後，趕到約定地點，只發現一個布告，上面說今天的會議取消了！

第二天電話鈴又響起來了。假如第一天，被召集的兩百個人當中到了一百個，那麼第二天，只會到五十個。他們又發現門上有個布告：會議延期——連一個「抱歉」也沒有。那兒沒有人說抱歉，那兒只有一塊布告板。如此日復一日，到了第四天，或者第七天，他出現了；他，我指的是葛吉夫。

最初的兩百個人當中，到現在只來了四個人。他注視著他們說：「現在我可以說我想說的話了，凡是我不希望他們到這裏來的傢伙全部自動退出。眞是太好了，只有那些留下來的人才配聽我說話。」

葛吉夫的方式和我不一樣。那也是一種方式，但只是其中一種方式，方式有許多呢。無論什麼方式，只要能見效，我都敬重愛戴。我信仰喬達摩・佛陀的定義：「眞理就是起作用的。」喏，這是一個奇怪的定義，因爲有時候謊言也能起作用，而且我知道很多時候眞理根本不起作用，謊言起作用。

但是我同意佛陀。他當然不會同意我，但是我比喬達摩・佛陀本人更大方。一樣東西，只要它起作用、引發正確的效果（result），最初是謊言或是眞理又有什麼關係呢？有關係的是結局，是最終的成果（outcome）。我可能不會用葛吉夫的方法，因爲我從來不用別人的方法，儘管人們相信我是用了。不錯，我假裝用。我只用有用的，至於它是什麼，根本不沒有關係。眞理既不是我的，也不是你的。

這第三個人，我喜歡他。我們第一眼看見對方，我們就認出了對方。在三個笛子演奏家中，他是唯一不等巴巴命令，就給我頂禮的人。這件事情發生的時候，巴巴說：「有意思！哈里・布拉撒德，你怎麼可能給一個孩子頂禮呢？」

哈里・布拉撒德說：「有什麼規矩不許這樣做嗎？給一個孩子頂禮是罪過嗎？我高興，我喜歡，所以我就給他頂禮。這跟你沒有關係，巴巴。」

巴巴非常高興。他一向喜歡那種人。假如邦那拉・果詩是一隻綿羊的話，哈里・布拉撒德就是一頭獅子。他是一個美麗的人，罕見的、美麗的人。第三個傢伙——我指的是薩齊代瓦，我甚至都不喜歡說他的名字——並沒有傷害我，可我還是一提到他的名字，就開始看見他那張醜惡的臉。你們知道我敬重美。我什麼都能原諒，偏偏不能原諒醜。假如醜不僅是身體上的，而且是靈魂上的，那就太過分了。他的醜徹頭徹尾。

就這些笛子演奏家而言，哈里・布拉撒德是我的選擇。他的笛子兼具兩家之長，但又不像邦那拉・果詩那樣——太響、太誇張，也沒有鋒刃切割你、刺痛你。它柔若清風，夏夜的涼風。它像月亮一樣，有光，卻不熱，一味地清涼。你能感覺到那種清涼。

哈里・布拉撒德應該被認爲是有史以來最偉大的笛子演奏家，可是他不怎麼出名。他不可能很出名，他非常謙遜。要出名，你就得有侵略性。要出名，你就得在野心勃勃的世界裏戰鬥。他從不戰鬥，他這個人最不可能爲博得承認而戰鬥。

但是哈里・布拉撒德贏得了巴格・巴巴這一類人的承認。巴格・巴巴還承認另外幾個人，我以後再給你們描述，因爲他們也通過他進入我的生活。

眞是奇怪，哈里・布拉撒德以前根本不認識我，直到巴格・巴巴把他介紹給我，他便對我產生了莫大的興趣，後來他常常來找巴格・巴巴，就爲了拜訪我。有一天巴格・巴巴開玩笑地對他說：「你現在不是來看我了。我知道，我知道，你看望的人也知道。」

我笑了，哈里・布拉撒德也笑了，說：「巴巴，你說的對。」

我說：「我知道巴巴早晚要說的。」這就是這個人的美。他把許多人領到我這裏來，卻連一句感謝的話都不讓我說。他只對我說：「我只是盡我的職責。我只要你幫我一個忙。我死了以後，你能給我的葬禮點火嗎？」

在印度，給葬禮點火被認爲是至關緊要的。假如一個人沒有兒子，他這輩子就苦了，因爲誰來給他的葬禮點火呢？這個儀式叫作「賜火」（giving the fire）。

當他問我的時候，我說：「巴巴，我有自己的父親，他會生氣的，而且我不認識你們家的人，可能你有個兒子……」

他說：「什麼也別管，既別管你的父親，也別管我們家的人。這是我的決定。」

我從來沒見過他有那種情緒。後來我才知道他離終點很近了。他連討論的時間都浪費不起。

我說：「好，沒問題。我會給你點火的。我的父親或者你們家的人是否反對沒有關係。我反正不認識你們家的人。」

碰巧巴格．巴巴死在我們村，不過也可能是他安排的，我認爲是他安排的。當我開始給他的葬禮點火的時候，我的父親說：「你在幹什麼？這只能由長子來做。」

我說：「大大，讓我做吧。我答應過他。至於你，我是不能做了。我弟弟可以做。其實，他才是你的長子，我不是。我對這個家沒有什麼用，而且永遠如此。其實，事實會證明我永遠是這個家的麻煩。我的弟弟，排在我後面的，會給你點火的，他會照顧這個家的。」

我非常感激我的弟弟，衛迦（Vijay）。他之所以不能上大學，就因爲我，因爲那時候我沒有掙錢，而且還得有人養家。其他幾個弟弟也去上大學了，他們的學費也得有人付，於是衛迦就待在了家裏。他的確做出了犧牲。有那樣一個美好的弟弟眞値得慶幸。他犧牲了一切。我那時候不願意結婚，儘管家裏人堅決要求我結婚。

衛迦告訴我：「巴亞（Bhaiya），」——巴亞的意思是哥哥——「假如他們把你折磨得太厲害，我願意結婚。只要答應我一件事情：姑娘你得幫我選。」那是包辦的婚姻，一如印度所有的婚姻。

我說：「我可以去辦。」但是他的犧牲觸動了我，並且給我巨大的幫助，因爲他一結婚，家裏人就把我拋在腦後，因爲我還有其他兄弟姐妹。他一結婚，接下來別人就要結婚了。我不願意做生意。

衛迦說：「別擔心，我什麼工作都願意做。」他年紀輕輕就開始捲入複雜艱深的世俗事務。我非常同情他。我對他的感激是甚深的。

我告訴我父親：「巴格．巴巴要我給他點火，我答應了，所以我必須給他點火。至於你的死亡，別擔心，我弟弟會在那兒。我也會在場，但不作爲你的兒子。」

我不知道我爲什麼這麼說，以及他會怎麼想，但事實證明，這句話是眞的。他死的時候，我在場。事實上，我曾經叫他住到這裏來，這樣我就不必往他住的鎭上跑了。我的外祖母去世以後，我再也不想到那兒去了。那是另一個承諾。我得實踐這麼多承諾，不過迄今爲止，我已經成功地實現了大部分諾言。只剩下幾個諾言有待實現了。

我事先告訴過我的父親，後來我的確參加了他的葬禮，但是不能給他點火。而且我當然不能作爲他的兒子到場。他死的時候是我的門徒，是一名桑雅生，而我是他的師傅。

幾點了？

「八點三十五分，奧修。」

再給我五分鐘。等時間結束了，就結束。我還得笑一會兒呢。能在高潮停留片刻就足夠了。

停止。

譯註：

❶震顫：shake，震顫；shake hands，握手。

❷震顫派：從英國公誼會分出的美國基督教新教一派，因在宗教儀式中渾身顫動，故名。

❸貴格會教徒：Quaker的音譯，意譯爲「哆嗦者」。

❹蓮花坐：即跏趺坐，俗稱盤腿坐。

31 馬司朵，馬司朵，馬司朵

巴格·巴巴，在他最終的日子裏一直顯得有點兒焦慮。我看得出來，雖然他什麼也沒說，也沒有任何人提起這件事。可能別人都還沒有發覺他的焦慮。這肯定和他的病、年老或者即將到來的死亡沒有關係，那些事情對這個人來說根本不算什麼。

有天夜裏，我們單獨在一起的時候，我就問他。實際上，我是不得不在半夜裏把他叫醒，因爲他身邊始終有人，很難得空。

他對我說：「肯定有非常重要的事情，否則你不會把我叫醒的。怎麼了？」

我說：「就是這個問題。我一直在觀察你——我覺得你身上有一層淡淡的焦慮。以前從來沒有過。你的氣息始終清澈明朗，像亮堂堂的太陽，但是現在我看到一層陰影。那不可能是死亡。」

他笑了，說：「是的，是有陰影，而且不是死亡，那也是眞的。我關心的是，我在等一個人，好把照顧你的責任移交給他。我之所以焦慮，是因爲他還沒有來。假如我死了，你是不可能找到他的。」

我說：「假如我眞的需要什麼人的話，我會找到他的，但是我誰也不需要。在死亡來臨以前，你要輕輕鬆鬆的。我不想成爲掀起這層陰影的原因。你應該死得像活著的時候一樣光輝燦爛。」

他說：「那不可能。但是我知道那個人會來的——我沒有必要焦慮。他是個守信用的人，他答應在我去世以前趕到我身邊來的。」

我問他：「他怎麼知道你什麼時候會死呢？」

他笑了，說：「所以我才把你介紹給他。你還小，我希望有人像我一樣常在你左右。」他說：「實際上，這是一個老傳統，只要有一個孩子將要覺悟，那麼在他早年的時候，至少應該有三個覺悟的人把他認出來。」

我說：「巴巴，這完全是胡說八道。誰也不能阻止我覺悟。」

他說：「我知道，但我是一個老人、一個傳統的人，所以請你，特別是在我快要死的時候，別說反傳統的話。」

我說：「好吧，看在你的面子上，我保持絕對沈默。我什麼也不會說，因爲我說什麼都是反習俗、反傳統的。」

他說：「我並沒有說你應該沈默，只是要你體會一下我的感覺。我是一個老人。除了你，我在世界上別無牽掛。我不知道你爲什麼或者怎麼會變得和我這麼親近的。我希望有人代替我，這樣你就不會想我了。」

我說：「巴巴，誰也代替不了你，但是我保證，我一定努力不想你。」

但是那個人第二天早晨就到了。

第一個把我認出來的覺悟的人是馬格・巴巴。第二個是巴格・巴巴，第三個甚至比我所能想像的還要奇怪。連巴格・巴巴都沒有這麼瘋狂。那個人叫馬司德・巴巴（Masta Baba）。

巴巴是一種尊稱，它就是「祖父」的意思。但是被大家公認為開悟的人也叫巴巴，因為他的確是社區裏最老的人。他的實際年齡也許並不老，他也許只是個年輕人，但他也得叫巴巴，祖父。

馬司德・巴巴是一流的，眞正一流的，那正是我心目中對人的期望。他好像就是為我而造的。甚至不等巴格・巴巴介紹，我們就成了朋友。

當時我站在門外。我不知道我為什麼站在那裏，至少我現在想不起來是什麼目的了，那已經是很久以前的事情了。或許我也在等，因為巴格・巴巴說那個人會信守諾言的，他會來的。我當然很好奇，和所有的孩子一樣。我也是個孩子，而且我始終是個孩子，別的都不管。或許我在等，或者假裝做別的事情，而事實上卻在等那個人，朝路上張望——他居然就出現了！我沒料到他是這麼趕到的！他是跑來的！

他不怎麼老，不超過三十五歲，正處於青春的巓峰。他長得很高、很瘦，有一頭美麗的長髮和美麗的鬍鬚。

我問：「你是馬司德・巴巴嗎？」

他微微吃了一驚，說：「你怎麼知道我的名字的？」

我說：「這沒什麼奇怪的。巴格・巴巴在等你。他自然提到你的名字，不過確實，我本人也會選擇跟你在一起。你肯定和巴格・巴巴年輕的時候一樣瘋。可能你就是年輕的巴格・

巴巴又回來了。」

他說：「你好像比我還瘋嘛。不管怎麼說，巴格．巴巴在哪兒呢？」

我把路指給他看，然後跟著他一起進來。他給巴巴頂過禮，巴巴說：「這是我最後一天，馬司朵。」——他一直這麼叫他——「我在等你，等得有點不耐煩了。」

馬司朵回答說：「爲什麼？死亡對你來說不算什麼。」

巴巴回答說：「當然，死亡對我來說不算什麼，但是朝你後面看一看。那男孩對我很重要，或許他能做我想做而未能做的事情。你給他頂禮。我一直在等你，現在我可以把你介紹給他了。」

馬司德．巴巴注視著我的眼睛……在巴格．巴巴介紹給我頂禮的許多人當中，他是唯一的眞人。

那幾乎成了老生常談。每個人都知道，你只要去看巴格．巴巴，就得給那個男孩頂禮，他在各個方面都叫人討厭。而你還得給他頂禮！眞荒唐……不過巴格．巴巴本來就瘋瘋癲癲的。這個人，馬司朵（Masto），當然與眾不同。他含著眼淚合掌說：「從現在起，你將是我的巴格．巴巴。雖然他就要離開他的身體了，但是他將以你而活下去。」

我不知道隔了多久，因爲他不起身。他在哭。他那美麗的頭髮鋪散在地上。我不斷地告訴他：「馬司德．巴巴，夠了。」

他說：「除非你叫我馬司朵，否則我不會起來。」

喏，「馬司朵」這個詞只能是大人用來叫孩子的。我怎麼能叫他馬司朵呢？但是沒有別的出路。我只能這麼叫了。連巴格．巴巴也說：「別磨蹭了，快叫馬司朵，這樣我就能死得沒有陰影了。」

自然，在那種情況下，我不得不叫他馬司朵。我一叫出聲，馬司朵就說：「叫三遍。」在東方，那也是一個傳統。一句話你除非說三遍，否則就不顯得重要。於是我叫了三遍：「馬司朵，馬司朵，馬司朵。現在你可以起來了吧？」我笑了，巴格．巴巴笑了，馬司朵也笑了——笑聲由三個人同時發出，把我們連成了某種牢不可破的統一體。

巴格．巴巴當天就死了。但是馬司朵並沒有留下來，雖然我告訴他巴巴很快就要死了。他說：「現在對於我，你和巴格．巴巴一體無殊。我需要的時候，會來找你的。他怎麼都要死了，其實，跟你說實話吧，他三天以前就應該死了。就爲了你，他一直拖著，好把我介紹給你。這不僅是爲了你，也是爲了我。」

在巴格．巴巴臨終前，我問他：「馬司德．巴巴來了以後，你爲什麼顯得那麼高興呢？」

他說：「就因爲我有一個傳統的腦筋，原諒我。」

我說：「我並不是問你爲什麼要等他。這個問題跟你跟他都沒有關係。他是一個美好的人，值得等。我問的是你爲什麼那麼焦慮？」

他是個多麼好的老人。九十歲了，還滿懷著愛，請一個孩子原諒他……

他說：「我再次要求你別在這個時候爭論。不是我反對爭論，你知道的。我特別喜歡你爭論的樣子，還有你在爭論中運用的那些奇怪的轉向，但現在不是時候。眞的沒有時間了。我現在是靠借來的時間活。我只能告訴你一點：我很高興他來，很高興你們兩個如我期望的那樣變得友愛。或許有一天你會明白這個古老、傳統觀念的眞意。」

這個觀念是，除非有三個開悟的人認定一個孩子是未來的佛，不然他幾乎不可能成佛。巴格．巴巴，你是對的。現在我明白這不只是一個傳統。認定某人開悟是對他的無限大的幫助，尤其是像巴格．巴巴這樣的人認定你，給你頂禮——或者是像馬司朵這樣的人。

我繼續叫他馬司朵，因爲巴格．巴巴說過：「再也不要叫馬司德．巴巴。他會不高興的。我一直叫他馬司朵，從現在起，你也得這麼叫。」那眞是壯觀！——一個受眾人尊敬的人，一個孩子叫他「馬司朵」。不僅如此，無論我對他說什麼，他立刻照辦。

有一次，只是舉個例子……他正在演講。我站起來說：「馬司朵，立刻停止！」他剛說了半句話。他甚至都沒有把那句話說完，他就停止了。人們催促他，請他把剛才的話講完。他連話也不答。他指指我。我只好走到麥克風前面，告訴聽眾，請他們各自回家，演講結束了，我成了馬司朵的監護人。

他笑得那麼開心，還給我頂了禮。他給我頂禮的方式……肯定有成千上萬的人給我頂過禮，但是他有他自己的方式，別具一格。他給我頂禮的時候幾乎——怎麼說呢——彷彿他正面對著上帝本人。而且他總是淚流滿面，還有他的長髮……我得費好大勁兒才能讓他重新站起來。

我會說：「馬司朵，夠了！適可而止。」可是有誰聽呢？他哭啊，唱啊，或者頌咒。我只能等著，直到他結束。有時候我甚至在那兒一坐就是半個小時，就爲了對他說：「夠了。」但是我只可能在他結束的時候說。畢竟，我也有點禮貌呢。我不能就說：「停止！」或者

「離開我的腳！」當它們還在他的手裏時❶。

實際上，我從來不希望他離開它們，但是我還有別的事情要做，他也有別的事情要做。這是一個講求實際的世界，雖然我非常不切實際，但就別人而言，我並非如此，我一向講求實用和實際。我只要一有機會插入，就會說：「馬司朵，停下吧。夠了。你把眼睛都哭瞎了，還有你的頭髮——我得把它洗一洗。它在泥水裏弄髒了。」

你們知道印度的灰塵，它無所不在，到處都是，特別是村莊裏。每樣東西都是灰濛濛的，甚至人的臉看上去都是灰濛濛的。他們能怎麼辦呢？他們能洗多少次呢？即使在這裏，雖然在沒有灰塵的空調房間裏，僅僅出於老習慣，我每次到浴室去——告訴你們一個祕密，千萬別告訴別人——我都會無緣無故地洗臉，每天洗好多次……僅僅是一個印度的老習慣。

灰塵太太，我總是一次次地往浴室裏跑。

我母親常對我說：「看來我們應該在你的房間裏安一個浴室，這樣你就用不著成天在家裏竄來竄去了。你在幹嘛？」

我說：「我洗臉——灰塵太太。」我告訴馬司朵：「我得洗洗你的頭髮。」我常常給他洗頭髮。他的頭髮那麼美，只要是美的東西，我都喜歡。馬司朵這個人，巴格·巴巴一度爲他憂心忡忡，他是第三個開悟的人。他希望有三個開悟的人給一個尚未開悟的小男孩頂禮，並爲此做了精心的安排。

瘋子都有他們自己的方式。他安排得完美無缺。他甚至勸那些開悟的人給一個顯然沒有開悟的小男孩頂禮。

我問他：「你不認爲這有一點強暴嗎？」

他說：「一點兒也沒有。必須把現在的貢獻給未來的。假如一個開悟的人不能透視未來，他就沒有開悟。這不僅僅是一個瘋子的觀念，」他說：「而是最古老的、最受人敬重的觀念之一。」

佛陀，剛剛出生二十四小時，就有一個開悟的人來拜見他，哭著給孩子頂禮。喬達摩・佛陀的父親無法相信眼前發生的一幕，因爲來訪者大名鼎鼎。連佛陀的父親都常常去看他。他是瘋了還是怎麼的？給一個剛出生二十四小時的孩子頂禮？

佛陀的父親問：「我是否可以問一下，先生，你爲什麼給這個小孩子頂禮呢？」

那個開悟的人說：「我之所以給他頂禮，是因爲我看到了可能性。他現在是一個幼芽，但是他將成爲一朵蓮花。」佛陀的父親，他的名字叫淨飯王（Shuddhodhana），問：「那你爲什麼哭呢？假如他會成爲一朵蓮花，你應該高興才是。」

老人說：「我之所以哭，是因爲那時候我不在了。」

的確，在一些特殊的時刻，連佛也會哭的。尤其是在那種時刻——看見一個即將成佛的孩子，又知道自己將死在他成佛之前，這的確叫人難過。差不多就像一個黑夜：你看得出，小鳥已經開始鳴唱，太陽很快就會升起；地平線上早已透出一絲曙光——而你卻不得不死去，看不到另一個清晨。

當然，老人哭著給佛陀頂禮是對的。我從我的親身體驗中瞭解到這一點。這三個人是我曾經遇見過的最重要的人，我想我不會再遇見比這三位更重要的人了。我也遇見過其他開悟的人，在我開悟以後，但那是另一回事。

我開悟以後遇見我自己的門徒，那也是另一回事。然而命運的奇特就在於，當我還是個小孩子的時候，雖然人人都反對我，卻有這麼幾個人認定我將來會開悟。我的家人一直反對我，不包括我的父親、我的母親、我的兄弟們，但那是一個大家庭，他們全反對我，原因很簡單——我也能理解他們，從某種意義上說，他們是對的——我的所作所爲像一個瘋子，他們爲此很擔心。

那個小鎭上的每個人都在我可憐的父親面前抱怨我。我必須說他有無限的耐心。他會傾聽每一個人的抱怨。那幾乎是一項全天候的工作。每天——不分晝夜，有時候甚至半夜三更——都有人來，因爲我做了什麼不該做的事情。而我只做那些不該做的事情。事實上，我也感到驚訝，我怎麼會知道哪些事情是不該做的呢，因爲我連碰巧做一件該做的事情都沒有過。

有一次我問巴格．巴巴：「你也許能解釋給我聽。假如我做的事情有百分之五十是錯的、百分之五十是對的，我可以理解，但在我這兒，事情總是百分之百的錯。我怎麼搞的？你能解釋給我聽嗎？」

巴格．巴巴哈哈大笑，說：「你做得很好。做事情就該這樣。別管其他人怎麼說，你走你自己的路。聽各種各樣的抱怨，假如你受到懲罰，就甘之如飴。」

我的確甘之如飴，我必須說——即使是懲罰。我的父親一發現我對懲罰甘之如飴，馬上停止懲罰我。比如他有一次告訴我：「繞街區跑七圈，要快，然後再回來。」

我問：「我能跑七十圈嗎？早晨的景色很美的。」

我看得出他的臉色。他以爲他是在懲罰我。我眞的繞街區跑了七十圈。漸漸地，他終於明白過來，要懲罰我是很困難的，我甘之如飴。

我總是很同情我的父親，因爲他常常受不必要的罪。我以前留一頭長髮，而且喜歡它。不僅如此，我還穿旁遮普❷的衣服，那種衣服當地人是不穿的。自從幾個穿著旁遮普衣服的歌手訪問過我們鎮，我就愛上了那種衣服。我認爲它們是印度最漂亮的衣服。留一頭長髮，穿一條寬鬆褲和一件無領襯衫，人家都以爲我是個姑娘。而且我每每經過我父親的商店，成天在家裏進進出出。

人家都問我父親：「那是誰家的姑娘？她穿的是什麼衣服？」我的父親聽了當然很生氣。即使有人以爲你的兒子是個姑娘，我也看不出那有什麼問題。但是在這個崇尚男性沙文主義的社會裏，我的父親自然要跑過來，一面追我，一面說：「聽著，你給我停止穿這條寬鬆褲和襯衫——這些衣服看起來像女人穿的。還有，把你的頭髮剪掉。不然的話，我來替你剪！」

我告訴他：「你一旦剪了我的頭髮，你就會後悔的。」

他說：「你什麼意思？」

我說：「我已經說過了。現在你可以三思，想想看我是什麼意思。你會後悔的。」

他氣得火冒三丈。只有那一次我看到他氣成那樣。他從店裏面拿出剪刀。那是一家服裝店，所以總有裁衣服的剪刀。然後他把我的頭髮剪了，說：「現在，你可以去找理髮師，把頭髮修好，不然你看起來就像一幅卡通畫了。」

我說：「我會去的，但是你會後悔的。」

他說：「你又來了，你什麼意思？」

我說：「那是你幹的。你想好了。我爲什麼要解釋給你聽呢？我又不欠任何人解釋。你剪了我的頭髮，你會後悔的。」

我去找了一個理髮師，他是一個抽鴉片的人。我特地選擇他，因爲他是唯一對我言聽計從的人。其他理髮師不這樣，除非他們認爲我說的對。我必須給你們解釋一下，在印度，只有父親死了，孩子才剃光頭。我去找這個抽鴉片的癮君子，無論如何，我都喜歡他。他的名字叫納圖（Natthu）。我對他說：「納圖，你能不能把我的頭髮剃光？」

他說：「行、行、行。」——三遍。

我說：「好極了。那是佛陀的話說三遍。那就請剃吧。」他把我剃成了光頭。

我回到家，我的父親目瞪口呆地看著我，不敢相信他的眼睛：我看起來像個佛教僧侶。那是佛教僧侶和印度教僧侶的差別所在。印度教僧侶剃頭的時候，在頭頂上留一縷頭髮，剛好在sahastrara的位置上，也就是第七個脈輪的所在地。那縷頭髮起保護作用，可以略微遮擋炎熱的太陽。佛教僧侶更勇敢，他統統剪掉，他把整個頭剃光。

我的父親說：「你幹了什麼呀？你知道這是什麼意思嗎？這下子我的麻煩更大了。每個人都會問：『這孩子幹嘛剃光頭？他的父親死了嗎？』」

我說：「現在你自己拿主意吧。我跟你說你會後悔的。」他後悔了好幾個月。人們不斷地問他：「怎麼回事？」……因爲我一直不讓我的頭髮長起來。

納圖一直在那裏，他是一個非常可愛的人。我每次去，他的椅子都空著，我就坐下來說：「納圖，請你再來一遍。」

所以，只要長出一點頭髮來，他就會把它們剃掉。他對我說：「我喜歡剃光頭。那些傻瓜到我這裏來說：『這麼剃，要這種樣式的，或者那麼剃。』胡說一通。這是最好的樣式，我不必擔心，你也不必擔心。簡單樸素，而且很神聖。」

我說：「你說對了。這很神聖。但是你明白嗎？假如我父親知道這些全是你幹的，你就有麻煩了。」

他說：「你不要擔心。人人都知道我是個抽鴉片的癮君子。我什麼事都幹得出來。我沒把你的頭砍掉，就足以讓他們謝天謝地了。」他哈哈大笑。

我說：「那好。下回，假如我覺得想把我的頭砍掉，我就來找你。我知道我可以靠你。」

他說：「對，我的兒子，對，我的兒子，對，我的兒子。」

也許因爲抽鴉片的關係，他每句話都要重複說三遍。也許只有這樣，他才能聽清楚自己在說什麼。

但是我的父親受了一次教訓。他對我說：「我已經夠後悔了。我再也不做那種事情了。」他再也沒有做過。他沒有食言。那是他第一次，也是最後一次懲罰我。連我都難以置信，因爲我惹了那麼多麻煩。但是他耐心地聽取各種各樣的抱怨，再也沒有對我說過什麼。實際上，他一直盡力保護我。

有一次我問他：「你雖然保證不再懲罰我，但是你並沒有保證要保護我呀。不需要保護我的。」

他說：「你這麼淘氣，假如我不保護你的話，我想你肯定會沒命的。肯定有什麼人會在什麼地方把你殺了。我不得不保護你。況且，這個巴格·巴巴老是叮囑我『保護這個孩子』。我愛戴他、敬重他。假如他說要保護你，那他肯定是對的。那我就能相信全村的人都錯了，包括我在內。但是我不能認爲巴格·巴巴錯了。」

我知道巴格·巴巴常常叮囑每一個人，我的老師、我的叔叔：「保護這個孩子。」甚至還叮囑我的母親保護我。我記得很清楚，只有一個人他從來沒有叮囑過，那就是我的那昵。他對她絕對例外，毫不含糊，連我都忍不住問他：「你爲什麼從來不叫我那昵『保護他』呢？」

他說：「不需要。她會保護你的，哪怕爲你去死都行。她甚至會打我呢。我信得過她。在你們家裏，只有對她，我不需要叮囑關於保護你的事情。」

他的洞察力像水晶一般透徹。是的，儘管人人都給自己造了一層煙幕，就爲了躲在後面，有些眼睛卻能夠越過它，看得明明白白。

譯註：

❶指馬司朵向奧修行接足禮（即頂禮）時，奧修的腳在馬司朵的手裏。

❷旁遮普：Punjab，南亞次大陸西北部一地區，分屬巴基斯坦和印度。

32 出對了

我始終感到驚訝，有些事情在我身上從一開始就進行得很正確。當然，任何語言裏都沒有那種短語。只有一種類似「出錯了」的短語，但沒有「出對了」，但我能怎麼辦呢？它的確從我第一次呼吸開始就進行得很正確——起碼一直正確到現在，而且我希望它不要改變。它肯定已經習慣於我的日常生活了。

我無緣無故受到這麼多人的愛戴。通常人們受到尊敬都是因爲他們有才幹——我受到愛戴就是因爲做我自己。不僅現在如此，所以我說在事物的計劃書裏面，肯定有些事情從一開始就進行得正確無誤，否則它怎麼可能正確到現在呢？

從一開始——以及我所活過的每一刻——它進行得越來越正確，更加、更加地正確。你只有驚訝的份兒。

或許我能給「神」這個詞賦予一種新的含意：有些事情無緣無故進行得正確無誤——不是你做的，你甚至都不配得到這樣的結果，它卻一直正確地進行下去，不管你怎麼樣，一切都朝正確的方向發展。

當然，我不是一個正確的人，可事情在我身上照樣繼續正確地進行。每天，我簡直不能相信，全球會有這麼多人無緣無故地愛我。我沒有任何成就可以要求別人尊敬我，內、外都沒有。我是一個不存在，只是一個零。

我辭職離開大學那天，我做的第一件事情就是把我所有的證書和文憑，還有長期帶在身邊的各種無意義的東西，整整齊齊地堆在一塊兒，然後放把火燒了。看到它燒起來，我快活極了，全家人都圍過來，以爲我終於徹底瘋掉了。他們一直以爲我半瘋半傻的。看到他們那一張張臉，我笑得更厲害了。

他們說：「完了。」

我說：「對，終於完了。」

他們說：「你說『完了』是什麼意思？」

我說：「我一輩子都想把這些證書燒掉，但是不能燒，因爲隨時隨地都需要它們。現在，不需要了，我又可以做一個沒受過教育的人了，就像我剛出生那會兒。」

他們說：「你這傻瓜，完全瘋了。你已經把最寶貴的證書都燒了。你把金質獎章全扔到井裏去了。現在你又燒掉剩餘的，它們能表明你在大學裏一直都是優等生啊。」

我說：「現在誰也不能跟我談那些廢話了。」

即使今天我也沒有任何才能。我不像哈里．布拉撒德是個音樂家，我不像那麼多諾貝爾獎獲得者，我什麼都不是，卻有成千上萬的人把他們的愛獻給我，不求任何回報。

前兩天，古蒂亞才告訴我，我坐在這張椅子上的時候，阿歇西正在給我裝另一張椅子。她以前從來沒有看見他哭過。他那天淚流滿面，她就問：「怎麼了？」

他說：「沒什麼。就是奧修連續五天沒有告訴任何人，他的椅子有味道，這我有責任，因爲椅子是我做的。我應該檢查一遍。我應該把每個部分都聞一聞。現在誰還會原諒我呢？」阿歇西不是個普通的木匠。他是一名工程哲學博士；別人的資格能有多高，他的資格就有多高。而且椅子又沒有問題，假如有什麼問題的話，問題在於我。當我聽見他哭的時候，我想起了許許多多無緣無故愛我、爲我哭泣的人……，而且我也不是一個非常好的人。

假如你們把好人和壞人分成兩堆，那我肯定和壞人站在一起。我最不可能和聖雄甘地、毛澤東、馬克思、德蕾莎修女、馬丁・路德・金站在一起，這串名單報不完。就壞人而言，我是單獨一個人。

我起碼數不出誰是壞人：希特勒、墨索里尼、史達林。他們無疑都做了自己認爲是好的事情。事情可能並不好，但那不是他們的錯。他們雖然智力遲鈍，但並不是壞人。我數不出誰是壞人。

假如我必須數的話，那我只會想起蘇格拉底、耶穌、曼索爾（Mansoor）、薩瑪德（Sarmad）之類的人——被釘上十字架的、受懲罰的人。但是不能，我連他們也不能數在內。他們與眾不同，有他們自己的方式。

人們試圖懲罰我，但一直沒有成功。相反的，從崗達導師到莫拉吉・代塞，他們全都身敗名裂，實際上他們首先就是那樣的人。

但奇怪的是，我只能說我眞的從一開始就走在一條玫瑰大道上。他們說：「別相信……可我有什麼辦法呢？我走過了，我知道。在生命中的每一刻，我都看到並且經驗到極第一個叫我「福者」（Blessed One）的人就是我昨天提到的最後一個人。所以我今天晚上想繼續談論他。馬司德．巴巴……我接下來只叫他馬司朵，因爲他希望我這麼叫他。我一直叫他馬司朵，儘管是不情願的，我讓他記住這一點。巴格．巴巴也對我說過：「假如他希望你和我一樣，也叫他馬司朵，那你無論如何也不能讓他苦惱。從我去世那一刻起，你在他面前就代替我的位置。」

巴格．巴巴當天去世，我不得不開始叫他馬司朵。我那時還不滿十二歲，而馬司朵起碼有三十五歲，或許還不止。一個十二歲的男孩很難進行準確地判斷，而三十五歲恰恰是最有欺騙性的年齡……有些人可能在三十歲，或者四十歲，全由他的遺傳因素決定。

喏，那是一件複雜的事情。我見過有些男人甚至到了六十歲，頭髮一根也不少，而且是黑的。這不是誇大其辭，每個女人都有這樣的紀錄。其實那些男人應該做女人，如此而已。歪打正著。那只是一個化學問題。

女人的頭髮不像男人那麼早就白了，她們的化學組成不一樣——準確地說，應該是生物化學。女人很少禿頭。要發現一個禿頭的女人可眞好看了。我一輩子只碰到過一個女人，現在她的頭可能已經禿了，當時她正在禿的過程中。可能她現在已經禿了，因爲從我見到她的時候算起，至今已經有十年了。

女人爲什麼禿頭呢？沒有特別的原因——就因爲身體以頭髮的形式排除死細胞。女人不可能長鬍子，她只有一塊有限的區域，那是長頭髮的。當然哪個男人的頭髮都不可能長得和女人一樣長，因爲他的能力被分散了。而且，女人，在自然狀況下，平均應該比男人多活十年。

還有，男人到了三十五歲，他的性能力已經達到了頂點。其實，我這麼說只是爲了不要傷害可憐的男人的感情。其實，他在十八歲的時候已經達到性能力的頂點，從那以後便開始下降。三十五歲可以說是性能力結束的起點。那時候男人才體會到自己完了。也是在這個時候，三十五歲到四十歲之間，男人開始進入靈性。在這個年齡階段，各種各樣無意義的事物都能打動他。眞正的原因在於，他正在喪失他的性能力。就因爲他正在喪失他的性能力，所以他開始關心起全能的上帝來了。

他們找的是什麼詞兒，全能！當初肯定是世界上最無能的男人首先杜撰出全能這個詞的。他們開始參加神智學會❶、耶和華見證人❷，以及其他各種名義的組織。你隨便命名一樣東西，馬上就能找到追隨者，不過他的年齡總在三十五歲到四十歲之間，因爲那正是他尋求支援的時候，他需要有樣東西撐住他，讓他感覺自己還存在著。

那也是人們開始進行各種娛樂的時候，比如彈吉他、彈錫塔爾琴、吹笛子，假如他們有錢，就打高爾夫球。假如他們沒錢，只是些窮光蛋，那他們就開始喝啤酒、打牌。全世界每時每刻都有數不清的人在打牌。

我們生活在一種什麼樣的世界裏？他們竟然相信手中的撲克牌！國王、女王，還有小丑❸！實際上，它們是世界上僅有的國王和女王——當然英國女王不算在內，她既不是眞正的女王，也不是撲克牌裏的女王，她的情況更糟糕。

我前面說的是什麼？

「你在談馬司朵，一直叫他馬司朵。」

馬司朵，很好。

他是一個國王。不是撲克牌裏的國王，甚至也不是英國國王，而是一個眞正的國王。你們會明白的。不需要別的證據來證明這一點。奇怪的是，他是第一個叫我「福者」——巴關（Bhagwan）的人。

當他說出這個詞的時候，我對他說：「馬司朵，你是不是和巴格・巴巴一樣瘋了，還是更瘋了？」

他說：「從這一刻起，記住，我剛才怎麼叫你，以後就怎麼叫你，除此以外，我不會再叫你別的了。請你，」他說：「讓我做第一個吧，因爲以後會有成千上萬的人叫你『福者』。至少應該讓可憐的馬司朵排在第一位吧。至少得讓我有那個榮譽吧。」

我們相互擁抱，哭成一團。那是我們最後一次會面，就在我經歷那次體驗的前一天。那是一九五三年三月二十二日，我們相互擁抱，不知道那是我們最後一次會面。或許他知道，但是我沒有發覺。那雙美麗的眼睛裏含著淚水，他把這件事情告訴了我。

前兩天，我問切達娜：「切達娜，我的臉看起來怎麼樣？」

她說：「什麼？」

我說：「我這麼問，是因爲我好幾個月除了吃水果以外，沒有吃過別的東西，除了有幾天吃戴瓦拉吉的調製飯。我不知道它是用什麼東西調製出來的，我只知道要把它吃下去，得有無比強大的食欲才行。你得嚼上半個小時，不過它非常好。等我吃完的時候，我累極了，一點力氣也不剩，差不多快睡著了。所以我才問。」

她說：「奧修，你在問我，我能說實話嗎？」

我說：「只說實話。」

她說：「我看你的時候，除了看到你的一雙眼睛，什麼也看不見，所以請你別再問我了。我不知道你以前看起來怎麼樣，也不知道你現在看起來怎麼樣。我所知道的就是你的眼睛。」

唉，我沒有辦法讓你們看到馬司朵。他的整個身體都很美。你很難相信他不是從神的世界裏來的。印度有許多美麗的傳說。其中有一個是《梨俱吠陀》裏面的，關於布魯瓦（Pururva）和烏露娃茜（Uruvasi）的故事。

烏露娃茜是個女神，她厭倦了天堂裏的所有享樂。我之所以喜歡這個故事，因爲它非常眞實。假如你擁有一切享樂，你能忍受它們多久呢？必定會有厭倦的一天。故事肯定是某個有過切身體驗的人寫的。

烏露娃茜厭倦了所有的享樂、神仙以及他們之間的風流韻事。最後，當她落到諸神首領因陀羅❹手裏的時候，她利用這個機會，如同每個女人都利用那樣的機會，討根項鏈、一塊手錶、一個鑽戒或者別的什麼你所能想像的東西。

阿淑，你想到什麼了？你知道嗎？不錯，你笑了，因爲我知道。告訴我吧，否則我就要說出來了。要我說嗎？不，那樣沒有紳士風度。你笑得這麼開心，我可不想破壞你的情緒。

烏露娃茜問因陀羅：「求你了，假如你跟我在一起很快活的話，你能答應給我一個小禮物嗎？不貴，就一個非常小的禮物。」

因陀羅說：「無論什麼，你只要提出來，我一定滿足你。」

她說：「我想到地上去愛一個普通的男人。」

因陀羅那時候喝得酩酊大醉。你們肯定認識到，印度的神不像基督教的神，連基督教的神父都不像，何況基督教的神呢？基督教是一種獨裁宗教。印度教比較民主，也比較人性。

因陀羅爛醉如泥，說：「行，但有一個條件：你一旦告訴某個男人你是女神，你就得立刻回到天上來。」

烏露娃茜降臨人間，愛上了布魯瓦，他是一名射手，也是一名詩人。而她長得那麼漂亮，布魯瓦自然想和她結婚啦。

她說：「請別談婚姻的事。永遠別提。除非你答應我再也不提這事兒了，否則我不能和你生活在一起。」

而布魯瓦，作爲一名詩人，當然懂得像烏露娃茜這樣的女人的美。他從未見過能和她媲美的東西。她自然就是人間的女神了。在這種令人陶醉的美麗的影響下，他答應了。烏露娃茜說：「還有一點。你不許問我是誰，否則我們現在就把這事兒全忘了。最好連開始也不要。」

布魯瓦說：「我愛你。我不想知道你是誰，我又不是調查員。」

得到這兩個承諾，烏露娃茜和布魯瓦雙雙躺下。幾天以後……在那方面，吠陀經典的確很人性，其他經典都沒有這麼人性。其他經典都存在嚴重的誇大其辭的問題。換句話說，一派胡言。而《梨俱吠陀》卻非常人性，包含人性的所有局限、弱點和缺陷。如同每一場蜜月的到來和結束，西方的可能比印度的稍微快一點……所以烏露娃茜和布魯瓦的蜜月花了六個月時間。

在美國，一個周末就足以開始並結束一場蜜月了——蜜月結束，隨後婚姻開始。老天！你們說人死了以後，有個地獄給那些生前犯過罪的人……它就在蜜月結束以後！它其實就是婚姻！在印度，它需要六個月的時間，連了結事情都用牛車的方式。

一天夜裏，烏露娃茜被盯著她看的布魯瓦叫醒——這不是丈夫的態度，丈夫哪會盯著自己的老婆看！她睡著的時候，他盯著她看幹什麼？假如她是別人的老婆，那還說得過去，但她是你自己的老婆啊？不過烏露娃茜肯定、必定長得美若天仙，像是從另一個世界來的。布魯瓦克制不了自己。

他問她：「請告訴我你是誰。」

烏露娃茜說：「布魯瓦，你食言了。我跟你說實話吧，不過現在我再也不會和你在一起了。」她一告訴他，她是一位女神，厭倦天堂，降臨人間，來感受一點眞正的人的滋味，因爲神仙都很虛假。就在那一刻，她消失於無形，像一場美麗的夢。布魯瓦盯著那張空床左看右看，那上面什麼人也沒有。

這是我一直喜歡的許多美麗的故事之一。

馬司朵肯定是個神誕生在這個世界上。那是表明他有多麼美麗的唯一途徑。那不僅是身體的美，他的身體確實美。我並不反對身體，我完全贊同它。我愛他的身體。我常常觸摸他的臉，他會說：「你爲什麼閉著眼睛摸我的臉呢？」
我說：「你太美了，我不想看見其他任何東西，它們會打擾我，所以我把眼睛閉上……這樣我就能夢見你和你現在一樣美。」
你把我的話記下來了嗎？——「這樣我就能夢見你和你現在一樣美。我希望你成爲我的夢。」但那美麗的不僅是他的身體、他的頭髮——我從沒有見過那麼美的頭髮，特別是在男人的頭上。我常常摸他的頭髮，玩他的頭髮，他會笑出聲來。
有一次他說：「眞有意思。巴巴瘋瘋癲癲的，現在他又給了我一個師傅，比他還瘋。他告訴我，你會代替他的位置，所以無論你做什麼，我都不能阻止。即使你把我的頭砍掉，我也願意，而且希望如此。」
我說：「別害怕。我一根頭髮都不會動你的。至於你的頭嘛，巴巴早已經把這個任務完成了，只留下頭髮。」說完我們同時放聲大笑。好多次都是這樣，形式各異。
他的確很美，不僅身體美，精神也美。每次我有需要，不用我說，也爲了不惹我生氣，他都會在夜裏把錢塞到我的口袋裏。你們知道我現在沒有口袋。你們知道我是怎麼失去口袋的嗎？就因爲馬司朵。他常常把錢、金子，凡是他能弄到的，統統塞到我的口袋裏。最後我只好放棄擁有口袋的觀念，它對別人有誘惑力。他們不是把你的口袋劃開，變成扒手，就是很難得，碰到像我這樣的人，他們變成了馬司朵這樣的人。
他會一直等我睡著。我偶爾假裝睡著了。爲了讓他相信，我甚至不得不打鼾，然後我就能逮個正著，他的手剛好在我的口袋裏。我說：「馬司朵！這是聖人的行爲嗎？」然後我們又一齊大笑。

最後我乾脆放棄擁有口袋的觀念，因爲我是世界上唯一不需要口袋的人。從某種意義上說，這很好，因爲沒人能打開我的口袋。還有一個好處，那就是我一身輕鬆，不帶任何重東西。總有人替我帶。我不需要帶。我好多年都不需要口袋了，總有人替我安排。

今天早上，古蒂亞給我喝茶，我讓茶托從我的手裏滑出去。我不能說我把它弄掉了，那麼說，事態就嚴重了，因爲那只茶托非常昂貴。它的花紋是用金子鑲嵌的。假如我說，我把它弄掉了，她絕對饒不了我，我只能說，我讓它從我的手裏滑出去了。它自然摔在地上，它不可能飛起來，它只可能落下去。

那一刻，我明白了許多我一直都明白的事，只是那一刻它們在我心中達到了極點。墮落……人不可能飛起來——亞當不能，夏娃也不能，他們自然要墮落。那並不是蛇的政治策略，只是對人來說，墮落是自然的。那是自然的，亞當和夏娃的墮落非常自然，因爲他們沒有飛的途徑——沒有漢莎航空公司，沒有泛美航空公司，連印度航空公司都沒有。可憐的亞當眞的很可憐。但是從某種意義上說，他墮落也好，否則他就會和烏露娃茜處於同樣的境地。

他肯定享受過天堂裏的所有果實，當然已經沒有快樂可言。假如沒有墮落的話，他和夏娃就會共度沒有愛的生活。在天堂裏，沒有人愛得那麼熱烈。我可以這麼說，一點兒也不害怕遭到驅逐，因爲我並不想進天堂，所以誰在乎呢！天堂是我最不想去的地方，連地獄都比它好些。爲什麼？就因爲有好夥伴。天堂太可怕了。陪著那些聖人……我的上帝！這些神仙肯定都是低能兒，也可能根本就沒有頭腦，完全是機器人。否則他們怎麼老是不斷地騎旋轉木馬呢？我可不想成爲他們當中的一員。

不過馬司朵長得的確像一個降臨人間的神。我愛他，當然沒什麼原因，因爲愛不可能有任何原因。我現在依然愛他。我不知道他是否還活著，因爲在一九五三年三月二十二日，他消失了。他只告訴我他要去喜馬拉雅山。

他說：「我的任務已經完成了，就我對巴格．巴巴所做的承諾而言。現在你的潛能已經發揮出來了，不再需要我了。」

我說：「不，馬司朵，我還需要你，爲了別的原因。」

他說：「不。你會爲你所需要的一切找到辦法。但是我不能再等了。」

從那以後，我偶爾聽說——可能是某個來自喜馬拉雅山的人，一個出家人，一個比丘說的——馬司朵在噶倫堡❺，要嘛就是在奈尼答（Nainital），不是在這兒，就是在那兒，反正他再也沒有從喜馬拉雅山回來過。我請每一個打算去喜馬拉雅山的人：「假如你碰到這個人的話……」但是很困難，因爲他以前一直非常不願意拍照。

有一次我說服他去拍照，但我們村的照相師眞是個天才！他的名字叫牧奴．米恩（Munnu Mian），他雖然是個窮人，卻有一架照相機。它的型號肯定是世界上最老的。應該把他的照相機保存下來，現在它値好幾百萬美元呢。拍一卷膠卷，或許能印出一張照片來。連那也不一定呢。當你看到照片的時候，你難以置信他是怎麼拍出來的，因爲照片上的人不像你。他是先鋒派！眞正的先鋒派。他拍出來的照片只有畢加索會喜歡……或者我也不知道，假如牧奴．米恩給畢加索本人拍照的話，可能連他也不喜歡吧。

我好說歹說，把馬司朵勸到牧奴．米恩那裏。牧奴．米恩非常高興。馬司朵很不情願地坐在這個鄉下人的照相室裏。其實我不能把它叫作照相室，它只有一把生鏽的椅子，還沒有扶手。

很少有人來拍照，所以那兒沒有眞正的照相室。你們不可能知道，在印度的村莊裏，照相室是怎麼佈置的。你們甚至都想像不出來。現在和以前一樣。那兒有一幅畫作爲背景，一大幅布幕，上面畫著孟買的街景：高樓大廈、摩托車、公共汽車。當然大家都以爲照片是在孟買拍的。一個盧比拍三張照片，你還能期望什麼呢？但是馬司朵設法……或者，說得確切一點，是牧奴．米恩這白癡把我精心安排的一切都給弄砸了，他竟然忘了把底片板插進去！

我還能看見當時的整個場景。我囑咐牧奴．米恩說：「要非常準確、正確。我好不容易才把這個人拉來，假如你有他的照片，對你的照相室來說，那可是極大的宣傳啊。」他相信了，說：「我會盡力而爲的。教我兩個英語單詞吧。我在大城市裏聽人說過，他們按快門之前都說：『請準備好。』」當然他對我說的是印地語，但是他希望用英語來說，以便給這位異常尊貴的人留下好印象。

然後他又想知道怎麼說「謝謝你」，以便在拍完照的時候說。於是他把一切都安排好了，然後說：「請準備好。」當然是用英語說的。連馬司朵都無法相信，牧奴．米恩竟然懂英語。接著他按下快門——當然聲音很響。我現在依然能看見他的照相機。我可以肯定地說，它起碼值一百萬美元，因爲它的古老。它是個龐然大物。

他接著說：「謝謝你，先生。」我們就離開了。

他從後面追上我們說，眼睛裏含著淚：「原諒我，請回來。我忘記插底片板了！」那太過分了。馬司朵說：「你這白癡！趕緊跑，離開這裏，不然我就要發脾氣了，我可是很暴躁的。」

我知道他一點兒也不暴躁，我對牧奴．米恩說：「別擔心。我來重新安排。」可是他逃走了，眞的跑了。我說：「聽著，別跑……」可是他不聽。

我勸馬司朵回去，不料等我們走到照相室，門已經上了鎖。牧奴．米恩太害怕了，看見我們走過來，馬上鎖了照相室，逃之夭夭。

所以我們沒有馬司朵的任何照片。我一直想得到三張照片，就爲了給你們看。一張是馬司朵的，一個少有的美人。另一張是一個男人的，我以後講給你們聽，還有一個女人，我也以後講給你們聽。但是這三個人，我一張照片也沒有。

這是一件奇怪的事，他們都不願意拍照，絕對不情願——可能因爲照片總是扭曲眞人的美吧，因爲美是一種活的現象，而照片卻是靜止的。當我們給一朵花拍了照，你還認爲它是同一朵花嗎？不，你拍照的時候，它已經長大了。它不再是以前那朵花了，而照片永遠都一樣，照片不生長。它從一開始就是死的。你們怎麼說？——死產？對嗎？

「對，奧修。」

好，照片是死產的，死的，在它開始第一次呼吸之前就已經死了，它不呼吸。

在我所愛的人當中，只有一個人，既是我所認識的最美麗的人之一，又允許我拍照，那就是我的那昵。她允許我拍照，但是有一個條件，照片歸她保管。

我說：「那沒問題，只是爲什麼呢？你信不過我嗎？」

她說：「我信得過你，但是我信不過這些照相師。不是你有可能傷害我，而是我希望照片由我照管。我死了以後，它們還是你的。」

她允許我給她拍了許多照片，全照我喜歡的方式。但是她死了以後，當我打開她的壁櫥時，她以前把所有的照片都放在那裏，那兒卻只有一本空照片集。她不會寫字，所以她叫我父親在上面寫了一句話：「請原諒我。」她用右手的拇指按了個指印。

我希望你們認識的這些人，至少認識他們的外貌，都不讓我給他們拍照。只有一個人讓我拍，可是我的那昵好像之所以讓我拍，是爲了不傷害我的感情……她總是把照片都毀掉。

那本照片集是空的。我仔細查看，它從來沒有用過。我搜遍整座房子。沒有找到一張照片。我很想給你們看她的眼睛，就看她的眼睛。她的整個身體都很美，但是她的眼睛……需要有個詩人來描述它們，或者一個畫家，而我什麼都不是。我只能說它們反映出某種超越的東西。

譯註：

❶神智學會：Theosophical Society，一八七五年在美國創辦，宣揚雜揉西方神祕主義和印度婆羅門教、佛教教義的神學學說。

❷耶和華見證人：Witnesses of Jehovah，十九世紀後期Charles T. Russell在美國創立的一個基督教教派，認為世界末日在即，主張個人與上帝感應交流。

❸小丑：皆指撲克牌。

❹因陀羅：Indra，意譯作天主、帝，為最勝、無上之義。即指帝釋天（十二天之一），為佛教護法神。

❺噶倫堡：Kalimpong，印度東北部邊境城鎮。

33 冰的故鄉

好。

前幾天，我跟你們講到馬司朵失蹤的事情。我認爲他還活著。實際上，我知道他還活著。在東方，這已經成爲最古老的方式之一，即臨終以前消失在喜馬拉雅山。能死在那個美麗的地方勝於活在其他任何地方，連死在那兒都帶有某種永恆的意味。或許那是聖人們幾千年歌頌所營造的氛圍吧。吠陀經典是在那兒創作的，《吉踏經》是在那兒寫成的，佛陀生在那兒、死在那兒，老子晚年也消失在喜馬拉雅山。而馬司朵的做法幾乎一模一樣。

至今誰也不知道老子到底死了沒有。人家怎麼可能做出判斷呢？因此就有傳說，說老子長生不老。沒有人長生不老。有生必然有死。老子肯定是死了，但人們無從得知這一消息。人最起碼應該能享有完全私密的死，假如有人希望這樣的話。

馬司朵照顧我，其效率之高，超過巴格．巴巴一向所能。首先，巴格．巴巴眞是那種瘋子。其次，他偶爾像一陣旋風似的跑來看我，然後便消失得無影無蹤。這不是照顧人的方式。有一次我甚至數落他，說：「巴巴，你說了那麼多關於你怎麼照顧這個孩子的話，可是下回你說話之前，先得聽聽我怎麼說。」

他笑了，說：「我懂，你不需要說，但是我會把你交給合適的人選的。我並非眞有能力照顧你。你明白嗎，我已經九十歲啦，我這會兒應該離開身體了。我還拖著不走，就是爲了給你找個合適的人。我一旦找到他，就可以放心地死啦。」

我不知道他後來的確當眞了，不過他就是那麼做的。他把我交給馬司朵，便含笑而去。那是他所做的最後一件事。

查拉圖斯特拉出生的時候或許笑了……沒有人見證，但是他肯定笑了，他的一生證明了這一點。是他的那種笑引起西方最有智慧的人之一——尼采的注意。但巴格．巴巴的確是笑著走的，我們還來不及問爲什麼。我們還來不及問任何問題。他不是一個哲學家，即使他活著，他也不會回答。可那是一種怎樣死法啊！要記住，那不僅僅是微笑。我指的是眞正的笑。

在場的人都面面相覷，心想：「怎麼了？」直到他的笑聲越來越大，大家不禁都懷疑，在此以前，他只略微有點兒瘋狂，但是現在他已經瘋到極點了。他們全都離開了。自然，作爲一種禮儀，沒有人會在別人出生的時候哭，也沒有人會在別人去世的時候笑，那無非也是一種禮貌。兩者都是英國式的。

巴巴總是反對禮貌，以及相信禮貌的人。所以他愛我，所以他愛馬司朵。那時候他要找一個能夠照顧我的人，自然，他不可能找到比馬司朵更好的人了。

馬司朵用實際行動證明，自己超出巴格．巴巴所能想像的。他爲我做了那麼多，說起來都叫人傷心。那些事情非常私密，不應該對別人說，非常私密，當你只剩下一個人的時候，你連提都不應該提起。

我剛剛對古蒂亞說：「告訴戴瓦蓋德，別把他的筆記本丟在這間諾亞方舟裏。」——因爲昨天夜裏魔鬼列印了他的筆記本。你們絕不會相信。實際上，我一開始聽說這個故事的時候也不相信。古蒂亞說窗戶裏沒有燈光。我感到很驚訝，自言自語：「他們是瘋了，還是怎麼的？不開燈就打字？」

古蒂亞朝房間裏看看，說：「眞有意思！那個機器發出來的噪音和打字機一模一樣。」不僅如此，每隔一會兒，它就停下來，好像打字員正在看筆記本上的內容，然後接著打。古蒂亞問阿歇西：「那可能是怎麼回事兒呢？」

他告訴她：「沒什麼，空調的過濾網積的灰塵太多，就會發出那種噪音。」可是會和打字機一模一樣嗎？不管怎麼樣，我喜歡這個故事，而且我要告訴你，保管好自己的筆記本，別讓魔鬼有機可乘。就算沒有打字機，沒有電燈，他也照樣能列印。

魔鬼向來是一個十全十美主義者。他不可能不是，那正是他的一部分功能。沒有打字機照樣打字。在黑暗中？我知道戴瓦蓋德不會亂丟他的筆記本。但即使沒有筆記本，魔鬼也能列印。他能閱讀你們的頭腦。所以別把你們的頭腦帶進來，至少在你們處理我的文字的時候。別把你們的頭腦帶進來，否則你們就給魔鬼開了一扇門。

馬司朵是巴巴所能發掘的最佳人選。我無論如何也想不出比他更合適的人選了。不僅因爲他是個靜心者……他當然是，否則他和我之間就不可能有交流了。靜心就意味著不處於頭腦狀態，至少在你靜心的時候。

但那並不是他的全部，他還有其他許多能力。他是一個優秀的歌手，但是他從來不為大眾唱。我們兩個經常嘲笑這個詞：「大眾。」它僅僅由那些智力發育最遲緩的兒童組成。至於他們何以能在某個指定的時間聚到一塊兒，那是個奇蹟。我無法解釋。馬司朵說，他也無法解釋。那的確是無法解釋的事情。

他從來不為大眾唱，只為少數幾個愛他的人唱，而且他們必須保證不對外人說。他的嗓音眞是「他主人的嗓音」（his master's voice）。他可能並沒有唱，而只是讓「存在」自由發揮——那是我所能使用的唯一恰當的詞。他讓存在流過他。他不阻擋，那是他的長處。

他也是一個很有才華的錫塔爾琴師，但是同樣的，從未見過他當眾表演。通常他彈琴的時候只有我一個人在，他還要關照我把門鎖上，說：「請把門鎖上，無論發生什麼事，都不要開門，除非我死了。」他知道，假如我想開門的話，我一定得先把他殺掉，然後再開門。我會信守諾言的。然而他的音樂是那麼……這個世界不知道他，這個世界錯過了。

他說：「這些都是個人的私事，當眾表演無異於賣淫。」他用的就是這個詞：「賣淫。」他眞是個哲學家、思想家，非常有邏輯，不像我。我和巴格・巴巴只有一個共同點，那就是「瘋癲」。馬司朵和他有許多共同點。巴格・巴巴興趣愛好廣泛。我當然不能代表巴格・巴巴，但馬司朵能。我不可能代表任何人，無論他是誰。

馬司朵為我做了那麼多，在各個方面，我簡直不能相信巴巴怎麼會知道他就是合適的人選呢。那時候我還是個孩子，需要很多指導，而且也不是一個隨和的孩子。除非叫我信服，否則我不會往前挪一寸的。事實上，為了安全起見，我還會往後退一點呢。

我想起一件小小的軼聞趣事，我常常把這件事情當笑話講。我講的許多笑話可能都經過些許潤色，使它們看起來像一個個笑話，不過它們當中有許多都來自眞實的生活。眞實的生活就是一本笑話集，比古往今來任何一本笑話集都可笑得多。我怎麼知道這個笑話是來自眞實的生活呢？因爲它不可能不是，沒有其他來源。我記得我常常講這個笑話，我就是靠這個辦法把它記住的。

有個小孩上學遲到了，遲到很長時間。天正在下雨。老師用冷冷的眼光看著他，那種眼光是上天特別賦予老師的——還賦予了妻子。假如你和一個身兼二職的女人結婚，那麼但願上帝保佑你！我們只能爲你祈禱了。那個女人將有四道冷冷的眼光從四面八方朝你看過來。要當心老師❶！千萬、千萬別和老師結婚。無論發生什麼，在你一跤絆倒之前，趕緊逃跑。倒在哪兒，都不要倒在老師的懷裏，否則你就會眞正過上地獄般的生活。假如她是個英國人，那事情的倒楣程度更要增加到三倍！

那個小男孩，早已膽戰心驚，他渾身濕透，還是設法來到了學校。但老師就是老師。她問：「你爲什麼遲到？」

他原以爲天氣是足夠的證據。雨下得那麼大……瓢潑大雨，他渾身濕透，雨水順著他的衣服滴下來。可她照樣問：「你爲什麼遲到？」

他只能臨時瞎編，就像每個孩子，說：「小姐，路很滑，我每向前走一步，都要往後滑兩步。」

那個女人的目光更嚴厲了，說：「那怎麼可能？假如你每向前走一步，就要往後滑兩步

——你騙人——那你永遠也走不到學校。」

小男孩說：「小姐，請理解我的意思，我開始轉身，背對著學校，朝我們家跑，我就是那麼跑來的。」

我說它不是一個笑話。老師是眞的。男孩也是眞的。雨是眞的。老師的結論是眞的，小男孩的結論不可能更眞了。我講過無數個笑話，它們當中有許多都來自眞實的生活。那些不來自眞實生活的也來自眞實的生活，只不過來自生活的潛層罷了，它也是眞實的，只不過不在表面上——那是不允許的。

馬司朵在許多方面都有眞正的才華。他是一個音樂家、舞蹈家、歌唱家，以及諸如此類的種種「家」，卻一直羞於面對「那些眼睛」。他把那些人叫作「那些醜陋的眼睛」。他會說：「人都看不見，只不過相信自己看見罷了。我不是爲他們而生的。」他反覆提醒我，一個朋友都不能請——雖然我沒有朋友——我指的是熟人。

但是有一次，我問他：「我能帶一個人來嗎？」他回答說：「假如你非要享受邀請親朋好友的樂趣不可，那就邀請你的那昵吧。對她，你問都不需要問。當然，如果她不想來，那我就無能爲力了。」後來果然如此。

當我告訴我的那昵時，她說：「叫馬司朵到我家來，在這兒彈他的錫塔爾琴。」他是一個多麼謙遜的人，眞的來爲這個老太太彈琴了，而且他非常高興爲她彈琴。我非常高興他能來，沒有拒絕我。我一直擔心他會拒絕我呢。

而我的外祖母，我的那昵，這個老太太，突然間好像返老還童了。我所看見的只能稱之爲一種「變容」（transfiguration）！當她和琴聲越來越協調的時候，她也變得越來越年輕。我看見奇蹟正在發生。等到馬司朵的琴聲一終止，她頓時恢復原狀，又是原來那個老太太了。

我說：「這不對，那呢，至少讓可憐的馬司朵看一眼他的音樂能對你這樣的人起什麼作用吧。」

她說：「這由不得我呀。它要發生就發生。它不發生，我也沒辦法。我知道馬司朵會理解的。」

馬司朵說：「我確實理解。」

但是我所看到的一幕簡直令人難以置信。我不斷地眨眼睛，想弄清楚這到底只是一場夢呢，還是我當眞看見她恢復青春了。甚至今天，我都無法相信那只是我的想像。或許那天有，但是今天我沒有絲毫想像。我現在看事物眞實不虛。

馬司朵之所以一直默默無聞，不爲世人所知，原因很簡單，他從來就不想置身於群眾中。他對我的責任一旦盡到了，實踐了他對巴格．巴巴許下的諾言，他便消失在喜馬拉雅山中。

「喜馬拉雅」……這個詞本身的意思就是「冰的故鄉」。科學家說，有朝一日，假如喜馬拉雅山的冰全部融化，那這個世界眞的要洪水氾濫了。整個世界──它不會局限在任何一個地方──海平面都要上升四十英尺。他們給它取了一個恰當的名稱：「喜馬拉雅」；「喜馬」的意思是「冰」，「拉雅」的意思是「故鄉」。

那裏有幾百座山峰終年積雪，從未融化過。山峰周圍寂靜無聲，空氣鮮潔，不曾受到任何侵擾……它不僅僅是古老的，它還有一種奇特的溫暖，因爲曾經有無數高深莫測的人走入那些崇山峻嶺，他們都有驚人的禪定境界，懷著無量的愛、祈禱和讚頌。

喜馬拉雅山依然是全世界罕見的山。和喜馬拉雅山相比，阿爾卑斯山只是個小孩。瑞士很美，因爲擁有各項便利的設施，更是錦上添花。但是我無法忘懷在喜馬拉雅山中度過的那些寂靜的夜晚：上面繁星點點，周圍沒有一個人。

我也想消失在那兒，一如馬司朵。我能理解他，假如有一天我突然消失，那並不令人驚訝。喜馬拉雅山比印度大得多。喜馬拉雅山只有一部分屬於印度，另有一部分屬於尼泊爾，另有一部分屬於緬甸，另有一部分屬於巴基斯坦——幾千英里的淨土，純粹的淨土。在山的另一邊有俄國、西藏、蒙古、中國，他們擁有喜馬拉雅山的部分土地。

假如有一天我消失了，就爲了在一塊美麗的石頭旁邊躺下，然後離開這個身體，那並不令人驚訝。要離開身體，你不可能找到比這更好的地方了——但我可能不會那麼做，你們瞭解我。我還會像以前那樣不可預知，即使是關於我的死亡。

也許馬司朵想早點走，趕緊完成他的古魯——巴格・巴巴交給他的任務。他爲我做了那麼多事情，難以一一盡述。他把我介紹給別人，每當我有可能需要錢的時候，只要告訴他們一聲，錢就會自動送到。我問馬司朵：「他們不會問爲什麼嗎？」

他說：「這個你不用擔心。我早已回答過他們所有的問題了。不過他們都是些膽小懦弱的人；他們可以給你錢，但是他們不可能給你心，所以別向他們要那個。」

我說：「我從來不向任何人要心，那是不能要的。你不是發現它沒了，就是相反。所以我不會向這些人要任何東西，除了錢，那也只是在需要的時候。」

他的確把我介紹給許多人，那些人一直是匿名的。但是我只要需要錢，錢馬上就到。我在賈巴爾普爾的時候，我在那兒上大學，在那兒住了九年多，錢一直源源不斷地匯來。別人都感到驚訝，因爲我的薪水不是很高。他們無法相信，我怎麼能開那麼漂亮的車，住那麼漂亮的房子，有巨大的花園，好幾英畝草坪。一天，有人問我怎麼有那麼漂亮的車……就在當天，又到了兩部。這下有三部車，沒地方放了。

錢不斷地匯來。馬司朵把一切都安排好了。雖然我什麼也沒有，一分錢也沒有，但不知怎麼的，總是水到渠成。

馬司朵……要和你說再見眞是很難，原因很簡單，我不相信你已經不在了。你還在。我也許再也見不到你了，那並不十分重要。我已經見到了那麼多，你的芬芳已經成爲我的一部分。但是在這個故事裏，我總得找個什麼地方給你畫上句號。這很難，這叫我傷心……原諒我這麼做。

譯註：

❶要當心老師：school teacher，尤指幼兒園或中、小學的老師。

34 永不回頭

今天早晨我和馬司朵告別得很唐突，這種感覺在我心裏持續了一整天。完全不能這麼做，至少對他。這讓我想起了我上大學那會兒，在與我那昵共同生活了那麼長時間以後，離開了她。

自從我的外祖父去世以後，留下她一個人，她的生活中只有我。這對她來說不容易。對我來說也不容易。除了她，沒有別的東西讓我留在那個村莊裏。那天的情景歷歷在目：大清早——那是一個美麗的冬天的早晨，村裏的人都已經圍聚在那裏。

直到今天，在印度中部的那些地區，人們的生活習慣依然不屬於這個時代，它們至少有兩千年那麼古舊了。誰都沒什麼事情。似乎每個人都有足夠的時間到處閒蕩。我的意思的確是說每個人都遊手好閒。我的意思就是字面上的意思，並沒有對這個詞產生任何聯想。於是，所有「遊手好閒的人」都集中在那兒。請用引號把這個詞括起來，別叫人家誤解。

我們一大家子人都在那兒，滿滿一大群。他們之所以來，是因爲他們不得不來，否則我眞看不出有什麼必要看見他們的臉，當時是如此，現在連臉也沒有了，只剩下名字。但是我可憐的父親在那兒，我的母親在那兒，我的弟弟妹妹們也在那兒，他們眞的都哭了。連我的父親也在流淚。

我從未見過他流淚，以前沒有，以後也沒有。我又不是要死了，只是離開一百英里而已。不過他們是想到爲了拿一個學士學位，我至少得離開四年。那麼，假如我決定——誰知道呢——爲了拿碩士學位，再多待兩年。然後，爲了拿哲學博士學位，起碼再多待兩年，那又會怎麼樣呢？

那是一段長久的分別。可能到時候，他們當中許多人都不在人世了，誰知道呢？可我只擔心我的那昵，因爲我的父親和我的母親從我很小的時候開始，長期不和我生活在一起。現在我可以獨立生活了，我可以靠我自己。我不需要別人的幫助。

但是對我的那昵……我依然能看見那天早晨的太陽，溫暖的太陽、人群、我的父親、我的母親。我給我的那昵頂了禮，對她說：「別擔心，只要你叫我，我會馬上衝回來的。別認爲我會走得遠遠的。只不過一百英里，就三個小時的火車。」

那時候特快火車不停靠那個可憐的村莊。否則行程就只有兩個小時。現在，它在那裏停靠了——可是現在，它停不停靠都沒有關係了。

我告訴她：「我會跑回來的。百、八十哩路不算什麼。」

她說：「我知道，我不擔心。」

她竭盡全力讓自己保持鎮定，但是我看得出淚水正在一層層地湧上她的眼睛。就在那一刻，我轉身離開，往車站走去。當我從街角拐彎的時候，我沒有回頭。我知道假如我回頭，她不是失聲痛哭，那樣我就再也不會去上學了；就是，假如她沒有失聲痛哭的話，她甚至可能會死掉，立刻停止呼吸。我對她意味著太多太多。她僅有的存在就是圍繞著我存在。從早到晚，她的生活就圍繞著我的衣服、我的玩具、我的房間、我的床、我的床單而展開。

我常常對她說：「那昵，你瘋了。一天二十四小時，你就忙著爲我做事情，可我這輩子永遠也不會幫你做一件事情。」

她說：「你已經做了。」

我不知道這句話怎麼理解。喏，我沒有辦法問她，可她說：「你已經做了。」那口氣的力量之大、能量之強，不管你聽懂還是沒聽懂，你都被壓倒了。直到今天，我一想起它，就被壓倒了。

後來我得知，當我從街角拐彎的時候，所有的鄉鄰都感到驚訝：「這是哪種孩子？也不回頭看一眼……」

而我的那昵卻十分驕傲，她對他們說：「不錯，他的確是我的孩子。我知道他不會回頭，不僅在這個街角，他這輩子永遠都不會回頭。我還感到驕傲，因爲他理解他的那昵，知道他一回頭，我就會放聲大哭，他不希望那樣。他很清楚，比我清楚，我一旦放聲大哭，他就走不動了。不是因爲我，而是因爲他對我的愛。爲了不讓我哭，他會一輩子待在這裏的。」

唐突地和馬司朵告別就像那樣。不，我不能那麼做。我只能讓它自然結束，不能任意選擇一個句號，因爲我的生命就是這樣，假如我談下去，那就既沒有開始，也沒有結束。在我的生命中，不會有開始，也不會有結束。

《聖經》至少說：「起初……」你們出版這本書的時候不得不把它放在一個開始或者一個

結束裏面。那樣出版非常困難。不過戴瓦蓋德能理解，他是猶太人。猶太人的卷軸可以幾乎沒有開始和結束。當然看起來好像有個開始，但那只是看起來如此，所以一切古老的傳說第一句話都是：「很久以前」——接下來隨便你講什麼。而很久以前一切又都停止了，連一聲「結束」也沒有。我的生命不可能是一本普通的自傳。

瓦桑德·皎熙（Vasant Joshi）正在寫我的傳記。那本傳記必然十分膚淺，膚淺得不值一讀。任何一本傳記都無法穿透到主人公的生命深處，尤其是人的那些精神層面。特別是當此人已經達到隱藏在洋蔥核心內部的無（nothingness）時，那和頭腦已經沒有關係了。你把洋蔥一層一層地剝開，當然它會把你的眼淚辣出來，可是剝到最後什麼也不剩，那就是洋蔥的核心，它首先是從那兒產生出來的。任何一本傳記都無法穿透到主人公的生命深處，假如主人公也已經知道了無心（no-mind），那就更是如此了。我考慮再三，才說「也」，因爲你除非先知道頭腦，否則不可能知道無心。這將是我對這個世界的小小貢獻。

西方在探索頭腦方面走得很深，已經發現了一層層的意識——意識、無意識、潛意識，等等。東方直接把整個事情撂在一邊，縱身跳入那個池塘……於是只有無聲之聲、無心。因此東方和西方是對立的。

在某種意義上，這個對立是可以理解的，吉卜齡[1]有句話說的對，他說：「西方是西方，東方是東方，兩者永遠不會碰頭。」在一定程度上，他是對的。他確實強調了我所要表明的某個論點。

西方只觀察頭腦，不觀察誰在觀察頭腦。這很奇怪。那些所謂的大科學家都試圖觀察頭腦，沒有人關心誰在觀察頭腦。

H．G．威爾斯不是個壞人——是個好人，一個「好好先生」。實際上，以我的口味來衡量，他太甜了，白糖太多了點兒。但是我仍然不應該考慮我的口味，你們都有自己的口味，並非人人都是糖尿病患者。我不僅是糖尿病患者，我還反對白糖。甚至在我瞭解糖尿病以前，我就反對白糖，我稱之爲「白色毒藥」，所以我對白糖可能有一點兒偏見。

但是H．G．威爾斯，儘管非常充滿白糖，也不盡如此。他偶爾也會亮出一種少有的見識來。比如，他的時間機器的觀念。他想到，有朝一日會發現一種機器，它可以回溯時間。你們知道那意味著什麼嗎？那意味著你可以回到你的童年，回到你母親的子宮裏，或者，假如你是個印度教徒的話，就可能回到你的過去世——可能是一頭大象、一隻螞蟻等等。人可以後退，也可以前進。

這個觀念本身就很有見識。我不知道將來是否會有那樣的機器，但確實有人可以回溯時間，像你移動身體一樣容易。要你回到昨天有什麼困難嗎？同樣，那些有膽量的人回到了他們的昨世（yesterlives）。

這個詞可能不允許用，但是我不管。在我看來，「昨世」非常正確。任何東西，只要在我這樣錯誤的人看來是正確的，那麼你就可以肯定，它一定是正確的。它非得是正確的不可。

我突然給馬司朵畫了句號，不過從某種程度上說，它折磨了我一整天。你們知道我不能忍受折磨，你們知道我也不能不高興，可是一想到我如此唐突地結束，又讓我想起來一件事情，它和馬司朵直接有關。

他來找我，把我帶到阿拉哈巴德❷車站。在內心深處，我們兩個都不想分開，特別是那天。原因後來才搞清楚，不過那和這件事情毫無關係。我只是提一句，詳細情況以後再告訴你們。他來給我送別，因爲他說他可能有兩三個月見不到我。所以，他希望盡可能和我一起多待一會兒。

馬司朵說：「我們盼望火車晚點吧。」

我說：「你胡說什麼，馬司朵？你眞的發瘋了嗎？印度的火車，你還需要盼望它們晚點嗎？」

火車來了，當然，晚了六個小時，這對印度客車來說不算什麼——家常便飯。可是我們怎麼也分不開。我們說啊說啊，沈湎於談話中，以至於誤了火車。我們一齊大笑。我們都很高興，因爲至少在另一列火車到來以前，我們還能一起多待幾個小時。

聽到我們的談話，和我們的笑聲，以及我們發笑的原因，站長說：「你們幹嘛在這個月台上浪費時間？你們可以到對面那個月台去嘛。」

我問他：「爲什麼？」

他說：「那兒只停貨車，這樣你們就可以談話、擁抱、盡情享受，再也不用擔心你會趕上火車了。在那個月台上，你不可能趕上它的。」

我告訴馬司朵，這個想法聽起來靈性的味道很濃。站長以爲我們會當頭給他一拳，但是當我們異口同聲地表示感謝，然後越過鐵軌，走到另一個月台時，他跟著我們後面追過來說：「請你們，千萬別把這話當眞，我只是開開玩笑而已。相信我，這裏只停貨車。你們在這個月台上永遠趕不上火車的。」

我對他說：「我不想趕上任何火車。馬司朵也不希望我趕上任何火車，那怎麼辦呢？」這裏的主人態度十分堅決，說時間到了，我該回大學宿舍去了，不該浪費我的時間。

馬司朵根據我已故的朋友巴格．巴巴的願望，也希望我至少拿個碩士學位什麼的，所以我不能不走。你們不會相信我，但是我之所以留在大學裏，就因爲我答應過巴格．巴巴要拿到碩士學位。大學給我獎學金，讓我繼續深造，我卻說：「不用了，因爲我的承諾到此爲止。」

他們說：「你瘋了嗎？即使你直接去工作，你掙的錢也不可能比你要拿到的這份獎學金更多。而且獎學金的年限以兩年爲起點，可以根據你的教授的建議任意擴展。別浪費這樣的機會啊。」

我說：「巴巴應該要求我拿個哲學博士學位。我有什麼辦法呢？他沒這麼要求我，他臨死都不知道還有這麼個學位。」

我的教授千言萬語地勸我，我卻對他說：「忘了它吧，因爲我到這裏來只是爲了實踐我對一個瘋子許下的諾言。」

也許當初巴格．巴巴要是知道有哲學博士或者文學博士的話，那我可就掉到陷阱裏去了，不過謝天謝地，他只知道有碩士學位。他以爲那是最好的。我不知道他是否眞的希望我在學業上繼續長進。現在沒有辦法問他了。有一點可以肯定，假如他希望的話，我就會繼續讀下去，要浪費多少年時間，就浪費多少年時間。不過那並不是我本人理想的實現，碩士學位也不是。巴格・巴巴不知從哪兒得到這種觀念的——除非你有碩士學位、研究生學位，否則你就找不到好工作。

我說：「巴巴，你認爲我會想要一個工作嗎？」

他笑了，說：「我知道你不想要，但是萬一想要呢。我只是一個老人家，凡事都做最壞的打算。你不是聽過這句格言嗎？『希望最好的，打算最壞的。』」（Hope for the best, but expect the worst）他加了點內容進去。巴巴說：「也要爲最壞的情況做準備。有備無患嘛，否則到時候你怎麼面對呢？」

不能這麼輕易地和馬司朵告別。所以我一定要放棄這個想法。他可以隨時隨地冒出來。反正這不會是一本正統的、常規的自傳。這完全不是自傳，只是生命的碎片，它們像無數面鏡子，從不同的角度反映出一段人生。

我有一次到一個叫作「鏡宮」（mirror palace）的地方做客。它完全是用鏡子建造的。非常可怕，在裏面生活非常困難，不過我可能是唯一能享受這種樂趣的人。擁有這座宮殿的國王感到迷惑不解。他對我說：「我每次把客人安排到那兒，沒過幾個小時他們就對我說：『請把我安排到別處去吧，這眞讓人受不了。』走到哪兒都看到那麼多和你一樣的人……而且你做什麼，他們也做什麼。你笑，他們都笑；你哭，他們都哭；你擁抱你的姑娘，他們都擁抱……太可怕了。你覺得自己無非只是面鏡子，而所有的鏡子好像都比你做得更好。」

我對國王說：「我不希望改變這裏的任何陳設。事實上，假如你想賣掉這座宮殿的話，我願意把它買下來，做個靜心中心。那可熱鬧啦。人人都坐在這裏，從四面八方看自己，每個地方都有他們數不清的縮影。

「他們可能會發瘋——無論如何，那都不是個災難。他們遲早都會發瘋的，在將來的某一世。只不過時間等得長一點罷了。我要迅速完成它。我相信速溶咖啡的辦法。但是，假如他們能在整個人群的重重包圍下輕鬆自如，無憂無慮；假如他們能接受那種環境，說『好，謝謝你們在我身邊圍了那麼久』，依然歸於中心，他們就會開悟。無論走哪條路，他們都能受益。」

瘋狂是落到比頭腦更低的層次上去。有一種瘋狂是落到比頭腦更高的層次上去，那種瘋狂就是開悟。它是反常的，因此難怪那些可憐的心理學家認爲耶穌或者佛陀一類的人是反常的。但是他們應該對自己所用的詞敏感一點。

假如他們也用「反常」這個詞去形容瘋人院裏的居民，他們有何臉面能把這個詞用在佛陀身上呢？他們應該說「超常」才對。佛和瘋子當然都不平常，那一點我們同意。一個是低於常態，一個是高於常態。兩者都反常，我們同意，但是他們需要有不同的分類。而心理學沒有我稱之爲「覺者心理學」（Psychology of the Buddhas）的領域。

馬司朵當然是一個佛。我不能簡單地說：「謝謝你，再見。」因爲他爲我做了許多事情。「謝謝你」過於單薄，也不合適。誰也不會爲別人做那麼多事情。

因此無以言表——也沒有人需要你言表。我不能說：「再見。」因爲他不會再來這個世界，我也不會再來這個世界。相會，就事物發展的自然規律來看，是不可能的。所以唯一的辦法就是隨便他什麼時候出現。這樣這些傳記自有它們的味道，突然到來，又突然離去。

所以，我又把馬司朵拉進來了。他和巴格・巴巴不是同一種類型的人。巴格・巴巴只是一個神祕家，馬司朵還是一個哲學家。夜裏，我們會躺在恆河岸邊，討論那麼多問題，一談就是幾個小時。我們只是喜歡在一起，或者談話，或者沈默。那同一條恆河，承載了《奧義書》的首次演頌、佛陀的初轉法輪、摩訶毗羅的足跡和教化……只要想到東方的神祕主義，不可能不想到喜馬拉雅山和恆河。其實，兩者都作出了無比巨大的貢獻。

我想起那種美麗的沈默……我們在那裏靜坐幾個小時，甚至偶爾睡在那裏，在沙灘上，因爲馬司朵說：「今晚很美，上床睡覺等於是侮辱。星星離我們這麼近。」他就是這麼說的：「侮辱。」我直接引用。

我說：「馬司朵，你知道我愛星星，特別是當它們倒映在河水裏的時候。星星雖美，不過它們的倒映才是奇蹟。水做的事情很簡單，只有夢能與之比美。我愛星星、河、星星的倒映，我愛你的陪伴和你的熱情。所以要留下來不成問題。無論什麼，只要你想做，根本不用考慮我，因爲連考慮都是對我的傷害，那顯得我是你的負擔。」他說：「什麼！我從來沒說你是我的負擔。」

我說：「你是沒說，沒有人說。我說只是爲了將來。記住，假如你考慮我，不管是什麼原因，都要告訴我，因爲任何考慮都會大大地冒犯我。」

那天我告訴他，今天我也告訴你們，葛吉夫有個十分奇怪的觀念。我想任何師傅都不曾懷有那樣的觀念。不是說它不曾敲過他們的門，而是我認爲誰都不是那種類型的人——接收它，繼而響應它。

葛吉夫常說：「請你們，千萬、千萬不要爲別人考慮。那是一種侮辱。」他把這些話寫在自己的門上。這是一句意義非常深刻的陳述。

人們彼此強迫爲彼此考慮。他們說：「請爲我考慮一下。」還有比對別人說：「請爲我考慮一下。」更丟臉的事情嗎？我一輩子從沒有對任何人說過這句話，一個人也沒有。

我記得在好多情況下，那些話只要一說出口，就會給我帶來莫大的幫助，但是它們太丟人了。這不是自我，記住。自我主義者總是要求別人爲他考慮，事實有過之而無不及，因爲他可不是普通的人，得首先考慮他。眞正謙遜的人不可能要求別人爲他考慮；事實上，別人爲他考慮，他還要拒絕呢。

我在大學裏是個窮學生。我設法靠各種各樣的打工，才上了大學。那回，我碰巧又參加了全國大學校際辯論賽。其中有個裁判，他現在是阿拉哈巴德大學哲學系主任，叫S．S．羅依（Roy），愛上了我。從我這方面來說也一樣。

滿分一百分，他給我打了九十九分，他是辯論賽的裁判之一，我自然贏了。那次的辯論賽非常重要，因爲勝利者將作爲政府的客人到中東去旅行三個月。待遇幾乎相當於大使。那可是千載難逢的機會啊。

滿分一百分，S．S．羅依給我打了九十九分，給其他每個人都打了零分——就爲了保證讓我獲勝。我後來問他：「你爲什麼對我這麼偏心呢？」

他說：「我一看你的眼睛，就被催眠了。我的妻子也說我被你催眠了，否則我怎麼可能做那種事情呢？人家一看你的分數單，偏心是明擺著的：九十九分，而其他十幾個參賽選手都只有零分！」

我說：「不，我沒有問你爲什麼給我打九十九分，那是你妻子的問題。或許別人也會問。我來是問你爲什麼不給我打一百分。」

他目瞪口待地看著我，半晌，才哈哈大笑，說：「我是馬司德・巴巴的皈依者。他說的對，他對我說：『你一看見這個人，就不會需要我了。』這是他在失蹤前約兩、三年告訴我的。現在我可以老實對你說，我並沒有被催眠，只是你的眼睛讓我想起了他的眼睛。我也見過巴格・巴巴，奇怪的是，你們的眼睛怎麼都長得差不多。怎麼會這樣，我也不知道。」

我說：「不是眼睛長得像，是眼睛都很透明，所以顯得相像。我很高興你提到巴格・巴巴和馬司德・巴巴，因爲對我來說，你說我的眼睛裏有和他們一樣的東西，那就是世上最大的獎賞。現在，我不問你別的，就問你爲什麼不給我打一百分？」

他說：「我是個窮教授。假如我給你打一百分，而給剩餘的十一個參賽者全打零分，那就顯得我不公平。我是公平的，可有誰會理解呢？我上哪兒去找馬司德・巴巴或者巴格・巴巴來理解我的做法呢？我因爲膽小，才給你打九十九分。」

我喜歡這個人，因爲他能直截了當地說自己是個膽小鬼。儘管他其實已經做了並不膽小的事情，幾乎，所以那和打一百分又有什麼區別呢？給一個人打九十九分，給其他人都打零分，那是一樣的。他可以給我打一百分，甚至更高。

但是那次辯論賽，以及他想起巴格・巴巴和馬司德・巴巴，是我留在薩伽大學的原因。

當時他在那裏。我說：「假如我還得做研究生的話，那就讓我投在你的門下吧。」

那是巴格．巴巴的願望，也是馬司德．巴巴的，認爲我應該做好準備，萬一將來有什麼需要，不至於一籌莫展。我從未有過任何需要。我不僅從未有過任何需要，從未有過，而且各種物資不斷地從四面八方雨點似的向我飛過來。所以我告訴你們有些事情從一開始就進行得正確無誤。

S．S．羅依是我最喜歡的老師之一，原因很簡單，他能叫我在課堂上站起來，爲他解釋他無法理解的思想。我只能照辦。有一次我對他說：「羅依．薩黑（Roy Sahib）」——我通常都這麼叫他——「你問我，我是你的學生，這看上去不好。」

他說：「如果巴格．巴巴能給你頂禮，如果馬司德．巴巴不僅能給你頂禮，而且還得完成你下達的每一條合理或者不合理的命令。」——我從一開始就不合理，完全不合理——「那我爲什麼就不能問呢？我只是個小人物。」

我認識無數個教授，有些是老師，有些是同事和熟人，但S．S．羅依卻獨立不群。他是那麼眞實，你不可能在其他教師身上發現更眞實的東西了。他是那麼喜愛我平日對他說的話，常常在上課的時候引用它們。不僅引用，他還要指出那是我的言論。其他學生當然感到嫉妒。連哲學系裏的其他教授都感到嫉妒。你們會感到吃驚，要知道連他的妻子都感到嫉妒。

我也是碰巧才知道的。有一天，我到他們家裏去，她對我說：「什麼！你竟然開始到這兒來了？他已經爲你發瘋了。自從你在他的系裏面念書，我們的愛情生活就開始四分五裂。

▲S．S．羅伊教授，1990年

它快要完蛋了。」

我說：「我永遠不會到這個人家來了，但是要記住，那並不會讓它恢復正常。總有一天，你不得不來找我。」我再也沒有到他家裏去過。隔了一年左右，他的妻子來找我，她說：「原諒我。請你到我們家來，只有你才能讓我們和解。」

我說：「我讓夫妻分離或者和解的工作還沒有開始呢。你得等著。」

她放聲大哭，我只好跟她去。我沒有對S．S．羅依說什麼。我只是坐在他身邊，握著他的手，一個小時以後離開，沒有說一個字。事情就這麼成了，魔力起作用了。沈默中自有魔法。

還有多少時間？

「三分鐘，奧修。」

很好，因爲最大限度，最大限度是我的原則。三位一體全在，我們可以創造奇蹟……到結束的時間了？那就結束。

譯註：

❶拉迪亞德．吉卜齡：Rudyard Kipling，1865-1936，英國小說家、詩人，作品表現英帝國的擴張精神，有「帝國主義詩人」之稱，獲一九〇七年諾貝爾文學獎。

❷阿拉哈巴德：Allahabad，印度北部城市，印度教聖地。

35 阿勞丁・康

好。

我聽過拉威・申卡爾❶彈錫塔爾琴。他具備你所能想像的各種素質：歌唱家的性格、精通樂器，還有創新的天賦，在古典音樂家中，那是罕見的。他對創新懷有莫大的興趣。他曾經和曼紐因❷一起演奏。除了他，任何印度錫塔爾琴師都不願意那麼做，因為沒有先例。錫塔爾琴和小提琴一起演奏！你瘋了嗎？但是搞創新的人都有點兒瘋狂，他們因此才能創新。

那些所謂理智健全的人每天都過正統的生活，從吃早飯一直到上床睡覺。至於從上床睡覺到吃早飯這段時間嘛，我就不應該說什麼了。不是我不敢說，我正在說。他們按照規則生活。他們遵循條條框框。

但是創新的人必須走出規則。有時候，人就應該堅持不遵循條條框框，就為了不遵循起見，這麼做划得來，相信我。之所以划得來，是因為它總會給你帶來新的疆土，可能還是你自身的生命存在的。渠道也許不同，但是在你裏面的那個人，無論彈錫塔爾琴、拉小提琴，還是吹笛子，都一樣，殊途同歸，每條半徑都通向同一個圓心。創新的人必定有一點瘋狂、異乎尋常……拉威・申卡爾一直異乎尋常。

首先，他是個梵學家，一個婆羅門，他卻娶了一個伊斯蘭姑娘！在印度，那是不可想像的——一個婆羅門娶一個伊斯蘭姑娘！拉威．申卡爾就這麼做了。不過那可不是隨便哪個伊斯蘭姑娘，那是他師傅的女兒。那還要異乎尋常呢。那意味著多年以來他一直瞞著他的師傅。他師傅一知道這件事情，當然立刻就答應了。他不僅答應，他還操辦了婚禮。

他也是個革命者，範圍比拉威．申卡爾大得多。他的名字叫阿勞丁．康（Alauddin Khan）。我跟馬司朵去見過他。馬司朵常常帶我去見一些稀有的人。阿勞丁．康當然是我所見過的最獨特的人之一。他年紀很老。直到走完一個世紀，他才去世。

我遇見他的時候，他正低著頭看地面。馬司朵也沒有說話。我感到有點困惑。我擰了擰馬司朵，可他還是那樣，好像我沒擰過他似的。我又用力擰了他一下，可他還是那樣，彷彿什麼事情都沒有發生過。後來我真的擰他了，他才說：「哎喲！」

於是我看見阿勞丁．康的一雙眼睛——他雖然還沒有那麼老，但是你可以從他臉上的皺紋讀到歷史。他見過印度第一次革命戰爭。那是一八五七年，他還記得，所以他肯定至少老得足以想起來那件事情。他親眼目睹整個世紀從他身邊經過，而他在這麼長時間裏所做的唯一的事情就是練錫塔爾琴。每天八小時、十小時、十二小時不等，那是印度古典音樂家的作風。那是一項紀律，你除非每天練習，否則很快就會失去對樂器的把握，那種把握十分微妙。你只有始終處於一種準備好的狀態，它才在，否則它就離你而去。

聽說有位師傅曾經說過：「假如我三天不練琴，聽眾就會發覺。假如我兩天不練琴，行家就會發覺。假如我一天不練琴，我的弟子就會發覺。對我而言，我一刻也不能停。我必須一練再練，否則我馬上就會發覺。甚至在早晨，一覺醒來以後，我就已經發覺失去了什麼。」

學習印度古典音樂是一項艱苦的訓練，但是假如你強迫自己訓練，它就會給你帶來極大的自由。當然囉，假如你想在大海裏游泳，你就得練習。假如你想在天空裏飛翔，那麼顯而易見，你自然需要大量的訓練，但是這些訓練不可能由別人強加給你。任何事情一旦強加，就會變得醜陋。「訓練」這個詞就是這樣變醜的，因爲它已經和父親、母親、老師以及各種各樣對訓練一竅不通的人聯繫起來了。他們不知道訓練的滋味。

師傅說：「即使我停練幾個小時，別人不發覺，但是我自己肯定已經發覺其中的差異了。」你必須不斷地練習，練習得越多，練習起來就越熟練，比從前容易了。慢慢地，慢慢地，終於有一刻，訓練不再是練習，而是享受了。

我談的是古典音樂，不是我的訓練。我的訓練從一開始就是享受，或者說從享受開始享受。關於這個我以後告訴你們……

我聽過拉威・申卡爾好多次演奏。他的手指有那種接觸，神奇的接觸，全世界沒有幾個人有那種本事。他是在一個偶然的機會中接觸到錫塔爾琴的。無論什麼東西，一經他的手指接觸，就變成了他的樂器。那不是樂器，那永遠都是人。他愛上了阿勞丁的氣質，而阿勞丁的整個境界要比他高得多——幾千個拉威・申卡爾加起來，或者毋寧說縫起來，都達不到他的高度。阿勞丁當然是個叛逆。他不僅是一個創新的人，而且是音樂的最初源泉。他把許多東西都帶到音樂中去了。

今天，印度幾乎所有的大音樂家都是他的弟子。這不是沒有原因的。各種各樣的音樂家：錫塔爾琴師、舞蹈家、笛子演奏家、演員等等都要來給巴巴頂禮。大家就知道他是「巴巴」，因爲誰會稱呼他的名字阿勞丁呢？

我看見他的時候，他早已經超過九十歲了，他自然是巴巴。那完全變成了他的名字。他教各種各樣的音樂家各種各樣的樂器。你隨便帶什麼樂器來，都會看到他把它擺弄來擺弄去，好像他這輩子沒幹過別的事情，就擺弄這件樂器了。

他住的地方離我就讀的大學非常近，只有幾小時的路程。我偶爾去拜訪他，只要那兒沒搞什麼節慶活動的話。我之所以要這麼決定，是因爲那兒總是搞節慶活動。肯定只有我這麼問他：「巴巴，你能把這兒不搞節慶活動的日程表給我嗎？」

他看著我說：「看來，你來是要把那幾天也拿走囉。」他笑瞇瞇地給我三個日子。那兒一年到頭只有那三天沒有節慶活動。原因在於，那兒有形形色色的音樂家和他在一起，印度教的、伊斯蘭教的、基督教的，形形色色的節慶都在那兒發生，而他統統允許。他是眞正意義上的家長、守護神。

我通常在那三天裏去拜訪他，那時候他獨自一人，沒有人群圍繞著他。我對他說：「我不想打擾你。你可以安靜地坐著。假如你想彈維那琴❸，你就彈，或者別的什麼，都隨便你。假如你想朗誦《古蘭經》，我也喜歡。我到這裏來只是想成爲你的環境的一部分。」

他像孩子似的哭了。我花了一點時間，幫他把眼淚擦乾，說：「我讓你傷心了嗎？」

他說：「不，一點兒也沒有。只是觸動了我的內心深處，我沒有別的辦法，只能哭。我知道我不應該哭。我這把年紀，哭哭啼啼的不合適，不過人每時每刻都得合適嗎？」

我說：「不是的，起碼我在這兒的時候不是這樣。」他笑了，眼裏含著淚水，臉上掛著笑容，相映成趣。

馬司朵把我帶到他這兒來。爲什麼？在回答這個問題以前，我再要講幾件事情……

我聽過韋拉雅・康（Vilayat Khan）的演奏，他是另一位偉大的錫塔爾琴師，或許比拉威・申卡爾更偉大一點，但是他不搞創新。他完全是古典的，但是聽他演奏，連我都愛上古典音樂了。我一般不喜歡古典的東西，但是他演奏得那麼完美，你情不自禁要喜歡。你不得不喜歡，這由不得你。錫塔爾琴一到他的手中，你就不在自己的手中了。韋拉雅・康演奏的是純粹的古典音樂。他不允許任何污染。他不允許任何流行的東西介入。我的意思是說「流行音樂」，因爲在西方，除非你說流行音樂，否則沒人理解流行是什麼意思。它只是古老的「流行」一詞被截短了——截得很拙劣，血淋淋的。

我聽過韋拉雅・康的演奏。我想告訴你們一個故事，故事的主人是我的一些富比王侯的門徒之一——那是一九七〇年左右的事情，因爲從那以後，我再也沒有他們的任何消息。我曾經寫信向他們表示問候，但是出家把許多人都搞得很害怕，特別是有錢人。

這一家是印度最富有的人家之一。他妻子告訴我：「我只能對你一個人說：我愛韋拉雅・康，愛了十年。」我聽了吃了一驚。

我說：「那有什麼不對呢？韋拉雅・康？——沒有什麼不對。」

她說：「你沒聽懂。我的意思不是指他的錫塔爾琴，我的意思是指他。」

我說：「那當然——沒有他，你和他的錫塔爾琴有什麼關係呢？」

她直拍腦門說：「難道你什麼也聽不懂嗎？」

我說：「瞧你的樣子，好像我眞的聽不懂似的。可我的確聽懂了，你愛韋拉雅・康。那很好嘛。我就是說，那沒有什麼不對。」

她先是不相信地看著我，因爲在印度，假如你對一個宗教人士說這個——信仰印度教的妻子愛上了一個伊斯蘭音樂家、歌唱家或者舞蹈家——你就得不到他的祝福，那起碼是必定的。他也許不詛咒你，但他很可能這麼做；即使他能原諒你，那也太現代了，超現代。

「而且，」我對她說：「那沒什麼不對。愛嘛，你想愛誰就愛誰。愛不知道什麼階級障礙或者教義障礙。」

她看著我，好像我是那個愛上韋拉雅・康的女人，而她則是聽我訴說的聖人。我說：「你這麼看著我，好像愛上他的是我。那也不假。我也愛他彈琴的風格，但不是他。」那個人高傲自大，藝術家往往這樣。

拉威・申卡爾更高傲，可能因爲他不僅是藝術家，還是婆羅門的緣故吧。那好像同時害了兩種病：古典音樂和婆羅門。他的病還有第三個維度，因爲他娶了偉大的阿勞丁的女兒，他是他的女婿。

阿勞丁受到世人的廣泛尊敬，就算做他的女婿，也足以證明你是一個偉大人物，是一個天才。但對他們來說，不幸的是，我也聽到了馬司朵的演奏。我一聽到他的演奏，就說：「假如世人知道你的話，他們就會忘記並且原諒所有這些拉威・申卡爾和韋拉雅・康了。」

馬司朵說：「世人永遠不會知道我。你將是我唯一的聽眾。」

你們會感到吃驚，要知道馬司朵可以演奏許多種樂器。他眞是一個通才，靈感源源不斷，隨便什麼東西，一到他手中，就變得五彩繽紛。他會畫畫，連畢加索也畫不出那麼沒有意義的作品，當然也畫不出那麼美麗的作品。但是他把他的畫都毀掉了，說：「我不想在時間的沙灘上留下任何足跡。」

但是有時候，他會和巴格．巴巴一起演奏音樂，於是我問他：「巴巴如何？」

他說：「我的錫塔爾琴是爲你保留的，連巴巴也沒有聽過。有些東西是爲巴巴保留的，所以請不要問我。你不可以聽。」

我自然想知道那是什麼。我感到好奇，卻對他說：「我把好奇心留給自己吧。我不會問任何人的——雖然我可以問巴巴，他不可能對我撒謊。但是我不會問，起碼這一點我向你保證。」

他哈哈大笑，說：「等巴巴不在人世了，那時候我也給你演奏那種樂器，因爲只有到那時候，我才能給你或者別人演奏，在此之前不行。」

巴格．巴巴去世當天，我想到的第一件事情就是：「那種樂器是什麼？現在到時候了……」我一面又譴責自己，詛咒自己，但那有什麼用呢？在我腦海中不斷出現的事情只有一個，那就是：「馬司朵的樂器是什麼？」

好奇心是人性中很深的東西。不是蛇說服了夏娃，是好奇心說服了她，也說服了亞當，等等……直到現在。我想它會繼續說服下去，以至永遠。人們都追隨好奇心。那是一種奇怪的現象。我當時的好奇心當然不算很強。我聽過馬司朵演奏其他樂器，或許他對這種樂器掌握得更好，可是那又怎麼樣呢？一個人剛剛去世，你卻想著馬司朵將要給你演奏的樂器……那是很人性的。

好在人的頭頂上沒有開天窗，否則人人都能看見裏面正在進行什麼。那可眞的麻煩了，因爲他臉上裝出來的完全是另一副模樣，那只是一個角色、一副面具。在裏面他們是什麼呢？是數不清的東西在遷流不息。

假如我們的頭頂上都有窗戶的話，我們就很難生存了。但我對這個想法倒有興趣。它會大大幫助人們安靜下來，這樣別人就不能往他們的頭裏面看了，沒什麼可看的。安靜下來的人能笑容可掬地對他們的鄰居說：「看吧，夥計們，看吧。想看多少就看多少。」可是人的頭上沒有窗戶。它是完全密封的。

巴巴死的時候，我只想著馬司朵的樂器。原諒我，但是我已經決定講眞話，無論它是什麼。而且你們都注意到了，無論它怎麼長，我都要講——戴瓦蓋德、戴瓦拉吉和阿淑。我可能要花幾年時間才能把它講完，然後我就會叫你們快快地完成書稿，所以別再把它們堆起來了。

不要以任何方式依賴明天，今天就做。只有這樣，你才能做。你們已經不知不覺掉到一個陷阱裏去了。你們以爲我會被老鼠夾子逮住嗎？別妄想了，老兄。我把你們三個都逮住了，現在夾子會一天比一天收緊，你們無路可逃啦。

不錯，有個女人——她將在故事的某個地方出現，因爲她對我意味著許多——她跟我也是這麼說的。從某種意義上來說，她很奇怪，她給我的每樣東西都是第一個：第一塊手錶、第一台打字機、第一部汽車、第一台錄音機、第一架照相機。我無法想像她是怎麼做到的，但每樣東西都是她第一個送。我以後再和你們談她。到時候提醒我一聲。

她告訴我，她唯一的心靈負擔就是：當她丈夫的母親去世的時候，她感到肚子餓。

我說：「感到肚子餓有什麼不對呢？」

她說：「你認爲可以嗎？我丈夫的母親死了，躺在我面前，而我就是感到肚子餓，腦子裏只想到好吃的：巴勒特（paratha）、跛莢（bhajia）、布烙（pulau）、拉索菇勒（rasogulla）——我從來沒有告訴過任何人。」她對我說：「因爲我想誰聽了都不會原諒我。」

我說：「這沒有什麼不對。你能怎麼辦呢？又不是你殺了她。無論如何，人遲早都得開始吃東西，越早越好。人要吃東西的時候，只可能想他喜歡吃的東西。」

她說：「你肯定嗎？」

我說：「我要跟你說多少次呢？」

她告訴我的時候，我又想起了她的感受，因爲我想起了巴巴死的時候，我第一個念頭就是——念頭眞是些奇怪的人……我心裏想：「馬司朵演奏的樂器是什麼呢？」當然我一看見馬司朵就說：「現在……」

他說：「好。」

我們之間沒有多說一個字。他懂，他第一次給我彈了維那琴。他以前從來沒有給我彈過。那是一種吉他，但是比吉他複雜，所達到的高度當然是錫塔爾琴所不能企及的，深度也一樣，錫塔爾琴只及它的一半。

我說：「維那琴！馬司朵，你想把這種經驗藏著不給我知道嗎？」

他說：「不，不，絕對不會。但是我和巴巴在一起的時候，還不認識你呢，我主動承諾，只要他活著，我就不爲別人演奏這種樂器。現在對我來說，你就是巴格．巴巴。我一直都是這麼認爲你的。現在我可以爲你演奏了。我不是要把什麼東西藏起來不給你知道，而是做出這個承諾的時候，我根本不認識你呢。現在它結束了。」

我有一會兒簡直不能相信自己的耳朵，他居然對我隱瞞了這麼多事情。我說：「馬司朵，你知道這在兩個朋友之間可不是一件好事啊。」

他垂下眼睛，一句話也沒有說。我生平第一次看見他出現那樣的情緒。

我對他說：「不。不需要抱歉，不需要感到難過。已經發生的就發生了，它和我們再也沒有關係了。」

他說：「我不是抱歉。我是慚愧。我知道抱歉很容易洗脫自己，但是慚愧……你可以洗，但是它會重新顯現。你再洗，它還在那兒。」

只有那些眞正偉大的人才會有慚愧的感覺。普通的人不會感到慚愧，他們根本不知道慚愧是什麼意思。我突然想起來一件事情……現在幾點了？

「十點二十二分，巴關。」

好。

我沒有注意時間。我從來想不起時間，這你們是知道的。有時候眞的很出格。你們都餓了，準備奔向Mariam❹……而我還在說啊說啊。你們顯然不能讓我停下來，只有我能讓自己停下來。不僅如此，我甚至還叫你們只有當我說「停止」的時候，才能停止。那只是一個老習慣。不，我想起來的是別的事情，不是時間。

馬司朵待在我那眤的家裏。那兒是我的客房。在我父親家裏，連主人都沒有地方待，何況客人呢？它已經人滿爲患了。我相信諾亞方舟也不比它更滿。那兒什麼樣的生物都有——多麼熱鬧的世界啊！不錯，那兒幾乎就是一個世界。而我那眤的家幾乎空空蕩蕩，我喜歡的東西都是那樣的，空的。

英語單詞「空」並不能表達我想說的。那個詞是舜亞（shunya）——請別想到艾科林醫生，因爲他的名字，我給他取的名字，就叫舜堯。但可憐的艾科林似乎是中國人還是什麼的。那算什麼名字：依科林❺？他不可能是美國人，他刮完鬍子以後，看起來完全像個中國人。我是偶然碰到他的。我簡直認不出他來了。

我說：「你怎麼了？」

古蒂亞提醒我，說：「這是舜堯。」

我說：「還好你提醒我，不然我就要打他了。他看起來完全像個中國人。你幹嘛把鬍子剪掉？」我問他。

他說：「因爲我打算回美國去開業。」

我說：「上帝！在美國開業需要剃鬍子嗎？」

事實上，假如你查看醫學史，不知道什麼原因，所有偉大的醫生都有鬍子。或許他們沒有時間剃，或許他們沒有妻子，所以何必在乎呢？我問他：「是誰告訴你在美國當醫生就得剪掉鬍子的？你又從舜堯變成艾科林了？你是隻貓，還是什麼？他們說貓有九條命，你有多少條命，艾科林先生？」

我那呢的家才是眞正的舜堯。空空蕩蕩，如同一座寺廟。她把它保持得那麼乾淨。我喜歡古蒂亞有許多原因；其中一個就是她把每樣東西都保持得乾乾淨淨。她甚至還要挑我的毛病呢！自然，只要她挑出一個毛病——就清潔而言——我總是贊同她的。她和我那呢一樣敏感。或許男人不可能像女人，她們天生就有那種品質。看到一個女人不清潔是非常可怕的。看到一個男人不清潔還可以，我能忍受——畢竟，他只是一個男人嘛。但女人卻能下意識地保持自己和周圍環境的清潔。而古蒂亞是英國人，眞正的英國人。

只有兩個眞正的英國人：古蒂亞和薩伽……我的意思是說，全世界只有兩個。

我的那呢非常關心清潔問題，就她而言，上帝的位置還排在清潔後面呢。她一天到晚都在打掃衛生……爲誰呢？只有我在那兒。我每天晚上來，早晨出去。可憐的女人整天忙著打掃衛生。

有一次我問她：「你不累嗎？又沒有人叫你這麼做？」

她說：「打掃衛生對我幫助很大。它差不多已經變成了一種祈禱。你是我的客人。你再也不住在這兒了，不是嗎？——你是一個客人。我得爲客人準備房間啊。」——在印度，他們說：「客人就是神……」她說：「你就是我的神。」

我說：「那呢，你瘋了嗎？我是你的神？你從來都不信神的。」

她說：「我只相信愛，我已經找到它了。現在你是我的愛的寺廟裏唯一的客人。我要盡量保持它的清潔。」

她的房子變成了一座客房，不僅給我住，也給我的客人住。馬司朵每次來，都住在她的房子裏。無論我把誰當作客人帶到她家裏去，她都會用心招待，好像那個人眞的對她很重要似的。

我對她說：「你用不著這麼操心啊。」

她說：「他們是你的客人，所以我得用心照顧，比對我自己的客人更用心。」

我從未見過我的那昵和馬司朵交談。我偶爾看見他們坐在一起，但是我從未見過他們交談。很奇怪。

我問她：「你爲什麼不和他說話？你不喜歡他嗎？」

她說：「我非常喜歡他，但是無話可說。我沒有什麼要問他的，他也沒有什麼要問我。我們只是點點頭，然後一聲不響地坐著。一聲不響地坐著很美。跟你在一起的時候，我說話。我有好多事情要問你，你也有好多事情要告訴我。跟你在一起的時候，說話很美。」

我理解他們有另一種關係。她和我的關係不同，當然也不是唯一的關係。從那天起，我們之間的談話越來越少，直到完全停止。以後我們常常一坐就是幾個小時。她的家眞的很美。就坐落在河邊，我一說到「河」的時候，心裏馬上就有某種東西開始歌唱。

我再也沒有看見那條河，不過也不需要，因爲我一閉上眼睛，就能看見它。我聽說它今非昔比，不再是一個美麗的地方了。附近崛起很多建築，店鋪開張，已經變成一個商業區了。不，我不想去。即使我非得去不可，我也會閉上眼睛，只看昔日的美景——高大的樹木和小巧的寺廟……我依然能聽見叮叮噹噹的鈴聲。

前幾天剛有人帶給我幾隻鈴，奇特的鈴，世界上大多數地區的人都不知道有那種鈴。它們是藏鈴。雖然是在加利福尼亞做的，但設計是西藏的。不僅如此，在加利福尼亞製作的時候，它們無疑被改進過了。藏鈴通常很粗糙，但是這幾隻鈴的做工非常精細，而且還是用玻璃做的。我來給你們描述一下吧。

它們不像你們所能想像的任何鈴。它們的形狀像盤子，許多盤子串在一起，風吹過的時候，彼此敲擊，那聲音很值得一聽。它們都是些美麗的鈴。當然，加利福尼亞偶爾也會製造些美麗的東西。不然的話，他們就全是加利福尼亞人了。但有時候他們做的東西眞的不錯。

我見過各式各樣的鈴。有一個住在噶倫堡的西藏喇嘛給我看過一隻藏鈴，我永遠忘不了。值得向你們提一提。你們也許不會看到那樣的東西，因爲那些東西屬於正在消失中的西藏。很快它們就會徹底消失。我看見的那只鈴確實很奇特。

我以前只見過印度的鈴，總把「鈴」這個詞和印度的鈴聯繫在一起。它從頂棚上掛下來，裏面有一個小棍子，你可以用它敲鈴。它是用來喚醒昏昏欲睡的神的。我能理解它的美，連上帝也需要被喚醒，何況人呢？不過這只藏鈴完全不同。它必須放在地板上，而不是從頂棚上掛下來。

我說：「這是鈴嗎？看上去不像。」

喇嘛笑了：「等著瞧吧。」他說：「它不僅是鈴，而且是特殊的鈴。」

他從包裏拿出一個小小的木質圓把手。然後他開始用這個把手一輪輪地摩擦所謂的鈴的內部，那只鈴看上去像個罐子。幾圈過後，他朝鈴的某一點上敲一下，那兒做有記號，奇怪的是，鈴居然開始念頌西藏的咒語：唵嘛呢叭咪吽！我剛開始聽到的時候簡直不能相信。它把咒語念得那麼清楚。

他說：「你在西藏每座寺院裏都能找到這種鈴，因爲我們無法像我們所應該的那樣時常念頌咒語，但是我們至少可以讓鈴念頌咒語。」

我說：「太棒了，這麼說，這不是一隻啞鈴了。」

他說：「完全不是。假如你敲的不是地方，你就知道它也會亂喊亂叫的。你只有敲對地方，它才會念頌咒語，否則它就會尖叫，發出各種各樣的噪音，但絕不是咒語。」

我去過拉達克（Ladakh），它是位於印度和西藏之間的一個國家。現在拉達克可能將成爲全世界最重要的宗教國家，像西藏以前那樣。西藏已經完了，被謀殺了，被屠殺了。在拉達克，我看見一模一樣的鈴，只是個頭兒大得多，像座房子。你可以走進去，抓住裏面掛著的棍子，然後在不同的點上敲擊，就可以按照你的心願讓它發出各種咒語的聲音。問題只在於瞭解鈴的語言。它幾乎像一台計算機一樣。

我前面說的是什麼，戴瓦蓋德？

「你前面說那呢如何從來不和馬司朵交談，他們只是一聲不響地坐著……」

對，所以我們現在也應該一聲不響地坐著……給我十分鐘。看在上帝的份兒上，無論他是否存在，我們只管放鬆。

Satyam shivam sundaram……我並不存在，而你們卻試圖達到我。每個人都看得出。你們看出來了嗎?我並不存在。再繼續幾分鐘，就兩分鐘，因爲我在等一樣東西，所以要警覺。

是的……很好……

不，戴瓦蓋德。你本來可以是個多麼好的妻子，連我都要笑了，不過我不應該笑。

停止。

譯註：

❶拉威・申卡爾：Ravi Shankary，1920-，印度錫塔爾琴演奏家、作曲家，印度國家管弦樂團創始人，曾任全印廣播電台音樂指導，在孟買和洛杉磯創立金納拉音樂學院。

❷曼紐因：Yehudi Menuhin，1916-，美國小提琴家、指揮家，在英國創辦曼紐因音樂學校，培養天才兒童。

❸維那琴：Veena，印度古代一種弦樂器。

❹可能指廚房或者餐廳一類的地方。

❺I-kling，表示讀音，奧修以誇張的方式念艾科林的名字。

36 上帝創造世界的故事

剛才我在想一個故事。我不知道這個故事是誰編的，以及爲什麼編，我也不同意他的結論，但是我仍然喜歡它。

故事很簡單。你們可能聽過，但可能沒有理解，因爲它太簡單了。每個人都認爲他理解簡單。這是個奇怪的世界。人們都試圖理解複雜，可是他們都忽視簡單，認爲它不值得注意。你們可能並沒有注意這個故事，但是我一說，你們肯定會想起來。

故事都是些奇怪的東西，它們從來不死，它們也從來不生，它們和人一樣古老，所以我喜歡它們。一個故事若不蘊涵某種眞理，它就不是故事。那它可能就是哲學、神智學、人智學❶。不論有多少種「學」，它們全是胡扯——亂寫一氣，一個連字號都沒有——純粹是胡扯。因爲通常書寫都有連字號，把「non」和「sense」❷分開。我看不出這個連字號有什麼意義。至少從我的語言中把它去掉，除非我說禪是無意義（non-sense），那時候當然需要這個連字號。

我最早是把這個故事講給馬司朵聽，他以前肯定聽過，但是沒有經過我的歪曲或者加工。

故事講的是——我對馬司朵說——「上帝創造世界，馬司朵。」

馬司朵說：「很好嘛。你一向反對哲學和宗教，今天是怎麼了？所有宗教都是從這個謎開始的。」

我說：「等等，你先別下結論。故事還沒聽完，別冒冒失失地下結論。」

馬司朵說：「我知道這個故事。」

我說：「你不可能知道。」

他吃驚地看著我，說：「有意思。假如你希望的話，我可以覆述一遍。」

我說：「你可以覆述，但是那並不意味著你知道。覆述就是知道嗎？覆述佛經的鸚鵡是一個佛，或者至少是一個菩薩嗎？」

他看起來若有所思。我等著，不過後來我說：「在你開始思考以前，先聽故事。你所知道的不可能和我知道的一樣，因爲我們不一樣。

「上帝創造世界。自然，問題就來了，吠陀經典問得好：祂爲什麼創造世界呢？吠陀經典，在那個意義上，很棒。它們說：『可能連祂也不知道爲什麼。』——它們說『祂』指的是上帝。」

我看得出它的美。可能它完全來自於天眞，而不是知識。可能祂不是在創造，可能祂只是在玩，就像孩子在沙地上造房子那樣。孩子們知道那些房子是爲誰建造的嗎？他們知道晚上螞蟻會爬進去取暖嗎？

在印地語中，總是用「她」來代指螞蟻——我不知道爲什麼。從來沒有人認爲它們是雄性的。事實是，只有一隻螞蟻，蟻王，是雌性的，其他螞蟻全是雄性的。奇怪，也許並不那麼奇怪，但是爲了隱瞞眞相，他們都稱螞蟻爲「她」。也許是因爲螞蟻太小了，稱它爲「他」有違男性的自我。他們稱大象爲他。他們稱獅子爲他。假如他們想特別指明雌象的話，他們就稱它爲雌象（she-elephant），或者雌獅（she-lion），但通用的名詞是雄性的。然而可憐的螞蟻……不幸的是我選中它作爲故事的角色。

他，或者她，無論那隻螞蟻是誰，喜歡作哲學思考——或許那隻螞蟻不可能是「她」，否則哲學從何而來呢？——我從未碰到過一個女人喜歡進行哲學思考的。我認識許多女哲學教授，但奇怪的是，連這些教授也只談論服裝和圖畫。假如有人❸在場的話，他們就頌揚她；假如她不在的話，他們就數落她。哲學是她們最不情願考慮的事情。我眞奇怪，她們究竟是怎麼變成教授的，雖然你們也許認爲理應如此。不，她們可以教哲學課，因爲教不需要思考；事實上，那是教的首要條件。你若思考，就不能教。

我有一個教授，他是我在大學世界裏碰到過的最奇怪的人。許多年沒有一個學生選修他的課，原因很簡單，他一向準時上課，但是誰也不知道他什麼時候會結束。

他上台第一句話就說：「請別指望這堂課會結束，因爲世界上沒有什麼會結束。假如你想離開，可以，因爲世界上有許多事物離開，而世界繼續存在。只是不要打擾我。不要問我：『我可以離開嗎，先生？』——沒有人問那個問題，即使在人不得不死的時候，所以你爲什麼要問一個可憐的哲學教授呢？親愛的人，我能問你，首先你爲什麼進來嗎？任何時候你想離開，都可以。我會一直講下去，只要我還感到有話要說。」

我一進大學，人人都告訴我：「避開那個人，達斯古德（Dasgupta）博士，他瘋了。」

我說：「那就意味著我得首先去會會他。我就是來找眞正的瘋子的。他眞的瘋了嗎？」

他們都說：「眞的瘋了。他完全瘋了，我們可不是開玩笑啊。」

我說：「知道你們不是開玩笑，我眞高興極了。我也能和自己開玩笑呢。每當我需要的時候，我就給自己講好玩的笑話，然後樂得直笑說：『太棒了！以前從來沒有聽說過。』」

他們都說：「這傢伙自己好像已經瘋了。」

我說：「完全正確。現在告訴我達斯古德博士住在哪兒。」

我到他們家去敲門。那兒一個僕人也沒有。他活得像個神：沒有妻子、沒有僕人、沒有孩子，孑然一身。他對我說：「你肯定敲錯門了。你知道我是達斯古德博士嗎？」

我說：「我知道。你知道我是誰嗎？」

他是一個老人，透過厚厚的眼鏡片，他把我打量一番，然後說：「我怎麼可能認識你？」

我說：「我來就是爲了搞清楚這個問題。」

他說：「你的意思是說你也不知道囉？」

我說：「不知道。」

他說：「我的上帝！兩個瘋子碰到一塊兒了！你可比我瘋多了。進來吧，先生，坐。」

他的態度很恭敬。他沒有開玩笑，說：「在這所大學裏，已經三年沒有人上我的課了。實際上，是我自己把課停了。爲什麼呢？我在這間屋子裏上課，就在你坐的地方。」

我說：「眞是太美了，不過你給誰上課呢？」

他說：「問題就在這兒。我偶爾也會問：『給誰上課呢？』」

我說：「我要選修你的課，你也不必費心到教室裏來。教室離你們家差不多有一英里路呢。我可以到這兒來。」

他說：「不，不，我會來的——那是我的責任之一。只有一點，請原諒，我雖然可以準時上課——假如那是十一點鐘的話，我可以在十一點鐘開始——我不能保證四十分鐘以後，下課鈴一響，我就能結束。」

我說：「這我能理解。那個可憐的每隔四十分鐘打鈴的人怎麼可能知道你在幹什麼呢？不僅你，整個大學裏所有的教授在幹什麼呢？假如他們準時停止，那他們就很愚蠢。鈴什麼也不知道，打鈴的人什麼也不知道，所以你爲什麼要停止呢？假如你想好了，下課鈴響的時候不停課，那麼聽著，我也想好了，一對一的，你若停課，我就會狠狠地揍你，你可能連命都保不住。」

他說：「什麼？你會揍我？」他是孟加拉人。

我說：「我只是打個比方。我會輕輕地碰一下你的頭，提醒你別去管那個鈴就是了。」

他說：「那好。你不需要到學生宿舍去，你可以住在我家裏。房子很大，我又是一個人。」

那天我想到了馬司朵。他一定會喜歡那座房子，和那個有一雙沈思的眼睛的人。那天我也想起了這個故事。我還會把它說下去，這樣你們有跡可循。

上帝創造世界。他在六天之內就把工作完成了。他最後創造的是女人。自然，問題就出來了，爲什麼？他爲什麼最後創造女人呢？當然，女權主義者會說：「因爲女人是上帝所創造的最完美的作品。」顯然，他是在有了創造男人的經驗之後，才創造女人的。男人是比較舊的型號。上帝自然要再精細加工，把它做得更好。

但男性沙文主義者卻有另一種回答。他們說，上帝創造男人作爲他的最後一件作品，但是後來男人開始問問題，諸如：「你爲什麼創造世界呢？」以及：「你爲什麼創造我呢？」上帝很爲難，於是他就創造了女人去爲難男人。從那以後，上帝再也沒有聽到男人的聲音。

男人兩腿中間夾著個尾巴來到家裏，出去買香蕉，久而久之，他也變成了一只香蕉：香蕉先生、哲學博士、藝術學碩士、文學博士等等。但是，從根本上說，香蕉先生已經徹底爛光了。千萬別吃它。甚至都不要往皮裏面看一眼，否則你會後悔的——立刻開始說：「停住輪子！」——生死輪迴——因爲誰想做一只香蕉呢？但是香蕉們可能衣著華麗，穿著漂亮的衣服，或許還是巴黎出品的呢。香蕉先生無所不能。他打著漂亮的領帶，這樣他連呼吸都困難了……鞋子把腳包得緊緊的，你一看見香蕉先生的腳，就再也不會看他的臉了。

我從來不喜歡鞋子，但是每個人都堅決要求我穿鞋子。我說：「無論發生什麼，我都不穿鞋子。」

我穿的是印度的恰巴（chappals）。它們並非眞正的鞋子，連涼鞋都不算，它們對腳的覆蓋最少。我選擇基本的恰巴，它已經減得不能再減了。給我做恰巴的人，阿比德（Arpita），知道沒有辦法使它們變得更完美了。再減掉一點，我的腳就全露在外面了。它剛好簡化到極限，只用一根帶子，不知怎麼地，就把我的腳給固定在恰巴裏。它已經不能再縮減了。

我爲什麼討厭鞋子呢？原因很簡單，它們會把你變成一只香蕉。當然香蕉先生、香蕉博士、香蕉教授，各種各樣的香蕉，淑女香蕉、紳士香蕉……你能找到所有的品種，但他們都始於鞋子。

你們見過維多利亞時代的淑女們穿高跟鞋嗎？——鞋跟那麼高，任何走繩索的人穿上它，走路都會摔下來的。爲什麼選中它呢？它之所以被一個非常虔誠的社會選中，是爲了一個非常不虔誠的原因——色情的原因——因爲後跟高的時候，屁股就會突出。

喏，沒有人關心原因，連淑女們都照穿不誤，還以爲自己的樣子很賢淑呢。那是非常不賢淑的。她們只是在到處免費炫耀她們的屁股罷了，還以此爲樂。再穿上她們的緊身衣，她們顯然要比裸體的時候好看，因爲皮膚，畢竟，只是皮膚。假如你三十歲了，皮膚就三十歲。它經歷了三十年，不可能像新買的衣服那麼緊。現在服裝生產商正在創造奇蹟：他們把女人打扮得充滿誘惑力，連上帝本人都要吃禁果了！

你們聽懂我所說的話了嗎？你們可能需要一點時間。連阿淑都沒有笑。你們需要一點時間去消化。是的，不需要蛇，只要一個服裝商就行了。只要給夏娃夫人穿一件緊身衣，上帝自己也會吃禁果的，和夏娃夫人一起被逐出伊甸園——晚上，我的意思是說。

上帝爲什麼在創造男人之後，又創造女人呢？男性沙文主義者說，男人是完美的作品。你們在希臘和羅馬的雕塑中肯定看到男人，但是你們很少看到女人的裸體雕塑，只有男人的。奇怪。那些人怎麼了？他們難道看不出女人的美嗎？

他們都是男性沙文主義者，這方面的意識非常強烈，所以他們歌頌同性戀甚於異性戀。

聽起來很奇怪，因爲從蘇格拉底開始，已經差不多過去二十五個世紀了，但蘇格拉底本人也愛男人，而不是女人。或許他的妻子贊西琵（Xanthippe）給他帶來太多的煩惱，他反應過激，便徹底忘記了女人，開始愛男人。也可能有其他原因。

假如有一天我必須給蘇格拉底做精神分析的話，那我可能就會揭示些別人想也沒有想到過的內情。但男性沙文主義者都說，上帝創造男人，就因爲男人孤單，需要有個伴兒，上帝才創造了夏娃。

這不是故事的原版。在原版中，女人的名字不是夏娃，她的名字是莉莉絲（Lilith）。上帝創造了莉莉絲，但是莉莉絲，從誕生的第一刻起，就引發了那個問題。

是這樣開始的：夜幕降臨，太陽落山，而他們只有一張床，問題就在這兒。他們不像我那麼幸運，有阿歇西，否則他就會替他們準備──即使他一直偏頭痛──他也會做出一張完美的床。但阿歇西不在那兒，事實上那兒沒有其他人……

我的錶停了，前幾天我剛說過這件事兒，它就停了。你們知道手錶都是喜怒無常的。它不早不晚，剛好停在那一刻。我那天說的是另一塊手錶，是個比喻，可是誰會向這塊手錶解釋，說我沒在說她呢？夜裏我已經跟她說過不知道多少次了：「聽好了，你不需要停。我不是在說你──你是一塊非常美麗的手錶……」但是她不聽啊。

我前面說什麼了？

「你說夏娃沒有床……或者是莉莉絲沒有床，奧修。」

是的。還沒上床，鬥爭就開始了。莉莉絲無疑是婦女解放運動的創始人，無論她們知道與否。她奮力鬥爭。她把亞當扔下床。多麼偉大的女人！亞當一再試圖把她扔下去，可是那有什麼意義呢？假如他成功了，她還會回來，把他扔下去。

她說：「只有一個人能睡在這張床上。它不是給兩個人睡的。」上帝當然不是把它造給兩個人睡的，它不是雙人床。

他們打了整整一夜，早晨，亞當對上帝說：「我快樂極了……」雖然他並不快樂，但是整整一夜的不快樂也幫助他看到過去的生活是多麼快樂。他說：「在這個女人來以前，我非常快樂。」

莉莉絲說：「我以前也快樂。我不想存在。」她肯定是許多東西的起源。或許她就是第一個眞正的禪宗祖師，因爲她說：「我不想存在。對一生來說，一夜就夠了，因爲我知道基本上每一夜都會如此，不斷重複。即使你給我一張雙人床，又有什麼不同呢？我們還會打架，因爲問題是：『誰是主人？我才不會讓這個畜生做我的主人呢。』」

上帝說：「好吧。」在那些日子裏——創世之初的日子，實際上那是創世之後的第一天。按照基督教徒的說法，那肯定是一個禮拜天。上帝肯定處於禮拜天的情緒中，因爲他說：「好吧，我會讓你消失的。」莉莉絲消失了，然後上帝用亞當的肋骨創造了夏娃。

那是第一例手術，戴瓦拉吉，請記下來。上帝是第一位外科醫生，無論皇家學會是否承認他，都沒有關係。他完成了一件偉大的工作。從那以後，其他外科醫生都不能有相同的壯舉。就用一根肋骨，他創造了女人。但這是一種侮辱，我討厭這個故事。這不應該是上帝的作風。就用一根肋骨……！

接下來是故事的剩餘部分。每天夜裏，夏娃臨睡前都要數數亞當的肋骨，以確保其他的肋骨都在，世界上沒其他女人，然後她才能安心入睡。

奇怪……假如有其他女人，她爲什麼就不能安心入睡呢？但是我不喜歡那個故事的結局。首先它是男性沙文主義的；其次，非常不神聖；第三，缺乏想像力，太實際。應該用暗示的方法說話。馬司朵問我：「你的結論是什麼？」

我於是說：「我的結論是，上帝先創造男人，因爲他不希望在創造的時候受到任何打擾。」這是東方家喻戶曉的諺語。和我沒有關係，但是我非常愛它，我幾乎能宣稱它是我的。假如愛能把一切東西變成自己的所有，那麼它就是我的。我不知道是誰先說這句話的，我也不需要知道。

我也告訴馬司朵：「從那以後，再也沒有上帝的消息了。你有那個可憐的老人的消息嗎？他退休了嗎？他忘記他的創造了嗎？他對他所做的那些人沒有愛和同情嗎？」

馬司朵說：「你總是藉那些荒唐的故事引出那些奇怪的問題，然後把它們說得有板有眼的。我眞想知道，你有一天會不會變成一個寫故事的人。」

我說：「不會。那個工作有才能比我高得多的人做呢。別的地方需要我，似乎沒有人對它感興趣，因爲我正在考慮只對上帝感興趣。」

馬司朵大吃一驚！他說：「對上帝？我還以爲你不相信他呢。」

我說：「我不相信，因爲我知道，我從內在深處知道，即使你把我的頭砍掉，我也會說：『我知道。』我也許不存在……在我不存在以前……他一度存在，而且他將存在下去。」

事實上，說「他」是不對的。在東方我們說「它」，那聽上去完美無缺。用大寫字母寫的「它」會體現出佛陀的教導、老子的格言、耶穌的祈禱的眞正含意。「他」又是面向男性的，而且「他」也不是「她」。

我聽說……你們也許還沒有聽說過，因爲它屬於未來。它是一個發生在未來的故事。那個波蘭佬──那個教皇死了，去了天堂，當然。他衝進去看上帝，以他衝進去的速度來衡量，他衝出來的速度更快──痛哭流涕。聖彼得、保羅、托馬斯和其他聖人都圍過來說：「別哭，別流淚。你是一個好人，我們理解你的感情。」

教皇喊道：「你們理解什麼？你們知道嗎？他首先連個白人都不是，他是個黑鬼。其次，更糟的是：他居然不是一個他，他是一個她！」

上帝既不是他，也不是她──但波蘭佬都是波蘭佬。你可以讓他們當教皇，但那並不會導致任何差別。上帝創造世界，並不根據男性沙文主義者或者女權主義者的觀點。他們的觀點截然相反。

上帝創造女人作爲完美的典範，當然每一位藝術家都相信她是完美的典範。假如你看他們的畫作，你也會相信她是完美的典範。不過請到此爲止。別去碰眞正的女人。畫作可以，雕塑也行，但眞正的女人並不完美，她應該如此。

我那麼說並沒有絲毫貶意。不完美恰恰是生命的法則。只有死的東西是完美的。生命，必須，是不完美的。女人是不完美的，男人是不完美的，當兩種不完美相遇的時候，你可以想像結果會是什麼。

「那就是我的結論，」我告訴馬司朵：「上帝創造男人，男人開始問哲學問題。上帝創造女人讓男人不得閒。從那以後，男人不停地買香蕉，等回到家的時候，他已經疲憊不堪，儘管他的妻子想討論偉大的問題，他也只想把自己藏到《時代》，或者其他什麼報紙後面去了。他一直被女人指揮得團團轉，女人不停地叫他：『做這個，做那個。』

「眞奇怪，女人可以得到教師的工作，儘管有許多其他工作都不讓她們去做。這裏面或許有某種邏輯。最好趁時間還來得及，趕緊抓住那些可憐的男孩，此後他們在女人面前總是戰戰兢兢、心懷恐懼。從那以後，上帝便饒有興味地觀看整場鬧劇，它在他用六天的時間創造出來的世界上久演不衰。」

佛試圖，以某種方式，讓你看一眼那個輕鬆自在的世界，它早在這個充滿煩惱的世界出現以前就存在了。生命總是既簡單又複雜，兩者兼而有之。簡單如朝露，複雜也如朝露，因爲朝露可以反映整個天空，又包含所有的海洋。當然它不會永遠存在……也許只存在幾分鐘，便永遠離去。我強調永遠。沒有辦法讓它回來，包括所有那些星星和海洋。

這麼多事情都和馬司朵有關……

每當我想哭的時候，我都要馬司朵彈維那琴。那很容易，不需要解釋，沒有人會問你爲什麼哭。維那琴就是那樣，直接打動你的內心深處。然而促使我給你們講那個故事的，是他的固執，因爲他總是對我說：「除非你給我講一個故事，否則我不彈。」我給他講了那個故事，現在輪到他彈琴了……但是只有我能聽。最好現在還是只有我能聽。

給我十分鐘，讓我聽一聽他的琴聲。我在亞當的意義上享受它。

我們坐在這輛老牛車上已經多少分鐘了？有誰計算得出嗎？

「永遠，奧修。」

那麼再過一分鐘，你們就可以停止了。

這很好。人不應該指望任何事情進行得如此完美，人應該也有能力結束它。我知道你們能繼續聽下去，但是不要——我的醫生禁止我吃得太多。他希望我減輕體重，如果我吃了你們的食物，那上帝啊……！

你們現在可以結束了。

譯註：

❶人智學：anthroposophy，德國哲學家Rudolf Steiner創立的把人類作爲研究一切知覺中心的「精神科學」學說。

❷「non」和「sense」，即nonsense，胡扯。

❸指女哲學教授。

37 沒有指導的生活

好。

我們還只停留在我上小學的第二天。必然如此。每天都有那麼多事情要做。我連第二天都還沒有講完呢。今天我要盡力把它講完。

生命是環環相扣的，你不可能把它裁成整齊劃一的片段。它不是衣料。你根本不能裁剪，因爲你一旦把它和相連的部分裁開，它就和原來不一樣了。它變成死的東西，沒有呼吸。我希望它沿著自己的路線發展，甚至都不要指導它，因爲我首先就沒有指導過它。它沿著自己的路線發展——沒有嚮導。

實際上，我以前討厭嚮導，現在還討厭，因爲他們不讓你從「在」如流。他們給你指導，他們的職責就是促使你趕快抵達下一個目的地。他們的工作就是讓你感覺自己好像已經知道了。他們其實不知道，你也不知道。

知道只來源於沒有嚮導、沒有指導的生活。我過去就是這麼生活的，現在依然這麼生活。

那是一種奇特的命運。我甚至從小就知道這不是我的家。它是我那那的房子，而我的父親和母親則住遙遠的地方。我曾經希望，也許我的家在那兒，但是沒有，那兒只是一座大客房，我可憐的母親和父親無緣無故地、長年累月地伺候那些客人——起碼在我看來好像沒有什麼緣故。

我又自忖：「這不是我要尋找的家。現在我到哪兒去呢？我的外祖父死了，所以我不能回到那座房子裏去。」

那是他的房子，沒有他，房子便沒有了意義。假如我那時回去的話，它就會有點意義，至少百分之九十九吧，但是她不肯回去。

她說：「我當初到那兒去是爲了他，假如他不在了，那我就沒有理由回去。當然，假如他會回來，我願意去，可是假如他不會回來，假如他不能信守他的諾言，我爲什麼要管他的房子和財產呢？——它們從來就不是我的。總有人能照顧這些東西。又不是派我來照顧它們的。我首先不是爲了它們去的，我也不會爲了它們回去。」

她拒絕得如此徹底，我學會了怎樣拒絕……我也學會了怎樣愛。離開那所房子以後，我們和我父親的家人一起待了幾天。當然那不只是一個家庭，更是部族的聚會，有好多家庭，或許稱得上是一種mela——集市。但我們只待了幾天。那也不是我的家。我待在那兒只爲了看一眼，然後就離開了。

從那以後，我住過多少房子呢？你們幾乎不可能想像，在近五十年的人生中，我一直在換房子，沒有做別的事情。當然，春來草自青❶——我在換房子，什麼事情也沒做，春來草自青。但是一切都歸功於「無事」，而不是換房子。

此後我搬到我那昵的房子裏去住，後來又搬到我的一個姑丈的房子裏去住，那是我父親的姐夫❷的房子，通過大學入學考試以後，我在那兒上學。他們本來以爲我只待幾天，但結果證明，我待的時間比他們以爲的長得多。哪家學生宿舍都不願意接收我，因爲我的檔案履歷非常「漂亮」。所有的教師給我的評語，特別是校長給我的，很値得保存。他們在證書用詞所允許的範圍內拼命譴責我。

我曾當面告訴他們：「這不是品行證明，這是品行誹謗。請寫一個附註：『我稱這份文件是品行誹謗。』你們不寫，我就不收。」他們只能寫。

他們說：「你不僅淘氣，而且危險，因爲現在你可以控告我們了。」

我說：「別害怕。這輩子會有許多人在法庭上控告我，我絕不會控告任何人。」

我沒有控告過任何人，雖然這對我來說非常容易，幾百號人都會因此而受到懲罰。

我說過我從來沒有一所房子。連這所房子，我都不能稱之爲「我的房子」。從第一所到最後一所，或許這不是最後一所，但無論哪個是最後一所，我都不能稱之爲我的房子。就爲了隱藏這一事實，我稱之爲老子屋。老子和它毫無關係。

我知道這個人。我知道他一旦遇見我——總有一天會遇見的——他的第一個問題就是：「你爲什麼給你的房子取名叫『老子屋』呢？」自然，一個孩子的好奇心——沒有人能比老子更像孩子了，無論是佛陀，還是耶穌，還是穆罕默德，當然還有摩西。一個猶太人會像孩子？不可能！

猶太人天生就是商人，穿一身西服，離開家到商店裏去。他一來就是現成的。摩西？

——當然不。但老子，或者假如你想要一個比老子更像孩子的人，那就是他的門徒，莊子……做老子的門徒，需要比老子本人更天眞。沒有其他辦法。

孔子遭到老子的拒絕。簡而言之，他聽到的是：「出去，永遠別讓我見到你——記住，別再回到這個地方來了。」儘管事實上的話不是這麼說的，但那的確是老子對孔子所說的話的基本精神。孔子是那個時代最有學問的人。老子不可能接受孔子，但莊子卻比老子——他的師傅——更瘋。當莊子來的時候，老子說：「太棒了！你是來做我師傅的嗎？你可以選擇：要嘛你做我的師傅，要嘛我做你的師傅。」

莊子回答：「把那些都忘了吧！我們爲什麼不能只是存在著呢？」

他們便一直這樣存在著。當然莊子是一個門徒，對師傅非常尊敬。沒有人能和他相比，但他們就是那樣開始的，他說：「難道我們不能把那些陳詞濫調都忘了嗎？」——我加了「陳詞濫調」這個詞，把它原有的含意表達得更準確些。但那並不意味著他對老子不尊敬。聽到他這麼說，老子非但不生氣，反而哈哈大笑，說：「說得好！我就等你這句話呢。」於是莊子給老子頂禮。

老子說：「幹什麼！」

莊子說：「別把任何東西塞在我們中間。假如我想給你頂禮，那誰也不能阻止我，你不能，我也不能。我們只能看著它發生。」

我也只能看著它發生，從一所房子搬到另一所房子。我能想起來幾百所房子，但是沒有一所我能說：「這是我的房子。」我曾期待著，或許這一所……我一輩子就是這麼過來的：

現在仍然，我告訴你們一個祕密。我仍然期待在什麼地方有一所房子，或許……「或許」就是那所房子。我一輩子都在等啊等啊，在那麼多所房子裏，期待著眞正的那一所的到來。它總好像近在咫尺，但距離始終不變。它始終近在咫尺，我現在又能看見它了。

我知道沒有哪所房子會是我的；但知道是一回事；偶爾，有某種東西，你只能稱之爲「存在」（being），把它掩蓋了。我把那叫作「全知」（all-knowing）；在那種時候，我又開始尋找「家」。我說過，它只能被命名爲「或許」，我的意思是說，那就是家的名稱。它總是將要發生，但是從不眞正發生……總是處於將要發生的狀態。

我從我那昵的房子裏搬到我父親的姐姐❸的房子裏。她的丈夫，我的意思是說我父親的姐夫，不太情願。自然，他爲什麼要情願呢？我完全同意他的態度。

即使我處在他的位置上，我也不情願。不僅不情願，而且很頑固，因爲誰會平白無故地接受一個搗蛋鬼呢？他們沒有孩子，所以眞的活得很快樂——儘管事實上他們非常不快樂，不知道那些有孩子的人是多麼「快樂」。但是他們也無從知道。

他們有一所漂亮的孟加拉式平房，房間很多，一對夫妻住不了。面積大得足以容納許多人。但他們是有錢人，他們負擔得起。給我一間小房子住，對他們來說不成問題，雖然做丈夫的不情願，但嘴上沒說一個字。我拒絕搬進去。

我拎著我的小箱子，站在他們家外面，告訴我父親的姐姐：「你丈夫不情願讓我住在這兒，除非他情願，否則我最好還是住在街上，比住在他家裏好。我不能進去，除非讓我相信

▲奧修（最右邊）和他父親的姊姊（前排右二）和她的丈夫（最左邊）。

他高興接受我。而且我不能保證我不會給你們惹麻煩。不惹麻煩違背我的天性。我也無能爲力。」

丈夫躲在窗簾後面，聽見我所說的每一句話。他至少理解一點，那就是這個男孩值得一試。他出來說：「我給你一次嘗試的機會。」

我說：「確切地說，是你從一開始就認識到我在給你一次嘗試的機會。」

他說：「什麼！」

我說：「這話的意思你以後慢慢會清楚的。它進入厚腦殼兒的速度很慢。」

妻子聽了大吃一驚。她後來對我說：「你不應該對我丈夫說那樣的話，因爲他能把你扔出去。我攔不住他；我只是一個妻子，而且還是沒有小孩的。」

喏，你們無法理解……在印度，一個沒有小孩的妻子被認爲是禍根。她本人可能沒有責任，而且我非常清楚地知道，責任在這傢伙身上，因爲醫生們告訴我他無能。但是在印度，假如你是一個沒有小孩的女人……

首先，在印度做一個女人，再沒有小孩！任何人都不會碰到比這更糟糕的事情了。現在假如一個女人沒有小孩，她能怎麼辦呢？她可以去看婦科醫生……但不是在印度！丈夫寧可和另一個女人結婚。

印度的法律，當然是由男人製定的，允許丈夫和另一個女人結婚，假如他的第一個妻子沒有小孩的話。奇怪，假如懷孕牽涉到兩個人，那麼自然，不懷孕也牽涉到兩個人。在印度，懷孕牽涉到兩個人，但是不懷孕……只牽涉到一個人，女人。

我住在那所房子裏，自然，從一開始，我和做丈夫的之間就出現一種衝突、一種微妙的趨勢，而且不斷升級。它以各種形式爆發出來。首先，他所說的每一句話，只要我在場，我就立刻反駁，不管他說的是什麼。他說的是什麼並不重要。那不是對與錯的問題，那是他與我的問題。

從一開始他看我的方式就決定了我必須怎麼看他——看作一個敵人。現在，卡內基可能寫了一本書《如何贏得朋友及影響他人》。但是我認爲他並不眞的知道。他不可能知道。你除非知道樹敵的藝術，否則不可能知道交友的藝術。在那方面，我無比幸運。

我樹敵那麼多，你們淨可以確信，我肯定至少也交了幾個朋友。不交朋友，你就不可能樹敵。那是一條基本法則。你想要朋友，也要準備接受敵人。所以許多人，大部分人，都決定既不要朋友，也不要敵人，只要熟人。這些人被認爲是有常識的人，實際上，他們眞正具有的是非常識（uncommon sense）。但是我沒有那個，無論它叫什麼。我交的朋友和樹立的敵人一樣多，實際上，比例相等。兩方面我都能依靠，兩方面都很可靠。

首先，當然，是他的古魯。他一進門，我就告訴我的姑姑：「這個人是我見過的最壞的人。」

她說：「住嘴。別吭聲，他是我丈夫的古魯。」

我說：「管他呢，但是告訴我，我說的對不對？」

她說：「很不幸，你說的對，但是別吭聲。」

我說：「我不可能不吭聲。我們必須進入對抗狀態。」

她說：「我早知道，這個人一來，就會有麻煩。」

我說：「他沒有責任。麻煩是我。你們接受我那天，記得嗎？我告訴你丈夫：『記住，你可以接受我，但你是在接受麻煩。』現在他就要知道我說那句話的意思了。有些事情只有時間才能揭示——字典沒有用。」

他剛坐下來，當然一副傲慢的樣子，我就摸摸他的頭。喏，那是開始，只是開始。我的親戚們全都圍過來說：「你在幹什麼？你知道他是誰嗎？」

我說：「就因爲知道他是誰，我才這麼做呀。我想試試他的深淺，可是他太淺了。還夠不到他的腳面呢，所以我才摸他的頭。」

可他火冒三丈，暴跳如雷，大喊：「這是侮辱！」

我說：「我只是引用你書裏寫的話。」他剛剛出版一本書，在書裏面他說：「假如有人侮辱你，你要安靜，要平靜，不要被打攪。」

他於是說：「我的書裏寫什麼了？」

這句話對我有一點幫助，我便說：「坐到你的椅子上去，雖然你不配坐。」

他說：「又來了！你是不是成心想侮辱我？」

我說：「我不成心想侮辱任何人。我只是關心那張椅子。」

他那麼胖，可憐的椅子不知怎麼才把他撐住的。可憐的椅子實際上正在哭，發出吱吱呀呀的聲音。

我說：「我說的是椅子。我不關心你，但是我關心椅子，因爲你走了以後，我還得用它。它其實是我的椅子。假如你舉止不端的話，你就得把它空出來。」

這幾乎像是給一個炸彈點了火。他跳起來，粗俗地大聲叫罵，說：「我就知道，這小子一進這家門，它就不一樣了。」

我說：「那倒是眞的。只要有眞理在，我永遠贊同，即使對一個敵人。這所房子和原來是不一樣了，那是眞的。說下去，告訴我們，它爲什麼不一樣了。」

他說：「因爲你不信神。」

在印度，用來表達不信神的詞是**nastika**，它是一個美麗的詞。它不能被翻譯成「不信神」，雖然那是唯一可採取的翻譯形式。納斯第哥的意思就是「不相信的人」。關於相信或者不相信的客體，它什麼也沒有說。它意味深長，至少對我來說是這樣的。我希望被稱爲**nastika**，「不相信的人」，因爲只有盲目的人才會相信。那些能看見的人，他們不需要相信。

印度人用來表達信徒的詞是**astika**，如同「有神論者」，它正好給你一種「信徒」的感覺。在印度語言中，有神論者叫作**astika**——相信的人，信徒。

我從未當過信徒，凡是有一點智慧的人都不可能當信徒。信仰只適合低能兒、智力遲鈍的人、白癡之類的——那是一大群人，事實上那是大多數人。

他叫我**nastika**。

我說：「這我也同意，因爲這體現了我對生命的態度。或許這將永遠體現我對生命的態度，因爲相信就是限制。相信就是驕傲自滿，相信就是相信你知道。」

當**nastika**等於說：「我不知道。」它正好是英語單詞「不可知論者」、「不相信的人」。

他也不能說他不相信，實際上他始終帶著一個問號。帶著一個問號的人，那就是不可知論者。

帶著自己的十字架並不怎麼困難，假如它是用金子做的，鑲滿鑽石，掛在你的脖子上，那就更不用說了。太容易了。對耶穌來說是困難的。那不是演戲，那是眞正的十字架。而且耶穌並不是基督教徒，那些猶太人眞的生氣了。在通常情況下，他們都是些好人，而好人一旦生氣，那就必然要發生某種卑鄙的事情，因爲所有的好人都壓抑了他們的卑鄙。它一旦爆炸，那可是核爆炸啊！猶太人一向和善，那是他們唯一的缺點。

假如他們以前稍微不和善一點，耶穌就不需要上十字架了。但是他們那麼和善，他們只好把他釘上十字架。他們其實是在釘他們自己，他們自己的兒子，他們自己的血脈——而且不是一個普通的兒子，是他們最出色的兒子。猶太人沒有產生過，以前沒有，以後也沒有，一個哪怕類似於或者哪怕接近於耶穌的人。他們本來應該愛這個人，但他們都是些和善的傢伙，麻煩就在於此。他們不能饒恕他。

我和許多聖人一起待過，當然是所謂的聖人，只有少數幾個是眞正神聖的，但是我不會稱他們爲聖人。這個詞已經落入錯誤的人群中了，變得腐爛污穢。我不會稱巴格．巴巴爲聖人，也不會稱馬格．巴巴爲聖人，也不會稱馬司朵．巴巴爲聖人——就是聖賢。神聖是肯定的，但不是人們通常所想像的聖人。

我叔叔的古魯，哈里．巴巴（Hari Baba），就被認爲是個聖人。我對他說：「你既不是一個巴巴，也不是一個哈里。哈里是上帝的名字，請把你的名字改掉，換一個適合你的。巴巴也和你沒有關係。只要查查字典，找一個說得通的。」衝突一旦開始，便持續不斷。關於這一點，我以後再告訴你們。

從這所房子我又搬進了大學宿舍，然後當我開始工作的時候，又搬進一所小房子。但是這所房子很小，主人家很好，我一直感到難爲情，因爲我甚至能聽見他們在床上說的話。喏，這是不對的，可我不得不在深更半夜說：「請原諒，我能聽見你們說話。」

他們聽到這句話，當然，非常震驚。早晨時，他們說：「你得離開這所房子。」

我說：「我知道。瞧，我已經把東西都打包了。」我的確打包了。事實上，我弄來一輛車，早就把我的東西裝上去了。

他們說：「這眞奇怪，我們還沒有對你說什麼呢。」

我說：「你們也許並沒有對我說什麼，但我卻聽見你對你妻子所說的每一句話，在床上。牆太薄了。那不是你們的錯。你們有什麼辦法呢？可我又有什麼辦法呢？我拚命努力，想不聽見你們說話。」

你們知道嗎？甚至現在我都得戴耳塞睡覺。那副耳塞就是從那天夜裏開始戴的。那是很久以前的事了。大概是一九五八年，也可能是一九五七年底，但肯定就在那段時間裏。我開始用耳塞，避免聽見我不該聽見的聲音。爲此我賠上了一所房子，不過我二話沒說，立刻走人。

我不斷地離開，總是爲搬進新房子而打包。從某種意義上說，這是好的，否則我就沒有別的事情可做了，總是打包，然後拆包，然後再打包，再拆包，它讓我比以前任何一個佛都要忙，方式上也更無害。他們也忙，但他們的忙必然包含別人。

從某種意義上說，我的忙總是個人的。即使有成千上萬的人和我在一起，我和你們之間的關係也還是一對一的。它不是一個組織，它不可能是。當然爲了管理上的目的，它必須像組織那樣運作，但是就我的桑雅生而言，每一個桑雅生都和我聯繫，而且只和我聯繫，不通過其他任何人。

我這個人空得很。我不能說失業，因此我用了「空」這個詞，因爲我喜歡空著。我不適合任何僱傭關係。我已經跟所有僱傭關係了結了。我只是在享受。但是享受需要一定的環境，那正是我在創造的。

我一輩子都在創造這種環境，逐漸地，有步驟地。我再三提到新社區。那只是爲了提醒我自己，而不是你們，這樣我就不會把建立新社區的事情給忘了。因爲我一旦忘記，第二天早晨或許就不會再醒過來了。

古蒂亞要等……你們要跑。是的，我看見你們向我走來，幾乎是跑來的。你們要等，但是我不會迎上來，因爲我會失去僅有的那一條游絲，我要靠它維繫自己。

事情就這樣不斷地發生。從嘎達瓦拉到賈巴爾普爾，我不知道搬了多少次家，人人都以爲那是我的嗜好，搬家。

我說：「是的，這有助於你認識不同地方的許多人，我喜歡認識別人。」

他們說：「這是一個奇怪的嗜好，而且非常困難。才住了二十天，你又要搬家了。」

最後從賈巴爾普爾搬到孟買……在孟買我也到處搬家，直到最後住在這裏，在普那。誰也不知道下一次會搬到哪裏。

從上學的時候開始，這才是第二天。生命是非常多維的。當我說非常多維的時候，它看起來或許很荒唐，因爲只要說多維就可以了。爲什麼要說非常多維呢？生命是多多維的（multi-multidimensional）。

你們肯定感到餓了，餓鬼都是些危險的傢伙。給我兩分鐘時間……

現在結束。

譯註：

❶唐・懶殘禪師有「兀然無事坐，春來草自青」句。

❷或者是妹夫。

❸或者妹妹。

38 失蹤的部落

好。

我想告訴你們一個簡單的眞理，可能就因爲它的簡單，所以你們才把它忘了。哪個宗教都做不到這一點，因爲你一旦成爲某個宗教的一部分，你就不再簡單，也不再虔誠。我想告訴你們一個非常簡單的道理，我吃了很多苦，才認識到它。或許你們得來太便宜了，簡單往往被誤以爲便宜。它一點兒也不便宜啊。它可能是最昂貴的東西了，因爲爲了獲得這個簡單的眞理，人必須付出自己的生命。它就是臣服、信任。

你們自然會誤解信任。我跟你們說過多少次了？是的，我肯定說過幾百萬次，但是你們聽進去一次沒有？前不久，有一天晚上，我的祕書哭了，我問她爲什麼。

她說：「我哭是因爲你太信任我了，我不值得你信任。我實在負擔不了。」

我說：「我信任你。現在假如你還想哭，你可以哭。假如你想笑，你可以笑。」

這下她可眞的碰到困難了。她理解我的意思，但她的眼淚不是反對我的，它們是支援我的。我對她說：「你能怎麼辦呢？你最多只能叫我離開這所房子。這所房子裏想跟隨我的人會來，否則我就一個人走。我一個人來，我一個人走。沒有人能在眞正的旅途上陪伴我。到時候，你可以玩各種各樣的遊戲，聊以度日。」

她望著我。她的眼淚乾了，但是還掛在臉頰上。有一會兒，我知道她心裏在想什麼。我對她說：「你在想現在你可以欺騙我。行啊，你找不到更好的機會了。」

她又痛哭失聲，跪倒在我的腳下說：「不，奧修，不。我不想欺騙你。所以我才哭。我不想欺騙你啊。」

我說：「那你幹嘛動那個腦筋？假如你不想，我也不希望你想，那我們爲什麼浪費我們的時間呢？假如你想欺騙我，我願意。實際上我應該爲你哭才對，因爲從一開始，我無非就是個難題。我現在依然是個難題，不是對我自己而言——對我自己，我根本就不存在，所以問題不會出現。但是對別人而言，他們存在，非常堅實地存在，所以……他們越是存在，他們的生命就越成問題。可你是和一個不存在的人在一起。就他而言，他沒有難題。假如他能信任你，存在就足以照顧你。」

可是好像誰對存在都沒有絲毫興趣——他們對什麼都感興趣，就除了存在。

那又把馬司朵帶回來了。馬司朵這傢伙從哪兒都能闖進來——無論你是否提出要求，無論你是否提出邀請。他非常有趣，無論是否接到邀請，每個人都會站著那兒迎接他。馬司朵一而再、再而三地闖進來。那只是一個老習慣，很難改掉。

現在可憐的戴瓦蓋德只知道記筆記，他做得很好。我偶爾會檢查一下，問他：「我前面說什麼了？」他原原本本地提醒我，我前面說的是什麼。他做他的工作，因爲他在心裏對我充滿了愛，所以忍不住要嘆息，呼吸急促，好像有一件他無法相信會發生的事情終究發生了

——他至今也無法相信。我的困難就在於我以為他是在笑！他不是在笑，只是急促的呼吸讓我覺得他在笑。

這一點他已經寫信告訴過我了。我知道，可是每當他發出那種聲音的時候——我也是個頑固分子——立刻就讓我想起一個詞，那就是笑。於是，他又在笑了。那也是一個老習慣，從我當教授那會兒開始養成的。你們可以理解：教授畢竟是教授，他不能允許有人在他的課堂上笑。我現在不在乎了，我還以此為樂呢。

在我的課堂上，女孩多於男孩，所以笑聲不斷。你們知道我，他們是男孩還是女孩沒有關係，我照樣和他們分享玩笑。但是假如笑得不是時候，那麼笑的人肯定要倒楣。講完笑話以後，我會允許大家笑一會兒，但是不能出格。假如笑得不是時候，那我就會當場抓獲他。那種笑不是因為任何笑話，只是因為男孩和女孩在一塊兒，亞當和夏娃的老故事。「出去，你們兩個！」那是上帝說的話：「離開伊甸園！」

他肯定是老派教師。而這條蛇肯定是一條老蛇，為許多亞當和夏娃提供過服務，千方百計地幫助他們，可能還替他們互送情書等等。別的事情最好就不提了。當然這裏既沒有淑女，也沒有紳士，但是萬一有人是紳士而假裝不是，或者是淑女而假裝不是，那就會造成不必要的痛苦。我可不想導致任何人痛苦。

我記得我第一次演講……看到了嗎？事情怎麼會以這個序列發生。那是在高中。當地每所高中都選送一個演講者參賽。我之所以被選中代表我們學校，不是因為我最出色，我不能那麼說，而只是因為我最麻煩。假如我沒有被選中，就會有麻煩，那是肯定的。所以他們決定選我，但是他們沒有覺察我在哪兒都會惹麻煩。

我在演講的開頭沒有像通常那樣稱呼：「主席先生、女士們、先生們……」我把主席上下打量了一番，對自己說：「不，他不像一個主席。」然後我環顧會場，對自己說：「不，這裏沒有人看起來像一個淑女或者紳士，所以很不幸，我只能直接開始演講，不特別稱呼任何人。我只能說：『有關各位。』」

後來，我們校長打電話給我，因爲即使在這以後，我還是贏了大獎。

他說：「你怎麼了？你的表現很奇怪。我們事先給你做了準備，可是教你的東西你隻字不提。不僅如此，你還把準備好的講稿忘得一乾二淨，你連主席或者女士們、先生們都沒有說。」

我說：「我朝周圍看過，那兒沒有紳士。我對那些傢伙非常瞭解，他們一個都不是紳士。就女士而言，她們更糟，因爲她們都是這般傢伙的老婆。至於主席……他好像是上帝派來主持全城一切大小會議的。我厭倦他。『主席先生』，我叫不出口，事實上，我眞恨不得揍他一頓呢。」

那天，主席叫我上台領獎的時候，我說：「好，但是要記住，你得下台到這裏來和我握手。」

他說：「什麼！和你握手！我連看都不會看你一眼。你侮辱我。」

我說：「我會讓你看到結果的。」

從那天起，他成爲我的敵人。我瞭解如何樹敵的藝術。他的名字叫師利・納特・巴德

（Shri Nath Bhatt），是當地的政界要員。當然他是最有影響力的甘地政黨（Gandhian political party）的領導。那時候，印度還在英國統治之下。也許就自由而言，印度現在依然不自由。它也許擺脫了英國的統治，卻沒有擺脫英國統治所造成的官僚主義。

我確實一直在談論信任，而我從來都不能解釋它。那或許不是我的錯。信任，它也許不能討論，只能指示。我想盡辦法說些意義明確的話，但結果都以失敗告終。它要嘛變成你們的經驗，那樣一來，你們就不需要知道它是什麼了；要嘛沒有變成你們的經驗，那樣一來，你們也許知道「信任」這個標題下的所有解釋，但你們還是什麼都不知道。

我剛才又試圖告訴你們，實際上是再給我自己一次嘗試的機會。也許吧，談論各種想談論的主題總是很誘人的，即使是那些曾經失敗的主題。只要知道它們的方向是正確的，就覺得自豪。那就是一個方向問題。

是的，信任有許多內涵，但首先是一個指向自己的問題——改變方向。

我們天生就會向外看。向內看不是人體的一部分。人體運轉協調，假如你想到別的地方去，它可以帶你去。但是你一問：「我是誰？」它就撲通一聲倒下，就這麼撲通一聲倒在地上，不知所措，因爲和這個問題有關的方向不屬於這個所謂的世界。

這個世界由十個維度組成，或者說十個方向，這樣說更確切。維度這個詞更大，不應該用於方向。這十個方向是：兩個，上和下；另外四個我們知道是東、南、西、北；其餘四個就是四個角。當你畫東西、南北兩條線的時候，北方和東方之間有角，東方和南方之間有角，等等——四個角。

我不應該用方向這個詞。它完全不同，和戴瓦蓋德的噴嚏一樣不同。他試圖抑制它，而它是最不可能被抑制的事情之一。我建議他允許噴嚏出來。它無論如何總要出來。幹嘛受那份罪呢？下次你聽見敲門的聲音，就把門打開說：「夫人，請進。」它或許根本就不會發生了。噴嚏是些奇怪的東西。你努力想打一個出來吧，那就得把所有的瑜伽伎倆都使上。那也只是一種可能性。但是要抑制它吧，它就會以巨大的力量噴出來。它是一個女人啊，你們知道，一旦女人把你占有了，最好的辦法是把她噴出去，然後逃跑，勝於抑制她。

方向和維度和他的噴嚏一樣不同，我的理解是他在笑。他試圖抑制他的噴嚏，我正開始談論那不可談論的，恰好在這一刻，他打噴嚏了。這就是榮格所說的相應。這個例子沒什麼了不起的，我的意思是說不典型，只是一個小例子。

很奇怪，特別是在印度，每當談論這類事情的時候——我想幾千年來，其他地方沒有人談論這類事情——和師傅聚會禁止打噴嚏。爲什麼？我不理解你們怎麼可能禁止噴嚏。噴嚏又不害怕你們的警察，也不害怕你們的槍。你們怎麼可能禁止它呢？——除非給鼻子做整形手術，但效果不會好，因爲噴嚏只是通知你有異物進入了。不應該以任何方式阻止它。

所以我對你說，戴瓦蓋德，你是我的門徒，而我的門徒必須在各方面都與眾不同，甚至在打噴嚏這方面。他們可以恰好當師傅談論信任的時候打噴嚏。這沒有害處。但有時候你開始抑制它，它自然會影響你的呼吸。它影響你的一切，然後我就以爲你是在笑。然後你就感到非常震驚。實際上你應該高興：「我師傅，即使偶爾誤解我，也總是把它解釋成笑。」

笑——可以說是我的信條，假如允許的話。我的意思是說，假如「信條」這個詞允許使用的話。我的意思不是說允許大笑……跟我在一起可以。但人們都很迷信他們的信條，他們不笑。至少在教堂裏，他們的面孔拉得老長，你簡直不能相信他們來這兒是爲了理解那個人的，那個人的唯一啓示，假如把它簡化爲一個詞，那就是：「喜悅！」他們不是喜悅的人。

他們肯定是當初殺害那個人的人，還繼續把黑亮的釘子釘入他的棺材。誰知道呢，他可能出來了……他們這些人肯定還想把他吊死，而他已經死了兩千年了。現在不需要吊死他，雖然當初他有足夠的智慧不被釘死。

他及時設法逃脫了。當然在圍觀的人群面前，他扮演了被釘死的角色，而當人群一散，他也回家去了。我的意思不是說他去見上帝了。請不要誤會，他眞的回家去了。

至今依然向基督教徒展示的那個洞穴，據說耶穌的屍體當初就放在裏面，那全是胡扯。是的，它是在那裏待了幾個小時，可能最多一個晚上，但他還活著。《聖經》本身就證明這一點。它說，在他們以爲耶穌死了以後，一個士兵用矛刺耶穌的肋下，居然有血流出來。死人是不會流血的。人一死，他的血液就開始分解。假如《聖經》說，只有水從屍體裏面流出來，那我就會相信，他們寫的是眞的，但是寫水從他的屍體裏面流出來會顯得十分愚蠢。事實上，耶穌從未死在耶路撒冷。他死在巴哈崗，至少就這個詞的意思而言，它和我們村莊的名字完全一樣。

巴哈崗是世界上最美麗的地方之一。那才是耶穌去世的地方，他去世的時候一百一十二歲。不過他對自己的人厭倦極了，他到處傳播這個故事，說他已經死在十字架上。

他的確被釘上了十字架——不過你們不明白，猶太人釘十字架的方式和美國人有所不同。不是坐在電椅上，電鈕一按，你就完了，甚至沒有時間說：「上帝啊，饒恕這些按電鈕的人吧，他們不知道他們在做什麼。」他們知道他們在做什麼！他們在按電鈕！是你不知道他們在做什麼！

假如耶穌是被人用科學方法釘上十字架的，他就沒有時間了。不，猶太人遵循的方式非常殘忍。在自然狀態下，需要二十四小時，甚至更多的時間才能死。還有一些人曾經在十字架上活了三天，我的意思是說，猶太人的十字架，因爲他們只釘人的手和腳。

血液有能力凝結起來。它流動一會兒，然後開始凝結。被釘的人，當然，痛苦之極，其實他只會向上帝祈禱：「求你讓它結束吧。」或許那才是耶穌所說的話，他說：「他們不知道他們在做什麼。你們爲什麼拋棄我？」但痛苦肯定太強烈了，因爲他最後說：「讓你的意願得以實現吧。」

我認爲他沒有死在十字架上。不，我不應該說「我認爲……」。我知道他沒有死在十字架上。他說：「讓你的意願得以實現吧。」那是他的自由，他想說什麼就能說什麼。事實上，那個羅馬巡撫，龐舍司・彼拉多❶，已經愛上了這個人。誰會不愛呢？假如你有眼睛的話，那是不可抗拒的。

但耶穌自己的人卻忙著數錢呢，他們沒時間去注視這個一文不名的人的眼睛。龐舍司・彼拉多甚至一度想釋放耶穌。他有權力釋放他，但是他害怕群眾。彼拉多說：「我最好還是別插手他們的事。他是猶太人，他們是猶太人——讓他們自己決定吧。但是假如他們的決定對他不利，那我就會想辦法。」

他想了一個辦法，政治家總是這樣。他們的辦法總是迂迴的，他們從來不直接動手。假如他們想到A處去，他們就先到B處，政治就是這麼運轉的。還眞有效。難得無效。我的意思是說，只有碰到一個不搞政治的人，它才無效。耶穌的情況也一樣，龐舍司・彼拉多做了巧妙的安排，自己沒有捲進去。

耶穌禮拜五下午被釘上十字架，因此有「好禮拜五❷」的說法。奇怪的世界！那麼好的人被釘上十字架，你們卻稱之爲「好禮拜五」。不過有一個原因，因爲猶太人有……我想戴瓦蓋德，你又可以幫助我了——不是用噴嚏，當然！禮拜六是他們的宗教日嗎？

「是的，奧修。」

對……因爲禮拜六什麼事情也不做。禮拜六是猶太人的假日，所有的活動都必須停止。所以才選擇禮拜五……而且是下午晚些時候，所以太陽一落山，就得把屍體放下來，因爲在禮拜六繼續吊著它就是「活動」。政治就是這麼運轉的，而不是宗教。那天夜裏，耶穌的一個有錢的追隨者把耶穌的身體運出洞穴。當然，接下來是禮拜天，是全體猶太人的假日。等到了禮拜一，耶穌早已遠走高飛了。

以色列是一個小國家，你很容易就能在二十四小時之內徒步穿越它。耶穌逃走了，而且沒有比喜馬拉雅山更好的地方。巴哈崗只是一個小村莊，只有幾間農舍。他肯定是因爲它的美麗才選中它的。耶穌選中的地方，我自己也會喜歡。

我不停地爭取了二十年，才進入克什米爾。但克什米爾有一條奇怪的法律：只有克什米爾人才能住在那裏，連其他印度人都不能住在那裏。那眞奇怪。但是我知道克什米爾人有百分之九十都是伊斯蘭教徒，他們害怕一旦允許印度人住在那裏，印度教徒很快就會成爲當地的主導，因爲它是印度的一部分。所以現在這是一個投票表決的遊戲，就爲了不讓印度教徒進去。

我不是印度教徒，但每一個地方的官僚主義者都是玩忽職守的。他們眞需要待在精神病院裏面。他們不讓我住在那兒。我甚至去見了克什米爾的首席大臣，他以前是克什米爾的總理。

把他從總理的位置上拉下來，拉到首席大臣的位置上，著實進行了一場激烈的鬥爭。自然，一個國家怎麼能有兩個總理呢？但他是個很難駕馭的人，這個謝克・阿卜杜拉（Sheikh Abdullah），他蹲過幾年監獄。在此期間，克什米爾的整套法規都被修改了，但那條奇怪的規定卻被保留下來。可能委員會的成員都是伊斯蘭教徒的緣故吧，他們誰也不想讓別人進入克什米爾。

我費了好大的勁兒，但是此路不通。你鑽不進政客的厚腦殼。

我對這個謝克說：「你瘋了嗎？我不是印度教徒，你不需要害怕我。我的人來自世界各地，他們不會在任何方面影響你們的政治，既不會贊成，也不會反對。」

他說：「人不得不謹慎行事。」

我說：「好，謹慎吧，失去我和我的人。」

可憐的克什米爾，本來可以獲得那麼多，但政客天生都是聾子。他聽，或者換句話說，假裝聽，但是他沒有聽見。

我對他說：「你知道我已經認識你好多年了，而且我愛克什米爾。」

他說：「我認識你，所以我更害怕。你不是一個政治家，你屬於完全不同一類人。我們向來不信任你這種人。」他用了這個詞，不信任——而我剛才就在和你們講信任。

此刻我不能忘記馬司朵。是他把我介紹給謝克．阿卜杜拉的，那是很久以前的事了。後來，當我想進克什米爾、特別是巴哈崗的時候，我向謝克提起這次介紹。

這個謝克說：「我記得這個人也是個危險人物，而你更危險。實際上，就因為你是馬司德．巴巴介紹給我的，我才不能允許你成為這個山谷的永久居民。」

馬司朵把我介紹給許多人。他想我或許會需要他們。我的確需要他們——不是為我自己，而是為了我的工作。但是除了極少數人以外，結果表明大多數人都非常膽小。他們都說：「我們知道你是開悟的……」

我說：「停止，馬上停止。那個詞，從你嘴巴裏說出來，立刻就變成不開悟了。你要嘛按照我說的去做，要嘛直接說不，但是別和我廢話。」

他們非常有禮貌。他們記得馬司德．巴巴，其中幾個人甚至還記得巴格．巴巴，但是他們根本不願意為我做事情。我說的是大多數人。是的，有幾個人對我幫助很大，在馬司朵介紹給我的人當中，他們大概占百分之一吧。可憐的馬司朵——他的願望是我永遠都不應該有任何困難或者需要，我永遠都能依靠他介紹給我的這些人。

我對他說：「馬司朵，雖然你在竭盡全力，而我在保持沈默方面甚至更加盡力，在你把我介紹給這些傻瓜的時候。假如你不在那兒的話，我可眞要惹麻煩了。比如那個人，他會永遠忘不了我。我之所以克制自己，就是因爲你，雖然我不相信克制有什麼好處，但是看在你的面子上，我克制了。」

馬司朵笑了，說：「我知道。每當我把你介紹給一個大人物的時候，一看你的臉色，我就暗笑，心想：『我的上帝，你得花多大力氣才能讓自己不揍那白癡啊。』」

謝克．阿卜杜拉當初就花了我這麼大力氣，他居然還對我說：「假如你不是馬司德．巴巴介紹給我的，我就會允許你住在克什米爾。」

我問這個謝克：「爲什麼？……可你那時候顯得非常崇拜他啊。」

他說：「我們不崇拜任何人，我們只崇拜我們自己，但是因爲他有一批追隨者——特別是在克什米爾的富人堆裏——我不得不崇拜他。我總是親自到機場去接他，再親自去送他，放下我手頭的所有工作，只管跟前跟後。但那個人是個危險人物。假如他把你介紹給我，那你就不能住在克什米爾，至少在我掌權的時候。是的，你來去自由，但只能作爲遊客。」

還好耶穌趕在謝克．阿卜杜拉之前進入克什米爾。他做得好，兩千年以前就來了。他肯定著實害怕謝克．阿卜杜拉。耶穌的墳墓還在那裏，由那些跟隨他從以色列出來的人的後代保管。像他這一類的人當然不可能一個人走，你們能理解。肯定有幾個人跟隨他到那裏。即使他千里迢迢地從以色列去，他們也肯定跟他一起去。

事實上，克什米爾人就是猶太教徒和基督教徒大談特談的那個失蹤的希伯來部落。克什米爾人不是印度人，因爲他們不是印度人的起源。他們是猶太人。你們看看英迪拉．甘地的鼻子就能明白了，她就是克什米爾人。

她在印度施行非常法令——不是名義上的，而是事實上的。幾百位政治領袖被關進監獄。我從一開始就告誡她，那些人不應該待在國會、議會或者立法機構裏。

世界上有許多種白癡，但政客是最壞的一種，因爲他們不僅是白癡，而且有權力。新聞記者位居第二。實際上他們甚至比政客還要壞，但是因爲他們沒有權力，他們只能寫，可誰在乎他們寫什麼呢？手裏沒有權力，那你儘管白癡好了，它什麼也做不成。

我也是馬司朵介紹給英迪拉的，但過程不是直接的。從根本上說，他是英迪拉的父親——尼赫魯❸的朋友，他是印度的第一任總理。他是一個眞正優美的人，而且是罕見的，因爲既在政治裏，又要保持優美，是不容易的。

海倫．凱勒❹遇見他的時候，因爲她又盲、又聾、又啞，所以只能用手觸摸他的臉。她向旁邊能解釋她的手語的人表示：「觸摸這個人的臉，我感覺像是在觸摸一尊大理石雕塑。」

還有許多人寫到賈瓦哈拉（Jawaharlal），但是我認爲不需要再說什麼了。這個沒有眼睛、沒有耳朵，也沒有舌頭可以說話的女人，依然設法說出了最到位的話，而且說得那麼簡單。

那也是我的感覺，當馬司朵把我介紹給他的時候。那會兒我只有二十歲。再過一年多，馬司朵就要離開我了，所以他急著把我介紹給他所能介紹的每一個人。他急沖沖地把我帶到總理家裏。那是一次美麗的相逢。我沒有想到，因爲我已經失望了那麼多次。我怎麼可能想到首相居然不是一個卑鄙的政客呢？他不是。

只是碰巧，我們在走廊裏準備離開的時候，他送我們一起出來，英迪拉剛好進門。那時候她什麼都不是，只是一個年輕姑娘。她的父親把她介紹給我。馬司朵也在場，當然，我們是通過他碰上的。但英迪拉可能不認識馬司朵，或者誰知道呢？——可能她認識。事實表明，和賈瓦哈拉的相逢具有重大意義，它改變了我的整個態度，不僅對他，而且對他的家人。

他和我談論自由、談論眞理。我簡直不能相信。我說：「你沒看出來嗎，我其實只有二十歲，只是個年輕人？」

他說：「別爲年齡操心，因爲我的經驗是，一隻猴子，它的年齡再老，也還是一隻猴子。一隻老猴子不一定會變成一匹馬——連騾子都變不成，何況馬，所以別爲年齡操心。」他繼續說：「我們可以暫時把我多大和你多大完全忘掉，我們一起討論，不要有年齡、階級、信條或者地位上的障礙。」他接著又對馬司朵說：「巴巴，請你把門關上，不要讓別人進來。我甚至都不想讓我的祕書進來。」

我們談到那些偉大的事情。是我感到驚訝，因爲他和你們一樣專心致志地聽我說話。他有一張那麼美麗的臉，只有克什米爾人才可能有。印度人的膚色當然比較暗一點，你越往南邊兒去，他們的膚色越暗，直到最後你來到一個地方，你生平第一次明白黑意思著什麼。

但克什米爾人卻長得很美。賈瓦哈拉當然也不例外，這有兩個原因。我個人的感覺是，白人，單單是一個白人，看起來有點兒淺薄，因爲白沒有深度。所以加利福尼亞的姑娘們都努力讓自己的皮膚帶一點兒被太陽曬過的褐色。她們懂得，皮膚只有被曬成褐色，才開始有一種深度，那是白皮膚所不可能有的。但黑是被太陽曬過頭了的、曬焦了的。談不上深度，那是死亡。但克什米爾人的膚色剛好在中間，他們是白人，非常美麗的人，天生是褐色的；

他們都是猶太人。

我在克什米爾見過耶穌的墳墓，在所謂的被釘死在十字架上以後，他逃到克什米爾。我之所以說所謂的，是因爲它被安排得非常巧妙。一切都歸功於龐舍司・彼拉多。耶穌一旦得到允許，可以逃出那個洞穴，那全部問題自然就在於：「到哪兒去呢？」在以色列之外，唯一能讓他過得舒心的地方就是克什米爾，因爲那是一個小以色列。不僅耶穌埋葬在克什米爾，摩西也埋在那裏。

那會使你們更加感到吃驚。我也去看過他的墳墓。我是一個掘墓人。另一個猶太人一直在摩西身邊嘮叨，問他：「那個失蹤的部落在哪兒呢？」

有個部落不見了，自然，在長達四十年的沙漠旅行後，摩西也搞錯了。假如他不是往右走，而是往左走的話，猶太人現在就是石油大王了。但猶太人畢竟是猶太人，你說不準他們會幹出什麼。摩西從埃及到以色列走了四十年。

我既不是一個猶太人，也不是一個基督教徒，那和我沒有關係，不過，僅僅出於好奇心，我依然想知道他爲什麼選擇以色列。摩西爲什麼尋找以色列？實際上他肯定是在尋找一個美麗的地方，但是經過一段漫長乏味的旅行之後，四十年在沙漠裏……他垂垂老矣。

我可做不到。四十年啊！我連四十小時都做不到。我做不到。我寧願剖腹自盡。你們知道剖腹自盡嗎？那是日本人消失的方式，用通常的話來說，就是自殺。

摩西走了四十年，最後來到以色列，那個滿是塵土的、醜陋的地方，耶路撒冷。在這以後——猶太人畢竟是猶太人——他們向他嘮叨，要再次起程去尋找那個失蹤的部落。我個人的感覺是，他之所以去，僅僅是爲了擺脫這班傢伙。可是到哪兒去找呢？比較近的最美麗的地方就是喜馬拉雅山，他終於抵達同一個山谷。

好在摩西和耶穌都死在印度。印度既不是基督教國家，當然也不是猶太教國家——但照管兩座墳墓的人，或者確切地說，家族，都是猶太人。而且兩座墳墓都是按照猶太人的方式建造的。印度教徒不建造墳墓，正如你們所知道的。伊斯蘭教徒建造墳墓，但方式不同。伊斯蘭教徒的墳墓必須指向麥加。頭必須朝著麥加。克什米爾只有兩座墳墓不是按照伊斯蘭教規建造的。

但他們的名字當然和你們可能以爲的不完全一樣。在阿拉伯語當中，摩西叫摩沙（Mosha），他的墳墓的名字就叫摩沙。耶穌在阿拉伯語當中和阿拉姆語❺一模一樣，叫耶舒（Yeshu），源自希伯來語喬舒亞（Joshua），而它的寫法是一樣的。這可能會誤導你們。你們可能以爲耶舒不是耶穌，摩沙也不是摩西。摩西只是一個英語單詞——怎麼說來著？——是原來那個詞的錯誤發音，就像耶穌一樣。

喬舒亞當然會慢慢變成耶舒——喬舒亞太離譜了，耶舒可以。在印度，我們就是這麼叫耶穌的，伊穌，讀作Eesu。我們給這個美麗的名字加了點什麼。「耶穌」好是好，但你們知道它已經演變成什麼了？每當人想詛咒的時候，他就說：「耶穌！」這個聲音裏面無疑包含某種詛咒的成分。要詛咒別人說：「喬舒亞！」你就會發現很困難。這個詞本身就不讓你詛咒。它是那麼女性化、那麼美麗又那麼圓潤，你不可能用它打擊任何人。

現在幾點了？

「十一點二十分，奧修。」

很好，結束。

注釋：

❶龐舍司．彼拉多：Pontius Pilate，?-36?，羅馬猶太巡撫，主持對耶穌的審判，並下令把耶穌釘上十字架。

❷好禮拜五：Good Friday，即受難節，此處是直譯。

❸尼赫魯：Jawaharlal Nehru，1889-1964，印度獨立後首任總理，國大黨主席，萬隆會議和不結盟運動倡導人之一。

❹海倫．凱勒：Helen Keller，1880-1968，聲譽卓著的美國聾啞盲女作家和教育家。

❺阿拉姆語：Aramaic，屬閃米特語族，西元前九世紀通用於古敘利亞，後來一度成爲亞洲西南部的通用語，猶太人文獻及早期基督教文學多以此語寫成。

39 會見總理

戴瓦蓋德，我想你正在受什麼東西影響。你必須不受影響。對嗎？

「對。」

否則誰來做筆記呢？書記員必須，至少是，書記員。

好。

這些眼淚是爲你而流的，所以它們都在右邊。阿淑錯過了。左邊也有一小滴是爲她而流的。我不能太嚴厲。不幸的是我只有兩隻眼睛，而且還有戴瓦拉吉，爲了他，我得兩隻眼睛一起哭。他是我所等待的少數幾個人之一，我沒有白等。那不是我的方式。我一旦等，它就必須發生。假如它不發生，那只意味著我沒有眞的在等，不會有別的意味。好，回到故事上來。

我一直不想見班迪・賈瓦哈拉・尼赫魯，英迪拉・甘地的父親，有兩個原因。我告訴過馬司朵，可他不聽。他配我正相宜。巴格・巴巴眞是替一個錯誤的人選擇了正確的人。我在任何人的眼裏都不曾是正確的，但馬司朵是。除了我，沒有人知道他笑得像個孩子。但那是私事，現在我得把許多私事公諸於眾。

關於我是否應該去見印度的第一任總理，我們爭論了好幾天。我一如既往，不情願去。你一要我到哪兒去，即使到上帝家去，我也會說：「我們再考慮考慮吧。」或者：「我們可以請他來喝茶。」

我們沒完沒了地爭論，但是他不僅理解我們的爭論，也理解誰在爭論，他更關心後者。

他說：「你可以愛說什麼就說什麼，但是，」每當他不能以合理的爭論說服我的時候，他總是這麼說：「巴格．巴巴叫我這麼做的，所以現在就看你了。」

我說：「如果你說是巴格．巴巴吩咐的，那就這樣好了。假如他還活著，我可沒這麼容易叫他太平。但是他不在了，你又不能和死人爭論，尤其是你所愛的人。」

他便哈哈大笑說：「你的爭論呢？」

我說：「哎，你閉嘴吧。你一把巴格．巴巴拉進來，把一個死人從他的墳墓裏拉出來，就爲了贏一場爭論……而且你又沒贏，我只是放棄罷了。去做你最後三天和我爭論的事情吧。」

但是那些爭論無比美麗，非常細緻、微妙而深刻──但那不是要點，至少對今天而言……可能在另外某一輪上吧。

馬司朵所堅持的就是，我應該去見見總理，因爲誰也不知道，可能某一天我會需要他的幫助。「而且，」我補充說：「可能……」（空調器發出卡嗒卡嗒的響聲。）

這就是我上次和你們說的魔鬼，他在夜裏列印可憐的戴瓦蓋德的筆記。瞧，他現在乾脆直接列印了。連阿淑都在笑，因爲她不知道如何是好──可能誰也不知道。

（響聲停止）太棒了！我得自己先停止說話，那就是他停止的原因。我若再說，除非採取什麼措施，否則他還會開始。（卡嗒卡嗒的響聲再次響起）這太過分啦！在夜裏，暗中列印還可以……

我前面說什麼了？

「馬司朵堅決主張你應該會見總理，因爲誰也不知道，你有一天可能會需要他的幫助。」

我對馬司朵說：「請加一個小小的後綴，可能有一天總理會需要我的幫助。我現在願意去，因爲假如是巴巴叫你這麼做的，那麼還是不要讓可憐的老巴巴失望比較好，那樣麻煩更大。好吧。但是馬司朵，你有膽量加上那個後綴嗎？」

儘管遲疑了片刻，他還是挺直胸膛說：「是的，有一天，不僅是可能，而且是肯定，他或者其他占據那把交椅的人會需要你的幫助。現在跟我來吧。」

我那時候只有二十歲，我問馬司朵：「你告訴賈瓦哈拉我的年齡了嗎？他是老人，又是全世界最大的民主國家之一的總理，他的腦子裏肯定裝滿了各種各樣的事情。他能抽空會見我這樣的男孩嗎？我的意思是說，甚至還不是一個傳統的男孩；我的意思是說，從會議當中抽空？」

我的確不傳統。首先，我一直穿木拖鞋，到哪兒都討人嫌。實際上，它們是很好的宣言，說明我來了，走近了。響聲越大，我越近。

我們校長過去說：「你想幹什麼就幹什麼吧。再去吃禁果。」——他是一個基督教徒，所以那麼說——「或者，假如你願意的話，連蛇一塊兒吃了！但是看在上帝的份上，別穿那雙木拖鞋了！」

我對他說：「把你的學生守則給我看，每次我做錯事情，你都給我看的。裏面提到木拖鞋的事情沒有？」

他說：「我的上帝！誰能想到學生居然會穿木拖鞋呢？我的學生守則裏面當然沒有提到這件事情。」

我說：「那你就得到教育部去問一問，但是只要他們還沒有通過法案，反對在學校裏穿木拖鞋，讓全世界都笑話這種愚蠢行爲，我就不會改變我的習慣。我是一個非常遵守法律的人。」

校長說：「我知道你非常遵守法律，至少在這件事情上你是的。好在你還沒有堅持要我也穿這雙木怪物。」

我說：「不。我也是一個非常民主的人，我從來不強迫任何人做任何事情。你可以一絲不掛地來，我甚至都不會問一聲：『先生，你的短褲呢？』」

他說：「什麼！」

我說：「我只是說『假定』，就像你走進教室的時候說：『假定，只是假定……』我不是說你眞的要一絲不掛地來……你也沒膽量眞的那麼做。」

（卡嗒卡嗒的響聲再次響起）只有阿歐西能對付它，因爲這個魔鬼可能除了聽得懂義大利語，其他語言都聽不懂。那很好。我前面說什麼了？

「你告訴校長他沒有膽量不穿短褲就來。」

「是的，」我對他說：「這只是假定，就像你對班上的學生說：『假定……』我們從來不問那是眞的還是假的，所以別問我。假定你沒有穿短褲來，現在我再補充幾點，沒有穿襯衫，或者甚至沒有穿你的內……」

他說：「你！滾出去！」

我說：「不行，除非你告訴我，我可以穿我的木拖鞋。木頭是天然的，我是一個非暴力的人，所以我不能用皮革。所以我要嘛追隨你，像你一樣用皮革——雖然你自稱是個婆羅門，卻穿那種鞋子，你還有什麼臉自稱是婆羅門？——要嘛就穿木拖鞋。」

他說：「你想幹什麼就幹什麼吧。離開這裏，有多遠滾多遠，有多快滾多快，因爲我可能會做出後悔一輩子的事情。」

我問：「你認爲你可能會殺了我，就因爲我的木拖鞋嗎？」

他說：「別再提問題了，別把我惹急了。但是我必須告訴你，我一聽到那個聲音，」——因爲學校的樓板全都鋪了石頭——「我能聽見你從大樓的任何角落傳來的聲音。實際上，要想不聽見你的聲音是不可能的，因爲你一直在動——我不知道爲什麼——那個聲音簡直都把我敲瘋了。」

我說：「那是你的問題。我還要穿拖鞋。」我一直穿到離開大學爲止。我一輩子，從高中到大學，都穿木拖鞋。誰都可以告訴你們我穿木拖鞋的事情，因爲只有我一個人穿木拖鞋。大家都說：「幾英里外，你就能聽見他的聲音。」

我喜歡那雙木拖鞋。就我而言，我愛它們，因爲我習慣做長距離散步，幾英里，在早晨和晚上。穿一雙木拖鞋……我想你們誰都沒有穿木拖鞋的經驗，不過它的聲音聽起來好像有人在你後面走路，雖然你知道那只是你的木拖鞋發出響聲，但誰知道呢？或許，可能……換句話說，爲什麼要冒險呢？趕緊看看。你很想回頭看看是誰在跟蹤你。我花了幾年時間訓練自己不幹那種傻事情。爲了訓練自己連想都不去想幹那種傻事情，我花的時間還要長。

我告訴馬司朵：「我總是不情願，即使對那些人人都會一口答應的事情。」

然而說「是」很晚才來到我的生活中。我不斷地說「不」、「不」，直到所有的「不」都化爲一個「是」——但我並沒有等待它的到來。

喏，這已經成爲讓我分心的東西了。實際上，在這個系列中，每個話題都會在某種程度上成爲讓我分心的東西，不過我盡量一次次地掉轉方向，回到開始分心的地方。

我同意了。馬司朵和我到總理家去。我不知道究竟有多少人尊敬馬司朵，因爲怎麼說我對人情世故都瞭解得不多。我在路上問他：「你們約好了嗎？」

他笑了，什麼話也沒有說。我心想：「假如他不擔心，我爲什麼要牽掛呢？這不關我的事。我只是跟他一起去罷了。」

但是他不需要事先約好，我們進門的時候，這一切顯露無遺。警衛給他頂禮說：「馬司德．巴巴，你好幾個月沒有來了，我們都想見到你。總理偶爾也需要你的祝福。」

馬司朵笑笑，但沒有說話。我們走進去。祕書給他頂禮說：「你應該打個電話來，我們會派總理的車去接你的。這個男孩是誰？」

馬司朵說：「我帶這個男孩來，只爲了給賈瓦哈拉一個人引薦，旁人都免了。請記住，關於他的事情，無論如何都不要向任何人提起。」

儘管他處處小心，我的原理還是起作用了。我跟你們說過，你交上一個朋友，馬上就會樹立一個敵人。假如你不想樹敵，那就忘記交朋友的事情，那就是僧侶之道，佛教的和基督教的，忘記所有的關係、友誼和一切，這樣你就不會樹敵。但僅僅不樹敵還不是生命的目的。

你們會和我一樣吃驚，但不是那天——而是許多年之後……那天我還不可能認出那個人來，他坐在祕書辦公室裏，等待他的約會。我當時還沒有聽說過他，但是他看起來非常傲慢。我想他肯定是個有權有勢的人。我問馬司朵：「這人是誰？」

馬司朵說：「忘了他吧。他沒什麼價值。他是莫拉吉．代塞。」

我說：「他沒有價值？」

馬司朵說：「我的意思是說，沒有任何眞實的價值。他只是個玩戲法的傢伙。當然他是一個內閣大臣，瞧他，他很生氣，因爲現在應該是他和總理在一起的時間。」

但總理知道馬司朵來了，先叫他進去，讓莫拉吉．代塞等著。那是一種侮辱，雖然賈瓦哈拉這邊並無此意，但莫拉吉可能至今耿耿於懷。他也許不記得當時那個年輕的男孩，但是他肯定能記得馬司朵。馬司朵給人的印象非常深刻，在各個方面。

我們走進去，引薦過程可不只花了五分鐘，我們花了整整一個半小時。莫拉吉．代塞只能等著。喏，這對他來說太過分了。那是他的約會，卻給另外一個人——一個出家人帶著一個年輕的男孩先進去了……而後他不得不等了九十分鐘！

我生平第一次感到吃驚，因爲我到那兒不是爲了去見一個詩人，而是一個政客。我遇見了一個詩人。

賈瓦哈拉不是一個政客。唉，他不可能成功地把他的夢想變成現實。但是無論別人說「唉」還是「啊哈」，詩人總歸是失敗者。甚至在他的詩歌裏，他都是一個失敗者。做個失敗者是他的命運，因爲他渴望得到星星。他無法滿足於小的、有限的事物。他想要握住整個天空。

我完全驚呆了。連賈瓦哈拉都看出來了，他說：「怎麼了？這男孩看起來好像大吃一驚。」

馬司朵，連看都不看我一眼，說：「我瞭解那個男孩。所以我才把他帶到你這兒來。實際上，假如由我做主的話，我會把你帶到他那兒去。」

現在輪到賈瓦哈拉吃驚了……但他是一個極有教養的人。他又看看我，以便揣度馬司朵說話的含意。我們互相凝視對方的眼睛，過了一會兒，我們同時笑起來。他的笑不是那種老人的笑，它仍然是一個孩子的笑。他美極了，我這麼說的時候，我就是這個意思，因爲我見過無數漂亮的人，但是我可以毫不猶豫地說，他是他們當中最美的，而且不僅是他的身體。

眞奇怪，我們談論詩歌，而莫拉吉卻等在外面。我們談論禪定，而莫拉吉卻等在外面。我還能看見當時的場景——他肯定氣得冒煙。實際上，那天決定我們之間的敵意已成定局。不是從我這邊來的，當然，我不需要反對他。他所關心的都是些蠢事，不值得反對。是的，他有時候值得嘲笑。我就是那麼對待他的名字和他的小便療法的，他的小便療法就是喝自己的小便。他在美國鼓吹這一理論。沒有人問他是喝自己的小便還是別人的小便，因為人一旦喝小便，他早就失去理智了，所以現在他什麼都能喝，何況別人的小便呢。而他卻在那裏講課、佈道。

那天他變成我的一個敵人，但至少在我這邊，我渾然不覺。就因為他不得不等上一個半小時。他肯定從祕書那兒得知我是誰，可能問：「那個男孩是誰？為什麼把他引薦給總理？是什麼目的？馬司德・巴巴為什麼對他感興趣？」

當然，坐在那兒一個半小時，你總得談點什麼吧。這我能理解，可要他咽下這口氣是最困難的事情——連他都咽不下，這個能咽下自己小便的人。那可是一大壯舉，但要咽下去的更偉大的東西是，他看見賈瓦哈拉從裏面出來，到走廊上，就為了跟這個二十歲大的男孩告別。

那一刻，他看見總理的談話對象不是馬司德・巴巴，眞奇怪，不知名的男孩穿著木拖鞋，弄得走廊上到處都是聲響——那是美麗的大理石走廊。我還留著一頭長髮，套著一件奇怪的袍子，那是我自己做的，因為現在給我做衣服的桑雅生那時候還不在那裏。沒有人在那裏……

我做了一件十分簡單的長袍，只留兩個洞給手臂，每當需要它們伸出來的時候，它們就伸出來，每當你希望它們縮進去的時候，它們就可以縮進去。我自己做的。沒什麼技巧。我所需要做的只是兩邊各縫一塊布，頭上剪一個洞。

馬司朵喜歡這件袍子，所以他叫別人給他也做了一件。

我告訴他：「你應該先向我要。」

他說：「不，那太過分了。你做，我就不能穿，因爲我寧可把它保存起來。」

我們走出那所房子，它後來成爲著名的「三神一體❶」。現在它是紀念賈瓦哈拉的博物館。他當時並不需要出來送一個年輕的男孩，還站在那裏把汽車的門關上，一直等到汽車開走才回去，在這個意義上，他的確偉大。

而這一切都被這個可憐的傢伙莫拉吉．代塞看在眼裏。他是一個卡通人物，但那個卡通人物卻成爲我的終身敵人。雖然他在任何方面都傷害不到我，但他盡力了，我必須說。

現在幾點鐘了？

「八點二十一分，奧修。」

給我十分鐘，然後我就要去工作了。這裏結束，我的職責又開始了。

譯註：

❶三神一體：Trimurti，即印度教的創造之神梵天、保護之神毗濕奴和毀滅之神濕婆合爲一體。

40 最後的神的降臨

我站著……奇怪，因爲我應該休息才對——我的意思是說，在我的記憶中，我正和馬司朵並肩站著。當然現在沒有人能讓我寧可和他一起站著，也不願意休息的。在馬司朵之後，和誰一起站著都乏味，必然如此。

那個人，他的生命的每一個細胞都很富足，他那張龐大的關係網的每一根纖維都很富足，他慢慢才讓我意識到那張關係網。他並沒有把我介紹給整個關係網，那不可能。我急著做我的事情，我把它叫作「無爲」。他急著做他的事情，他把它叫作對我的責任，他答應過巴格·巴巴的。我們都很忙，所以他不可能把他所有的關係都提供給我，達到他所期望的程度。這也有別的原因。

他是一個傳統的出家人，起碼表面上是，但我知道他的底細。他並不傳統，只是僞裝傳統而已，因爲群眾希望看到那種僞裝。只有今天，我才能理解他受了多少罪。我從來沒受過那樣的罪，因爲我完全拒絕僞裝。

你們無法相信，但現在正有成千上萬的人期望我是他們所想像的東西。我和那無關。在無數追隨我的人當中，那些印度教徒——我說的是我開始工作以前的日子——他們相信我是

Kalki。Kalki是印度教的avatar——最後的。

我必須稍微解釋一下，因為它會幫助你們理解許多事情。在印度，古老的印度教徒相信上帝只有十個化身。自然——那時候人們還習慣於數手指——十是終極數字。你不可能超過十，你必須再從一開始數起。所以印度教徒相信存在的每一次輪迴都有十個avatar。avatar這個詞的字面含意是「神的降臨」。十，因為第十個avatar來過以後，一輪，或者一圈，就結束了。另一輪馬上開始，但那時候又有第一個avatar，故事一直持續到第十個。

假如你們看見過可憐的印度農民是怎麼數數的，很容易就能理解我。他們扳著手指，一直數到十，然後又從頭開始數，一、二……十肯定是原始的終極數字。奇怪的是，就各種語言來說，情況都一樣。超過十，就什麼也沒有了，十一是重複。十一只是在一後面放一個一，讓它們結婚，讓它們陷入困境，如此而已。十以後，你們所有的數字都是重複。

為什麼從一到十，這幾個數字起源那麼早？因為每一個地方的人都用他的手指數過數。

我應該順便提一句，在我繼續這個話題之前——在我穩定下來以前，有一次小小的分心——在英語裏，你們說一、二、三、四、五、六、七、八、九、十的詞全是從梵語裏借來的。數學大大歸功於梵語，因為沒有這些數字，就不會有愛因斯坦，也不會有原子彈，就沒有羅素和懷海德❶。這些數字是打基礎的磚頭。

地基沒有打在別處，就打在喜馬拉雅山的山谷裏。可能他們遭遇到無法估量的美，而試圖估量它。可能有別的什麼原因，但是有一點是肯定的：梵語單詞tri變成了英語的三。它經過一段漫長的、風塵僕僕的詞語演變旅程。梵語sasth變成英語的六，梵語asth變成八，等等。

我前面說什麼了？

「你說，印度教徒認爲你是avatar Kalki的第十個化身。」

是的。你做得很好。

Kalki是印度教上帝的第十個和最後一個化身。在他之後，世界就結束了——當然還會開始，就像你們推倒一座紙牌搭建的房子一樣，然後重新開始。可能在重新開始以前，你會重新洗牌，就爲了激發自己一點熱情。否則它和牌有什麼關係？但是重新洗牌，你的感覺會好一點。

和那完全一樣，上帝重新洗牌，開始想：「這次我可能會做得好一點。」但是每次，無論他怎麼做，都會出現尼克森、希特勒、莫拉吉・代塞……我的意思是說上帝時時刻刻都在失敗。

是的，他偶爾也不失敗，但或許應該歸功於人，因爲他在一個每樣東西都在失敗的世界裏成功了。當然不應該歸功於上帝。這個世界足以證明上帝已經名譽掃地。

從《梨俱吠陀》時代以前開始，那大約是一萬年以前，印度教徒繼續沿用十作爲終極數字。但是耆那教徒，他們遠比印度教徒更會計算、更有邏輯，也比他們起源得早，從來不相信十的神聖性。他們有自己的觀念。當然那也是他們從某個源頭得到的。假如你不能從你自己的手指得到它，肯定有人以別的某種方式、從別的某個源頭得到了。

歷史上從來沒有人清楚地討論過耆那教徒到底做了什麼，我從任何經典裏都找不到證據，因爲我可能是第一次提到這個問題。我加了「可能」一詞，以防萬一有人也許討論過，而我不知道。但是我幾乎瞭解所有值得瞭解的經典。其餘的我完全忽略不計。但是仍然，我可能忽略了人群中某個不應該被忽略的人。因此我用「可能」這個詞，否則我就能確定以前沒有人說過。所以讓我們現在來說。

耆那教徒相信二十四位大師，他們稱之爲tirthankara。tirthankara是一個美麗的詞，它的意思是「此人爲你的船開闢一個港灣，從那裏它可以渡你到彼岸」。那是tirth的意思，tirthankara的意思是「此人開闢一個港灣，從那裏許許多多人可以到彼岸去，更遠的岸」。但是他們相信二十四。他們的創造也是一個圓圈，但是更大，那自然。印度教徒有一個十的小圓圈。耆那教徒有一個二十四的大圓圈，半徑更大。

連印度教徒，雖然不知道他們在做什麼，也對數字二十四印象深刻，因爲耆那教徒會告訴他們：「你們只有十？我們有二十四。」就像孩子的心理狀態：「你的爸爸有多大？只有五英尺？我的爸爸有六英尺。沒有人比我的爸爸更大了。」——這個「神」不是別的，就是爸爸的一種形態。

耶穌說的完全正確，他叫他阿爸（Abba），那只能被翻譯成「爸爸」，而不是「上帝」。你們能理解——阿爸就是一個表示愛和尊敬的詞，「父親」不是。

你一說「父親」，立刻就產生一種嚴肅的情緒，甚至被你稱爲父親的那個人也立刻產生一種嚴肅的情緒，因爲他必須做一個父親。那可能就是基督教徒稱他們的牧師爲神父的原因吧。爸爸不合適，阿爸又讓孩子笑話——沒有人會認眞對待他。

印度教徒來自印度之外。他們不是這個國家原先的居民。他們是外國人，沒有護照。連續幾個世紀，他們從中亞源源不斷地進入印度，歐洲所有的種族：法國人、英國人、德國人、俄國人、斯堪的納維亞人、立陶宛人……等等，也都來自那個地區。所有這些人都來自蒙古，現在它幾乎成了一片沙漠。沒有人爲蒙古擔心，甚至沒有人認爲它是一個國家。它的一部分屬於中國，大部分屬於俄國，它們一直就邊界劃在哪裏的問題進行冷戰，因爲蒙古簡直是一片沙漠。

但所有這些人，特別是亞利安人，都來自蒙古。他們來到印度，因爲蒙古突然開始變成一片沙漠，而他們的人口又在不斷增加，以印度的方式。他們必須朝各個方向遷徙。那很好。所有這些國家就是這麼出現的。

但是早在雅利安人到達印度以前，它已經是一個非常文明的國家了。它不像歐洲。亞利安人到達德國，或者英國的時候，那兒沒有人和他們打仗。他們發現一片美麗的土地，了無人煙，不需要害怕。但是在印度，故事就不一樣了。在亞利安人入侵以前，住在印度的人肯定是眞正的文明人。我的意思是說眞正的，不僅住在城市裏。

現在已經挖掘出那個時代的兩座城市：巴基斯坦的莫亨角德羅（Mohanjodro），它一度屬於印度，還有哈拉巴（Harappa）。這些城市顯示出奇怪的特徵：它們有寬闊的街道，有六十英尺寬；三層樓的建築；浴室——是的，附屬於臥室。即使今天，印度還有數不清的人不知道那種東西的存在。實際上，假如你告訴他們，他們就會笑你，他們會認爲你有一點精神錯亂——你的臥室帶一間浴室？你瘋了嗎？

最新的設計師當然顯得有一點瘋狂，即使在你們看來，因為來自斯堪的納維亞的最新設計是，一間浴室，裏面包括一個臥室。整個房間呈現出一種不同的意味。從根本上說，它是一間浴室，臥室只在角落裏，甚至都沒有分開。浴室更基本，它有一個小游泳池，以及你所需要的各種設施，還有一張床……但不是浴室附屬於臥室，床在浴室裏面。

未來的東西可能都是那樣，可你要是告訴印度的廣大群眾……！在整個村莊裏——我外祖父的村莊，我在那裏住了很久——只有我一個人擁有帶浴室的臥室，大家還拿它開玩笑呢。他們常常問我：「你的臥室裏眞有一間浴室嗎？」他們會故作神祕地小聲說。

我會說：「不需要遮遮掩掩地——是的，怎麼樣？」

他們說：「我們不相信，因爲這些地方沒有人聽說過臥室帶浴室的。這肯定是你外祖母搞出來的。那個女人很危險。肯定是她出的點子。她不屬於我們，當然，她是從很遠的什麼地方來的。我們聽說過關於她的出生地的一些故事，我們不會講給孩子聽的。我們不能講給你聽。」

我對他們說：「你們不需要擔心。你們可以告訴我，因爲她自己已經講給我聽了。」

他們會說：「瞧，我們怎麼跟你說來著！她是喀久拉霍來的怪女人。那個地方生不出正經人。」

可能我那昵的某些特性，已經在我身上造就了他們稱之爲「錯誤」，而我稱之爲「正確」的東西。

印度教徒不像他們聲稱的，是世界上最古老的宗教。耆那教徒才是❷，但他們是一個爲數極少的群體，而且非常膽小。他們帶來了二十四的觀念。爲什麼是二十四呢？我一直想知道。我和馬司朵探討，和我母親探討，和我所謂的岳母探討，關於她，我以後再跟你們講。在我面前沒有人稱她爲我的岳母，因爲兩個人都很危險。在我那昵之後，她無疑是我所知道的最膽大的女人。當然我不能把第一的位置給她。

稱她爲我的岳母是一個玩笑，但是假如你們看看這幾個詞，岳母……她幾乎就是我的一個母親，若不是天然的，那就是法律上的。並非我和她的女兒結婚了，雖然她的女兒愛我。那件事情在另外某一輪上，因爲那是非常邪惡的一輪，我現在還不想提起。

現在幾點鐘了？

「十點三十分，奧修。」

太好了，再給我十分鐘。很美。

（奧修開始輕聲地笑。他試圖解釋他在笑什麼……但是他笑得太厲害了。）

譯註：

❶懷海德：Whitehead，1861-1947，英國數學家、哲學家。

❷這裏有語意錯誤，爲了尊重原文，不做修改。

41 關於數字二十四

好。

我甚至都無法開口把我想要告訴你們的話說出來。可能它不應該存在，因爲我好多次都想把自己拉到那個點上去，但全部白費工夫，隨後一切恢復正常。不過那段時間收穫最大，雖然什麼也沒說，什麼也沒聽到。有那麼多笑，而我卻覺得身陷囹圄。

你們肯定想知道我爲什麼笑。還好我面前沒有鏡子。你們應該放一面鏡子，至少那會使這個地方成爲它所應該成爲的場所。不過那很好。我解脫了。我可能好幾年沒有笑過了。我裏面肯定有什麼在等待今天早晨，但是我並沒有朝那個方向努力，至少今天沒有——可能有朝一日會朝那個方向努力的。

有時候這些輪相互疊在一起，它們還會一次又一次地故技重演。我盡力保持明確的方向，但那些輪，它們不斷地包圍它們所能包圍的一切。它們都是瘋子，或者誰知道呢？——可能它們都是佛，試圖再看一眼舊世界，看看現在的情況怎麼樣。但那不是我的目的。我無法達到我力爭達到的地方，我笑個不停，不像從前，任你們怎麼笑，我始終不笑。

喏，這些只是開場白，但是我發覺今天早晨有一件事情——並非我以前沒有發覺，但是我沒有發覺應該告訴你們。但是現在需要告訴你們。

一九五三年三月二十一日，發生一件奇怪的事情。以前發生過許多奇怪的事情，但我只講一件。其他的到時候會講。實際上，在我的故事裏，告訴你們有一點早了，可我今天早晨卻想起來這件奇特的事情。那一夜之後，我喪失了對時間的所有感覺。我再怎麼努力也無濟於事——就像別人起碼能大約記得現在是什麼時間。

不僅如此，在早晨，我的意思是說每天早晨，我都得朝窗戶外面看看，以便弄清楚現在到底是我的午覺還是晚覺，因爲我每天睡兩覺。每天下午也一樣，我醒過來的時候，所做的第一件事情就是看鐘。有時候鐘和我開玩笑，它停止工作。它僅僅指在六點上，所以它肯定是早晨停的。那就是我有兩塊表和一個鐘的原因，就爲了隨時檢查，它們當中是否有誰在開玩笑。

在其他那些鐘裏面，有一個更危險，還是不要提它爲好。我想把它作禮物送人，但我還沒有找到合適的人選讓我想把這個鐘送給他，因爲它會成爲一個眞正的懲罰，而不是一件禮物。它是電子鐘，所以每逢電流消失，哪怕只有一瞬間，那個鐘就會回到下午十二點，在那兒閃個不停……十二點……十二點……十二點……只表示斷電了。

有時候我眞想把它扔出去，但它是別人送給我的，而且我不輕易扔東西，那樣不恭敬。所以我在等候合適的人選。

我不是得到一個，而是得到兩個那樣的鐘，每間屋裏掛一個。有時候我去睡午覺，它們就欺騙我。我通常十一點半準時睡覺，或者最多到十二點，但很少。我從毯子的縫隙朝外看

一、兩次，那個鐘都指在十二點上，我就對自己說：「那說明我剛剛上床。」然後我又睡著了。

過了一兩個小時，我又看鐘。「十二點，」我對自己說：「奇怪……今天時間好像終於停止了。與其發現每個人都在睡覺，不如繼續睡覺。」於是我又睡著了。

現在我吩咐古蒂亞，假如我兩點一刻還沒有醒的話，她就必須把我叫起來。

她問：「爲什麼啊？」

我說：「因爲假如沒有人叫我起來，我也許就長眠不醒了。」

每天早晨，我都得確定現在是早晨還是傍晚，因爲我不知道。我沒有那方面的感覺，它在那天丟失了，我告訴過你們。

今天早晨，我問你們：「現在幾點鐘了？」你們說：「十點三十分。」我想：「天哪！這太過分了。我可憐的祕書肯定等了一個半小時了，而我甚至還沒有開始講我的故事呢。」所以我說，就爲了結束它：「給我十分鐘。」眞正的原因是，我以爲那是晚上。

戴瓦拉吉也知道，現在他可以準確地理解了。有一天早晨，他陪我到我的浴室去，我問他：「我的祕書在等著嗎？」他看上去迷惑不解。我只好關上門，這樣他可以緩過神來。假如我繼續站在門口，等著——你們知道戴瓦拉吉……誰也不會像他那樣愛我。他不可能對我說現在不是晚上。假如我找我的祕書，那肯定有什麼原因，而她當然不在那裏，還不到她來的時候，所以他能說什麼呢？

他什麼也沒有說。他僅僅保持沈默。我笑了。那個問題肯定叫他爲難，但我現在告訴你們眞相，就因爲時間對我始終是個問題。

我一直設法對付，用各種奇怪的策略。瞧這個策略：有哪個佛這樣說話嗎？

我告訴你們耆那教是最古老的宗教。這對我來說並不是一種價值，記住，這是一種貶值。但事實就是事實，是價值還是貶值，那是我們的態度。西方很少有人知道耆那教。不僅是西方，即使是東方，除了印度的少數幾個地區之外，其他地區也沒什麼人知道耆那教。原因就在於耆那教僧侶全都赤身裸體。他們無法遷移到尚未崇信耆那教的社區裏去。即使是在二十世紀，他們也會被扔石頭砸、被人殺掉。

英國政府，它在印度一直待到一九四七年，對耆那教僧侶頒布過一項特殊法令，規定在他們進入一個城市以前，他們的追隨者必須申請許可。沒有許可，他們不能進入。即使有許可，他們也不能進入像孟買、新德里或者加爾各答這樣的大城市。他們的追隨者必須把他們團團圍住，不能讓別人看出他們是赤身裸體的。

我之所以用「他們」，是因爲耆那教僧侶不允許單獨出行。他必須和一群僧侶一起出行，至少有五個，那是最低限度。設置最低限度，好讓他們相互監視。它是一種非常——你們會稱之爲「多疑」的宗教——自然多疑，因爲它規定要做的每一件事情都是不自然的。

冬天到了，人冷得發抖，都想坐在火堆旁邊——但耆那教僧侶卻不能坐在火堆旁邊，因爲火是暴力。火有殺傷力，因爲生火需要樹木，所以它們被殺害了。生態學家可能會同意這種看法。當你生起一堆火的時候，許多非常微小的生物，活的，但是肉眼看不到，都被燒死了。有時候木頭裏面甚至還帶有螞蟻，以及各種各樣的昆蟲，它們把家都安置在裏面。

所以，簡而言之，耆那教僧侶不允許接近火。當然他也不能用毯子——它是由羊毛織成的，那又是暴力。當然可以找到別的材料，但是因為他不能占有任何東西……不占有是非常基本的戒律，而耆那教徒都是些極端主義者。他們已經把不占有的邏輯推到極端。看到耆那教僧侶眞是大開眼界。你可以看到邏輯能對一個人做出什麼。

他很醜陋，因為他缺乏營養，骨瘦如柴，幾乎像死人一樣，只有他的肚子是大的，儘管他的整個身體都縮進去了。那種樣子很奇怪，但是你們能理解。每當鬧飢荒的時候，人們沒有東西吃，就是那種樣子。你們肯定看見過那些大肚子兒童的照片，那麼大的肚子，而他們四肢，手和腿，只剩下皮包骨頭，而且皮也不怎麼好看……和死皮差不多。耆那教僧侶的情況也是這樣的。

為什麼？我可以理解，因為兩種人我都接觸過。飢餓兒童和耆那教僧侶的肚子立刻引起我的興趣。為什麼？因為他們有同一種肚子，他們的身體也相似，他們的臉也相似。原諒我這麼說，但他們的臉確實像沒有一樣。他們什麼話都不說，他們什麼表情都沒有。他們不僅是一頁頁白紙，而且那一頁頁白紙已經等了又等，盼望著有什麼東西寫上去，讓他們變得有意義……但是他們漸漸傷心起來，因為沒有人來過。

他們開始強烈地反對這個世界，終於翻過去——確切地說，是翻個面，因為我用書頁作為象徵——他們翻個面，把自己合起來，不相信任何未來的可能性。飢餓兒童需要幫助，耆那教僧侶更需要幫助，因為他以為自己做的是對的。

但古老的宗教必然十分愚蠢。這十分的愚蠢就是說明它古老的證據。《梨俱吠陀》提到耆那教第一位大師，勒舍波・代瓦（Rishabha Deva）。他被認為是此一宗教的創始人。我不能肯定地說，因為我不想責備任何人，特別是勒舍波・代瓦，我從來沒遇見過他——我想以後，我也不會遇見他。

他若眞是這種愚蠢膜拜的創始人，那我就是他最不願意見到的人。但那不是我們論述的要點，我們論述的要點是耆那教徒有一種不同的曆法。他們計算日子不是根據太陽，而是根據月亮，那是自然的，因為他們把一年分為二十四個階段，所以他們有二十四位tirthankara。他們的整個創造就是這個循環，按照一年的分期，但是以月亮為準，就像有些人以太陽為準那樣。完全是隨意的。實際上整個事情，在此刻，按照我的看法，很愚蠢。

瞧英國人的曆法，假如你們看出它的愚蠢來，那你們就會理解我說的話。要嘲笑耆那教徒輕而易舉，因為你們對他們一無所知。他們肯定都是白癡。可英國人的曆法又怎麼樣呢？

一個月有三十天，另一個月有三十一天，一個月有二十九天，另一個月有二十八天，這都是怎麼來的呢？這是什麼亂七八糟的？而一年有三百六十五天，不是因為你根據太陽制定曆法，它不是因為太陽。

三百六十五天只是地球繞太陽運行一周的時間。怎麼分割隨你。但三百六十五……？三百六十五天引來許多麻煩，因為它並非剛好是三百六十五天，還有一小段時間拖在後面，每隔四年才積累成一天。那意味著全年應該是三百六十五又四分之一天。多麼奇怪的年！

但是你能怎麼辦呢？你只能應付，所以你把不同的月分成不同的天數，而且每隔四年，二月必須增加一天。奇怪的曆法！我想哪台計算機都不會允許這種胡鬧。

就像那些以太陽為準的傻瓜，還有以月亮為準的傻瓜。他們眞是瘋子❶，因爲他們相信月亮。然後，當然，一年被分成十二份，每個月又有兩個部分。這些傻瓜總是大哲學家。他們不斷建立奇怪的假說，這是他們在耆那教這個傻瓜的傳統裏建立的假說。我的意思是說，所有的傳統都很傻。這只是傻瓜的傳統。

耆那教徒相信有二十四位tirthankara，而且每一次輪迴還會不斷地再有二十四位tirthankara。於是，相比之下，印度教徒感到自卑。人們開始問：「你們只有十個，不是二十四個？」

自然，印度教的祭司們開始談論二十四位avatar。這是一種借來的傻。首先，是傻；其次，是借來的。任何人都不會發生比那更壞的事情了。何況這發生在一個擁有億萬人民的大國。

這種病極易感染，所以佛陀一旦去世，佛教徒自然感到大失所望——你們是怎麼說的？……羞辱，自卑，丟臉。他爲什麼沒有告訴他們關於數字二十四的事情？「耆那教徒有，印度教徒有……而我們只有一個佛陀。」於是他們在佛陀之前創造了二十四位佛。

喏，你們可以看出謬論能走多麼遠。是的，它可以一直走下去、走下去……那就是我的意思，但是我必須結束這句話。記住，那並不意味著我正在給謬論畫句號，它沒有終點。

你們若愚蠢，就和他們說上帝無比智慧一樣無比愚蠢。我對上帝和他的智慧一無所知，但是我知道你們有多麼傻。那就是我在這裏要做的事情：幫助你們擺脫愚蠢，你們現在還帶著它。首先耆那教徒帶著它，然後印度教徒借用它，然後佛教徒借用它，然後數字二十四就變成了一樣絕對必不可少的東西。

我見過一個人，斯瓦米・薩地亞拔德（Swami Satyabhakta）……他是那些稀有人物之一，我一直想知道，存在究竟爲什麼要忍受他們。他認爲他是第二十五位tirthankara，摩訶毗羅是第二十四位。當然耆那教徒不能原諒薩地亞拔德，他們把他驅逐出教。

我告訴他：「薩地亞拔德，假如你想做一個tirthankara，你爲什麼不能做第一個呢？爲什麼要站在一個隊伍裏面，努力奮鬥一輩子，就爲了做第二十五個、最後一個？你要往後看，那兒一個人也沒有呢。」

他拼命努力，非常辛苦地工作，寫了幾百部書——他非常有學問。那也證明他是一個傻瓜，但不是一個普通的傻瓜，而是一個非凡的傻瓜。

我告訴他：「如果你已經知道了眞理，爲什麼不創立自己的宗教呢？」

他說：「問題就在於此，我不能肯定。」

我說：「那至少別管別人。先要肯定下來。等一等，讓我給你妻子打一個電話。」

他說：「不，不！」

我說：「等一等。我正在給你妻子打電話。你不能阻止我。」

但是我不需要打電話，她已經來了。事實上，我已經看見她走過來了，所以我說：「別阻止我。」誰也阻止不了她，她已經來了。我說「來」的意思和你們西方人不一樣。她眞的來了，而且她來得氣勢洶洶。

我的意思是說，她眞的氣勢洶洶地走進來，她問我：「你爲什麼要把時間浪費在這個傻瓜身上？我已經浪費了一輩子，不僅失去了一切，連我的宗教都失去了。就因爲他被驅逐出教，自然我也被驅逐出教。一個人只有過了幾百萬世，才能投生做耆那教徒，而這個傻瓜不僅自己墮落，他把我也降級了。好在他無能，我們沒有孩子，否則他們也會被驅除出教。」

我是唯一笑出聲來的人，我告訴他們：「笑吧。這很精采。你無能。我沒有說，你妻子說的。我不知道她對婦科瞭解多少，但是假如她這麼說，而你聽著，眼皮都不眨一下，這足以證明她是一個婦科醫生。你無能，太棒了！你甚至都不能把你的妻子變成你的追隨者，你還試圖證明自己是第二十五位tirthankara！這眞有趣，薩地亞拔德。」

他絕不能原諒我，因爲我剛好來的是時候，發現了他的祕密。薩地亞拔德仍然是一個敵人，雖然我同情他。他至少可以說他有一個敵人。就朋友而言，他一個也沒有。這要歸功於他的妻子。

莫拉吉．代塞也是這樣變成我的敵人的。我沒有跟他過不去的地方，但是就因爲他不得不爲一個毫無政治價値的年輕男孩等了九十分鐘，自然，他氣得要命。當他看見總理爲這個男孩打開車門的時候……我還能看見當時的場景；怎麼形容呢？關於那個人，有某種黏乎乎、滑膩膩的東西，你抓不住它。它一再滑脫，每滑一次，它就變得越來越髒。他的眼睛裏有某種黏乎乎、滑膩膩的東西，我記得。我後來還見過他，在另外三個場合。也許另外某一輪會包含它們。

非常好。有了那種經驗以後，只有「不」能有點好處，因爲沒有什麼像「不」。

非常好。

戴瓦蓋德，停止。我還有別的事情要做。古蒂亞已經開門提醒我了。

譯註：

❶瘋子：lunatic，以luna——月亮爲詞根，過去有瘋狂多發於滿月之夜一說。

42 毗缽舍那

好。

我上次跟你們講的是什麼?我不記得了，提醒我一下。

「我們講了莫拉吉．代塞和薩地亞拔德如何變成你的敵人，你說的最後一件事情是莫拉吉．代塞的眼睛裏有某種黏乎乎、滑膩膩的東西，你還記得。」

很好。最好別記得。那或許就是我記不住的原因，否則我的記憶力不壞。甚至那些不贊同我的人都說，我的記憶力好得令人難以置信。我周遊全國那會兒，我記得成千上萬個人的名字、他們的臉，不僅如此，而且，當我再次遇見他們的時候，我立刻想起我們最後一次見面是在什麼地方，我對他們說了什麼，他們對我說了什麼——那大概是十或者十五年前的事了。那個人自然大吃一驚。好在我的記憶力起碼剛好敗得其所——敗在莫拉吉．代塞身上，那就是。

你們無法相信連上帝都畫漫畫。雖然我聽說他製造生物，但是漫畫?爲漫畫家特別設立的行當?莫拉吉就是一幅活動的卡通畫。但我當時並沒有嘲笑過他，我的心裏裝的全是一個男孩和總理的奇特會面，以及他們在一起交談的方式。我至今依然無法相信，一個總理能那麼談話。他幾乎只是一個聽眾，偶爾提幾個問題，以便談話繼續下去。看起來好像他希望談話永遠不要結束似的，因爲門開了好多次，他的私人祕書探頭張望。但賈瓦哈拉眞是一個好人，他把他的椅子轉過來，背朝著門。他的私人祕書只能看見他的背影。

後來馬司朵告訴我，那是他第一次看見賈瓦哈拉那樣放他的椅子，我這才明白過來。他說，按照規定，他的私人祕書應該把門打開，通知來訪者時間已到，下一位來訪者準備進來了。

但是賈瓦哈拉沒有被任何世間的事情所打擾，好像他想要瞭解的一切就是毗缽舍那（vipassana）。在告訴他什麼是毗缽舍那上面，我稍微遲疑了一會兒，因爲顧及到當時的場合。我必須告訴你們，毗缽舍那這個詞的意思。它的意思是「返觀」（looking back）。缽舍的意思是「觀」，毗缽舍那的意思是「返觀」。

我此刻正在做的就是毗缽舍那。

我用腿碰碰馬司朵，但是他坐著一動不動，像個瑜伽行者。他害怕我會做出那種事情，所以他早有準備，做好一切準備。我便眞的狠狠打了他一下。

他說：「啊！」

賈瓦哈拉說：「怎麼了？」

馬司朵說：「沒什麼。」

我說：「他撒謊。」

馬司朵說：「這太過分了。你居然打我，打得那麼重，我都忘記我得保持安靜，別成爲你手裏的足球，而你現在卻告訴賈瓦哈拉我撒謊。」

我說：「他現在沒有撒謊，而是告訴你，你怎樣才能忘記，因爲毗缽舍那的意思就是『不忘記』。」我又對馬司朵說：「我在給賈瓦哈拉解釋毗缽舍那，所以狠狠打你一下。請原諒我，也別以爲這理所當然是最後一次。」

賈瓦哈拉開懷大笑……他笑得那麼厲害，把眼淚都笑出來了。那永遠是一位眞正的詩人的品質，而不是普通的詩人。你可以收買普通的詩人，在西方他們的價錢可能要貴一點，否則十幾塊美金就行了。他不是那種類型的詩人——十幾塊美金就能收買的。實際上，他是那種極其罕見的人物之一，佛陀稱他們爲菩薩。我會叫他菩薩。

無論是當時還是現在，我都驚訝於他怎麼可能變成總理。不過這位印度首任總理的品質和後來歷任總理的品質完全不同。他不是群眾挑選的，實際上，他不是被挑選出來的候選人。他是聖雄甘地的選擇。

甘地，無論有什麼缺點，至少做了一件連我都能讚賞的事情。這是僅有的一件，否則我就全面反對甘地，一點接一點。但他爲什麼非得選擇賈瓦哈拉不可呢，這又是另一個故事，好像不應該在我的循環圈裏出現。我所看重的是，他起碼對具備詩人氣質的人有感覺。他當然是禁欲主義者，然而就憑他滿腦子的荒謬思想，他居然也能敏感到選擇賈瓦哈拉的地步。

一個詩人就是這麼變成一個總理的。否則詩人無論如何也不可能變成總理——除非總理瘋了，變成詩人倒是可能的，但那不是一回事。

我們談論詩歌。我本來以爲他會談論政治。連馬司朵，即使認識他好幾年了，也對他談論詩歌和詩歌經驗的意義感到震驚。他看著我，好像我知道答案似的。

我說：「馬司朵，你應該知道得比我清楚，你認識賈瓦哈拉好幾年了。我剛剛才認識他。我們還處於自我介紹的階段，所以別用疑問的眼光看著我，雖然我知道你想問什麼：『這個政治家怎麼了？他瘋了嗎？』不，我對你說，也對他說，他不是一個政治家——或許是出於偶然的因素，但不是出於他的本性。」

賈瓦哈拉點點頭，說：「我這一生中起碼聽到有一個人把話說到位了，我以前一直不能把它清晰明確地表述出來。它始終模模糊糊的。但是現在，我知道那是怎麼回事了，那是一個偶然。」

「而且，」我補充說：「是致命的偶然。」我們一齊大笑。

「但是，」我說：「這個偶然是致命的。可你身上的詩人品質並沒有受到傷害，我不關心別的。你依然能看星星，像孩子那樣。」

他說：「又說對了！因爲我喜歡看星星——可是你怎麼會知道的？」

我說：「這和我沒有關係。我知道詩人是一種什麼類型的生命，所以我能把你的細節一一描述出來。所以請你，從此刻起，不要再感到震驚了，要等閒視之。」他一聽就放鬆了。否則要一個政治家放鬆是不可能的。

在印度，人們相信一種神話，說的是一個普通人死的時候，只有一個魔鬼來抓他，但是一個政治家死的時候，會有一群魔鬼來，因爲他不會放鬆，即使在死的時候。他也不允許自己放鬆。他從來不允許任何事情自動發生。他不瞭解那幾個簡單字的意義：「隨它去。」

但賈瓦哈拉這個人立刻就放鬆了。他說：「和你在一起我能放鬆，而馬司朵從來不是我的緊張源，所以他也可以放鬆。我沒有妨礙他，除非我是一個斯瓦米❶、一個出家人、一個僧侶，才會妨礙他。」

我們都笑了。這並不是最後一次會面，這只是第一次。馬司朵和我都以爲這是最後一次，但是當我們離開的時候，賈瓦哈拉卻說：「你們明天這個時候還能來嗎？到時候我會把這個傢伙，」他說，朝莫拉吉・代塞指指：「安排到別的地方去。即使他的存在臭氣熏天，你們知道的。我很抱歉，可我還得繼續讓他待在內閣裏，因爲他在政治上有一定的重要性。即使他喝自己的小便，那又有什麼關係呢？那不關我的事。」我們又笑起來，然後便起程走了。

那天晚上，他又打電話來提醒我們，說：「別忘了。我已經把我所有的約會都取消了，我等你們兩位來。」

我們根本沒有工作要做。馬司朵這次來就是爲了讓我認識總理的，那件事已經辦成了。馬司朵說：「假如總理希望我們去，我們就得留下來。我們不能說『不』，那對你的未來無益。」

我說：「別擔心我的未來。這是否有益於賈瓦哈拉？」

馬司朵說：「你眞是不可救藥。」他說得對，但我知道得太晚，那時候已經很難改變了。

我已經非常習慣於我是什麼就是什麼，甚至在小事情上都難以改變。古蒂亞知道，她想盡各種可能的辦法教我，在浴室裏不要把水濺得到處都是。可是你們能教會我什麼嗎？我不可能停止。不是我想折磨這些姑娘，或者她們必須一天遭受兩次折磨，因爲我洗兩次澡，所以她們自然要清潔兩次。

當然古蒂亞認爲，既然我能那麼洗澡，她們就不必把每一處水跡都擦掉。但是最後，她終於放棄教我的念頭了。我不可能改變。當我洗澡的時候，我舒服極了，忘乎所以，把水濺得到處都是。要是不濺，我就得保持控制，即使是在我的浴室裏。

現在瞧古蒂亞，她正在享受這個念頭呢，因爲她完全知道我在說什麼。當我洗澡的時候，我眞的在洗澡，我不僅把水濺到地上，甚至還濺到牆上，假如你必須清潔，那麼當然這個問題由你來解決。但是假如你帶著愛來清潔，像我的清潔工那樣，那麼它就比精神分析還要好，比超覺靜坐還要好。我現在什麼都不能改變。

現在，馬司朵說的話應驗了。當時說的未來，現在已成爲過去，但是我依然如故，我一直沒有改變。實際上對我來說，死亡好像不是發生在你停止呼吸的那一刻，而是在你停止做你自己的那一刻。我從來沒有爲任何原因而允許任何妥協。

我們第二天又去了，賈瓦哈拉邀請了他的女婿，英迪拉．甘地的丈夫。我很想知道他爲什麼不邀請他的女兒。後來馬司朵對我說：「英迪拉要照顧賈瓦哈拉。他的妻子年輕的時候就去世了，而他只有一個孩子，他的女兒英迪拉，她對他來說既是女兒，又是兒子。」

在印度，女兒一旦結婚，就得到丈夫家去。她成爲另一個家庭的成員。英迪拉沒有去。她一口回絕。她說：「我的母親去世了，我不能丟下我父親一個人。」

這是終止他們婚姻的開端。他們雖然保持丈夫和妻子的名義，但英迪拉從來不是菲羅宰・甘地（Feroze Gandhi）家族的成員。連他們的兩個兒子，桑迦亞（Sanjaya）和拉久（Raju），因爲母親的緣故，結果都屬於她的家族。

馬司朵告訴我：「賈瓦哈拉不能同時邀請他們兩個人來，他們當場就會開戰。」

我說：「那眞奇怪。難道他們連一個小時都不能忘記他們是夫妻嗎？」

馬司朵說：「不可能忘記，一刻都不可能。做丈夫或者妻子就意味著宣戰。」雖然人們把它叫作愛，實際上它卻是一場冷戰。還是來一場熱戰比較好，尤其是在冬天，勝於一天二十四小時冷戰。它甚至會慢慢地把你的生命都凍住。

當他邀請我們第三天再去的時候，我們又吃了一驚。我們一直在考慮離開的事情，而他第二天什麼也沒有說。第三天早晨，賈瓦哈拉打電話來了。他有一個私人號碼，不列在電話號碼簿上。只有少數幾個人，都是非常親近的，才能用那個號碼給他打電話。

我問馬司朵：「他親自打電話給我們，他不能叫他的祕書給我們打電話嗎？」

馬司朵說：「不，這是他的私人號碼，連他的祕書都不知道他在邀請我們。祕書只有在我們到門廊的時候才會知道。」

就在那第三天，賈瓦哈拉把我介紹給英迪拉・甘地。他只對她說：「別問他是誰，因爲他現在不是什麼人物，但有朝一日他眞能成爲大人物。」

我知道他說錯了，我現在依然不是什麼人物，我打算繼續不是什麼人物，直到最後一息。不是什麼人物眞開心啊，眞的要飄飄然了。我肯定是世界上最飄飄然的人之一。但是，要力爭不是什麼人物，依然非同尋常，簡直太不尋常了。

但沒有人願意不是什麼人物，無名小卒，什麼也不是，所以賈瓦哈拉自然要對英迪拉說：「他現在不是什麼人物，但是我能預言，總有一天，他肯定會成爲大人物的。」

賈瓦哈拉，雖然你已經去世了，我還是很抱歉地說，我沒能讓你的預言變成現實。它失敗了，幸運地。

我和英迪拉的友誼從此開始。那會兒她已經有很高的職位，不久便成爲印度執政黨主席，然後是賈瓦哈拉的內閣大臣，最後是總理。英迪拉是我認識的唯一能管理這些白癡——政客——的女人，而且她管理得很好。

她是怎麼做到的，我說不準。或許在她還是個無名小卒的時候——只是年老的賈瓦哈拉的看護人，她已經認識到他們的所有缺點。她對他們的缺點瞭解得那麼透徹，他們都害怕她，害怕得發抖。連賈瓦哈拉都不能把這個完美的白癡——莫拉吉·代塞扔出內閣呢。

後來有一次會面的時候，我對英迪拉說過這個問題。它也許會在某個時候出現，也許不會，所以最好還是現在就提。這些循環圈靠不住。我是在我們最後一次會面時告訴她的，那會兒賈瓦哈拉已經去世好幾年了……應該是一九六八年左右的事情。她告訴我：「你說的完全正確，我也想這麼做，可是怎麼對付莫拉吉這類人呢？他們在我的內閣裏，而且他們是主要成員。雖然他們屬於我的黨派，可是無論我試圖實行你現在說的任何方案，他們都不能理解。我同意你的看法，但是我感到很無助。」

我說：「你爲什麼不把這個傢伙扔出去呢？誰阻攔你呢？假如你不能把他扔出去，那就辭職，因爲你的內閣成員不適合同這些傻瓜一起工作。把他們的位置擺正——那就是正面朝上，因爲他們都在做shirshasana——倒立。要嘛把他們的位置擺正，要嘛辭職，但是一定要做點什麼。」

我一直喜歡英迪拉·甘地。現在仍然喜歡，儘管她並沒有做什麼來幫助我的工作——但那是另一回事。她曾經告訴我，確切地說，是在我的耳邊低語，雖然沒有人聽見，可誰知道呢？政治家都是些細心的人。從那一刻起，我開始喜歡她。

她小聲說：「我會做點什麼的，不然就做別的。」

那一刻，我沒能領會，她是什麼意思——「做點什麼，不然就做別的」？但是七天之後，我在報紙上看到莫拉吉·代塞突然遭貶。當時我遠在天邊，可能有幾千英里之遙。他剛從他的選區旅行回來，去拜訪總理，這是給他的歡迎式。頗爲奇特的歡迎……我應該說是「歡送」（well-go）。我能造一個詞「歡送」嗎？於是他們給他好好舉行了一個歡送式。那才是人們眞正做的事情……誰會歡迎？

但是我並不吃驚。實際上，我每天都在看報紙，看看發生了什麼，因爲我必須領會她的意思——「做點什麼，不然就做別的」——但是她做了點什麼。她做了正確的事情。這個人已經是最大的障礙、蒙昧主義者、正統派，以及諸如此類的東西，以及任何你所能想到的錯誤的東西。

現在幾點鐘了，戴瓦蓋德？

「十點二十四分，奧修。」

給我十分鐘。這很好，但還可以改進。除非你們今天達到完美，否則我就要做一個嚴厲的工頭。努力獲得完美吧。別要求補充說明，完美就是我的命令。雖然你們沒聽見，但完美還是我的命令，不管聽見沒聽見。

是的，除非我知道你已經達到能力的頂點，否則我不會停止。所以要快！

很好。

我一說很好，你們就害怕起來。我立刻看到你們的恐懼和顫抖。所以，我有時候必須提醒阿淑，說：「別爲戴瓦蓋德的恐懼煩惱，就做一個簡單的女人，沒有知識，並且往高處走。讓可憐的戴瓦蓋德在後面追好了。」他會拼命努力的。我看得出他正在努力超過你，所以我笑。誰能落在自己的助手後面呢？

別擔心，今天十二點，世界無論如何都會停止。所以阿淑，要快！趕在世界結束前，起碼要讓我吃頓午飯。

很好。停止。

注釋：

❶斯瓦米：swami，大師，特指印度教的苦行師。

43 好人是否應該搞政治

好。

我始終想知道，上帝怎麼可能只用六天時間就造出了這個世界。而且是這個世界！那或許就是他管他的兒子叫耶穌的原因吧！你給自己的兒子取的是什麼名字！爲了他所做的事情，他不得不懲罰某個人，而那裏又找不到別人。聖靈始終不在。如今他正坐在那個馬座❶上，所以我叫切達娜把它空出來，因爲一匹馬既然已經有人騎在上面了，你再騎就不大好。我的意思是說，對那匹馬不大好——對切達娜也不好。至於聖靈，我才不管他呢。我不喜歡聖靈，或者其他類型的幽靈。我一向喜歡活的東西。

幽靈是死人的影子，就算它是神聖的，又有什麼用呢？而且它還很醜陋。切達娜，我不是替聖靈擔心。假如你騎他，就我而言，完全沒問題。你就騎聖靈吧。但這張可憐的椅子連一個人都坐不下。它不是給人坐的。它只是給半個人坐的，這樣你就不會睡著，所以它才做成那種式樣。

在那張椅子裏，你連坐都不能坐，何況睡呢？連那張椅子都不適合放在這狹小的諾亞方舟裏。它太小了，連諾亞自己都得站在外面，就爲了給你們這班傢伙騰出地方。

我前面說什麼了，戴瓦蓋德？

「聖靈總是不在，如今他正坐在那張馬座上。」（笑）

那個我記得。我知道你不能記筆記。要集中思想。不過我會應付過去的。沒有筆記，我也應付了一輩子。賈瓦哈拉最後一天問我的問題著實奇怪。

他問：「你認爲搞政治可以嗎？」

我說：「我不是認爲，我是知道完全不可以。那是一種禍根、一種業。你肯定在過去世裏做了什麼錯事，否則你不可能成爲印度總理。」

他說：「我同意。」

馬司朵簡直不敢相信我居然能那樣回答總理的問題，而且，更不敢相信的是，總理居然會同意。

我說：「那結束了我和馬司朵之間一段長期的爭論，我獲勝。馬司朵，你同意嗎？」

他說：「現在我不得不同意。」

我說：「我不喜歡任何『不得不』做出的事情，最好還是別同意吧。至少在那個不同意裏面還有點兒生氣。別把這隻死老鼠給我！首先，它是一隻老鼠——其次，還是死的！你以爲我是老鷹、禿鷲還是什麼的？」連賈瓦哈拉都一會兒看看我、一會兒看看他。

我說：「你已經決定了。我謝謝你。馬司朵，多年來，一直進退維谷。他無法決定一個好人是否應該搞政治。」

我們談了許多事情。我認爲在那所房子裏——我的意思是說總理的房子，任何會見都不會持續那麼長時間。等到我們結束的時候，已經九點半了——三個小時！連賈瓦哈拉都說：「這肯定是我一生中最長的會見，也是最有收穫的。」

我說：「它給你帶來什麼收穫呢？」

他說：「和一個不屬於這個世界、也永遠不會屬於這個世界的人建立了友誼。我會把它當作一個神聖的記憶珍藏在心裏。」我第一次看見淚水湧入他那雙美麗的眼睛。

我趕緊奪門而出，爲了不使他難堪，他卻大步跟上來說：「不需要衝得那麼快。」

我說：「眼淚來得更快。」他又是笑又是哭，混做一團。

那種情形極爲罕見，要嘛發生在瘋子身上，要嘛發生在眞有智慧的人身上。他不是一個瘋子，而是有高超智慧的人。我們——我指的是馬司朵和我——反覆談論那次會見，特別是他的眼淚和歡笑。爲什麼？自然，我們一貫意見相左。那已經成爲一種常規。我若贊成，他就不會相信。不然太陽就從西邊出來了。

我說：「他爲自己哭，爲我所擁有的自由笑。」

當然，馬司朵的解釋是：「他是爲你哭，不是爲他自己，因爲他看得出，你可能會成爲一股重要的政治勢力，他爲自己的想法笑。」

那就是馬司朵的解釋。喏，當時無法判定孰是孰非，但幸運的是，賈瓦哈拉碰巧親自做出了判定。馬司朵告訴我的，所以沒有問題。

在馬司朵永遠地離開我、消失在喜馬拉雅山以前，在我死而復生❷以前，死而復生是每一個人的必由之路，他告訴我：「你知道嗎？賈瓦哈拉不斷地想到你，特別是在我和他最後一次會面的時候。他說：『假如你見到那個奇特的男孩，假如你怎麼都關心他，就讓他遠離政治吧，因爲我把一生都浪費在和這些愚蠢的人周旋上了。我不希望那個男孩從絕對愚蠢、平庸、沒有智慧的群眾那裏求得選票。不，假如你在他的生活中有任何發言權的話，請保護他不要受政治的傷害。』」

馬司朵說：「那判定我們的爭論你獲勝，我很高興，因爲我雖然和你爭論，而且反對你，但是在內心深處，我一直贊同你。」

我再也沒有見到賈瓦哈拉，雖然他活了許多年。但是，正如他所希望的那樣——我早就做出決定了，他的建議只是鞏固了我自己的決定——我一輩子從來沒有投過票，也從來沒有成爲任何黨派的成員，連做夢都沒有想過。實際上，在近三十年的時間裏，我根本就沒有做過夢。

我沒有辦法做。

我可以設法做一種演習。這個詞會顯得很怪，一種「演習」夢，但實際的戲劇絕不會發生，不可能發生。它需要無意識，而那種成分現在不見了。你可以把我弄得無意識，但是你仍然無法叫我做夢。把我弄得無意識不需要多少技術，只要在我的頭上敲一下，我就無意識了。

但那不是我所講的無意識。

你們才是無意識的，你們不停地做事情，卻不知爲了什麼，沒日沒夜——覺知不知到哪兒去了。覺知一旦發生，就不會做夢。兩者不可能共存。在這兩種東西之間不可能有共存，誰也辦不到。你要嘛做夢，那你就是無意識的；要嘛覺醒、覺知，假裝做夢——但那不是夢。你知道，其他人也知道。

我前面說什麼了？

「在近三十年裏，你沒有做過夢。『我再也沒有見到賈瓦哈拉，儘管他活了許多年。』很好。

不需要再見到他了，雖然許多人試圖走我的門路。他們不知怎麼地，通過各種消息來源，從賈瓦哈拉家、祕書或者其他人那裏，瞭解到我認識他，而且他愛我。自然，他們想爲自己做點什麼，問我是否能向他推薦。

我說：「你們瘋了嗎？我根本不認識他。」

他們說：「我們有確鑿的證據。」

我說：「你們可以保留你們的確鑿證據。我們可能在哪個夢裏見過，但不是在現實中。」

他們說：「我們一直以爲你有點兒瘋狂，現在我們知道了。」

我說：「到外頭傳去吧，請，能傳多遠就傳多遠，能傳多廣就傳多廣，而且別這麼保守——只有一點瘋狂？慷慨點兒吧——我完全瘋了！」

他們離開的時候連一句謝謝都沒有對我說。我不得不謝謝他們，所以我說：「我是一個瘋子，至少我可以對你們說一聲謝謝。」

他們互相說：「瞧！好好謝謝你？他確實瘋了。」

我過去喜歡被人家當作瘋子。我現在依然喜歡。在我所認識的事物中，沒有比瘋狂更美麗的了。

馬司朵臨走以前說：「賈瓦哈拉給了我這個人的名字，崗世洋達・比拉勒（Ghanshyamdas Birala）。他是印度最有錢的人，和賈瓦哈拉家族的關係非常密切。有任何需要都可以去找他。」

「當他給我這個地址的時候，賈瓦哈拉說：『那個男孩總是出現在我的腦海裏。我預言他可能會成爲……』接下去馬司朵就沒有聲音了。

我說：「怎麼了？至少把這句話說完呀。」

馬司朵說：「我會說的。這個沈默也是他的。我只是在模仿他。你問我的話，我也問了他。然後賈瓦哈拉把這句說完整了。我會告訴你，」馬司朵說：「原因是什麼。賈瓦哈拉說：『他也許總有一天會成爲……』接下去就沒有聲音了。可能他在心裏掂量著什麼，或者不很清楚自己要說什麼，然後他說：『一個聖雄甘地。』」

賈瓦哈拉在向我致以他最崇高的敬意。聖雄甘地是他的師傅，也是決定讓賈瓦哈拉當印度首任總理的人。自然，當聖雄甘地被人槍殺的時候，賈瓦哈拉哭了。他一面哭，一面在收音機裏說：「燈熄滅了。我不想再說什麼。他是我們的燈，現在我們將不得不生活在黑暗裏。」

假如他對馬司朵說這句話的時候有所遲疑，那麼他要嘛在思考是否要將這個不爲人知的男孩和聞名全球的聖雄相比，要嘛可能是在聖雄和其他幾個名字之間來回掂量……而我認爲這種可能性更大，因爲馬司朵告訴他：「假如我告訴那個男孩，他會立刻說：『甘地！在這個世界上，我最不想成爲的就是他。我寧可下地獄，也不當聖雄甘地。』所以最好還是讓你知道他會怎麼反應。我對他的瞭解很深。他一定受不了這種比較，而且他愛你。別因爲這個名字毀了你的愛慕者。」

我對馬司朵說：「這太過分了，馬司朵。你不需要對他說那個。他是老人家，就我而言，以他的思維方式，他已經把我和最偉大的人相比了。」

馬司朵說：「等等。當我說這話的時候，賈瓦哈拉說：『我猜也是這樣，所以我等了一等，掂量著是否要說。那就別告訴他，換一句。或許他可能成爲喬達摩．佛陀！』羅賓德拉納特，印度的偉大詩人，曾經寫到：賈瓦哈拉非常祕密地愛著喬達摩．佛陀。爲什麼是祕密地呢？因爲他從來不喜歡任何有組織的宗教，他也不相信上帝，而賈瓦哈拉居然是印度的總理。

馬司朵說：「然後我對賈瓦哈拉說：『原諒我。你已經非常接近了，但是跟你說實話吧，他不喜歡任何比較。』你知道嗎？」馬司朵接著問我：「賈瓦哈拉說什麼？他說：『那種人才是我所愛敬的。但是要盡一切力量保護他，他才不致於被政治的羅網套住，我就是毀在這張網裏。我不希望再發生同樣的災難，在他身上。』」

那以後，馬司朵就消失了。我也消失了，所以沒有人在那裏抱怨。但記憶不是意識，即使沒有意識，記憶也能運作，實際上運作得更有效。畢竟，計算機是什麼？一個記憶系統嘛。自我已經死了，那在自我後面的，是永恆的。那屬於大腦的，是暫時的，也會死。

甚至在死了以後，我也會像現在這樣，供我的人汲取，和他們希望的一樣多，或者一樣少。這完全取決於他們。所以我正在，逐步地，從他們的世界消失，這將越來越成爲他們的事情。

我也許只是百分之一，而他們的愛、他們的信任、他們的臣服是百分之九十九。可是我走了以後，所需要的會更多——百分之百。到時候我依然可供汲取，或許更多，對那些負擔得起的人——「負擔得起的人」要大寫——因爲最富有的人就是負擔得起在愛和信任中百分之百臣服的人。

我已經獲得那些人了。所以我不想，即使在死了以後，以任何方式叫他們失望。我希望他們成爲地球上最滿足的人。無論我是否在這裏，我都會高興。

譯註：

❶馬座：horse seat，從上下文的意思來看，應該指的是一張形狀像馬或者馬鞍的椅子。

❷死而復生：die to be resurrected，此處當指開悟的大死大活。

44 忘記並原諒上帝

昨天我想知道，上帝如何在六天之內創造這個世界的。我之所以想知道，是因爲我到現在還不能跨越我的小學第二天。而他創造的是什麼世界！可能他以前是個猶太人，因爲只有猶太人散佈過這種觀念。

印度教徒不只相信一位上帝，他們相信許多神。實際上，他們最初產生這種觀念的時候，他們算出來的神和印度人一樣多——我說的是那時候。那時候他們的人口數量也不小，三千萬，也許不是這個數字。但是它會使你們對印度教徒有所瞭解。他們相信每一個個體都必須有他自己的一位神。他們不專制，非常民主，實際上是太民主了——我說的是前印度教徒。自從他們構思了一個平行的神的世界，其中的神和地上的人一樣多以後，已經過去幾千年了。他們做了一件了不起的工作。單單數出三千萬個神……你們不瞭解印度教的神！他們集人類所能之大成——非常狡猾、卑鄙、擅長搞政治，千方百計剝削別人。不過起碼有人設法通過某種方式搞了一次人口普查。

印度教徒不是西方所講的有神論者。他們是異教徒，但他們不是基督教徒所希望的用這個詞加以定性的異教徒。異教徒是一個有價值的詞，不應該允許基督教徒、猶太教徒和伊斯蘭教徒濫用。從根本上說，這三個宗教都是猶太教，無論它們說什麼，它們的基礎早在耶穌誕生、穆罕默德聞名以前就打好了。它們都是猶太教。

你們聽說的上帝當然是一個猶太人，他不可能不是。祕密就藏在那兒。假如他是一個印度人，他自己就會裂成三千萬塊，何況創造一個世界呢？即使那兒已經有了一個世界，這三千萬個神也足以把它毀滅。

印度教的「上帝」——沒有那種詞可以用，因爲印度教裏面只有「諸神」，沒有一個上帝——不是一個創造者。他自己就是宇宙的一部分。我說「他」的意思是指三千萬個神。我不得不用你們的詞，「他」，但印度教徒總是用「那」。「那」是一把大傘，你可以把諸神都放進去，想放多少就放多少。連你不想放進去的都能在後面占有一席之地。它幾乎像一個馬戲團的帳篷——寬闊、高大，能容納下你所能想像的各種各樣的神。

這位猶太人的上帝確實做了一件了不起的工作。他當然是一個好猶太人，而且他只花了六天時間就創造出這個世界。這亂七八糟的一大堆東西就是愛因斯坦，另一個猶太人，所說的「膨脹的宇宙」。它每秒鐘都在膨脹，變得越來越大，像孕婦的肚子，當然比那個要快。它正在以光速膨脹，那是迄今爲止人類所想到的最快速度。

或許有一天我們會發現比光速更快的事物，但現在它依然是最高速度，就速度而言。世界正在以光速膨脹，而且它永遠都在膨脹。無始無終，至少在科學方法的觀測下。

但基督教徒卻說它不僅有開始，而且在六天之內就結束了。當然猶太教徒也在那兒，伊斯蘭教徒也在那兒，它們都是同一種謬論的分支。也許只有一個白癡給所有這三個宗教創造了可能性。別問我他的名字是什麼；白癡，特別是完美的，都沒有名字，所以沒有人知道是誰創造了六天創造世界的觀念。它最多值得一笑罷了。但是聽聽基督教牧師或者拉比是怎麼談論創世紀、世界起源的，瞧那嚴肅勁兒。

我之所以想知道，就因爲我在六天之內甚至都講不完我的故事。我才講到第二天，那也是因爲我丟下許多事情沒有講，以爲那不重要，可誰知道呢？也許重要。但是假如我不加選擇，什麼都講，那可憐的戴瓦蓋德怎麼辦呢？

我看得出他會有數不清的筆記本，望著它們，他簡直要發瘋。望著他自己的筆記本，就如同站在紐約的帝國大廈旁邊，心想：「現在誰會讀它們呢？」我又想到戴瓦拉吉，他得把它們編輯成書。無論是否有人讀它們，你起碼要有一個讀者，那就是戴瓦拉吉。另一個，那就是阿淑，她得把它們列印出來。

在上帝創造世界的故事裏邊，沒有編輯，沒有打字員。他只花了六天就把它造出來了，什麼都齊了，所以從那以後，再也沒有聽到過他的消息。他怎麼了？有人認爲他去了佛羅里達，退休的人都到那兒去。有人認爲他在邁阿密的海灘上享受美好生活……但這些全是猜測。

上帝根本就不存在。正因爲如此，存在才可能存在，否則他就會把他的鼻子伸進來打探消息——猶太人的鼻子就是派這個用場的。與其思考上帝，還不如把他忘記，同時也原諒他。是時候了。聽起來或許有點兒奇怪，忘記並且原諒上帝，可只有到了那時候，你才開始存在：他的死就是你的生。

只有一個瘋子，尼采，有這種想法——可誰會聽瘋子的？——特別是當他們談論眞知灼見的時候，那就更難以聽他們的了。沒有人把尼采當眞，但我認爲他的宣言是人類覺悟史上最偉大的時刻之一：「上帝死了！」他必須這麼宣告，不是因爲上帝死了——首先他從來就不在那兒、從來就沒有誕生過，他怎麼可能死呢？你起碼得忍受七十年的所謂生命，然後才能死。上帝從來就不存在。這很好，因爲存在對於存在本身來說已經足夠了，不需要外面的代理機構去創造它。

可是，我本來並不打算談這件事情的。你們瞧，每一瞬間都打開這麼多條路，而且你必須走。無論你選擇哪一條，你都會後悔，因爲誰知道在那些落選的路上都有些什麼呢？

所以在這個世界上沒有快樂的人。有千百個成功的人、有錢的人、有權的人，但是你找不到一群快樂的人，除非你碰到我的人，他們完全是另一種人。

在通常情況下，每一個人早晚都會感到沮喪。越智慧，越早；越愚蠢，越晚。假如愚蠢到了極點，那就永遠不會感到沮喪。那他就會坐在旋轉木馬上死掉，在丁西樂園❶。

這個詞你怎麼讀，阿淑？

「迪士尼樂園，奧修。」

迪斯內？迪士尼。迪士尼。很好。哪個女人都不能把她的感覺藏起來不叫我看見。男人可以。我馬上就意識到我說錯了什麼。但是你不需要爲此擔心。我是一種錯誤型的人。只有在少數情況下，碰巧了，我會說對什麼。否則，我一向自作聰明。

好，讓我們繼續講故事吧。這是一個小小的轉折，而這部傳記將匯集無數次轉折，因爲那就是生命……

　　那時候馬司朵不在，沒有說服英迪拉・甘地爲我工作，但他在印度首任總理那兒已經是盡心盡力了。可能他確實成功了，不過只是成功地使他相信，這兒有一個人，他無論如何都不應該介入這個國家的政治生活。可能賈瓦哈拉是爲了我的利益著想，或者爲了國家的利益著想。但他不是一個狡猾的人，所以不可能是第二種情況。我見過他，所以我知道。不僅見過，而且眞正感到和他有深刻的共鳴，一種深刻的和諧、相應。

　　他那時候已經老了，已經走過他的人生並且獲得了成功，他感到沮喪。那足以讓我不想獲得任何世俗意義上的成功，而且我可以說，我一直守身如玉，不沾惹任何成功。我以一種奇特的方式始終處於一種狀態，好像我根本就沒有來過這個世界似的。

　　卡比爾有一首動人的歌，描述的就是我所說的狀態，方式上要詩意得多。他是一個織布工，所以他的歌當然是那種織布工的，要記住。

　　他說：「Jhini jhini bini chadariya：我爲黑夜準備了一條美麗的毯子……Jhini jhini bini chadariya,ramnam ras bhini：但是我沒有用過。無論怎樣，我都沒有把它弄舊。在我死去的時候，它清新如我降生之初。」

　　你們能相信嗎？他就是唱著這首歌死去的。在場的人都以爲他是在唱歌給他們聽──他是在唱歌給存在本身聽。而那些詞語卻發自一個窮人之口，他雖窮而富，富得連整個生命都沒能在他身上留下一道抓痕。他把存在給他的東西完好無損地還給了存在。

　　好多次我都感到驚訝，怎麼身體變老了，可是就我而言，我並沒有感到老年或者年老的過程。我沒有一刻感到不同。我還和原來一樣，雖然發生了許多事情，但它們只發生在外圍。所以我可以告訴你們發生了什麼，但是要始終記住，我並沒有發生什麼。我和降生以前一樣天眞而無知。

禪宗人士說：「除非你知道你以前是怎樣的，你降生以前的面目是怎樣的，否則你不可能理解我們。」

你自然會想：「這些人瘋了，他們還試圖把我弄瘋。他們可能試圖說服我看肚臍，或者幹類似的蠢事。」

有些人正在幹類似的事情，而且獲得了巨大成功，有成千上萬的追隨者。跟我在一起就是不在任何別人踩出來的道路上。那是一種奇異的方式，根本不在任何道路上……然後突然，你回到家裏。

這發生在我身上，只是圍繞它還發生了其他數不盡的事情。誰知道誰將觸發什麼呢？瞧戴瓦蓋德，現在他心裏就有什麼東西被觸發了。沒有人知道，任何東西都能啓動一個過程，它將帶領你來到自己面前。它既不遠，也不近，它就在你所在的地方。所以有時候那些佛會笑，看到所有的努力都愚蠢透頂；他們過去所做的一切都愚蠢透頂。但是要看到這一點，他們必須經歷許多事情。

現在幾點鐘了？

「十點零七分，奧修。」

十點零七分？

「是的。」

很好。

馬司朵在我們最後一次見面的時候說了許多事情，其中有些內容可能對某些地方的某些人有幫助。他即將離開，所以他把想說的話都對我說了。當然，他不得不說得非常、非常簡要。他用了許多格言。那很奇怪，因爲此人是一個才思敏捷的演說家——用格言？

他說：「你不懂，我很著急。只管聽著，別爭論，因爲我們一旦開始爭論，我就無法實踐我對巴格．巴巴許下的諾言了。」

當然，在他說「巴格．巴巴」的時候，他知道那個名字對我意味著很多，以至於我絕不會和他爭論。然後他甚至可以說二加二等於五，而我會聽，不僅聽，而且相信、信任。「二加二等於四」不需要信任，可「二加二等於五」當然就需要一種超越於數學的愛囉。假如巴巴這麼說，那肯定沒錯。

所以我聽，這些是他的話，沒有幾句。它們雖然不多，卻意義深遠。

他說：「首先，永遠不要進入任何組織。」

我說：「行。」我沒有進入過任何組織。我實踐了我的諾言。我甚至都不是新桑雅士❷的一部分，我的意思是說成員。我不可能是，因爲我曾向我所愛的某個人許下諾言。我只能處在你們中間。可是無論我怎麼掩飾，我都是一個外人，甚至在你們中間，就因爲我要把諾言實踐到底。

「其次，」他說：「你不應該出言反對統治集團。」

我說：「聽著馬司朵，這是你自己的，不是巴格·巴巴的，我絕對肯定。」

他笑了，說：「是的，這是我的。我只是想檢驗你是否分得清良莠。」

我說：「馬司朵，那不需要擔心。你只管把你想說的話告訴我，因爲你說你急得不得了。我看不出你急什麼，但是假如你把它說出來——我也愛你——我會相信的。你只管告訴我，什麼是絕對必要的，否則我們就可以一聲不響地坐著，你允許坐多長時間就坐多長時間。」

他沈默了一會兒，然後說：「好吧，我們還是一聲不響地坐著爲好，因爲你知道巴格·巴巴跟我說了些什麼。他肯定早就告訴過你了。」

我說：「我非常瞭解他，所以不需要告訴我。就算他回來，我也會說：『別煩我，就和我一起待著。』所以你下決心很好，但是要實踐你的諾言。」

他說：「什麼諾言？」

我說：「就一個簡單的諾言：一聲不響地和我一起待著，直到你想離開這裏爲止。」

他在那裏待了六個多小時，他實踐了他的諾言。我們一個字也沒有說，卻遠遠超過語言所能傳遞的。當他起程前往火車站的時候，他對我說的唯一一件事情就是：「我現在能說最後一件事情嗎？因爲我可能不會再見到你了。」他知道他將永遠離去。

我說：「當然。」

他說：「就這一件事情，假如你需要我的幫助，你隨時隨地都可以通知這個地址。假如我還活著，他們就會馬上告訴我。」他給了我一個地址，若不是親眼看到，我絕不會相信那個地址和馬司朵有任何關係。

我說：「馬司朵！」

他說：「別問，只管通知這個人。」

「可是，」我說：「這個人是莫拉吉・代塞啊。我不能通知他，你知道的。」

他說：「我是知道，可只有這個人很快就會大權在握，而且無論我在喜馬拉雅山的什麼地方，他都能找到我。」

我說：「你認爲這就是繼承賈瓦哈拉職位的人嗎？」

他說：「不。應該是另一個人繼承他的職位，但是那個人不會活多久，然後英迪拉繼承，那以後，就是這個人。我給你這個地址，因爲這幾年將是你最需要我的時候，否則要是賈瓦哈拉在那兒，或者英迪拉在那兒……」

在這兩個人——賈瓦哈拉和英迪拉中間，還有一位總理。他是一個非常美麗的人，就身體而言，非常矮小，卻非常偉大，拉巴哈布・沙司德里（Lalbahadur Shastri）。但是他只在任上活了幾個月。奇怪的是，他一變成總理，就通知我說他想見我，說：「設法盡快來見我。」

我來到德里，因爲我知道肯定有馬司朵的手在他後面。實際上，我是去找後面那隻手的。我是那麼愛馬司朵，如果有必要的話，下地獄我也幹——而新德里就是一座地獄。但我之所以去，是因爲總理打電話來，這正是一個好機會，可以查明馬司朵在哪兒，以及他是否還活著。

但是，命中注定，他給我的日期……他預定從蘇聯的塔什干❸回到新德里，他去那兒參加印度、俄羅斯和巴基斯坦的三國首腦會議，但運回來的只有他的屍體。他死在塔什干。我大老遠地來到德里，就為了向他打聽馬司朵的下落。他來倒是來了，但是死的。

我說：「這眞是一個玩笑，一個實用的玩笑。」

現在我不能打聽了，馬司朵給我的莫拉吉・代塞的這個地址，他當時就知道，而且他要是還活著的話，也會知道，即使有需要，我也不會問莫拉吉・代塞。我不會。並非我反對他的政策、他的哲學——那很膚淺——我反對的是他本身的構造。他不是我能與之對話的人，連討論也不行。

有幾次迫於形勢，不得不發生對話，但是我沒有先開口，而且我從來不為馬司朵的事情和他打交道。我從來不問，雖然我在他自己的家裏遇見他，還有絕對私密的時間，但不知怎麼地——怎麼說呢——這個人本身就讓人噁心，你一看到他，就想嘔吐。雖然他給了我一個小時，但是那種感覺太強烈了，我兩分鐘以後就離開了。連他都吃了一驚。他問：「為什麼？」

我說：「原諒我。有點兒急事，我不得不離開，而且是永遠，因為我們可能不會再見面了。」

他深感震驚，因為那時候，他正在向國家總理的位置靠近，非常靠近了。但是你們知道我，特別是當一個人的存在本身就讓人噁心的時候，我最不願意待在那兒了。我在那兒待了兩分鐘都僅僅是出於禮貌，因為剛一進門，四處聞了聞，然後扭頭就走，這也太沒禮貌了。

但事實上，我就是那麼做的。兩分鐘……就因為他一直在等我，而且他又是一個老人，當然還有政治上的重要性，那對我來說一文不值，但對他來說卻意味著太多。那就是排斥我的東西。他的政治味兒太濃了。

我之所以愛賈瓦哈拉，就因爲他從來不談政治。我們連續三天見面，沒有一個字是關於政治的，而就在兩分鐘之內，莫拉吉·代塞所問的第一個問題就是：「你認爲那個女人——英迪拉·甘地怎麼樣？」他說「那個女人」的方式非常醜惡。我現在還能聽到他的聲音……「那個女人」。我簡直無法相信一個男人居然能把詞語用得那麼醜惡。

譯註：

❶ Dinseyland：指迪士尼樂園，此係奧修誤讀。

❷ 新桑雅士：neo-sannyas。桑雅士（sannyas），印度教指遁世或出家，亦即苦行（宗教遊方托缽）。新桑雅士，在奧修書中指的是放下自我執著、自覺臣服於自然之道。

❸ 塔什干：Tashkent，蘇聯烏茲別克加盟共和國首都。

45 最清潔的無知者

好。

聖雄甘地死亡、賈瓦哈拉在收音機裏失聲痛哭的故事震驚全世界。那不是事先準備好的演說。他的講話完全發自內心，假如眼淚要出來，他有什麼辦法呢？假如當中有一段停頓，那不是他的錯誤，而是他的偉大。哪個愚蠢的政客都做不到，即使他想做，因爲他們的祕書甚至必須把這個都寫在事先準備好的稿子裏：「現在請開始哭泣、痛哭，留一段間歇，那樣人人都會相信它是出於眞實情感。」

賈瓦哈拉不是在讀稿子。事實上，他的祕書們都非常擔心。他的一個祕書，多年以後，成爲一名桑雅生。他承認：「我們準備了一份稿子，但實際情況是，他把它直接扔到我們的臉上，說：『你們這群傻瓜！你們以爲我會讀你們的稿子嗎？』」

這個人，賈瓦哈拉，我一眼就認出來，在這個世界上，他是那爲數極少的人之一，在任何時候都非常敏感，卻處在有用的位置上，不是爲了剝削和壓迫，而是爲了服務。

我告訴馬司朵：「我不是一個政治家，而且永遠不會是，但是我敬重賈瓦哈拉，不是因爲他是總理，而是因爲即使我只是一種潛能，他還能把我認出來。它也許會發生，也許根本不會發生，誰知道呢？但是他向你著重提出來的，保護我不受政客們的傷害，表明他不只知道表面上的東西。」

馬司朵消失這件事，包括作爲他最後陳述的這些話，打開了許多扇門。我將任意選一扇進去，那是我的方式。

第一個是聖雄甘地。他只是由賈瓦哈拉提起，後者想拿我和——自然是——他最敬重的人相比。但是他遲疑了片刻，因爲他對我也有一點瞭解，只有一點，但足以讓他在斟酌這段陳述的時候，直接感受到我的一種存在。他因此而遲疑。他感覺到似乎有某種東西不像它本來應該的那樣，但一下子又找不到其他名字。所以他最後脫口而出：「他有朝一日可能會成爲另一個聖雄甘地。」

馬司朵代表我提出異議。他遠比賈瓦哈拉瞭解我。我們不知討論過多少次聖雄甘地和他的哲學，我一向持反對意見。連馬司朵也感到有點兒迷惑不解，那個人我只在小時候見過兩次面，爲什麼我如此堅決地反對他。我會把第二次見面的故事告訴你們的。它突然被打斷了……然後便不知道接下來會出現什麼。我不知道這個故事會闖進來。

我可以看見那列火車。甘地正在旅行，當然他是坐三等車廂旅行。但是他的「三等」遠比任何可能的頭等還要好。在一個六十人的車廂裏，只有他、他的祕書和他的妻子。我想車廂裏僅有這三位乘客。整節車廂都被預定了。它甚至還不是一節普通的頭等車廂，因爲我再也沒有見過那樣的車廂。它肯定是頭等車廂，不僅是頭等，而且是特一等。只不過把牌子換掉了，它變成「三等」，這樣聖雄甘地的哲學就得以保全了。

我那時候只有十歲。我的母親——我指的又是我的外祖母——給了我三個盧比。她說：「火車站太遠了，你可能趕不回來吃午飯，而且你永遠吃不準這些火車，它可能晚個十個鐘頭、十二個鐘頭，所以請你拿好這三個盧比。」在當時的印度，三個盧比簡直是一筆財富。你可以用它們舒舒服服地過上三個月。

她給我做了一件非常漂亮的袍子。她知道我不喜歡長褲，我最多穿一條短睡褲和一件無領襯衫。這種無領襯衫是一種長袍，我一直喜歡它，漸漸地，短睡褲就不見了，只剩下袍子。否則人就不僅把人體分成上下兩半，還給它們做不同的衣服。當然上半截身體應該穿得好點兒，而下半截身體只要被蓋上，就行了。

她給我做了一件漂亮的無領襯衫。那時候是夏天，在印度中部的那些地區，夏天很難熬，因爲熱空氣鑽進鼻孔，感覺就像著了火。實際上，只有到深夜，人才能感覺輕鬆一點。印度中部非常熱，你得不斷地找涼水，假如搞得到冰，那它就是天堂了。在那些地區，冰是最昂貴的東西。自然最昂貴，因爲等它從幾百英里遠的工廠運到這兒，它幾乎都融化完了。你得以最快的速度衝上去。

我那昵說我應該去見見聖雄甘地，假如我想去的話。她準備了一件非常薄的平紋細布的袍子。就布料而言，平紋細布能贊同我的人，我說：「想之前先跳。」不，他是一個商人。他向門外跨一步都要先考慮一百次，何況起跳。他無法理解靜心，但那並不是他的缺點。他從未碰到過一位師傅能和他說說關於無心的事情，而那時候有那樣的人在世。

連麥海・巴巴（Meher Baba）都給甘地寫過一次信，不完全是他本人寫的。肯定是有人代他寫的，因爲他從來不說話，不寫東西，只打手勢。只有幾個人能理解麥海．巴巴的意思。他的信遭到聖雄甘地和他的追隨者的嘲笑，因爲麥海．巴巴說：「別把你的時間浪費在念頌『哈瑞，克里希那，哈瑞，克里希那』上面了。那根本沒有用。假如你眞想知道的話，那就通知我，我會打電話給你的。」

他們哄堂大笑，他們認爲那是傲慢。普通人就是這麼認爲的，那看起來自然像傲慢。但那不是，那恰恰是慈悲——實際上，是太慈悲了。因爲太慈悲了，所以看起來像傲慢。但是甘地打電報回絕說：「謝謝你的建議，但是我會遵循自己的路……」好像他有路似的。他一條也沒有。

但他有一些品質是我所喜愛的——他的清潔。現在，你們會說：「尊敬那麼小的事情……？」不，那才不小呢，特別是在印度，大家都以爲聖人、所謂的聖人都應該和各種各樣的污穢同住。甘地努力保持清潔。

他是世界上最清潔的無知者。我喜愛他的清潔。我也喜愛他尊敬一切宗教。當然，我的原因和他的不同，但他至少尊敬一切宗教。當然是出於錯誤的原因，因爲他不知道眞理是什麼，所以他怎麼可能判斷什麼是正確的呢？——是否每種宗教都是正確的？是否所有都是正確的，或者是否可能有一種是正確的？沒有辦法判斷。

他又是一個商人，所以何必得罪誰呢？何必招惹他們？他們都在說同樣的話，《古蘭經》、《塔木德經》❶、《吉踏經》，他的智慧足以——記住這個「足以」，別忘了——發現他們的相似之處，這對任何有智慧的聰明人都不是一件難事。所以我說「他的智慧足以」，但不是眞正的智慧。眞正的智慧總是反叛的，而他卻不能反叛習俗、傳統，印度教的、基督教的或者佛教的。

你會感到吃驚，要知道甘地曾一度考慮成爲一名基督教徒，因爲他們對窮人的幫助超過其他任何宗教。但是他很快就意識到他們的幫助只是一個門面，眞正的生意躲在後面。眞正的生意就是讓人們轉而信仰基督教。爲什麼？因爲他們帶來權勢。你擁有的人越多，你的權勢就越大。

假如你能讓全世界轉而信仰基督教、猶太教或者印度教，那麼當然，那些人就會擁有最大的權勢，史無前例。亞歷山大大帝都會相形見絀。那是一種權勢鬥爭。

甘地一旦認清這一點——我再說一遍，他的智慧足以認清這一點——他立刻改變主意，不當基督教徒了。實際上，在印度當一個印度教徒比當基督教徒有利得多。在印度，基督教徒只占百分之一，所以他能有什麼政治力量呢？

他最好還是繼續當個印度教徒，我的意思是說爲了他的聖雄稱號。但是他非常聰明，足以操縱、甚至影響基督教徒，如C．F．安德魯斯，還有耆那教徒、佛教徒和伊斯蘭教徒，如眾所周知的「拓荒者甘地」（frontier Gandhi）。

這個人還活著，巴克東司（Pakhtoons），屬於一個特殊的部落，他們居住在印度的邊疆。巴克東司長得非常漂亮，而且危險。他們都是伊斯蘭教徒，既然他們的首領變成甘地的追隨者，他們自然也跟著信仰。印度的伊斯蘭教徒至今不能原諒「拓荒者甘地」，因爲他們認爲他背叛了他們的宗教。

我才不關心他是遵守了還是背叛了，我要說的是甘地本人首先想到的是成爲一個耆那教徒。他的第一位古魯就是耆那教徒，師利瑪德・拉吉羌德勒（Shrimad Rajchandra）。印度教徒至今感到傷心，因爲他曾經給一個耆那教徒頂禮。

甘地的第二位師傅——印度教徒聽了還要惱火呢——是羅斯金。是羅斯金的大作《給這最後的》改變了甘地的一生。書能創造奇蹟。你們也許沒聽說過這本書，《給這最後的》。它是一本小冊子，有一次甘地要外出旅行，朋友給他一本帶在路上看，因爲他❷非常喜歡它。甘地收下了，並非眞的想看，但是碰到時間充裕的時候，他也會想：「何不翻翻那本書呢？」於是那本書轉化了他。

他的整個哲學都是那本書給予的。我雖然反對他的哲學，但那本書卻很偉大。儘管它的哲學沒有任何價値，可甘地是一個撿垃圾的。他甚至會在美麗的地方找到垃圾。有一種類型的人，你們知道的，即使你把他們帶到一座美麗的花園，他們也會突然發現一個地方，指給你看那裏有什麼不該有的東西。他們的態度是消極的。於是有一種類型的人專門收集尖刺——垃圾收藏家，他們自稱是藝術品收藏家。

假如我像甘地那樣，看了那本書，我就不會得出相同的結論。重要的不是那本書，重要的是閱讀、選擇和收集的人。即使我們有可能去過同一個地方，他的收集品也會完全不同。在我看來，他的收集品根本毫無價値。我不知道，也沒有人知道，他會怎麼看待我的收集品。據我所知，他是一個非常眞誠的人。所以我吃不準他是否會像我那樣說：「他的收集品全是垃圾。」他可能會，也可能不會那樣說——那就是這個人讓我喜愛的地方。他甚至能讚賞和他格格不入的事物，盡量保持打開，去吸收。

他不是莫拉吉·代塞之類的人，莫拉吉·代塞是完全封閉的。我有時候眞想知道他是怎麼呼吸的，因爲你起碼要把鼻子打開吧。但聖雄甘地和莫拉吉·代塞不是同一種人。我雖然不同意他的觀念，卻知道他有一些不起眼的品質價值千金。

他的樸素……誰也不可能像他那麼樸素地寫作，誰也不可能花那麼大工夫去保持樸素的寫作風格。爲了使一個句子更加樸素、更加簡要，他會反覆考慮幾個小時。他會盡量縮減詞句，而且無論什麼，只要他認爲是眞的，他都會努力眞誠地實踐。

至於它不是眞的，那又是另一碼事了，但是在這一點上，他能怎麼辦呢？他認爲它是眞的。我向他的眞誠表示尊敬，而且無論結果如何，他都付諸實踐。就因爲那種眞誠，他失去了他的生命。

和聖雄甘地一起，印度也失去了它的整個過去，因爲以前在印度歷史上從未有人被槍殺或者釘上十字架。那不是這個國家的方式。他們並非十分寬容，而是非常自命不凡，他們不認爲有任何人值得被釘上十字架的……他們比那些人高多了。

到聖雄甘地爲止，印度結束了這一章，也開始了另一章。我哭，不是因爲他被槍殺——因爲人人都得死，這沒什麼大不了的。而且最好像他那樣死，勝於死在醫院的病床上——特別是在印度。那樣死既乾淨又美麗。我不是在保護殺人犯納圖朗·果塞（Nathuram Godse）。他是一個殺人犯，而且對於他，我不能說：「原諒他吧，因爲他不知道自己在幹什麼。」他完全知道自己在幹什麼。他不能被原諒。不是我對他冷酷無情，是事實如此。

後來，我回家以後，我必須把這些都向我父親解釋一遍。我花了好幾天時間才解釋完，因爲我和聖雄甘地之間的關係非常複雜。在通常情況下，你要嘛讚賞某個人，要嘛不讚賞；我的情況不是這樣——不僅對於聖雄甘地。

我眞是一個怪人。我每時每刻都能感覺到這一點。我可以喜歡某個人的某樣東西，但同時，它旁邊可能就站著叫我討厭的東西，而我又必須做出決定，因爲我不能把那個人劈成兩半。

我決定反對聖雄甘地，不是因爲他沒有東西能叫我喜愛——有很多，但是還更多東西，它們對這整個世界意味深遠。我必須決定反對一個我原本可以喜愛的人，假如——那個「假如」幾乎不可逾越——假如他不曾反對進步、反對繁榮、反對科學、反對技術，我原本可以喜愛他。實際上，他幾乎反對我所贊成的每件事情：更多的技術和更多的科學，還有更多的財富。

我不贊成貧窮，他贊成。我不贊成原始，他贊成。但是仍然，每當我看到哪怕一點點美的成分，我都會讚賞它。那個人身上就有一些東西值得去領會。

他有極強的能力同時感受無數人的脈搏。哪個醫生都做不到這一點，就算感受一個人的脈搏都非常困難，特別是一個類似於我的人。你可以試試感受我的脈搏，你會連你的脈搏都失去的，或者說，假如不是脈搏的話，那至少是錢包❸，那更好。

甘地有能力知道人民的脈搏。當然，我對那些人民不感興趣，但那是另一回事。我對許許多多事情都不感興趣，那並不意味著那些老實工作、以聰明才智達到某種深度的人不應該受到讚賞。甘地就有那種能力，而我讚賞它。我現在還想見到他呢，因爲以前我還只是一個十歲大的少年，他所能從我這兒得到的就只有那三個盧比。現在我能給他整座天堂，但是那不會發生了，至少在這一輩子。

譯註：

❶《塔木德經》：Talmud，關於猶太人生活、道德、宗教的口傳律法集，爲猶太教僅次於《聖經》的主要經典。

❷指甘地的朋友。

❸錢包：在英語裏，錢包和脈搏發音近似。

46 熱愛局外人

好。

我可以從我上小學的第二天開始說起。它能等多長時間呢？它已經等了那麼長時間。第二天我才眞正入學，因爲崗達導師被扔出學校，人人歡天喜地。幾乎所有的孩子都興奮得上下雀躍。我簡直不能相信，但是他們告訴我：「你不瞭解崗達導師。假如他死了，我們會給全鎭的人發糖，在我們家裏點幾千隻蠟燭。」

我受到大家的熱情接待，好像我幹了一番驚天動地的事業似的。實際上，我感覺有一點對不起崗達導師。他也許十分暴力，但他畢竟也是人，凡是人容易有的弱點，他也有。他雖然只長了一隻眼睛和一張醜陋的臉，可那完全不是他的錯。我甚至想說一句我以前從來沒有說過的話，因爲我想誰也不會相信我說的話……但我不是在尋求相信我的人，信不信隨便。

甚至他的殘忍都不是他的錯。我著重強調他的錯，對於他，那是自然的。就像他只有一隻眼睛，他有嗔恨，而且是非常暴力的嗔恨。他無法忍受任何東西以任何方式和他相反。連孩子們的安靜都足以激怒他。

他會環視左右，然後說：「爲什麼這麼安靜？怎麼了？你們這麼安靜，肯定有原因。我要給你們大家一個教訓，這樣你們下次就不會對我幹這種事情了。」

孩子們都大吃一驚。他們就是爲了不惹他才保持安靜的。但是他能怎麼辦呢？連那也惹他生氣。他需要醫學治療，不僅是生理上的，而且是心理上的。他各方面都有病。我感覺對不起他，因爲我顯然至少是他被開除的原因。

但是人人都在享受那一重大時刻，甚至包括老師在內。我簡直無法相信，居然校長也對我說：「謝謝你，我的孩子。學業伊始，你就有出色的表現。那個人始終叫人脖子疼。」

我看著他說：「或許我應該連脖子一塊兒開除。」

他的表情立刻嚴肅起來，說：「做你的功課去吧。」

我說：「瞧，你有多高興、多開心呀，因爲你的一個同事被扔出去了。你自稱是他的同事？這算什麼友誼？你從來沒有當面告訴他你的感覺如何。你不可能那麼做，他會把你壓得粉碎。」

校長是一個矮小的男人，不超過五英尺高，或者甚至可能還不到。而那個七英尺高的巨人，體重四百磅，輕而易舉就能把他壓得粉碎，不用一槍一棒，只消動動手指頭。「當著他的面，你爲什麼總顯得像個丈夫站在老婆面前呢？」是的，這些詞用在他身上正合適。

我記得我還說：「你顯得像一個怕老婆的丈夫。記住，我也許碰巧成爲他被開除的原因，但是我並沒有策劃任何反對他的事情。我才剛剛入學，還來不及組建一個策劃委員會呢。而你一輩子都在策劃怎麼反對他。他至少應該被派到另一所學校去。」——那個鎮上有四所學校。

但崗達導師是一個強有力的人，鎮長尤其壓在他的拇指下面❶。那個鎮長願意壓在任何人的拇指下面，可能他喜歡拇指吧，我不知道，但是很快全鎮的人都認識到，原來這堆神聖的牛糞不管用。

在那座擁有兩萬人口的城鎮裏，沒有一條稱得上路的路，沒有電，沒有公園，什麼都沒有。人們很快就認識到，那全是因爲這堆牛糞。他不得不辭職，這樣起碼在剩餘的兩年半時間裏，可以由他的副鎮長來接替他的工作。

商布．巴布幾乎讓那個鎮的整個面貌煥然一新。有一件事情我必須告訴你們：通過我，他認識到連一個小孩子都不僅能把一位教師開除，而且能造成一種局面，使鎮長不得不辭職。

他經常笑嘻嘻地說：「你把我變成了鎮長。」但是後來有一段時期，我們的意見不一致。他繼續當了好多年鎮長。鎮上的人一旦看到他在那兩年半裏所做的工作，就接二連三地全票通過，選他當鎮長。在改變那座城鎮的面貌上，他幾乎創造了奇蹟。

他在整個邦裏率先鋪設了第一批水泥路，給我們兩萬人引來了電。那是非常罕見的事情。那種規模的其他城鎮都沒有電。他在路邊種上樹，給一座醜陋的城鎮增添了一點美感。他做了很多事情。我要事先給你們打招呼，就是因爲有一段時期我不同意他的政策，然後我便成爲他的對手。

你們無法相信一個十二歲左右大的小孩怎麼可能做對手呢。我有我的戰略。我很容易說服別人——就因爲我是小孩。我對政治能有什麼興趣呢？我當然毫無興趣。

比如，商布．巴布徵收貨物入市稅。那個我能理解，沒有錢，他怎麼能實現他那些美化市容的方案，還有路，還有電？他自然需要錢。設立某種形式的稅收是必須的。

我不是反對稅收，我是反對貨物入市稅，因爲它落在最貧窮的人的頭上。富人越來越富，窮人越來越窮。我不反對富人越來越富，但是我當然反對窮人越來越窮。你們不會相信，聽到我說：「我會挨家挨戶地告訴人們，不要再投票選商布．巴布了。假如貨物入市稅不改，那商布．巴布就得走。或者，假如商布．巴布想繼續留任，那貨物入市稅就得走。我們絕不允許兩者並存。」連他也感到吃驚。我不僅挨家挨戶地去說，我甚至做了第一次公開演講。

看到那麼一個小男孩說話有條有理，人們都很喜歡。連商布．巴布都坐在附近，在一家商店裏。我依然能看見他坐在那兒。那兒是他的地方。他每天都到那兒去坐坐。那個地方給他坐很奇怪，但是那家商店處在一個非常顯著的位置上，剛好在鎮中心。所以一切集會都在那兒舉行，他可以假裝只是坐在他朋友的商店裏，和集會毫無關係。

當他聽我演說的時候——你們知道我，我始終沒有變。我指出商布．巴布坐在那家小商店裏，說：「瞧！他坐在那兒。他來是爲了聽我說些什麼。但是，商布．巴布，記住：友誼是一回事，但是我不會支持你的貨物入市稅。我會反對它，哪怕失去你的友誼也在所不惜。我會知道它沒有多少價値。假如我們還能繼續做朋友，儘管我們可能有不同的觀點，或者可能發展爲政治衝突，只有那樣，我們的友誼才有意義。」

他眞是一個好人。他從商店裏走出來，拍拍我的背說：「你的論點值得考慮。就我們的友誼而言，這場衝突和它毫無關係。」他再也沒有提起這件事情。我以爲他總有一天會舊事重提，對我說：「你當時給我的打擊太大，那是錯誤的。」但是他連提都沒提一下。最精彩的舉動是他撤消了那項稅收。

我問他：「爲什麼？我也許反對它，但我連一個投票人都不是。是公眾把你選進去的。」

他說：「那不是問題的關鍵。假如連你都能反對它，那麼我所做的事情肯定有某種錯誤在裏面。我正在撤消它。我不害怕公眾，但是有一個像你這樣的人不同意，雖然你年紀非常小，但是我尊敬你。而且你的論點是對的，無論本人實施什麼稅收政策，它最終都是由窮人支付，因爲富人很聰明，足以把它轉嫁出去。」

貨物入市稅就是向任何進入城鎭的貨物徵收稅金。這樣，當貨物被賣出的時候，它們的價格就會上升。你不可能阻止商家所支付的稅金是從貧窮的農民的口袋掏出來的。當然，商家不會說那是稅金，它只是變成價格的一部分。

商布・巴布說：「我理解你的觀點，我撤消了這項稅收。」在他擔任鎭長期間，沒有重提過稅收問題，連討論都沒有討論過。他不但從來沒有被冒犯的感覺，而且對我尊敬有加。我感到很尷尬，因爲我不得不對抗他，可以說他是我在那個鎭上唯一喜愛的人。

連我父親都感到吃驚，說：「你做事眞奇怪。我聽說你公開演講。我早就知道你會幹那種事的，但是沒料到這麼快。你說得那麼可信，反對你自己的朋友。人人都感到震驚，你居然說反對商布・巴布的話。」

全鎮的人都知道，除了這位老人，商布・巴布——他那會兒肯定有五十歲上下，我沒有別的朋友。現在應該是我們做朋友的時候，但是年齡上的差距不由我們控制，所以我們全然不顧。他也沒有別的朋友。失去我，他受不了；失去他，我也受不了。我父親說：「我簡直不能相信你居然說反對商布・巴布的話。」

我說：「我絕沒有說過一個反對他的詞。我說的話是反對他試圖推行的稅收政策。我們的友誼當然不包括那個：貨物入市稅排除在外。而且我事先已經告訴商布・巴布了，讓他意識到，任何事情，只要我不能同意，我就會和它鬥爭，甚至反對他。所以那天他才出現在那家商店裏，就爲了聽我說些什麼反對他的稅收政策的話。但是我沒有說過一個反對商布・巴布的詞。」

第二天在學校裏，好像我做了件什麼了不起的事情一樣。我簡直不能相信大家被崗達導師壓制到那種程度。他們不是爲我高興；兩者的區別，即便在那個時候，我也能看得很清楚。今天也一樣，我很清楚地記得他們之所以高興，是因爲他們的背上再也不騎著崗達導師了。

他們和我沒有關係，雖然他們表現得好像是爲我高興似的。但是我前一天來到學校的時候，甚至沒有人和我說一聲：「你好。」然而現在整個學校的師生都集中在象門前迎接我。就在我上學的第二天，我幾乎成了英雄。

但是我當場就告訴他們：「請散開。假如你們想開心的話，去找崗達導師好了。在他門口跳舞。在那兒開心。或者去找商布・巴布，他才是眞正開除他的人。我不算什麼。我去的時候不抱任何期望，但生活中經常會發生意想不到的事情，或者不應該臨到你頭上的事情。這就是其中之一，所以請忘記它吧。」

但是我在學校期間，它從來沒有被人忘記過。從來沒有人把我當作另一個孩子來接受。當然，我根本不是很在意學校。百分之九十的時間我都曠課。我偶爾出現在學校，也只是爲了我自己的原因，但不是來上學的。

我正在學許多東西，但不是在學校裏。我學一些奇怪的東西。我的興趣，至少可以說，有一點與眾不同吧。比如，我學怎麼抓蛇。那些日子裏，常常有許多人帶著各種各樣漂亮的蛇來到我們鎭上，那些蛇還會隨著他們的笛聲起舞。那眞叫我動心。

所有那些人現在幾乎消失殆盡，原因很簡單，他們都是伊斯蘭教徒。他們要嘛去了巴基斯坦，要嘛被印度教徒殺了，或者也可能改行做別的，因爲原來的行當特徵太明顯，無異於當眾宣佈他們是伊斯蘭教徒。沒有印度教徒訓練那門技藝。

一碰到耍蛇人，我就會成天跟在他後面，問他：「把你怎麼抓蛇的祕密告訴我吧。」漸漸地，漸漸地，他們認識到我是一個要做什麼都攔不住的人。他們對彼此說：「我們要是不告訴他的話，他就會自己上的。」

後來我對一個耍蛇人說：「要嘛你告訴我，要嘛我就自己上。假如我死了，你負責。」他認識我，因爲我纏了他、煩了他好幾天。他說：「等等，我會教你的。」

他把我帶到郊外，開始教我怎麼抓蛇，怎麼教它們在你吹笛子的時候跳舞。是他第一次告訴我蛇沒有聽覺。它們聽不見聲音，而幾乎人人都以爲它們受耍蛇人的笛聲的影響。

他告訴我：「其實它們根本聽不見。」

我接著問他：「但是當你吹笛子的時候，它們怎麼開始搖來搖去呢？」

他說：「那不是別的，就是訓練。當我吹笛子的時候，你有沒有注意到我在搖頭？戲法就在那兒。我一搖頭，蛇就開始搖晃，而且除非他搖晃，否則他就一直餓肚子。所以他越早開始搖晃越好。祕密就是餓肚子，而不是音樂。」

我從耍蛇人那兒學到怎麼抓蛇。首先，百分之九十七的蛇都是無害的、無毒的。抓它們毫無問題。當然它們會咬你，但是因為它們沒有任何毒性，所以只是咬你一口，你不會死的。百分之九十七沒有毒腺，而其餘百分之三都有一種怪癖：它們先得使勁咬，弄出一塊地方來裝它們的毒液，然後它們才把身體翻過來。毒腺倒掛在它們的喉嚨裏，所以它們先得咬出傷口，然後它們才把身體翻過來，注入毒液。你要嘛在它們咬傷你之前抓住它們……最好的辦法是緊緊捏住它們的嘴。

我以前不知道需要捏住蛇的嘴，但那是首先要做的事情。假如你錯過時機，它們咬傷了你，別擔心：繼續握緊它，別讓它們翻身。傷口會癒合，你不會死。

我在學習，這只是一個例子。不幸的是，所有那些耍蛇人都不得不離開印度。還有魔術師表演各種各樣令人難以置信的魔術，比起我可憐的老師和他的地理課或者歷史課來，我當然對魔術師更感興趣。我像個僕人似的跟著這些魔術師。他們不教我點兒小戲法，我絕不離開他們。

我始終感到驚訝，看上去那麼難以置信的事情居然就只是個小戲法。但是除非你知道戲法是怎麼變的，否則你只能接受眼前絕妙的事實。你一旦瞭解變戲法的過程——它就像一只泄了氣的氣球——它變得越來越小，成了一隻被刺穿的氣球。很快你的手裏只剩一小片橡皮，別的什麼也沒有。那只巨大的氣球只是熱空氣。

我以自己的方式學習對我眞正有幫助的東西。所以我能說撒德亞·塞·巴巴（Satya Sai Baba）和像他那樣的人只是街頭魔術師——還不是非常高明的，只是普通的。然而這些魔術師從印度的大街小巷銷聲匿跡了，因爲他們也是伊斯蘭教徒。

在印度，你們必須瞭解一件事情，那就是幾千年來人們都遵循一種結構。一個人的職業幾乎永遠受之於父母，它是一種傳承，你不能改變它。西方人很難理解，因此在理解東方人、和東方人溝通上有那麼多困難。

我在學習，但不是在學校裏，而且我從來不爲此而後悔。我跟各種各樣奇特的人學習。你不可能發現他們在學校裏當老師，那是不可能的。我跟過耆那教僧侶、印度教薩圖❷、佛教比丘以及各種各樣別人以爲不應該與之交往的人。

我一旦發覺別人以爲我不應該與某人交往，那就足以讓我和那個人交往，因爲他肯定是一個局外人。因爲他是一個局外人，所以才有這種禁忌——而我就是熱愛局外人。

我憎惡局內人。他們製造了那麼多傷害，是取消這場遊戲的時候了。我發現局外人總有一點兒瘋狂，但是很美——瘋狂而智慧。不是聖雄甘地的智慧，他是一個完美的局內人；也不是所謂的知識分子的智慧，沙特、羅素、馬克斯、H·巴赫（Hugh Bach）那樣，他們的名單列不完。

第一個知識分子就是那條蛇，他啓動這整個事件。要不然就不會有麻煩了。他是第一個知識分子。我不叫他魔鬼。我叫你們魔鬼，你們這一夥。你們可能不理解我給這個詞賦予什麼含意。對我來說，「魔鬼」永遠是「神」的意思。它來自梵語詞根deva，意思就是「神」。所以我給你們一夥取名爲「魔鬼」。

但那條蛇卻是一個知識分子，他玩的把戲是所有的知識分子都在玩的。他說服女人在丈夫上班的時候買東西，丈夫也可能在別的什麼地方，因爲辦公室後來才出現——肯定是在捕魚、打獵，或者你可以想像那時候丈夫都在幹什麼。他至少不是在鬼混，那是肯定的，因爲那兒沒有人和他一起鬼混。這種事情非出現不可，但是後來的。

蛇勸導說：「上帝吩咐你們不要吃生命樹上的果子……」那不過是一棵蘋果樹。有時候我想誰犯的罪都不可能大過我，因爲我吃的蘋果肯定比世界上任何人吃的都要多。蘋果非常天眞，我眞想知道爲什麼選中蘋果——蘋果對上帝做錯了什麼？我想不通。

但是有一點我可以說：那個叫蛇的人肯定是一個偉大的知識分子，偉大到證明吃蘋果有罪的地步。

但智慧對我來說從來不屬於頭腦……

譯註：

❶拇指下面：喻受人支配。

❷薩圖：sadhus，托缽僧。

47 蛇怎麼做愛

我上次說到我的小學。我很少去上課，每個人都因此獲得巨大的解脫，所以我想盡可能多給他們提供這樣的機會。我爲什麼不能給他們百分之百的解脫呢？原因很簡單，我也愛他們——我指的是老百姓：教師、僕役、園丁。偶爾我也想拜訪他們，尤其是當我想給他們看點什麼東西的時候。一個小男孩，渴望把他擁有的東西給他所愛的那些人看……但那些東西有時候很危險。現在我都忍不住想笑。

我很清楚地記得有一天。它一直在那兒等待屬於它的一刻。那一刻也許已經到了，它必須被宣說和分享。它是一系列事件……

我剛剛學會怎麼抓蛇。蛇都是些可憐的生靈，也是天眞的，而且美麗，非常有活力。除非你們親眼目睹兩條蛇相愛，否則你們不可能相信我所說的話。你們也許想知道蛇怎麼做愛。它們不做——只有人才樣樣事情都要做——它們只進行。當它們相愛的時候，它們簡直就是火焰。我之所以說它令人驚嘆，是因爲它們雖然沒有骨頭，卻依然站起來互相親吻！站在什麼上面呢？它們又沒有腿，它們就站在它們的尾巴上。假如你看見兩條蛇站在它們的尾巴上互相親吻，你再也沒心思去看好萊塢電影了。

我剛剛學會怎麼抓蛇，怎麼分辨毒蛇和無毒的蛇。有些蛇絕對無毒，你或許可以稱它們是另一種魚，因爲它們大多數都生活在水裏。水蛇是最天眞的，甚至比魚都要天眞。魚很狡猾，但是水蛇不。我試著抓過各種各樣的蛇，所以當我說這些話的時候，我不只是講述別人的故事，那是我的故事。

我剛剛抓到一條蛇。那天恰好應該去上學。你們會說：「奇怪……？」否則我那麼忙，哪有時間浪費在愚蠢的提問、回答、傻乎乎的地圖上。連那時候我都能看出地圖完全是胡鬧，因爲我沒看見地球上什麼地方有線，既沒有地區線，也沒有分區線。所以一切國家都是牛糞而已，還不是神聖的——不神聖的牛糞。假如有類似那樣的東西存在，它就是政治——既不神聖，而且是牛糞，兩者兼備。是政治創造了地圖。

我不是把時間浪費在那上面的人。我研究眞正的地理，到山裏面去，一失蹤就是好幾天。只有我那昵知道我會回來的。會一連好幾天聽不到我的聲音，或者看不見我的人影，因爲我不在那兒。每一個人，我想，除了我那昵之外，都感到高興。你們會知道爲什麼的……他們是對的，關於那一點我絕不懷疑。

我第一次成功地抓到一條蛇。自然，我立刻想到學校去。我才不費工夫穿制服呢，而且除了我，誰也不能這麼做。我從來不穿，即使在小學裏。我說：「我是來學習的，不是來被毀滅的。假如我能學到點東西，很好，但是我不允許你們毀滅我，而制服——是你們選擇的，你們對美和形式一竅不通——我不能接受。你們要是想把它強加給我的話，我就會製造大麻煩。」

他們說：「把它留在身邊，以防萬一督察來，不然的話，我們就有麻煩了。我們不想麻煩你，因爲我們不想麻煩我們自己。給你惹麻煩，」我的老師說：「那是划不來的事情。我們知道發生在崗達導師身上的事情，它可以發生在任何人的身上。但是請你爲我們著想，把制服留在身邊。」

你們會感到吃驚，因爲我的制服是由我們學校提供的。我不知道是誰出的錢，我也不關心。我留著它，非常清楚地知道，我到學校去和督察到學校去不可能落在同一天，那幾乎是數學意義上的不可能。那不可能，我就是這麼想的，但是我留著制服。它很漂亮，他們竭盡全力了，他們也不堅持要我穿它來上學。

我始終是一個外人。即使現在在我自己的人中間，我也不穿制服。我就是不能穿。即使是我給你們選擇的制服，我也不能穿。爲什麼？那天也有相同的問題。今天也一樣，它是相同的問題。我就是不能遵守。你們可以認爲它是一種反覆無常，它根本不是反覆無常的，它就是存在的。但是我們不會進到那個問題裏面去，否則我剛才對你們說的事情就不見了。我永遠不會再走到這裏。

我抓到我的第一條蛇。我開心極了，那條蛇非常美麗。觸摸它就是觸摸眞正有活力的東西。那不像觸摸你的妻子、你的丈夫、你的兒子，或者甚至於你的養子，你觸摸並且祝福他們的地方，你毫無感覺——你只想去看電視，假如你在美國，或者假如你在英國，那就更是這樣了，去看板球賽或者足球賽。人們以各種不同的形式發瘋，但發瘋都是一樣的。

那條蛇是一條眞正的蛇，不是塑膠蛇，那種蛇你隨便在哪家商店都買得到。當然，塑膠蛇也許做得很完美，但是它不會呼吸，那是它唯一的難題，不然它就是完美的了。上帝也不可能改進它。只是少了一樣東西——呼吸——就一樣東西，爲什麼抱怨呢？但那一樣東西是全部。我剛剛抓到一條眞正的蛇，非常美麗、非常聰明，我得投入我的全部智慧去抓他，因爲我無論如何都沒有興趣殺死他。

教我抓蛇的人是一個普通的街頭魔術師。在印度，我們叫他們馬達里（Madari）。他們變各種各樣的戲法而不收任何費用。但是他們做得非常好，到最後他們只是把他們的手絹攤開，放在地上，說：「給點什麼塡飽我的肚子吧。」觀眾也許很窮，但是當他們看到這麼精彩的表演後，他們總是會給的。

所以這個人是一個普通的馬達里，一個街頭魔術師。那是我能想出來的最接近的翻譯了，因爲我認爲西方不存在馬達里之類的人。首先，他們不允許一堆人聚集在街頭。警車馬上就會開到，說你們妨礙交通。

在印度，不存在妨礙交通的問題，根本就沒有交通法規！你可以走在馬路中間，你可以沿中道而行——毫不誇張地說。你可以遵循美國方式，你可以走到最右邊去，或者走到最左邊去。極右是美國方式，極左是俄國方式，你可以選擇——或者你可以選擇兩者之間任何位置。整條馬路都是你的，你可以把家建在那兒。你們會感到吃驚，要知道在印度你可以在馬路上做任何可以想像或者不可想像的事情。我甚至把不可想像的事情都包括在內，因爲你永遠不知道將會發生什麼。

馬達里肯定會引起交通堵塞，可是誰來反對呢？連警察都屬於他們的崇拜者，爲馬達里表演的戲法鼓掌。我見過各種各樣的人聚在那兒，把整條馬路都塞住了。不，馬達里不可能在西方存在，在同樣的意義上——而且他們這些人眞的很美，單純，平凡，但是他們「知道點什麼」，就像他們自己說的那樣。

那個教我的人告訴我：「記住，這是一種危險的蛇，不應該抓這些蛇。」

我說：「你自由了。我只打算抓這些蛇。」我從來沒有看見過那麼漂亮的蛇，色彩斑爛，他的存在的每一根纖維都那麼有活力。我自然忍不住——我只是一個小男孩——我一路奔向學校。我想避免講述那兒發生的事情，但是我會說，就因爲我又看見了那一幕。

整個學校的人，能有多少就有多少，統統聚集在我們教室裏，其餘的都站在外面走廊上，從窗戶和門朝裏面看。另一些人站得還要遠，防止萬一蛇跑出來或者出現什麼差錯——而這個男孩，從上學第一天起就是一個搗蛋鬼。但是我們班級，清一色三十或者四十個小男孩，全都驚慌失措，站在那兒大呼小叫，眞把我樂壞了。

有件事情你們聽了也會樂，我簡直不能相信，那老師居然站在他的椅子上！直到今天，我都能看見他站在他的椅子上說：「出去！出去！讓我們自個兒待著！出去！」

我說：「你先下來。」

他不響了，因爲下來的問題很危險，有那麼大一條蛇在呢。那條蛇肯定有六或者七英尺長，我正在一個包裹拽它，所以我可以把它突然暴露在任何人面前。我每暴露它一次，就引起一陣混亂！我還能看見那老師跳上他的椅子。我簡直不能相信我的眼睛。我說：「這眞是精彩極了。」

他說：「什麼精彩？」

我說：「你跳起來，站到椅子上。你會把它踩斷的！」

起初孩子們並不害怕，可是他們一看見他那麼害怕——瞧瞧愚蠢而錯誤的人是怎樣給孩子留下深刻印象的。他們看見我帶著那條蛇進來的時候，他們開心極了，「阿利路亞！」但是他們一看見老師站在他的椅子上……剎那間鴉雀無聲，只有老師又跳又喊：「救命啊！」

我說：「我不明白你喊什麼。蛇在我手裏。面臨危險的是我，又不是你。你還站在你的椅子上。你離得太遠了，可憐的蛇根本夠不到你。我希望他夠到，和你聊一會兒。」

我還能看見那個人和他的臉。在那次經歷之後，他只和我見過一次面。那時候我已經拋棄我的教授職位，變成一個乞丐……雖然我從不乞討。但事實上我是一個乞丐，不過是一種特殊的不乞討的乞丐罷了。

你們得爲它找個詞兒。我想任何語言裏面都不存在一個詞能表達我當時的情形，只因爲我以前沒來過這裏——以這種方式、這種風格。也沒有別人以這種方式、這種風格來過這裏，一無所有，卻活得好像你擁有整個宇宙似的。

我記得他說：「我忘不了那次你把那條蛇帶到我們班上。它還會鑽到我的夢裏來，我簡直不能相信那種男孩居然變成了一個佛，不可能！」

我說：「你說的對。『那種男孩』已經死了，那個男孩死了以後的，你可以稱之爲佛，或者你可以選擇別的名詞，或者你可以選擇不稱呼它。我完全不像你過去所瞭解的我那樣存在。我想那樣，但是我能怎麼辦呢？我死了。」

他說：「瞧見了嗎？我在說嚴肅的話，你卻拿它開玩笑。」

「我正在盡最大的努力，但是，」我告訴他：「並非只有你記得。但凡哪一天我過得不順心，或者天氣不好，或者什麼——茶不夠熱，飯菜做得好像要把人毒死——我就會想起你跳到你的椅子上大喊救命的樣子。那會使我重新快活起來——雖然我死了，可它仍然有用。我對你眞是感激不盡。」

我一般只在那種時候到學校去。當然那種時候很少……我應該稱之爲「機會」。我不會按部就班地每天上學，那是每一個人快樂的必要條件。你們會感到驚訝，那個在學校做勤雜工的人，他的職責是……你們叫他什麼？勤雜工？——還是你們沒有這個詞：p-e-o-n，勤雜工？但是我們在印度叫他勤雜工。不論這個詞是什麼，他反正都是每一個辦公室裏最低級的僕人。

戴瓦拉吉，這是什麼？

「工友？」

不，那和勤雜工不同，但是意思接近了。我認爲「勤雜工」肯定是一個英語單詞，它不是由印地語起源的。我的發音可能不對。我們會查出它的發音來的，但它拼作p-e-o-n。

每當我不在那兒的時候，那個勤雜工是唯一感到不快樂的……因爲除了他，每個人都爲此而感到高興，他愛我。我從未見過比他更老的人：他有九十歲，也可能比這更大吧。他可能已經有一百歲了。實際上他可能比這還要大，因爲他力爭降低他的年齡，能降低多少就降低多少，這樣他的服務期就能繼續延長一點……而他居然延長了。

在印度，你不知道自己的生日，你若出生在一百年前，那就更是這樣了，我認爲不會有任何證明或者紀錄——不可能。但是我從未見過一個比他更老的人，他雖然那麼老，卻充滿旺盛的精力，眞的精力旺盛。

在那整個學校裏，我只對他一個人有點兒敬意，但他是最低級的僕人，大家連看都不看他一眼。就只看在他的面子上，我才偶爾造訪學校，但是我只到他的地方去。

他的地方就在象門的拐角邊上。他的工作就是開門和關門，他還有隻鈴，掛在他的小屋前面，每隔四十分鐘敲一次，每天兩回各留十分鐘時間喝茶，再留一個小時吃午飯。他的工作就是這些，要不然他就是一個完全自由的人了。

我會到他的小屋裏去，他會把門關起來，這樣誰也不能打攪我們了，我也不能輕易逃跑。接著他便說：「現在把所有的事情都告訴我，從我們最後一次見面的時候說起。」他是一個非常可愛的老人。他的臉上有那麼多皺紋，我甚至試圖數出它們究竟有多少條，當然我沒有告訴他。我假裝聽他說話，其實我是在數他額頭上有多少條皺紋——那兒全是額頭，因爲他的頭髮全沒了——還有他的臉頰上有多少條皺紋。其實他的整個臉部，無論你怎麼區分，它就是皺紋。而在那些皺紋背後的卻是一個有著無限愛心和理解的人。

假如我一連好多天不去學校，那麼肯定離那天就不遠了——我若再不去的話，他就會來找我。那意味著我父親將知道一切：我從來不去上學，那個出勤率是白送給我的，就爲了讓我待在外頭。那是我們的協議。我說過：「行，我保證待在外頭不進來，但是我的出勤率怎麼辦，因爲我父親問起來的話，誰來回答呢？」

他們說：「別擔心你的出勤率。我們會給你百分之百的出勤率，連假期也照給，所以根本不用擔心。」

所以我一直很注意，在他來我們家訪問以前，最好到他的小屋去一趟，而且不知怎麼地——我又要用到「相應」這個詞了——每當我要來的時候，他都知道。我知道我要是不去的話，他就會來問我出什麼事兒了。幾乎每試必驗。

我早晨一起來就有感覺，「聽著」——我不是對你們說，我只是告訴你們我起床的過程——「聽著，假如你今天不去的話，曼奴拉」——那是他的名字——「傍晚就會來訪問我們家。趁那事兒還沒有發生，無論如何，起碼也得在他面前亮一亮相吧。」

我始終聽從自己內在的聲音，只有一次例外，我指的是和曼奴拉有關的事情。只有一次……我對整個事情開始感到有點兒厭倦了，它也是一種折磨——我不得不去。我因爲害怕才去，否則他就會告訴我的父親和母親，會導致一場浩劫。我說：「不。今天我不去。無論發生什麼，我都不去。」

然後我看見了誰？沒有誰，就是曼奴拉，那個老人，正向我們家走來。他可能超過一百歲了，只是瞞著別人。在我看起來，我現在依然堅持我的觀點，他始終是百歲以上的老人——大概一百一十歲吧，甚至一百二十歲。他的樣子那麼老，你不會相信他只有一百歲。我從未見過那麼老的東西。我參觀過很多博物館，那裏收藏了各種各樣的古物，但是我從未碰到過比曼奴拉更古舊的東西。

他眞的來了！我及時跑出去攔住他，不讓他進家門。他對我說：「我不得不來找你，因爲你不來看我。你知道我是一個老人。我明天就可能死，誰知道呢?我只是想看你。看到你安然無恙，和以前一樣活蹦亂跳，我很高興。」說著，他又爲我祝福，然後轉身，便走了。我還能看見他的背影，穿著一套勤雜工必須穿的奇怪制服。

現在我可眞的難以形容了。首先是顏色：它是咔嘰布——我想你們叫它咔嘰布，我說的對嗎?其次，他的腿上纏著一條布帶，一直纏到他的膝蓋，也是咔嘰布的，但和制服不連在一起。它只是爲了讓人看起來更精神、更警覺罷了，或者最好說「警覺著」。其實它綁得那麼緊，你不警覺還能怎麼地?

奇怪的是，你的著裝甚至能改變你的行爲。比如，穿非常緊的袍子，或者我的意思是說緊身禮服，不是袍子，或者緊身褲，像十幾歲的小青年穿的那種——緊成那樣，我眞想知道他們是怎麼擠進去的……我可擠不進去，至少那一點是肯定的。就算他們從一開始就生在裏面，那他們將來怎麼從裏面出來呢?但這些都是哲學問題。他們可不擔心。他們只管唱流行歌曲，吃爆米花。除了這些，人生在世還能做什麼呢?但著裝肯定能改變你的行爲。

士兵就不能穿寬鬆的制服，否則他們就做不成戰士。你一旦穿上緊身的衣服，緊得讓你想從裏面脫出來，那時候你自然想和每一個人打架。你一肚子都是火氣。它不是客觀的——特別指向某個人的——它純粹是一種主觀感覺。你只想從裏面脫出來。怎麼辦?——好好打一架。它肯定會讓人感覺鬆弛一點。然後，緊身服自然也鬆了一點。

所以每一個情人，在做愛以前，先得經過例行的枕頭大戰、爭吵，並且向對方說下流話。接下來當然是一場戲劇，一切都在其中圓滿結束。唉，難道人就不能從頭愛起嗎?但是不，他們自身的緊閉性不讓它發生。他們鬆不開。

再給我三分鐘時間…有很多話要說，但是我還有別的事情要做。你們可以看見我的眼淚……請把它擦掉。不過這很美，謝謝你們。

太好了……（輕輕地笑）你們繼續。阿淑，你做得很好。你走你的路，他走他的路，路各不同，我想它們在任何地方都不會碰頭。

結束了嗎？很好！（輕輕地笑）

48 玩戲法

上回說到我幾次造訪學校。是的，我稱之爲造訪，因爲它們肯定不是出勤。我到那兒去只是爲了搗蛋。奇怪的是，我總喜歡和某種搗蛋行爲有牽連。那或許就是我整個人生存在方式的開端。

我從來不把任何事情看得很嚴肅。我做不到，即使現在也做不到。即使面臨我自己的死亡，我也會，如果允許的話，盡情地笑。但是最近二十五年在印度，我不得不扮演一個嚴肅的人。它已經成爲我最困難的角色，而且扭曲的時間最長。但我是這麼處理的，我雖然保持嚴肅，可從來不允許我周圍的人嚴肅。那使我一直處於水面之上，否則那些嚴肅的人可比蛇毒多了。

你可以抓蛇，但嚴肅的人會抓你。你得盡快從他們身邊逃走。但是我很幸運，嚴肅的人甚至都不會想接近我。我很快就把自己弄得聲名狼藉，足以嚇跑他們，而且我還沒來得及想它會在哪兒臨到我頭上，它就已經開始了。

他們一看見我來，每個人都警覺起來，好像我要製造什麼危險似的。起碼在他們看來，那肯定是危險的。對我來說，那只是好玩罷了——那個詞可以總結我的整個人生。

比如，我在小學的時候還發生過另一件事。我肯定是在最後一個班級，第四班。他們從來不給我不及格，原因很簡單，哪個老師都不希望我再次進入他的班級。自然，擺脫我的唯一辦法就是把我傳給別人。至少也讓他麻煩一整年。他們就是那麼稱呼我的，「麻煩」。在我這一面，我看不出我給誰製造了麻煩。

我要給你們舉一個例子。火車站離我們鎮有兩英里遠，把它和另一個叫切契裏（Cheechli）的小村莊隔開，切契裏離我們鎮有六英里遠。

順便說一句，切契裏是馬哈里西・馬海西瑜伽行者的出生地。他對此絕口不提。他爲什麼不提他出生在哪兒，這是有原因的，因爲他在印度屬於首陀羅種姓。只要提起你來自某個村莊、某個階級或者行業——印度人在那方面很不開化。他們可能會在馬路上攔住你，問你：「你的階級是什麼？」誰也不認爲這是一種干涉。

馬哈里西・馬海西瑜伽行者出生在火車站的另一邊，但是因爲他是一個首陀羅，所以他既不能提起那個村莊——因爲那個村莊只屬於首陀羅，印度等級制度中最低的階級——也不能用他的姓氏，那同樣會即刻暴露他是誰。

他的全名是馬海西・古瑪・師利瓦斯達瓦（Mahesh Kumar Shrivastava），但是無論他怎麼自稱，「師利瓦斯達瓦」都會給它們畫上一個句號，至少是在印度，那還會影響到其他人。他不是那幾個老團體中任何一個所接納的桑雅生，這又是因爲，印度只有十個桑雅士團體。我一直想摧毀它們，所以它們都生我的氣。

這些團體又是階級，只不過是桑雅生的。馬哈里西・馬海西瑜伽行者不可能做一名桑雅生，因為任何桑雅生團體都不可能接納首陀羅。所以他不在自己的名字前面寫上「斯瓦米」。他不能那麼寫，沒有人給過他那個稱號。他也不像印度教的桑雅生那樣，在自己的名字後面寫上巴帝（Bharti）、薩拉瓦帝（Saraswati）、基裏（Giri）等等，它們有它們的十個稱號。

他創造了自己的稱號——「瑜伽行者」。它並不說明什麼。任何嘗試倒立的人，當然會一次又一次地摔下來，都可以自稱為瑜伽行者，這上面沒有任何限制。

首陀羅可以做一個瑜伽行者，而馬哈里西的稱號是「斯瓦米」的一種替代品，因為在印度，事情就是那樣，假如找不到「斯瓦米」的稱號，那人們就會懷疑這裏面有問題。你必須放上別的東西，以彌補這條裂縫。

他發明了「馬哈里西」。他連一個裏西（rishi）都不是。裏西的意思是「觀照者（seer）」，馬哈里西的意思是「偉大的觀照者」。他連他的鼻子上邊都看不到。當你問他相關的問題時，他所能做的就是咯咯地笑。實際上，我會叫他「斯瓦米咯咯笑阿難陀」，那非常適合他。那種咯咯地笑不是什麼值得尊敬的事情，它實際上是迴避問題的策略。他回答不了任何問題。

我遇見過他，剛好碰巧，在一個奇怪的地方——巴哈崗。他在那裏領導一個靜心營，我也一樣。自然我的人和他的人都碰到一塊兒了。他們先是想把他拉到我的營地來，但是他找了許多藉口：他沒有時間，他想來，但不可能。

但是他說：「有一件事情可以做：你們可以把巴關帶到這裏來，這樣就不會擾亂我的時間和我安排好的工作。他可以從我的講台上和我說話。」他們同意了。

當他們告訴我的時候，我說：「這就是你們的愚蠢了，現在我又要捲入不必要的麻煩了。我要面對他的人群。我並不擔心他們提問，唯一的困難在於客人打擊主人是不對的，尤其是在他自己的人群面前。而我一旦看見他，就忍不住要打擊他，無論我怎麼下決心不打擊他，到時候那些決心都會煙消雲散。」

但他們說：「我們已經答應人家了。」

我說：「好吧。我不覺得煩，我這就來。」那兒不太遠，走路兩分鐘就到了。你只要鑽進汽車，然後再鑽出來，就那麼遠。所以我說：「好吧，我會來的。」

我去了那裏，不出所料，他不在那裏。但是我什麼都不在乎，我乾脆啓動營地——那可是他的營地啊！他不在那裏，他只是盡可能迴避我。肯定有人告訴他了，因爲他就待在附近的旅館裏。他肯定能從他的房間聽見我在說什麼。我開始狠狠地打擊他，因爲我一看見他不在那裏，我就可以隨心所欲地打擊他了，而且樂於那樣做。也許我打擊得太厲害了，他不能再袖手旁觀。他咯咯地笑著走出來。

我說：「別笑了！在美國電視上可以那麼笑，在這兒對我不管用！」他的笑容消失了。我從未見過那樣的憤怒。好像那種笑聲只是一道窗簾，躲在後面的都是不應該在那裏的東西。

這對他來說自然太過分了，他便說：「我還有別的事情要做，請原諒。」

我說：「不必客氣。就我而言，你根本沒到這兒來。你來是爲了錯誤的原因，我絲毫沒有步你的後塵。但是要記住，我有充裕的時間。」

然後我眞的打擊他了，因為我知道他又回到他的旅館房間裏去了。我甚至都能看見他的臉從窗戶那兒監視我們。我甚至告訴他的人：「瞧！這個人說他有很多工作要做。這就是他的工作嗎？從他的窗戶監視別人。他起碼應該把自己藏起來，就像他藏在他的笑聲背後一樣。」

在所有的所謂靈性古魯中，馬哈里西．馬海西瑜伽行者是最狡猾的。但狡猾總會獲得成功，沒有東西像狡猾那麼成功的。假如你失敗了，那只意味著你碰到了某個比你更狡猾的人——但狡猾還會成功。他從不提起他的村莊，但是我記得，因為我前面就想告訴你們一件事情。這件事情和他的村莊有點關係，而我的故事總是在向四面八方發展。

切契裏是一個小國家。它不屬於英國統治區。它是一個很小的國家，但是國王，畢竟是一個國王，即使他只用得起一頭大象。那是他們衡量你的王權有多大的方式，以你所擁有的大象的數目。

喏，我跟你們說過學校前面立著的象門。有一天，無緣無故地，我走近切契裏的馬哈拉吉❶，問他：「我想借你的大象用一個小時。」

他說：「什麼！你想對我的大象怎麼樣？」

我說：「我不是想要你的大象，我只是想讓門感覺好一點。你肯定見過那扇門，也許你自己就是在那兒上學的？」

他說：「是的。我那會兒只有這一所小學，現在有四所了。」

我說：「我想讓那扇門感覺好一點，起碼好一回吧。它雖然叫『象門』，可是連一隻猴子都沒有從下面走過。」

他說：「你眞是個奇怪的孩子，但是我喜歡這主意。」

他的祕書說：「你什麼意思，你喜歡這主意？他瘋了。」

我說：「你們兩個說的都對，不管瘋不瘋，我是來向你借大象的，就借一個小時。我想騎著它到學校裏去。」

他非常喜歡這個主意，就說：「你騎在大象上面，我會坐我的老福特跟在後面。」

他有一部很古老的福特，可能是一部T型的——我想它是T型的，T型是最古老的一種。他想跟過來看看會發生什麼。

當然，當我騎著大象從鎭上經過的時候，每個人都吃了一驚，人們圍上來，自言自語：「怎麼回事兒？這孩子從哪兒弄來的大象？」

當我抵達學校的時候，已經圍了一大群人。連大象都發覺很難進去，因爲那兒擠滿了人。孩子們歡呼雀躍——你們知道在哪兒嗎？——在學校的房頂上！他們大聲喊道：「他來了！我們就知道他會弄來什麼玩意兒，不過這一個太大了。」

校長不得不叫勤雜工打鈴，表示學校關門了，不然的話，人群就會踩壞花園，連房頂都可能倒塌——有那麼多孩子在上面。連我自己的老師都在房頂上呢！奇怪的是，我居然，傻乎乎地，想爬到房頂上去看看發生了什麼事。

學校關門了。大象進去了、經過了，我讓門和大象有了關聯。起碼它現在可以對別的門說：「以前，有一個男孩騎著一頭大象，從我下面經過，有那麼多人圍著看……」當然那扇門會說：「……看我，門。」

國王也來了。當他看見那裏的人群時，他簡直不能相信。他問我：「你怎麼那麼快就集合起來那麼多人？」

我說：「我沒做什麼。只要我走進學校就足夠了。別以爲那是你的大象造成的。假如你那麼想的話，明天你騎大象，我看不會有一個人到這兒來。」

他說：「我可不想看上去像個傻瓜。不管他們來不來，要是我無緣無故地坐在我的大象上，在一所小學校門口，我看上去都很傻。你，至少，還屬於這個學校。我知道你的情況。我聽說過很多故事。喏，你打算什麼時候要我的福特車？」

我說：「你就等著吧。」

我沒有去，雖然是他親自邀請我，而且那將是一個重大的機會，因爲鎮上再沒有別的汽車了。但是這部汽車太……怎麼說呢？每隔二十碼你就得出來推推它。那就是我沒有去的原因。

我對他說：「這是一種什麼車？」

他說：「我是一個窮人，一個小國家的國王。我不得不有一輛車，而這是我唯一能買得起的。」

它一文不值。到現在，我還想知道它是怎麼勉爲其難的，居然還能跑幾碼路。全鎮的人都以它爲樂，每當國王坐車從那兒經過的時候，大家都要笑，當然人人都得推一把！

我對他說：「不。現在我還沒有條件拿你的車，不過也許有一天會的。」我這麼說僅僅爲了不傷害他的感情。但是我還記得那輛車。它現在肯定還在那座房子裏。

在印度，他們有非常古色古香的車……你們叫它們什麼？老式車？印度政府已經不得不制定一條法律，不准把任何老式車帶出印度。不需要制定任何法律，那些車哪兒都去不了。但美國人卻願意出任何價錢購買它們。

在印度，你甚至能找到各種汽車的第一種型號。事實上在孟買或者加爾各答，你仍然會看見非常古老的汽車，讓你無法相信自己還身處二十世紀。

有一次，順便說一句，那個國王和我碰巧在一列火車上相遇，他的第一個問題就是：「你爲什麼沒來？」

我一下子想不起來他說「沒來」是什麼意思……所以我說：「我不記得我得來啊。」

他說：「是的，那肯定是四十年以前的事情了，你答應來把我的車開到學校去的。」這下我想起來了！他說得對。

我說：「眞了不起！」……因爲他那會兒肯定有九十五歲左右了，居然還有那麼好的記憶力。四十年之後，「你爲什麼沒來？」我說：「你是一個奇蹟。」

我想假如我們在另一個世界相遇，他問我的第一個問題還會是這個：「你爲什麼沒來？」因爲我又答應他說：「好，我忘記了，原諒我。我會來的。」

他說：「什麼時候？」

我說：「你想要我給你一個日期？爲了那輛車？四十年以後！即使四十年以前，它也只是一輛名義上的車。要是再過四十年，它會如何？」

他說：「它現在一點兒毛病也沒有。」

我說：「太棒了！你怎麼不說它就像新的一樣呢，彷彿剛從汽車陳列室裏出來？但是我會來的，我也想坐坐那輛車。」但不幸的是，等我到那兒的時候，國王已經死了……也可以說幸運，因爲我終於看到那輛車了！四十年前它起碼還能走幾英尺；如今，即使國王還活著，車也死了。

他的老僕人說：「你來得晚了點兒，國王已經死了。」

我說：「感謝上帝！不然的話，那個傻瓜就會讓我坐在這輛車裏，而它根本不可能動。」

他說：「那倒是眞的。我從來沒見過它動一下，但是我只給他當了十五年的差，那段時間它沒有動過。它只是站在門廊裏邊，表示大國王有一輛車。」

我說：「坐這輛車的感覺一定非常棒，而且非常快。你從一個門進去，再從另一個門出來，一點時間也不浪費。」

但是這幾次造訪學校還有幾個老師記得，他們還活著。他們沒有一個人相信我能在整個大學名列第一，因爲他們都知道我是怎麼從他們的班級裏及格出去的。全都歸功於他們的好意，或者恐懼，或者隨便什麼。他們完全不相信我怎麼可能在整個大學名列第一。當我回到家裏的時候，所有的報紙都報導了這件事情，還登上我的照片，說：「這個男生獲得金質獎章。」我的老師都大吃一驚，他們都看著我，好像我是從另一個星球來的。

我對他們說：「你們幹嘛那麼看著我？」

他們說：「甚至現在，看見你，我們都不相信。你肯定玩什麼戲法了。」

我說：「從某種意義上說，你們是對的，它肯定是個戲法。」他們知道，因爲過去我對付他們全靠玩戲法。

一次，有一個人帶著一匹馬來到鎮上——你們可能聽說過德國有一匹非常著名的馬，我想它的名字叫漢斯（Hans）。

戴瓦蓋德，你們怎麼念？漢茲（Hans）？H-a-n-s。

「航茲（Hunts），奧修。」

好，「漢茲（Hands）」。

漢斯（Hans）那時候已經聞名世界，以至於大數學家、科學家，還有各種各樣的思想家和哲學家都去看這匹馬。爲什麼如此大驚小怪呢？我知道，但是這一「漢斯事件」我很晚才知道，因爲我們村裏有一個人帶著一匹馬，也玩了這套戲法。我拼命纏著他，最後他只好讓步，同意告訴我他是怎麼做的。

他的馬……但是首先讓我告訴你們德國的這匹著名的馬，這樣你們就能理解，怎麼連大科學家都能被一匹馬愚弄。這匹馬，漢斯，能做各種各樣的小型數學題：你可以問它二加四等於多少，他就會用他的右腳輕輕點六下。

這匹馬所做的事情的確了不得，雖然題目很小：二加四等於多少？——這匹馬卻能解答得準確無誤。漸漸地，它開始解答比較大的題目，涉及比較大的數字。誰也想不出其中的祕訣是什麼。連生物學家都開始說，可能馬是有智慧的，就像人一樣，它們所需要的只是訓練。

我在我們村裏也見過這種類型的馬。它不是名滿天下的，它屬於一個窮人，可是他能玩同樣的戲法。馬是那個人唯一的經濟來源。他帶著這匹馬從一個村莊走到另一個村莊，人們會問它各種各樣的問題。有時候馬會說是，有時候馬會說不，通過點頭或者搖頭……不像日本人，而像世界上所有其他人。只有日本人的方式古裏古怪的。

每當我給日本人出家的時候，那都是一個難題。他們點頭或者搖頭的方式和所有其他人正好相反。當他們點頭的時候，他們的意思是不，反之亦然。我雖然知道這一點，可還是屢屢犯錯，我太投入於和他們說話，以至於他們說是的時候，我以爲他們說不。

我先是一愣，然後給我做翻譯的納坦（Nartan）說：「他們在做他們的事情。他們不學，你也不學。我眞是左右爲難。我知道肯定是這樣的。爲了提醒他們，我甚至推他們、捏他們。他們居然還告訴我他們會記住的，可你一旦問他們一個問題……」

習慣已經在你的構造中占據了那麼大的比例。爲什麼這種現象只發生在日本人身上？也許他們屬於一種不同類型的猴子吧，那是唯一可能的解釋。一開始有兩種猴子，其中一種就是日本人。

我成天纏著這個有馬的人，讓他把戲法告訴我。大家知道著名的漢斯所能做的，他的馬也能做，只不過那個人很窮罷了。我知道它是他的整個生計所在，但最後那個人還是讓步了。我答應他說：「我不會把你的祕訣告訴任何人的，但是你只要幫我一個忙就行了，把你的馬借給我一小時，這樣我就能把它帶到學校去。如此而已。然後我就會守口如瓶。」

他說：「那好吧。」

他希望能以某種方式擺脫我，於是他就把戲法告訴了我。它非常簡單：他訓練過那匹馬，因此他的頭怎麼動，那匹馬的頭也怎麼動。當然每個人都在觀看那匹馬，沒有人觀看站在角落裏的主人。而且他的頭動得十分輕微，即使你觀看他，你可能也沒有注意到，但是馬感覺到了。主人的頭如果不動，經過訓練的馬就會把頭晃來晃去。輕輕點地也一樣。

馬並不理解任何數字，何況數學呢。當有人問他：「二加二等於多少？」他就會輕輕點四下，然後停止。整個戲法就在於主人一旦閉上眼睛，馬就停止點地——只要眼睛睜著，馬就繼續點地。

後來發現著名的漢斯用的也是這種戲法。但這是一個窮人，住在一個窮村莊裏，反之漢斯是一匹非常著名的馬，而且是德國的。德國人一旦做什麼事情，他們就做到底。一個德國數學家研究了三年，才發現我剛才告訴你們的這些祕密。

他把戲法玩給我看過以後，我把馬帶到學校。當然孩子們中間一片歡騰，但校長卻對我說：「你是怎麼找到這些怪東西的？我在這個村裏住了一輩子，卻從來沒聽說過這匹馬。」

我說：「人需要有一種洞察力，人必須不斷地留心觀察。所以我才不能每天來上學。」

他說：「那很好。不要來。探索對於每個人都是好的，因爲你來就意味著攪亂一整天。你必定要做什麼攪亂秩序的事情。我從未見過你像其他人一樣，坐著做你的功課。」

我說：「這種功課不值得做。既然每個人都在做，那就足以證明它不值得做。在這個學校裏，每個人都在做這種功課。印度有七百萬個村莊，在每個村莊裏，每個人都在做同樣的功課。它不值得做。我努力發掘其他人不做的事情，我還免費把它帶給你們看。每次我來，幾乎都是一次狂歡節，而你卻那麼難過地看著我。我很好啊。」

他說：「我不是爲你難過。我是爲自己難過，我不得不做這個學校的校長。」

他不是一個壞人。我讀小學的最後一段時期就是在他班上，那是四班。我從未給他惹過大麻煩，但小麻煩我總忍不住的，它們自動找上門來。但是看著他那雙難過的眼睛，我說：「好吧，這樣現在我不會帶任何東西來打攪你了，也就是說我再也不會到這裏來了。我只會在最後來拿我的畢業證書。假如你能把它給勤雜工的話，我就會從他那兒拿，以後我不會再進這個學校了。」

我沒有進學校去拿我的畢業證書。我讓勤雜工去拿。他告訴校長：「那男孩說：『既然我的來訪不受歡迎，我爲什麼要進去拿我的畢業證書呢？你可以把它拿來，然後在象門口給我。』」

我愛那個勤雜工。他是一個非常美好的人。他在一九六〇年去世。我碰巧在鎭上，但是在我看來，好像我是單爲他才在那兒的，以便我能看著他去世。從童年開始，我的內心深處就有那種興趣。死亡是極大的奧祕，它的深度遠超過生命之所能及。

我不是說你們應該自殺，而是要記住死亡不是敵人，也不是終點。它不是一場電影，出現「劇終」兩個字就結束了。沒有終點。生和死，兩者都是生命長河裏的事件，只是波浪而已。當然死亡比誕生豐富，因爲誕生是一片空白，死亡是人一生的經驗。它取決於你，你使你的死亡具有多少意義。它取決於你活了多少——不是以時間來計算，而是以深度來計算。

幾年以後，我回到那所小學。我簡直不能相信，除了象門外，一切都消失了。所有的樹

——當時有那麼多樹——都被砍掉了。當時有那麼多美麗的開滿鮮花的樹，卻沒有一棵在那裏。

我去只是爲了那個老人，勤雜工，他快要死了。他住在象門一側，緊挨著學校。但是我最好還是沒有去，因爲在我的記憶裏，它是美麗的，我會那樣想起它，但現在就困難了。它看起來像一幅褪色的畫，所有的顏色都掉了——或許連線條也消失了——一幅舊畫，只有框架完好無損。

只有一個人到普那來探望我，他在那所學校當過我的老師。那時候，他對我也非常慈愛，但是我絕沒有想到他會來普那看我。對一個窮人來說，這段路程既漫長又破費。

我問他：「是什麼促使你來的？」

他說：「我只是想看看，在內心深處，我一直夢想——你不是你所顯現的那個人。你是另一個人。」

我說：「奇怪，你以前沒告訴過我。」

他說：「我自己也覺得奇怪——去告訴某些人他們是另一些人，並不是他們所顯現的那些——所以我把它留在心裏。但它老是跑出來。現在我老了，我想看看它是已經發生了，還是我只是個傻瓜，浪費自己的時間想這種事情。」

到他離開的時候，他已經成爲一名桑雅生。他說：「現在不成爲一名桑雅生是沒有意義的。我見到了你，我也見到了你的人。我老了，活不了多久了，可即使做幾天桑雅生，我也會覺得我的生命沒有白費。」

給我十分鐘時間……

這很美，但是不能再繼續了。我知道還有時間，但我還有別的事情要做。

譯註：

❶馬哈拉吉：maharaja，「大國王」之意。

49 我的「家庭教師」

好。

我正在努力回憶那個人。我能看見他的臉，但也許因爲我從來不在意他的名字，所以我想不起來他叫什麼了。我會把整個故事都講給你們聽。

我的那呢，看到別人沒有辦法教我，送我上學只是惹麻煩，就試圖說服我家裏人，我的父親和母親，但是沒有人願意聽。可她說得對：「對另外一千個孩子來說，這孩子是個不必要的討厭鬼。」——那時候我正要上中學——「他每天都要幹點什麼。他還是有一個家庭教師比較好。讓他偶爾到學校『去看看』，他是這麼說的，但是那不會幫助他學到任何有用的東西，因爲他總是在給別人、給自己惹麻煩。除此以外，就沒有多餘的時間了。」

她盡其所能，拼命地教我基礎知識，但是我們家裏沒有人願意給我請家庭教師。在那個鎮上，即使今天，我也不認爲有誰請過家庭教師。請家庭教師幹嘛？全家人都說：「假如我們都得請家庭教師，那還要這些學校在這裏幹嘛？」

她說：「但是不應該把這孩子和其他孩子算在一起——不是因爲我愛他，而是因爲他的確是麻煩。我和他生活在一起，我活了那麼多年，我知道凡是可能惹麻煩的事，他都會做的，而且怎麼懲罰都制止不了他。」

但是我的父親和母親、我父親的兄弟姐妹們——我的意思是整個諾亞方舟，所有的生物——都不同意她。但是當我表示同意的時候，他們全都大吃一驚。

我說：「她是對的，在那些三流學校裏，我不會學到任何東西。實際上，我一看見那些老師，我就想給他們一個教訓，讓他們一輩子也忘不了。那些孩子呢，那麼多孩子靜悄悄地坐著……那是違背人的天性的。所以我只要做點小動作，天性立刻接管一切❶，把教養連同它的全部文明遠遠地丟在後面。她是對的，假如你們希望我起碼瞭解語言、數學，懂點地理或者歷史什麼的，那就聽她的話。」

他們更吃驚了，即使我放了一個鞭炮，他們都不至於那麼吃驚，因爲放鞭炮完全在他們意料之中。我們家裏的人和周圍鄰居，每個人都認爲遇到麻煩是理所當然的，他們甚至開始問我：「你今天有什麼高招啊？」

我說：「我難道就不能放假嗎？你有什麼高招啊？你會爲它付錢嗎？只要你覺得它有價值，全鎭人都應該付錢給我。我能造出世界上每一種可能的東西。」

只有我的那昵眞的感興趣，我便告訴家裏人：「我應該瞭解基礎知識。聽她的話。不管你們聽不聽，我都要有一個家庭教師。她所需要的就是我同意，而我完全同意她的看法。」

她說：「你們聽到你們意料之中的話了嗎？你們意料的不是這個，但這就是他的品質，出人意料。所以別感到吃驚或者感到羞辱。假如你們感到吃驚或者羞辱，他就會沿著相同的路線做得更多。就按我說的辦吧，給他安排一個家庭教師。」

我可憐的父親——之所以可憐，是因爲人人都笑話他——說：「我也想同意你，但是我害怕家裏面其他人，甚至是你的女兒，我的老婆。我害怕他們全都撲向我。你是對的，他需要一點基礎訓練。而眞正的問題不在於他是否需要，眞正的問題在於，我們能找到一位願意教他的家庭教師嗎？我們願意付錢，你給他找一位家庭教師。」

她心裏已經有人選了。她早就問過我對那個人的感覺怎麼樣。我說：「那個人看起來很好，就是有點怕老婆。」

她說：「那不關你的事。一個孩子要擔心那個幹嘛？他是一個好老師。政府給他發過證書，說他是邦裏最好的老師。你能依靠他。」

我說：「他依靠他老婆，他老婆依靠他僕人，他僕人只是個傻瓜，我還得依靠他？偉大的連鎖！不過這個人很好，只是別要求我依靠他，換成要求我隨叫隨到。對教書來說，那足夠了——何必依靠呢？他又不是我的老闆。實際上，我是他的老闆。」

她說：「瞧，你要是對他說這個，他立刻就會走。」

我說：「你一點兒都不瞭解他。我瞭解他。即使我眞的打他的頭，他也不會到任何地方去，因爲他知道是誰揪著他的耳朵呢。」

在印度，捉驢總是揪它們的耳朵。當然它們有一對長耳朵，要捉它們，那是最容易揪住的東西。「他是一頭驢。他也許受過教育，但是我認識他老婆，她是一個眞正的女人。她底下還有很多像他那樣的驢。他要是惹麻煩的話，我會照顧他的，別擔心。記住你每月籌給他的錢必須通過我交給他老婆。」

她說：「我就知道你！現在我明白這事兒的整個邏輯了。」

我說：「那就開始幹吧。」

我把那個人叫來。他眞的怕老婆——還不是一般的怕老婆，而是多維的。當我把他帶到我那昵這兒的時候，他先是企圖逃跑。我說：「聽著，不管你想用什麼方式逃跑，我都會直接去找你老婆。」

他說：「什麼？不！何必去找我老婆？」

我說：「那就別響，不管我那昵打算付你多少薪水——因爲信封是封好的——我都會把它交給你老婆。早就安排好了。我對錢不感興趣，但是信封必須到你老婆手裏，而不是到你手裏。所以在逃跑以前，至少要三思。」

他本來想討價還價，這麼多還是那麼多，但是那一刻他馬上就同意了。我向我那昵眨眨眼睛說：「瞧！這就是你給我找的家庭教師。是他教我，還是我得教他呢？誰教誰啊？他的薪水確定了，現在第二個問題對我重要得多。」

那個人說：「這是什麼意思，誰教誰？你打算教我嗎？」

我說：「爲什麼不？我付錢給你，顯然是我應該教而你應該聽了。金錢是萬能的。」

我那昵對那個人說：「別害怕，他沒那麼壞。只要你答應無論如何都不要惹他，他就不會給你製造麻煩。一旦惹他，那我可攔不住他，因爲他不受薪水約束。實際上我還得勸他拿點錢去買糖果、玩具和衣服，他還很不情願呢。所以要記住，別惹他，否則你可就麻煩了。」

而那個傻瓜第一天就惹我。

他大清早就來了。他雖然是一位退休校長，但是我不認爲他曾經有過頭❷。但整個世界上的人都是這麼劃分的，劃分成「頭」們和「手」們。體力勞動者叫「人手」，就是手，好像那雙手後面沒有人似的。而知識分子，那些自稱知識界的人，大家都知道他們是「頭兒」——無論他們是否有頭。我見過那麼多所謂的部門頭兒，總想知道這是否眞是一條規則：無論什麼人，只要他沒有頭，就要讓他做部門的頭兒。

這個人一來上課，就做了我那昵不希望他做的事情。他所做的……我現在能理解。那時候我當然不能理解其中的整個心理學，但是現在我能領會他爲什麼那樣做了。

我越瞭解自己，我就越理解人的「機器人特性」（robotness）。他們像機器一樣運作。他們眞是一大堆螺帽和螺釘。有時候是螺帽，有時候是螺釘，但兩者都是。需要螺帽的時候，他們是螺帽；需要螺釘的時候，他們是螺釘。你熟悉螺帽，但哪些人是螺釘呢？

現在，要解釋這個問題很困難，我會走題走得太遠，還可能把這個可憐的人忘掉，他正握著雙手站在我面前。所以，我們要在另外某一輪上談論螺釘。但首先，要談談這個人……

他走進我的房間，在我那昵家裏。實際上，除了她的房間以外，整座房子都是我的，而且那座房子裏有許多房間。房子雖然不大，但起碼有六個房間，而她只需要一個，另外五個都屬於我……自然，那兒又沒有別人。

我根據我的不同種類的活動劃分那些房間的功能。一個房間我留作學習用，我在那個房間裏學習各種技藝，諸如蛇啊，以及怎麼抓它們，怎麼教它們跟著你的音樂跳舞，雖然那和音樂毫無關係。我學習各種各樣的魔術。那是我的房間，連我那昵也不許進，因爲那是一個神聖的地方，是學習用的，而她知道那裏面除了神聖的事情以外，什麼事情都做。但是誰也不許進來。我在門上貼了告示：非請莫入。

我發現商布．巴布的辦公室裏也有這麼一張告示。我便告訴他：「我要把它拿走。」

他說：「什麼？」

我說：「這張告示上沒寫你必須爲此付錢。它是免費的。商布．巴布，你懂嗎？」

於是他哈哈大笑說：「這些年，這張告示就掛在我眼前，沒有人向我指出牌子上沒寫價錢。誰都可以把它拿走。它就掛在一根釘子上，不需要做別的。你可以直接把它拿走。」

我說：「你是一個朋友，但是在這些事情上，別把你的友誼帶進來。」

我把那張告示掛在我房間的門上，也許它現在還掛在那兒呢。

那個人，我到現在還想不起來他的名字……我在跟你們說話的時候，已經試過各種各樣的記憶練習了，也沒有人幫得上忙，所以我們乾脆忘記這個人叫什麼了吧。重要的不是他叫什麼，而是他是由什麼材料製成的——就是橡膠。那樣的人你再也找不出第二個了。然而他每次來都打好領帶、穿好西裝，那可是盛夏啊！他的愚蠢從一開始就顯露無遺。

在印度中部，每逢盛夏，太陽還沒出來，你就已經開始出汗了。而他還穿著襪子、打著領帶、穿著長褲來——你們知道我一向不喜歡長褲。可能就是這種人讓我對長褲產生一種暈船的感覺。他現在還站在我面前。我可以細緻入微地描述他。

他走進房間的時候，先咳嗽兩聲，整整領帶，盡量挺直身體說：「聽著，孩子，我聽說過關於你的很多故事，所以我希望從一開始就告訴你，我可不是一個膽小鬼。」他左顧右盼，生怕有人聽見去告訴他老婆，他還沒發覺我和他老婆非常友好。他不停地左顧右盼。

我總以為那就是一切膽小鬼的行爲特徵。歸納出來的結論雖然不是絕對眞理，包括這一個，但是它們肯定包含某種眞理。不然的話，只有一個孩子坐在你面前，你何必左顧右盼呢？可是他每個地方都看到了，就除了我：門、窗戶，一邊看，一邊還和我說話。那種情形極有趣，也極可憐，我忍不住告訴他：「你也聽著。你說你不是一個膽小鬼，你相信鬼嗎？」

他說：「什麼？」他朝四下裏張望了一番，連椅子後面都看過了。他說：「鬼？怎麼把鬼扯進來了？我在向你做自我介紹，你卻介紹鬼。」

我說：「我還沒有介紹它們呢。今天晚上我會帶一個鬼來看你。」

他說：「眞的嗎？」他的表情顯得十分害怕，他開始冒汗了。那是一個盛夏的早晨，他把自己捆得嚴嚴實實地，比我現在穿的還要多。

我告訴他：「你直接開始上課吧。別浪費時間了，因爲我有許多事情要做呢。」

他吃驚地看著我，絕對不能相信我所說的話——我有許多事情要做？……但是他並不關心我，或者我必須要做或者不做的事情。他說：「是的，我會開始上課的，但是那些鬼怎麼辦？」

我說：「忘記它們吧。今天晚上我會給你介紹的。」

他這才明白我是認眞的。他開始不停地發抖，我都聽不見他在說什麼了，我只能看見他的長褲在哆嗦。教了我一個小時沒用的東西以後，我說：「先生，你的長褲有問題。」

他說：「什麼問題？」於是他低頭一看，看見它在哆嗦，於是它哆嗦地更厲害了。

我說：「我覺得它裏面好像有什麼東西。我從我這邊看不見，但是你肯定知道。可是你爲什麼哆嗦呢？那不只是你的長褲在哆嗦，那是你。」

課才剛剛起頭，他沒有講完就走了，說：「我還有個約會。我明天會把這節課講完的。」

我說：「明天，請穿短褲來，因爲那樣我們就能確定是短褲在哆嗦，還是你了。它將爲眞理效勞，因爲現在這還是個謎。我也想知道這是一種什麼褲子。」

他有一條漂亮褲子，起碼看上去像是他的，但我不知道它是否是他的，因爲那一夜把一切都結束了，他再也沒有來過。我的家庭教師，這是他們對他的稱呼，就這麼走了。在此之前，我告訴我的外祖母說：「你認爲有誰，不管你願意出多少薪水，能受得了我嗎？」

她說：「別把事情攪亂了。我好不容易才說服你們家人，你自己也同意了。實際上我能成功全是因爲你。」

「不，」我說：「我沒打算做任何事情，可是假如事情發生了，我能怎麼辦呢？我應該告訴你這一點，因爲今天晚上將決定你是否要付給他錢。」

她說：「什麼？他要死了，還是怎麼？這麼快？他今天早晨才剛開始啊，他只工作了一個小時。」

我說：「他惹我。」

她說：「我警告過他不要去惹你。」

在我外祖母的老房子的庭院裏，有一棵大楝樹。我外祖母去世以後，那座房子仍然屬於我們。它眞是一棵巨大的、古老的樹，大得把整座房子都遮住了。每逢楝樹當令，每逢楝樹花開放的時候，到處都聞得到花香。

我不知道其他地方是否有類似楝樹的樹，因爲它需要非常炎熱的氣候。它的花香有一道非常鋒利的——我只能找到這個詞，「鋒利的」——邊緣。我不應該稱之爲花香，因爲它的味道很苦。你一聞到它，它雖然令人神清氣爽，卻在嘴巴裏留下一種苦味。必然如此，因爲楝樹茶肯定是全世界最苦的茶。可是你一旦開始喜歡它，它就像咖啡一樣。你得稍加訓練才行，否則它可不是那種你一喝就能喜歡的茶。

儘管市場上有賣速溶咖啡，你還是得學會品嘗它的味道。酒也一樣，還有其他許多事情。你得慢慢地品嘗它的味道。假如你在楝樹林裏住過，從第一口氣開始，就吸進它的花香，那麼它對你來說就不是苦的，或者說即使是苦的，它也是甜的。

在印度，大家認爲人應該盡可能多種楝樹，這是一項宗教性的義務。非常奇怪！但是你一旦瞭解楝樹，它的清新、它的淨化力，你就不會嘲笑這種觀念了。印度很窮，負擔不起多少淨化設備，但楝樹是一種自然的東西，而且容易生長。

這棵楝樹就在我家後面。我總是把我那昵的家叫作「我」家。另一個家是給其他人、各種生物住的，我不屬於它。我偶爾去看看我的父親和我的母親，但是很快就以最快的速度衝出來，在人情所能許可的範圍內。我的意思是說，儀式一結束，我就沒影兒了。他們也知道我不想到他們家來。他們知道我稱之爲「那個家」。所以我家，有一棵大楝樹，眞是一個美麗的地方，但是我不知道誰創造了世界，我也不知道誰創造了這個關於楝樹的故事。

故事說——它使楝樹成爲一個眞正的美的化身——故事說楝樹有抓鬼的能力。楝樹怎麼抓鬼，我不知道，我的開悟也不頂用。實際上，開悟以後我第一件想知道的事情就是楝樹怎麼抓鬼，但是沒有答案出現。或許它根本不用做什麼。在印度，任何故事都能變成眞理，而且很快就變成終極眞理。

但這個故事是說，假如你被鬼占據了，無論什麼鬼，你只要到楝樹那兒去，坐在它下面，拿一根釘子，越大越好，然後對楝樹說：「我在釘我的鬼。」還要拿一把錘子，或者隨便在周圍找一塊大石頭，然後使勁敲釘子。一旦把鬼釘住，你就解脫了。那棵樹上起碼有一千根釘子。我眞的至今還同情它呢，雖然它不在了。

每天都有人來，街對面甚至還開了一家小商店，專門賣釘子的，因爲它的銷路實在太好了。更有意思的是，幾乎每次鬼都會消失。人們自然而然得出結論，認爲鬼已經被釘在樹上了。沒有人拔過一根釘子，因爲你一拔，鬼就被釋放了，可能就在附近找你，然後占據你。

我們家人非常擔心我和那棵樹。他們告訴我那昵說：「幸好他睡在你那兒。我們絕不反對。他吃在那兒，這也很好。他很少來看他家裏的人，那也行——我們知道他有人照顧——但是要記住那棵樹，還有這孩子。他要是拔出一根釘子來，那他這輩子可要吃大苦頭了。」

故事繼續說，鬼一旦被人從樹上釋放，你就不能再把它釘上去了，因爲它知道這種花招，它不會上當兩次。

所以我那昵一直提防著，不讓我接近楝樹。但是她沒有發覺我正在盡可能多地拔釘子，否則誰供應街對面的店主呢？我正在做一筆大買賣。起初連店主都感到非常害怕，他對我說：「什麼！你是從那棵樹上拿來這些釘子的？」

我說：「是的，而且沒有鬼。我們很友好，非常友好。」我不想攪得他心神不寧，因爲我的外祖母一旦知道，那可麻煩了。所以我告訴他：「那些鬼非常喜歡我。我們非常友好。」

他說：「那眞是奇怪。我從沒聽說過鬼喜歡你這樣的小孩。但生意歸生意……」

我以他從市場進貨的半價向他提供釘子。那可眞划算。他認爲既然我能把釘子拔出來，鬼又絲毫未曾打攪我，那它們肯定和我非常友好，他還認爲幸虧沒有和那個孩子爲敵。那孩子本身就討厭，要是再有鬼幫助他，那誰也別想免遭他的傷害了。

他給我錢，我給他釘子。我告訴我外祖母：「跟你說實話吧，這全是騙人的。沒有鬼。我一直把那棵樹上的釘子拔出來賣，現在差不多已經賣了一年了。」

她簡直不能相信。她有片刻喘不過氣來，然後她說：「什麼！賣釘子！你甚至都不應該接近那棵樹。要是你母親和父親發現了，他們就會把你帶走。」

我說：「別擔心，我和那些鬼友好著呢。」

她說：「跟我說實話。到底發生了什麼事？」從那個意義上講，她是一個單純的女人。她絕對天眞。

我說：「整個事情都是眞的，那就是正在發生的事情。但是別和那個可憐的店主過不去，因爲那是一個生意問題。他要是逃跑或者害怕起來，我的生意就全完了。你要是眞想保護我那點小生意的話，你只能提醒他一句，只能是順便地，諸如：『奇怪，不知怎麼地，這些鬼多麼喜歡這孩子啊。我從沒見過它們對其他任何人友好。連我都不能接近那棵樹呢。』你從他門口經過的時候，就這麼告訴他。」

在印度，他們通常在樹的周圍用磚頭砌一個小平台，可以坐在上面。這棵樹有一個大平台。它是一棵大樹，平台上很容易就能坐下起碼一百個人，整棵樹的樹蔭底下起碼能坐一千個人。它巨大無比。

我對我那昵說：「別和那個可憐的店主過不去，他是我唯一的收入來源。」

她說：「收入？什麼收入？這算什麼事兒？竟然沒人告訴我！」

我說：「我是怕你會擔心，但是現在我可以向你保證沒有鬼。跟我來，我拔一根釘子給你看。」

她說：「不。我相信你。」人就是那麼相信的。

我說：「不，那昵，那不對。跟我來吧。我會把釘子拔出來。要出什麼事兒，就出在我身上，無論如何，我都要把那些釘子拔出來，不管你來不來。我已經拔出好幾百根釘子了。」

她想了一會兒，然後說：「好吧，我來。我原本不希望來，但是那樣的話，你就會永遠把我當作一個膽小鬼，我不能接受你心裏面有那種聯想。我這就來。」

她來了。當然她先是隔開一點距離觀察。那個庭院很大。那所房子一度屬於一小筆不動產。楝樹下面有一些非常精美的塑像，房子裏面也有幾尊。門雖然是舊的，但有精美的雕刻。阿歇西會喜歡那些門。它們發出很大的噪音，但那是另一回事。那座房子肯定是某個古代的建築師設計的。我們之所以能用十分便宜的價格把它買下來給我外祖母住，就是因爲那些鬼。既然已經住了那麼多鬼，在那棵樹上，誰還想住進去呢？我們幾乎是免費得到它的，因爲幾乎沒給別人什麼東西，只是象徵性地出了點錢。主人很高興能擺脫它。

我父親告訴我那昵：「你將來一個人住那兒，頂多有這個小男孩跟你一塊兒，他比任何鬼都麻煩。和這麼多鬼，還有這個男孩在一起，你可麻煩了。但是我知道你喜歡這裏的河、風景，還有安靜。」

那兒幾乎是一座寺院。許多年，除了那些鬼，沒有人在那兒住過。我告訴我那昵：「別擔心。跟我來，但是要記住，別和那個可憐的店主過不去。他靠它生活，我也靠它生活。實際上，因爲這些鬼，我們學校有許多窮孩子都靠我供養，所以別把這事兒攪亂了。」

可她還是隔開一點距離站著。我告訴她：「來啊……」從那時起，我就一直叫別人這樣做，叫每一個人：「來啊，走近一點。別擔心，別害怕。」

她總算走過來，終於明白整個事情都是捏造的。她接著又問：「可是它怎麼會起作用的呢？因爲我見過數不清的人，不只有一個。他們從很遠的地方來，他們的鬼都沒了。他們來的時候瘋瘋癲癲的；他們走的時候，釘子敲進可憐的樹裏去以後，他們就完全清醒了。它怎麼會起作用的呢？」

我說：「我現在還不知道它怎麼會起作用的，但是我會找到答案的。我正在尋找答案的路上。我不可能撇下這些鬼不管的。」

那棵樹在我家和其他鄰居家之間，俯瞰著一條小街道。在夜裏，當然，沒有人從那條街經過。這對我十分有利，夜裏沒有絲毫干擾。實際上，不等太陽下山，人們就開始往回趕了，趕在天黑以前回家。誰知道，有那麼多鬼……

那個可憐的家庭教師住在我那昵家後面，只隔幾座房子。他得經過那條街，他沒有別的路可走。那天夜裏，我把一切安排就緒。那很困難，因爲白天每個人都走那條路，白天我很難說服鬼做什麼事情，但是夜裏我可以安排。

我打發一個男孩到老師家去。那個男孩不得不去，因爲在我家周圍，有哪個男孩不願意接受我的意見，或者無論什麼，他就會不停地遇到麻煩，一天二十四小時，日復一日。所以無論我說什麼，即使他們心裏清楚地知道那很危險，因爲他們也相信鬼，他們都會去做。

我囑咐他：「你到老師家去，告訴他，他父親」——他住在另一條街上——「病得很重，可能活不長了。要說得非常嚴肅。」

那很自然，假如你的父親危在旦夕，誰還能想到鬼？那個家庭教師立刻奪門而出，而我已經做好一切安排。我坐在樹上。它是我的樹，誰也不能不服氣。家庭教師拎著煤油燈走過來——當然他肯定想到，他至少應該拎一盞煤油燈，這樣鬼就不會靠得太近，或者它們要是靠得太近的話，他就會看見他們，然後及時逃跑。

我就這麼從樹上跳出來，壓在他身上！接下來發生的事情眞是太妙了，妙極了！我絕沒有料到的事情……（縱聲大笑）他的褲子掉下來了！他沒穿褲子就逃跑了！我還能看見他……（哈哈大笑）

譯註：

❶指其他孩子的天性也相應地顯現出來。

❷「校長」（headmaster）一詞由「頭」（head）和「掌管者」（master）兩部分組成。

50 褲子先生怕鬼

幸虧我看不見，但是我知道正在發生什麼。可是你能怎麼辦呢？你只能遵循你自己的技術。而和我這樣的人在一起，你自然左右爲難。我累了，幫不了你們了。

阿淑，你能做點什麼嗎？你這邊只要來一點兒笑聲，就會幫助他保持安靜。這是一件非常奇怪的事情，某個人一開始笑，另一個人馬上就不笑了。原因是明擺著的，不是對於他們，而是對於我。原先笑的人馬上想到自己做錯什麼了，當然變得嚴肅起來。

所以，你一看見戴瓦蓋德有點兒不對頭，馬上笑，打敗他，這是一個關係到女性解放的問題。假如你盡情地笑，他就會立刻開始做筆記。你還沒開始呢，而他已經恢復理智了。

我昨天告訴你們，那天夜裏我從樹上跳下來，不是爲了傷害那個可憐的老師，而是爲了讓他知道，他有一個什麼樣的學生。但是事情走得太遠。當我看到他嚇成那樣的時候，連我也吃了一驚。他驚恐萬分。那個人一下子就沒影兒了。

有一片刻，我甚至想到該收場了，想：「他是一個老人；他可能會死掉或者怎麼地，可能會發瘋，或者可能再也不回家了。」因爲他不再從那棵樹下面經過，就回不了家，沒有別的路可走。但是一切都太晚了。他連褲子都沒穿就逃跑了。

我把褲子揀起來，走到我外祖母跟前說：「這是他的褲子，你還以爲他會教我嗎？這條褲子？」

她說：「出什麼事了？」

我說：「什麼事都出了。那個人光著身子就逃跑了，我還不知道他怎麼回家呢。我現在很著急，整個故事我以後再跟你說吧。你把褲子收好。假如他到這裏來的話，就給他。」

但奇怪的是，他再也沒有回我們家來拿褲子，那條褲子一直留在那兒。我甚至把它釘在楝樹上，這樣他想拿走的話，就不用問我了。但是要從楝樹上拿走他的褲子，那就意味著釋放那個鬼，他以爲那天夜裏是鬼在撲他。

肯定有數不清的人，當他們從楝樹下面經過的時候，看見那條褲子。人們來到那裏，把這當作一種精神分析，一種有效的——你叫它什麼，戴瓦拉吉？Plassbo[1]？

「Placebo，巴關。」

Plassba？

「Plas-see-bo。」

好，但我還是繼續叫它「Plassbo」吧。你可以在你的本子上把它更正過來。「Plasseebo」是對的，但我一輩子都叫它「Plassbo」，最好還是堅持你自己的，不管對與錯。起碼它是你自己的。戴瓦拉吉肯定是對的，在這件事情上我肯定是錯的，但我繼續叫它「Plassbo」是對的——不是名稱對，而是讓它具有我的行爲的風格。

我從來不考慮對與錯。我碰巧喜歡什麼，什麼就是對的。我不是說它對每一個人而言，都是對的。我不是一個狂熱分子，我只是一個瘋子。最多……我的聲明只能到此爲止。

我前面說什麼了？

「你說人們來到樹下，把這當作一種精神分析的安慰劑，巴關。」

婚姻就是一種安慰劑。它能起作用，那就是不可思議的事情。它是否是真的不重要。我一向支持效果，是什麼引起它的不重要。我是一個實用主義者。

我告訴我的外祖母：「別擔心。我會把褲子掛在楝樹上的，你放心好了，肯定會有效果。」

她說：「我知道你和你那些稀奇古怪的主意。這下全鎮的人都知道這條褲子是誰的了。即使那個人想來拿褲子，他也不能再來了。」

那條褲子很出名，因爲他總是在特殊場合才穿。但是那個人怎麼了？我甚至搜遍全城，但是他自然不會在城裏被發現，因爲他光著身子。所以我想：「最好還是等著。可能下半夜他會過來。他可能跑到河那邊去了。」那是離這兒最近的別人看不到的地方。

可是那個人再也沒有回來過。我的家庭教師就這麼失蹤了。我到現在還想知道，丟了褲子以後，他到底怎麼了。我對他倒不是很感興趣，而是想，他沒有褲子怎麼辦呢？他去哪兒了？我的腦子裏自然閃現出種種念頭。他也許發心臟病死了——可還應該發現他的屍體呀，沒有穿褲子的。即使他死了，也應該有人看見他，把它當作笑料，因爲他的褲子很出名。人家甚至都叫他「褲子先生」。

我連他的名字都不記得了。他有那麼多條褲子。鎮上傳說他有三百六十五條褲子，每天穿一條。我不相信那是眞的，流言蜚語罷了。但是他到底怎麼了？

我問他家裏的人，他們都說：「我們也在等啊，可是從那天夜裏開始，我們再也沒有見過他。」

我說：「奇怪……」我對我那昵說：「確實，他的失蹤有時候甚至讓我懷疑，可能是有鬼存在。因爲我那會兒就是把他介紹給鬼的。最好還是把他的褲子掛在樹上吧。」

我的父親氣得要命，沒想到我居然能做出那麼下流的事情來。我從未見過他氣成那樣。

我說：「可我並沒有打算那樣啊。我根本沒想到那個人會一下子消失。連我都感到意外。我只做了一件簡單的事情。我坐在樹上，拿著一個鼓，敲的聲音很響，好讓他注意正在發生的事情，把世上所有其他的事情都忘掉——然後我就跳到地上。」那是我的常規演習。好多人都被我嚇跑了。實際上，我的外祖母常說：「可能鎭上只有這條路晚上沒有人走，除了你。」

前兩天有人給我看了幾張車貼。有一張很絕，它說：「相信我，這條路眞的屬於我。」我一面讀這張車貼，一面想起我家附近的那條路。起碼晚上我擁有它。白天它是政府的路，但晚上它完全是我的。甚至今天我都看不出有哪條路像那條路在晚上那麼安靜。

但是我父親氣得要命，他說：「不管發生什麼，我都要把這棵楝樹砍掉，我要把你一直以來幹的這種事情徹底結束掉。」

我說：「什麼事情？」我害怕釘子的事情被他知道了，因爲那是我唯一的收入。那件事情他還沒有發覺，因爲他說：「你幹的這種下流事情，嚇唬別人……現在那家人一天到晚纏著我。每天都有人來，不是這個人就是那個人，要我做點什麼。我能怎麼辦？」

我說：「我至少可以把那條褲子給你，只剩下那個了。至於那棵樹，我告訴你，不會有人願意去砍它的。」

他說：「這個你不必操心。」

我說：「我不操心。我只是讓你知道一下，這樣你就不會浪費時間了。」

三天以後，他把我叫去說：「你眞行。你告訴我不會有人願意去砍那棵樹的。眞奇怪，我問過所有能砍那棵樹的人——這鎭上沒多少，只有幾個伐木工——可是誰都不願意幹。他們都說：『不行。那些鬼怎麼辦？』」

我對他說：「我前面就告訴過你，我知道這個鎭上不會有人願意去砍那棵樹，不要說砍了，連碰都不願意碰，除非我自己決定把它砍掉。但是假如你希望的話，我能找到人，但是你得聽我的。」

他說：「我不能聽你的，因爲我從來不知道你在計劃什麼。你可能告訴我你要把那棵樹砍掉，可你卻會做別的事情。不，我不能叫你去做。」

那棵樹留下來了，沒有人願意去砍它。我常常刺激我可憐的父親說：「大大，那棵樹怎麼辦？它還站在那兒呢。我今天早晨還看到它。你找到伐木工了嗎？」

他便四處張望，發現沒有人聽見，然後對我說：「難道你就不能讓我一個人待著嗎？」

我說：「我很少探望你。我偶爾來一回，只是爲了問問那棵樹的事情。你說你找不到人砍它。我知道你一直在打聽，我也知道他們一直在拒絕。我也一直在問他們呢。」

他說：「你問他們幹什麼？」

我說：「不，不是要他們去砍那棵樹，只是讓他們知道那棵樹裏面有什麼——鬼。我想沒有人會同意去砍它，除非你叫我去做。」那他當然不情願。於是我說：「好吧，那棵樹就留著吧。」

我住在鎮上的時候，那棵樹一直留在那裏。直到我走了，我父親才想辦法從另一個村莊找來一個伊斯蘭教徒把樹給砍了。但卻發生一件奇怪的事情：樹被砍了，但是因爲怕它再長，要把它徹底除掉，他在那裏挖了一口井。但是他白受一場罪，因爲那棵樹和它的根已經長得非常深，它們把井水弄得很苦，你能想像有多苦，它就有多苦。沒有人願意從那口井裏取水喝。

當我終於回家的時候，我告訴我父親：「你從來不聽我的話。你毀掉一棵美麗的樹，弄出這麼個難看的洞。現在它有什麼用處呢？你把錢浪費在挖井上，挖出來的水連你也不能喝。」

他說：「也許你偶爾也有對的時候。我明白，但是現在木已成舟。」

他不得不用石頭把井封掉。它還在那兒，被石頭蓋著。假如你搬走幾塊石頭，都是石片，你就會發現井。到這會兒，水肯定苦極了。我爲什麼想告訴你們這個故事呢？因爲那個家庭教師，在他第一天上課的時候，試圖給我留下一個印象，認爲他是一個非常勇敢的人，無所畏懼，說他不相信鬼。

我說：「眞的？你不相信鬼？」

他說：「我當然不相信。」我看得出他說這話的時候已經害怕了。

我說過：「不管你信不信，反正今天夜裏我會把你介紹給它們的。」我絕沒有想到，那次介紹會把這個人弄沒了。他怎麼了？我每次到鎭上去，總會到他家去詢問：「他回家了嗎？」

他們說：「你幹嘛這麼感興趣？我們早就不想他回來的事情了。」

我說：「我忘不了，因爲我當時看見的景象太美了，我只是把他介紹給某個人。」

他們說：「介紹給誰？」

我說：「只是某個人，我還沒介紹完呢。而，」我告訴他兒子：「你父親做的事情完全不像一個紳士，他沒穿褲子就跑了。」

他妻子正在爐子上燒什麼東西，聽見這話就笑了，說：「我一直叫他把褲子繫緊，可他就是不聽。現在他的褲子沒了，他也沒了。」

我說：「你爲什麼叫他把褲子繫緊呢？」

她說：「你不明白。這很簡單。他所有的褲子都是年輕的時候做的，這會兒全鬆了，因爲他的體重下降了。所以我總害怕他哪一天褲子突然掉下來，那可麻煩了。」

於是我想起來他總是把手放在褲兜兒裏，但是你一遇見鬼，自然不可能記得要把手放在褲兜裏抓緊褲子。有那麼多鬼撲向你，誰還顧得上褲子？他走之前還做了一件事情……我找不到他去了哪裏。在這個世界上有許多事情無法解釋，這可算作其中一件。我不知道爲什麼，但是他走之前先把他的煤油燈滅了。那是關於家庭教師的另一個問題，至今無法解釋。

從某種意義上說，他是一個了不起的人。我總想知道他爲什麼把燈熄滅，於是有一天我聽到一個小故事，問題便解決了。我不是說那個人回來了，而是第二個問題有了答案。他的小兒子沒有媽媽站在門口就不肯進浴室，假如是晚上的話，那她自然要拎一盞燈。那天我正好去他家拜訪，聽見媽媽對兒子說：「你就不能自己拎著燈嗎？」

他說：「好吧，我來拎燈，因爲我得走了。我不能再等了。」

我說：「白天拎燈幹嘛？我聽說過戴奧眞尼斯的故事。他是另一個戴奧眞尼斯嗎？爲什麼拎燈？」

他媽媽笑著說：「你問他。」

我說：「你爲什麼白天要燈，拉居？」

他說：「白天還是晚上，這沒關係，到處都是鬼。拎著燈，你就能避免撞上它們。」

那天我明白家庭教師爲什麼在逃跑之前先把燈滅了。可能他想，他要是一直點著燈，鬼就會找到他。但他要是把燈滅了——那只是我的邏輯——他要是把燈滅了，它們起碼看不見他，他就能躲避它們，然後逃跑。但是他眞的幹得很漂亮。跟你們說實話吧，看起來他似乎一直想從他妻子身邊逃走，這是他最後一次機會。他充分利用了它。假如這個人不是以他的恐懼開始，說：「我甚至都不害怕鬼。」他就不會走到這一步。

「但是，」我說：「我沒有問你呀。」當他說「鬼」這個詞的時候，他的褲子在哆嗦。

我說：「先生，你的褲子很奇怪。我從沒見過任何東西像它那樣哆嗦的。它看起來像活的。」

他低頭看著他的褲子——我還能看見他——他的腿完全瘋掉了。

其實我的小學時代已經結束了。當然發生過數以千計的事情，不能一一講出來，不是它們沒有價値——生命中的一切都有價値——只是因爲沒有時間，所以舉幾個例子就行了。

小學只是中學的開始。我進入中學，我想起來的第一樣東西——你們知道我，我淨看到奇怪的東西……

我的祕書收集各種各樣瘋狂的車貼。有一張是「我有幻覺要剎車」。我喜歡它。眞的很棒！

我想起來的第一樣東西是這個人——無論有幸還是不幸，因爲很難知道是哪一個——絕對神智不清。他甚至和我一樣精神錯亂。他是眞的精神錯亂。在村裏，大家都知道他是卡基（Khakki）師傅。卡基的意思非常接近於你們說「布穀鳥❷的意思，瘋狂的」。他是我在中學裏的第一位老師。或許因爲他是眞的精神錯亂，所以我們立刻成了朋友。

我很少對老師友好。有幾類人，諸如政客、新聞記者和老師，我就是無法喜歡，雖然我也希望喜歡他們。耶穌說：「要愛你的敵人。」行，但是他從來沒有上過學，所以他不瞭解老師。至少這一點是肯定的，否則他就會說：「要愛你的敵人，除老師以外。」

那時候當然沒有新聞記者或者政客，沒有那種人，那種人的全部工作就是以某種方式吸你的血。耶穌談論敵人，但是朋友呢？他從沒說過要愛你的朋友。因爲我認爲敵人不可能對你造成多大的傷害，眞正的傷害都是朋友幹的。

我十分痛恨新聞記者，我說恨的時候就是恨，沒有別的意思；不需要解釋，就是恨！我恨老師！我希望世界上沒有老師……沒有過去那種意義上的老師，或許應該找出一種不同於老師的年長朋友。

但是大家所認識的這個瘋子立刻就成了我的朋友。他的全名叫拉迦朗（Rajaram），但大家都知道他是拉拘．卡基（Raju-Khakki），「拉拘，那個瘋子。」我原以爲他會像大家所知道的那樣。

當我看見這個人的時候，你們不會相信，但是那天我第一次體會到，在一個精神錯亂的世界上，眞正清醒並不好。看著他，有一片刻時間彷彿停止了。它持續了多久很難說，但是他必須寫完我的名字和地址，還要辦理登記手續，所以他問了這些問題。

我說：「難道我們不能保持安靜嗎？」

他說：「我也想安靜地和你在一起，但是讓我們先把這髒活兒幹完，然後我們就能安靜地坐著了。」

他說：「讓我們先把這髒活兒幹完……」的口氣足以向我表明這兒有一個人，他起碼知道什麼是髒的：官僚主義和沒完沒了的文牘主義。他很快就結束了，合上登記簿說：「好，現在我們能安靜地坐著了。我能握著你的手嗎？」

我那時候並不期望一個老師會那樣做，所以我說：「要嘛別人說的是對的，你瘋了；要嘛可能我的感覺是對的，你是全鎭唯一神智清醒的老師。」

他說：「還是發瘋爲好，它使你免受許多麻煩。」

我們都笑了，從此成爲朋友。這段友誼持續了三十年，直到他去世，我常去探望他，只是去坐坐。他妻子常說：「我以爲我丈夫是鎭上唯一的瘋子。那不對，你也瘋了。我眞想知道，」她說：「你爲什麼來看這個瘋子。」他從各方面講都是一個瘋子。

比如，你會看見他騎馬去學校。在那些地區，那不是一件壞事，可是倒著騎……！他那麼做，我喜歡。騎在馬上，不像其他人朝前看，而是朝後看，那是一種奇特的經驗。

後來我才告訴他穆勒．納斯魯丁❸的故事，他是怎樣騎驢的，也是倒著騎。當他的學生到城外去的時候，他們自然感到沒面子，至少可以這麼說。終於有一個學生問：「穆勒，每個人都騎驢，那沒什麼不好。你可以騎驢，可是倒著騎……！驢朝某個方向走，而你朝相反的方向看，所以人家都笑話你說：『瞧那個瘋穆勒！』——我們都感到沒面子，因爲我們是你的學生。」

穆勒說：「我解釋給你們聽：我不能在騎驢的時候，老讓你們在我背後，那是對你們的侮辱。我不能侮辱我自己的學生，所以那是不可能的。我們可以想別的辦法，也許你們都可以在驢前面倒著走，不過那很困難，而且你們會感到更沒面子。當然那樣一來，你們就會面對著我，就不會有不尊敬的問題，但是要你們倒著走很困難，而且我們走的路很長。所以唯一自然而又最容易的解決方案就是，我應該面朝後坐在驢背上。看不到你們，驢是沒有異議的。它可以看我們要去的地方，然後到達目的地。我不想對你們不尊敬，所以對我來說，最好的辦法是倒著騎驢。」

奇怪，老子也倒著騎牛，也許是爲了相同的原因吧。但是關於他的答案，我們一無所知。中國人不回答那種問題，他們也不問那種問題。他們是非常有禮貌的人，總是相互鞠躬。

我決意要做一切世俗不允許的事情。比如，我在上大學預科的時候，穿一件沒有鈕扣的袍子和寬鬆褲。我的一位教授，因德勒巴哈杜・卡萊（Indrabahadur Khare）……我還記得他的名字，雖然他很久以前就去世了，但是因爲我即將告訴你們的這個故事，我不能忘記它。

他掌管學校所有的慶祝活動。當然，因爲我給學校帶來的各項榮譽，他決定應該讓我和所有的獎章、徽章和獎杯在一起拍張照片，於是我們來到照相室。但是當他說「把鈕扣扣好」的時候，遇到大麻煩了。

我說：「那不可能。」

他說：「什麼？你不會扣鈕扣？」

我說：「瞧，你看得出的，鈕扣是假的，我沒有扣眼兒，它們扣不起來。我不喜歡扣鈕扣，所以我叫裁縫不要給我的衣服打扣眼兒。鈕扣在那裏，你能看見它們，所以照片會顯示鈕扣的。」

他非常生氣，因爲他非常——你們怎麼說，關心？——關心衣服之類的事情，所以他說：「那就不能拍照了。」

我說：「行，那我走了。」

他說：「我不是那個意思。」因爲他害怕我會惹麻煩，可能因此跑到校長那兒去。他非常清楚，沒有法規說你拍照的時候應該扣鈕扣。

我提醒他說：「要清楚，你明天就會有麻煩。沒有法規反對這一條。回去讀一夜吧，去找，去做家庭作業，明天到校長辦公室來見我。向我證明：不扣鈕扣不可以拍照。」

他說：「你確實是一個奇怪的學生。我知道我無法證明，所以請你把照片拍掉吧。我會離開，但是你必須拍照片。」

那張照片還在。我有一個弟弟，我的第四個弟弟，尼蘭卡，從小時候起，一直在收集和我有關的各種東西。每個人都嘲笑他。連我都問他：「尼蘭卡，你幹嘛費心收集和我有關的每一樣東西啊？」

他說：「我不知道，但是不知怎麼地，我心裏有一種很深的感覺，覺得這些東西有一天用得著。」

我說：「那就去吧。假如你覺得要那麼做，就去做吧。」就因爲尼蘭卡，我童年的一些照片才被保存下來。他收集的東西現在有意義了。

他總是在收集東西。即使我把什麼東西扔在廢紙簍裏，他也會去翻一翻，看我是否扔了寫過字的東西。不管寫的是什麼，他都會收起來，因爲有我的筆跡。全鎭的人都以爲他瘋了。人家甚至對我說：「你瘋了，可他好像比你還要瘋！」

但是他愛我，我們全家沒有一個人像他那麼愛我——雖然他們都愛我，但是沒有人像他那麼愛我。他完全可能有那張照片，因爲他始終在收集。我記得在他的收藏品中看見過它——鈕扣開著。我還能看見因德勒巴哈杜臉上的怒火。他這個人對每件事情都很挑剔，但我這個人也屬於我自己的類型。

我對他說：「忘了照片的事兒吧。這是我的照片還是你的？你可以給自己拍一張照片，

▲奧修穿著沒有鈕扣的罩袍

鈕扣扣著，但是你知道我從來不扣鈕扣。假如我爲這張照片把它們扣起來，那是假的。要嘛給我拍照，要嘛就把它忘了吧！」

它很好，很美……但是垂直的。水平的對我不合適。很好。事情一旦進行得這麼好，最好馬上停止。戴瓦蓋德，這很美，但是夠了。戴瓦拉吉，幫幫他。阿淑，盡你的力量。我想繼續下去，但沒有時間了。

停止。

譯註：

❶Plassbo：安慰劑，此處爲奧修誤讀。

❷布穀鳥：英語中布穀鳥一詞也用來比喻瘋狂的人。

❸穆勒・納斯魯丁：Mulla Masruddin，奧修書中的幽默形象。

附錄

有些事情你們可以去問我母親——因爲她剛好在這裏……我出生以後，三天沒有吃奶，他們都很擔心、憂慮。醫生們都很憂慮，因爲假如這個孩子一個勁兒地拒絕吃奶，他怎麼活下去呢？但是他們不知道我的難處，也不知道他們給我惹的麻煩。他們用盡各種辦法來強迫我吃奶。可我沒法兒向他們解釋，他們也沒法兒自己找到答案。

在我的前世，臨終前，我正好在齋戒。我想完成二十一天的齋戒，但是在我的齋戒完成以前，三天前，我被人謀殺了。那三天一直留在我的覺知裏，甚至延續到我這一次出生。我必須完成我的齋戒。我眞的很固執！否則，人們就不會把事情從這一生帶到另一生去了。一個章節一旦關閉，它就關閉了。

但是有三天，他們無論如何也不能把任何東西放到我的嘴巴裏。我就是不要。但是三天以後，我完全沒有問題了，他們都感到驚訝：「他爲什麼要絕食三天呢？沒有生病，沒有問題——三天以後，他又完全正常了。」這對他們來說，始終是個謎。

我沒有做什麼，我只是繼續我前世做的事情。所以我小的時候，人家都認爲我瘋瘋癲癲、古里古怪的，因爲我絕不解釋我爲什麼想做某件事情。我只會說：「我想做這件事情。

至於我爲什麼要做，我是有原因的，但我不能告訴你們，因爲你們理解不了。」

我父親會說：「我理解不了，你理解得了？」

我說：「是的，它屬於我內在的經驗。它和你的年齡、你是我父親毫無關係。當然，你能理解的東西比我能理解的要多，但這是在我裏面的事情——只有我能接近那兒，你不能。」

接著他就會說：「你眞是不可救藥。」

我說：「要是人人都這麼想，那可是一大解脫。就當我是不可救藥的好了，這樣我對你來說就不再是一個難題，我也不必麻煩自己解釋各種各樣的事情。我要做什麼就做什麼。沒有辦法改變。對我來說，這是絕對的。這不是你允不允許我的問題。」

所以這是我通常的慣例：我想做什麼就做什麼。

我忘不了有一天……有些事情雖然沒有邏輯意義、沒有相關性，但不知怎麼地，總縈繞在你的記憶中。你想不通它們爲什麼在那裏，因爲曾經發生過許多事情，它們重要得多，也有意義得多，而它們都消失了。卻有一些無關緊要的事情——你找不出任何原因，不知道爲什麼，但它們留下來了，它們在後面留下一道痕跡。

那種事情我記得有一件。我放學回家——我們學校離我們家差不多有一英里路。中途有一棵巨大的菠樹（bo tree）。我每天起碼從菠樹下經過四趟：上學，然後中間回家吃午飯，然後再上學，然後再回家。所以，我從那棵樹下面經過了無數次，但是那天發生了一件事。

那天天氣很熱，當我朝著樹走過來的時候，我正在出汗。我從樹下面經過，那裏非常陰涼，我停了一會兒，事先並沒有考慮過，自己也不知道爲什麼。我只是走近樹幹，坐在那裏，感覺樹幹。我無法解釋發生了什麼，但是我感到無比幸福，好像我和樹之間正在發生著什麼。不可能僅僅是陰涼造成的，因爲我有好多次出汗的時候都從樹蔭下走過。我以前也停過，但是以前我從未走過去觸摸那棵樹，並且坐在那裏，好像遇見了一位老朋友。

那一刻始終像星星般地閃閃發亮。在我的生活中發生過那麼多事情，但是我並沒有看到那一刻因此而黯淡下去，在任何方面都沒有，它還在那裏。我每次回首，它都依然如故。那天我不很清楚到底發生了什麼，我今天也說不出，但的確發生了什麼。從那天起，我和樹有了一種聯繫，我以前從未感受過，甚至和人也沒有。我變得和那棵樹非常親密，勝過和世界上的其他任何人。它成了我每天都要做的事情：每當我經過那棵樹的時候，我都會坐上幾秒鐘或者幾分鐘，只是感覺那棵樹。我還能看見——有種東西在我們之間不斷增長。

那天，我離開學校到另一座城市去上大學，我向我的父親、我的母親、我的叔叔和我的整個家族告別。我不是那種容易哭或者掉眼淚的人。即使我受到嚴厲的懲罰，我的手也許都滲出血來了，但是眼淚絕不會湧入我的眼睛。

我父親常說：「你的眼睛裏到底有沒有眼淚？」

我說：「你可以把我的手打出血，但是你無法迫使我哭或者掉眼淚。而且我爲什麼要哭呢？因爲無論你在做什麼，都是完全正確的。事情我已經做了，我很清楚結果會是這樣。我從來不撒謊，所以沒辦法逃脫懲罰。掉眼淚有什麼意義呢？」

但是當我去和那棵樹說再見的時候，我開始哭了。我記得那是我一生中唯一一次哭，不然的話，我絕對不知道眼淚是什麼東西。小時候我有一個妹妹，在其他兄弟姐妹當中，我最愛她，她死了。在印度，你通常有成打的兄弟姐妹。我常常取笑我父親：「你怎麼沒生整整一打孩子，怎麼漏了一個？因爲你只有十一個孩子。你應該精確一點，再生一個孩子。」

他便說：「你是我兒子，可你竟然拿我開玩笑。」

我說：「我不是開玩笑；我只是說，告訴別人『一打』多容易——我一直就是這麼說的。假如有人問我你有多少個孩子，我就說：『一打。』這比較簡單。你把它弄複雜了，這毫無必要。十一個！你要嘛生到十個就停止，那顯得很完整；要嘛十二個，那也完整。可十一個？那算什麼數字？」

在這十個兄弟姐妹當中，我最愛這個妹妹，她在我很小的時候就死了。我那時候肯定有五歲，她肯定有三歲。但即使在那時候，我都沒有哭。我驚呆了。每個人都在哭，他們都以爲我驚呆了，因爲我最愛我的妹妹。這一點，我們家人人都知道，我最愛她，她也最愛我。他們以爲可能就是因爲驚呆了，所以才沒有眼淚，但是情況並非如此。

我外祖父去世的時候，我也沒有掉眼淚，而他是撫養我長大的人啊。我每次過生日，他都要從鄰近的一個城鎮弄來一頭大象……那時候在印度，大象要嘛歸國王們所有——因爲養大象的代價很高，大象所需要的護理、食物和保養——要嘛歸聖人所有。

這兩種人通常都有大象。聖人之所以能有大象，是因爲他們有許多追隨者。正如照顧聖人那樣，追隨者也照顧大象。附近有一個聖人，他有一頭大象，於是我外祖父常常把那頭大象牽來給我過生日。他把我連同兩個袋子放在大象上面，那兩個袋子一邊一個，裝滿了銀幣。

在我小時候，印度還沒有出現紙幣，盧比還是用純銀做的。我外祖父會裝滿兩個袋子，大袋子，一邊掛一個，裏面都是銀幣，然後我就會在村裏兜一圈，到處散銀幣。他就是那麼給我慶祝生日的。我一旦出發，他就會坐牛車跟在我後面，帶上更多的盧比，他會不斷地告訴我：「別小氣，我留了足夠多的銀幣。你散的不可能比我有的多。繼續散！」

自然，全村的人都跟在大象後面。那個村子也不大，全村不超過兩、三百個人，所以我會在村裏兜一圈，在村裏僅有的一條街道上。他設法以各種可能的方式讓我感覺自己屬於某個王室。

他那麼愛我，以至於我都不可能生病。喏，你雖然沒有力量越過疾病，但是你可以想辦法隻字不提呀。我只要有一點輕微的頭疼，他就會驚恐萬分。他一直會驚恐到騎馬去把最近的醫生找來。這太麻煩了，比頭疼麻煩多了，所以我乾脆不吭聲，隻字不提。甚至當他死在我懷裏的時候，我都沒有眼淚，連我都懷疑我可能沒有淚腺。

但是在那天，當我和菠樹告別的時候，我第一次也是最後一次掉眼淚。那始終是一個耀眼的亮點。而且我在哭的時候，我絕對肯定樹的眼睛裏面也有眼淚，雖然我看不到它的眼睛，我也看不到它的眼淚。但是我能感覺到——當我觸摸那棵樹的時候，我能感覺到悲傷，我也能感覺到祝福、告別。而且那無疑是我們最後一次見面，因爲事隔一年，當我回來的時候，爲了某種愚蠢的原因，那棵樹被砍掉運走了。

那個愚蠢的原因就是，他們正在立一個小型的紀念柱，而那是市中心最漂亮的地方。紀念柱是給一個白癡立的，那個白癡很有錢，足以贏得各項選舉，成爲鎮委會的鎮長。他當鎮長起碼有三十五年了，是鎮上任期最長的鎮長。每個人都高興他當鎮長，因爲他是一個大白癡，你可以爲所欲爲，他不會設置任何障礙的。

你可以把家蓋在街道當中，他才不管呢，只要你投他的票。所以，他當鎮長，全鎮皆大歡喜，因爲每個人都有極大的自由。鎮委會的成員，辦事員和首席辦事員，都高興他當鎮長。每個人都希望他永遠連任鎮長，但不幸的是，即使白癡也得死。不過他的死很不幸，因爲他們要找一個地方給他立紀念柱，他們就把菠樹砍了。現在他的大理石豎立在那裏，代替一棵活的菠樹。

我一般不會把事情忘記，但有那麼多事情要說。而語言是一維的，它是線性的——你只能在一條線上走——而經驗是多維的，它同時在無數條線上運動。對所謂的雄辯家而言，問題是說什麼。我的問題是不說什麼，因爲有許多事情等著我去說，從四面八方敲我的門，要求：「讓我進來。」所以我會走題……但是別不好意思提醒我。

・・・

有一位星象家答應給我畫一張出生圖。他還沒有畫就死了，所以那張圖得由他的兒子來制定。但是他也感到迷惑不解。他說：「幾乎可以肯定，這孩子二十一歲就會死。每隔七年他都要面臨死亡。」

所以我的父母，我家裏的人，一直都爲我的死亡擔憂。每逢我要開始新的一輪七年，他們都會變得提心吊膽。他是對的。七歲那年，我雖然活下來了，但是我有過一次深刻的死亡經驗——不是我自己的，而是我外祖父的死。我是那麼依戀他，以至於他的死彷彿就是我自己的死。我以自己幼稚的方式模仿他的死。我會連續三天不吃不喝，因爲我覺得要是我吃飯喝水的話，那就是一種背叛。

我是那麼愛他，他是那麼愛我，當他活著的時候，我從來不許到父母那兒去。我和我的外祖父在一起。他說：「當我死了，只有那時候，你才能走。」他住在一個很小的村莊裏，所以我不能上學，因爲那兒沒有學校。他要永遠不離開我，可是後來時間到了，他死了。他是我最基本的成分。我是在他的存在、他的愛的照耀下長大的。

他死的時候，我覺得吃飯是一種背叛：「現在我不想活了……」這雖然幼稚，但是通過它發生了一件非常深刻的事情。我在床上躺了三天，我怎麼也不肯下床。我說：「既然他死了，我就不想活了。」我最後還是活下來了，而那三天卻成爲一次死亡經驗。從某種意義上說，我死了，我開始認識到——現在我可以把它說出來，盡管當時只是一種模糊的經驗——我開始感覺到死亡是不可能的。這是一種感覺。

然後到了十四歲，我們家人又變得心神不定，生怕我會死掉。我又活下來了，但那時候我又清醒地試了一次。我對他們說：「如果像星象家說的那樣，死亡將要發生，那最好還是有所準備。爲什麼給死亡機會呢？爲什麼我不應該到半路上去和它碰頭呢？假如我會死，那最好還是清醒地死。」

於是我向我們學校告假七天。我到我們校長那兒去，我告訴他：「我要死了。」

他說：「你胡說些什麼！你要自殺嗎？你說你要死了是什麼意思？」

我把星象家的預言告訴他：我每隔七年都要面臨一次死亡的可能。我告訴他：「我打算隱退七天，等待死亡。假如死亡來臨，能清醒地遇見它很好，這樣它就會成爲一次經驗。」

我到村外的一座寺廟去。我和祭司商量好了，他不會打擾我。那是一座非常孤寂、冷清的寺廟——陳舊，破敗。沒有人到這裏來。所以我告訴他：「我會留在寺廟裏。你每天只要給我送一次吃的和喝的，我整天都會躺在那兒等死。」

我等了七天。那七天成了一次美麗的經驗。死亡沒有來，但是在我這一面，我想盡了一切辦法來嘗試死亡。發生許多奇怪的、不尋常的感覺。發生許多事情，但基本特徵是這樣的——假如你覺得自己要死了，你就會變得鎮定而安靜。那時候，任何事情都不會導致焦慮，因爲一切焦慮都和生命有關。生命是一切焦慮的基礎。要是你有一天無論如何都會死，那還焦慮幹嘛？

我躺在那兒。第三天或者第四天，有一條蛇爬進寺廟。它在我的視野裏，我看著那條蛇，但沒有恐懼。我突然感覺非常奇怪。蛇越爬越近，而我感覺非常奇怪。沒有恐懼。所以我想：「既然死亡要來，它就可能通過這條蛇來，所以怕什麼？等著！」

蛇從我身上爬過去，便走了。恐懼消失了。你若接受死亡，就沒有恐懼。你若執著生命，那什麼恐懼都有。

好多次蒼蠅來到我周圍。它們到處亂飛，它們在我身上、在我臉上爬來爬去。有時候，我感到很惱火，想把它們趕走，但是後來我想：「這有什麼用呢？我早晚都會死，那時候沒有人會在這裏保護屍體。所以它們愛怎麼樣就怎麼樣吧。」

我一決定讓它們自行其事，惱火就消失了。它們還在身上，但好像和我無關似的。它們好像是在另一個人的身體上動、爬，立刻有了一段距離。你若接受死亡，就會造成一段距離。生命帶著它所有的焦慮、惱火——一切走得遠遠的。

從某種意義上說，我死了，但是我開始發現，有種東西是不死的。你一旦完全接受死亡，你就會覺知到它。

然後又是一次，在二十一歲那年，我們全家都等著。我便告訴他們：「你們幹嘛老是等？別等了。現在我不會死了。」

在生理上，當然，我總有一天會死。不管怎麼樣，星象家的這個預言對我幫助非常大，因爲它讓我很早就覺知死亡。我能清醒地靜心，能清醒地接受它即將來臨。

．．．

有一天，我父親把我所有的寬鬆褲和我的無領襯衫和我的三頂土耳其帽捆在一起，走進倉庫——地下室，把它們放在那裏，那裏堆著各種各樣的東西——破東西，沒有用的東西。我找不到一件衣服，於是我便從浴室走出來，閉著眼睛，赤身裸體地往店裏去。當我走出來的時候，我父親說：「等等！快進來。拿著你的衣服。」

我說：「不管它們在哪兒，你把它們拿來。」

他說：「我從來沒有想到你會幹出這種事情。我以爲你會到處找衣服，但你不會找到它們，因爲我把它們放在你找不到的地方了。然後你自然就會穿普通的衣服，你應該穿那些衣服。我怎麼也想不到這會是你的行爲。」

我說：「我採取直接行動。我不相信任何不必要的談話，我甚至都不問任何人我的衣服在哪兒。我爲什麼要問？我赤身裸體也會達到同樣的目的。」

他說：「你拿著你的衣服吧，誰也不會管你穿什麼衣服了，但是行行好，別開始光著身子走路，因爲那會惹出更大的麻煩──一個賣衣服的人，他的兒子沒有衣服穿。你已經聲名狼藉了，你還要把我們弄得和你一起聲名狼藉：『瞧那可憐的孩子！』人人都會以爲我們不給你穿衣服。」

既然他們已經停止干涉我的服裝，等到我通過了大學入學考試，我便放棄了那套衣服。我離開村鎮的時候，換了一套更適合大學預科生活的衣服。那套衣服是我在我去的第一所學院發現的，帽子非戴不可──你不能不戴帽子來。那眞是個絕妙的主意！你來的時候必須穿得十分規矩：鞋子、鈕扣扣好，戴一頂帽子。我到那兒去的時候沒有鈕扣、沒有帽子，穿著我的木拖鞋──我立刻成爲知名人士。

校長立刻召見我。他說：「這是什麼？」

我說：「這只是向你做自我介紹的一種方式，否則你也許要過好幾年才會認識我。誰有閒工夫注意一個一年級的學生呢？」

他說：「你這後面有某種觀念，但這是不允許的。你必須戴帽子，而且鈕扣必須扣好。」

我說：「你得向我證明戴帽子有什麼科學依據。它有助於你增長智慧嗎？那我甚至可以用一塊頭巾──幹嘛用帽子？──假如它加強你的腦力的話。而實際情況卻是，印度最白癡的人都在旁遮普，而他們都用頭巾，包得緊緊地。可能全世界只有他們把頭巾包得那麼緊，他們的腦筋徹底封閉了、完蛋了。印度最有智慧的人是孟加拉人，他們不用帽子。」我說：

「你告訴我，我爲什麼必須戴帽子，它有什麼基本的科學依據。」

他說：「眞奇怪，從來沒有人問過戴帽子有什麼基本的科學依據。這只是我們在這所學院的慣例。」

我說：「我才不管什麼慣例呢。只要慣例不科學，破壞人的智慧，我就是第一個起來反抗它的人。你很快就會看到帽子從學院消失的，因爲我會告訴別人：『瞧——孟加拉人最有智慧，他們不用帽子。』

「在印度，有兩項諾貝爾獎歸孟加拉人所有。而旁遮普人呢，我想他們將來永遠不會獲得一項諾貝爾獎。我要讓這場運動蔓延開來，但是假如你保持沈默，允許我按自己的方式穿衣服，我就不會惹麻煩；不然就會有一場運動。你會看見篝火、燃燒的帽子，就在你的辦公室前面。」

他注視著我，然後說：「好吧，別惹麻煩，就按你的方式去穿吧。但是我必定會有麻煩，因爲別人早晚都會問：『你爲什麼允許他不戴帽子？』」

我說：「其實，你若是一個正直的人，你自己就應該停止戴帽子，因爲你在這個問題上沒有任何科學依據。否則，不管誰來，叫他去找基本的科學依據——它在某種程度上有助於增長智慧。開設學院就是爲了幫助人們增長智慧的；它應該受到磨練。帽子有什麼益處？它只能束縛人的腦子。」

可是他說：「至少鈕扣……」

我說：「我不喜歡它們。我喜歡空氣直接吹到我的胸膛，我覺得這很舒服，我不喜歡鈕扣。你們學院的學生守則裏沒有一處提到帽子，所以我需要關於帽子的科學依據。沒有一處提到你必須有鈕扣。」

可是那兒從沒有人想到，有人會穿沒有鈕扣的衣服來上學。

．．．

昨天我母親剛剛告訴我……維薇科頭一回聽到我母親那麼興致勃勃地說話，說了那麼長時間；不然的話，無論她必須問什麼，她都只能得到一兩句簡短的回答，是或者不是，談話就結束了。但是昨天，她說了那麼長時間，而且興致勃勃，所以維薇科問我：「你母親跟你說什麼？」

我告訴她，她想起來一些事情。我還沒有告訴她，她跟我說的是什麼，因爲那是一個冗長的故事。她告訴我，當我在她肚子裏五個月大的時候，發生了一個奇蹟。

她從我父親家到她父親家去，那時候是雨季。印度的風俗是，第一個孩子要生在外祖父家，所以，雖然正當雨季，路途艱難——沒有路，她不得不騎馬——她走得越早，越好。她要是再等下去，越等越困難，所以她就和她的一個表兄❶一起上路了。

中途有一條大河，馬瑪德（Marmada）。當時河水暴漲。當他們走到船邊的時候，船夫看到我母親懷著身孕，他就問我母親的表兄：「你們是什麼關係？」

他沒有發覺他會遇到麻煩，所以他直接說：「我們是兄妹。」

船夫拒絕帶他們過河，他說：「我不能帶你們過河，因爲你妹妹❷正在懷孕——那說明你們不是兩個人，你們是三個人。」

在印度，這是一個風俗，一個古老的風俗——也許從克里希那時代就開始了——人不應該和自己的外甥一起涉水，特別是坐船，有沈船的危險。

船夫說：「能保證你妹妹的肚子裏是一個女孩，不是一個男孩？假如他是男孩，我可不想冒險——因爲那不僅是我一個人的死活問題，還有另外六十個人坐船呢。要嘛你來，要嘛你妹妹來，兩個人我不帶。」

河兩岸都是山和叢林，那條船每天只開一次。它早晨出發——那個地方河面非常寬——然後傍晚再回來。第二天早晨再出發，同一條船。所以，我母親要嘛必須留在這一邊，這一邊很危險，要嘛獨自到另一邊去，那也同樣危險。所以他們連續問了他三天，求他，說她懷著身孕，他應該發發善心。

他說：「我愛莫能助——這不行。要是你們能保證它不是男孩，那我就能帶你們過河，但是你們怎麼才能給我一個保證呢？」

所以他們只能在那兒的一座寺廟裏待了三天。那座寺廟裏住著一位聖人，當時在那地方非常出名。現在，圍繞那座寺廟興建了一座城市，以紀念那位聖人，塞凱德（Saikheda）。塞凱德的意思是「聖人之村」。塞（Sai）的意思是聖人，大家都知道他是塞·巴巴。不是同一個塞·巴巴，那個塞·巴巴已經聞名世界——師迪（Shirdi）的塞·巴巴——但他們是同一個時代的人。

師迪的塞·巴巴之所以聞名世界，是因爲一個簡單的巧合，師迪靠近孟買，孟買所有的名流和孟買的有錢人都開始往師迪的塞·巴巴那兒跑。因爲孟買是一個世界性的中心城市，師迪的塞．巴巴的名字很快就開始傳出印度，又以他為核心創造了許多奇蹟。

這個塞．巴巴住在那座寺廟裏，他的情況也一樣。最後我母親不得不問塞．巴巴：「您能做點什麼嗎？我們在這裏已經待了三天了。我懷著身孕，我的表兄告訴船夫他是我的兄弟，他就不願意帶我們坐船。現在，除非您做點什麼，跟那個船夫去說說，否則我們進也不是，退也不是。怎麼辦呢？我兄弟不能把我一個人留在這邊；我也不能一個人到那邊去。兩邊都有野生的叢林和森林，我一個人起碼必須等二十四小時啊。」

我從未見過塞．巴巴，但是從某種意義上說，我的確見過他，當時我五個月大。他只是摸了摸我母親的肚子。我母親說：「您在做什麼？」

他說：「我在摸你孩子的腳。」

船夫看到這個場景，說：「你在做什麼，巴巴？你從來不摸任何人的腳❸。」

巴巴說：「這可不是任何人，你是個傻瓜——你應該帶他們過河。別擔心。這個肚子裏的靈魂能拯救成千上萬的人呢，所以別擔心你那六十個人——帶她走吧。」

所以我母親說：「那時候我開始意識到我帶著一個特殊的人。」

我說：「就我的理解而言，塞．巴巴是一個聰明的人，他其實是在愚弄船夫呀！沒有奇蹟，什麼也沒有。船不會僅僅因為有人和他的外甥一起旅行就沈沒的。這種觀念沒有合理性，完全是荒唐的。可能有時候發生過這種意外，然後它就變成一種固定的觀念了。」

我自己的理解是，因為在克里希那的傳記中，星象家告訴他的舅舅：「你妹妹❹的一個孩子會把你殺掉。」他就把他的妹妹和妹夫都關進監獄。她生了七個孩子，七個男孩，他把他們統統殺掉。第八個孩子就是克里希那，當然嘍，上帝親自降生，監獄的門鎖就打開，衛兵全都倒下睡著，克里希那的父親把他帶出來。

亞母那（Yamuna）河是岡薩（Kansa）王國的邊界。岡薩就是那個人，他害怕一個外甥把自己殺掉，因而殺掉了所有的外甥。當時亞母那正在發大水——它是印度最大的河流之一。克里希那的父親非常害怕，因爲怎麼都得把孩子帶到對岸去，去一個朋友家，他妻子生了一個女孩——這樣他就能把他們掉換過來。他可以把女孩帶回去，因爲第二天早晨岡薩就會問：「孩子在哪兒？」然後制定計劃殺掉他。他不會殺女孩——那個孩子必須是男孩。

但是怎麼過這條河呢？夜裏沒有船，但是他們必須過去。但是，既然上帝能在沒有鑰匙的情況下開鎖，又沒有人幫他開——它們就這麼開了，門也開了，衛兵都睡著了——上帝會有所作爲的。

於是，他把孩子放在一個籃子裏面，然後頂在頭上過河——類似大海分開的時候發生在摩西身上的事情。這回它以一種印度的方式發生。它不可能發生在摩西身上，因爲那個海不是印度的，但這條河是的。

當他走入河裏的時候，河水開始上漲。他非常害怕：出什麼事兒了？他本來希望河水下降的，它卻開始上漲了。它一直漲到碰到克里希那的腳爲止，然後它才退回去。這是印度的風格，它不可能發生在其他任何地方。河怎麼能錯過那麼重要的點呢？當上帝降生並且經過她的時候，僅僅讓路還不夠，不禮貌。

從那時候起，就有了這種觀念，認爲一個人和他的外甥之間有一種敵對性，因爲克里希那殺死了岡薩。他們過了河，河水下降了，它偏愛那個孩子。從那以後，河總是對舅舅們發怒——所有印度的河。那種迷信被人代代相傳，甚至傳到今天。

我告訴我母親：「有一點是肯定的——塞．巴巴肯定是一個聰明人，有點兒幽默感。」但是她不聽。那裏發生的事情漸漸被村裏的人知道了，爲了支援它，一個月後又發生一件事情……生活中有許多巧合，你可以把它們變成奇蹟。你一旦決意要創造奇蹟，那麼任何巧合都能變成奇蹟。

一個月之後，那兒發了一場特大洪水，我母親的家門前在雨季的時候幾乎像一條河。那兒有一個湖，在湖和房子中間有一條小路，但是在雨季的時候，水太多，那條路完全像是一條河，而且湖和路漸漸融爲一體。那兒幾乎是一片汪洋，你所能看到的地方全是水。那一年的洪水可能是印度歷史上最大的一次。

印度通常每年都要發洪水，但是據記載，那一年有一個奇怪的現象，洪水開始逆流而上。雨下得非常大，海洋都來不及接受滾滾而來的水，所以水在入海口堵住了，它開始往回流。在小河流入大河的地方，大河拒絕接受水，因爲它們連自己的水都容納不了，小河便開始倒流。

我從來沒有見過那種情況——那一次我也錯過了——但是我母親說，看見河水倒流是一種奇怪的現象。而且它開始朝房子裏流，它朝我母親的房子裏流。那是一座兩層樓的房子，第一層完全被水淹沒，接著它開始朝第二層流。現在無處可去，所以他們都坐在床上，那是那兒能找到的最高的地方了。但是我母親說：「假如塞．巴巴是對的，那就一定會發生什麼。」

那肯定是一種巧合，水一直漲到我母親的肚子，然後便退下去了！

這兩個奇蹟都發生在我出生以前，所以我和它們毫無關係。但是它們漸漸傳開了，到我出生的時候，我幾乎成了村裏的聖人！每個人都對我尊敬有加，人們來給我頂禮，連老人也來。後來我聽說：「整個村莊都認爲你是一個聖人。」

在我大約四歲的時候，我是家裏唯一的孩子——沒有事情可做，沒有學校，沒有地方可去。我的外祖父有一家多功能商店，裏面有各種各樣的東西。村裏只有這家商店每種東西都賣……與其說它是一家商店，還不如說它是一個微型集市呢。所以我開始玩糖果和別的東西，我也不知道我是怎麼想起來的……但是很快就有生病的人接連不斷到這裏來，那兒又沒有醫生，沒有大夫，沒有醫院，甚至方圓幾百英里之內都沒有醫院。

不知怎麼地，我想到，假如大家認爲我是一個聖人，他們都給我頂禮，我就要給他們開藥。那些藥無非是一些糖果的混合物，經過仔細研磨，變成粉末，裝在不同顏色的瓶子裏。當然，頭疼腦熱或者肚子疼的人吃了不會死。他們開始痊癒。他們怎麼都會痊癒的——那不是奇蹟，卻變成了奇蹟。

我那那開始說：「你要把我的商店毀掉了——它現在成了一家醫院！從早到晚都有人來，有時候我甚至還得給你吃藥，我想不通那些是什麼藥！你毀掉我的糖果和我的商店。不過他們都好起來了，所以也沒有什麼害處，你繼續吧。」

七歲以後，我搬到我父親家裏，便放棄了給人開藥的業務，可是每當有人從那個村裏來的時候，都會提醒我。他們早就開始叫我薩黑布醫生，我會說：「請不要在這裏用那個詞，因爲我已經徹底不幹這一行了。首先這裏沒有糖果，我父親有一家服裝店，我不能用衣服做藥啊。這裏也沒有人知道我能創造奇蹟。人們先得知道，然後你才能創造奇蹟，否則你就不能創造。」

・・・

有一天我正在玩，那會兒我肯定有四、五歲大，不超過那個年齡。我父親正在刮鬍子，這時候有人敲門，我父親對我說：「去告訴他：『我父親不在家。』」

我走出去，我說：「我父親在刮鬍子，他說要告訴你：『我父親不在家。』」

那個人說：「什麼？他在家？」

我說：「是的，不過他是這麼告訴我的。我已經把眞相都告訴你了。」

那個人走進來，我父親看著我：怎麼了？那個人非常生氣，他說：「有意思！你叫我這時候來，而你卻打發這個男孩傳話說你出去了。」

我父親問他：「可是你怎麼發現我在家呢？」

他說：「這個男孩把整個事情都說了，『我父親在家。他在刮鬍子，他叫我告訴你他出去了。』」

我父親看著我。我能理解，他是在說：「你等著！先讓這個人走，我再教訓你。」

我便告訴他：「我要在這個人離開之前走。」

他說：「可是我還有話要跟你說。」

我說：「我已經都明白了！」

我告訴那個人：「就待在這裏。先讓我出去，因爲我要有麻煩了。」但是在離開的時候，我對我父親說：「你堅持要我：『要誠實……』所以，」我說：「這是一個誠實的機會，還可以檢查你是不是眞的要我誠實，還是你在努力教我狡猾？」

他當然明白，此時還是保持沈默、不和我爭吵爲好，因爲那個人一走，我就得回家。我過了兩、三個小時才回家，以便他冷靜下來，或者那兒有其他人，就不會有問題了。他一個人在家。我走進去，他說：「別擔心——我不會再對你說那樣的話了。你得原諒我。」在這個意義上，他是一個公正的人，否則誰在乎一個四、五歲大的孩子，還請求——作爲一個父親——「原諒我」？

他這一輩子再也沒有說過那樣的話。他知道他對我必須不同於對其他孩子。

· · ·

我的祖父非常愛我，就因爲我淘氣。他即使老了，還淘氣。他從來不喜歡我父親或者我叔叔，因爲他們都反對這個老人淘氣。他們都對他說：「你現在已經七十歲了，你應該規矩一點。現在你的兒子都五十歲、五十五歲了，你的女兒也五十歲了，他們的孩子都結婚了，他們的孩子也有了孩子——你還做那種事情，我們都感到丟人。」

他只和我一個人親密，因爲我愛這個老人，原因很簡單，即使到了七十歲，他也失去了他的童年。他和任何孩子一樣淘氣。他甚至和自己的兒子、女兒和女婿淘氣，讓他們大吃一驚。

我是他唯一的心腹，因爲我們共同策劃。當然許多事情他都不能做，只能我去做。比如，他的女婿在房間裏睡覺，我的祖父不能爬到房頂上去，但是我能爬上去。所以我們共同策劃，他會幫助我，他會變成我的梯子，讓我爬到房頂上去，拿掉一片瓦。然後用一根竹子，綁上一把刷子，在夜裏，撩女婿的臉……他會大聲尖叫，然後全家人都跑到過來……「怎麼了？」可是到了那時候，我們早就無影無蹤了，他會說：「有鬼或者什麼人撩我的臉。我想抓住他，但是沒抓住，天太黑了。」

我的祖父仍然一派天眞，我看出他有極大的自由。在我們全家，他最老。他本來應該最嚴肅、負擔最重——有那麼多難題、那麼多焦慮，可是什麼都影響不了他。一碰到難題，每個人都嚴肅而焦慮，只有他不焦慮。但是有一點我從來不喜歡——那就是爲什麼我此刻想起他的原因——那就是和他一起睡覺。他習慣睡覺的時候把臉蒙上，因此我睡覺的時候也得把臉蒙上，那樣就感到透不過氣來。

我明白地告訴他：「你每件事情我都同意，可是這件我受不了。你不把臉蒙上就睡不著覺，我把臉蒙上就睡不著覺——我透不過氣來。你因爲愛我才那麼做」——他會把我摟在心口，然後蒙得嚴嚴實實地——「那很好，可是到早晨，我的心臟都不會跳了。你的用意是好的，可是你到早晨還活著，我就完啦。所以我們的友誼只能限制在床外。」

他希望我在那兒，因爲他愛我，他曾經說過：「你爲什麼不來和我一起睡？」

我說：「你很清楚，我不想被任何人悶死，即使他的用意是好的。你愛我，你甚至想在夜裏把我摟在心口。」此外，我們早晨還經常一起散步，走很長的路，有時候，要是晚上有月亮的話，我們也一起散步。但是我從來不讓他拉我的手。他會說：「爲什麼？你可能會摔跤，你可能會絆到石頭或者什麼東西。」

我說：「那更好。讓我摔跤吧，不會摔死的。這會教我怎麼不摔跤，怎麼記住哪兒有石頭。你卻拉著我的手——你能拉我多久呢？你能跟我多久呢？假如你能保證永遠跟我在一起，那我當然願意。」

他是一個非常眞誠的人；他說：「那我不能保證。我連明天都說不準。有一點是肯定的，你會活得很長，而我會死，所以我不會在這裏永遠拉著你的手。」

「那麼，」我說：「我最好還是從現在學起，因爲有一天你會丟下我一個人左右爲難、無依無靠。假如你訓練我拉著你的手……那麼只有兩條路：要嘛我開始生活在一個虛構的世界裏：上帝——當然是看不見的——拉著你的手，他引領你……」

我告訴我的祖父：「我不想被置於那種境地，只能虛構一個世界活在裏面。我想過眞實的生活，而不是虛構的生活。我不是小說裏的人。所以你別管我，讓我摔跤好了。我會努力爬起來的。你等著瞧吧，那比拉著我的手更慈悲。」

他聽懂了，他說：「你說的對——有一天我會不在的。」

・・・

我的祖父總是樣樣事情都贊成我。只要他有能力，他都願意參加。他當然從來不懲罰我，他總是獎勵我。

我通常每天晚上回家，我的祖父問我的第一句話就是：「你今天做什麼啦？過得怎麼樣？遇到麻煩沒有？」夜裏，我們總是一塊兒坐在他的床上，好好開會，我說什麼，他都聽得津津有味。我把白天裏發生的每一件事情都告訴他，他會說：「今天過得眞開心！」

我父親只懲罰過我一次，因爲我去參加了一個集市，它每年舉行一次，在城外幾英里的地方。那兒有一條印度教的聖河，納馬德（Narmada），在納馬德的岸邊每月有一次大型的集市。所以我就去了，事先沒有問過他。

集市上有許多好玩的事情……我本來打算只去一天的，我想我晚上回家，可是那兒有許多節目：魔術、馬戲、戲劇。不可能一天就回去，所以三天……全家人都陷入恐慌：我上哪兒去了？

以前從沒有發生過這種情況。我最多深夜回家，但是我從來沒有連續三天在外面……而且音信全無。他們到每一個朋友家去打聽，沒有人知道我的情況。第四天，我回到家裏，我父親氣壞了。不等問我，他上來就給我一個耳光。我什麼也沒說。

我說：「你還想再打我幾個耳光嗎？你可以打，因爲三天裏面我已經享受夠了。你再打我耳光也多不過我享受的，所以你可以多打幾個耳光。它會使你冷靜下來，而對於我，它只是一種平衡。我過得很快活。」

他說：「你眞是不可救藥。打你耳光毫無意義。你不但不爲此感到傷心，你還要求我多打你幾個。難道你就區別不出懲罰和獎勵嗎？」

我說：「區別不出，對我來說，每件事情都是一種獎勵。有各種不同的獎勵，但每件事情都是一種獎勵。」

他問我：「你這三天上哪兒去了？」

我說：「這個你應該在打我耳光之前問我。現在你已經失去問我的權利了。你連問都不問一聲，就打我耳光。它是一個句號——這一章結束了。你要是想知道，你就應該在打我耳光之前問，但是你一點耐心都沒有。只要一分鐘就夠了。但是我不會讓你一直擔心下去的，擔心我這幾天在什麼地方，所以我告訴你，我去參加集市了。」

他問：「你爲什麼不問我？」

我說：「因爲我想去。說實話：要是我問了，你會讓我去嗎？說實話。」

他說：「不會。」

我說：「那就什麼都解釋了，爲什麼我不問你——因爲我想去，那樣的話，它對你來說就更困難了。我要是問你，你說不行，我還是會去，那對你來說更困難。就爲了使它容易一點，我才沒問，我也因此受到了獎勵。只要你想給我，我願意接受更多的獎勵。但是我在集市上過得非常快活，所以我打算每年都去。所以你可以……我一旦失蹤，你就知道我在哪兒。不用擔心。」

他說：「這是我最後一次懲罰你。第一次，也是最後一次。也許你是對的，假如你眞想去的話，那這是唯一的辦法，因爲我不會讓你去的。在那種集市上，什麼事情都會發生：那兒有妓女，有酒，有毒品賣。」——那時候印度沒有法律禁止毒品交易，每種毒品都能自由交易。集市上各類僧侶群集，而印度教僧侶都用毒品——「所以我不會讓你去。假如你眞想去的話，那你不問也許是對的。」

我告訴他：「但是我才不管那些妓女、僧侶，或者毒品呢。你知道我，我要是對毒品感興趣的話，那就在這個城市裏……」我們家旁邊就有一個商店，裏面什麼毒品都有。「那個人對我特別好，假如我想要任何毒品，他一分錢都不會收我的。所以沒問題。城裏也有妓女，我要是有興趣看她們跳舞的話，我可以到那兒去。誰攔得住我？僧侶一直到城裏來。但我的興趣在魔術師身上。」

我對魔術的興趣和我對奇蹟的興趣有關。在印度，分裂以前的印度，我見過魔術師表演各種各樣的奇蹟，他們都是窮苦的魔術師。可能整個表演結束以後，他們總共能得到一個盧比。我怎麼可能相信這些人是救星呢？因爲一個盧比，因爲連續三個小時，他們所做的那些幾乎不可能發生的事情。當然，每件事情裏面都有個竅門，但是你若不知道竅門在哪兒，那麼它就是一個奇蹟。

你們只是聽說過——我是見過他們把一條繩子扔上去，然後那條繩子就自己豎著。他們身邊有一個男孩，他們叫他嘉牧勒（jamura）；每個魔術師都有一個嘉牧勒。我不知道怎麼翻譯……就說「我的男孩」吧。他不斷和嘉牧勒說話：「嘉牧勒，你要爬到繩子上面去嗎？」他會說：「是的，我要上去。」這種不斷的談話和竅門有關係，它使觀眾的精神一直集中在談話上面，談話各式各樣，很有趣。我見過那個男孩爬上繩子，直至消失！

然後那個人在下面叫：「嘉牧勒？」

然後從很高的地方傳來聲音：「哎，師傅。」

然後他說：「現在我要把你一部分、一部分地運下來。」然後他扔上去一把刀，男孩的頭便掉下來！他再把刀扔上去，一條腿下來了！男孩一部分、一部分地掉下來，然後魔術師把各部分合在一起，蓋上一條床單，說：「嘉牧勒，現在合起來。」嘉牧勒便說：「是，師傅。」魔術師拿掉床單，男孩就站起來了！他把繩子拉下來，捲好，放到袋子裏，開始要錢。

他最多能得到一個盧比，因爲那時候六十派沙等於一盧比，而沒有人會給他多於一派沙的錢，最多兩派沙，特別有錢的人會給他四派沙。要是他的奇蹟能給他掙到一個盧比，那是很幸運的。

各種各樣的事情我都見過，而做這些事情的人都只是乞丐。

．．．

在我的童年——因爲從那裏講，我可以對你們講得更有權威性。我不瞭解你們的童年，我只瞭解我的童年——它每天都是問題。大人們不斷地要求我誠實。我對我父親說：「每當你對我說要誠實的時候，你必須記住一點，誠實必須得到獎勵，否則你就是在逼我不誠實。我是願意的。」

我很容易理解誠實不合算，你會受到懲罰；撒謊合算，你會受到獎勵。現在這是個決定性的、非常重要的問題。所以我跟我父母說清楚，他們必須清楚地明白：「假如你們希望我誠實，那麼誠實就必須受到獎勵，而且不是在未來的某一生，就在此時此地，因爲我是在此時此地誠實的。假如誠實得不到獎勵，假如我因此而受到懲罰，那你們就是在逼我撒謊。所以你們要清楚地明白這一點，那樣對我而言就沒有問題了，我始終都會誠實的。」

後來發生的事情是這樣的，有一戶婆羅門，住在離我們家兩、三個街區的地方，他們是非常正統的婆羅門。婆羅門通常把所有的毛髮都剪掉，只在頭頂第七個查克拉的地方留一小塊不剪，所以那個地方的頭髮繼續生長。他們一直要把它紮起來，放在他們的帽子或者頭巾裏面。我做的事情是，我把那個父親的頭髮剪掉了。在印度，夏天人們都睡在屋外，睡在街上。他們把他們的床、輕便床搬到街上。夜裏，全鎮的人都睡在街上，屋裏非常熱。

所以這個婆羅門在睡覺——那不是我的錯……他有一束很長的俏蒂（choti）。它叫俏蒂，那束頭髮。我從沒見過它，因爲它一直藏在他的頭巾裏。當他睡覺的時候，它垂下來，碰到路面。從他的輕便床上一直垂下來，那麼長，我一下子就被吸引住了，我實在忍不住。我衝到家裏，拿了一把剪刀出來，把它全部剪掉，拿著它，把它收在我的房間裏。

第二天早晨，他肯定發現它沒了。他簡直不能相信，因爲它包含著他的整個純潔性，它包含著他的整個宗教——他的整個靈性都被毀掉了。可是街坊鄰居們都知道，無論出什麼問題……他們首先會衝來找我。於是他立刻來到我們家。我坐在門外，心裏有數，知道他早晨會來。他看著我。我也看著他。他對我說：「你看什麼？」

我說：「你看什麼？同一樣東西。」

他說：「同一樣東西？」

我說：「是的。同一樣東西。你給它取的名字。」

他問：「你父親呢？我根本不想跟你說話。」

他走進房間。他領著我父親出來，我父親說：「你對這個人做過什麼事情沒有？」

我說：「我沒有對這個人做過什麼事情，但是我剪掉一束俏蒂，它肯定不屬於這個人，因爲我剪它的時候，他在做什麼？他可以制止我呀。」

那個人說：「我在睡覺。」

我說：「要是我在你睡覺的時候剪你的手指頭，你也會繼續睡覺嗎？」

他說：「要是有人剪我的手指頭，我怎麼可能繼續睡覺呢？」

我說：「那就肯定表明頭髮是死的。你可以把它們剪掉，卻不會傷害一個人，沒有血流出來。所以你們大驚小怪的幹嘛？一樣死的東西垂在那兒……我想你不必要一輩子都把這樣死東西包在你的頭巾裏——何不幫你擺脫它呢？它在我的房間裏。我和我父親有約在先，我要誠實。」

於是我把他的俏蒂拿出來，說：「假如你對它這麼感興趣，你可以把它拿回去。假如它是你的靈性、你的婆羅門教，你就可以一直束著它，把它包在你的頭巾裏。總而言之，它是死的。它和你連在一起的時候是死的，我把它和你分開的時候，它也是死的。你可以把它保存在你的頭巾裏面。」

然後我問我父親：「我的獎勵呢？」——當著那個人的面。

那個人說：「他在要什麼獎勵？」

我父親說：「麻煩就在這兒。昨天他建議制定一個協約，假如他說眞話……而且是誠心誠意地，他不僅說了眞話，他甚至拿出了證據。他把整個故事都說出來了——背後甚至還有邏輯——它是死的東西，所以何必爲一樣死的東西操心呢？他也沒有藏任何東西。」

他獎勵我五個盧比。在那個年代，在那個小村莊裏，五個盧比可是一筆巨額獎勵啊。那個人被我父親氣得發瘋。他說：「你會寵壞這孩子的。你應該揍他一頓，而不是給他五個盧比。現在他會把其他人的俏蒂都剪掉。假如每剪一個俏蒂，他就得到五個盧比的話，城裏所有的婆羅門都完蛋了，因爲他們夜裏都睡在外面，而且你睡覺的時候不能一直把俏蒂握在手心裏。而你在做什麼？這會成爲一個先例。」

我父親說：「可這是我們約好的。假如你想懲罰他，那是你的事情，我不會介入。我不是獎勵他的淘氣，我是獎勵他的誠實，而且我一輩子都會繼續獎勵他的誠實。至於淘氣嘛，你隨便怎麼處置他好了。」

那個人對我父親說：「你要讓我遇到更多的麻煩。假如我對這個男孩做什麼，你以爲事情會到此爲止嗎？我是一個有家庭的人：我有妻子、孩子、房子——明天我的房子就會被燒掉。」他非常生氣，他說：「特別是現在，這問題大了，因爲明天我要在另一個村去主持一個典禮，到時候大家看到我沒有俏蒂……」

我說：「不需要擔心，我現在把俏蒂還給你。因爲我把俏蒂還給你，你也可以獎勵我一點什麼。你在另一個村裏的時候，千萬別把頭巾摘下來，那就行了，連夜裏也包著頭巾。如此而已。不是什麼大問題，只是過一夜的問題。而且夜裏誰來看你的俏蒂啊？那時候每個人都在睡覺。」

他說：「別給我提建議。我眞想揍你，但是我有腦子，不會這麼做，因爲那會惹來一連串的麻煩。」

我說：「已經惹了。你已經來抱怨了，我如此絕對地誠實、眞誠，告訴你我抵不住誘惑，你卻不獎勵我。我又沒有傷害任何人，沒有發生暴力——你的俏蒂一滴血也沒有流。就憑你向我父親抱怨，你已經惹來一連串的報應了。」

他對我父親說：「瞧……！」

我父親說：「這不關我的事。」

我對我父親說：「那是整個婆羅門教的教義——報應鏈（chain of reactions）。」

我父親說：「把你的哲學留給你自己用吧。停止去聽這些薩圖、僧侶和大善知識❺的演講，因爲你無論從他們那兒聽到什麼，都會設法推出這些奇怪的結論。」

我說：「可這就是我現在所說的，它並不奇怪。那恰恰是業的理論：你發出一個行爲，報應就會隨之而來。你已經發出一個抱怨我的行爲，現在報應就會隨之而來。」

報應來了，因爲他告訴我，他要到另一個村子去……他對我非常生氣，但是當你生氣的時候，你生氣——他眞的完全魂不守舍了。於是他對妻子生氣，對孩子生氣……每件事情我都看在眼裏，他想辦法把他的東西收拾好，然後乘上一輛輕便馬車就走了。

他一走，我就告訴他妻子：「你明白他上哪兒去嗎？他一去不復返啦——你還不知道呢！他來過我們家，把這件事情跟我父親說了，他要永遠離開，他再也不會回來了。」

他的妻子登時嚎啕大哭，尖叫著說：「攔住他！」其他人立刻跑去，攔住他的馬車。

他說：「你們爲什麼攔住我？我得趕火車啊！」

他們說：「今天不行。你老婆在哭呢，捶胸頓足——她會死的！」

他說：「這可奇怪了。她爲什麼要捶胸頓足呢，她爲什麼要哭呢？」

可是大家無論如何都不讓他走，他們還拉他的包和箱子。趕馬車的人說：「我不能帶你走了。假如情況眞是這樣，你要永遠離開你的妻子和小孩，我不會做那種事情。」

那個婆羅門說：「我沒有要離開，我會回來的，但是我沒有時間讓你相信。要錯過火車了——車站離我們家有兩英里路呢。」

可是沒有人聽他的，我還在一旁煽動：「攔住他，不然他的老婆、他的孩子……你們就得照顧他們——誰來養活他們呢？」

他們把他連同他的包裹一起帶回來，他當然非常生氣，把他的包裹扔向他妻子。他妻子問：「我們做了什麼？你爲什麼……？」此時我正在外面的人群裏。

他說：「沒有人做過任何事情。那個男孩告訴我會有報應。原因是三天前，在寺廟裏，我在教行爲和報應的哲學，這個男孩也在場。現在他在教我呢。」

他告訴我：「饒了我吧，關於這個行爲和報應，我再也不說一個字了。只要你想，你可以剪掉任何人的俏蒂，我不會抱怨。你可以砍掉我的頭，我也不會抱怨，因爲我想徹底停止這一連串的報應。我的火車開走了。」

於是人人都問：「怎麼回事？我們聽不懂。誰剪了你的俏蒂？」

我說：「瞧！報應鏈不可能停止。這些人在問：『誰的俏蒂？誰剪了它？俏蒂呢？』」我說：「往他的頭巾裏面看就行了，在他的頭上！」有一個人被認爲是鎮上的摔角手，他走上前去摘掉他的頭巾，俏蒂一下子掉出來。

我父親也在那兒，目睹了這一切。當我們回家的時候，他對我說：「我會獎勵你，但是不要利用我們的協約。」

我說：「我沒有。那不是我和你之間的協約。我的協約是我始終對你講眞話，你爲此獎勵我。」他始終信守諾言。無論我做了什麼，無論在他眼睛裏有多麼錯誤，他都繼續獎勵我。不過很難找到那樣一個父親——父親總得把他的理想強加在你頭上。

我父親受到全城人民的一致譴責：「你在寵壞這個孩子。」

他說：「假如那是他的命運，被寵壞是他的命運，那就讓他被寵壞吧。我沒有責任干涉他的命運，他永遠都不能說：『我父親把我寵壞了。』假如他高興被寵壞，那被寵壞有什麼錯誤呢？無論在哪兒，無論他的生活中發生什麼，我都不想干涉。我的父親干涉過我的生活，我知道，要是他沒有干涉的話，我現在會成爲另一個人。

「我知道他是對的，每一個父親都把孩子變成一個僞君子，因爲我已經被變成一個僞君子了。當我想笑的時候，我很嚴肅。當我想嚴肅的時候，我得笑。起碼讓一個人在他想笑的時候笑吧，讓他在想嚴肅的時候嚴肅。」

他說：「我有十一個孩子，但是我會認爲自己只有十個。」他總認爲自己只有十個孩子。他從來不把我算在他的孩子之列，因爲，他說：「我給了他完全的自由，讓他做他自己。他爲什麼要帶上我的形象呢？」

・・・

我在上小學的時候，我們家離學校非常近。所以上課鈴一響，那時候我正好走進浴室，我們全家人都會來敲門，而我一言不發——一個問題也不回答。

校長總是來抓我，那是他的日常工作之一，因爲我不會主動去上學。而他會來，我父親會說：「怎麼辦？你們停止打這個鈴吧，因爲你們一打鈴，他馬上鑽進浴室，還把門鎖上！然後做什麼都沒有意義了，因爲你說什麼，他都不回答。」

最後，學校決定不打鈴了，而校長還是要來——先來抓我——然後再爲其他所有學生打鈴。

每個孩子爲了自己的利益，都得被迫接受許多事情。我感激我們的校長。因爲他非常大方——僅僅爲了一個學生，他就把學校的整個程式都改了！

我感激我的父母——他們對我的耐心。全家人都站在浴室前面，勸我：「你出來！你要是不想上學，也不需要把自己關在浴室裏面啊。我們會請求校長，給你今天請假。」但我還是一言不發。

我也感激那些沈默的時刻，它們給予我許多經驗。每個人都在大喊大叫、跑來跑去——在旋風裏面，我是中心，我就坐在淋浴器下面，享受著。

．．．

在我們村裏，我出生的地方，有一個製陶工人的聚居地。在印度，製陶工人用驢運他們的陶罐。在印度，驢只派這個用場。那個聚居地就在我們家附近，那兒有許多漂亮的驢，但是它們成天忙著運貨。只有在夜裏它們才是自由的，而我也是自由的，所以我就想抓一頭驢。

在印度，沒有人騎驢，因爲驢被認爲是不可接觸的東西。騎在驢背上……我們全家人都感到難堪，因爲鄰居們告訴他們：「我們看見你兒子到市集去了，坐在驢背上。別讓他進家門，讓他先到河裏去洗澡。」

我父親總是勸我：「你要是有這麼大興趣，我們可以安排給你買一匹馬呀。」

我說：「我對馬根本不感興趣。我的興趣在驢上面。它們有哲學味，不可預知。驢在任何地方都可能停下來，無論你做什麼，它都會一動不動。你想不通他爲什麼停下來——和通常認爲驢是白癡的知識相反，我的經驗是它們是非常狡猾、聰明的政治家。」

我父親說：「你是想寫一篇關於驢的論文還是怎麼的？」

我說：「我可以寫一篇，因爲我對驢的經驗可能比其他任何人都要多。」

騎驢是一件困難的事，騎馬不困難。驢非常狡猾，它們絕不走道路中間。它們總是不斷地讓你的腿蹭到路邊的牆上。自然，你會立刻跳起來！

要讓它們一直在道路中間走，何其困難。要嘛左，要嘛右，但是它們絕不在中間。所以我告訴我父親：「驢不是右派，就是左派，但它們不是佛教徒。」

佛陀教導他的門徒說：「遵循中道。」驢是佛陀唯一無法勸化的生靈。而且我認爲它們並不愚蠢，因爲一旦沒有人騎它們，它們就在中間走了。它們很聰明。而且天熱的時候，你可以看見它們站在樹蔭下。

就驢的那張臉也有哲學味，好像它們在沈思偉大的問題。光看驢的臉，你總會覺得它在想許多事情。

最後，我們家人決定不應該讓我進廚房——「因爲我們實在不知道你是否騎過驢。」所以我總是坐在廚房外面。他們不許我進廚房，我的祖母尤其不願意……我成了一個被驅逐的人！

・・・

聽到這些鳥叫聲，我想起來……上高中的時候，就在我們教室外面有一片美麗的芒果樹林。芒果樹是布穀鳥築巢的地方。這就是布穀鳥在叫，沒有比布穀鳥的聲音再悅耳的了。所以我經常坐在窗戶旁邊，朝外面看，看那些鳥、那些樹，我的老師們都很不高興。他們說：「你必須看著黑板。」

我說：「這是我的生活，我完全有權利選擇看哪兒。外面那麼美——鳥在唱歌，還有花，還有樹，陽光透過樹林照過來——我認爲你的黑板比不上這些。」

老師非常生氣，他告訴我：「那你可以出去站在那兒，在窗戶外面，直到你願意看黑板爲止——因爲我在教你數學，你卻在看樹和鳥。」

我說：「這是你給我的極大獎勵，不是懲罰。」接著我就跟他說再見。

他說：「你這是什麼意思？」

我說：「我再也不進來了，我會每天站在窗戶外面。」

他說：「你肯定是瘋了。我要向你父親、你家裏人彙報：『你在浪費他的錢，他站在外面』。」

我說：「你想做什麼，只管做。我知道怎麼處理我和我父親之間的事情。他非常清楚，我一旦做出決定，就會一直待在窗戶外面——什麼都改變不了。」

每天，當校長來巡視的時候，他都看見我站在窗戶外面。他感到迷惑不解，我每天都在那兒幹什麼。第三天或者第四天，他走到我跟前，他說：「你在幹什麼？你爲什麼一直站在這裏？」

我說：「我受到獎勵了。」

他說：「獎勵？爲了什麼？」

我說：「你就站在我旁邊，聽小鳥唱歌，還有美麗的樹林……你認爲看黑板和那個愚蠢的老師……因爲只有愚蠢的人才會變成老師，他們找不到其他工作。他們頂多是三流的大學畢業生。所以我既不想看那個老師，也不想看黑板。至於數學嘛，你不需要擔心——我會想辦法學好的。但是我不能錯過這樣的美景。」

他站在我旁邊，他說：「確實很美。我在這個學校當了二十年校長，我從不到這裏來。我同意你的說法，這是一個獎勵。至於數學嘛，我是數學碩士。你隨時可以到我家來，我會教你數學的——但是你要繼續站在外面。」

於是我得到一個更好的老師，學校的校長，他是一個更好的數學家。我的數學老師大惑不解。他原以爲過幾天我就會感到厭倦，但是整整一個月過去了。他便走出來，他說：「我很抱歉，因爲我強迫你站在外面，我在教室裏一直爲此感到痛心。你並沒有做什麼有害的事情。你可以坐進來，你想看哪兒就看哪兒吧。」

我說：「現在太晚了。」

他說：「你這是什麼意思？」

我說：「我的意思是，現在我喜歡待在外面了。坐在窗戶後面只能看見一小部分樹和鳥，在這裏能看見所有成千上萬棵芒果樹。至於數學嘛，校長親自教我，我每天晚上都到他那兒去。」

他說：「什麼？」

我說：「是的，因爲他同意我的說法，這是一次獎勵。」

他直接到校長那兒去，說：「這不好。我懲罰他，你卻在鼓勵他。」

校長說：「別去想懲罰和鼓勵的事兒了，你有時候也應該到外面去站站。現在我不能再等了；不然的話，我總是像例行公事那樣每天兜一圈，但是現在我不能再等了……我首先要做的就是去兜一圈，和那男孩待在一起看樹林。

「我第一次認識到，世上還有比數學更好的事情——鳥叫聲、花、綠樹、透過樹林照過來的陽光、清風吹拂、在林間沙沙作響。你偶爾也應該去和他結個伴兒。」

他回來的時候非常難過，說：「校長告訴我發生的事情，那我應該怎麼辦呢？」他問我：「我應該把全班人都帶出來嗎？」

我說：「那會非常好。我們可以一起坐在樹林下面，你可以教你的數學。但是我不打算到教室裏面去，即使你給我不及格——你不可能給我不及格，因爲我現在對數學的掌握超過班上的任何同學。我有一個更好的老師。你是一個三流的理科學士，而他是一流的獲得金質獎章的理科碩士。」

他考慮了幾天，一天早晨，當我走到那兒的時候，我看見全班人都坐在樹林下面。我說：「你的心還活著，數學沒有把它殺死。」

我在小學有一個老師，那時候我上四年級……那是我第一天上他的課，我沒有做任何特別不好的事，我只是在做你們靜心的時候所做的事情：「OM，OM……」不過是在裏面，嘴巴閉著。我有幾個朋友，我叫他們坐在不同的地方，這樣他就猜不出聲音是從哪兒發出來的。一次從這裏發出來，另一次從那裏發出來，下一次又從這裏發出來，他不斷尋找聲音是從哪兒發出來的。於是我囑咐他們：「嘴巴閉著，在裏面發『OM』。」

他一時猜不出來。我坐在最後面。所有的老師都希望我坐在前面，這樣他們就能監視我，而我總想坐在後面，在那兒你能做更多的事情，更行得通。他直接向我走來。他肯定從三年級老師那兒聽說：「你要留心這個男孩！」於是他說：「我雖然猜不出是誰做的，但是你肯定在做。」

我說：「什麼？我在幹什麼？你得告訴我。光說『你肯定在做』沒有道理啊。什麼……？」

喏，他很難做我做的事情，因爲那種樣子會顯得很傻，人人看了都會笑。他說：「不管它是什麼，用手捂住你的耳朵，然後坐下來、站起來、坐下來、站起來，做五次。」

我說：「沒問題。」我問他：「我能做五十次嗎？」

他說：「這不是獎勵，這是懲罰。」

我說：「今天早晨我沒有鍛練，所以我想這是一個好機會，你會非常高興的。我不做五次，我做五十次。永遠記住，每當你給我獎勵的時候，無論是哪種獎勵。」——我就是這麼告訴他的——「每當你給我獎勵的時候，無論是哪種獎勵，都要慷慨。」接著我開始做五十次。

他繼續：「停下！夠了。我從沒見過這種男孩。你應該感到羞愧，因爲你受到懲罰了。」

我說：「不，我在做早操呢。你幫助我，你獎勵我，這是很好的鍛練。其實，你也應該做。」

・・・

我們高中有兩座樓，兩座樓之間的距離起碼有二十英尺。我找到一根木頭，二十英尺長。首先，我會把它放在地上，問我的朋友：「你們能在上面走嗎？」每個人都能在上面走，不會摔下來。然後我會把同一根木頭放在兩座樓上，除了我，沒有人願意在上面走，連嘗試一下都不願意。

我說：「這眞奇怪，因爲你們在同一根木頭上面走過，並沒有摔下來呀。」

他們說：「情況不同了。現在這麼危險，稍有一點兒恐懼，只要走錯一步，你就會摔下去，下面將近有三十英尺深呢。」

我勸他們說：「你們可以看我，你們只要不往兩邊看就行了。你們在這根木頭上面走過……這是我的策略：不要東看西看，只要把全部精神都集中在木頭上，然後走。我可以走幾英里呢。」

有一天，當我在勸說幾個同學的時候，一位新來的老師，化學老師，從旁邊經過，他經常吹噓自己是一個非常勇敢的人。我說：「你是一個非常勇敢的人，也許你可以試試。」

他說：「我可以試試。」可是後來他往下面一看，那兒有三十英尺深。他最多走了兩英尺，就摔下去了，身上多處骨折。

我到醫院去看他。他告訴我：「我從沒見過那麼危險的傢伙。這是什麼主意？」

我說：「你一個勁兒地吹噓……你一旦好了，我們再來試幾個主意。」

他說：「你什麼意思？」

我說：「你得說你一直在吹噓，因爲從根本上說，你是一個非常害怕的人。爲了掩飾這一點，你就吹噓：『三更半夜，森林裏漆黑一片，我能一個人走。我不害怕任何鬼、賊或者殺人犯。』

「是你激發我去找點事情出來。而且我走在你前頭，所以並非我不在冒險。你以爲我走了，你也能走。你錯就錯在那兒。

「你走第一步就開始發抖，但你又不能回頭。本來有機會你可以跳回去的，你只走了兩步，可是那違背你的自我，所以你繼續走，然後摔下去。不是你的身體多處骨折，而是你的自我多處骨折。你的身體兩三個星期就會好，可是你的自我……再也別提你的勇敢了，否則……我又找了幾件事情。」

他說：「我打算從這個學校辭職。這已經足夠了。我不想要了！」

我說：「那隨你。你可以辭職，但是我們還會來點兒嘗試。」

我們想辦法試了一次。他辭職了，他拿著他的行李——他沒有妻子、沒有孩子，什麼也沒有。他剛從大學出來……一個年輕人。我和幾個朋友抓住他，我們故意吵吵嚷嚷，旁邊圍上來一大群人。

我們說：「他要離開他妻子。」

他試圖說服群眾：「我沒有什麼妻子。這些人都在撒謊，我只是辭職，要走了。」

我對群眾說：「快把他帶回家。他有一個妻子和三個孩子。」

那個人說：「別拉我，因爲我要誤火車了。我不能回去。」

可那時候，這事兒已經由群眾接管了，他們說：「你不能走。你先回家。這些孩子爲什麼要撒謊？」我們不只是一個人，我起碼糾集了十個男孩，他們排成一排說：「你妻子在哭，你孩子在哭，你卻要離開他們。這不好。」

群眾抓住他——我們都沒影兒了。他又叫又喊說：「我沒有結婚，我沒有孩子，我沒有妻子。」

群眾說：「你先回家。」

他說：「可是我的火車要開了。」

他們說：「我們不關心火車。火車你可以明天再坐。」因爲那兒每天只有一班火車。「所以這只是二十四小時的問題。你先回家。」

我們還設法找了一個很窮的女人，她有三個孩子，我們囑咐她：「你只要稍微表演一下，我們就會給你五個盧比。」

她說：「可是這種行爲不好。」

我說：「有什麼害處？你只要把臉蒙住，這樣就沒有人會知道……」在印度，你用貢嘎把頭蒙上，還要哭。我又囑咐孩子：「你們要說：『爸爸，你爲什麼離開我們？』」

他簡直不能相信自己的眼睛：有一個女人在哭，拉住他的腿說：「別離開我，你已經和我結婚了！」而三個孩子都在哭：「爸爸！」

群眾說：「現在，你有什麼話說？」

他說：「現在，我能說什麼？我從來沒見過這些孩子，我從來沒見過這個女人，而他們居然坐在我家裏。」

我們都在場，在群眾後面。最後我告訴他：「火車晚點了，別擔心。」我把他拉到旁邊，我告訴他：「這只是我的設計之一。你得給這個女人五個盧比，然後你就可以走了。下面的事情我來處理。」

他不得不給那個女人五個盧比。群眾問：「怎麼回事兒？」

我說：「他們和解了。他只出去兩天，他給了他們兩天的開銷，然後他就會回來。」

他們這才放他走。後來那個女人告訴我：「你要是還有這種表演……只表演五分鐘，就有五個盧比！」那時候五個盧比是很多錢。五個盧比可以讓一個人生活一個月。

我們和那個老師一起走，他非常氣憤，他不願意和我們說話。我說：「別生氣，因爲我們還可以再嘗試幾個設計。」

他說：「別設計了，我渾身骨折，我的五個盧比沒了，而且我想我也趕不上火車了。」

我說：「你不要擔心，火車已經開走了。你得等在候車室裏，不過我們已經做好一切安排……你在那兒會很舒服的。夜裏只要小心點兒、留神點兒。」我說：「我們沒有多少時間，只有一夜。我們問過許多鬼……只有一個鬼願意。」

他說：「我的上帝！」

所以夜裏，在候車室裏……因爲夜裏沒有火車，站長離開了，候車室裏空空蕩蕩，整個月台上也空空蕩蕩。他說：「那我不去火車站了。我隨便在街上、在市集上什麼地方躺下來，但是夜裏我不去火車站，不去那個空空蕩蕩的地方。」

我說：「你過去說你不相信有鬼。」

他說：「我過去是這麼說，可是看到你設計出來的東西……不論鬼是否存在，都會出現某個鬼，我也不想再捲入更多的麻煩了。」

過了二十或者二十五年以後，那個人遇見我。我問他：「你好嗎？」

他說：「我好嗎？你把我弄得那麼害怕，我決定永遠不結婚，永遠不要孩子，永遠不到學校去工作，它很危險。我的整個身體都毀了，那天你還可以給我帶來更大的傷害，因爲所有的群眾都相信你。」

我說：「那個女人願意跟你一起走，那些孩子也願意跟你一起走。是你自己賄賂他們。」

他說：「我賄賂他們？你建議我拿出五個盧比，那些人是你找來的。我認識那個女人和那三個孩子，他們就住在附近。」

但是我說：「你那時候爲什麼發抖呢？」

他說：「我爲什麼發抖？我發抖是因爲群眾有可能把那個女人和那些孩子強加在我頭上。我的工作已經丟了，我還要有一家子跟我毫無關係的人。那個女人那麼難看，你太狡猾了，你叫她把臉蒙在紗麗後面。可是從那以後，我變得非常害怕，我沒有在任何學校工作過，我再也沒有對任何人說過：『我是一個勇敢的人。』我已經接受了，我是一個膽小鬼。」

我說：「你要是早接受，這場災難就能避免了。」

・・・

我們家附近有一座寺廟，供奉克里希那的寺廟，和我們家只隔幾座房子。寺廟在馬路另一邊，我們家在馬路這一邊。寺廟前面住著一個人，寺廟就是他修建的，他是一個了不起的奉獻者。

寺廟供奉的是童年時代的克里希那——因爲在克里希那長成一個青年之後，他製造了許多麻煩和問題，所以有許多人都把克里希那作爲一個孩子來膜拜——因此那座寺廟叫作巴拉吉（Balaji）寺廟。

這座巴拉吉寺廟就在修建者住所的前面。因爲這座寺廟和這個人的奉獻，不斷的奉獻……他會洗澡——寺廟前面有一口井——他會先洗澡。然後祈禱幾個小時，大家都認爲他非常虔誠。漸漸地大家也開始叫他巴拉吉。他和巴拉吉這個名字密不可分，我自己都想不起來他眞正的名字叫什麼了，因爲等我知道有他存在的時候，我只聽到他的名字叫巴拉吉。但那不可能是他的名字，他之所以得到那個名字，肯定是因爲他修建了寺廟。

我經常到那座寺廟去，因爲那座寺廟非常美麗，而且非常安靜——除了這個巴拉吉之外，他在那裏是個干擾。一連幾個小時——他是個有錢人，所以他不需要爲時間擔心——早晨三個小時，晚上三個小時，他始終如一地折磨著寺廟裏的神。平時沒有人到那裏去，雖然寺廟那麼美麗，許多人應該都願意到那裏去，可是他們寧可到更遠的寺廟去，因爲這個巴拉吉太叫人受不了了。他的噪音——只能稱之爲噪音，那可不是音樂——他的唱頌那麼難聽，你會因此一輩子都與唱頌爲敵。

但是我經常到那裏去，我們變得很友好。他是一個老人。我說：「巴拉吉，早晨三個小時，晚上三個小時——你在要什麼啊？而且每天都要？他還沒有給你嗎？」

他說：「我沒有要任何物質上的東西。我要靈性上的東西。那可不是一朝一夕的事情啊，你得堅持一輩子，死了以後才能得到它們。但是肯定會得到它們的：我修建了這座寺廟，我爲主服務，我祈禱。你可以看到，即使在冬天，我也穿濕衣服……」這被認爲是一種特殊的奉獻品質，穿著濕衣服顫抖。我自己的想法是，人一顫抖，更容易唱頌。你開始大喊以忘掉顫抖。

我說：「我對這件事情的想法不同，但是我不會告訴你。我只想瞭解一點，因爲我祖父老是說：『這些人只是膽小鬼，這個巴拉吉是膽小鬼。他一天浪費六個小時，而生命那麼短暫，他是一個膽小鬼。」

他說：「你祖父說我是一個膽小鬼？」

我說：「我可以把他帶來。」

他說：「不，別把他帶到寺廟來，因爲那是不必要的麻煩，但我不是膽小鬼。」

我說：「好吧，我們來看看你到底是不是膽小鬼。」

在他的寺廟後面有一塊地方，印度人叫它阿卡拉（akhara），人們在那裏學摔角、做體操，那是印度式的摔角。我經常到那兒去——它就在寺廟後面，緊挨著寺廟——所以我和所有的摔角手都是朋友。我問其中的三個：「今天夜裏，你們得幫我一個忙。」

他們說：「要做什麼？」

我說：「我們要拿走巴拉吉的輕便床——他睡在房子外面——我們只要把他的輕便床拿走，放在井台上就可以了。」

他們說：「他要是跳起來什麼的，可能會掉到井裏去的。」

我說：「別擔心，這口井沒那麼深。我跳進去過好多次了——它沒那麼深，也沒那麼危險。而且據我所知，巴拉吉不會跳起來。他會在床上大叫，他會坐在床上，呼喊他的巴拉吉：『救救我！』」

我費好大勁兒才說服那三個人：「你們其實和這事兒沒有關係。只是我一個人拿不動他的床，我之所以要求你們，是因爲你們都是身強力壯的人。他要是中途醒過來的話，就很難再到井邊兒去了。我等你們。他九點鐘睡覺，到十點鐘街上就沒有人了，十一點鐘正合適，不要冒險。十一點鐘我們就能把他運走。」

只來了兩個人，有一個人沒來，所以我們只有三個人。我說：「這下難辦了。床的一邊……要是巴拉吉醒過來……」我說：「等等，我得把我祖父叫來。」

於是我告訴我祖父：「這就是我們要做的事情。你得幫我們一把。」

他說：「這有點兒過分了吧。你居然有膽量要你自己的祖父去幹這種事情，這個可憐的人沒有傷害過任何人，除了每天喊六個小時以外……可是我們已經習慣了。」

我說：「我不是來爭論這個問題的。你只管來，任何時候，你想要任何東西，這回算我欠你的，你只管提出來，我一定照辦。但是你必須來做這件事情。又沒什麼大不了的——只是穿過十二英尺寬的路，不吵醒巴拉吉就行了。」

於是他就來了。所以我說他是個非常少有的人——他七十五歲啦！他來了。他說：「好吧，讓我們也經驗一次，看看會發生什麼。」

一看見我的祖父，兩個摔角手拔腿就逃。我說：「等等，你們去哪兒？」

他們說：「你祖父來了。」

我說：「是我帶他來的。他是第四個人。假如你們逃跑，那我可就傻眼兒了。我祖父和我辦不到的。我們可以搬走他，但是他會醒。你們不需要擔心。」

他們說：「你肯定你祖父沒問題嗎？因爲他們年齡差不多，他們也許是朋友，會有麻煩的。他可能告發我們。」

我說：「我在那兒，他不可能讓我捲入任何麻煩的。所以你們別害怕，你們不會有任何麻煩，他也不知道你們的名字，什麼都不知道。」

我們把巴拉吉抱起來，把他的輕便床放到他的小井台上。只有他經常在那兒洗澡，我偶爾也會跳進去，他非常反對這一點，但是你能怎麼辦呢？我一旦跳進去，他只能想辦法把我弄出來。我說：「你現在能怎麼樣？你只能把我弄出來。你要是把我惹急了，我就天天跳。你要是告訴我家裏人，那你知道，我就會開始帶朋友來一起跳。所以現在，要嚴守我們之間的祕密。你在外面洗澡，我裏面洗澡，兩不相妨。」

那口井非常小，所以輕便床放在上面完全合適。然後我告訴我祖父：「你先走，因爲你要是被抓住的話，全城人都會認爲這太離譜了。」

然後，我們開始在遠處向他丟石頭，把他弄醒……因爲他要是一整夜都不醒的話，就可能一翻身，掉到井裏去，會出事情的。他一醒過來，便厲聲尖叫！我們聽到他的聲音，可是這……！所有鄰居都跑來了。他坐在輕便床上說：「誰幹的？」他嚇得渾身發抖。

別人說：「請你先下床。然後我們會查清楚的。」

我也在人群裏，我說：「怎麼了？你可以喊你的巴拉吉嘛。可是你不喊他，你只管尖叫，把巴拉吉全忘了。你一輩子每天訓練六個小時……」

他看著我，說：「那也是一個祕密？」

我說：「現在你得保守兩個祕密。一個你已經保守好多年了。現在這是第二個。」

但是從那天起，他停止在寺廟裏那三個小時的叫喊。我感到迷惑不解。每個人都感到迷惑不解。他停止在那個井邊洗澡，每天早晨和晚上的那三個小時，他完全忘了。他安排一個輔助祭司每天早晨來做一點膜拜，如此而已。

我問他：「巴拉吉，怎麼了？」

他說：「我對你撒謊，說我不害怕。但是那天夜裏，在井台上醒過來——那聲尖叫不是我喊的。」你們可以稱之爲「原始尖叫」。那聲尖叫不是他喊的，那當然是眞話。它肯定來自於他最深處的無意識。他說：「那聲尖叫讓我覺知到，我的確是一個害怕的人，我所有的祈禱無非是想說服上帝解救我、幫助我、保護我。

「但是你把那些都摧毀了，你做的事情對我有好處。我徹底不幹那些荒唐事兒了。我把所有鄰居折磨了一輩子，你要是不那麼做的話，我可能還會繼續下去。現在我覺知到我害怕。我覺得還是接受自己的恐懼爲好，因爲我的整個人生毫無意義，我的恐懼依然如故。」

只有一九七〇年，我才最後一次去我們城鎭。我答應過我的外祖母，當她去世的時候——她把這當作一種許諾——我會來。所以我就去了。我在城裏兜了一圈，想見見那裏的人，我見到了巴拉吉。他看上去完全變了一個人。我問他：「你怎麼了？」

他說：「那聲尖叫把我徹底改變了。我開始體驗恐懼。好吧，假如我是膽小鬼，那我就是膽小鬼，我沒有責任。假如有恐懼，就有恐懼，我和它一起誕生。但是慢慢地，慢慢地，隨著我的接受的深入，那種恐懼消失了，膽小消失了。

「實際上，我已經把寺廟裏的輔助祭司解雇了，因爲要是連我的祈禱都聽不到，那怎麼會聽到一個輔助祭司的祈禱呢？……一個每天要跑三十家寺廟的輔助祭司？」因爲他每到一家寺廟，就能獲得兩個盧比。「他爲兩個盧比祈禱，所以我就把他解雇了。現在我自由自在，我絲毫不爲上帝是否存在操心。那是他的問題，我爲什麼要操心？

「然而我到了老年，卻覺得煥然一新，覺得非常年輕。我想去看你，但是我不能來。我太老了。我想謝謝你當年的淘氣，要不然，我就會繼續祈禱，然後死掉，這毫無意義、毫無用處。現在我會死得更像一個解脫的人，完全解脫了。」他把我帶到他的家裏。我以前去過，所有的宗教書籍都撤走了。他說：「我對所有那些東西都不再感興趣了。」

⋯⋯

每次我父親要參加什麼典禮、什麼婚禮、什麼生日宴會——任何活動，他都要帶上我。他有一個條件，那就是我應該絕對保持沈默：「不然的話，就請你待在家裏吧。」

我會說：「可是爲什麼？人人都可以說話，就除了我！」

他說：「你知道，我知道，每個人都知道爲什麼不讓你說話，因爲你是一個不安定因素。」

「可是，」我說：「你答應過我，凡是和我有關的事，你都不干涉我，我答應你，我會保持沈默的。」

有好多次，他不得不出面干涉。比如，那兒若有一個上了年紀的人——一個遠房親戚，但是在印度，是不是遠房不重要——我父親就會給他頂禮，然後說：「給他頂禮。」

我說：「你在干涉我，我們的協約終止了。我爲什麼要給這個老人頂禮？你要是想給他頂禮，你可以頂兩次、三次，我不干涉。但是我爲什麼要給他頂禮？爲什麼不是摸他的頭？」

那已經足夠引起騷亂了。人人都會向我解釋，說他老了。我說：「我見過許多老人。我們家門口就有一頭老大象，我從來不給它頂禮。那頭大象屬於一個祭司，它非常老。我從來不給它頂禮，而且它很聰明——我認爲比這個老人聰明。

「僅僅上了年紀不會使他具有任何品質。傻瓜還是傻瓜——可能越老越傻。一個白癡越老越白癡，因爲你不可能靜止不動，你會成長。而白癡呢，當他變老的時候……那他的白癡就會增加，而那也是他變得非常受人尊敬的時候。除非向我證明，我爲什麼要給這個老人頂禮，否則我才不給他頂禮呢。」

有一次我去參加一個葬禮，我的一個老師死了。他是我的梵語老師，他非常胖，樣子很有趣，穿了一身老式婆羅門的衣服，那種古代婆羅門的衣服，包一塊巨大的頭巾。他是整個學校的笑料，不過他也非常天眞。印地語說「天眞」的詞是「伯萊」（bhole），所以我們叫他「伯萊」。他一走進教室，全班人都會大聲朗誦：「迦依（Jai）伯萊」——長命伯萊。當然他不能懲罰所有的學生，否則，他怎麼上課呢，他給誰上課呢？

他死了。所以我父親自然想到，因爲他是我的老師，所以我會規矩點兒，就沒有和我約法三章。但是我不可能規矩，因爲那兒發生的事出乎我的意料——誰也沒有料到。我們到的時候，他的屍體躺在那兒。他妻子跑出來，撲到他身上說：「哦，我的伯萊！」大家都不吭聲，我卻忍俊不已。我拚命克制自己，但是我越是克制，越是難以克制。我一下子笑出聲來說：「太棒了！」

我父親說：「我沒和你約法三章，是因爲我想他是你老師，你會恭敬點兒。」

我說：「我沒有不恭敬，可我沒料到事情這麼湊巧。伯萊是他的外號，過去他一聽到有人這麼叫他，就會生氣。現在這可憐的傢伙死了，而他老婆正在叫他伯萊，他卻無能爲力。我眞替他感到難過！」

不管我跟父親到什麼地方去，他總是和我約法三章，然而他總是第一個違約，因爲會發生這樣那樣的事情，他不得不說點什麼。而那足以構成違約，因爲那是協約的條件——他不能干涉我。

有個耆那教僧侶在城裏。耆那教僧侶都坐在非常高的底座上，這樣你即使站著，也能用頭碰到他們的腳❻……底座起碼有五、六英尺高——他們就坐在上面。耆那教僧侶總是成群結隊地活動，他們不許單獨活動，應該有五個耆那教僧侶一起活動。那是一種策略，四個人監視第五個人，防止有人喝可口可樂——除非他們齊心協力。我見過他們齊心協力，一塊兒喝可口可樂，所以我記得。

他們夜裏甚至不許喝東西，而我見過他們在夜裏喝可口可樂。實際上，白天喝可口可樂很危險——萬一給人看見呢！——所以只有在夜裏……我親自提供的可口可樂，所以這毫無疑問。除了我，還有誰提供可口可樂呢？任何耆那教徒都不願意幹這種事兒，但是他們知道我，他們知道任何無法無天的事情，我都願意做。

所以那兒有五個底座，但是有一個僧侶生病了，所以我跟我父親一起來到那裏，我走到第五個底座旁邊，坐了上去。我還記得我父親和他看我的眼神……他都不知道說什麼好：「怎麼說你呢？」他又不能干涉我，因爲我沒有侵犯任何人。單單坐在一個底座上，木質底座，我並沒有傷害任何人或者任何東西。他走近我說：「看來，有沒有約法三章，你都會做你想做的事情，所以從現在起，我們不再約法三章了，因爲這毫無必要。」

那四個僧侶很不安，他們也說不出話來——說什麼呢？其中一個最後說：「這不對。不是僧侶的人都不應該和僧侶坐在同一個水平上。」所以他們叫我父親：「你把他拉下來。」

我說：「你們可要三思啊。記住那個瓶子！」因爲我向他們提供過可口可樂。

他們說：「是的，不錯，我們記得那個瓶子。你坐在底座上面吧，高興坐多長時間就坐多長時間。」

我父親說：「什麼瓶子？」

他們說：「我們非常滿意。你可以坐在這裏，又沒什麼害處，但是關於瓶子的事情，請你保守祕密。」

這會兒，許多人都在那裏，他們都對瓶子的事情產生了興趣……什麼瓶子？當我從寺廟裏出來的時候，大家都圍過來，他們都說：「這個瓶子是什麼？」

我說：「這是一個祕密。這是我控制這班傻瓜的權力，這班傻瓜你們成天給他們頂禮。我要是想的話，就能叫他們給我頂禮；否則——那個瓶子……」這班傻瓜！

我父親，在回家的路上，問我：「你可以只告訴我一個人。我不會告訴任何人的。這瓶子是什麼？他們喝酒嗎？」

我說：「不是。沒那麼嚴重，不過他們要是在這裏再待幾天的話，我也會設法給他們弄酒喝。我可以迫使他們喝酒……不然的話，我就把瓶子的名稱說出來。」

全鎮的人都在討論那個瓶子，那個瓶子是什麼，他們爲什麼一聽到瓶子，就害怕起來：「我們一直以爲他們是靈性很高的聖人，而這個男孩卻使他們害怕。他們都同意他坐在那兒，雖然違背經典。」每個人都追問我。他們願意賄賂我：「說你要什麼吧，你只要告訴我們那個瓶子的祕密。」

我說：「那是一個非常重大的祕密，我不會告訴你們。那個瓶子是什麼，你們爲什麼不去問你們的僧侶呢？我可以在場，這樣他們就不能撒謊——那時候你們就會知道你們在膜拜什麼人了。」

・・・

小時候，我習慣早晨很早就到河邊去。那是一個小村莊。河水懶洋洋的，好像根本不在流。早晨，太陽還沒有升起來的時候，你看不出河水是否在流，它是那麼慵懶而寂靜。早晨沒有人的時候，洗澡的人還沒有來，周圍一片寂靜。早晨連小鳥都沒有叫——很早，沒有聲音，只有無聲（soundlessness）瀰漫著。整個水面上都飄浮著芒果樹的氣息。

我經常到那裏去，到河流最遠的一個轉角，坐著，只是在那裏坐著。不需要做什麼，僅僅在那裏就足夠了，在那裏是一種非常美妙的經驗。我會洗個澡，我會下去游泳，太陽升起來的時候，我就游到對岸去，在廣闊的沙灘上，讓陽光曬乾自己，躺著那裏，有時候就這麼睡著了。

我回來的時候，我母親總是問我：「你整個早晨都在幹什麼？」

我會說：「沒幹什麼。」因爲，我確實沒做任何事情。

她會說：「你怎麼可能什麼事情也沒有做呢？你肯定在做什麼事情。」她是對的，但是我也沒有錯。

我根本不在做任何事情。我只是在那裏，跟那條河在一起，什麼事情也沒有做，讓事情發生。如果它覺得想要游泳，記住，如果它覺得想要游泳，我就游泳，但那並不是我在做，我並沒有強迫什麼。要是我覺得想要睡覺，我就睡覺。事情在發生，但是沒有做者。我的第一次薩托利（satori）體驗就開始於那條河邊：什麼事情也不做，只是在那裏，而數不清的事情在發生。

但是她會堅持說：「你肯定在做什麼事情。」

所以我只好說：「好吧，我洗了個澡，然後在太陽底下把自己曬乾了。」她這才滿意。但是我並沒有做什麼——因爲河裏所發生的一切不是語言所能表達的。「我洗了個澡」聽起來多貧乏、多蒼白。同河流一起玩耍，在河裏漂浮，在河裏游泳，這種經驗那麼深刻。僅僅說：「我洗了個澡」沒有任何意義，僅僅說：「我到那裏去了，在岸上散步，坐在那裏」並不能傳遞什麼。

・・・

我們村裏有一個非常俊美、善良的老人。人人都愛他，他十分單純、十分天眞，儘管他已經八十多歲了。我們村邊有一條河。他在河上給自己找了一個特殊的地方，他就在那個地方洗澡。村裏人，凡是能想起來的，都說一直會看到他，日復一日，年復一年；不論雨季、夏季還是冬季，都一樣；不論他生病與否，都一樣。他每天早晨五點鐘準時出現在他的地方，那是河水最深的地方，所以通常沒有人到那裏去——那裏又很遠。

人們常到河邊去，它離我們家只有半弗隆❼，而那個地方幾乎有兩英里遠。正如河邊群山圍繞，你得翻過一座山，再翻過一座山，再翻過一座山，然後才走到那個地方。但是那個地方非常美。我一旦發覺，就開始往那兒跑。我們立刻成了朋友，因爲……你們知道我，知道我是哪種類型的人。假如他五點鐘到那兒去，我就三點鐘去。一天，兩天，三天……他說：「怎麼？你決心打敗我嗎？」

我說：「不。我的目的不在於此，但是我打算三點鐘到這裏來，就像你決定五點鐘到這裏來一樣。」

他說：「你知道怎麼游泳嗎？」

我說：「我不知道，但是你不必擔心。假如別人能游泳，那我就能游泳。假如你能游泳，那還有什麼問題？有一點是肯定的，那是人力所能達到的，那就夠了。我最多淹死罷了——那又怎麼樣？有一天，人人都得死。那不重要。」

他說：「你很危險。我要教你怎麼游泳。」

我說：「不。」我告訴他：「你就坐在這裏，我來跳下去。要是我快死了，你別來救我；即使我叫你來救我，你都別聽。」

他說：「你是什麼孩子？你哭著喊：『救救我！』我會不救你？」

我說：「對。我不會哭的。我正是要確保這一點。可能我溺水的時候，快要死了，或者窒息了，或者水進入我的鼻子和嘴巴了，可能會開始哭喊：『救救我！』但是我想說清楚：我不希望任何人在任何情況下救我。我要嘛從水裏出來，知道游泳是什麼；要嘛沈下去，知道游泳不適合我。」

不等他阻止我，我就跳下去了。當然我不得不在水裏上下沈浮了兩、三次。他站在那裏，等著，以便我一喊……可我只是擺手，表示不，我不會喊。我上下沈浮了三、四次，任意划動我的手臂，因爲我不懂得怎麼游泳——但是你能怎麼辦呢？當你要淹死的時候，你會用盡一切辦法。而不出五分鐘，我就掌握了竅門。

我回來告訴他：「你剛才表示願意教我這個——我五分鐘之內就能學會的？我只要冒個

險，接受這個事實：它最多意味著死罷了。」

游泳是個竅門，不是一種人人非學不可的技術。只要把你扔到水裏去就行了。你的手和腿必定開始向四處拍打划動，接著你很快就會發現，你的手和腿要是划動得協調、相應，那麼水本身就會托著你。

我告訴那個老人：「我見過河裏漂著死屍。既然死人都能游泳，你是不是想對我說，我是活人，卻不能游泳？連死人都知道這種技術。」

雨季發洪水的時候，好幾次整個村莊都被河水沖走了——許多人、死人、死動物順流而下。所以我說：「連死人都飛快地漂走了。我是活人，所以要讓我有機會自己學會游泳，因爲我感覺它只是一個竅門。能有什麼技術呢？它又不是手藝或者什麼技術，需要你去領會。我所看見的就是人人都在划動他們的手臂，所以我也能划動我的手臂。」

⋯

我這輩子從一開始起，就沒有爲了要讓自己勇敢、敏銳或者智慧而去做點什麼，我從不認爲那是勇敢、敏銳或者智慧。

只是後來我才慢慢發覺人是多麼愚蠢。那只是後來的一種反應。起初我並沒有發覺自己勇敢。我以爲人人肯定都一樣。只是後來我才慢慢清楚，並非人人都和我一樣。

這是我童年的樂趣之一——爬到河邊最高的山上，然後往下跳！有許多鄰居家的男孩都願意跟我來，他們都願意嘗試。可是他們都只走到邊緣就回來了。看到山那麼高，他們說：「突然有什麼事情發生了。」我總是一遍一遍地給他們示範，說：「假如我能跳——我的身體又不是鋼做的——假如我每次都能應付，都能活過來，你們爲什麼就不能呢？」

他們說：「我們盡了最大的努力」他們確實努力了。有一個婆羅門男孩，他就住在我們家隔壁，因此蒙受極大的恥辱，因爲他不能跳。所以他肯定問過他父親：「怎麼辦？……因爲這非常恥辱。他爬到山頂上，從那兒跳下去，而我們只能看著。我們也明白，他能跳，我們也能跳，這沒有問題。假如那個高度殺不死他，爲什麼會殺死我們呢？可是我們剛剛鼓起勇氣，做了各種努力，然後我們一起向前衝，突然就出現了停頓。

「它從哪兒來的，我們不知道，但就是一個停頓。有種東西從我們裏面說：『不行，這些石頭，還有這條河……你要是摔到某個石頭上，或者……這條河很深。你從很高的地方摔下來，先要沈到河底，然後你才浮上來，你不能做別的事情。』

他父親說：「這不好」因爲他父親是一個非常優秀的摔角手，是那個地區的冠軍之一。他經營一家健身房，教別人怎麼打架，是印度人的自由式摔角。和拳擊相比，那種摔角更人性，更講究技巧、更藝術。

假如那個孩子是別人的，他就會告訴他根本別上那兒去，但這個人不是那種類型的。他說：「他能跳而你不能跳，這讓我丟人。我跟你一起來，我站在旁邊。別擔心，他跳的時候，你也跳。」

我沒想到他父親會在那兒。我走到那兒的時候，看見父親、兒子，還有其他幾個男孩跑來圍觀。我打量了一下，猜出是什麼事情。我對男孩說：「今天你不必費事兒，讓你父親跳。他是了不起的摔角手，他一定沒問題。」

他父親看著我，因爲他是來鼓勵兒子的，所以他沒有變成膽小鬼。他說：「這麼說，我得跳囉？」

我說：「是的。預備！」

他往下看看，然後說：「我是一個摔角手。這些石頭和這條河……你眞會找地方！你肯定在這裏練過。其他任何人試跳都會摔斷脖子、腿或者什麼的。」

我說：「是你把兒子帶來的。」

他說：「我是因爲不瞭解這裏的地形才把他帶來。我想，既然你能跳，他就能跳，他和你年齡一樣大。但是在這裏，看到這裏的地形，我就很擔心，心想要是你今天不來才好呢，因爲我兒子會沒命的。但是你很聰明，你乾脆放棄我兒子，抓住我。我來試試。」

結果發生同樣的事情。連那個非常勇敢的摔角手——他一輩子都在打架，什麼樣的架都打過……但是來到邊緣，那突如其來的停頓——因爲山坡起碼有五十英尺深，那條河有三十英尺深，而且到處都是石頭，你會在哪兒著陸、撞到什麼東西完全由不得你。而且站在山頂上……山風極其猛烈，你可能一下子就完了。

他剛到那兒就停住了，他說：「原諒我。」他告訴他兒子：「兒子，回家吧。這不是我們幹的事兒。讓他去幹吧——可能他掌握什麼訣竅。」

那天我對自己感到很奇怪：爲什麼我不產生那種停頓呢？我又嘗試了一些非常奇怪的地方。

鐵路橋離河面最高，那是自然的，因爲雨季的時候河水暴漲，橋必須始終高於它，所以它建在最高點。那兒一直有兩個守衛來回巡視，爲了兩個原因：首先，防止人自殺，因爲那個地方適合人自殺……只要從那兒跳進河裏就足夠了。你絕不會活著碰到水面，你中途就會斷氣的。它那麼高，你只要往下看一眼，就足以產生要嘔吐的感覺。

其次，害怕革命者放炸彈，把橋炸掉，燒毀火車。切斷橋樑對革命者來說非常有意義，因爲那些橋樑連接邦的兩部分。假如橋樑被切斷，那麼軍隊就無法通過，革命者就能在另一部分有所作爲，那裏沒有軍隊的大本營。所以這些守衛一天二十四小時都在。但是他們接受我。

我對他們解釋說：「我既不想自殺，也不想炸掉你們的橋。其實我希望你們嚴密守護這座橋，因爲這是我的地方。這座橋要是沒了，那我的最高起跳點就沒了。」

他們說：「這是你的練習？」

我說：「這是我的練習。你們可以看著，你們一旦看到了，就會相信我沒有別的欲望。」

他們說：「行，我們看著。」

我跳下去。他們不敢相信。等我回來的時候，我問他們：「你們想試試嗎？」他們說：「不想，不過你以後永遠有自由到這裏來跳，你隨時都可以來。我們看見你跳得那麼輕鬆，但是我們不能跳——我們知道有人從這裏跳下去死了。」

那座橋以「死亡橋」（Death Bridge）著稱，那是最簡單、最便宜的自殺方式。即使你買毒藥，也要浪費一點錢，但是從那座橋跳下去非常簡單。那段河最深，它會把你帶走。甚至沒有人會發現你的屍體，因爲再過幾英里，它就和另一條更大的河相會，那是一條巨大的河，你將一去不復返。

看見那兩個守衛的臉上露出恐懼的表情，看見這個摔角手內心的恐懼，我不禁開始懷疑：「可能我錯過那些停頓了。可能它們應該在那裏，因爲它們是保護性的。」但是隨著我開始長大——我一直在長大，我不是在長老。我從誕生起，就一直在長大、長大、長大，從沒有想到我在長老。只有白癡長老，其他人都長大。

隨著我開始長大，我開始覺知到我過去的生和死，我記得我死得多麼容易——不僅容易，而且熱烈。和我已經看到的那些已知相比，我興趣更在於知道前面的未知。

我從來不回頭。這是我整個一生的風格——不回頭。回頭沒有意義。你不可能往回走，所以何必浪費時間？我總是向前看。甚至在死亡那一刻，我也向前看。

．．．

我有一個老師，他每天開始上課的時候，都要重申一遍：「首先聽我把條件講清楚。我不接受頭疼，我不接受肚子疼。凡是我看不見的事情，我都不接受。是的，假如你發燒，我接受，因爲我可以查出你的體溫確實高。所以要記住，任何人都不許以看不見的事情爲理由，要求請假。連醫生也無法證明你是不是頭疼。」他幾乎每件事情都不允許，因爲你必須生一個看得見的病，只有那樣，你才能出去。但是我得圍繞這個問題尋找出路，因爲這是無法接受的。

他是一個老人，所以我所要做的就是在夜裏……他雖然老了，但是非常強壯，特別是在體操、散步方面，所以他一般都起得很早，五點鐘起床，然後在黑暗裏做長距離的散步。所

▲奧修經常往下跳的鐵路橋

以我只要在他門口放上幾根香蕉皮。早晨他摔倒了，背摔疼了。我立刻跑到他身邊，因爲我知道。

他說：「我的背很疼。」

我說：「別提任何你不能證明的事情。」

他說：「但是不論我能不能證明，我今天都不能到學校來了。」

「那，」我說：「你明天得停止講你那些條件，因爲我會把整個事情傳遍全校，既然背疼可以接受……你有什麼證據嗎？那爲什麼不接受頭疼？爲什麼不接受肚子疼？」

他說：「我想你和這裏的幾根香蕉皮有關係。」

我說：「你也許是對的，但是你不能證明，我只相信能被證明的事情。」

他說：「你起碼可以幫我一個忙：你可以把我的申請帶給校長。」

我說：「我可以帶走你的申請，但是要記住，從明天開始，你停止講那些條件，因爲有時候我頭疼，有時候我肚子疼，因爲我習慣吃各種各樣沒有長熟的水果——你既然是從別人的花園裏偷的，就不能要求它們應該是熟的。只有在長熟以前你才能偷到，它們一旦長熟了，主人就會把它們摘掉。所以我老是肚子疼。」當然從那天起，他不再講那些條件了。他只是看看我，微微一笑，便開始上課。

學生們都大吃一驚：「他怎麼了？怎麼不說那些條件？」我站起來說：「我的肚子疼死了。」

他說：「你可以走。」那是第一次……晚上，他來看我父親的時候，他告訴我：「這是我第一次允許有人因爲肚子疼請假，因爲這些人想像力豐富，善於發明創造。」接著他告訴我父親：「你兒子很危險。」

我說：「你又試圖做你不能證明的事情了，你只是在假設。那天早晨我只是在散步，看見你摔倒，就走過去幫助你站起來。你認爲幫助別人是錯誤的嗎？」

他說：「不，幫助別人沒錯，可是誰把那些香蕉皮放在那兒的？」

我說：「那，你得查明眞相。那是你家。那天早晨我去散步，碰巧遇見你。我父親知道，我每天都散步的。」

我父親說：「確實，他每天都去。不過他有可能做那件事情。但是除非你能證明，否則沒用，我們得向他證明。假如我們和他辯論，他贏了，那即使我們是對的，他也是勝利者，我們是失敗者。他把你背疼的整個故事都告訴我了，還告訴我，從那以後，你就停止講你那兩個條件了。」

我父親過去也是他的學生。他說：「這眞奇怪，因爲你上課以前絕不會不說那兩個條件的。」

我的老師說：「我以前沒有教過這種學生。我得改變我的整個策略，因爲和他發生衝突很危險，他差點兒殺了我。」

・・・

有一天，我們家來了一個非常奇怪的人，那時候我非常年輕，大概十二歲吧。我父親帶他來的，因爲他有學問——不僅有學問，他自己還有一些眞實的經驗。那時候他可能還沒有開悟，我現在不可能記得那麼準確。我甚至都想不起來他的臉是什麼樣子了。我只知道他是一個蘇菲派教徒，一個伊斯蘭教神祕家，我父親一直聽他教誨。

他以爲這個神祕家也許能做點什麼、建議點什麼、讓我相信點什麼，因爲每個人都替我擔心。雖然我住在他們家裏，但他們都覺得我是一個外人。他們並沒錯。到最後，我在就好像不在一樣。

我父親把這個蘇菲派神祕家帶來，認爲他也許能提供幫助。後來我父親被搞糊塗了，我們家人都被搞糊塗了，因爲那個人所做的……他們單獨給我一個房間，這樣我就不會一刻不停地討嫌，因爲光是坐在那裏，什麼事情也不做，就足以惹惱他們——他們都在做事情，每個人都在幹活兒，而我卻閉著眼睛坐在那裏，靜心。

所以他們單獨給我一個房間，有個獨立的入口。那個蘇菲派教徒跟我父親一起進來，他沿著牆壁聞了一圈，聞聞這個角落，聞聞那個角落。我父親說：「我的上帝，我帶他來是爲了讓你恢復理智。他好像已經神智不清了。」

我的房間空空蕩蕩。我一向喜歡空，因爲只有空才能絕對清潔。無論你在房間裏收藏什麼，天長日久，早晚變成垃圾，所以我的房間裏什麼也沒有。

我父親一會兒看看他，一會兒看看我，他說：「我請他來，所以我應該看看他做什麼。」然後他走過來，開始聞我。這可太過分了。我父親說：「我跟你解釋過，我兒子有一點異常——而你卻在加強他的異常！」

「不，」他說：「我聞得出這個房間，我也聞得出他，這是寧靜的味道、寧靜的芳香。你應該感到幸福，你得了這麼個兒子。兩者我都得聞聞，看看這種芳香是否屬於他的存在。它屬於他的存在，這個房間充滿他的存在。別打擾他。」然後他請我原諒，說：「原諒我，我打擾你了，進到你的房間裏來。」

我父親把他帶出去，然後他回來說：「我一直以爲只有你瘋了。居然還有更瘋的人——聞你的房間！」

我卻告訴他：「你的房子是你的延伸：它以一種微妙的方式，代表你。你帶來的那個人肯定是一個偉大的人，一個有洞察力和悟性的人。」

・・・

小時候，我們村裏……每次伊斯蘭教徒慶祝穆哈蘭節❽，都有人「被聖靈占據」。聖靈叫瓦利（wali）。有些人被認爲是非常神聖的——他們被瓦利佔據——他們一邊跳舞，一邊又喊又叫，而你可以問他們問題。

爲了不讓他們跑掉，就用繩子把他們的手綁起來，再由兩個人看住他們。有許多瓦利，每個瓦利都有自己的群眾，人們拿著糖和水果來——有人去年得到祝福，生了個兒子，一個孩子；有人結了婚，有人來爲將來尋求祝福。

這個節日只有伊斯蘭教徒參加。但是我一直喜歡各種各樣的娛樂活動。我的父母常常告誡我：「聽著，那是伊斯蘭教徒的節日，你不應該到那裏去。」

我說：「我既不是印度教徒，也不是伊斯蘭教徒，也不是耆那教徒，什麼都不是。言下之意——我什麼都不能享受了？所有的節日都屬於某個宗教。實際上，因爲我不屬於任何宗教，所以我可以參加所有的節日。」所以我會到那裏去。

有一次，我設法抓住一個瓦利的繩子，他只是一個普通人，在那兒濫竽充數。我事先告訴過他：「你要是不讓我拉你的繩子，我就揭發你。」

他說：「你可以拉我的繩子，你也可以分享一些糖，但是別對任何人說任何話。」

我們兩個人經常去同一家健身房——我們就是那樣交上朋友的，他自己告訴我那全是假的。所以我說：「那意味著我要來了。假如它是假的，你就得分享。」

我拿了一根長長的針到那裏去，這樣我就能讓他跳起來。他成爲最著名的瓦利，因爲其他瓦利都沒跳得那麼高！

他對所發生的事情不能說什麼——因爲他被瓦利所占據，而瓦利不可能害怕一根針。所以他什麼都不能說，而我不斷地用針刺他。他設法多得了幾乎四倍的糖、水果、盧比……更多的人來尋求他的祝福。

他說：「那很棒，但是你把我折磨得夠嗆！」

從那天起，我成了搶手貨——每個瓦利都希望把他的繩子給我，因爲誰得到我做助手，誰就會成爲最偉大的瓦利——一轉眼，那天又到了。

儀式持續十天，第二天就沒有瓦利想要我了！他們都說：「你要是再來的話，我就逃跑，離開這個鎮。」

我說：「用不著。有的是其他傻瓜需要我呢，他們不知道正在發生什麼……你只要把你得到的分給我一半——因爲你還是會得到比別人多一倍的東西。」

後來我發現，幾乎每個人都是假的——因為我能用我的針讓每個人跳起來。整個鎮上沒有一個人真正被占據或者怎麼地。他們都在裝模做樣——喊啊，叫啊，說些你聽不懂的話啊，但是你得自己去理解。

而那些大毛拉❾，伊斯蘭教學者，會給你解釋這是什麼意思：「你得到祝福了，你的願望會實現的。」而誰在乎誰的願望是否會實現呢？假如來一百個人，起碼有五十個人的願望會實現。這五十個人就會回來，這五十個人就會傳播這種思想。另外五十個人也會回來——不是去找同一個瓦利，而是去找那兒的其他瓦利，因為他們找的第一個瓦利好像不管用：「可能他的力量不夠大。」

而我的瓦利力量最大。他們的力量取決於他們跳得有多高，他們叫得有多尖，他們喊得有多響。

每個人都問我，為什麼我的瓦利都對我做那種手勢……

我說：「那是一種靈性語言，你們不懂的。」

・・・

我小時候是我父母每天要面對的難題。我一遍、一遍又一遍地告訴他們：「有一點你們應該明白，假如你們希望我做什麼事情，千萬別告訴我，因為你們一告訴我我必須那麼做，我就會做相反的事情——不管發生什麼。」

我父親說：「你會做相反的事情？」

我說：「絕對——完全相反的事情。我願意接受任何懲罰，但其實責任在於你們，不在於我，因為我一開始就跟你們說清楚了，你們要是希望我做什麼事情，千萬別告訴我。讓我自己去發現。

「我一旦受到命令，就決定不遵守，即使我知道你們說的是對的。問題不在於對錯。這點小事情和它的正確性不算什麼。那是我整個人生的問題。由誰來控制？對於我，這些小小的對錯不重要。它有什麼重要？

「對我來說，重要的是——那是一個生死問題——由誰來控制。由你們來控制，還是由我來控制？這是我的生命還是你們的生命？」

他們試過幾次，他們發現我決心已定。我做的事情恰好相反。那當然不對。他們所希望的當然對。我這邊並沒有否認這個事實。我說：「你們所希望的是對的。但你們希望它是不對的，你們應該讓我去希望它。你們沒有耐心，你們逼我採取相反的行動。這下誰對那件做錯的事情負責任呢？」

比如，我祖父生病了。我父親正要出門，他囑咐我：「你在這裏，你又是你祖父的貼心朋友，所以稍微照顧一下。這個藥三點鐘給他吃，那個藥六點鐘給他吃。」

我做的正好相反——六點鐘吃的藥，我三點鐘給他吃；三點鐘吃的藥，我六點鐘給他吃……把整個順序都改了。當然我的祖父病情加重了。當我父親回來的時候，他說：「這太過分了。我沒想到你竟然會幹這種事情。」

我說：「你應該想到。你應該開始設想、想像。我既然這麼說，就得這麼做，即使那意味著把我祖父置於險境，我也在所不惜。而且我對他說過，我把吃藥的順序顛倒過來了，因爲我不得不這麼做。他表示同意。」

我祖父是一個難能可貴的人。他說：「你就按照你說過的話去做。堅決不回頭。我的人生已經過去了，你的人生還在前頭。別被任何人控制。即使我死了，也不要爲此感到內疚。」

他沒有死，而我卻做出了一個危險的決定。從那天起，我父親停止叫我做事情。我說：「你可以建議，你不能命令。你得學會對自己的兒子講禮貌，因爲就我們的生命存在而言，誰是父親，誰是兒子呢？你並不占有我，我並不占有你，這只是兩個陌生人的偶然相遇。你並不知道你會生出誰來。我也不知道誰會是我的父親、我的母親。這只是馬路上的偶然相遇。

「別試圖利用這種局面。別因爲你有力量、你有錢，而我一無所有，就利用這種局面。別強迫我，因爲這是醜惡的。你建議我。你始終都可以給我建議：『這是我的建議——你可以考慮考慮。假如你覺得它是對的，你就做；假如你覺得它不對，就不做。』」

漸漸地，這種關係穩定下來，我們家人開始只給我提建議。但是他們注定要大吃一驚，因爲我也開始給他們提建議。我父親說：「這是新的發展嘛。你沒跟我們說過。」

我說：「這很簡單。既然你們能給我提建議，因爲你們有經驗、成熟，我也能給你們提建議呀，因爲我沒有經驗。而且把沒有經驗作爲取消資格的原因是不必要的，因爲世界上所以偉大的發明都是通過沒有經驗的人發生的。有經驗的人老是重複做同樣的事情——因爲他們的經驗，他們知道『正確的』方法，他們不可能發明任何東西。」

要搞發明，你必須不知道「正確的」方法——那種方法人們一直在用——只有那樣，你才能開闢新的疆土。只有一個沒有經驗的人才會有膽量進入未知。

於是我說：「你們有有經驗的資格，我有沒有經驗的資格。你們成熟，但是成熟也意味著你們的鏡子不再像我的鏡子那麼乾淨了，它上面積滿了灰塵。是的，你們經歷過人生的許多事情，所以那是你們的資格。

「我的資格是，我沒有經歷過人生。我的鏡子上沒有灰塵——我的鏡子反映得更清晰、更準確。你們的鏡子也許只是想像自己在反映。那也許只是一個陳舊的記憶在飄浮，不是對客觀現實的眞正反映。

「所以必須如此：你們能給我提建議，我也能給你們提建議。我不是叫你們聽從它們。這不是命令。你們可以考慮，就像我考慮你們的建議那樣。」

．．．

我父親每年起碼要到孟買去三、四次。他會問所有的孩子：「你們想要什麼？」他也會問我：「假如你想要什麼東西的話，我可以把它記下來，從孟買帶回來。」

我從來不向他要東西。有一次我說：「我只希望你回來的時候更人性化，父親的味道更淡，朋友的味道更濃，命令更少，民主更多。你回來的時候，給我多帶一點自由。」

他說：「可是這些東西市場上買不到啊。」

我說：「我知道它們在市場上買不到，但這些是我想要的東西：自由多一點，繩索鬆一點，命令少一點，還有一點尊敬。」

沒有孩子要尊敬。你們要玩具、糖果、衣服、自行車和諸如此類的東西。你們得到它們，但這些都不是眞正能讓你們的生命變得喜悅的東西。

我只有想買書的時候，才向他要錢；我從來不爲別的東西要錢。我告訴他：「我要錢買書的時候，你最好還是給我。」

他說：「你什麼意思？」

我說：「我的意思只是說，假如你不給我的話，我就得去偷。我不想做賊，但是假如你逼我這麼做的話，那也沒辦法。你知道我沒有錢。我需要這些書，我就會擁有它們，這你是知道的。所以，假如你不給我，那我就會自己拿。你心裏要記住，那是你逼我偷的。」

他說：「不需要偷。你任何時候需要錢，只管來拿好了。」

我說：「我向你保證，我只買書。」其實不需要保證，因爲他眼看著我的圖書館在家裏發展壯大。

漸漸地，家裏除了書，沒有地方放別的東西了。

我父親說：「我們家裏先是有一個圖書館，現在我們在圖書館裏有一個家！我們都得照顧你的書，因爲一旦哪本書出了問題，你就大驚小怪的，弄出那麼多麻煩，以至於人人都害怕你的書。它們到處都是，你一不小心就會絆到它們。家裏還有小孩子……」

我說：「小孩子對我來說不是問題，問題是大孩子。小孩子——我非常尊敬他們，所以他們都很愛惜我的書。」

這在我們家裏是一個奇觀。我不在家的時候，我的弟弟妹妹們都愛惜我的書，沒有人能碰我的書。他們會打掃它們，無論我把書放到哪兒，他們都會讓它們待在正確的位置上，所以我一旦需要任何一本書，就能找到它。事情很簡單，因爲我對他們非常尊敬，而他們除了尊敬我的書以外，沒有別的途徑表示他們的尊敬。

我說：「眞正的問題是大孩子——我的叔叔、我的阿姨、我的姑姑、我的姑父——麻煩是這些人。我不希望其他任何人在我的書上作記號、劃線，而這些人老做那種事情。」我一想到有人在我的書上劃線就恨得要命。

我有一個姑父是教授，所以他肯定有劃線的習慣。而他發現家裏有那麼多精美的書，所以他無論什麼時候來，都要在我的書上作筆記。我告訴過他：「這麼做不僅不禮貌、不文明，而且顯示你有哪種類型的頭腦。

「我不想從圖書館裏借書，我不想看圖書館裏的書，原因很簡單，它們都被劃過、做過記號。另外某個人強調了某些內容。我不想那樣，因爲那些強調會不知不覺進入你的頭腦。假如你在讀書的時候，有些內容被紅筆劃過，那條線就赫然在目。你讀完一整頁，但那條線始終赫然在目。它在你腦子裏留下一種不同的效果。

「我厭惡看別人的書，上面劃過線，做過記號。對我來說，這就好像有人去找妓女。妓女無非是被人劃過線、做過記號的女人——她渾身上下都是記號，來自不同的人，用不同的語言。你會喜歡一個新鮮的女人，沒有被任何人劃過線。

「對我來說，一本書不僅是一本書，它也是一次戀愛。假如你在任何一本書上劃線，那你就得掏錢，然後把它拿走。那時候我不希望那本書在這裏，因爲一條髒魚會弄髒整個池塘。我不想要任何被嫖過的書，你拿走吧。」

他非常生氣，因爲他無法理解。我說：「你不理解我，是因爲你不怎麼瞭解我。你去跟我父親說。」

我父親對他說：「這就是你的錯了。你爲什麼在他的書上劃線呢？你爲什麼在他的書上做筆記呢？你這麼做能達到什麼目的呢？因爲書還在他的圖書館裏。首先你沒有問過他，說你想看他的書。

「在這裏，凡是他的東西，不經過他同意，誰也不許動，因爲你要是不經過他的同意就拿他的東西，那他就開始不經過同意拿每一個人的東西，給大家帶來麻煩。前幾天，我的一個朋友要趕火車，他把他的箱子拿走了……」

我父親的朋友急得發瘋：「箱子呢？」

我說：「我知道它在哪兒，但是你的箱子裏面有我一本書。我對你的箱子不感興趣，我只是想挽救我的書。」我把箱子打開——我說過：「打開箱子。」但是他很不情願，因爲他偷了那本書——結果找到那本書。我說：「現在你付罰款吧，因爲這完全是野蠻的。」

「你是這裏的客人，我們尊敬你，我們服侍你。我們爲你做一切——而你卻偷一個沒有錢的可憐的孩子的書。這個孩子必須威脅他父親說：『假如你不給我錢，那我就去偷。那時候不要問，我爲什麼做這種事情？因爲那時候我能上哪兒偷，就上哪兒偷。』

「這些書都不便宜——你卻把它放在你的箱子裏。你騙不過我的眼睛。我一進房間，就知道我的書是不是都在那兒，是不是少了什麼。」

所以我父親對那個在我的書上劃線的教授說：「千萬別對他那麼做。拿上這本書，換一本新的來。」

．．．

我的故鄉有一座寺院，很久以前，有一個非常著名的卡不爾的追隨者，薩黑布達斯（Sahibdas），在那裏住過，他身處的時代比我早許多。但是他留下一座大寺院，一座規模宏大的寺廟和許多供人修習禪定用的洞穴。那些洞穴很美，因爲他的寺院靠河很近。在河邊的小山丘上，他鑿了那些洞穴，洞穴裏面有小水池。你可以走入洞穴，從一個洞穴到另一個洞穴，雖然有幾個堵住了，不是被水淹沒了，就是土層坍塌了，但是它很美，値得一看。

單是坐在那些洞穴裏……它們那麼安靜，甚至沒有一絲微風吹過。他們完全按照正確的比例開鑿那些洞穴，人住在裏面不會缺氧，因爲空氣不會從外面進來，但洞穴的比例足以爲你提供至少三個月的氧氣，所以人們都被送到那些洞穴裏修習禪定。

我那時候非常年輕，薩黑布達斯肯定是在我出生前二、三十年去世的。但他的接班人，撒帝亞薩黑布（Satyasahib），和我很熟，他是一個白癡。有時候會發生這種事情，由於某種特殊的原因，不知怎麼地，聖人會吸引白癡。

我不是聖人，所以你們不必擔心！但聖人的確吸引白癡。或許自然必須保持一種平衡，假如有一個聖人，那就需要有一定數量的白癡來平衡。自然相信平衡，它在不斷地平衡著一切。

這個撒帝亞薩黑布是十足的白癡，但是他和我父親特別要好。因爲我父親的關係，我開始到那裏去，隨處走動，參觀那些洞穴。那的確是一座規模宏大的寺院，那個人——他的師傅——肯定影響很大。

現在那裏除了撒帝亞薩黑布——他的接班人以外，沒有其他人，人都走了。那裏有巨大的花園、廣闊的土地，而寺院卻在一個十分僻靜的位置上，綠樹掩映，旁邊就是河。撒帝亞薩黑布的師傅就埋在寺院裏。

印度有許多宗教不火化他們的聖人，其他人都火化。但是有幾個宗教——比如，卡比爾·班特❿——不火化他們的聖人，因爲他們的身體和一個非常偉大的靈魂接觸過。它們已經和某種非常偉大的事物有了聯繫，所以毀掉它們是不對的。

所以他們的身體必須被埋掉，就像基督教徒和伊斯蘭教徒那樣，挖一個三摩地⓫，一個墳墓。它不叫墳墓，它叫三摩地——和表示意識的終極狀態的詞一樣。因爲那個人已經達到三摩地，所以他的墳墓不是普通的墳墓，它是三摩地、終極意識的象徵。

那座寺院規模宏大，而只有一個人住在那裏。卡比爾·班特的三摩地不完全封閉，有一邊是滑動的，這樣每年都可以把那個屍體搬出來，每年他們都可以再次膜拜聖人。

我有一個老師是無神論者。我對他說：「你的無神論非常好，但是你信不信鬼？」

他說：「鬼？我連上帝都不信，我爲什麼要信鬼？它們不存在。」

我說：「先別這麼做，先給我一個機會證明它們存在，因爲我老是碰到一個鬼——看見他，和他說話。他是一個非常偉大的人的鬼，那個人就是薩黑布達斯。」

他說：「一派胡言！你這個想法肯定是從那個白癡撒帝亞薩黑布那兒來的。他一直談論他的古魯，沒有人聽，可他一直說。我看見你一直到那兒去。」

我說：「你看見我一直到那兒去是對的，但是你不知道，我已經安排和他師傅見過好幾次面了，他自己都不能安排呢。」

老師狐疑地看著我，但是我的口氣一貫如此——非常肯定。我說：「這沒問題，不需要討論。以後我們會討論的，先去會會……」

他開始感到有一點害怕。我說：「別害怕，我會和你在一起的，我還有三、四個朋友也會在那兒，因爲我們必須把滑門打開，它很重，然後我還得把屍體拖出來。」

他說：「這些事情都得做嗎？」

我說：「是的，都得做。得把屍體拖出來，只有那樣，我才能叫薩黑布達斯顯形。只有一點，你必須知道：別弄出任何聲音，因爲那個接班人撒帝亞薩黑布一旦起來，那就麻煩了，因爲這對他們的宗教是大逆不道的。每年只有一天——他的死亡紀念日——他們可以把屍體拖出來。這樣做絕對違反他們的宗教，會有大麻煩的。

「所以要非常肅靜，非常安靜。一旦發生什麼情況，你不得不逃跑，那就別等其他人，別叫其他人的名字，只管逃跑。千萬小心，因爲麻煩在於：鬼有的時候會抓住你，尤其是你的衣服，所以千萬要小心。」

這個老師是孟加拉人——穿一件長長的無領襯衫，繫一塊腰布——孟加拉人穿衣服十分寬鬆，所以任何無用的、不能奔跑的、不能幹重活兒的人都叫「孟加拉巴布」。在印度，有人叫你「孟加拉巴布」是一種侮辱。有兩種極端的叫法。假如有人叫你「酋長（Sardarji）」，那也是一種侮辱。那意味著你沒有頭腦——不是說你是一個靜心者，而是說你是一個何梅尼⑫。或者假如有人叫你「孟加拉巴布」，那就意味著無用。

孟加拉人有一些奇怪的習慣：他們的腰布非常鬆，以至於只要奔跑，必定會落下來。他們始終帶著一把傘，一年十二個月。下不下雨沒關係，熱不熱沒關係。在印度，季節是固定不變的，你不需要一年到頭都帶著傘。整個印度一年到頭都不會有人帶傘，但是孟加拉巴布們，不知怎麼地，這已經成爲他們風格的一部分。他們始終帶著傘，帶著不必要的行李，不爲了什麼原因。

所以我告訴我的老師——跋答恰裏亞（Bhattacharya）是他的姓——我說：「先生，別帶你的傘，因爲他要是抓住你的傘的話——這些鬼眞的會抓東西的……」

他說：「我可以不帶傘。沒有傘，我覺得自己好像赤裸裸的，總少了點兒什麼。」

「而且，」我說：「你得把腰布裹緊，因爲它要是落下來，那你就得赤裸裸地跑了。這些鬼就是鬼，他們才不相信你們的禮貌、禮節呢。他可能抓住你的腰布，你就得在沒有腰布的情況下跑。」

他說：「可他是一個聖人啊！」

我說：「他是一個聖人，可他現在也是一個鬼。不過這由你決定：你可以按照你希望的方式來。」

他來了。他把腰布盡可能裹緊。他們穿衣服的方式……腰布有好多種裹法。馬哈拉施特拉⓭人裹得最好。那樣裹，它的作用幾乎就像一條寬鬆褲——一分爲二。你可以奔跑，你也可以穿它工作。

孟加拉人裹得最差。他們塞在背後的部分鬆鬆垮垮，老是拖地，而塞在前面的部分呢，也老是拖地。它們簡直是大雜燴。

我們是半夜裏去的。我們選擇一個沒有月亮的黑夜，因爲萬一接班人看見我們……爲了鬼，我也需要一個黑夜——因爲我找了一個年輕人，他願意裝鬼，去抓跋答恰裏亞的腰布，要是他沒有帶傘來的話。

墳墓很大，因爲班特必須把屍體拖出來。它裝在一個棺材裏，你得把棺材拖出來。但是那個墳墓很大，我的鬼足以躺在棺材旁邊。所以我們的安排是這樣的：我們會把我們的人拉出來，然後就在那一刻，我們中的一個人摔掉某樣東西，然後有人尖叫，接著就開始逃跑。不等跋答恰裏亞看清楚鬼是誰，鬼先抓住他的什麼東西。那天夜裏的情況就是這樣的。

整個過程進行得非常好。鬼抓住他的腰布，而跋答恰裏亞……你們無法相信，當一個人眞的害怕的時候，他能變成什麼樣子：他自己扔掉了腰布。他不等腰布自己落下來，他自己把它解開了！腰布，傘……鬼甚至都沒有抓他的傘，因爲鬼躺在地上，傘就在他上面，在跋答恰裏亞的手臂下。但是跋答恰裏亞想：「誰知道呢？他可能會撲向我的傘！」當他開始脫襯衫的時候，我說：「鬼已經滿意了，快跑！」

兩天之後，我問他：「你的無神論怎麼樣？」

他說：「那全是胡說，我是個傻瓜。你說的對——有上帝。可是那天夜裏多奇怪啊！」

我說：「你起碼應該謝謝我，我保住了你的襯衫。」

他說：「那個我記得。我正要扔掉它，因爲萬一鬼開始抓住什麼，那我就跑不掉了。我想：『我把所有的東西都扔掉，這樣我起碼能跑回家。最多，被別人看見笑話，難堪罷了…

……』確實很難堪，當我穿著襯衫跑到那裏……」

我們做了一切安排，所以會有人在那裏。不然的話，深更半夜，誰會看見呢？在一個鎮上，一個小城鎮，所有的人九點鐘就睡覺了，最多十點鐘。那個年代沒有電影——「有聲電影」，到了九點鐘，鎮上幾乎一片沈寂。所以我們安排好：「會發生特別精彩的事情，你們等著。十二點鐘左右，你們就會看到跋答恰裏亞赤裸裸地跑回家。」

他們說：「赤裸裸地？」

我們說：「但是別告訴任何人。他甚至連傘都會沒有了！」

所以那些人都很興奮，他們都等著，每個人都躺在床上。夏天，在印度，人們都把床搬到街上來睡。每個人都躺著，但都醒著，當跋答恰裏亞跑過來的時候，那兒擠得滿滿地：手電筒、燈和人。

跋答恰裏亞又是冒汗，又是發抖，所以我們只能對大家說：「這不對，你們應該走。他遇到了鬼，這會兒你們又來煩他。他會死的，他嚇得要命。」

我們把他帶到房間裏，我們給他好好洗了個冷水澡，盡量多給他澆幾桶水，幫他恢復理智。要幫他恢復理智很困難，但是他最後說：「是的，我現在感覺好一點了，但是那個鬼呢？」

我說：「那個鬼跑了。我們把棺材蓋上了。」

「還有我的傘和腰布呢？」

我說：「我們都拿來了，因爲我們求那個鬼：『可憐的跋答恰裏亞是一個很窮的人，你是一個聖人。這足以懲罰那個無神論者了，超過這個就不需要了。』所以他就把它們還給你了。」

從那天起，我們每天早晨都看到跋答恰裏亞把一束花放在那個三摩地上面，然後祈禱、膜拜。

我說：「你變成卡比爾・班特了？」

他說：「我不得不變成一個卡比爾・班特。我在讀卡比爾・班特的經典、卡比爾的格言、卡比爾的歌——它們的確很美。但是我必須謝謝你。」他對我說：「假如你沒有安排那次和鬼的遭遇，我到死都是一個無神論者。」

譯註：

❶表兄：或者表弟，下同。

❷妹妹：或者姐姐，下同。

❸摸……腳：指頂禮。

❹你妹妹：或者姐姐，下同。

❺大善知識：佛教名詞。意爲善友，指能引導、幫助人知解、修學佛法的師友、良友。

❻用頭碰到他們的腳：指頂禮。

❼弗隆：furlong，英國長度單位，等於八分之一英里。

❽穆哈蘭節：Muharram，在回曆正月最初十天內舉行的什葉派教徒節日。

❾大毛拉：Maulvi，印度伊斯蘭教的法律專家。

❿卡比爾・班特：Kabir panthis，卡比爾教團。班特（panth）原意爲「道路」，後被用來指錫克教團。現在大多由卡爾薩・班特來體現該教的信仰。此處卡比爾・班特可能是卡爾薩・班特之誤，備考。

⓫三摩地：samadhi，原意爲禪定，此指聖人的墓地。存放奧修骨灰的屋子現亦爲其門徒稱作三摩地。

⓬阿亞圖拉・何梅尼（Ayatollah Khomeini，1902-1989），伊朗伊斯蘭教什葉派領袖，有很多關於伊斯蘭哲學、法律和道德觀的著作，領導推翻國王，並建立伊斯蘭共和國，成爲伊朗政治和宗教的終身領袖。

⓭馬哈拉施特拉：Maharashtra，印度中西部一地區。

譯後記

奧修的知識面極廣，因此他的著作所涉及的各類名詞也特別多。爲了盡可能使讀者在閱讀本書時減少理解障礙，我在每章末尾加了一定的注釋。這些注釋主要有三個方面：第一，對一些較重要的人名、地名和術語做簡單的說明。第二，對原文較難理解的地方做一些指導性的解釋。第三，指出原文中明顯存在的或可能存在的一些錯誤。

另外，在印地語、梵語等名詞術語的注釋中，對一些已爲讀者普遍接受的傳統譯名，本書一仍其舊。例如：vipassana作「毗鉢舍那」，Ramakrsna作「羅摩克里希那」，Prasenjita作「波斯匿王」等等。而對一些現代人名等，則一般多以現代南亞語音作新譯，如：Maharishi作「馬哈裏西」，不作「摩訶裏西」；Varanasi作「瓦臘納西」，不作「婆羅納西」等等。另有一些則作直譯，如：mahatmas作「大人物」、tantrikas作「密宗」等等。有些名詞，奧修在書中專門給出了解釋，則不作翻譯，如：mera beta、tirthankara等等。

本書是奧修的談話記錄，在翻譯上，基本以尊重原作的口語特徵爲標準，盡量保留現場感，對語意矛盾等不作修飾。有些傳統術語雖被奧修賦予新的含意，但由於使用的場合不同，翻譯也隨之不同，不完全採用新的含意，如meditation一詞，有時譯作「禪定」，這是它原本的含意；有時譯作「靜心」，這是它新的含意。

The Eurasian Publishing Group
圓神出版事業機構
用心與你對話．視野無限寬廣
方智出版社
Fine Press
http://www.booklife.com.tw　inquiries@mail.eurasian.com.tw

新時代系列 121

金色童年

作　　者／奧修
譯　　者／金暉
發 行 人／簡志忠
出 版 者／方智出版社股份有限公司
地　　址／台北市南京東路四段50號6F之1
電　　話／（02）2579-6600．2579-8800．2570-3939
傳　　真／（02）2579-0338．2577-3220．2570-3636
郵撥帳號／13633081　方智出版社股份有限公司
資深主編／林秀禎
主　　編／呂燕琪
責任編輯／蔡盈珠
美術編輯／陳正弦
印務統籌／林永潔
監　　印／高榮祥
校　　對／連秋香．沈蕙婷．蔡盈珠
排　　版／陳采淇
法律顧問／圓神出版事業機構法律顧問　蕭雄淋律師
印　　刷／祥峯印刷廠
2003 年 5 月　初版

Glimpses of a Golden Childhood
——The Rebellious Childhood of a Great Enlightened One by Osho

定價 550 元 特價499元　ISBN 957-679-875-2

國家圖書館出版品預行編目資料

金色童年／奧修（Osho）著；金暉譯.
-- 初版.-- 臺北市：方智，2003〔民92〕
面； 公分. --（新時代系列；121）
譯自：Glimpses of a golden childhood：the rebellious childhood of a great enlightened one
ISBN 957-679-875-2（平裝）
1.奧修（Osho, 1931-1990） - 傳記

783.718 92004946